KB176214

제1회육당학술상전성곤수상기념출판

육당 한국학을 찾아서

전성곤 지음

최남선 '조선정신' 찾아서 동분서주

동서문화사

六堂 崔南善先生 遺影

六堂이 손수 編輯發行한 雜誌인 『少年』, 『아이들 보이』, 『靑春』과 六錢小說 『심청전』의 表紙

육당의 '조선정신' 그 외침을 듣다
제국주의 속의 최남선/최남선 속의 제국주의

친일과 반일 논쟁은 '낡은 것'으로 이를 논하는 것이 과거의 시간에 얽매이는 것이며 과거 시간 속에 멈추어 버리는 것이라고 폄하하기도 한다. 그렇지만 필자는 그렇게 생각하지 않는다. 왜냐하면 당대적·시대적 인식에 의해 '그 친일·반일' 논쟁 자체에 의미가 부여되거나 그 질문과 해석에 대한 틀이 재형성되는 사안이기 때문이다. 역설적으로 친일과 반일을 논하는 그 배후에는 당대적·시대적 배경의 이론이나 인식의 '표출'이라는 실천적 논리를 체현해 주는 것이다. 오히려 친일과 반일의 논쟁을 통해 당대적·시대적 인식이 무엇인가를 들여다볼 수 있으며, 한 발 더 들어가 보면 당대적·시대적 인식론에 갇혀 있다는 것을 비평적으로 바라볼 수 있도록 인식을 일깨워주는 '새로운 것'이 내장되어 있기 때문이다.

지금은 그렇지 않을 수 있지만 '민족'이라는 개념이 '국가'라는 개념과 일체화되어 민족국가를 상상했던 것이 너무나 공공연하고 당연하다고 여기던 시대가 있었다. 민족국가의 의미를 강조하면서 국민이라면 이 민족국가를 본질적으로 내면화 하는 것이 당연한 것이라고 믿고 있었다. 그렇지만 이 민족국가라는 말은 역설적으로 무엇인가를 은폐시키고 있는지를 규명하게 해 주었다. 그리하여 민족과 국가를 따로 규정하여 민족의 정체성과 국가의 의미를 재구성하려는 시도가 이루어지게 되었다. 민족적인 것과 국가가 일체화 되면서 제국주의로 발전된 것을 이미 경험했기 때문이다. 제국주의가 민족국가를 가장(假裝)한 것이었음이 드러났던 것이다. 문제는 민족국가의 논리가 본질적인 논리로서 제국주의와 결합되는 것인지, 아니면 당대적·시대적 인식론에 의해 민족국가와 제국주의로 연결시켜 낸 것인지에 대해 다시 되새겨볼 필요성이 대두된다.

이러한 문제의식에서 본다면 최남선의 지적(知的) 움직임은 일본 '제국주의(imperialism)'와 '네이션 스테이트(nation-state)' 문제와 관련하여 살펴볼 필요가 있다.*1 전자 '제국주의'와의 관련성에서 보면 일본 제국주의에 협력하는가 저항하는가의 문제로서 '친일과 반일'이 첨예하게 대립하게 되고, 후자의 '네이션 스테이트' 문제로 보면 '민족과 국민국가' 즉 국가와 개인 사이의 간극 문제로 얽히게 된다. 다시 말해서 제국주의 문제는 식민주의 그리고 지배 피지배의 대립 구조로서 나타난다. 즉 지배와 피지배라는 헤게모니의 쟁탈과 침략 문제에 대한 '동화와 저항'의 문제이기도 하다. '네이션 스테이트'는 '서구적 근대나 서구적 세계성을 극복하고 국가의 주체성을 새롭게 재구성하는 문제이기도 하고, 동시에 국민국가가 갖는 민족주의의 극복을 통한 '보편성과 주체'의 논리와 맞닿게 된다. 그 보편적 주체성은 모든 국가 내부 공동체의 '민족·탈민족, 국민·탈국민' 논리의 딜레마와 만나게 된다.

문제는 '제국주의'과 '네이션 스테이트'의 문제를 어떻게 풀어야 하

---

*1 가라타니 고진(柄谷行人)은 제국주의와 제국을 구분해서 사용했다. 가라타니 고진은 한나 아렌트(Hannah Arendt)를 인용하면서, 고대 로마 제국(Roman Empire)이나 오스만 제국(Ottoman Empire)은 보편적 법률을 두고 각 민족의 다양함을 인정하는 의미에서 그것을 '제국'이라고 보았다. 그러나 제국주의(imperialism)는 식민지 지배의 의미로 지배국이 피지배국에게 지배국과의 '동일성'을 강요하는 것이라고 보았다. 하나의 예로서 일본이 대만이나 조선에게 일본과의 동일화를 강요하는 것은 제국주의이며, 제국주의는 네이션 스테이트(nation-state)의 확장이라고 기술했다. 柄谷行人『<戦前>の思考』講談社, 2001年, p.18. 柄谷行人『帝国の構造』青土社, 2014年, pp.82-87.

는가에 있다. 일본은 서구를 극복하고 '주체적 담론'으로서 제국주의를 구축했고, 그 제국주의와 '네이션 스테이트'의 동일성에 빠졌다. 그 결과 폭력적 식민주의를 펼쳐 갔고, 이에 대해 피식민지 국가는 저항 담론으로서 반제국주의를 제시했고, 동시에 민족의 독립이라는 내셔널리즘을 주창했다. 일본 제국주의 내셔널리즘과는 비대칭적인 '반일'은 다시 민족국가의 재건을 위한 새로운 '주체' 확립이라는 측면에서는 다시 피식민자의 제국주의는 없는가라는 문제와 만나게 된다.

반대로 '네이션 스테이트' 내부에서는 다시 국가가 갖는 보편성 문제로서 국민관리라는 '국가 내부 정치의 식민주의 문제'를 드러내게 된다. 즉 '국가' 입장에서 '국민 만들기'라는 국민국가 이론 속에 존재하는 국가주의의 함정이다. 이처럼, 국민국가의 내부에서 벌어지는 '국가와 개인'의 문제나 국민 창출 이데올로기에 대한 거리두기를 고려한다면, '네이션 스테이트'의 문제 또한 존재한다.

바로 이러한 현재적 문제를 고민할 때 최남선의 '사상문화론'은 커다란 시사점을 준다. 최남선은 제국을 경험하면서 '지배 담론에 대한 수용과 저항'을 '자각적'으로 선택하며 구축했다. 일본 제국주의 이데올로기를 모방하면서, 민족 아이덴티티 구축에 노력했다. 그런 의미에서 민족 아이덴티티는 제국주의 담론의 모방과 차이성을 통해 재조명된 것이다. 바로 이것이 문제인데, 최남선은 '국민국가=네이션 스테이트'에 필요한 '국민 만들기'의 핵심인 '신화'를 재구성해 냈고, '사상적 헤게모니'의 악순환적 틀을 해체하지 못했다는 점에 있다. 바로 이 '네이션 스테이트'의 초월성과 '제국주의'의 상호성이 갖는 연결고리의 문제이다.

이러한 문제점을 풀어내기 위해서는 일본 제국주의과 네이션 스테이트의 문제, 그리고 피식민자의 주체성 문제가 어떻게 전개되는지를 살펴보아야 할 것이다. 이를 살펴보기 위해서 메이지(明治) 시대 일본의 대표적 동양사학자 나카 미치요(那珂通世), 미우라 슈코(三浦周行), 시라토리 구라키치(白鳥庫吉)로 이어지면서 '신화인식=기년문제발생=가공론'을 인지하게 되고, 이를 조선 신화 해석에 대입시키는 과정을 살펴본다. 신화의 허구성을 간파하면서도 일본 신화의 정통성을 국가와 일체화시켜가는 논리를 구축해 낸 것이다. 일본 내부의 근대적 신화 해석을 바탕으로 조선의 신화를 해석하여, 조선 신화 가공설을 제시해 나간 것이다. 이러한 논리가 바로 제국주의적 인식론의 발현인 것이다. 이러한 시대적 배경 속에서 최남선은 요시다 도고(吉田東伍)나 시라토리 구라키치의 논리를 원용했다. 또한 가토 겐지(加藤玄智), 기타 사다키치(喜田貞吉), 도리이 류조(鳥居竜蔵)의 논리들을 두루 살펴보면서 동북아시아 속에서 조선 신화를 재구성해 냈다. 일국주의를 흔들고, 동아시아 속에서 조선의 보편성을 구축하려는 시도였다.

이러한 시도는 사실 최남선이 『소년』 잡지를 발간하는 시기부터 자생되고 있었다. 최남선은 도쿠토미 소호(德富蘇峰)의 『국민의 벗(国民の友)』을 모방하고 있었다. 형식적인 면뿐만 아니라, 사상적으로도 영향을 받았다. 중요한 것은 도쿠토미 소호는 민권(民權)주의자에서 국가주의, 국수주의자로 전향해 간다는 점에서 국가주의와 일체화 한 입장이었다. 그러나 최남선의 『소년』은 국가를 민권의 자각과 연결시켜, 국가와 민권의 사이(間)를 재고하는 입장이었다. 이것은 마찬가지로 『경성일보』가 전자적 입장이었다면, 『시대일보』는 후자적 입장이었던 것이다.

또한 만주「건국대학」은, '민족협화'를 기본이념으로 건국정신의 구축이라는 슬로건을 내세웠지만, 부총장인 사쿠다 소이치(作田荘一)의 교육이념은 '만주국학'이라는 이름의 일본 신도 정신인 고래신도

의 길(惟神の道)을 주창하고 있었다. 만주국에 일본의 건국정신을 이식하려는 '일본제국주의=네이션 스테이트'의 일체화를 이루고 있었다. 그러한 시기에 최남선은 『불함문화론』의 축약본으로서 「동방 고문화의 신성관념에 대하여(東方古民族ノ神聖観念ニツイテ)」를 집필했고, 이 「동방 고문화의 신성관념에 대하여(東方古民族ノ神聖観念ニツイテ)」를 확대하여 「만몽문화」를 집필하면서, 만주국 내부에서 조선신화의 보편성을 주창했다. 만주국과 조선의 틈새를 왕복운동하고 있었던 것이다. 제국주의와 네이션 스테이트 사이에 놓여져 있었던 것이다. 그것은 사쿠다 소이치, 이나바 이와기치(稲葉岩吉)가 만주국과 일본을 일체화하는 논의와 달리 만주국과 조선을 일체화하려는 '제국주의=조선신화'를 시도했던 것이다. 최남선 속의 제국주의는 바로 조선 신화였던 것이다.

이러한 전체적 논리를 정밀하게 파악하기 위해서는 제국주의 내부에서 최남선이 가장 많은 영향을 받은 시라토리 구라키치와 도리이 류조를 이해하기 위해서는, 일본 내부의 문제에서 발생한 동양학을 창출한 시라토리 구라키치와 인류학자 도리이 류조의 '국민 만들기'와 '주체' 구축 논리를 구체적으로 파악하고 있어야 한다. 시라토리 구라키치는 서구인들과 공시적(共時的)으로 학문 '인자(factor)'인 '비교언어학'을 활용하여 일본민족의 우월성을 언급하며 '아마테라스 오미카미(天照大神)'의 세계성을 창출해 냈다. 시라토리 구라키치가 가져 온 천(天, 하늘) 개념과 아마테라스 오미카미는 서구의 비교언어학 이론을 모방하면서 창출해낸 '주관적 보편성' 논리였다. 또한 도리이 류조는 시베리아 민족, 조선민족 조사를 통해 조선 무속이 가진 특징과 역사성을 통해 '동북아시아의 샤먼'을 해석했고, 원시신도 즉 원시종교가 '동일한 것'임을 문화적으로 일체화 시켜냈다. 동아시아의 문화적 동원성을 주창한 것이다.

중요한 것은 시라토리 구라키치와 도리이 류조는 결국 서구인들의 이론을 수용하면서, 일본중심주의를 담론화하는 '일국 제국주의'를 독자적으로 자족(自足)해 냈다. 동시에 일본 일국주의 논리는 동아시아의 국가들을 다시 주변화 했다. 서구에 대한 열등감은 일본이 세계적 구조 속에서는 하부에 속하지만, 동아시아에 내부에서는 식민지 지배국이라며 상부에 배치하는 이중논리를 전개했다. 즉 상부와 하부구조를 혼종하면서, 일본을 중심에 두고 동아시아를 '아마테라스 오미카미'라는 일본의 신화 세계로 일시동인(一視同仁)을 강요하는 '폭력성'을 띤 이데올로기를 창출해냈다. 일본은 제국주의과 네이션 스테이트의 경계를 자각하지 못하고 파시즘으로 일원화했다는 점이다. 즉 제국주의와 네이션 스테이트의 간극을 자각하지 못했던 것이다.

바로 이러한 시대적 상황에서 최남선의 활동, 특히 『불함문화론』, 『만몽문화』 집필은 특이할 만한 것이었다. 최남선은 시라토리 구라키치와 도리이 류조의 '근대적 학문'을 적극적으로 원용했다. 고급 이론으로서 동양학과 인류학, 고고학, 역사학을 통합적으로 활용하면서 '조선 사상문화'를 재창출해 냈다. 시라토리 구라키치와 도리이 류조의 저서들을 번역하고 그들의 학지를 모방하는 즉, 일본인이 서구적 학문 이론을 수용하고 동시에 변용시키면서 일본 민족을 새롭게 해석해 내는 논리를 보고, 그것을 동일한 방법으로 조선민족 해석에 혼용하고 있었다. 이러한 입장은 일본 '제국주의'가 가진 '국민 만들기' 작업과 유사한 '사유'방식을 가졌기 때문에, 최남선의 방법론에는 문제점이 존재했다. 즉 비판의 대상이었던 '일선동조론'이나 '혼합민족론'이 갖는 문제점에 젖어 있었다. 그렇지만 일본판 제국주의 내부에서 최남선은 일본 제국주의와 일본이 시도한 타민족의 국민화 작업에 대한 '타자'의 입장을 제시했다. 그것은 당시 피식민지였던 오키나와의 오키나와학(沖繩学)을 주창한 이하 후유(伊波普猷)와는 또 다른 입장이었던 것이다. 바로 이러한 점에서 시라토리 구라키치와 도리이 류조의 '제국주의=네이션 스테이트=일원화'의 문제를 해독해 냈고, 그러한 제국주의 논리는 네이션에 '주체'를 가두어 두는 것임을 최남선은 인지했던 것이고, 그 주체 흔들기를 시도했던 것이다. 그를 위해 필요했던 것이 시라토리 구라키치나 도리이 류조가 만들어내는 제국주의 담론 형성 과정을 면밀하게 확인했고, 당대적·시대적 담론 입장에서 최남선은 '조선학(한국학)'의 정체성 문제를 이하 후유와는 또 다르게 '인식'과 '초'자아, 역사와 '초'역사성의 '탈화(脫化)'를 제안하고 있었던 것이다.

바꾸어 말하자면, 국가 공동체 내부에 존재하는 민족과 국가 아이덴티티는 지나간 과거의 현재적 '재구성'이라는 사실을 통해 이데올로기를 초월한 새로운 '자아 정체성'을 발견하는 이론 즉 '방법으로서의 육당이 온 생애를 바쳐 진력해온 조선정신 '한국학'으로 부활되어야 할 것이다. 다시 말해서 내부 공동체에서 갖게 되는 과거 이미지는 그것을 본질주의적인 것으로 보든, 구축주의적인 것으로 보든, 상호주관주의를 극복하고 타국가나 개인의 인식을 지배하려는 '폭력'으로 작동할 수 있는 위험성이 존재하는 것임을 자각해야 할 것이다. 개인과 국가를 상대화하는 논리를 가질 수 있는 트랜스–포지션(trans–position)의 '변용'을 가져올 수 있는 기회가 될 것이라는 점에서 최남선의 사상은 재검토 되어야 할 것이다.

육당 한국학을 찾아서
차례

첫째 이야기
역사와 신화의 '내적 식민주의' 너머 보기

머리글

최남선이 고대를 재구성하는 '근대'적 시선(지적 시선 포함)'이 어떻게 '재현'되는지에 초점을 맞추어 살펴보고자 한다. 여기서 말하는 최남선의 근대적 시선을 필자는 두 가지를 상정한다. 첫째 서구의 이론을 '수용'하고 국가의 진화를 설명하는 입장으로 해석하고, 둘째는 그러한 근대 국가를 만들어내는 논리로서의 서구와 다른 '근대 국민국가'를 상정하는 '주체'의 문제로서의 근대라는 의미이다. 이것은 번역이기도 하고 해석이기도 하지만, 주체의 디컨스트럭션(deconstruction, 탈구축)*¹이 갖는 의미이기도 하다. 필자가 전개하려고 하고 관심을 갖는 것은 바로 이 후자 쪽이다.

그것은 탈식민주의나 포스트콜로리얼리즘이라는 '또 하나의 시대 인식'이 만들어놓은 시대적 인식을 재구성하는 의미와 연결된다고 본다.*² 다시 말하면 '국가'와 '국민'의 사이(間)를 생각해보면, 역사를 공유한다는 의미에서 '우리'가 형성되는데, 그 공유하는 역사라는 것

---

*1 본 논고에서 상정하는 탈구축이라는 말은, 재구성(reconstitution)이라고 표현해야 할지모르지만, 재구성을 위해서는 한 번의 해체나 탈구성성을 거치는 의미에서 탈구축이라고 상정했다.

*2 本橋哲也 「ポストコロニアリズム」の思想的現在性」, 『ポストコロニアリズム』, 作品社, 2001年, pp.30−36.

이 사실은 '창출된 인식'이라는 점이다. 그러니까 역사를 공유한다고 생각하는 생각을 '내면화'하고 있으며, 그 내면은 '외부'를 다시 재구성하는 내부에 머무르게 된다는 점이다. 그것을 다시 설명하면 '역사'라고 불리는 담론이 근대에(어느 시기라고 딱 잘라 말하기는 어렵지만) 국가의 내셔널리즘과 공범관계 속에서 형성된다는 이론인데, 물론 이것은 현재적 시점에서 보면(포스트 모던시대) 공통적으로 인식하고 있는 시선이기도 하지만, 그 문제의식의 연속성이라는 관념 자체를 '의심하는 것'은 쉬운 일이 아니라고 본다.

다시 정리하자면, 최남선이 근대 국민국가 형성시기에 역사를 공유하는 내면세계를 형성하는 논리 속에 숨겨진, 근대 국민국가의 국가와 개인의 간극을 어떻게 찾아내어야 하는가라는 문제에 초점을 맞춘다. 사실 '만들어진 전통'이라는 측면에서 보면 결론이 싱겁게도 그뿐이지만, 내셔널 히스토리에 숨겨진 '내부의 제국주의'를 탈하기 위한 케이스 스터디로서의 의미를 생각해 보려는 것이다. 이는 국가와 개인의 상대성 시각문제라는 점에서 주체의 형성 문제이고, 주체는 어떻게 내부에서 내면화한 외부를 인지하고 내·외부를 구성−해체−재구성의 단계를 거칠 수 있는가라는 문제이기도 하다. 그것은 가능한가라는 물음이 식민지시기 최남선이 형성한 '고대 재구성'속에 나타나고, 현재적 의미를 갖는다는 것이다. 현재적 시점에서 바라보는 고대는 역시 재구성되는 '노스탤지어 현상'으로 낭만주의적 '그리움'으로 재구성되는 일련의 창출된 담론이라는 측면이다.

진부하게 들릴지도 모르지만, 근대 국민국가를 형성하던 시기에 절실하게 필요했던 것이 아버지인 신화였다. 신화라는 국가 건국의 '이론'은 민족을 일체화하는 고도의 '체계'를 갖춘 상상의 공동체이기 때문이다. 그 신화가 가진 주술성은 역사의 연속성속에 갇혀 있으면 의심의 틈새가 보이지 않게 되는 '자력(磁力)'을 가지고 있다. 그것은 다시 말하면 상상의 고대라는 자장에 갇힌 것이라고 표현하면 너무 단조롭지만, 국민국가의 아버지인 신화는 전통성과 과학성을 동원하게 되는 의미에서 근대적이었고, 확고한 것으로 자리를 잡는 것이었다고 본다. 그것은 다시 말하면 고대를 상상하는 현재에 과학이라고 믿고, 근대성이라고 믿는 '만들어진 인식적 주체'라는 '필터'로 보는 '관념'의 세계라고 본다. 문제는 그것에 대한 탈구축 방법의 유행의 독배를 마시는 것에 대한 이율배반적 '모순'의 출구를 어떻게 보여줄 수 있느냐에 있다고 본다.[3]

이를 위한 시도로서 그 출발점은 최남선이 처한 시대적 상황과 인식 형성 경로를 확인하는 작업이다. 그것은 세계성이나 보편성을 찾는 작업이기도 하고, 특수성과 단독성의 의미이기도 하다. 기억의 재구성이 갖는 과거에 대한 '인식'의 주체성문제인 것이다. 과거를 회상하거나 특히 신화에 대한 인식 아니 신화를 바라보는 인식과 국가주의 이론에 대한 일체적 시각에서의 탈피는 어떠한 경로를 통해 자각될 수 있는가에 대한 문제이다. 가라타니 고진(柄谷行人)의 『말과 비극(言葉と悲劇)』을 보면, "'외부의 시좌'는 초월적인 시점이나 입장(포지션)이 아니라, 그 반대로 초월적인 입장을 무너뜨리는 것인데, 그렇다면 그것은 어디에 있고, 혹은 어디에서 오는 것일까. 그것은 초월적인 주체의 외부성이며"[4]라는 부분을 상기해 보면, 최남선

---

[3] 요네야마 리사는 과거를 상기하는 행위에 따르는 이러한 어려움과 위험성을 이해하는 일은 포스트냉전 후의 일본에만 그치지 않는다. 이러한 행위는 역사적 기억을 둘러싼 다툼이 세계각지에서 문화정치의 중요관심사가 되고, 세계 여러 곳에서 지금까지 잊혀지고 침묵을 강요당해온 일련의 사건이 이야기되기 시작한 세기말인 현재, 더더욱 중요하게 새겨야 할 것임에 틀림없다라고 논한다. 이것은, 결국 일본이라는 나라에서만이 한정되어진 것이 아니라, 이러한 역사적 기억론은 현재 일어나는 현재 진행형 속에 있음을 시사한다고 볼 수 있다. 요네야마 리사 「기억의 미래화에 대해서」, 『국가주의를 넘어서』, 삼인, 1999년, pp.278–296.
[4] 柄谷行人 『言葉と悲劇』, 講談社, 1997年, p.377. 디컨스트럭션이 형식화되고, 누구에게도

의 인식논리가 훨씬 잘 이해 가능해진다. 초월적인 입장이 되는 것이 아니라, 초월적인 입장을 무너뜨리는 것이며, 그것이 바로 초월적 주체의 외부라는 점이다. 그럼 최남선의 대표적 논고를 통해 고대를 체현하는 방식을 살펴보고, 그 체현방식이 어떻게 가라타니 고진이 지적한 초월적 주체로 나아가는지 그 방법론을 고찰해본다.

상황과 주체

1925년 12월에 집필하고, 1927년 8월에 출판된 최남선의 『불함문화론』은 '조선의 단군신화란 무엇인가', 더 나아가 '동아시아속의 단군신화란 무엇인가'라는 문제를 재검토한 텍스트이다. 이 『불함문화론』은 최남선의 단군신화 '인식'을 이해하기 위해서 반드시 읽어야 할 텍스트이다. 이는 다음 두 가지 측면에서 매우 중요한 의미를 지닌다. 첫째 당연하게 『불함문화론』 자체를 읽지 않으면 최남선이 단군신화를 어떻게 해독했는지를 이해할 수 없기 때문이다. 둘째는 『불함문화론』을 구성하는 내용들이 왜 그렇게 만들어졌는지를 이해할 수 없기 때문이다. 여기서 중요한 것은 후자 쪽으로, 왜 조선의 단군에서 동아시아의 단군으로 나아갔고, 어떻게 그 동아시아 속의 단군을 창출해 낼 수 있었는가라는 문제이다.

물론 최남선은 1918년 시점에 「계고차존(稽古箚存)」[5]을 발표하고, 「조선역사통속강화개제(朝鮮歷史通俗講話開題)」[6]를 발표한다. 이후 「백색(白色)」[7]으로 나아간다. 그렇다고 최남선이 1918년 시점 이전까

가능한 방법으로서 아카데미즘에 수용되었을 때, 그 외부성을 잃는 것과 마찬가지가 된다. 「주체(主体)」의 비판은 오히려 여전히 유효하다. p.382.
[5] 崔南善「稽古箚存」, 『六堂崔南善全集2』, 현암사, 1973년, pp.14-42.
[6] 崔南善「朝鮮歷史通俗講話開題」, 같은 책, pp.408-444.
[7] 崔南善「白色」, 같은 책, pp.445-462. 崔南善「兒時朝鮮」, 같은 책, pp.150-189.

지 아무것도 글을 쓰지 않았다는 것이 아니다. 단지 『소년』 잡지나 『시대일보』에 계몽적 글들이나 논설을 적어 왔다. 중요한 것은, 동일한 식민지지배를 받는 상황이지만, 단군신화에 관한 본격적인 것이라고 보기에는 약간 달랐다. 중요한 것은 1926년 2월부터 「단군부인의 망(檀君否認の妄)」[8]을 발표하고, 1926년 「단군론(壇君論)」[9]을 작성한다는 점이다. 이 두 논고를 보면 알 수 있는데, 여기서의 최남선의 단군론은 국가나 민족을 상정한 '역사' 즉 '일국의 국사'였다. 물론 최남선이 신채호의 논리를 그대로 답습했을 것이라는 증거는 없지만, 공육(公六)이라는 이름으로 "순정사학(純正史學)의 산물로 보아주기에는 넘어 경솔하고, 그러타고 순연히 감정의 결정(結晶)이라고만 하기도 발지 못한지라 다만 국조(國租)의 역사에 대하야 가장 걱정하난 마음을 가지고 그 참과 올흠을 구하야 그 오래 파뭇첫던 빗과 오래 막혓던 소리를 다시 들어내려고 왼 정성을 다하난 한 소년의 속마음의 불으지짐으로 이에이를 수록하노라"[10]라며 신채호의 독사신론을 연재한다. 그렇지만 일본의 식민지지배 상황아래에서 최남선은 순정사학과 감정, 국조 역사에 대한 유랑이 시작된다.

메이지기 일본의 대표적 동양사학자[11] 나카 미치요(那珂通世)는 『한서』를 참조한 결과 단군은 "조선인이 만든 것(朝鮮人ノ作リタル者ナリ)"[12]라며 '만든 것'이라는 인식으로 단군신화를 비판했다. 물론 미

---

[8] 崔南善「檀君否認の妄」, 앞의 책, pp.77-78.

[9] 崔南善「壇君論」, 앞의 책, pp.79-149.

[10] 錦頰山人「国史私論」, 『少年』 第3年 第8卷, 1908(11.1), 신문관, pp.부록2-3. 즉 "국가의 역사는 민족 소장(消長) 성쇠(盛衰)의 상태를 열서(閱叙)할 자라. 민족을 사(捨)하면, 역사가 무(無)할지며, 역사를 사하면 민족의 그 국가에 대한 관념이 부대(不大)할지니, 오호라 역사가의 책임이 기역(其亦) 중의재(重矣哉)인저"이라고 적었다.

[11] 窪寺宏一 『東洋学事始』, 平凡社, 2009年, pp.189-254.

[12] 那珂通世「朝鮮古史考」, 『史学雑誌』 第5編 第4号, 1894年, pp.40-41.

우라 슈코(三浦周行)의 단군부정론*¹³은 이미 그들의 시각에서 존재했다. 가장 강렬하게 단군론을 부정한 것은 일본의 동양학 연구자인 시라토리 구라키치였는데, 시라토리는 기본적으로 신화가공설의 입장이었으며 특히 단군신화에 관해서는 승려가공설을 강하게 내세우고 『삼국유사』를 비판한다.*¹⁴ 이러한 의견은 나카 추요의 학설을 이어가는 논조였으며, 시라토리는 그것에 대한 영향을 인정하기도 했다.*¹⁵ 그러니까 조선이 식민지시기로 들어가기 이전에 조선에서는 조선의 순정역사에 대한 전승이 있었고, 일본에서도 나카 미치요, 호시노 히사시(星野恒)로 이어지는 신화 가공설이 전개되고 있었던 것이다. 문제는 서로 다른 공동체 속에서 '신화'에 대한 각각의 인식이 전개되는 상황이었던 것이다. 그렇지만 한일합방은 조선인=일본인, 일본인=일본인이라는 새로운 '국민국가'를 형성한 것이다. 이것을 긍정하는 것은 아니지만 상황적으로 국가가 탄생했다는 의미이다.

이것은 최남선의 신화인식에 커다란 변혁을 가져오는 상황이 발생한 것이다. 다시 시간을 돌려보면 1926년 2월부터 「단군부인의 망

---

*13 三浦周行「朝鮮の開国伝説」, 『歴史と地理』 第1卷第5号, 大鐙閣, 1918年, p.6.

*14 白鳥庫吉「朝鮮の古伝説考」, 『史学雑誌』 第5編第12号, 1894, pp.9–10. 白鳥庫吉「檀君考」, 『白鳥庫吉全集』 第3卷, 岩波書店, 1970年, pp.1–14. 후세의 학자 승려가 고의로 괴담을 작위하여 고래(古來)의 전설이라고 거짓으로 칭한 것이거나 혹은 전해내려오는 구비를 자신의 상상에 의해 서술하여 (중략) 조선의 옛 전설 중에서 가장 망탄(妄誕)의 극에 이른 것은 단군전설이다. 단군은 한사(漢史)에 보이지도 않는다. 『삼국유사』에는 위서(魏書)의 연여실술기별집(燃黎室述記別集)에 삼한(三韓) 「고기(古記)」를 발췌하여 기술하고 있다. 그러니 『삼국유사』에 게재되어 있는 고기는 망설의 극(極)에 있으며 전설의 본색을 알 수 있는 소재이다.

*15 白鳥庫吉「檀君考」, 上掲書, p.11. 시라토리는 다음과 같이 논한다. 나카 추요는 「조선고사고(朝鮮古史考)」에 단군(檀君)을 해석하기를 '이 전설(伝説)은 불교가 동쪽으로 흘러온 후 승려에 의해 날조된 망설(妄説)으로'라고 지적한다. 나도 이 전설에 대해서는 씨(나카 추요)와 견해를 같이 한다. 단지 씨(나카 추요)는 이를 승려 망설 사학으로 취급하여 전혀 무시하고 폄하하지만 나는 이 망설에는 망설 나름대로의 강구책이 있다고 인정한다. 그러나 시라토리 역시 단군 신화 자체를 인정하는 것은 아니었다.

(檀君否認の妄)」을『동아일보』에 1926년 2월 11일–12일에 발표했고, 1926년에 「단군론(檀君論)」이『동아일보』에 1926년 3월 3일–7월 25일에 연재되며 1925년 12월에는『불함문화론』의 원고가 완성되고 1927년에 발표되었다. 이를 다시 종합해 보면, 거의 동일시기에 최남선은 일본인 학자들이 주장하는 '신화' 가공설을 의식하게 되고 새로운 단군론을 기획하지 않을 수 없었던 것이라고 추측할 수 있다.

일본 근대 역사학과 타자에 대한 시선

일본의 '근대 역사학'의 출발은 '내부 신화 해석'이론의 틀을 재구성하는 논쟁 속에서 이루어졌다. 그렇다면 이때 '신화'이론이 어떻게 재형성되고 '사유'되어 가는지를 살펴볼 필요가 있다. 이를 바탕으로 주변 민족에 대한 '신화'를 다시 어떻게 재구성하게 되는지 그 연관 관계가 드러날 것이다.

이미 잘 알려진 것처럼 메이지기 일본사학의 흐름을 주도한 것은 관학아카데미즘사학[16]이었다. 특히 일본 근대 역사학의 원류라고 일컬어지는 시게노 야스쓰구(重野安繹), 구메 구니타케(久米邦武), 호시노 히사시(星野恒), 나카 추요(那珂通世) 등에 의해 출발하였다.[17] 이들은 '신화'를 국가의 생성 궤적이자 정사(正史)의 기원이라는 정통성을 내세우는 논리로 설정하였다.[18] 그 과정에서 주목했던 것은 역

----

*16 工藤雅樹『日本人種論』古川弘文館, 1979年, pp.136–137. 물론 관학아카데미즘이라는 한 흐름만 존재한 것이 아니라 역사연구 흐름이 각파의 무관계속에서 존재했던 것은 아니고 그 내부에도 몇 개의 조류(潮流)가 있었고, 또한 이 3대 조류의 어느 쪽에도 속하지 않는 분파도 있었다는 지적을 간과할 수는 없다.

*17 오구마 에지(小熊英二) 저, 조현설역『일본 단일민족신화의 기원』소명출판, 1995년, pp.121–128. 이만열「日帝官學者들의 植民史觀」『韓國史講座』一潮閣, 1982년, pp.501–504.

*18 永原慶二『20世紀日本の歴史学』古川弘文館, 2003年, p.26.

시 국가기원에 관한 서술문제였다. 그러나 건국신화의 비합리성 즉 일본 기년(紀年)의 상이성에 대한 문제가 부상했는데, 이를 해결하기 위해 주변국의 문헌 참고를 통한 합리적 서술 방법을 찾게 되었다.

그러나 그것은 결국 일본이 근대를 경험하면서 만들어낸 메이지 시기의 신화관념*¹⁹의 생성 그 자체가 일본이라는 공동체 안에서 '신도'에 관한 재해석을 비롯해 '인종'에 관한 해석까지 외연을 확장하면서 '총체화'시켜가는 과정이었다. 다시 말하자면 당시의 '신화인식=기년문제발생=가공론'은 일 국가=일본 안에서 그 내용을 규정하고 있지만, 그 논리는 일본 국가를 넘어 제국의 판도를 그리듯이 넓게 파급되어 작동되었던 것이다.

바로 이점이 '근대적 신화인식'이라는 '보편주의'가 환골탈태하여 조선 '신화' 해석 논리로 전화되었으며 결국은 조선 '신화' 부정론을 낳게 된 것이다. 본고에서는 어떠한 역학 속에서 일본 공동체 내부 현실에 이데올로기*²⁰로 주술을 걸었던 것이다

'고서(古書)' 해석 이데올로기의 발생

기년 문제는 근대와 연동하면서 새로운 문제로 부상하기 시작했다. 태양력 사용으로 인한 시간인식의 변화와 그것이 제도화되는 과

＊19 세키네 히데유키 「한일합방 전에 제창된 일본인종의 한반도 도래설」 『일본문화연구』 제19집, 동아시아일본학회, 2006년, pp.163-185.

＊20 페터 지마저·허창운,김태환역 『이데올로기와 이론』 문학과 지성사. 1996년 참조. 페터 지마의 이 저서는 이데올로기와 이론에 대한 논의를 전개하고 있다. 이데올로기가 '왜곡된 주관적 인식'으로 보고 이론을 '참됨·진실·객관적 인식'이라고 설정하여 이데올로기에 오염되지 않은 자유로운 인식을 사회학적인 방면에서 서술한다. 필자가 참고하는 것은 술화(述話)자가 발화(發話)하는 것은 그 집단의 이해관계, 관심 및 가치지향을 표현한다는 의미로 보고 그런 점에서 모든 술화는 이데올로기적이라는 지적을 존중하여 활용하고 있다.

정에서 역사에 대한 실감에 괴리가 발생하기 시작했다.

　한나라 식(漢風)의 시간개념에 근거하여 제왕의 직위시기를 기록한『일본서기(日本書記)』의 허위성 또한 데이터를 부분적으로 밖에 기재하지 않은『고사기(古事記)』의 문제를 (중략) 1877년대에는 전혀 다른 방법으로 제시되었다. 그것은 기년(紀年)을 설명하는 간지(干支)의 '사실(史実) 정합성을 묻는 문제였다. (중략) 1877(명치10)년대에 나타난 갖가지 사론(史論)은 어떠한 입장에서 이러한 문제에 대처할까 새로운 방법의 모색이 진행되었다.[21]

　물론 기년론(紀年論)은 일찍이 모토오리 노리나가(本居宣長)와 이시하라 마사아키(石原正明) 등에 의해 출발되는데[22] 그들은 모두 일본의 기년이 '가공'이라는 점에 주목하였다. 이어서 1878년에 나카추요(那珂通世)가『상고년대고(上古年代考)』를 비롯해 1888년 9월 잡지『분(文)』에「일본상고년대고(日本上古年代考)」를 게재하면서 기년에 관한 논쟁이 지상(誌上)에서 전개되기 시작했다.[23]

───────────────

＊21 田中聡「上古」の確定−紀年論争をめぐって」『江戸の思想』8, ペリカン社, 1998年, p.61.

＊22 森清人『日本紀年の研究』詔勅講究所, 1956年, pp.10–13. 李永植「일본서기의 연구사와 연구방법론」『한국고대사연구』27, 서경문화사, 2002년, pp.178–182. 메이지 이전의 에도시대(江戸時代)의 '기년'문제 제시는 아라이 하쿠세키(新井白石)와 후지사타(藤貞退幹)를 들고 있다. 아라이 하쿠세키는 서기의 기년에 오류가 있음을 지적했고 후지사타는 신무천황 시기를 주말(周末)・진초(秦初)의 시기와 비교하면서 설정하면서 서기의 기년에 약 600년 연장이 보인다고 주장했다. 그리고『동국통감(東国通鑑)』과『씨성록(姓氏録)』을 인용하여 스사노 오노미코토(素盞烏尊)가 진한(辰韓)의 군장(君長)이라고 적고 600년을 빼면 기년이 부합하지 않는다고 지적한다.

＊23 丸山二朗, 전게서, p.62. 기년의 진위와 기년설정에 관한 문제가 사회적 잇슈로 등장한 것은 요시다 도고(吉田東伍)와 구메 구니타케의 논고이다. 요시다는 "우리나라 고사에 나타난 기년이 상세하다고는 말할 수 없다. 말하자면 신대(神代)의 태고 적에는 황조(皇祖)의 신성함을 지니고 있지만 그 년 수가 정확하다고 불 수 없음을 알아야 한다". 吉田

다나카(田中)는 상고(上古)의 역사적 사실(史實)을 확정하려는 논리를 찾아내기 위하여 기년 논쟁을 주도했던 나카 추요를 인용하면서 다음과 같이 지적한다.

사실(史實)을 정 위치로 재배열하기위해서는 확실한 기준을 설정하지 않으면 안 되었다. 여기서 나카추요가 착안한 것은 「한사(韓史)」였다. 이미 18세기 말에 후지이 사타노키(藤井貞幹)등에 의해 기기(記紀)의 기년을 고찰함에 있어서 그 유용성이 인정된 조선의 사서(史書) 즉『삼국사기』와『동국통감』을 참조하였다. 그리고 그러한 사료적(史料的)가치를 확인하는 것에 그치지 않고 일본과 한국이 신공황후(神功皇后)의 정한(征韓)이래 정치적・문화적 교류의 역사를 공유하고 있다는 사실(史實)을 쌍방이 객관적으로 기록하고 있다고 보았다.

간지와 기술(記述)내용이 맞지 않는 경우는 보다 확실성이 높은 한사(韓史)에 기록에 따라『기기(記紀)』의 기년을 간지에 의존하여 간지일원(干支一元)=60년 단위로 전후를 이동시켜 각 시기의 실년대(實年代)를 확정하는 작업을 착수했다.*24

다나카의 주장처럼 일본인은 주변국의 역사서와 비교하는 방법을 통해 자신들의 기년을 확정하려는 작업에 착수했다. 특히 일본에 역일(曆日)을 사용하기 시작한 것은 스이코천황 12년(推古天皇12年)부터인데, 나카 추요는 그 이전의 역일은 없었다고 보고 일본의 사가(史家)가 가공해 조합한 것이라고 보았다. 그리고『일본서기』에 기재

東伍『日韓古史斷』冨田房, 1911年, p.3. 요시다와 구메의 논고가 발표된 이후 기년논쟁은 1888년 중반에 피크를 맞이하게 되는데 1889년 전반기부터는 새로운 논점은 나타나지는 않고 이전 논쟁의 번복이었다. 田中聰, 전게논문, p.65.
*24 田中聰, 전게논문, p.66.

된 백제왕실 기록인『삼국사기』,『삼국유사』,『동국통감』과 비교하여 그 간지(干支)에 차이가 있다는 점을 지적했다.[25]

신공황후(神功皇后)의 정한(征韓) 역사를 사실(史實)로 기록하기 위해서 확실성이 높은『한사(韓史)』의 기록에 따라『기기』의 기년을 간지에 의존하여 그 역일을 계산하는 방식으로 간지와 천황가의 연대를 상정하려 했지만 간지가 맞지 않는 문제가 생긴 것이다. 그때 문제가 되었던 신공황후의 연대를 확정하기 위해 계산해보면 천황의 즉위 기간을 1세가 28년이나 30년 계산법을 찾아냈는데 이러한 계산법 확정에서 특히 문제가 되는 것은 '부(蔀)'[26]의 문제였다.

특히 1부(一蔀)를 1260년으로 보고 스이코천황(推古天皇) 9년이 신서(辛西)에 해당하는 시기라고 설정하고 이것을 기준으로 소급하여 1260년 전 즉 주(周)나라의 혜왕(惠王) 17년(BC660)를 신서(辛西)의 해로 보아 일본의 기원을 맞추었다. 바로 이 1부(蔀)의 수(首)를 신국년(辛国年)의 원년(元年)으로 가정했기 때문에 바로 여기서 부(蔀)의 문제가 발생한 것이다. 즉 신무9년(神武九年) 소급을 '설정'한 후에 계산했기 때문에 기년이 맞지 않았던 것이다.[27]

---

[25] 丸山二朗, 전게서, p.66. 李永植「일본서기의 연구사와 연구방법론」『한국고대사연구』27, 서경문화사, 2002년, p.179.

[26] 丸山二朗, p.55. 일원(一元) 즉 다시 말하면 간지가 한번 순환하는 60년은 인간의 신체구조도 변화가 발생하고, 또한 일부(一蔀 : 21元)즉 1260년에는 정치상으로도 대변혁이 일어나 국가의 대변혁이 발생한다는 설이다. 육십갑자(六甲)는 60년으로 이것을 일원(一元)이라고 부른다. 그리고 46·26상승(相乘)이라는 것은, 46상승(四六相乘)은 46=24로 육십갑자의 4배이고, 26상승은 26=12로 육십갑자의 2배이다. 또 여기서 4배의 4원(四元)과 2배의 2원(二元)과 처음의 육십갑자 1원(一元)의 일원(一元)을 보태어 7원(七元)이 된다. 이 7원 즉 420년간은 세 번의 이변(異變)이 있었다고 설명하고 게다가 37상승(三七相乘) 즉 37=21로 21원(二十一元 : 1260년)을 일부(一蔀)로 보고 있다.

[27] 森清人, 전게서, p.57. p.64. 丸山二朗, 전게서, p.152. 호시노도 스이코천황 12년을 시작으로 역일(曆日)을 사용했지만 역일을 제정하던 시기에도 부수(蔀首)를 사용하던 습관이 남아있어서 신무천황(神武天皇) 즉위 해를 추정하여 신서(辛西)의 해로 정했다고 보았

이 문제를 해결하기 위해 나카 추요는 간지 '120년 상향조정' 논리를 주장했고 신공황후를 가공의 인물로 설정했다.

'기년(紀年)' 문제 해결과 전통의 탄생

나카는 신화는 후대의 가공이라는 것을 인식하는 입장이었기 때문에 그렇게 주장했던 것이다. 물론 나카의 120년 상향조정 논리는 후대의 역사가들에게 비판받게 되지만[28] 그 논리 전개 방식을 보면 우선 천황 기년 표시를 『삼국사기』의 「백제본기」와 대조하여 신공섭정을 기재하고 있었다. [29] 나카는 백제의 근초고왕(近肖古王) 시기와 신공황후 시기를 억지로 맞추기 위해서 근초고왕 이전의 백제의 네 명의 왕(責稽·汾西·比流·契의 四王)을 삭제했다. 나카 추요는 실제로는 백제 제12대왕인 근초고왕을 제7대왕으로 상정했기 때문에 "백제 왕들의 연대는 근초고왕 이전은 의심 가는 점이 많다. 시조격인 온조(溫祚)왕은 근초고왕의 7대조가 되는데 그 사이의 200년 정도 간격이 있는 것을 보면 온조왕 즉위는 근초고왕의 이전 373년이라고 보아야 하는데 이는 믿기 어렵다"[30]라며 무모하게 네 명의 왕

다. 그러므로 1부(一蔀)를 1260년으로 계산하는 나카 추요와 동일하다고 볼 수 있을 것이다. 이점에서 나중에 구로이타(黑板)가 스이코천황 9년에 해당하는 신서(辛西)의 해를 기준으로 천황1세 즉위 해로 정하는 것에 의해 개혁을 단행한 성덕태자의 하나의 이상이 실현된 것이라고 논하게 된다. 이후 최대의 논쟁점은 신공기년이 4세기라고 보는 설과 3세기라고 보는 '기년논쟁'으로 전개된다. 4세기론의 대표자가 나카 추요, 구메 구니타케, 호시노 히사시, 구로이타 가쓰미이며, 3세기라고 보는 입장은 요시다 사타키치(吉田貞吉), 모리 기요히토(森淸人)였다.

*28 倉西裕子『日本書紀の真実—紀年論を解く』講談社, 2003年, pp.28–29.

*29 倉西裕子, 상게서, p.24.

*30 森淸人, 전게서, p.141. 중국의 자료 중 신공기(神功紀) 대조관계는 『삼국지(三国誌)』「위서(魏書)」그리고 『진서(晉書)』「기거주(起居注)」에 게재된 기사가 있다. 다시 말하면 『위서(魏誌)』와 『진서(晉書)』의 신공기(神功紀)의 게재를 보면 신공섭정(神功攝政) 39년은 위조(魏

을 삭제해 버렸다. 이렇게 계산한 나카 추요의 기년 책정 방식은 중국(漢)의 조선사에 적힌 연대와 비교할 때 120년이 차이나는 모순을 발생시켰던 것이다.[31]

결국 나카는 이 문제를 해결하기 위해『일본서기』의 기준에 의한 연대 조정과 일본신화의 모순해결을 꾀하였다. 다나카 사토시(田中聰)도 지적하듯이 "『기기(記紀)』의 기년 중에서 신용할 수 없는 것이 안강조(安康朝) 이전인데, 특히 신공(神功)·응신조(応神朝)를 실제보다 간지(干支) 2원분(120년)을 소급하여 표기하고 있는 것"[32]으로 "삼한정벌이 '사실(史實)'로서 나타난 것은 백제 12대 근초고왕 시기였음에도 불구하고『기기』에는 그것이 초고왕대(肖古王代) 즉 근초고왕보다 백 여 년 전의 신공섭정기(神功摂政期)의 사건이라고 쓴 점 등에 두드러진 작위를 확인할 수가 있다"[33]는 점이다.

이것은 이미『일본서기』의 기준에 의한 연대 '가공설'과 일본신화의 모순 문제 해결을 위한 정합과정이 이루어졌고 이는 역사해석의 '인식'을 형성해가는 과정이었으며 그 대표자가 나카 추요였다는 것이다.

그러나 이러한 행보는 사실적인 가치로서의 합리성은 완전성을 갖추지 못했다. 즉 나카의 기년 상정론은 자신들의 입맛에 맞는 기년을 설정하기 위한 비판을 실시했기 때문이다.[34]

朝)의 명제(明帝)의 경초(景初) 3년(서력239년)에 해당하게 된다. 또 신공섭정 43년은 정시(正始) 4년(서기243년)이 되고 신공섭정 69년은 서기269년에 해당한다고 이해할 수 있다. 이것을『일본서기』를 기준으로 하여『삼국사기』와 비교한 것과 중국의『위서』『진서』와 비교했을 경우에는 120년의 차이라는 모순이 생기고 있는 것이다.

*31 연민수『고대한일관계사』혜안, 1998년, pp.28-30.
*32 李永植「日本書紀의 연구사와 연구방법론」『한국고대사연구』27, 한국고대사학회, 2002년, pp.179-180.
*33 田中聰, 전게서, p.59.
*34 森清人, 전게서, p.58. 모리는 "나카 추요는 이른바 스이코 9년 소급설(推古九年逆推説)을

자국의 왕위계승의 정당성을 증명하기 위한 문명화된 '기년'을 유입하면서 자국의 표준성을 타국에 제시하기 위한 '자기 확인'의 표현이기도 했던 것이다. 이러한 기년논쟁은 결국 두 가지의 인식을 내포하게 되었다. 첫째 고대사를 바탕으로 한 신화해석에는 정확한 연대의 입증이 불가능하다는 점. 둘째 그렇기 때문에 작위가 가능하다는 논리이다. 이러한 기년논쟁을 거치면서 신화해석에 하나의 '전통'이 창출되어가는 한편 일선동조론과 관계를 맺는 신도에 관한 해석에서도 논쟁이 발생하게 되었다.

'신도' 해석을 둘러싸고

구메는 일본의 신도는 고대부터 존재했다고 보는 인식에 서 있었다. 그것은 제천(祭天)과 일본의 신도를 연결시키면서 해석하고 있었는데 그 제천의 원래 의미는 '천신(天神)의 아들을 나라의 제왕으로 모시는 것'이라고 해석했다. 이는 고대사회를 '제정일치의 시대'로 상정하고 그 행사 중 하나가 제천 행사라고 이해했던 것이다. 구메는 제천 행사를 이해하는 것이 '국체를 아는 것'이며 '신도를 아는 것'이라고 보았다. 신도를 이해하는 것은 곧 국체를 아는 것이라는 의미에서 신도를 일본의 국체논리와 연결시키고 있었다.*35 '국조(国祖)'를 하늘과 동렬에 놓고 제사지내는 것이며 '조(祖)'라 칭하는 그 자체가

하나의 '합(合)'이라는 문자를 빠뜨리고 있는 듯싶다. '21원(二十一元)'이 '일부(一蔀)'라고 한다면 일부(一蔀)는 나카추요가 주장하는 것처럼 1260년이 되는데, 그 다음의 '합1320년(合一千三百二十年)'이라는 것은 그 앞의 '육십갑자일원(六甲為一元)'과 합하여 합계 1320이라고 해석된다. 따라서 당연히 제2부수(第二蔀首)는 구메 등이 주장하는 것처럼 제1부수(第一蔀首)에서 1320년 후인 신서(辛酉)의 해(年) 즉 사메7년(齊明七年)의 신년(辛年 : 661)으로 보아야 할 것이다'고 지적한다.

*35 久米邦武「神道は祭天の古俗」『史学雑誌』第23号, 1891年, pp.7−8.

실제로는 '제천'이라고 보았다. 그러나 이렇게 일본의 국체논리와 연결시키면서도 '신도'는 '동양'에서는 이미 5천 년 전에 나타났던 보편적인 행사라고 주장했다.

구메는 이처럼 제천과 관련하여 고대 동아시아의 공통적 행사로서의 '제천=신도론'을 주장했는데 이 논리는 요시다에게로 계승되어 갔다. 그렇다면 과연 구메의 견해에 대해 어떤 면에서 동일한 방상이라고 느꼈으며, 어떤 점을 계승했는지를 살펴볼 필요가 있을 것이다. 그럼으로써 바로 구체적 변용방식을 찾아낼 수 있기 때문이다. 구메는 '신도는 일본의 제천'이라고 소개하며 다음과 같이 논한다.

> 이 제천 대전(大典)은 니나메사이(新嘗祭)인 것이다. 니나메사이는 아마데라스 오미카미(天照大神)를 제사지내는 것이 아니다. 천(天)에 제사에 관한 고전의 『기(紀:일본서기)』의 신대권(神代卷)에 니나메사이는 중국에도 있다. 니나메사이는 동양의 오랜 풍속이다. 한국(韓土)에도 그러했다. 후한서(後漢書:위지도 마찬가지)에 고구려(高句麗)의 「10월 제천(祭天)은 온 나라의 행사였다. 그를 일컬어 동맹(東盟)이라 한다」고 적고 있다. 동맹(東盟)과 동명(東明)으로 예(濊)와 마한(馬韓)은 여름과 겨울 두 번 행사를 치렀다. 부여(扶餘)는 「제천행사를 지내는 대회 기간 중에 연일 음식과 가무를 즐겼는데 이를 영고(迎鼓)」라 한다. 이 나라는 12월에 대회를 열었다. 우리나라(일본)의 니나메사이도 예부터 두 번 행한 것임에 틀림없다.*36

구메는 일본의 니나메사이(新嘗祭)가 일본의 고유한 것이 아니라 동양인의 하늘에 대한 배천(拜天)행사라는 견해였다. 그러나 그것은 다시 해석하면 동양의 배천 행사로서 신도이기도 하지만 그것이 천

---

*36 久米邦武, 상게논문, pp.10–11.

황과 연결되었다는 논리를 전개하기에 이른다.

신도국가 일본을 육성한 것은 자모(慈母)의 은혜이다. (중략) 모든 지구상의 나라들이 모두 신도 안에서 나온 것이다. 갖가지 변화는 있었지만. 국체를 유지하고 순차적으로 진화한 것은 일본뿐이다. 신도 그자체가 규정하는 국가제왕을 봉재하는 논리를 변혁하지 않은 것은. 신도의 오랜 풍속을 잔존시키고 일부러 폐기(廃棄)하지 않고 신진대사(新陳代謝)의 활성세계를 통과해 시대의 흐름에도 뒤떨어지지 않으면서 모든 국가는 주재자(主宰者)를 세워서 정무(政務)를 통괄해야 하는데 그 존숭의 자리는 결코 인간의 힘으로 결정할 수 없는 것이다. 우리나라의 만대일계(万代一系)의 천황을 받드는 것은 이 지구상에 또 얻을 수 없는 역사이다.*37

구메의 이러한 논리는 이중적인 의미가 담겨져 있었다. 구메는 조선과 동원적인 의미의 제천 행사로서 신도를 해석하는 '일선동원론'이다. 그러나 이것은 국체를 손상시키는 의미로 해석될 수도 있었다. 구메의 이러한 입장은 필화사건에 연루(連累)되기도 하지만*38 신도를 이해하는 방법론 중 하나로써의 역할을 했다.

이에 대해 구도(工藤)가 "일련의 논고 때문에 대학을 쫓겨난 배경에서 보면 국체에 반하는 논리를 주장한 것처럼 보이나 그것뿐만 아니라 구메의 경우는 일찍부터 메이지정부의 한일관계의 움직임과 연동하면서 논지를 주장하고 있었다"*39고 지적했던 것처럼 결과적으로 구메는 일선동원론자로서 그 원인을 제공하고 있었던 것이다.

---

*37 久米邦武, 상계논문, pp.22—23.
*38 田中彰『近代日本思想大系13 : 歴史認識』岩波書店, 1991年, pp.557—560.
*39 工藤雅樹, 전게서, p.149.

'신화' 해석의 중층성-'신화' 해석과 '인종' 분류

사학계의 기년 문제를 들고 나왔던 대표적인 나카 추요는 신화에 대해서 어떠한 입장이었는지 다시 한 번 짚어 보기로 하자. 나카의 「조선고사고(朝鮮古史考)」는 조선의 고대사에 대해 서술한 중국 문헌을 자료로 삼아 역사를 해석하고 있었다. 특히 「조선·낙랑·현토·대방 고찰(朝鮮·楽浪·玄菟·帯方考)」이라는 소제목의 논고를 보면 그 내용을 더 구체적으로 이해할 수 있는데 이를 검토해보기로 한다. 나카는 중국문헌의 『사기(史記)』를 참조하여 이 문헌에 처음으로 '조선'의 기술이 등장한 점에 주목하였다. 그리고 『한서(漢書)』, 『사기(史記)』, 『삼국지(三国誌)』, 『후한서(後漢書)』 등의 문헌들을 활용하여 조선 신화에 대해 기술한다. 나카는 『한서(漢史)』를 참조한 결과 단군은 "전부 조선인이 만든 것(全ク朝鮮人ノ作リタル者ナリ)"[*40]임을 알 수 있다고 주장했다. 또한 『동국통감』에 기록된 기자조선을 인용하며 확언하길, 『한서』에는 기록되어 있지 않은 단군을 조선인이 주관적으로 만들어 낸 것이라고 했다. 그리고 나카는 단군이 기록되어 있는 『삼국유사』를 승려 일연의 날조(捏造)에 의한 것이라 비판한다.

　『삼국유사』의 단군의 이름을 왕검(王儉)이라고 하는 것은 평양(平壤)의 옛 이름인 왕검(王儉)의 검(儉)글자에서 사람인변으로 바꾼 것이다. 이 전설은 불법(佛法)이 건너 온 뒤 승려의 날조(捏造)에 의해 만들어진 것이다. 이것을 조선의 고전(古伝)에 의한 것이라고 볼 수 없는 것이 명료하다. (중략) 승려의 망설(僧徒ノ妄説)을 역사상의 사실로 보고 이를 기록한 유일한 권근(権近)의 『동국사략(東国史略)』에 의거하여 1418년이라 한다. 이 기록 밑에 사신(史臣)의 안(案)을 적으며 '재적무징(載籍無

＊40 那珂通世 「朝鮮古史考」 『史学雑誌』 第5編第4号, 1894年, pp.40−41.

徵)'이라고 말하는 것으로 보아 증거가 될 만 한 것은 없고 또한 후세
(後世)의 승려 망탄(妄説)임을 알 수 있다.*⁴¹

　　결론적으로 보면, 그것은 단군신화를 부정하는 입장에서 신화 가
공설을 주장한 것이었다. 그리고 그와 관련하여「조선반도와 낙랑(朝
鮮半島と楽浪)」문제를 제시하기에 이른다. 나카는 "『한서』에 전하는
왕검성(王儉城)은 낙랑군(楽浪郡) 옥수(沮水)의 동쪽이라고 적고 있
는데 이것이 조선 압록강을 가리킨다는 것은 오류이며『지리지(地理
誌)』에 의하면 압록강(鴨緑江)의 옛 명칭은 마자수(馬訾水)로서 옥수
(沮水)라고는 기록하고 있지 않다"*⁴²고 주장한다.『지리지』에 기록되
어 있는 '옥수'는 낙랑군 통치의 남쪽으로 규정하고 있었다. 즉 지금
의 대동강을 가리킨다. 이 논리는 조선반도를 지배하던 낙랑이 압록
강 만주지역에서 대동강 즉 평양 아래 지역으로 내려가는 것을 확정
짓는 것이었다.
　　또한 조선반도의 이주자에 대해서는 "중국의 동북변방의 즉 지금
의 만주와 조선 땅에 살던 고대인의 인종은 중국의 역사에 의거하
여 생각해 보면 장백산(長白山) 이북에는 숙진(粛真)이 있다. 숙진은
남쪽에 현토낙랑의 변방지역에는 맥(貊) 인종이 있고 낙랑과 맥의
남쪽에는 지금의 조선남부지역에는 한(韓)종족이 있다"*⁴³고 논한다.
낙랑 지역과 한족에 대한 설명 이유는 다음과 같은 논지를 들어 진
술하고 있다.

＊41 那珂通世, 상계논문, p.42.
＊42 那珂通世, 상계논문, pp.47-48.
＊43 那珂通世「朝鮮古史考」『史学雑誌』第5編第5号, 1894年, p.34. 粛真氏ノ南玄菟楽浪ノ旁地
　　ニハ, 貊ノ諸種アリ楽浪ト貊トノ南, 今ノ朝鮮南部ノ地ニハ韓ノ諸種アリキ.

맥(貊)은 그 이름이 오래되기는 했으나 고서(古書)에 보인 것은 그 이름뿐이다. 사적 역사에 나타난 것은 한서(漢書) 고조기(高祖紀)4년 8월 (중략) 이 처음이며 한위(漢魏)때 이르러 점차 부여(扶餘), 고구려(高句麗), 옥저(沃沮), 예맥(濊貊) 등의 제 종족이 나타나기 시작했다. 이들 종족을 맥인(貊人)이라고 하는 것은 우선 한서(漢書) 왕망전(王莽傳) (중략) 동이전(東夷傳)에는 요동(遼東)지역 바깥을 맥인이라며 구려(句驪)라고 적고 (중략) 후한서에「구려(句驪) 일명 맥(貊)」이라고 하고 있는 것은 고구려인이 맥종(貊種)이라는 것이 분명해 진다.*44

나카는『한서』를 참조로 하여 조선반도 북부에 나타난 고구려를 '부여, 고구려, 옥저, 예맥'과 함께 등장한 하나의 종족이라고 설정했다. 이 4개 종족들의 친연성을 부각시키며 고구려인이 '맥종(貊種)'임을 상정하고 있었다.

그리고 부여의 이름이『한서』에서 처음으로 보이며『논형(論衡)』에는 부여의 선조인 동명왕(東明王)에 대해 적고 있는 부분을 참고하여 고구려의 시조가 잘못 전해지고 있음을 확인할 수 있다는 것이다. 그러므로 부여의 위치를 다시 정립해야 할 필요가 있다고 지적한다.

위지동이전에 (중략) 읍루(挹婁)는 숙진씨(肅慎氏)의 나라로 위지동이전에 '읍루는 부여의 동북쪽에 천여리가 떨어져 북으로는 옥저(沃沮)와 접하고 있고 그 토지는 산이 많은 험악한 곳'이라고 적고 있다. 서쪽은 송화강이 있고 동쪽은 동해바다에 이른다. 장백산(長白山)을 중앙으로 하여 두만강 이북에 흩어져 살던 종족이었다. 선비는 동호의 유족(遺族)으로 흉노의 옛터에서 살았으며 그 동쪽에는 요수(遼水)의 강에 이

＊44 那珂通世, 상게논문, p.38.

른다. (중략) 부여국은 요수의 동쪽 송화강 남쪽에 있었으며 선비, 읍루, 고구려에 접하고 있었다고 본다면 대충 지금의 봉천(奉天) 지역의 동북부 경계가 된다. 이렇게 고려해본다면 부여 지역은 지금의 개원현(開原縣)의 경내에 있었던 것이 된다.*45

이상과 같은 부여국에 관한 설명에는 조선반도로 이주한 부여족이 설명되고 있지는 않다. 이처럼 부여족의 이동과 지금의 봉천지역을 부여왕도(扶餘王都) 터라고 설명하는데 그치고 있었다. 달리 표현하자면 부여족에는 두 종류의 부여족이 존재했고 부여족이 이동하여 고구려를 세웠다고 주장하지만 이 부여족은 부여족 중에서도 별개의 부여족이라고 설명하는 것이다.

고구려 시조 주몽에 대해 말하면 난을 피해서 남쪽으로 내려가 졸본강에 이르러 나라를 세웠다고 적고 있다. 이처럼 황당한 전설이 탄생한 것은 잠시 덮어두기로 한다. 해부루 천도설에 의하면 주몽이 태어난 곳은 말하자면 동부여로서 동해 쪽에 있었던 것으로 보인다. 그렇지만 동해쪽은 부여와 먼 거리에 있었고 또한 『위서』「고구려전」에 주몽 기사를 '부여를 버리고 동남쪽으로 갔다'고 적고 있는 것으로 보아 동해 쪽은 방향이 맞지 않는다. (중략) 부여 땅은 강역(疆域)의 넓은 지역으로

＊45 那珂通世「朝鮮古史考」『史学雑誌』第5編第6号, 1894年, pp.37-38. 魏志東夷伝二「扶餘在長城北去玄菟千里南與高句麗東與悒婁西與鮮卑接北有弱水方可二千里戶八萬其民土著有宮室倉庫牢獄多山陵広澤於東夷之域最平敞土地宜五穀不生果」トアリ.悒婁ハ古ノ肅慎氏ノ国ニシテ,魏志東夷伝二「悒婁在扶餘東北千余里濱大海南與北沃沮接未知其北所極其土地多山険」トアリ.西ハ松花江ヨリ,東ハ日本海ニ至リ,長白山ヲ中央トシテ,豆満江以北ニ散処セル人種ナリ.鮮卑ハ,東胡ノ遺種ニシテ,匈奴ノ故地ニ拠リ,其ノ東部ハ遼水ノ濱ニ至レリ.弱水ハ,今ノ松花江ヲ指セルニ以タリ.扶餘ノ国ハ遼水ノ東松花江ノ南ニ在リテ,鮮卑悒婁高句麗ニ接シタレバ,大抵今ノ奉天府ノ東北境ナリ.トアルヲ合セ考レバ,扶餘王都ノ故地ハ今ノ開原縣ノ境内ニ在ルナリ.

주몽이 나라를 세운 졸본 땅도 부여의 경내에 있었으며 졸본 부여라고는 하지만 고구려인은 그 본국인 부여에는 '북'자를 넣어 구별할 필요가 있다. 제기(済紀)에도 '주몽 북부여에서 난을 피하여 졸본부여에 이르렀다' 혹은 '주몽은 북부여에서 태자로 태어났다'등 이 원 주석에는 '북부여왕 해부루'라고 적고 동부여라고 말하지 않는 것을 보면 동천(東遷)설은 믿을 수가 없다.*46

부여를 두 종류로 구분하면서 그 두 흐름이 '지역'에 의해서 구분된다고 서술한다. 다시 말하자면 조선반도에 이주한 부족은 부여족 중에서도 남쪽에 위치하던 부여족이라고 설정한다. 조선반도 이주자는 우수한 혈통을 이어가는 북부여가 아니라 남쪽의 별개 부여족이라는 것이다. 그것은 곧 고구려의 선조가 된 것은 북부여족이 아니라 남부여족이 라는 주장이다.*47 나카의 이러한 주장은 미우라

---

*46 那珂通世, 상게논문, pp.43−44. 即句麗ノ始祖朱蒙ニシテ,難ヲ逃レテ南ニ走リ卒本川ニ至リテ,国ヲ建テタルコトヲ記セリ.此等ノ伝説ノ荒誕ナルコトハ,暫ク置キ.解夫婁遷都ノ説ニ拠レバ朱蒙ノ生レタル所ハ,所謂東扶餘ニシテ,東海ノ濱ニ在リシガ如シサレトモ東海ハ,即日本海ニシテ,扶餘トハ相去ルコト甚遠ク,且魏書句麗伝ニ朱蒙ノ事ヲ記シタルニ「棄扶餘東南走」トアレバ,東海ノ濱ニテハ,方位合ハズ.広開土王碑ニ「惟始祖鄒牟王之創基也出自北扶餘」トアリ.扶餘ノ地ハ彊域甚広ク,朱蒙ノ国ヲ建テタル卒本川ノ地モ,扶餘ノ界内ニシテ,卒本扶餘ト云ヘルガ故ニ麗人ハ,其ノ本国ナル扶餘ニハ北字ヲ加ヘテ区別シタルナリ.済紀ニモ「朱蒙自北扶餘逃難至卒本扶餘」,又「朱蒙在北扶餘所生子来為太子」其ノ原注ニ「北扶餘王解夫婁」ナド見エテ,東扶餘ト云ヘルコト更ニ無ケレバ,東遷ノ説ハ信ズベカラズ.

*47 那珂通世, 상게논문, pp.47−48. 扶餘ハ,遼東ノ古国ニシテ悒婁ノ西南ニ在リシコト,魏志後漢書以下諸書異辞ナシ,然ルニ魏書ニハ「豆莫婁国在勿吉国北千里去洛六千里旧北扶餘也,在失韋之東東至於海」トアリテ,失韋勿吉ノ東北ニ在ル豆莫婁国ヲ以て北扶餘ノ旧地ト為シタルハ,決ク魏書ノ撰者ノ疎謬ナリ.坪井博士ノ古朝鮮形勢考(史学会雑誌第参拾五号)ニハ,此ノ魏書ノ文ニ拠リテ,北扶餘ヲ遼東ノ扶餘ト区別シ,北扶餘ハ,高句麗ノ祖ニシテ,遼東ノ扶餘ハ百済ノ祖ナリト云ヘリ.所謂北扶餘ナル者ハ,即遼東ノ扶餘ニシテ別所ナルニハ非ズ.扶餘トハ全ク縣隔セル所ナルヲ,扶餘ノ旧地ト誤認シタルニ由リテ,魏志ニ扶餘伝ノ水土風俗ヲ取リテ記入シタルニテモアルベシ.句麗人ガ扶餘ヲ北扶餘トモ云ヘルコト,百済人ノ句麗ト同ジク北扶餘ヨリ出デタルコトハ,広開土王碑魏書麗紀,済紀,国史等ニヨリテ明瞭ナレバ,坪井

슈코(三浦周行)의 역사 해석으로 이어져가고 있었다. 미우라는 '신화'에 대하여 다음과 같이 논술한다.

조선의 개국전설로는 단군과 기자를 들지 않으면 안 된다. 대체적으로 중국 역사에는 기자 전설을 게재하고 있으며, 조선의 역사는 단군 전설을 주로 적고 있다고 말할 수 있다. 그렇지만, 신화전설의 괴이(怪異)가 많은 것은 동서 여러 나라에서 항상 나타나는 것이기 때문에, 스토리가 논리적이지 않다고 하여 일괄적으로 비난하기 보다는 그것이 원시적민족(原始的民族)의 그자체인가 후대에 만들어낸 이야기인가를 연구해야 하는 것이 문제라고 생각한다.[48]

미우라는 조선의 신화를 두 가지로 보았다. 즉 단군신화와 기자인데 이 두 신화를 거론함에 있어서 중요한 점은 이 신화의 특이성에 문제의 초점을 맞추는 것이 아니었다는 사실이다. 여기서 문제 삼아야 할 것은 논리적으로 앞뒤가 맞는지 안 맞는지의 문제가 아니라 후대인의 개작인지 아닌지를 구분해야 한다는 것이다. 즉 원시적 민족을 나타내는 것인지 후대인의 개작인지를 구분해야 한다는 것이다. 이러한 견지에서 단군신화의 출처가 『삼국유사』인데 이 저서보다 빠른 『삼국사기』에 단군신화 기술이 보이지 않는다는 점을 거론하며 그것은 단군신화가 원시 민족 간의 신화가 아니라는 의미로 해석이 가능하다는 것이다. 또한 조선 고대의 할거적(割拠的) 형세를 감안해 보더라도 통일된 신화를 성립했다고 하기에는 의심의 여지가 있다는 것이다.[49]

博士ガ南北扶餘ヲ区別シタルハ,附会ノ説ナリ.
[48] 三浦周行「朝鮮の開国伝説」『歴史と地理』第1巻第5号, 大鐙閣, 1918年, p.6.
[49] 三浦周行, 상게논문, p.7.

미우라는 단군신화가 하나의 통일 관념으로 성립할 수 없었던 것은 지정학적으로 분산되어 있었던 '이유'가 있었음을 증거로 설명한 것이다. 또 한 가지가 단군신화의 '형식' 문제를 거론한다. 단군이 고산(高山)에 강림한다는 것이 일본 신화와 그 형식이 비슷하기는 하지만 그 '내용'이 다름을 주장한다. 미우라는 기존의 일선동조론(日鮮同祖論)을 부정하는 입장에서 신화론을 주장한다.

> 단군신화에 비하면 기자 전설이 게재된 것이 더 오래전이고 이미 『상서(尚書)』「홍범대전(洪範大伝)」 주석에 주나라(周) 무제(武帝)가 은(殷)을 멸망시킨 끝에 기자를 해방시키려했지만 기자는 그것을 싫어하고 조선으로 도망쳤기 때문에 무왕(武王)은 이 기자를 조선에 가두었다고 적고 있는데 『사기(史記)』에도 『전한서(前漢書)』에도 대략 같은 내용을 싣고 있다.[*50]

미후라는 기자조선을 인정하면서 조선의 신화와 일본 신화의 차별성을 강조했다. 일본의 천손강림과는 달리 조선의 기자신화는 주나라의 '이주자'이지 강림한 것이 아니라고 설정했기 때문에 일선동조론과는 다른 점을 강조했다. 또한 천손강림의 단군신화는 후대의 승려의 선작(撰作)임을 논한다. 미우라는 기자신화가 단군신화보다 더 신빙성이 있다고 했다. 중요한 것은 신화 그 자체는 '인정'하려는 의도 속에서 단군신화 쪽보다는 기자신화에 더 평가를 두었는데 거기에는 이유가 있었다. 즉 기자조선이 중국에서 온 이주자에 의해 건국되었다는 의미는 중국의 패잔자들이 조선으로 흘러들어갔다고 주장하기에 적합한 신화였다.

조선민족의 민족성을 희박화하고 중국의 속국임을 주장하는 논리

---

*50 三浦周行, 상계논문, p.8.

였다. 즉 조선민족 열등성을 강조하였다. 이처럼 신화의 해석 논리에 숨겨진 레토릭은 두 가지가 존재했다. 그것은 역사를 구성하는 '신화'와 그 신화를 근거로 하여 역사를 해석하는 '인종' 변별이 그것이다.

나카와 미우라가 주장하는 신화론 사이에는 '동일성'과 '상이성'이 존재했다. 즉 나카는 일본신화의 가공성을 인지했기 때문에 그 논리에 바탕을 두어 조선의 단군신화도 부정했다. 그리고 미우라는 신화의 가공성을 인정하면서 단군신화는 부정했고 기자신화는 인정하는 입장을 취했다. 이는 동조론을 주장하는 호시노와 구메의 논리에 보이는 차이성과는 다른 차이성을 띠고 있다. 즉 호시노는 신라의 소시모리(曾尸茂梨)를 스사노 오노미코토(須佐之男命)와 관련시키면서 일본신화의 연장선에서 해석하였다.

그러나 중요한 것은 나카의 인종 해석 전개였다. 나카는 고구려 종족을 '맥종(貊種)'으로 보았으며 부여족의 일파라고 해석했다. 그렇지만 부여족은 우수한 종족과 열등한 종족의 두 파가 있었는데 고구려에 남하한 것은 열등한 쪽이라고 주장했다. 미우라는 이 논리를 부연하여 단군신화의 천손강림 형식을 부정하고 기자조선을 중국과 연결시키면서 그 열등성을 주장하였다. 즉 미후라는 신화 자체를 부정하지는 않았지만 단군신화를 부정하면서 일본의 천손강림 산화와는 동일하지 않다고 주장하여 동조론을 부정하였다.

이처럼 신화 자체를 해석하는 논리는 여러 층위가 존재했다. 야마지 아이잔(山路愛山)은 구메 구니타케의 「신도는 제천의 고속(神道は祭天の古俗)」이라는 논문이 국체(国体)에 반하는 논문이라는 평을 받고 대학을 쫓겨난 것에 대하여 다음과 같이 논하고 있다.

사실(史実)을 찾기 위해서는 어떤 고려를 해야 할 것인가. 만약에 말살할 수 있는 논거가 있다면 (역사)의 말살도 가능하다. 만약 우리들의 선조 흔적을 찾아내어 우리가 신의 전수라는 심연을 알기 위해서는 어떠한 연구도 자유롭지 않으면 안 될 것이다.*51

야마지는 국체 보호의 이름 아래 연구의 자유를 제한하는 것에 반대하고 있었다. 즉 야마지가 역설하는 것은 1909년 시점에서 '국체의 호지(国体の護持)'를 이유로 학문의 자유를 제한하는 부조리를 질타하고 있었다.

역사의 사실을 확실하게 하기위한 고문서를 최상의 것으로 한다. (중략) 재판관이 소송에 대해 결단을 내리기 위해서는 증거물에 의해 이치를 따지듯이 역사 고문서(古文書)는 바로 이러한 증거물이 된다.*52

즉 실증사학의 중요성을 강조했다. 특히 일본과 한국의 '동종(同種)'을 주창하는 대표적인 사학자인 기다사타 키치(喜田貞吉)의 견해를 참조할 필요가 있다. 기다의 '일본민족성립론'의 골자를 파악할 수 있는 것이 1910년의 『한국 병합과 역사』인데, 여기서 기다는 야마토 민족은 다른 타 종족과 "'상호 혼합한 결과'이며 '많은 종족을 우리의 종족 안에 수용하여 전부 이를 동화 융합하였다'"*53고 보았다. 기다는 '동원(同源)이란 무엇인가'라며 자신의 동원의 의미를 제시한다. 기다는 자신이 사용한 '동원'의 개념은 실체를 가늠하기 어려운 막연한 것으로 단순하게 '기원(起源)을 같다'라는 넓은 의미로 이를 이해해서는 안 된다고 주장했다. 그렇다면 그 동원이라는 것을 어떻게 상정해야 하는지를 자문하여 기다는 그 지역의 생활 상태나 주

＊51 山路愛山 「日本現代の史学及び史家」 『太陽』 9月, 日本名書出版, 1909年, p.171.
＊52 重野安繹 「日本式尊ノ事ニ付史家ノ心得」 『史学会雑誌』 第拾壹号, 1890年, p.11.
＊53 喜田貞吉 『韓国の併合と国史』 三省堂, 1910年, pp.64-65.

위 환경이 달라지면서 결국은 인종과 민족이 별개로 나눠진 것으로 해석했다. 그래서 그 기원을 찾아보면 일본과 조선은 원래 하나였다는 것으로 기술한다.

일선양민족(日鮮両民族)이 (중략) 동원 이라고 해도 결코 그 조상은 단순한 것이 아니다. 양자 동원(同源)은 하나의 커다란 가지에서 두 개의 작은 가지로 나누어진 것 같은 단순한 것이 아니다. (중략) 세계의 모든 민족 중에서 일선 양 민족은 가장 가까운 관계를 가지고 있다고 말하지 않으면 안 된다. 나는 이러한 의미에서 일선양민족동원(日鮮両民族同源)이라는 말로 해석한다.[*54]

기다는 조선과 일본이 단순한 동원 관계가 아니라 세계 어느 민족과 비교했을 때 그 동원성의 색채가 가장 짙다는 것이다. 이 논리의 구체적인 내용이 '일본민족 혼합설'인 것이다. 기다는 일본민족 혼합설을 일본의 신화 해석과 연결한 민족해석에 제시한다. 그 신화속에는 조선과 일본의 관계를 포함하고 있었다. 일본민족을 천손민족(天孫民族)과 이즈모 민족(出雲民族)으로 나누었다.

우리나라 신화에는 천손민족(天孫民族)의 기원을 설명하는 아마테라스 오미카미(天照大神)에 관한 것과 이즈모민족(出雲民族) 기원을 설명하는 오오쿠니 누시노카미(大国主神)에 관한 두 계통이 착종(錯綜)하여 전해진다. 그렇지만 여기서 주의해야할 것은 이들 신화를 게재하고 있는 고서(古書)가 대부분이 황실이나 국가의 유래를 적고 있으며 그 존엄한 이유를 나타내기 위하여 편찬된 것 이라는 점이다. 『고사기』는 비교적 정직한 편이어서 이즈모 민족에 관한 내용도 상세하게 적고 있지

*54 喜田貞吉 「日鮮両民族同源論」 『民族と歴史』 第6卷第1号, 1921年, p.9.

만 『일본서기』의 경우에는 황실 본위의 색채가 농후하여 구니쓰가미 (国津神)의 기사를 생략하고 있다. 여하튼 우리나라 신화에 이즈모 민족과 천손민족이 존재했다는 것은 의심할여지가 없을 것이다.*[55]

　일본 신화를 『고사기』와 『일본서기』를 참조하면서 '이즈모민족' 신화와 '천손민족' 신화로 나누어서 분류하는 방식을 취하고 있었다. 기다는 『기기』 편찬에 의도성에 따라 그 전하는 내용이 다르다는 것과 신화형태나 종류가 다르다는 점에 주목한 것이다. 그렇지만 각 지방의 지형 형세에 의해 신화형태가 변화한 것이지만 결국 동일성을 갖추고 있다고 해석한 것이다.

　천손민족이 태양을 조상 여겨 숭배하는 사상과 동일한 사상이 조선·만주 방면에도 많이 전해진다. 우선 부여·고구려·백제의 전설에도 그 조상의 아버지는 태양이며 어머니는 바다의 신이라고 전한다. 이들은 모두 동일민족이며 그렇기 때문에 동일한 신화를 소유하고 있는 것이다. 우리나라 황실의 선조라고 적고 있는 아마테라스 오미카미가 태양의 위덕을 갖추고 있다고 믿는 것은 말 할 것도 없다. 그리고 진무천황의 할머니나 어머니는 모두 바다의 여신이며 부여 전설에는 대륙이기 때문에 어머니를 하백(河伯)이라고 적은 것은 우리나라처럼 바다의 나라는 그를 해신(海神)이라고 전하고 있는 것이 틀림이 없으며 그것이 그 지방의 지형에 형세에 의해 변화한 것이라고 해석된다. 그러므로 이들은 모두 상관관계가 있다고 인정할 수 있을 것이다.*[56]

　천손민족이 태양을 조상 여겨 숭배하는 사상과 동일한 사상이 조

---

*55 喜田貞吉, 상게논문, p.26.
*56 喜田貞吉, 상게논문, p.28.

선과 만주에 존재함을 강조하면서 이들은 모두 상관관계가 있다고 인정한 것이다. 기다는 신화의 유사성을 통해 조선과 일본의 동원논리를 합리화시키고 있었다.

근대일본의 '신화' 담론과 조선 '신화' 인식

관학아카데미즘 사학파로 1875년에 수사국(修史局)에서 근무하면서 활동했었던 호시노 히사시는 일선동조론을 주장한 중심인물이다. 특히 『사학잡지(史學雜誌)』에 발표한 「본국의 인종·언어에 대해 고찰하고 세상의 진정한 애국자에 묻는다(本邦ノ人種言語ニ付鄙考ヲ述テ世ノ真心愛国者ニ質ス」라는 논고는 일선동조론의 대표적인 저술이다. 호시노는 『일본서기』의 내용을 근거로 다음과 같이 설명한다.

나는 이전부터 우리나라의 고적에 대하여 일한교섭에 대해 조사하였는데 두 나라는 원래 하나의 지역으로 국경이 없었다. 나중에 각각의 나라로 바뀐 것은 덴치천황(天智天皇)이후에 시작된 것이다. 그렇다면 상대시기에 이미 조선 땅을 통치하고 있었다고 하는 것과 한일의 인종과 언어가 동일하다고 말하는 것은 조금도 국체를 더럽히는 혐오스러운 점이 없는 것이다.*57

호시노는 일본과 한국이 동조(同祖)·동원이라는 입장을 취했다. 그는 결코 그것을 일본의 국체를 더럽히는 일이 아니며 오히려 일

---

*57 星野恆「本邦ノ人種言語ニ付鄙考ヲ述テ世ノ真心愛国者ニ質ス」『史学会雑誌』第11号, 史学会, 1890年, pp.19—22. 吾輩ハ兼々本邦古籍ニ就キ,日韓交渉ノ件ヲ査セシニ,二国ハモト一域ニシテ他境ニ非ス,其全ク別国ニ変セシハ,天智天皇以後ニ始マルヲ見得タリ然ラハ上世嘗テ韓土ヲ統治シ給ヒシト云ヒ日韓ノ人種言語同一ナリト云フモ毫モ国體ヲ汚スノ嫌ナキノミナラス(後略).

본천황계의 확대성을 강조하고 찬양하는 논리라고 해석하였다. 이와 같은 해석의 근거로 『일본서기』의 기록을 제시하며, 그 신빙성을 높이 사고 있었다. 그리고 『일본서기』에 근거를 두고 스사노 오노미코토가 강림한 장소를 확정했다. 즉 "스사노 오노미코토와 이타케루노 미코토(五十猛命)는 신라에 도착했고 그 후 내지에 건너온 것이 명확하다. 단, 다음과 같은 일서(一書)에 의하면 스사노 오노미코토는 그 아들을 내지(內地)에 파견하고 자신은 한국 땅(韓土)에 체재했다고 한다. 신라 땅 즉 한반도의 동부 도성 지금의 경상도(慶尚道)의 경주이다. 삼한(三韓) 중에서 가장 우리와 가까운 나라이다"*58라는 부분이다. 호시노는 소시모리(曾尸茂梨)를 『야사카샤규기슈로쿠(八坂社旧記集緑)』의 지적에 따라 한국어(韓語)로 소(牛)를 소시(ソシ)라 하고 머리(頭)를 모리(モリ)라 호칭한다는 것을 참조하여 소머리(牛頭)의 의미라고 해석했다.

그래서 우두산(牛頭山)은 지금의 강원도 춘천이 아니고 신라의 경상도 지역이라고 주장한 것이다. 그는 언어의 비교를 통해 역사를 해석하는 '비교언어방법론'을 이용했다. 이 논리는 요시다 도고(吉田東伍)에게 전승되었는데 그것은 다음과 같은 주장으로 서술된다.

소시모리 부자(父子)의 도한(渡韓)에 대해서는 『기기(記紀)』에 주석 해석에 그 설명이 있으므로 여기서는 다루지 않겠다. 소시모리(曾尸茂梨)는 신라 지역의 지명(地名)으로 소시모리란 한국어의 우두(牛頭)의 의미로 그들 지역의 명산 이름이다. 우리가 속되게 스사노(素戔)를 우두천왕(牛頭天王)이라고 칭하는 이유가 바로 여기에 있었다. 호시노씨는 '일한은 원래 같은 지역으로 인종·언어도 동일했다'라며 야사카고증(八坂考証)을 인용하여 '스사노 오노미코토를 우두천왕이라고 호칭

---

*58 星野恒, 상계논문, p.19.

한 것은 불교 신자가 처음이 아니다'라고 했다. 한국 땅에서 온 것이라고 보아야 하며 그 우두산을 낙랑(평양)이라고 하는 것도 틀린 것이다.*59

소시모리가 신라의 수도인 경주지역을 가리키는 호칭으로 지금의 강원도나 평양이 아니라는 입장이 확정되어 가고 있었다. 즉 신라는 일본의 천황계와 인연이 깊은 지역으로 설정되어졌다. 중대한 관심사가 신대(神代)에 왕권을 확대했다는 명확한 증거를 발견하고 있었고 적절한 '신화'로 해석하는 역사로 계승되어가고 있었다. 이처럼 일선동조론은 일본사학자들에 의해 일본고대사를 연구하는 와중에 형성된 '주장'이었다.

특히 동양사학의 창시자로 여겨지는 시라토리 구라키치(白鳥庫吉)는 1904년부터 동경제국대학 교수를 겸하고 1908년에는 남만주철도 동경지사에서 만주조선역사지리조사부를 주관한 인물이었다. 시라토리는 기본적으로 '신화 가공설' 입장이었으며 특히 단군신화에 관해서는 승려 가공설을 강하게 내세우고 『삼국유사』를 비판하고 있었다.

후세의 학자 승려가 고의로 괴담(怪談)을 작위하여 고래(古來)의 전설이라고 거짓으로 칭한 것이거나 혹은 전해 내려오는 구비를 자신의 상상에 의해 서술하여 (중략) 조선의 옛 전설 중에서 가장 망탄(妄誕)의 극에 이른 것은 단군 전설이다. 단군은 한사(漢史)에 보이지도 않는다. 『삼국유사』에는 위서(魏書)의 연여실술기별집(燃黎室述記別集)에 삼한(三韓) 「고기(古記)」를 발췌하여 기술하고 있다. 그러니 『삼국유사』에 게재되어 있는 고기는 망설의 극(極)에 있으며 전설의 본색을 알 수 있

＊59 吉田東伍『日韓古史斷』冨田房, 1911年, pp.35−36.

는 소재이다.*60

이러한 의견은 나카 추요의 학설에 동조하는 논리인데 시라토리는 그 영향을 받고 있음을 인정하고 있었다.*61 다시 말하면 이는 '신화부정론자'로서 조선사를 재고하는 관점에 서 있음을 읽을 수 있다. 시라토리도 나카의 영향을 받으면서도 승려날조설을 주장한 것이었다. 결국 시라토리는 단군을 불교의 전파와 관련을 짓고*62 그 신화에 등장하는 어휘가 불교 경전에서 유래한 것이 있다고 주장했다. 시라토리는 단군 신화의 가공설을 나카, 호시노, 구메의 뒤를 이어 전개하고 있었던 것이다. 일반적으로 말하는 신화 가공론은 실은 무엇을 위한 신화 가공인가에 따라서 그 질적인 차이가 존재했다.

즉 일본신화의 가공성을 자각하면서 신화의 합리성을 위한 가공이 필요한 논리와 신화가 가공되었다는 것은 결국 그 신화가 거짓이라는 것을 규명할 수 있기 때문이다. 일본의 신화 해석의 입장은 구체적으로 조선과의 대조를 통해 오히려 조선 신화의 가공성에 확신을 갖기 시작했는데, 그에 의해 타자의 신화를 재단해버리는 결과를 낳은 것이다.

결국 자신의 해석을 타민족 신화에 적용한 제국주의적 시선임을 자각하지 못했고, 타민족의 아이덴티티를 배려하지 못하는 제국주

---

*60 白鳥庫吉「朝鮮の古伝説考」『史学雑誌』第5編第12号, 1894年, pp.9-10. 白鳥庫吉「檀君考」『白鳥庫吉全集』第3巻, 岩波書店, 1970年, pp.1-14.

*61 白鳥庫吉「檀君考」, 상게서, p.11. 시라토리는 다음과 같이 논한다. 나카 추요는「조선고사고(朝鮮古史考)」에 단군(檀君)을 해석하기를 '이 전설(伝説)은 불교가 동쪽으로 흘러온 후 승려에 의해 날조된 망설(妄説)으로'라고 지적한다. 나도 이 전설에 대해서는 씨(나카 추요)와 견해를 같이 한다. 단지 씨(나카 추요)는 이를 승려 망설 사학으로 취급하여 전혀 무시하고 폄하하지만 나는 이 망설에는 망설 나름대로의 강구책이 있다고 인정한다. 그러나 시라토리 역시 단군 신화 자체를 인정하는 것은 아니었다.

*62 白鳥庫吉「檀君考」, 상게서, pp.14-21.

의적 일원론을 취했던 것이다. 즉 일본은 이미 메이지기에 국가와 민족을 연결하는 과거의 전통을 『고사기』속에 전개된 신화를 통해 '제국 이데올로기'를 창출하고 있었는데, 그것에는 근대적인 신화 해석이 전개되었다. 그러한 선행학습이 식민지 조선에도 도입되고, 동시대적 '학지(學知)'로 문법화 되었다.

전유와 거부 사이에서

최남선의 고대사 즉 신화해석에는 '친일'이라는 개념이 따라 붙는다. 왜냐하면 철저하게 일본인들의 '사상'을 전유하는 방식을 취하기 때문이다. 문제는 일본어를 통해 받아들이는 사상을 '탈제국주의' 매개체로 사용가능했는가라는 점이다. 즉 어프로프리에이션, 즉 전유(appropriation, 자기 것으로 삼기)의 문제이다. 최남선은 시라토리 구라키치가 도입한 비교언어학이라는 방법론과 도리이 류조의 토속학이라는 개념에 주목했다.*63 특히 비교언어학과 문화, 토속학 이라는 분야는 그 핵심역할을 담당했다. 이러한 구도는 아주 위험한 경계를 만든다. 마찬가지로 본다면 오키나와의 이하 후유(伊波普猷)가 도리이 류조와 야나기타 구니오를 전유하는 논리와도 유사하다. 물론 식민지로부터 최종적으로 탈피했느냐 아직 남아있느냐의 문제는 다른 시선을 갖게 하지만, 상황적으로는 유사한 면이 있다는 의미이다.

조선이 일본의 식민지가 되면서, 격어야만 하는 근대의 조건들 즉 '일본인들이 가져오는 근대적인 것들'로부터 자유로울 수 없었다. 그것이 근대적인 것이든 근대적인 것이 아니었든 '일본 제국 속'에서 받아들여야만 하는 상황이었다. 다시 말해서 일본인이라는 '타인종,

---

*63 전성곤 「'인종' 규정 논리와 제국주의·탈제국주의 사이에서 : 도리이 류조(鳥居龍藏)와 최남선을 중심으로」『일본학연구』제26집, 단국대학교 일본연구소, 2009년, pp.51-72.

민족, 국가' 사람이 가져오는 '사상, 문화, 제도' 들 속에서 세계를 보아야했다. 새롭게 국가가 탄생했는데 이때 중요성이 대두된 것이 신화였고, 기존 신화와는 다른, 왜냐하면 이민족들을 통합하는 국면이 존재했기 때문에, '신'신화를 객관적이고 과학적인 논리로 창출해야만 했다.

이때 중심 키워드로 등장한 것이 '말'(언어, 고토바〈言葉〉)에 대한 해석이었다. 즉 「고기」에 나오는 '단군왕검'이라는 언어의 실질성에 대한 문제, 『고사기』에 나오는 아마테라스 오미카미(天照大神)의 실질성에 대한 보증이었다. 이것은 '말'로써(글로도) 존재했지만, 단순한 역사적 기록에 불과했다. 그것은 전근대적인 역사학에서 역사를 해석하는 하나의 근거였고, 절대적이라고 믿는 신념에서 이루어진 허상임이 드러났기 때문에, 근대성을 받아들이는 상황에서는 '거부'해야 하는 '말들'이었다. 물론 여기서 말하는 거부란 '새로운 말'을 만들어내기 위한 거부이지, 내용전체를 부정하는 거부가 아니었다.

앞에서 언급했듯이 최남선의 『불함문화론』은 1926년 3월 3일부터 연재한 「단군론(壇君論)」과 연동하지만, 긍정적이든 부정적이든 '일본인에 대한 거부'적 성격에서 '거부를 통한 재구성'이라는 '근대의 학적 인식' 전개 속에서 재편되어 간 것이다. 경성제국대학의 예과(豫科)부장인 오다 쇼고(小田省吾)를 시작으로 시라토리와 나카가 부정하는 단군론을 '망탄'이라고 선언하면서, '감정적 거부' 논리를 내세워 「단군론(壇君論)」을 집필한 것이다.

「단군론」은 '조선을 중심으로 한 동방문화의 연원 연구'라고 부제목을 달고 서문을 '개제(開題)'로 표현하며, 최남선은 '동양학 건립과 단군의 학적 의의를 기술하는 것*64으로 단군의 전체적 내용을 설명하고 있다. 이는 역사적 조건 작용의 하나로서, 특히 '동양'에 관한

*64 崔南善 「壇君論」, 앞의 책, p.79.

인식도 자연스러운 것처럼 보이지만 그것 또한 '시대적' 입장에서 바라본 시대의 '담론' 속에서 편제된 또 하나의 역사 서술인 것이다.

다시 말해서 동양학 진흥과 동방문화라는 '동시대적 담론'을 차용하며 재편하고 형성한 규율적인 인식의 산물인 것이다. 이는 달리 표현하자면 '일본인들이 가져온 동시대적 담론'을 '일본 제국 속에서' 재편하는 논리로서 역사학이라는 '권력 학지'의 통제 하에서 형성된 히에라르키와 직접적으로 연결되어 있다는 점을 무시할 수 없는 점이다. 또한 바로 '일본 제국 내부에서 일본인들과의 차이'는 일본 국가 내부에서 벌어지는 사상전(思想戰)이었고, 국가의 외부 즉 '조선' 사이에서도 벌어진 '이중적 구조'를 가졌다. 나아가 '동양과 단군'의 문제를 국내의 내부의 문제와 국외의 외부의 문제를 '연결하는' 방식으로 전개한 일종의 '신화 환원주의'였다.

동북아시아의 구성 논리와 '동양문화'의 탐구

최남선의 '동양학'개념은 전경수의 지적처럼 "한국에 도입된 학문의 시작을 일본의 등장과 궤를 함께하는 것이라는 판단은 대체로 인정될 수 있다"[65]는 학문분야의 근대화 인식이 일종의 식민지화라는 구도에서 본 여명이라고 볼 수 있다. 그런데 이는 일본이 근대라고 여긴 19세기 후반에서 20세기 전반을 논하는 야하다 이치로(八幡一郎)의 "유럽의 자연·인문학들이 융성했다, 이들 학문은 상호 보완적 관계를 맺으며 거시적인 세계관, 인류 형성 이론에 동원되었다"[66]던 것과 연동하고 있었다. 이는 구체적으로 도리이 류조가 일

[65] 全京秀『한국인류학 백년』, 一志社, 2001[1999]년, p.34.
[66] 浦生正男「社会人類学—日本におけるその成立と展開」, 『日本民族学の回顧と展望』, 民族学振興会, 1966年, p.30.

본에서 인류학을 형성하던 시기와 일치하는데, 최남선의 동양학 개념 역시 도리이 류조와의 만남은 최남선의 개인적 사상 변천사에서 중요한 전환점을 맞이했다.

　도리이는 '인류학'을 두개로 나누어서 설명하고 있다. 즉 "하나가 순연한 인류학이고 두 번째가 '인종학' 내지 '민족학'이라고 하였다. 첫 번째인 인류학은 동물학상으로 인류로서 연구하는 '앤쓰로폴로지(Anthropologie)'라고 보았다. 즉 이 인류학은 자연과학방면이었다. 두 번째인 인종학과 민족학은 인종, 민족의 체질, 언어, 풍속, 신화 전설 등에 의해 과거 그들이 남긴 고물(古物) 유적 등을 연구하는 것"[67]이라고 구분했다. 이러한 이론을 당시 식민지하의 조선에 있었던 최남선이 그대로 받아들인다. 동시대적으로 당시 조선에서 최남선은 역사학에 대하여 자신의 「조선역사통속강화개제」에서 다음과 같이 말하고 있다.

　보통으로 역사라 하는 것은, 흔히 문적(文籍)의 재전(載伝)이 있는 동안을 아랑곳하고, 멀리 올라갈지라도 구비(口碑)전설의 유래(流来)하는 기간이나 관계하며 오로지 유물유적만 가지고 인류의 과거를 관찰, 연구하는 것은 '고고학'에 양여함이 상례다. 또 어떠한 부분은 '인류학', '인종학', '토속학', '종교학', '언어학', '금석학', '고천학(古泉学)', '문장학(紋章学)', '지질학', '지리학', '해부학', '생물학' 등에게 분담시키는 것도 많다. 이 여러 가지 학술의 조사/발명/단안(断案)의 보조를 받지 아니하면 근거 있는 논단을 얻을 길 없으며, 더욱 문헌이 미비한 고대사는 대체적인 재료를 이런 학과에서 거두어 쓰는 것이다.[68]

---

*67　鳥居龍蔵「人類学と人種学(或いは民族学)を分離すべし」,『鳥居竜蔵全集』第1卷, 朝日新聞社, 1975年, p.481.

*68　崔南善「朝鮮歴史通俗講話開題」, 앞의 책, p.411.

특히 최남선이 1922년에 '인류학', '인종학', '토속학', '종교학', '언어학', '금석학', '고천학(古泉学)', '문장학(紋章学)', '지질학', '지리학', '해부학', '생물학'이라는 표현들을 통해, 단군을 적극적으로 내세워 '승려론'이나 '단군'의 '언어적 해석'에 대한 논쟁을 벗어나 '동양의 인문학'이라는 인식을 갖게 만들었다. '인류학' 개념 수용은 최남선이 동양학과 동아시아 논리 체제 속으로 '단군'을 접근하도록 했다. 이는 곧 최남선에게 단군 인식은 동양학·동아시아학과 불가분의 관계를 맺게 만들어준 것이다. 이러한 전제는 일본에서 수용되던 인류학 개념과 연동되고, 그대로 최남선에게 전유되었다. 이미 일본에서는 쓰보이 쇼고로(坪井正五郎)에 의해 '서구 이론들'을 받아들이고 있었는데, 그것을 '반발하고 연속적'으로 이어간 것이 도리이 류조(鳥居竜蔵)였다.

사실성 여부는 확인이 불가능하지만, 최남선이 「조선역사통속강화개제」라고 제목을 붙이고, "선사시대―석기, 패총, 고분, 무형적유물, 종교, 신화, 전설, 설화, 언어, 조선어, 불함문화(不咸文化), 언어와 문화, 문화상칭위, 언어의 증적, 문자, 한자, 이자(夷字), 자음"[69]에 대해 개제(開題), 즉 설명문으로 작성된 것은 쓰보이 쇼고로가 『동경인류학회잡지(東京人類学会雑誌)』에 개제한 「통속강화인류학대의(通俗講話人類学大意)」를 모방한 것[70]임을 연상케 한다. 최남선은 조선에

---

*69 崔南善 「朝鮮歷史通俗講話開題」, 앞의 책, p.408.
*70 坪井正五郎 「通俗講話人類学大意」, 『東京人類学会雑誌』 第8卷第82号, 1893年, pp.130－333. 인류의 체질과 정신, 역사를 포함하고, 인종, 역사, 구비(口碑), 종교를 일반적인 대상으로 하고, 인류학의 정의를 논한다. 인류의 이학(理學)분야와 인문학문으로 구분했다. 인류학의 재로로서 심리, 고물, 풍속, 습관, 언어, 문자, 기술, 정사(政事)종교, 등이 재로가 된다고 논한다. 坪井正五郎 「人類学と近似諸学との区別」, 『東京人類学会雑誌』 第8卷第82号, 1894年, pp.421－426. 인류학의 목적과 고고학의 목적 등에 따라 원시고 물유적, 현존인민들의 풍속, 고분, 사전(史傳), 구비, 인골, 매장법, 인체해부, 생활상태 등을 포함한다고 보았다.

서 벌어지는 '단군론 부정 일본인'들과 논쟁하면서 일본 내지에서 수용되고 전파되는 인류학 이론들에 공감하면서, 쓰보이 쇼고로를 계승한 도리이 류조에게 인류학이론을 받아들이면서 새로운 지평을 열어가게 된다.

최남선과 도리이 류조와의 만남에 직접적인 '대면 공간'이 있었다는 증거는 찾을 수 없지만, 논문을 확인해 보면 바로 확인이 된다. 최남선이 도리이 류조의 논고를 읽었다는 것은 최남선이 「암석숭배로서 거석문화에까지」*71와 「살만교차기」*72를 확인해 보면 분명해진다. 물론 이러한 암석숭배에 대한 논의는 이미 일본 내부에서 고고학적 발굴 작업이 진행되면서 자리를 잡고 있었다. 대표적으로 기타 사다키치(喜田貞吉)가 「고우고이시란 무엇인가(神篭石とは何ぞや)」*73를 통해 '영적(靈的)공간'이라는 신성설을 발표하면서 야기 쇼자부로(八木裝三郎)의 '산성(山城)설'과와 논쟁을 벌이고 있었다. 도리이는 철저하게 영적 공간임을 주장했고, 자신의 『일본주위 민족의 원시종교 신화·종교의 인종학적연구』(1924년 9월)와 『유사이전의 일본(有史以前の日本)』(1925년 5월)과 『인류학상으로 본 우리나라 상대의 문화(人類学上より見たる我が上代の文化)』(1925년 10월)를 집필하면서, '동북아시아' 민족론을 구성해 간 흐름과 맥을 같이 한다.

---

*71 崔南善 「岩石崇拜로서 巨石文化에까지」, 『東光』 제9호, 동광사, 1927(1), pp.6-19.

*72 崔南善 「薩満教箚記」, 『啓明』 第19号, 1927(5), pp, 2-51. 崔錫榮 『일제하무속론과 식민지 권력』, 書景文化社, 1999年, p.37. 최남선이 살만교차기를 게재하기 이전에 하유카이 후사노스케(鮎貝房之進)의 논고 즉 「韓国に於ける薩満教習俗」가 1902년에 발표된 것에 주석을 달고 있다. 그리고 1909년에 「興安嶺附近に於ける薩満教の遺風」(『東京人類学会雑誌』 第280号, pp.367-373)를 제시하며, 몽고의 무속 'Bo'를 소개했다. 물론 이러한 아유카이의 논고가 어떻게 연관이 되는지 확실하지는 않지만, 도리이 류조의 『日本周囲民族の原始宗教神話·宗教の人種学的研究』(岡書院,, 1924)을 보면, 최남선이 도리이의 논리를 적극적으로 수용하고 있음을 알 수 있다.

*73 喜田貞吉 「神篭石とは何ぞや」, 『日本考古学選集8 喜田貞吉集』, 築地書館, 1986年, p.6.

물론 당시 문화전파론의 거두인 니시무라 신지와 종교학자 가토 겐지(加藤玄智)의 논고들을 참조로, 일본의 고우고이시(神籠石)에 대한 '신성설'을 받아들인다.[74] 이러한 암석 신성설은 '태양거석 복합문화설'로 집약되는데, 이는 거석유물론을 스미드 교수(Prof.G.Elliot Smith)설인 '태양거석 복합문화'(Heliolithic culture-complex=태양숭배와 거석기념물 축조를 중심으로 하는 복잡한 문화)를 받아들인 것으로, 이집트에서 발명된 거석문화가 아세아의 해안을 따라 인도에서 지나(支那), 조선, 일본을 거쳐 태평양 여러 섬들로 전파되었다[75]고 주장한 것이다.

이는 도리이 류조가 일본의 주위민족이라는 표현을 빌리면서『일본주위 민족의 원시종교 신화·종교의 인종학적 연구』(1924년 9월)를 통해 '동북아시아 민족'을 개괄했는데, 그 중심은 '종교'에 있었다. 동북아시아의 고유종교의 기원을 찾고, 그것이 동북아시아 민족에게 공통적으로 '샤먼'이 존재한다고 밝히는 논고였다. 이 논고 속에서 빈번하게 등장하는 '동북아시아 민족'과 '샤먼'은 '조선의 무격(巫覡)'

---

*74 崔南善「岩石崇拜로서 巨石文化에까지」, 앞의 책, p.7. "널리 고금의 민속을 살필지라도 岩石을 위대와 위력과 神聖등의 의미로 尊信함은 거의 세계의 통례라고 하겠습니다. 먼저 가까운 일본에 가서 보건대, 国祖의 本居에「天岩戸」(アマノイハト)의 이름이 있고, 신의 依止処를「天岩座」(アマノイハクラ)라고 일컫고, 「常盤」(トキハ),「堅盤」(アキハ)등처럼 信物의 堅固하고 雄強한 것을 많이 [岩]으로써 견줌과 같이 언어상에도 徵験되거니와 사실의 상에 있어서도 古代의 神域 霊는 대개 거석으로 울을 한 것-「神籠石」(カウゴイシ)같은 것이요, 그 옛날 尊貴한 사람의 墳墓는 대개 거석으로 방을만든 것이요,「古事記」「日本書紀」등에 岩石神視의 古伝도 적지 아니하고, 또 富士山頂의「御尊体岩」, 大隅国屋久島阿房의「天柱石」, 筑前国筑紫郡 御笠村의「石神」, 相撲郡 大山의 [石尊大権現], 其他国中 諸社에 神体로 奉安한 許多한 石神등처럼 시방까지 民間信仰의 거룩한 対象으로 岩石이 崇拜되는 例를 이루 들출 수 없습니다. 자세하게는 哲学大辞書 加藤玄智「巨石崇拜」加藤氏著書「神道宗教学的 新研究」161頁, 加藤熊一郎氏著「日本風俗志」上巻, 二八三頁, 加藤氏「民間信仰史」163頁: 天日槍出石刀子伝説 참조"라고 적고 있다.
*75 崔南善「岩石崇拜로서 巨石文化에까지」, 앞의 책, p.1.

으로 수렴되었다.*76 도리이가 동북아시아로 시선을 확대하여 '조선, 만주, 몽고, 지나, 시베리아' 민족의 샤머니즘을 확인한 후『유사이전의 일본(有史以前の日本)』을 집필하는데, 그 중심은 일본을 중심에 두었다. 동북아시아에서 '일본내부로 시선이 돌려진 것'이다. 야마토(大和)가 일본 역사상의 중요한 고국(古國)임을 확인하고,『고사기(古事記)』와『일본서기(日本書紀)』기록을 확인하여 고유일본인을 유적과 유물을 연결했다.이는 다시『인류학상으로 본 우리나라 상대의 문화(人類学上より見たる我が上代の文化)』속에서 '살만교에 대해서(薩満教について)'와 '상대인의 힘과 신념(上代人と力の信念)'으로 재구성되면서, 동북아시아의 신화 '구조'와 '언어적 특성'을 제시했다.

그것은 바로 최남선이「살만교차기」에서 도리이의 동북아시아 샤머니즘을 그대로 인용하는 것이었다. 그러니까 도리이가 작성한 '상대인의 힘과 신념(上代人と力の信念)'은「암석숭배로서 거석문화에까지」로 완역되고, 도리이 류조의 '살만교에 대해서(薩満教について)'를「살만교차기」라는 제목으로 완역한 것이다. 순서가 바뀌기는 했지만,

---

*76 鳥居龍蔵『日本周囲民族の原始宗教神話』, 岡書院, 1924年, pp.71~94. 此の東北亜細亜に行はるシャーマンは我が原始神道に直接頗る深い関係を有するものであって, 実に我が国の古代は原始宗教上, 此のシャーマンの分布圏内に属するものである。其の巫覡其の祭る神々, 善悪の霊魂, 神楽, 舞, 祭典等特に宇宙を高天原中つ国, 底つ一夜見の国と, 三階段に区別するが如しシャーマン式宇宙観は, 最も彼此対照すべきものであるが, 其の他, 手向け, 神の社, 注連縄, 幣束, 鏡, 鈴等も亦多いに考えべきものである。(中略)朝鮮には今ほ彼等の固有宗教たるシャーマン教が残って居って, 而かも其の巫覡の勢力は中々盛である。余は茲で其の一班を話して見よう。然るに茲に逑べんとする処の巫覡の風俗習慣は, 一見道教, 一見仏教の如きものであるが, 深く調べる時は, 彼等の祖先から今日に伝はって居る処の古い風習の遺物と云うて宜い。朝鮮の風俗習慣に於て, 此風習が一番古いものである。畢竟古い彼等の固有宗教の骨組に, 道教の衣裳を着け, 仏教の彩色を施したもので, 是等を悉く取去れば全く昔の面影をしのぶことが出来る。是故に是れを人類学の上より見ると非常に面白い事実であって, 彼らの祖先の悌が多少見えるのである。此等は原始宗教や民族心理を研究する人から見るとなかなか面白からうと思ふ.

최남선은 암석문화의 개념과 '태양숭배' 사상을 동북아시아에 존재한 공통사상으로 해석했고, 이 공통사상이 조선의 샤머니즘이라고 주장했던 것이다.

조선중심주의적 과거 복원과 근대적 학지

최남선은 관념적이긴 했지만, 도리이의 인류학적 시선을 비롯해 가토 겐지의 종교학, 니시무라 신지(西村真次)의 전파론 등을 응용하면서 '조선'에서 그쳤던 인식을 동북아시아로 확대시켜 나갔다. 이는 마치 일본이 제국의 판도를 동북아시아로 확대해가는 싸이클과 연동하는 세계사적인 흐름을 내포하고 있었다. 『단군론』을 집필하면서 최남선은 '조선을 중심으로 한 동방문화'라는 표현을 제시했고, 『불함문화론』에서도 '동방 문화의 연원(淵源)'을 맨 첫장에 두었다. 최남선의 인식은 조선을 생각하지만, 지리적 감각은 점차 동북아시아로 확장되었던 것이다.

도리이는 조선 무속이 가지고 있던 역사성과 그 형태를 더듬어 보는 이유에 대해 "동북아시아에서 행해지는 샤먼은 우리나라(일본) 원시신도에 직접적으로 깊은 관계를 가지고 있으며, 실로 우리나라의 고대에는 원시종교상, 이 샤먼 분포권내에 속하는 것이었다"*77이라고 정의한 것을 받아들이면서, 최남선 또한 동북아시아의 원시종교가 '동일한 것'임을 문화적으로 연결시켜갔다.

최남선은 아시아의 동북부지방의 일본, 류큐(琉球)·조선, 만주, 몽고를 '우랄 알타이' 종족으로 보았으며, 이 동북아이사 종족들사이에 보이는 정령사상(精靈崇拜)(내지 '애니미즘')을 무(巫)가 중요한 원시적 종교(자연적 종교, 혹은 종교적 주술, 고신앙(古信仰)이 존재한다

*77 鳥居龍蔵, 『人類学上より見たる我が上代の文化』(1), 叢文閣, 1925年, p.3.

고 상정했다. 이것이 바로 샤먼교(薩滿教)인데 이 샤먼은 성자(聖者) 혹은 제사(祭司)와 같은 것이며 조선에서로 말하면 '무당'에 해당한다고 보았다.[78] 이는 도리이 류조가 제시한 동북아시아의 샤먼론을 그대로 답습하면서 제시하는 논리였다. 다시 말해서 최남선은 일본인 도리이 류조가 제시하는 '인식'을 받아들이면서, 동북아시아 샤먼을 획일화하고 있었던[79] 것이다. 그리고 최남선은 동북아시아를 구(舊)시베리아와 신(新)시베리아로 나누어 구분한다. 여기서 등장하는 이론이 '조선인과 일본인의 틀을 깨고' 주장하게 되는 보편적 동북아시아 민족론이다. 최남선은 도리이가 구분한 동북아시아 민족을 '신'과 '구'로 나누는 이론에 동참하면서 조선과 일본이 동시에 '신시베리아 민족'이라는 중심적 이론의 전성기를 맞이한다. '신'과 '구'의 구별 없는 공통적인 특징과 '신'과 '구'를 다시 구별하면서 차이성을 서술하는 전략이었다. '신'시베리아 민족에는 조선선과 일본이 동일한 위상으로 병렬되었고, 마찬가지로 조선과 일본에서도 우주를 상중하 삼단으로 나누는 논리를 중시했다. 그것은 천계(天界)를 상정하여 입석(立石)을 세우는 이유도 결부되어 설명되는 것이었다.[80] 특히 즉 천상계는 광명의 나라로 최고신을 비롯하여 여러 선신이 여기에 거주하고, 중간계는 인간의 세계이며, 하계는 암흑의 나라 추예(醜穢)의 나라로 악신들이 사는 곳이라고 정리한다. 바로 여기서 인간과 신의 중개 역할을 하는 것이 샤먼 즉 무당인 것이다.[81] 샤머니즘이 대륙역사 속에 삽입하여 '언어적 해석'과도 바로 연결했다.

---

[78] 崔南善 「薩滿教箚記」, 앞의 책, p.490.

[79] 崔南善 「薩滿教箚記」, 앞의 책, p.82. 특히 만주어의 Samdambi가 '내가 샤아먼 화(化)한다' 또는 '내가 주술하기 전에 무용하는 영혼을 부른다'하는 의미가 바로 조선어의 무와 동일하다.

[80] 崔南善 「不咸文化論」, 『朝鮮及び朝鮮民族』第1集, 1927年, p.21.

[81] 崔南善 「滿蒙文化」, 『六堂崔南善全集10』, 현암사, 1974年, pp.343-344.

즉 "만약 이 대륙의 신도를 일본의 신도와 대조하여 생각할 때 신조나 행사, 또는 표현의 어형 등에 너무나도 이상한 일치를 발견한다는 것은 크게 주의를 요하는 점이다. 이를테면, 더러움을 싫어하고 청결함을 숭상하는 것, 말 많은 것을 싫어하고 밝은 마음을 기본으로 하는 것, 일본의 신도에 있어서의 태고에 주련(注連), 신리(神籬), 이와사카(磐境) 등이 그대로 대륙각지에서 보인다는 것, 몽고의 '오보', 조선의 '업'(業), 일본의 '우부스나'(ウブスナ, 産土) 가 의미도 어형도 일치하고 조선의 '탈'과 일본의 '다다리(祟)', 조선의 '풀이'와 일본의 '하라이' 등이 내용도 말도 동일하다는 것 등 헤아릴 수 없는 정도"[82] 라고 주장하면서 동북아시아의 공통점을 재조명한다.

동북아시아 공동체 이론을 구성해 낸 것이며, 유사 이전부터 끈기 있게 보존된 '과거'의 종교 즉 샤먼이 신과 소통하는 유일한 것임을 제창한다. 최남선의 궁극적 목표는 '동북아시아론과 샤먼' 담론의 재구성이었다. 최남선은 도리이가 주장한 '거석문화, 태양 복합문화'가 서구에서 이주해왔다는 전파론과 동북아시아에서 배천(拜天) 사상을 고대 부여족과 연결하고, 부여족의 백(白) 사상과 연결하여 동북아시아 종족들에게 나타났던 것을 설명한다.

제천이 그대로 배일(拜日)이며 말하자면 태양숭배(太陽崇拜)위에 세워진 신앙생활이었다는 것이 차차 명백해지는 것이다. 그와 동시에 주권자의 계통도 천제(天帝)인 태양(太陽)으로부터 나온 것이 되고 이처럼 조천일치(祖天一致)의 관계는 그 신앙을 더욱더 강화시켜 그에 대한 제전(祭典)은 사회결속의 구심력으로서 매우 중대성을 띠었으리라는 것도 쉽사리 알 수 있는 것이다. 부여의 영고, 고구려의 동맹은 이런 의의를 가진 것이며 여기에 이르러 소박한 주술종교가 윤리성을 띤 국민

*82 崔南善 「滿蒙文化」, 앞의 책, p.354.

적 종교로 진보한 양상을 우리들은 보는 셈이다.[83]

특히 도리이가 제시하는 동북아시아 민족들의 '우주삼단론'[84]은 보편성을 획득하고 있었다. 도리이는 우주를 세 개의 세계로 분류하면서 일본 신화에 등장하는 다카마가하라(高天原), 나카쓰쿠니(中津国), 요미노쿠니(夜見国)와 매우 흡사하다고 주장한다. 특히 야쿠트인은 샤머니즘을 통해 우주를 해석했는데 야쿠트인들이 믿고 있는 주신인 'Urun-Aïy-Toyon'을 제시했고, 이것의 의미가 '백(白)의 신(神)'임을 증명했다.

이 신을 일명 '백의 주인("白い主")이라고 한다. 토루코와 몽고에서는 백을 좋은 것, 존숭해야할 것, 행복, 광명으로 보고 있으며, 이와 반대인 흑색을 암흑, 악으로 간주하고 있다. Urun-Aïy-Toyon은 광명의 신, 태양을 비추는 신이므로 토루코인들은 이 신을 태양과 동렬에 놓고 최고의 해의 신(日の神)으로 부르고 있다. 그래서 통상적인 축제에는 하나의 씨족만 모이는데 이 해의 신(日の神) 축제만큼은, 모든 씨족이 집합하여 실시한다. 이를 보아도 얼마나 해의 신을 존중하고 있는지를 알 수 있다.[85]

＊83 崔南善「満蒙文化」, 앞의 책, p.353.

＊84 鳥居龍蔵, 上掲書, p.11. 다카마가하라(高天原)에 살고 있는 신, 그 아래는 일본인 즉 나카쓰쿠니(中津国) 즉 인간과 일체 모든 것이 살고 있는 나라이다. 이곳은 우리들을 비롯하여, 온갖 생물이 살고 있으며, 선신악신(善神悪神)도 인간과 같이 살고, 또 선한 영혼과 악한 영혼도 같이 존재한다. 그리고 중간국(中つ国)아래에는 또 하나의 세계가 존재한다. 이곳은 인간이 죽으면 가는 곳으로, 이곳은 일본의 네노쿠니(根の国), 소코쓰노쿠니(底津国), 요미노쿠니(夜見の国)에 해당한다. 또, 우주를 상중하(上中下)의 삼단으로 나누는 것은, (중략) 이것도 고대 일본인의 생각과 비슷하다.

＊85 鳥居龍蔵『人類学上より見たる我が上代の文化(1)』, 上掲書, p.10.

야쿠트인이 최고의 신을 'Urun−Aïy−Toyon'이라고 부르며 광명의 신, 태양을 비추는 신으로 아마테라스 오미카미와 동일한 관념이라고 보았다. 결론적으로 도리이는 '해의 신'을 아마테라스 오미카미(天照大神)로 연결하면서 일본중심주의를 제시했다. 이와 동일한 방식으로 최남선은 '백(白)'의 신을 '밝(pǎrk)'과 연결시켰다. 특히 천상계를 광명의 세계로 인식한 것은 동북아시아의 고신앙에서 찾아볼 수 있었던 것처럼 조선에서도 나타난다는 것이다. 특히 몽고어의 천(天)은 탱리(撑犁)인데 이 탱리가 천을 의미하며 'Tangri'라고 보았다. 그것을 최남선은 다시 조선어와 비교하고 있었다.

흉노의 왕호로 천의 아들을 의미한다고 하는 원어를 『한서(漢書)』(권 94, 상)에 '탱리(撑梨)', 『사기(史記)』(권, 110)의 색은(索隱)에 '탱려(撑黎)', 『후한서(後漢書)』(권,119)의 주(注)에 '탱리(撑梨)'로 된 것으로 보아 분명하다. '탱(撑)' 음은 지금 'cheng'으로 변하고 있으나 고음은 조선음(朝鮮音) 't'aing' 안남음(安南音) 'donh'에 그 모습을 남겨놓고 있듯이 아마도 t'ang이었다고 생각된다. 동명왕(東明王)의 고향이라고 하는 고리(藁離)란 'tengeri' 또는 'Tangri'의 변형(變形)인 'tegeri' 또는 'tagri'의 표음(表音)으로서 바로 상천(上天)을 가리킨다. 요컨대 고전(古典)에 상천(上天)으로부터 천강(天降)하였다고 하는 대목을 본국 또는 지나에서 역사적 의태(擬態)를 취하여 '고리'라는 본국이 있고 거기서부터 분국(分國)으로서 부여란 별국(別國)이 갈려 나온 것처럼 말을 꾸민 듯하다. 이러한 것은 본래 신화였던 것이 그 후 역사화 하는 경우에 흔히 볼 수 있는 현상이다.*86

최남선이 주장하는 것은 언어학의 활용이었으며, 탱리가 천을 의

*86 崔南善「滿蒙文化」, 앞의 책, p.357.

미한다는 것에 관심을 집중시켰다. 탱리가 천상을 가리키고, 그것이 부여와 연결되었었다는 것도 역사화의 한 과정으로 설명했다. 최남선은 탱리라는 언어를 시라토리가 제시하는 흉노어와의 관련을 통해 그 증거를 확보하기에 이른다.*87 이 시점에서 최남선은 도리이의 논법을 받아들이고 시라토리가 중시한 언어학적 특성과*88 우주론을 해석하면서, 최남선은 새로운 조선 중심주의 이론을 제창했던 것이다.

최남선이 주장한 '동북아시아 속의 조선'은 도리이 류조라는 근대 일본인의 '일본중심주의'를 변형시켜, 동북아시아라는 동양학의 맥락에서 조선의 역사를 재조명했던 것이다. 도리이의 아마테라스 오미카미 복원 맥락과 동일한 맥락에서 최남선은 조선의 단군신화를 계보적으로 재구성한 것이다. 이러한 최남선의 고대 단군신화 호명은 언어와 종교라는 '상상'속에서 일본제국주의 판도에서 재구성해 낸 것이며, 동북아시아의 미래적 비전을 제시하는 입장에서 '대륙과 동북아시아, 그리고 일본'을 강조했던 것이다.

이것에는 중대한 정체성이라는 문제를 고민하게 만든다. 피식민자가 지배자측 입장으로 보이는 도리이의 논고를 참조하여 복합적인 방법으로 피식민자의 주체를 재구성했다는 '이론'이다. 결국 동아시아의 개념을 문화론으로 묶어 동아시아의 정체성을 찾아낸 도리이의 샤먼이라는 '형식'을 최남선은 이해했고 그것을 치환시켰던 것이다. 다시 말하면 역설적으로 그 시대의 인식론적 '발명품'인 샤먼이

＊87 白鳥庫吉「蒙古民族の起原」, 前揭書, pp.32-33. 白鳥庫吉「東胡民族考」, 前揭書, pp.130-131. 蒙古語にては天をTängri,Tägri,Tangaraといひ,Turk語にては之をTängriともいふ,満州語にて顚をTenといひ,蒙古語にて高をDenといへば,蒙古語及Turk語のTängriはこれ等の語の轉にて,其原義は高き処といふことならん,朝鮮語天をHanälといふは,大の義(ha・han)より轉なり.

＊88 崔南善「満蒙文化」, 앞의 책, p.402.

라는 '문화'적 잔존물을 단군과 연결시키는 정치적 기획물이었던 것이다.

맺음글

최남선은 식민지지배하에서 새로운 단군신화를 창출했다. 그것이 서구를 직접적으로 모방한 '근대적 담론'으로서의 단군이라는 의미는 아니지만, 일본인들의 학자들이 서구로부터 전유한 아마테라스 오미카미 해석을 그대로 답습하면서 만들어낸 '조선내러티브'로서의 신화해석이었다. 이를 현재적 의미에서 본다면, 조선인으로서의 기억의 장소와 일본인으로서의 기억의 장소를 재현해내는 치열한 사상 공방전에서 빚어낸 '허구'일수도 있다. 하지만 중요한 것은 최남선의 인식 속에서 말과 사물 즉 '텡그리'라는 언어와 거석문화라는 사물해석을 받아들이면서 '새로운 자각적 언어'로 세계성을 창출해 냈다는 점이다.

이러한 발현이 갖는 '언어와 사상'이 갖는 의미는 서문에서 제시한 가라타니 고진의 '외부적 시선'의 의미를 갖는 것이다. 문제는 바로 이점이다. 최남선이 창출한 근대적 '신화'는 언어를 통해 사상을 도입했고, 사물과의 일체화를 발견해 가면서 새로운 '정신세계 창출'이라는 '메타 히스토리'를 구축했던 것이다. 지배담론을 수용하면서 그들의 주장을 각인한 것 같으면서도 그들과 차이성을 가졌고, 그들의 언어이론을 받아들이고 거석문화를 수용하는 점에서 기생담론이었다는 비판을 피해갈수는 없지만, 제국담론의 모방 또한 또 다른 제국담론을 만들 수 있는 가능성을 포함하고 있었던 것이다. 오히려 제국담론에 포섭되지 않는 탈국민국가 이론을 함의하고 있었던 것이다. 최남선이 단군을 이야기 한 것에 대해서는 언어와 사물의 일체화라는 '인식론적 위험'을 내포하면서도 과거의 '신화'를 소환하는 근대성을 띠고 있었다는 점이다. 이는 근대 국민국가의 자장에서 수렴되는가 새로운 주체로서 재구성될 수 있는가라는 흔들림 속에서 '끈질기게 심문'해야 함을 제시한 것이다.

둘째 이야기
잡지를 통한 제국주의의 재편을 위해

머리글

본 논고에서 고찰하는 텍스트는 최남선이 1906년 귀국 후에 바로 설립했던 「신문관(新文館)」에서 발행한 『소년(少年)』지(誌)*¹와 일본의 도쿠토미 소호(德富蘇峰)가 발간한 「국민의 벗(国民之友)」*²의 검토이다. 이 두 저널리즘에 설정되어진 '국민 만들기'*³ 논리가 어떠한 이미지를 담고 그를 실천하려 했었는지를 밝히는 작업으로 연결될 것이다.

일본 유학을 통해 일본의 사상풍조 흐름의 영향을 받았던 최남선은 어떻게 그 내용을 인식하고 있었으며, 어떻게 도입하려했는가가

---

*1 필자가 국회도서관에서 마이크로필름으로 자료를 모은 것은 1908년 11월 간행물부터이다. 그러나 제3년제9권〈1910년 12월 5일〉, 제4년제1권〈1911년 1월 15일〉, 제4년제2권〈1911년 5월 15일〉은 구할 수가 없었다.

*2 立命館大学人文科学研究所明治大正史研究会編『國民之友』第1卷−第23卷, 明治文献, 1966年−1968年 참조.

*3 야마무로 신이치(山室信一)는 「근대세계」의 경험은 전 지구적 규모에서 움직이는 시간적 의미의 위상 속에서 고찰해야 함을 논하고, 국민국가 형성이라는 논리 속에 국민의 평준화, 고유화의 발견을 찾으려했다는 점에서 "문명국 표준"에 적응을 시도한다는 의미로 사용하고 있다. 필자도 국민의 균질화라는 논리로 이해하여, 국민국가 만들기의 한 형태로 보아 국민의 상(像)이라는 표현을 사용하였다. 山室信一『思想課題としてのアジア』, 岩波書店, 2001年 참조.

드러날 것이다. 그리고 "근대의 자아"라는 개념을 창출하기위해 시도한 「적절한 모방(適切な模倣)」이 과연 무엇이었으며, 또한 조선의 무엇을 중심에 놓고 있었는지, 어떤 입장에서 국민 창출을 시도한 것이었는지를 고려해 볼 수 있는 계기가 될 것이다.

최남선의 『소년』지 발간 계기가 일본의 도쿠토미 소호의 사상과 관계가 있다[*4]는 「사회진화론(社会進化論)」[*5]에 대한 인식 검토를 시작으로 출발한다.

도쿠토미 소호(德富蘇峰)의 제국주와 저널리즘

1887(명치20)년에 창간된 『국민의 벗(国民之友)』은 매호 만부를 넘는 발매부수를 자랑하고 있었으며 신문과는 다른 형태의 새로운 메디아 형태로서 잡지시대의 도래를 가져왔다. 특히 그 중에서도 이 『국민의 벗』은 〈청년〉[*6]을 위한 잡지로 나타났다. 또한 『국민의 벗』 잡

[*4] 趙容萬 「우리나라 新文學의 草創期에 있어서 日本 및 西歐文學의 影響」『亞細亞研究』第15卷第2號. 고려대학교아세아문제연구소, 1972년, p.127.

[*5] "대한제국시기"의 사회진화론에 대한 수용에 관해서는 金度亨 「韓末啓蒙運動의 政治論研究」『韓国史研究』54, 1986년. 李光麟 「旧韓末進化論의 受容과 그 影響」『韓国開化思想研究』一潮閣, 1979년. 李松熙 「韓末愛国啓蒙思想과 社会進化論」『釜山女大史学』2, 1984년. 박찬승 「韓末・日帝時期社会進化論의 影響」『歴史批評』季刊32号, 1996년. 일본어 논고로는 並木真人 「植民地期民族運動의 近代観—その方法論的考察」『朝鮮史研究会論文集』No.26, 1989年. 月脚達彦 「愛国啓蒙運動의 文明観・日本観」『朝鮮史研究会論文集』No.26, 1989年. 田口容三 「愛国啓蒙運動期의 時代認識」『朝鮮史研究会論文集』No.15, 1978年 등을 참조.

[*6] 1880(명치13)년 당시 오자키 히로미치(小崎弘道)를 비롯한 목사들이 중심이 되어 동경기독교회가 결성이 되었는데, 이때 오자키는 YMCA를 일본어로 번역할 때 〈Young Men〉이라는 해석을 둘러싸고 적당한 용어가 없어서 「젊은 나이(若年)」, 「장년(壮年)」, 「소년(少年)」등으로 고민했다고 한다. 이 말은 그 후 서서히 보급되어 갔으며 도쿠토미 소호(德富蘇峰)가 『신일본의 청년(新日本之青年)』『국민의 벗(国民之友)』에서는 「신일본의 청년 및 신일본의 정치(新日本之青年及ひ新日本の政治)」라며 『국민의 벗』에 사용한 1887년(7월–9월호)

지를 바탕으로 하여『국민의 벗』을 모방 하는 것이 하나의 붐이 되었다.[7] 그 뿐만 아니라『국민의 벗』에 게재한 논설의 주제나 화제는 각지의 청년잡지에서 반복해서 수록되기도 할 정도였다.[8]

매호 만부를 넘는 발행부수를 자랑하는『국민의 벗』과 뒤이어 탄생한『일본인(日本人)』은 그 언설의 내용뿐만 아니라 그 방법론에 있어서도 잡지문화에 커다란 파급 효과를 가져왔다.

특히 그 대표적인 것 중에 하나가『소년원(少年園)』이었는데, 그 발간취지를 "먼저 소년의 어버이와 선생에게 고한다(発刊の主旨を述べ先づ少年の師父に告ぐ)"라고 밝히고 있다.[9] 이 잡지는 직접적인 독자 대상이어야 할 소년뿐만이 아니고 우선 그들의 선생이나 부모가 읽도록 하겠다는데 취지가 있었다. 즉 선생과 부모, 그리고 소년 교육에 중점을 두고 출발한다는 주제를 확실히 제시하고 있었다.

여기서 이러한 잡지 형식에 커다란 영향력을 가졌던『국민의 벗』의 권두언을 확인해 보자.

구(舊)일본 노인은 점점 사라지고 신(新)일본의 소년이 장래에 다가온다. 동양적 현상을 점점 사라지고 서구적 현상이 다가온다. 파괴적 시대는 점점 사라지고 건설적 시대가 다가온다. 지금 우리는 우리나라 장

을 즈음해서 폭발적으로 유행하게 되었다고 한다. 木村直恵『〈青年〉の誕生』新曜社, 2001年, p.330.

[7] 이 시기의 청년들에 의한 결사 활동의 주목할 만한 특징은 그들 자신의 손으로 잡지를 발행하려는 열의를 가지고 있었다는 것이다. 1887년대 초는 〈잡지 세상〉이라는 말로 표현되기도 하였다. (『國民之友』20号, 1888(明治21)년 4월,「雜誌の世の中」p.40). 특히 주목할 것은 그 발행 잡지들이 예외 없이『國民之友』의 권두언을 인용문에 들고 있다는 것이다. 木村直恵, 전게서, p.166.

[8] 木村直恵, 전게서, p.167.

[9]「世の少年の師父よ, 少年園は将に往て卿等請ふ可愛の少年に紹介し, 握手接吻の栄を得しめよ。是れ少年園が初刊に当て少年の師父諸君に告ぐる第一の希望なり」「発刊の主旨を述べ先づ少年の師父に告ぐ」『少年園』1号, 1888(明治21)年 11月, p.4.

래의 평안과 위기, 흥망을 정하는 기로에 서 있는 것이라고 말할 수 있다. 그렇기 때문에 나는 이 잡지를 발행하여 우리 동포 형제의 주의를 일으킬 것을 원한다.*10

이 권두언에서는 〈구일본＝노인＝동양적＝파괴적〉인 것이며 〈신일본＝소년＝서구적＝건설적〉인 것으로 도식화하고 있었다. 이것은 완전히 〈대립적〉인 것이며 서로 반대되는 항목으로 규정하고 있었다.

'청년적인 것이 무엇인가'라는 내용을 창출하는 역할을 담당한 『국민의 벗』은, '청년'이라고 불릴 수 있는 주체의 양상에 대한 윤곽을 〈신일본＝소년＝서구적＝건설적〉인 것으로 제시한 것이다.

다시 말하면 청년이라는 이상적인 주체 모습을 제시하려 했을 뿐만 아니라, 그 청년의 실천적인 사항이 무엇인가라는 부분 즉 실천의 주체가 되도록 하는 〈모습〉을 현실화하려고 했던 것이다.

그 한 가지 예로, 정치의 문제에 대한 언급을 들 수 있다. 이상적인 정치를 실현하기 위해 국회는 "가능한 한 전 국민 다수의 여론을 그 중에서도 가장 건전하게 진보할 수 있는 여론을 대표로 정하여 그 대표적인 여론을 가지고 정치기관에 힘을 기울여야 한다"*11고 말한다. 그것이 바로 국회의 정치가가 이루어야 할 가장 중요한 일이라고 주장한다.

＊10 「旧日本之老人漸ク去リテ新日本ノ少年将来来リ,東洋的ノ現象漸ク去リテ泰西的ノ現象将ニ来リ,破壊的ノ時代漸ク去リテ建設的ノ時代将ニ来ラントス,今ヤ吾人ハ実ニ我邦将来ノ安危興廃ノ因リテ決スル十字街頭ニ立ツモノナリト云ハサル可ラス是レ吾人力此ノ雑誌ヲ発行シテ我力同胞兄弟ノ注意ヲ惹起セント欲スル所以ナリ」『国民之友』第1號, 1887(명치20)年, 2月, p.i.

＊11 「成る可く全國人民多數の興論を,就中最も健全にして進步せる興論を代表せしめ,其の代表たる興論を以て,政治機關の主動力となす」「薩長の勢力を永久に保持するの策如何」『國民之友』8号, 1887(明治20)年, 9月, p.9.

이 논리가 물론 자유민권운동의 쇠퇴와 맞물려 새로운 정치세계로의 도약을 위한 노력이 절실히 필요한 시기에 주창된 것임을 감안한다 하더라도, 그 내용에는 많은 시사점을 남긴다. 좀 더 구체적으로 내용을 인용해보기로 하자.

그들이 천하를 위해 노력한다는 것이 그들의 생활과 관련이 없으므로 대개의 경우는 타인의 변명에 지나지 않는다. 자신들은 한 되의 술도 만들지 않고 주세(酒稅)경감 건백(建白)에 힘쓰고, 자신들은 손바닥만한 땅을 소유하고 있지도 않으면서 지조경감(地租輕減) 청원을 일삼고, 자신이 국회의원 자격이 없음에도 국회 일을 맡고 있고, 당사자의 뼈를 깎는 고통 없는 일에 종사한다.*12

여기서는 〈정치가들〉의 문제점을 지적하고 있다. 그들은 생산에 종사하지 않고, 즉 '생활현실의 이해가 없이' 정치적 활동에 분주하기 때문에 그 활동이 형이상학적이라는 것을 비판하고 있는 것이다. 즉 "사람을 위해서 사람을 대신해서 일을 한다는 것은 버리고, 나를 위해서 우리 자신을 위해서 내가 일 한다"*13라는 것을 자각해야 한다고 주창한다. 정치가는 그들 자신이 본인의 일처럼 나서야 하며 자신을 희생해야하다는 것이다.

이것은 비단 정치가만으로 한정한 것이 아니라 정치가를 빗대어

---

*12 渠等か天下の爲めに奔走するは身に直接の利害無くして,多くは他人の爲めに代言するに過ぎず,自からは一升の酒も造つくらずして,酒稅輕減の建白に奔走し,自からは掌大の田園も有せずして,地租輕減の請願に從事し,自からは國會議員の資格なきに,國會の事を喋々し,斯くの如く吾が身に切ならざる事に盡力す.「隱密なる政治上の変遷」『國民之友』15号, 1888(明治21)年 2月, pp.5-6.

*13 「人の爲に人に代て人の事を成すに非すして,吾か爲めに我れ自から我が事を爲す」「市町村制度の實施ハ,政治運動の上に大いなる変化を及ほす可し」『國民之友』29号, 1888(明治21)年 9月, p.8.

은유하고 있는 것이다. 다시 말하면, 어떤 부당한 정치가가 자신의 일신(一身)과 이해관계를 위해 정치를 하는 행위는 개인이 자신의 개별적 이해관계만 급급한 행동을 하는 것과 연동된다는 것이다. 곧 이 말은 '정치가의 개별성' 문제가 〈국민〉개인의 문제'인 것처럼 조합시킨 것이다.

즉 〈개별적인 것〉은 동시에 〈일반적〉일 수 있다는 논리를 가져옴으로서 소년의 미래상을 건전한 것으로 완성시킬 수 있는 것이다. 이것은 곧 다시 한 개인의 중요성이 부각되어지는 것이다. 개인이 정치가가 된다는 논리는, 한 사람의 개인에게서 정치가되는 개인으로 위계화 되어가는 과정을 그릴 수 있다는 것이다. 그 위계상의 첫 단계인 개인의 충실성이 중요하다고 보는데 그것은 결과적으로는 개인의 문제로 환원된다.

개인은 정치가 될 수도 있는 가능성을 가진다는 의미에서 정치가=개인이며 그렇기 때문에 그 관계가 동일적이게 되고 개인과 정치가의 밑바탕에 존재하는 '인간성의 자각'은 공통분모로 작동되며 바로 그것이 〈실천적〉으로 나타나야 한다는 것이다. 여기서 실천적 모습을 명확하게 제시한다는 의미로 '부정적인 것'을 대상화 시킨다. 〈장년층〉을 부정하기 위해 〈신청년〉을 등장시키는 이분법적 사고의 레토릭이 이곳에서 작동하는 것이다. 두 가지의 정반대 사항을 대비시켜 놓음으로써 그 문제의 선과 악이라는 관념으로 그 윤곽이 드러나게 하는 방법인 것이다.

이것은 결정적으로 『장래의 일본(将来之日本)』에서 「평화세계」와 「완력세계」를 대치시켜놓음으로써 그 양상을 강렬하게 제시한다. 즉 현재 국제사회는 「정의가 힘」이라는 측면과 「힘이 정의」라는 측면을 하나의 구조로 파악하고, 전자를 어떻게 확장시켜 나갈 수 있을까 보다는 「평화세계」의 챔피언이 될 것인가 아니면 역으로 「완력세계」의

챔피언이 되어야 하는가 등 어느 쪽인가를 선택해야 한다고 주장한다.[14]

이와 관련하여 한 가지 간과하지 않으면 안 되는 논고가 『국민의 벗』에 연재한 구메 쿠니타케(久米邦武)의 「섬사람 근성(島人根性)」이다. 섬나라 근성 중 영국 사람은 명예로 생각하고 있지만 그 이외의 섬나라는 부끄럽게 생각한다는 것이다. 그 이유는 같은 섬나라 이지만 한쪽은 문명 강국으로 발달했고 한쪽은 야만국으로 침체했기 때문[15]이라고 보았다.

섬나라사람이 가진 특성이 영국을 중심으로 명예스럽게 되느냐 야만이 되느냐로 분류되며, 그 중추적 책임이 주민에 달려있다는 경 각심으로 출발한다. 결론적으로 섬나라사람 근성은 사면(四面)을 바다로 해서 팽창주의적 이상[16]을 실현해야 한다고 주장하며 일본이 나아갈 길을 다음과 같이 제시한다.

생각할진데 우리나라(일본 : 필자)의 역사는 일본국민이 각지에 새로운 고향을 건설하는 팽창사(膨張史)로 봄에 틀림이 없다. 청국과 일본 양 국민이 양 인종이 세계의 각지에서 벌인 팽창을 둘러싼 충돌사(衝突史)는 아직 알려지지 않았다. 이것도 팽창의 충돌 역사로 봄이 옳을

---

*14 植手通有編『德富蘇峰集』(明治文學全集34), 筑摩書房, 1977(昭和52)年, p.370.
*15 島國の人には島人根性あり, 島人根性といへ譽るにもあらず, 又毀るにもあらず。地球のの表面に島國は甚多き中に, 能相肖たる國四あり, 亞細亞の東に日本, 南に蘇莫荅剌, 亞弗利加にボツラントツト, 歐羅巴に英吉利, 是みな島の廣・位地相匹す, 島人根性は英人の如しといはば譽ると思ふならん, 蘇莫荅剌, ボツラントツトの如しといはば毀ると思ふならん, 如何んとなれば, 一は文明の强國に發達し, 一は野蛮の聚r落に沈滯したる故なり。然れども自主の精神より論ずれば, 他の比較に因て得喪を感ずる者は, 謂ゆる公等碌々人に依って事をなすの類なり。是は愧べき事にして, 島人根性てふ語の名譽不名譽は住民の行爲如何にありとは, 此比較に因て警省せんを要す。『國民之友』223号, 1894(明治27)年 4月, p.14.
*16 「日本國民の膨脹性」『國民之友』第228号, 1894年 6月, p.1.

것이다. 요컨대 일본은 승전국 청은 패전국의 충돌 역사가 그것을 말한다. 이 논리는 우리나라 국민의 견고한 신념과 대승(大勝), 그리고 강한 인내 정신에 의한 것이었음을 깊이 새겨야 할 것이다.*¹⁷

일본이 청일전쟁에서 승리한 역사적 논리가 하나의 팽창사(膨張史)를 해석하는 증거가 되며 그것은 국민의 견고한 신념과 강인한 인내정신을 바탕으로 가능한 것이라고 논한다. 도쿠토미는 결과적으로 일본의 팽창주의의 사화(史化)를 현실적인 것으로 주창하고 있었다.
그렇다면,『소년』지에서 나타나는 입장은 어떤 것이었는지를 살펴보기로 한다.

'소년' 개념의 재창출과 신대한 열망

통감부는 1907년 7월에 이완용내각 법률 제1호로「신문지법」을 공포하고, 1909년 2월에는 법률 제6호로「출판법」을 제정하여 공포하였다.*¹⁸ 이 법률은 항일 단속을 강화하며 한일합방으로 몰아가는 시기이기도 했다.
이러한 시대적 배경과는 반대로『소년』지 창간호의「편집실통기(編輯室通寄)」를 보면 연약하고 게으르고 허위성(虛僞性)를 자극하는 문장을 싣지 않겠다는 것과 그와는 대립되는 강건, 견고한 것을 신

*17 惟ふに我国将来の歴史は,日本国民が世界の各所に新故郷を建設するの膨張史に相違なかる可く。(中略)日清両国民か寧ろ両人種か,世界の各所にに於ける膨張上の衝突史たるも未た知る可らず,膨張の衝突史国より可なり,願くは日勝清敗の衝突史たらしめよ。此の疑案は我か国民の堅信と,大勝と,堅忍不抜の精神とによりて定まるを銘記せよ。「日本国民の膨張性」『国民之友』第228号, 1894年 6月, pp.5-6.
*18 이해조『한국신문사연구』성문각, 1971년, pp.119-125.

겠다고 강조*19하고 있다. 두 개의 개념은 서로 이질적인 것이며 적극적으로 '무용한 요인'은 버리고 지금 사회에 '유용한 요인'을 강력하게 적용시키려는 의도로 읽어낼 수 있다. 새로운 시대를 개척하기 위한 〈계몽〉을 선전하는 의도가 있는 것은 당시 출판물이 가진 성격 중의 하나로 지극히 '일반적'이었는지도 모른다.

그렇다면 그 계몽대상을 『소년』지는 그 대상에 누구를 상정하고 있었을까. 창간사에는 다음과 같이 제시한다.

우리大韓으로 하야곰 少年의 나라로 하라 그리하랴 하면 能히 이 責任을 堪당하도록 그를 教導하여라. 이 雜誌가 비록 덕으나 우리 同人은 이 目的을 貫徹하기 爲하야 온갖 方法으로써 힘쓰리라. 少年으로 하야곰 이를 닑게 하라 아울러 少年을 訓導하난 父兄으로 하야곰도 이를 닑게 하여라*20.

이 창간사에서 밝히고 있듯이 『소년』지는 소년을 대상으로 할뿐만 아니라, 소년을 훈도해야 할 부모형제(父兄)도 그 대상으로 한다는 것이다. 계몽을 함양해야 하는 것은 어떻게 보면 소년층뿐만 아니라 전국민을 대상으로 실시해야 한다는 의도로도 해석할 수 있을 것이다. 또한 소년이 누구를 호칭하고 있는지를 『소년』지의 「소년한문교실(少年漢文教室)」에서 「少年 : 젊은이」*21이라고 쓰여 있는 부분에서 보면, 어디까지나 젊은 청년을 의식하고 있었다고 볼 수 있을 것이다.

물론 위의 두 가지 사례만을 가지고 단정 지을 수는 없지만, 적어

＊19 「編輯室通寄」『少年』제1년제1권, 1908년, p.83.
＊20 「創刊辭」『少年』제1년제1권, 1908년, p.1.
＊21 「少年漢文教室」『少年』제2년제4권, 1909년, p.44. 「소년」에 관한 개념에 관한 연구에 최재목 「최남선의 『少年』誌의 '新大韓의 소년' 기획에 대하여」『日本文化研究』第18輯, 동아시아일본학회, 2006년, pp.249-274 참조.

도 『소년』지에서 주장하고 있는 것은 청년에서부터 부모형제까지로 상정한다는 것은 〈국민〉을 시점에 넣고 있었다는 것이다. 즉 국민을 선도하려는 기획을 시도하고 있었다는 것으로 해석할 수 있을 것이다. 『소년』 창간에서 1년 후 다시 한 번 『소년』지 출발에 대해 재차 강조하는 논리를 다음과 같이 싣고 있다.

> 『소년』의 目的을 簡短히 말하자면 新大韓의 少年으로 깨달은 사람되고 생각하난 사람되고 아난사람되야 하난사람이 되야서 혼자 어개에 진 무거운짐을 勘당케 하도록 教導하쟈함이라.*22

창간호에서 밝혔듯이 강인함과 연약함을 대립시키면서 새로운 시대로 이행하기 위해 필요한 〈유용한 요인〉을 찾고 〈무용한 요인〉을 버리는 것을 국민에게 각성시키려 한다는 것은 앞에서도 지적한 바와 같다. 그 결과로서 『소년』지애서는 신대한(新大韓)의 소년으로 깨우친 국민으로 거듭나는 〈진화〉를 갈망하고 있었다.

조선이 일본의 식민지 지배로 접어 들어가는 현실 속에서, 민족의 운명을 개척해갈 소년, 청년, 부모형제를 잡지를 통해 각성·계몽시키지 않으면 안 된다는 강렬한 결의와 사명을 가지고 있었다. 즉 국가존망(国家存亡)의 위기감 속에서 새로운 문명(新文明)인으로 태어나야 한다는 〈전도〉를 목표로 하고 있었던 것이다. 그 목표는 관념적인 선전일 수 있으며 어떻게 보면 지면을 통한 문자의 나열이라는 형이상학적인 〈언설〉로 비판 받을 수 있는 여지는 존재했다.

그러나 『少年』의 既往과 밋 將來」를 보면, 『소년』지에 대한 의식을 다음과 같이 선택적인 표현을 사용하고 있다.

---

*22 『少年』의 既往과 밋 將來」『少年』 제3년제6권, 1910년, p.13.

사람이 닙만 벙긋하면 教育教育하나 그러나 教育식힐만한서람은 누가 잇스며 곳은 어대 잇스며, 先生과 書籍은 뉘와 무엇이뇨(中略)오늘날과 갓히 국민정신의 통일을 요구하난 때에 잇서 果然한길노나올지 몰을 일이라 그럼으로 바햐흐로 자기의 지위에 대하야 눈을 뜬 청년들에게 우리나라의 대 정신을 주난위로 이러한 잡지가 실노 막대한 의의가 잇난지라. (중략) 우리는 금후로는 더욱더욱 過渡時代 우리 청년의 일반적 良師友되기를 期하야 誠力을 殫竭하려하노라.*23

『소년』은 국민을 교육하기에 적합한 방법이 될 것이며, 교육의 중요성을 논하기는 하지만 구체적인 담당자나 장소가 없음을 비판적으로 다루고 있었다. 입만 벙긋한다는 비판은 〈실천이 결여된〉논리의 형이상학에 대한 통렬한 비판임을 시사한다. 그것을 자가하고 있기 때문에 『소년』지는 〈실천〉을 위해 문명화라는 신대한의 모습을 국민에게 통일적으로 사상고취를 해야 한다는 방법을 모색하려는 의도가 있었다. 『소년』지에서 강하게 사회진화론을 의식하고 있었으며, 그 개념 해석에 의존하여 전개되는 〈근대 국민〉의 이미지가 과도기를 건전한 방향으로 설정하기 위해 〈기준〉이 하나의 통일된 사상으로 뭉쳐야 한다는 논리를 제기하고 있는 것이다. 바로 이것은 앞에서 언급한 동시대적이라는 의미가 여기서 맞물리고 있는 것이다.

도쿠토미가 잡지를 창간했던 1887년, 그 후 일본 내에 발생한 잡지 붐의 형태는 '국가개념'을 초월하여 최남선이 조선에서 동시에 잡지를 가지고 사상고취를 추진한다는 의미에서는 〈인식의 폭력〉의 위험성을 안고 있었던 것이다.

---

*23 「『少年』의 既往과 및 將來」 『少年』 제3년제6권, 1910년, pp.19-20.

진화론과 인류애/인류애와 진화론

앞에서도 약간 언급했던 것처럼 일본은 명치 후반에 일본 사상계를 석권한 사회진화론의 수용은 자유민권운동(自由民権運動)의 좌절과 연동하면서 국가팽창주의 방향으로 나아가야한다고 주장하는 논고가 나타나게 된다.

그 대표적인 예가 「평민주의(平民主義)」와 결별을 선언한 당시의 지식인 『국민의 벗』을 주최한 도쿠토미 소호(德富蘇峰)였다.[*24] 『국민의 벗(国民の友)』을 창간한 1887년 당시에는 국수주의(國粹主義)라는 논리에 대해 지론을 갖지 않고 출발하였다. 그것은 자유민권운동의 쇠퇴기미를 보이기 시작한 '정치적 상황'의 추이변화와 명치유신 이후의 신교육세대의 등장이라는 시대의 추이와 맞물리고 있었다.

특히 도쿠토미의 평민주의는 앞에서도 언급했듯이 정치중심의 근대화에 대항하여 중등계급(中等階級)의 견인(牽引)에 의한 〈안으로〉부터의 근대화 비전을 제시한 것이었다. 그 길은, 철저한 서구화의 주창이었다. 도쿠토미의 표현을 빌리자면 "평민적 서구주의(平民的西歐主義)"[*25]인 것이다.

그러나 진화론적인 사회의 대세를 파악하고 직선적인 진화 해석은 자연주의적 사고에 의한 것만으로는 해결하지 못하는 우승열패

---

*24 岡義武「日清戦争と当時における対外意識(2)」『国家学会雑誌』第68巻第5·6号,1954年, pp.223-254. 家永三郎『国民之友』『文学』vol.23, 岩波書店, 1955年, pp.38-44. 植手通有 『国民之友』『日本人』『思想』No.453. 岩波書店, 1962年, pp.384-394. 山田昭次「自由民権 期における興亜論と脱亜論」『朝鮮史研究会論文集』第六集, 朝鮮史研究会, 1969年, pp.40-63. 和田守「若き蘇峰の思想形成と平民主義の特質」『思想』no.585, 岩波書店, 1973年, pp.368-392. 有山輝雄「民友社と明治二十年代ジャーナリズム」『日本思想史』 no.30, ぺりかん社, 1988年, pp.3-19. 熊谷次郎「蘇峰とマンチェスター·スクール」『経済経 営論集』第21巻第1号, 桃山学院大学総合研究所, 1979年, pp.69-111.

*25 岡義武, 전게논문, pp.238-239.

(優勝劣敗)의 경쟁문제를 문제시 하게 된다. 1890년대를 민권론(民權論)에서 국권론(國權論)으로의 이행시기[*26]로 본다면, 도쿠토미는 1892년 평민주의의 붕괴와 청일전쟁을 거치면서 완력에 의한 국가팽창주의를 주장하기에 이른다. 〈힘의 복음〉[*27]을 믿게 되고 극단적인 국가주의 신도(信徒)로 태어난 것이다. 청일전쟁의 승리를 계기로 「문명과 야만의 전쟁」으로 세계를 인식하고 「일본국민의 팽창성」[*28]을 정당화해 나간 것이다.

도쿠토미가 사회 진화론적 영향아래에서 평민주의를 강조했던 시기에 혐오하던 "국가주도형 간섭주의"를 신봉하게 되고 급기야 평화주의를 버리게 된다. 결과적으로 도쿠토미가 인종투쟁의 완력주의를 강조하게 되었다고 한다면, 『소년』지에서는 어떤 형식으로 사회진화론에 관한 해석이 나타나고 있었을까.

우선 1908년 11월 1일 창간호를 내면서 12페이지 분량으로 「甲童伊와 乙男伊이의 相從」을 싣고 있다. 이는 『소년』지 창간호를 내면서부터 중시하지 않을 수 없는 시대적 관심사 중 하나로 주목하고 있었

[*26] 山田昭次, 전게논문, p.43. 植手通有, 전게논문, p.390. 더 구체적으로 말하면 청일전쟁의 전후라고 지적한다. 윤상인 「메이지시대 일본의 해양모험 소설의 수용과 변용 : 〈야만적 타자〉의 발견과 제국주의 이데올로기의 확산」 『比較文學』 25, 한국비교문학회, 2000년, pp.261-281.

[*27] 「力の福音」 德富蘇峰 『德富蘇峰集』 改造社, 1930年, p.204. 吾人は中心より平和を愛す.只だ愛す可き平和は,愛す可き平和の事業にて勝ち得られずして,却て愛す可らざる軍備の充実によりて,保障し得られ可きを知る(中略)吾人をして言はしむれば,民族的覚醒は力也,民族的活動は力也,民族的一致は力也。乃ち此の力を発揮するを以て,大和民族堂面の天職とせざる可らず.吾人は此の如くして,我国に帝国主義,平民主義,社会主義の,一貫したる皇室中心主義の下に行われざる可らず,又た行はざる可らざるを説けり.

[*28] 植手通有, 전게논문, pp.387-391. 米原兼 『德富蘇峰』 中公新書, 2003年, pp.115-117. 도쿠토미의 제국주의 이론은 서구의 독점자본주의적 이해적 관계에 의한 〈팽창〉적의미의 제국주의이론이 아니고, 군사력을 우선한 군국주의적인 체제를 가지고 가족국가관적인 천황제를 합리화하는 대외 침략주의적 내용이었다. 橋川文三他 『近代日本思想史の基礎知識』 有斐閣, 1971年, p.222.

던 것으로 보인다. 초미(焦眉)의 중대한 시대적 인식을 다음과 같이 기록하고 있다.

生物界에는 競爭이란 일이 잇스니 大抵競爭이란것은 서로 겨르고 닷톤단말이라 競爭이 여러가디가 잇스니 온갖 物種사이에 다 行하나니라 그럼으로 不知中에 남보다 나흔다가 익이고 못한 者는 디나니 딤生이 사람에게 服從되고 또 덕거나 弱한 딤生이 크거나 强한딤生에게 服從되나니라.*29

생물계에 존재하는 경쟁이라는 부분을 강조하고 있다. 특히 약한 것은 강한 것에 복종 당한다는 논리를 〈확정〉적으로 피력하고 있었다. 진화론의 일면을 경쟁이라는 측면으로 해석을 시도하고 있었다. 그러나 여기서 중요한 것은 진화론에 대한 해석이라 할지라도 그 진화에 대한 해석 수용에는 '진보'와 '경쟁'이라는 양면에 어떻게 균형을 맞추는 가에 따라 전혀 다른 결과론적 인식을 낳는다.

사회진화론을 받아들임에 있어서는 약육강식(弱肉强食), 생존경쟁(生存競爭), 우승열패(優勝劣敗), 적자생존(適者生存) 등의 표어화 된 시대인식에 대해서는 그 가치관에 유사성을 보인다. 그러나 진보에 가치를 두면, 문명의 진보와 함께 세계적 레벨의 윤리의식(보편적 도덕가치)을 생성하기 위한 과정이 될 수도 있지만, 경쟁을 중시하게 되면 철저한 약육강식만을 강조하게 되는 차이가 발생한다.*30

어떻게 보면 『소년』지의 창간사에서 설명하고 있듯이, 강자가 약자

---

*29 「甲童伊와 乙男伊의 相從」『少年』제1년제1권, 1908년, pp.18–19. 「甲童伊와乙男伊이의相從」은 공육(公六)이라는 필명을 쓰고 있다.

*30 趙景達「朝鮮における日本帝国主義批判の論理の形成」『史潮』新25号, 歴史学会, 1989年, pp.59–82.

를 정복하는 것을 경쟁 중시적(重視的) 측면과 진보 중시적 측면이라는 양면 그대로 해석할 수 있을 것이다. 즉 이 논리는 어느 쪽에 중점을 두고 있는가를 규정하기 이전에 기본적으로는 사회진화론에 관한 지론을 찾고 있었던 것으로 보인다. 진화론 관념에 대한 규정을 도출한 것은 아니지만, 진화론 그 자체를 가지고 국가의 생존을 결부시켜 설명하려는 논리가 「국가의 경쟁력(国家의競争力)」이라는 논고에서 나타난다.

단적으로 하나의 민족과 동일한 언어에 의해 구성된 국민국가, 이 국민국가형식에 의거하는 기준을 둔다면, 인간이 갖는 하나의 일차적인 숙명이라는 것이다. 이러한 논점의 의도가 무엇인지를 살펴보기 위해서 논문을 인용해 보기로 한다.

生物界에는 여러 가지 關繫로 하야 競爭이란 일이 생겨서 優한 者는 勝하고 劣한 者는 敗하며 適한 者는 生存하고 不適한 者는 死滅하난 것이 한 公例가 되엿소이다. 그런데 이것은 다만 生物界에 잇서서만 그런것이 아니라 國家와 國家(곳 甲團體와 乙團體間)間에도 自然의 趨勢로 이 競爭이란 公例가 行하야 連方넘어지고 連方이러남이 無非 이 競爭力의 强弱에 말매암음이니 그럼으로 이 다음 이 法例가 업서 지난날은 몰나 그러하되 오늘날노 말하자면 自己네들의 국가를 언제까지던지 隆盛한채로 가지고 가려하고 自己네들의 民族을 언제까지던지 强大한 대로 가지려하면 잇난대로 힘을 다하야 이 實力을 養成하기에 부지런히 아니하면 아니되나이다.*31

생물세계에 존재하는 사회진화론적 인식론에 근거하여 국가존재의 존망성쇠와 연결하고 있다. 그 핵심으로는 역시 「약육강식(弱肉強

---

*31 「国家의 競争力」 『少年』 제2년제10권, 1909년, pp.92~95.

食)論理가 관통하고 있었다. 인간세계는 동물세계와 마찬가지로 그 사회에서 적응하거나 그렇지 못하면 도태하고 만다는 논리를 확인할 수 있으며, 사회의 진화과정의 한 〈형태〉라고 규정한다. 그 진화과정에서 살아남는 것이 저급사회에서 고급사회로 이행할 수 있다는 인식을 보여주고 있는 것이다.

이러한 「약육강식」과 「적자생존(適者生存)」이라는 법칙과 결과적으로 인간사회를 그대로 중첩시켜서, 그 차이화가 생겨버리는 것을 피하기 위해서는 실력을 양성하여 우수(優秀)한 부분을 계발하여야 열등한 위치에서 탈피할 수 있다고 보았다. 그러기 위해서 필요한 것이 강한 「경쟁력」이었다.

다시 말하면 그 경쟁력은 인류의 진보와 연결되는 측면이 있기 때문에 그 논리를 부정하지 않고 오히려 그 관념에 의지하여 현황을 파악하고 있었다. 그러나 아직 사회진화론의 구체적인 해석에 확신을 드러내지 않고 있는데, 그 〈내용〉을 이해하기 위해서는 「지리학연구의 목적」을 살펴보아야 한다.

『소년』지의 「국가의 경쟁력」은 우치무라 간조(內村鑑三)의 『지인론(地人論)』*32의 일부분을 번역한 것이다. 이 '지리학'이라는 것은 학과

---

*32 1894년 5월에 『지리학고(地理學考)』라는 책으로 발간되었다가 1897년 2월에 『지인론(地人論)』으로 개제(改題)하여 재판하였다. 이 『지인론(地人論)』은 총론, 각론, 결론의 3부로 구성되어있다. 총론에는 〈지리학 연구의목적〉〈지리학과 역사〉(상·하)〈지리학의 섭리〉의 4개의 장으로 되어있고, 각론은 〈아시아론〉〈구라파론〉〈아메리카론〉〈동양론〉등 4장, 결론은 〈일본지리와 그 천직〉및 〈남쪽 3대륙〉으로 구성되어 있다. 이 『지인론(地人論)』에서 우치무라(內村)는 일본이 아메리카와 유라시아대륙 사이에 있는 섬나라로 두 개의 문명을 복합할 수 있다고 주장한다. 즉 일본이 지리적으로는 아시아에 있지만 그 사회적 구조는 유럽적이라고 하며 일본에 맞게 두 개의 문명을 조화시켜 신문명을 재생산하여 동서에 널리 보편화시킬 것을 기대하고 있다고 논한다. 야마무로는 이것이 아시아에서 일본의 주도성(主導性)을 정당화시키는 논리였다고 본다. 山室信一『思想課題としてのアジア』岩波書店, 2001年, p.51. 특히 도쿠토미가 〈보수(保守)와 고루(固陋)한 일본 독자성론〉 대두의 고민과 우려에서 나온 새로운 진보를 주장하기에 이 우치무라

로서의 지리학이 아닌 '세계인식을 결정하는 관념으로서의 지리학이라는 것'을 다음과 같은 문장에서 추론할 수 있을 것이다.

地理学으로하야 우리가 가장 健全한 세계 관념을 涵養할수잇스니. 国家가 홀노 一個 独立인 社会가 아니라 地球도 또한 한 有機的独立人이니 地方이 一国의 一部分인것처럼 一国도 또한 地球란 한 独立人의 一部分에 지나지 못하나니라. 王陽明이 갈오대 「大人者以天地万物為一体者也, 其視天下猶一家, 中国猶一人」이라하니 우리는 我国人이 될 뿐아니라 또한 世界人이 될지라. (중략) 世界観念·博愛主義는 自重心과 愛国誠을 減殺한다 하난 者는 웃던 어리석은 者냐 만일 그 識見의 좁은 것으로써 愛国이라 할진대 井戸의蛙가 참 최대 愛国者일지오. (중략) 真正한 愛国心이란 것은 宇宙를 為하야 나라를 사랑하난 것이오 또 이러한 愛国心이 가장 나라를 利롭게하난 愛国心이니라.*33

우치무라(内村)는 지리학 연구*34 목적을 두 가지로 보았다. 첫째,

의 논문을 더욱더 필요로 했다고 논한다. 杉井六郎 『徳富蘇峰の研究』 法政大学出版局, 1977年, p.248.

*33 「地理学研究의目的」 『少年』 제2년제10권, 1909년, pp.90–95.

*34 일본의 지리학연구의 흐름을 정리한 이시다 류지루(石田竜次郎)의 『日本における近代地理学の成立』(大明堂, 1984年, pp.288–295)에 의하면, 우치무라의 지리학연구는 이색적인 것이라고 평한다. 일본지리학연구의 흐름을 보면, 화산이나 지진, 식산흥업(殖産興業)을 위한 연구라는 지질학에서 출발하여 지리학→지문학→지형학이라는 경로를 거치는데, 이 흐름 속에서 우치무라는 "역사와 지리를 희곡(戯曲)과 무대(舞臺)로 보고 지상(地上)의 섭리, 일본에 대한 사명이 크리스트교 전도가다운 그의 의지가 맞물려서" 나타난 것으로 보았다. 즉 인간의 역사와 자연, 혹은 환경과의 관계를 묻는 작업으로 연결되고 지리적 결정론, 환경론을 논하는 방향으로 흘러간 것이라고 보았다. "지인상관론(地人相關論)"이 커다란 이론으로 자리를 잡았다고 논한다. 京都大学文学部地理学教室編 『地理の思想』 地人書房, 1982年. 小田清治 「内村鑑三の 『地人論』 について」 『季刊日本思想史』 No.3, ペリカン社, 1977年, pp.117–134.

지리학에 의거해 한 나라의 〈식산(殖産)·정치·미술·문학·종교〉의 '출발점을 아는 것'이라 했다. 둘째, 지리학에 의해 국민의 〈건전한 세계 관념을 함양〉하는 것이라고 보았다. 원래 일국의 문명은 다른 나라 문명과 공통적인 일반법칙에 의한 것만으로 성립하지 않고 그곳에는 특히 그 국토의 지리(자연적 환경 : 본문)가 기초적인 계기로 존재한다는 것을 알지 못하고 일국의 문명의 특질을 이해하거나 혹은 그 발달을 기대할 수가 없는 것이라고 보았다.

그와 동시에 국민은 〈눈을 자국이외로 돌려 세계의 지리와 역사와 함께 보편적인 세계정신의 움직임을 알지 못하면 자국의 국민정신을 이해 혹은 그것을 진정으로 사랑할 수 없다〉고 보았다. 즉 "진정한 애국심이란 것은 우주를 위해 나라를 사랑하는 것이며, 그리고 뒤를 이어서 애국심만이 가장 나라를 이롭게 하는 애국심인 것이다"[*35]라는 것이다. 국민적이면서 세계적이고 세계적이면서 국민적이라는 논리가 하나가 된다는 것을 제시하고 있는 것이다.

개인과 국가는 불가분의 관계로, 개인이 국가를 구성하고 국가는 지구를 구성하게 된다는 동심원적인 확대 해석의 방식을 택한 것이다. 지구적 규모로 볼 때 인간은 하나의 유기체적인 존재라는 것이다. 즉 인간은 한 나라의 국민이기도 하지만 인류적 존재로서의 한 개인으로 존재한다는 것이다.

그렇게 볼 때 '애국'이라는 말은 좁은 의미의 「자국애(自国愛)」에 한정되는 것이 아니라 「인간애(人間愛)」라고 기술한다. 그렇다면 그 「인류적인 인간애」라는 것은 구체적으로 무엇을 상정하고 있는 것일까.

〈자국애〉라는 것을 〈국수(國粹)〉로 오버 랩 시켜 보면, 국수주의는 말할 것도 없이 내이션(nation)과 불가분의 관계가 성립된다. 개인

---

*35 内村鑑三『地人論』岩波書店, 1942年, pp.200－201.

과 국가, 전 세계가 유기체적인 연결사슬로 얽혀 있다는 논리 속에는 결국 국수에 대한 구별이 필요하게 된다. 즉 편협한 국수주의로는 설명 되어질 수 없는 것이 인터내셔널리즘인 것이다. 그러나 도쿠토미는 국민이 가진 〈성격〉규정을 국수주의적 국민이 되어야 하는 논리가 세계적 대세 속에서 자신을 그려내는 것이라고 보았다. 국수주의적인 국민이, "국민적"이면서 "세계적"일 수 있다는 것으로 『국민의 벗』이 거듭 태어난 이유와 연결시켜 설명한다.

지금이야말로 국민의 벗은 다시 위기에서 탈피하여 활기를 가지고 다시 그 날개를 사회 강단에 분발하려 한다. (중략) 우리는 그 의기를 개선함을 기대하고 있다. 말하자면 대세의 실체를 그려내고, 대세의 움직임을 그려내고, 대세의 기선을 그려내고, 그럼으로써 대세 그 자체를 그려내는 것, 그것이 우리의 뜻하는 바이다. (중략) 세계적 지식이 없이는 국민적 논리는 있을 수 없다. 세계적 식견이 없이는 국민적 견해도 있을 수 없다. 우리는 이번호부터 청·일·한 관계에 대해 서구의 논설을 게재하는 것은 세계만국을 향해 우리 군대의 의의를 소리 높여 외치기 위함이다.*36

결국 도쿠토미의 국민=세계화 논리는 완력주의에 경도되어진 이유와 연동된다. 즉 국민이 실체가 되어 완력을 키워야 세계 속에

---

*36 「吾人の志を明かにす」『国民之友』第233巻, 1894年, pp.1–2. 今や『国民之友』は, 再度危機より躍脱し, 英爽活溌の面目を以て, 重ねて其の翼を, 社会の講壇に鼓するを得(中略)吾人は其の意先づ改まる所を活描せんとを期す. 所謂大勢の実体を描き, 大勢の活動を描き, 大勢の機先を描き, 而して大勢彼自身を描く, 是れ吾人が志也. (中略)吾人の規模は, 国民的に止まらず, 亦た世界的たるを期す. 二者獨り撞着せざるのみならず, 相待ち相須て, 其の用を全ふするを信ずれば也. 世界的知識なくして, 国民的経論あるものありや. 世界的眼界なくして, 国民的見解あるものありや. 吾人が本号に於て, 日清韓の関係に附き, 欧文の論説を掲載したるは, 世界万国に向て, 我が義軍の義を鳴さんが為のみ.

그 존재를 가시화할 수 있으며, 그것은 강한 군대만이 가능*[37] 하다는 것이다. 국민의 존재가 국가와는 연결되지만, 정부(정치가)에게 그 충성을 두는 것이 아니라는 의미로 인간애의 해석을 선전하고 있다. 그러나 그 논리는 정치가나 정부에 대한 비판개념이 국가의 존재를 비판하는 논리로 혼돈해서는 안 된다. 오히려 국민의 존재가 국가를 짊어지고 있고, 자기 집안의 일을 내버리고 국가를 위해 희생하는 〈국민〉이 되어야 함을 강조하고 있는 것이다.

이 논리는 결과적으로 국민으로서 국가를 위해 존재하는 실존주의의 의미에서 〈주체〉적 국수주의로 출발해야 하며 〈군대〉를 구성하는 존재로 〈완력〉이 강해져야 하는 국가주의자로 변모하는 것이다. 그것은 더 나아가 〈인간애〉라는 개념이 "문명의 은광을 야만사회에 주사"*[38]해야 한다는 것으로 우치무라의 〈인류애〉가 변형되어 나타나게 된 것이다.

도쿠토미의 경우를 염두에 두고 이번에는 『소년』지에 나타난 「인류적인 사랑」은 어떻게 표출되어지고 있었는지 살펴볼 필요가 있다. 특히 문화·문명의 발달과정과 연결시키면서 어떻게 나타나고 있을까. 그렇다면 그 특성이 어떻게 도쿠토미의 경우와 유사한지 아니면 다

---

*[37] 「国民の存在」『国民之友』第237号, 1894年, pp.1-3. 国家の実体は国民也。国民の存在は事実也。国民は如何なる場合に於ても,自家の存在を忘るべからず。自家の存在を忘れて政府を崇拝するは,是れ国民を以て。殊とに軍国の際に於ては,国民たるもの自ら警醒し,自ら任せざるべからざる也。(中略) 世界に向かって大遠征を試みるの日,何を以て政府に対せんとする乎。(中略)我軍隊が国民の同情を惹くもまた偶然にあらずと云ふべき也。惟だそれ国民たるもの諦かに考へざるべからず。此の如き精英勇武なる海陸軍は,如何にして出で来りし乎。此の如き軍隊は,何人の子なる乎。(中略) 国民の活力,気象を凝結して此に一大軍隊を作りし也。軍隊の勝利は国民の勝利也。政府の勝利にあらざる也。国民は如何なる場合に於ても,己の存在を忘るべからず.

*[38] 岡義武「日清戦争と当時における対外意識(2)」『国家学会雑誌』第68巻第5·6号, 1954年, p.239.

른 것인지 구체적으로 보기로 한다.

트랜스 지리학의 시도

당시 조선반도의 지정학적 특징을 『소년』지에서는 현저하게 어필*[39]하고 있었다고 앞에서도 언급했는데, 그 논리를 설명해주는 논고로 「해상대한사(海上大韓史)」를 들 수 있다. 최남선은 청일전쟁에서 패한 중국의 조락(凋落)의 원인이, 중국이 옛 명예에 갇혀서 현재적 세계 움직임을 파악하지 못하고 있었다는 것을 논하고 있다. 『소년』지의 「해상대한사」는 진화론적인 인식에 근거한 문명발전론적인 논점으로 〈진보〉를 긍정함*[40]으로서 결과적으로 인류의 평등을 위한 방향설정에 긍정적이었다.

그러나 그 논리는 한편으로 진화를 위해서 〈타자〉와 차이성을 부각시켜가야만 하는 딜레마를 극복하지 않으면 안 되는 것이었다. 그것은 도쿠토미와 같은 방법으로 나타나는 것이 당시의 한 패턴이었다고 보았는데, 결과적으로 『소년』지에서도 중국의 정체성을 비판하며, 아시아에서의 조선과의 차이성을 부각시키려 했던 것이다. 진보를 설명하기 위한 발전과 쇠퇴라는 양면을 대비시키는 방법으로 어느 것을 취사선택할 것인가라는 물음으로 지면을 할애한 것이다. 그것은 한마디로 말해서 중국관(中国観)과는 상이한 일본관(日本観)의

---

*39 권정화 「崔南善의 初期 著述에서 나타나는 地理的 關心 : 開化期六堂의 文化運動과 明治 地文學의 影響」 『應用地理』 第13號, 誠信女子大學校 韓國地理研究所, 1990년, pp.1-34. 일본의 〈지문학(地文學)〉과의 영향관계를 기술하고, 『소년』지의 지리학연구의 전반적인 사례를 분석하고 있다. 그것을 계몽적 특성과 연결시키고 있으나 필자는 지리학이라는 그 지리학내용보다는 지리학을 응용하여 전개된 『소년』지의 의도에 주안점을 두고 있다.

*40 公六 「海上大韓史」(4) 『少年』 제2년제2권, 1909년, pp.11-15.

제시였다.

과거에는 우리나라가 일본에 영향을 줄 정도였지만, 지금은 형세가 달라져 우리가 일본에 대해 경각심을 늦추어서는 안 된다[41]고 경고한다. 특히 일본의 팽창에 대해 경계를 부르짖으면서도 동아시아의 〈지역〉에 있어서 일본은 〈근대화〉를 먼저 성취한 것에 대해 이는 조선이 앞으로 나아가야 할 방향[42]이라고 높이 평가하고 있었다.

일본은 조선의 〈어떤 방향성〉을 고찰하는데 있어서 감사할 정도라고 표현하며, 조선이 신대한(新大韓)을 건설하는데 친구이면서 경쟁자가 일본이라고 호소하고 있었다. 이처럼 중국과 대비해보면 명확하게 해석에 차이를 보이고 있었다. 고대(古代)에는 문화의 선진국인 중국의 영향아래에서 조선과 일본은 존재했고, 또한 조선이 일본에게 문물을 전해주는 선진국이었다는 것이다.

그러나 현세(現勢)의 진화론적인 필터로 동아시아의 삼국관계를 다시 관찰해 보면 중국은 옛날에 집착하여 진보가 없다는 〈부정적인 것=무용한 것〉으로 날카로운 비판을 하는 반면, 일본에 대해서 진보를 이루고 있다는 〈긍정적인 것=유용한 것〉으로 해석하고 있었던 것이다.

진화론의 영향 아래에 있었다고는 하지만, 조선이 일본보다 늦게 근대화가 진행되고 있다는 것, 즉 반문명 형상임을 말하고, 중국은 조선보다 더욱더 미개한 상태로 정체되어있다고 간주하였다. 특히 진화론은 이 시점을 더욱더 촉진시켰으며 일본, 조선, 중국이라는 문명을 자국 해석을 기준으로 한 히에라르키가 주창되고 있었다. 세계적 시스템과의 조우는 〈자국애〉와 〈인류애〉를 통합하는 새로운

*41 公六「海上大韓史」(3) 『少年』 제2년제1권, 1909년, pp.10-11.
*42 公六「海上大韓史」(3), 상게잡지, pp.16-17.

시스템을 창출해야 한다는 〈인식〉의 결과였다.

　일본이 도쿠토미처럼 국수주의에 근거한 완력국가의 창출 압박 속에서 소유하게 된 문명과 야만의 대비논리 속에서 일본이 문명국으로 자부하게 되는 경향이 오리엔탈리즘이라면,『소년』지에서 보인 논리도 그와 유사한 측면이 없지 않았다고 볼 수 없을 것이다.

　이는 곧 일본과 조선이, 〈유럽〉이라는 외부를 매개로해서 동아시아세계와 각각의 구조적 인식이 형성되고, 그것은 동아시아 세계를 지정학적인(중국·조선·일본 : 필자)이라는 위치로서 동아시아에 존재한다는 의미로써 하나로 인식하려고 하는 측면과 그 안에서도 각각의(중국·조선·일본 : 필자) 자신들 '내부'의 독자성을 주장하려고 하는 자국중심주의 논리가 병존하고 있었다.

　이처럼 서구중심주의에 대항하여 자기 내부를 파악하려는 노력은 서구 기준적 인식으로 재단해야만 하는「인식의 폭력」을 내포하고 있었으며, 그것을 극복해야만 하는 논리를 찾아야 하는 딜레마가 있었던 것이다. 이러한 상황 속에서『소년』지가 제기하는「반도문화론(半島文化論)」은 일본과 중국에 대한 견제논리로 선명하게 나타난다.

　『소년』지의「해상대한사(海上大韓史)」에서 자주 소개하는 내용은 조선반도의 지정학적 특성론이었다. 앞에서 언급한 반도국의 역사적 특수성으로 영웅이 나타난다는 논리와 함께 문화·문명의 독자성론을 전개한다. 먼저「반도와 문화와의 관계(半島と文化との関係)」라는 논고에서 반도의 특징과 지정학적 특수성의 〈형체〉를 설명한다. 반도의 〈형체〉특성이라는 것이 과연 무엇인가를 구체적으로 그 지정학적인 역할에 집중해서 설명한다.

반도의 구조나 형태는 바다와 육지를 중첩한 세계관을 형성한다는 논리인 것이다. 육지의 특성과 바다의 특성을 겸비하고 있다는 것이다. 대개 반도는 삼면이 해양으로 둘러싸여 있으며, 한 면은 육지와 연결된 것을 말하는데 그것이 해양문화와 육지문화를 서로 융합하고 조합하면서 해륙(海陸)통합을 이룬다는 것이다. 그 형체적 특성은 문명과 문화를 집대성할 수 있는 기능이 내재한다는 것이다. 이것이 반도문화의 장점이며 반도는 문화와 문명을 반대로 전파를 할 수 있는 경지에 이른다는 것이다.[43]

이 점에서 볼 때 조선반도는 세계로 항상 열려있으며 또한 문화·문명의 발달과 진보를 담당할 모태가 된다는 것이다. 그 흐름은 조선반도가 특이한 천명을 받았고 세계적 통일을 담당하게 되는 책임을 부여받았다는 논리로 비약한다.[44] 반도의 특성론을 주장하는 관념과 조선반도가 가진 특수성으로 중첩되면서 '조선반도가 가진 〈반도〉의' 문화적 우월론으로 정당한 〈의미〉를 획득하게 되는 것이다. 반도의 역사적 예로서 영웅이 존재했고 문화적 발현을 이루어왔다는 의미에서 조선반도에 그 동질성을 덮어씌우는 것으로 그 〈신성〉한 의미가 〈일반론〉으로 완성되어져 간 것이다.

그것은 조선반도가 대두되고 문화의 발상을 이루어내는 담당자로 간주되며, 반도특성=객관적인 원리=정의(正義)로 의미화 시켜간다. 조선반도의 국민이 자각해야 하는 역사적 의미에서의 〈조선반도 아이덴티티〉로 형성되도록 『소년』지는 시도한다.

半島는 實노 海陸文化에 対하야 여러 가지 重要한 責任과 権利를 가졋거늘 오히려 不足하야 이것을 마조막 한데 融解하고 調和하고 集大

*43 「海上大韓史」(6) 『少年』 제2년제6권, 1909년, pp.22–25.
*44 「海上大韓史」(10) 『少年』 제2년제10권, 1909년, pp.38–43.

成까지 하난듯 하도다. 諸君이 試驗하야 世界文化發達史를 펴놋코 詳
考해 보시오. 반다시 太古人文 의 처음 핀곳이 말끔 다 內陸에 되야 가
지고 集大成될 機運이 되기만하면 누가 잇서 시키난 듯키 半島中으로
몰녀드러가 여긔서 融和가 되고 調和가 되어 한層더 完美한 形式으로
後世에 떠러짐을 볼지니 (중략) 世界文化史를 닑난 者 더욱 古代東方諸
國 及끄레시아 로오마 兩 半島史를 닑난 者 와 古代國史를 窮究하난
者와 將來 우리나라의 世界的형세와 밋 時代的責任을 생각하난 者는
아모라도 首肯치 아니치 못 할이다. 이에 이르러 우리는 하날이 왜 半
島國民을 特別히 사랑하사 여러 가지 남에게 주지 아니하난 福利를 주
시며 特別히 알아주사 남에게 맛기지 아니하난 조흔 職務를 맛기시 난
지 感激이 깁허서 疑惑까지 나난도다.*45

윗글을 통해서 알 수 있듯이 〈반도문화의 신성성=조선반도의 신
성성〉으로 승화된 것이다. 그것은 동아시아에 있어서 조선반도가
가진 위치이며 문화/문명의 중심인 것으로 선양해도 무방하다는
논리가 증명되며 신성국가로 선명하게 그 윤곽을 드러낸 것이다.
반도국가가 표방하는 문명의 발현국(發現)이라는 특성을 강조하
는 이 논고는 1909년 10월 1일 발행하고 있는 이유가 있었다. 그것
은 바로 1909년 한일합방이 이루어지는 시기였다. 반도의 특성을
살려야 한다는 제기와는 반대로 역사적으로 식민화되어가는 현실
을 더욱더 〈반도국 사명(使命)론 찬미〉가 강렬한 〈언설〉로 등장하게
만든 것이다.
그 역사적 배경의 산물로써 강렬한 피차별의식속에서 짜내어진
조선문화의 특성론으로 조합되어진 것이다. 탈중화주의적 오리엔탈
리즘의 주자가 되고 반도의 특성론을 전면에 내세운 언설은 일본의

*45 「海上大韓史」(9) 『少年』 제2년제9권, 1909년, pp.42-43.

제국주의 등장과 연동하면서 그와 거리를 두기 위한 변화의 시도였던 것이다.

그 구체적인 내용은『소년』지에 나타난 저항 논리의 근저(根底)에는 또 하나 간과해서는 안 되는 특성이 있었다.『소년』지에「현시대에 어울리는 지도 스승(指導師)」으로 거론하는 인물로 톨스토이, 페스탈로치, 스마일스를 들었다. 서구의 인문학자가 배치되고 그들을 지도자적 존재이며 그들의 후계를 따라야 한다고 주장한다. 한편 조선의 이황과 율곡의 〈유교〉국가의 면모를 제시한다. 그것은 이제 시대적 주도권자인 서구인을 따라가는 것이 아니라, 조선의 유학을 절충시킴으로서 정신적으로 새로운 〈의식〉을 구축해야 한다고 주장한다.

『소년』지는 스마일스의 저서인『성행론(性行論)』을 번역하여「스마일스선생의 용기론(勇気論)」으로 제목을 바꾸어『소년』지에 게재하고 있다. 정신적인 품격을 갖추어야 하며 정직과 진실을 지킬 수 있는 경우만이 진정한 〈용기〉라는 해석[46]을 도입한 것이다.

무력을 중시하는 논리를 내세우는 도쿠토미와는 달리 정신적인 품격을 안배시키고 있었다. 이렇게 정신적인 면과 반도의 특수론(영웅등장[47]과 반도의 문화 집대성론)을 결부해서 조선반도의 청년들

---

[46]「新時代青年의 深呼吸」『少年』 제2년제9권, 1909년, pp.5-38.『少年』 제1년제10권, 1909년, p.110.

[47]「少年史伝」『少年』 제2년제6권, 1909년, p.36.「少年史伝」『少年』 제2년제7권, 1909년, p.58.「薩水戦記」『少年』 제1년제1권, 1908년, pp.69-71. 서구의 영웅으로서는「페터大帝伝」가 제1년제1권에서 제1년제2권까지, 그리고 앞에서 소개한「까리발듸」가 제2년제1권부터 제2년제4권, 제6권, 제8권, 제10권에 연속해서 게재한다.「나폴네온大帝伝」은, 제1년제2권, 제2년제1권, 제2권, 제3권, 제4권, 제8권, 제10권에 각각 소개한다. 조선의 영웅은 민영환을「민충정공(閔忠正公小伝)」이라는 제목으로 제2년제1권에 싣고,「이충무공철사(李忠武公軼事)」로 이순신을 제2년제10권에 소개한다.

에게 계몽운동과 교화시킬 것을 피력한다. 안창호*⁴⁸가 시작한 「청년학우회」라는 계몽운동의 설립의의를 『소년』지에 게재한다.

즉 〈청년학우회의 취지〉를, 국가의 기초는 청·장년에게 달려 있으며 국가의 유지는 청년의 손에 달려 있다*⁴⁹는 것을 강조한다. 그 청년이 수양을 게을리 하지 말아야 장래가 있다는 것이다. 『소년』지에서 주장해온 국민의 새로운 신진세력을 육성하려는 의도로서의 개인의 자각이, 안창호가 주장하는 개인의 힘을 키워야 한다는 이론과 합치되고 있는 것이다. 청년들에 의한 국민정신 함양을 집약시키고 축적하여 새로운 시대를 담당하게 하는 한편 새로운 국가세력으로 등장시키려 했던 것이다.

조선반도는 반도의 특성을 부여받았고 그 장점을 살려서 새로운 문명국 조선을 개척할 역량을 가지고 있는데, 이제는 그 역할이 청년에게 달려있다는 것이다. 그러나 그것은 평등과 박애에 바탕을 둔 〈논리〉를 재창출하는 자아의 깨우침으로 시작하여야 한다는 것이다. 이것은 곧바로 청년에게 부과된 과제로 전환되고 있었다.

이러한 「신민(新民)」을 만들어가기 위한 공간(방법)이 소년지에 소개된 「청년학우회」로 응집된 것이다. 특히 "사람은 자기의 속에 또 자기의 뒤에 일대 보편한 심령이 잇서서 정의 진리 애 자유의 諸性이 上天에서와 갓히 그 속에 드러나고 兼하야 빗남을 自覺하난지

---

*48 金容稷 「巨人의 誕生과 그 墮落」 『現代韓国作家研究』 民音社, 1974년, pp.287-288. 안창호는 국권을 잃어버린 원인을 분석하여 민족내부에 문제점이 있기 때문 이라고 지적한 인물이다. 조선이 식민지화된 것은 힘(力)의 부족이라고 분석한다. 그 힘이라는 것은 민족을 구성하는 개인, 그 개인을 단위로 형성되는 힘이라는 것이다. 또한 그 개인의 힘이라는 것은 개인과 인격이 동일하며, 개인의 인격도야가 선행되어야지 국권도 회복할 수 있다는 것이다. 과격한 혁명을 시도하기에 앞서서 개인의 도야가 선결 되어진 후에 그것이 가능하다는 입장인 것이다.

*49 「青年學友會報」 『소년』 제3년제6권, pp.76-77.

라"*⁵⁰처럼 개인 속에 보편이 들어있음을 보여준다. "반도국가=문화·문명집대성 역할자"*⁵¹의 논리가 주창되면서 인간의 숙명이라 어쩔 수 없이 한 국가의 국민으로 출발하는 이상 편협한 국수주의적 애국에 사로잡히는 것이 아니라 인류애를 가져야한다는 논리였다.

이는 역설적으로 일본이 제국주의로 그 세력을 확장하려는 논리로 흘러간(도쿠토미와 같은 지식인)과는 달리 애국·자유·품격이라는 논리가 청년들에게 계몽하는 주된 세계관으로 나타났다. 그것은 사회진화론적인 관념에 기초하여 도출한 논리를 『少年』지를 통해 민족의 주체의식으로 즉 〈제도적 지식〉으로 발전시키고 있었던 것이다. 이 과정에서는 일본경험을 통한 근대국가의 건설과 민족적 아이덴티티의 의식화가 일본의 제국주의 성장에 의한 위기의식과 식민지화를 저지하기 위한 강렬한 자의식의 필요성에서 발견해 낸 조선인의 아이덴티티를 구축하기 위한 〈근대 저널리즘〉*⁵²이었던 것이다.

맺음글

이상으로 일본의 명치기에 도쿠토미가 창간한 『국민의 벗』과 조선의 최남선에 의해 창간된 『少年』지를 비교·검토하여 보았다. 특히 그 당시 일본과 조선에 유입되기 시작한 사회진화론을 공통분모로 하고, 『국민의 벗』에 나타나는 그 해석과 『少年』지에 나타난 그

---

*50 「에머어쏜을 닐금」 『少年』 제3년제2권, 1910년, p.49.
*51 「海上大韓史」(9) 『少年』 제2년제9권, 1909년, p.42.
*52 鶴園裕 「近代朝鮮における國學の形成―「朝鮮學」を中心に」 『朝鮮史研究會論文集』 No.35, 綠蔭書房, 1997年, p.74.

해석방향을 주안점으로 삼았다. 사회진화론이 생물계의 이론범위를 넘어 인간사회의 존재운명까지도 해석하는 〈담론〉으로 퍼져나갔다는 것과 그것의 자장으로부터 자유로울 수 없었던 상황을 감안하더라도 『국민의 벗』과 『소년』지에 나타난 그 결과론은 상이(相異)했다. 물론 공통분모로서 〈서구〉의 외압에 의한 자국 내셔널리즘의 고양을 생각지 않을 수 없다는 의식의 형성은 거의 유사했다. 『국민의 벗』에서는 〈구일본〉과 〈신일본〉을 대비적으로 제시하는 논설을 싣고, 신일본의 개척자가 청년이어야 하는데 그 청년상(像)을 구체화하려 하였다. 그 청년은 개인적이면서 동시에 세계성을 띠고 있다는 유기체적 〈보편주의〉를 내걸고, 개인이 국가에 편입되어 그 국가에 대한 애국심이 곧 세계주의적 인류애로 발전한다는 주장과 연결되었다. 그러나 그 논리는 〈개인이 국가를 위한다는 애국=인류애로 성장=정의의 힘〉이 되어야 하는 〈애(愛)〉 논리는 배제되고, 힘이 정의를 말한다는 군사주의적 완력세계 긍정론에 귀착하게 된다.

　『소년』지에서도 사회진화론을 수용하여 조선의 독자성 창출에 고심하고 있었음이 드러났다. 국권상실 과정에 놓인 현실을 구하고 장래를 개척할 소년·청년의 신세력을 계몽하려 하였다. 개인의 각성을 논하고, 그 개인은 보편을 간직한 가능성을 상정한 발상이었다. 진화론적인 경쟁사회의 현실 속에서는 시세(時勢)에 적응하고, 대세를 파악하는 각성된 인간이 필요조건이라는 논리를 선전했다. 그 한 개인이 보편적 역량을 소유한 것이라는 등식을 가지고 조선의 청년이 그 역할을 해야 한다는 논리이다. 한편, 반도국가의 문명문화집대성의 사례와 영웅 위인의 배출이 많았던 역사적 근거를 내세우며 조선반도 특수론을 제시한다. 『소년』지는 반도의 "특수적 독자성"을 살려 문화의 세계화를 주장한 것이다. 즉 문명의 발상지이며 집대성지인 지정학적 이점을 살려 "조선 반도의 특수적 독자성"보편화하려는 논리 속에는 〈국수주의=인류애로 성장=힘의 정의〉를 배제하면서 조선의 독창적 근대성을 창출하려 했던 것이었다.

셋째 이야기
시대인식과 국제사회에서 살아남는 길 찾기

머리글

식민지지배하라는 특수한 상황 속에서 『경성일보』*¹는 대체적으로 총독부의 지배정책의 선전신문이라는 의미에서 그 언론의 제국주의와의 결탁이라는 부분을 비판적으로 다루는 연구가 많았다. 그 한편으로 피식민자의 입장에서 발행된 신문인 『시대일보』*²는 총독부의 허가를 받아 잡지사나 신문사를 운영했다는 것과 『시대일보』에서 주장하는 실력양성론은 총독부가 주장하는 논리와 다를 바 없

---

*1 『경성일보』에 관한 연구 : ①藤村生「京城日報由来記,歷代社長の能不能と其退社理由」『朝鮮乃満州』1924年. ②柴崎力栄「德富蘇峰と京城日報」『日本歷史』第425号, 古川弘文館, 1983年, pp.65–83. ③森山茂德「現地新聞と総督統治–『京城日報』について」『近代日本と植民地 : 文化のなかの植民地』岩波書店, 1993年. ④藤村忠助『京城日報』社由来記」『朝鮮及満州』第202号. ⑤德富蘇峰記念塩崎財団編『民友社関係資料集』別卷, 三一書房, 1985年. ⑥이연「일제하조선총독부기관지『경성일보』의 창간 배경과 그 역할」『한국언론학회 춘계연구발표집』1983년. ⑦이연「동화정책기관–총독부기관지『경성일보』의 창간과 역할」『殉国』96년11월. 『시대일보』에 관한 연구 : ①孫相翼「1920년대 民間紙에 나타난 신문 침해의 역할 연구–朝鮮·東亜·시대일보를 중심으로」중앙대신문방송대학원, 1997년. ②張相玉「한국 근대신문 칙서의 계몽적 역할–大韓民報·東亜日報·朝鮮日報·시대일보를 중심으로」연세대행정대학원, 1992년. ③金南美「시대일보·中外日報·中央日報·朝鮮中央日報에 관한 고찰」이화여대석사논문, 1982년.

*2 『시대일보』라는 이름으로 신문이 발행된 것은 1924년 3월 31일 – 1926년 8월말이며, 이후는 『중외일보』로 이름이 바뀌게 된다. 필자는 이 논문에서 『중외일보』로 넘어간 시기의 기사는 다루지 않는다.

다는 시점에 선 비판의 목소리가 있다.*3

그러나 필자는『시대일보』와『경성일보』를 비교해 보려고 하는 것은 어느 한쪽의 입장에서만이 아니라 그 시대적 상황에서 두 신문에 보이는 기사를 살펴봄으로서 그 국면을 읽어내는 것으로 "식민지 지배하라는 상황"에서 어떤 자기 담론이 어떻게 그려지는가를 고찰하려는 것이다. 식민지에 있어서 대중매체가 가진 영향력은 무시할 수 없는 것이었으며, 일본 측에서 보는 조선이나 식민지에 대한 이미지형성에 지대한 영향력을 가졌고, 매스미디어가 대중문화로 침투하면서 만들어간 이미지는 커다란 위력을 가지고 있었다고 본다.

이 논리를 적용한다면, 언론의 확대는 지배자의 의도를 실을 수도 있고 피지배자의 저항의 의지를 담을 수도 있는 하나의 용기(容器)가 될 수 있다는 것이다. 지배 정당화를 부르짖는 쪽에서도 그것을 타도하려는 쪽에서도 무기로 활용될 수 있다는 것이다. 이러한 견지에서 본다면 언론이 가진 논설전파는 문화변용을 가져오게 되었으며 결과적으로 문화변용의 장치(도구)였다*4는 것을 읽어 낼 수 있다고 본다.

구체적으로 말하면『경성일보』라는 저널리즘이 식민지 지배를 위한 장치도구로서 이용되었다고 하면, 그 정책적 의도가 과연 무엇이었는지에 주목하면서, 또 한편으로는 피지배자의 입장에서 발행된『시대일보』의 의도는 무엇이었는지를 주목하고자 한다. 그 논리는 자연스럽게 식민지지배하에서 총독부에 가담한 측면으로서의 〈협력성〉*5과 피지배자의 입장에서 주창한『시대일보』가 창출해 내려고

---

*3 김삼웅『친일정치100년사』동풍신서, 1995년, pp.123-124.

*4 川村湊他『近代日本と植民地(7) : 文化のなかの植民地』, 岩波書店, 1993年, p.IX.

*5 〈협력성〉이라는 의미는 두 가지로 해석할 수 있다. 즉 이지원「최남선, 민족의 이름으로 황민화를 강요한 문화주의자」(『역사』8, 서해문집, 2002년, pp.190-199)처럼 조선인의 일본인화를 주장한다는 의미에서 조선총독부의 논리를 그대로 선전하고 있다고 보아 비

노력한 내부적 「민족」이데올로기의 이론이 무엇이었는가를 읽어내는 것을 목적으로 한다.

논설에 나타난 시대적 통찰의 특징

1919년 9월에 부임한 사이토 마코토(斎藤実)총독은 조선의 민족운동 분열을 꾀하기 위해 친일세력의 재건 책략을 임기 중의 중요한 정책으로 삼았다. 사이토는 먼저 「조선민족운동에 관한 대책(朝鮮民族運動二対スル対策)」을 구상했다. 그리고 사이토는 부임하기 직전에 사카다니 가즈로(阪谷芳朗) 앞으로 편지를 보냈는데, 그 안에 「친일선인의 우대(親日鮮人ノ優遇)」라는 방침을 세울 것을 강력하게 적고 있다.[6] 이 시기의 총독부 정책과 관련하여 임종국은 이러한 총독부의 의도에 걸맞게 『시대일보』의 사장인 최남선이 「위력을 동반한 문화운동(威力を伴う文化運動)」의 기수적 역할자로 선정되었다고 지적한다.[7]

여기서 임종국이 말하는 "위력을 동반한 문화운동"이라는 것은 총독부가 통치 권력을 배경으로 한 위압과 회유에 의해 독립 지향의 민족감정을 역이용하여 "독립부정"으로 끌어들이기 위한 것으로 일

판적으로 보는 견해가 있다. 또한 나미키 신이치(並木真一)의 「植民地期朝鮮政治·社会史研究に関する試論」(『朝鮮文化研究』6号, 1999年, pp.116-117)에서는 협력을 'Collaboration'의 일환으로 보면서도 식민지적 국면을 참고하여 "방편으로서의 동조"와 "내면화"와는 구별을 해야 한다는 시점을 제시한다. 그 연장선에서 趙寛子 「親日ナショナリズム」の形成と破綻(『現代思想』vol.29-16, 青土社, 2001年, pp.222-243)는 피식민자 입장에서 협력성에 내포된 내셔널리즘을 "전도된 내셔널리즘"으로 해석하여 그 생성과정을 설명하고 있다. 필자는 전자보다는 후자쪽의 선행연구의 논리를 참조하여 〈협력성〉이라는 용어를 사용하였다.

[6] 姜東鎮 『日本の朝鮮支配政策史研究』東京大学出版会, 1979年, pp.170-171.
[7] 林鐘国 『親日派』お茶の水書房, 1992年, pp.193-194.

제는 민족개량, 실력양성, 자치론 등과 같은 독립지향의 민족감정을, 독립부정→친일화의 수단으로 이용하려고 했다는 것이다.

그렇다면 그 실체는 어떠한 것일까. 『시대일보』는 당시 문화운동의 기수로 알려졌던 최남선에 의해 1924년 3월 31일에 창간 제1호를 발간하기에 이른다.*8 창간 제1호에는 「낫자, 북돋자 기르자 그리고 길고 깊게 뿌리를 박자」*9라는 논설이 게재되어있다. 우선 『시대일보』의 내용을 살펴보기로 한다.

창간호를 시작으로 매호(每號)에 「오늘일 래일일」이라는 논설칼럼이 있는데, 1924(大正13)년 4월 1일 부터는 〈교육에 대한 내용〉을 적고 있다. 그 내용을 보면, 조선대학 예과 합격자의 이름이 발표되었는데 합격자 총수가 170여 명 중에 조선학생의 합격자는 45명이라는 것과 문과에 입학자가 16명이라는 것을 소개한다.

『시대일보』는 일본인이 만들고 그들이 중심이 된 조선대학이라는 그 자체를 비판하고 있는 것이 아니라 조선인 학생의 합격자가 적음을 수치로 알아야 한다*10고 비판한다.

이는 조선대학이 앞으로 조선의 최고의 학부인 동시에 장래 조선의 문화발전에 큰 사명을 짊어졌으며 민족의 문화는 오로지 최고학부 출신의 인재양성에 있다고 본 것이다. 그리고 한편으로 여성

---

*8 정보석 『한국언론사』 도서출판나남, 1990년, pp.415~416. 최남선이 사장으로 편집국장에 秦学文, 정치부장에는 안재홍, 사회부장에는 염상섭, 논설위원으로는 卞栄晩, 朱鐘健, 安在鴻 등으로 구성되었는데, 기자로는 朴錫胤, 申泰嶽, 李建赫, 金達鎮 등이 있었다. 편집, 영업, 서무의 3국을 두었으며, 편집국에는 사회, 지방, 학예, 정리, 공무 등 7개 부서를 두었다. 이 신문의 특색은 기존 신문과는 달리 한글을 위주로 사회면을 특색 있게 꾸밈으로써 식민지하 독자에게 가벼운 문체의 사회 기사를 중점적으로 다루는 등 편집에 융통성을 주려는 시도를 했다.

*9 「처음들이는 말」 『시대일보』 1924(大正13)년 3월 31일(이하 인용문은 현대어로 고치지 않고 원본을 중시하여 그대로 인용하기로 한다).

*10 「우리의 대학을 만들자」 『시대일보』 1924년 4월 1일.

교육의 필요성도 강조한다. 논설란에 「나의 주의(主義)와 사업 : 배우는 것이야말로 해방이다」라고 하며, 여자도 교육을 받아야 한다고 피력한다.

> 우리네 여자들은 무엇보담도 배와야 하겠습니다. 알아야 하겠습니다. 남녀동등이니 부인해방이니하고 떠들기 전에 먼저 실력을 양성하여야 되겠습니다. 나는 남녀동등, 부인해방이라는 문자를 쓸 필요가 없다고 생각합니다. 본래부터 여자가 남자만 못한 것이 아니요. 또 누가 부인을 잡아 맨 것도 아니니까요. (중략) 우리는 서로서로 배우고 서로서로 가르쳐야 되겠습니다.*11

창간호의 논설에서 강조하는 것은 '민족구성원의 실력론'이었다. 즉 이 말은 여성이든 남성이든 교육에 의한 자각을 가져야한다는 것이 선결과제라는 것이다. 그리고 교육을 담당하는 중요한 장소, 즉 국민을 각성시키는 장소가 바로 학교인데, 그 학교에서 학생들의 분규가 잦으며 학교의 운영에 있어서 교사와 학생간의 분규가 자주 일어나는 교육계를 보고 경고한다. 일본에 정치적·경제적으로 예속된 상황에서 조선을 구할 수 있는 전략(戰略)이 개인의 인격적 완실(完實)에서 찾는 것이라고 전제하고, 그 길이 바로 조선의 교육인데, 요즘 자꾸 빈번하게 일어나는 학교소요(騷擾)는 학생과 교육자들이 반성해야 한다는 것이다.*12

이는 잘 알려져 있는 '점진적 실력양성론'이라는 논리로 해석될 수 있을 것이다. 즉 이 말은 민족주의의 탈을 쓴 '현실 타협론'이라든가 '민족개량론'으로 포장된 것이라는 비판을 모면하기 어려운 맹점을

---

*11 「나의 주의와 사업-배우고서야 해방과 동등있다」『시대일보』 1924년 4월 1일.
*12 「憂慮할 学界의 現状」『시대일보』 1924년 6월 17일.

내포하고 있다. 그러므로 필자는 여기서 그 점진적 개량주의가 갖는 개념의 실체를 살펴보아야 한다고 생각한다. 이 점진적 개량이라는 말이 어떻게 해서 추출되어 가는지를 살펴보기 위해 「사회의 진화와 지식계급」이라는 논설을 보기로 한다.

모든 과거의 역사는 명암변환의 한 계열에 불과하다. (중략) 물리적 고통에 대항하여 승리를 획득 할 수 있는 자는 오직 정신적인 힘 뿐 이라는 것이다. 그런데 어떤 사회, 어떤 시대를 막론하고 피압박 군중신흥 계급의 힘은 오직 그들의 계급적 조직화에서 생기는 것이요, 계급적 조직화는 또한 그들의 자각을 기대하지 않으면 안 된다. 항상 사회적 모순과 불합리를 예민하게 솔선하여 감지하는 자는 개조의 제일성을 부르짖는 자도 또한 그들이다.*13

정신적 개조의 필요성, 즉 그것은 어떤 사회, 어떤 시대를 불문하고 피압박 군중 신흥계급의 힘이 절대적으로 필요하고, 그것은 바로 그들의 〈계급적 조직화〉에서 생긴다는 것이다. 이를 위해서 '먼저 정신적 개조, 그리고 신흥계급의 단결이라는 계급의 조직화' 논리의 〈자각〉이 선결되어야 한다고 부르짖으며 「교육을 민중화하자」라는 슬로건을 내걸고 나온다. 내용을 보면 다음과 같다.

오늘날 사회에 있어서 무엇인들 중요치 아느랴만은 개성의 본연한 창달에 가장 필요한 수양의 기회를 얻지 못하여, 남만 못하지 않은 선천적 재능을 가지고도 여자라고 무식쟁이라고 보는 것처럼 억측은 없다. 이런 것은 개인으로 보아도 참담한 일이야 더 말할 것도 없지만은 사회의 발전 인류의 향상으로 보면 더 큰 손실이 어디 있으랴. 민중은

---

*13 「사회의 진화와 지식계급」 『시대일보』 1924년 4월 4일.

지식에 굶주려 있다. 민중의 지적향상은 사회발전의 제일 義이다. 민중에게 지식을 주라. 첫째 교육부터 민중화하자.*14

위의 글은 교육의 민중화, 대중화라는 것을 강조하며 민중의 각성을 위한 교육을 위해서는 계급적 일치를 위한 방법론이 무엇보다도 절실하게 필요하며, 교육의 민중화야말로 사회의 진보를 가져온다고 주장한다. 이러한 논설에서 「민중」이라는 말과 「계급」이라는 표현이 나타나는데 이러한 표현의 의미를 좀 더 살펴보도록 하자.

사회는 '자본계급'과 '노동계급'이라는 생존상의 이해관계가 상위(相違)한 두 계급이 대립하고 있는데, 이 대립이라는 것은 두 계급이 평형한 지위에 있는 대립이 아니라 한 쪽은 지배계급이 되어 다른 한 쪽을 압박하고 있고, 또 다른 한쪽은 피지배계급이 되어 억압과 착취를 당하고 있는 상태로 해석한 것이다. 이것을 잘 표현하고 있는 것으로 「무산계급의 윤리」라는 논설이 있는데 길지만 인용해 보기로 한다.

이 계급적 상태는 민족과 민족간에도 발견할 수가 있나니, 지배계급이라는 약탈군이 자민족의 약탈로만은 만족치 못하고 상업화한 생산품을 소비할 지역을 구하기 위하여 자국산으로만은 부족한 공업원료품을 탈취하기 위하여 이민족까지 정복하고 만다. 이러한 동민족간 이민족간의 착취·피착취, 정복·피정복 관계를 생성하는 것은 생존경쟁이라는 관념하에 각 계급과 각 개인의 자기실현이라든지, 자기 확대라는 조건을 충당시키기 위하여 각 계급의 모든 지식, 모든 교묘한 술책을 다하여 타 계급 내지 이민족을 착취하는 것이다. 그런고로 소위 계급적 대립이라는 것은 상호생존상 완전한 조건을 구비한 대립이 아니라

___
*14 「교육을 민중화하자」, 『시대일보』 1924년 4월 4일.

생활상 이해가 각종 중대한 대립이 되고야 말았다. 따라서 지배자계급, 정복자계급은 자본이라는 무기로 각자 계급의 존재상 근본조건인 정치적·경제적 사회를 옹호하여 피지배계급·피정복자계급을 착취하고 피지배계급·피정복계급은 지배계급의 무한한 욕구를 만족시키기 위하여 각자 계급의 최저한도의 필요한 보존 조건까지 박탈을 당하고 이 불합리한 자본주의적 사회를 철퇴하기 위한 전제조건으로 신주축(新主軸) 운동을 일으키게 되었다.[15]

즉 '자본가'와 '노동자'의 관계에 의해 성립된 〈자본주의 세계〉라는 현실은 사회 진화과정 속의 하나인데 그것이 조선의 식민지 현실과 오버 랩 되고 있다. 요컨대 자본가가 노동자를 착취하는 '계급적 모순'이 존재하게 되었다는 것이다. 그러나 이는 자본가와 노동자의 문제가 아니라 이 논리 속에는 식민지지배체제의 문제가 내포되어있다. 즉 일반적으로 말하는 일본인=지배자, 조선인=피지배자라는 등식이 성립되는 것이다.

그러나 더 중요한 것은 민족과 계급이라는 이분법으로 분리해서 해석 할 수도 있지만, 같은 민족 안에서도 그와 같은 모순이 생긴다는 것을 지적한다. 점점 이 계급모순은 조선인과 일본인이라는 단순한 도식이 아니라 조선인 사이에서도 조선인 지주와 조선인 소작인의 문제라든가 조선인 자본가와 노동자, 조선인 남성과 여성의 문제라는 계급문제에서도 점점 그 문제성이 중층적인 상황을 보이게 된다는 것이다.

단면적으로 보이는 일본인과 조선인의 대립이라는 '도식'속에는 민족문제와 계급문제가 포함되어 있지만 그것을 더 분절화 하면, 그 민족의 대립이라는 구조를 보기 이전에 자본자와 노동자라는, 즉 착

---

[15] 「무산계급의 윤리」 『시대일보』 1924년 4월 4일.

취와 피착취라는 문제가 존재한다는 것이다. 그것은 일본인 지주가 조선인 소작인에 대한 착취도 조선인 지주도 조선인 소작농에 대한 착취도 존재하는 모순을 지적한다.

그 예로 『시대일보』에서는 "평안남도 양곡면(陽谷面)에 있는 일본인의 횡포에 관하여 개설(槪說)한 바도 있지만, 그에 유사한 폐단으로 말하면 결코 이 지역에만 국한된 것이 아니라 전 조선을 통하여 각지에 다 있는 바이오, 또 그 정도의 폐단은 있다 할 것이다. 그리고 이것은 일본인 지주에게만 한정된 것이 아니라 조선인 지주에게도 있는 것"[16]이라고 적고 있다.

이 노동자·소작인의 문제와 더불어 계급모순으로서의 여성에 대한 차별과 부락차별의 문제를 해결하려는 단체로서의 형평사문제를 대두시킨다. 먼저 조선 귀족 계급의 몰락의 필요성을 지적한다.[17] 구(舊)관습으로 전해 내려오는 귀족계급의 존재성이 시대에 불일치되고 있다는 지적은 크다고 본다. 또한 여성도 기존의 남성이 만들어 놓은 사회의 부조리를 계급적 차별이라는 의미에서 그 전환의 필요성을 강조한다.[18]

게다가 전통이라는 명목하에 여성의 사회적 구속의 하나로서 시어머니에게 복종해야만 하는 것 자체도 개혁해야 한다고 주장한다. 권위주의적 시어머니상(像)을 비판적으로 다루고 있으며[19] 여성의 사회진출에 대한 기대를 부르짖는다. 그 중 하나가 여성의 노동대

---

[16] 「소작권의 확립을 圖하라」 『시대일보』 1924년 4월 17일.
[17] 「조선귀족의 빈궁」 『시대일보』 1924년 4월 5일.
[18] 「過渡期女子의 서러움」 『시대일보』 1924년 4월 9일.
[19] 「악독한 시어머니를 제재하자」 『시대일보』 1924년 5월 15일. 내용을 보면, "관습이라는 이름하에 여자들은 남편의 아내가 되기 전에 먼저 며느리 노릇을 해야 했고, 남편의 사랑을 받기 전에 먼저 시부모의 비위를 맞추어야 한다. 시어머니는 며느리를 식모로 말하며 대개 학대와 구박으로 며느리를 대접한다. 이것이 우리 조선의 현상이다. 이제 이런 악독한 시어머니는 제재(制裁)를 가해야 한다"고 적고 있다.

회의 참가 긍정주의를 전개한다. 즉 조선노동연맹과 '남선(南鮮)노농동맹'이 결성되어 대회가 개최된 것에 대한 긍정적인 평가를 하면서, 그 외에도 여성의 노동대회 참가와 여자 방청자의 증대에 대해 높이 평가한다.

오늘날 세계의 부인은 비단 방안의 부인이 아니요. 가정만의 부인이 아니라는 세계의 무대에서 크게 활동하는 터인즉 조선여자로서 이러한 대회에 방청하는 것이 그리 신기한 일은 아닐 것이다. 올해의 방청자가 내년에는 한 부인 단체의 대표로서 참석할 것을 우리는 기다리는 동시에 이 대회가 금일 회의에서 총동맹으로 되기를 간절히 바란다.[20]

사회의 변화 속에서 여성의 노동대회의 참가도 주목해야 한다는 것은 물론 말할 필요도 없다. 그리고 중요한 것은 여성교육이라는 관점에서 여성의 자각을 가져오는 방법론이라는 입장에 선 것이다.[21]

구체적으로 '여자대학 신설계획'의 의의를 논한다. 즉 조선인 내부가 가진 문제를 우선적으로 해결해야 한다는 논리가 전개된다. 조선인이 가진 사회적 봉건성을 탈피해야 하는 것이 선결과제이고, 그것을 위해서 교육의 중요성을 부르짖는 것이다. 그리고 또한 중요한 것으로 조선인의 민족적 결여성(缺如性)을 지적한다. 다시 말하면 3.1운동의 실패는 그 민족적 단합력의 결여가 그 원인 중의 하나인데 그것을 다시 한 번 응집하기 위해서는 〈사상적 자각〉의 동원이 필요하다는 것이다.

그 일환으로 「무산계급」의 계급적 통일을 무기로 삼았는데 거기에

---

*20 「노동대회의 두 가지 인상」 『시대일보』 1924년 4월 17일.
*21 「여자대학 신설계획을 듣고」 『시대일보』 1924년 6월 12일.

는 지금까지 '전통'이라는 이름으로 묶어 둔 관습 즉 귀족이라는 신분의 존속에 대한 의구심, 여성에 대한 속박이라는 인식을 깨우치기 위해서 필요한 것이 개인의 자각이며, 그 자각은 교육을 통해서만이 가능하다는 것이다. 그렇다면 이러한 해석을 가능하게 한 이론이 무엇인가를 더듬어 보기로 한다.

"실력양성론" 담론의 내실(內實)

3.1운동의 좌절 후, 새로운 사회개조의 변수로 작용하고 있었던 하나의 사조로서 〈공산주의 사상〉과 〈사회주의 사상〉이 퍼지고 있었음을 간과해서는 안 될 것이다. 그러나 그 당시 조선사회에서는 이러한 사상이 사회개조운동의 방향으로 이어가고 있었지만 하나로 통일되지 못하고 분열과 파벌에 의한 대립 양상을 띠고 있었다.*22 『시대일보』는 조선이 처해 있는 사상적 혼란에 대해 다음과 같이 기록했다.

보다 나은 신시대의 개척과 창조를 위하여 또는 그 불만(不滿)한 현상을 타파하기 위하여 전사들의 맹렬한 투지에서 파생된 일로 정적 심리상태라고 말하였다. 그러나 금일 오인(吾人)은 모(某)유력한 외래자의 언론에 접한바 있어, 다시 그 상호불신임의 문제에 빠져 있는 그리고 윤리적 무정부 상태 하에 있는 현하의 우리 사회에 대하여 수언(數言)으로써 비판코져 한다.*23

그러나 이러한 비판논리는 말 그대로 비판이라기보다는 비판을

---

*22 서대숙저, 현대사연구회역 『한국공산주의운동사연구』화다, 1985년, p.38. pp.66–70.
*23 「過渡期와 相互不信任 ; 理解와 信賴가 缺如한 現下의 朝鮮社會」 『시대일보』 1924년 5월 8일.

통한 긍정적인 방향으로의 질책이었다. 사상적인 분열과 파벌에 의한 대립 양상은 조선인의 상호불신, 조선인의 무책임 경향을 조성하게 된 부분이 발생한 것은 불행한 일이지만, 반대로 사회질서가 하나의 공통된 관념에서 신념의 변화 혹은 소멸됨으로 인하여 그들의 사상이 난립(亂立)하게 되고 동요되는 것 등 사회가 서로 반목하는 것은 필수 불가결한 것이라고 보고 있다. 갈등을 통해서만이 새로운 관념을 만들어낼 수 있다고 보고 있는 것이다. 이를 시대적 관념과 연결시킨 논설이 「혼란기(低迷期)에 방황하는 현하의 조선」인데 이를 참조해 보기로 한다.

조선은 바야흐로 혼란기(低迷期)에 있다. 사회적 특수관계로 말미암아 생기는 경제적 궁핍, 생활의 불안은 민중으로 하여금, 시시각각으로 패잔의 번민에 투입시키고 있다. 그리고 총히 그에 대항하여 광명의 세계로 비약하려는 강대한 의기(意氣)가 보이지 않고, 물질적 생활의 동요에서 반영되는 향락적 방향으로 흐르려고 한다. 현실의 세계는 관념의 왕국이 아니다. 냉혹한 현실은 관념만으로는 좌우되지 않는 것이오, 모든 실제는 반드시 인과로서 생기는 것이다. 따라서 계급이 생겨나고, 혹은 민족의 토대가 되는 것은 결코 우연한 바가 아니다. 각각 역사적 의의가 있는 것이오, 또한 우여곡절은 있을지라도 필연의 경로를 밟아 필연의 시국으로 귀결될 운명을 가진 것이다. 여기서 문제는 그 필연의 경로를 단축시켜서 그 「필연」의 귀착 촉진이라는 것이 문제이다. 지금은 더욱이 자국의 사정은 시시각각으로 전환하여 대세는 바야흐로 절박하였다. 뜻있는 자이면 다같이 냉철한 고찰이 있어야 할 것이다. 그리고 우리는 현재의 냉정한 태도로 현실을 관찰하여야 하겠다. 모든 안경을 벗어버리고 참으로 정직한 안광으로서 현실을 해명하도록 하지 않으면 안 된다. 소아주의와 영웅주의 그리고 형식주의 고질병을 버려야

한다. 현하의 대세는 우리에게 진실·경건한 참다운 활약을 재촉한다.*24

현실이라는 것은 과거의 〈역사적인 어떤 '필연'의 '경로'〉를 지나온 것이 지금의 모습으로 나타나는 것인데 조선이 식민지가 된 현실도 그 〈역사적인 어떤 '필연'의 '경로'〉 가운데 하나인 것이다. 그러나 그것을 무의식 속에서 자각하지 못한 채 지나쳐 왔기 때문에 이러한 현실에 봉착하게 된 것이라고 본 것이다.

하지만 역사는 "진행 경로"를 가지는데 〈그 경로〉가 어느 순간에 무엇인가에 "도달하는 필연"을 〈의식〉하게 된다면, 이제는 반대로 그 필연에 가까워지기 위한 경로를 〈작위(作爲)적〉으로 촉진시켜야 한다는 주장이다. 다시 말하면 조선의 현실이 이러한 진행기에 놓인 상태에서 발생하고 있는, 또 하나가 사회현상 경로로 「자본주의」와 「공산주의」가 존재한다는 견해를 인용한다.

인간사회의 진화가 세력과 세력이 서로 경쟁하여 낡은 세력을 몰아내고, 그 안에 남은 낡은 문명 위에 새 세력을 기반으로 한 새 문명이 건설됨으로 말미암아 되는 것은 우리에게도 적용되는 바이다. (중략) 오늘날 세계에 실존한 제 세력 중에 가장유력한 자는 즉 공업주의와 국민주의인데 그것에는 다 내재적형식이 있으니, 그 일은 힘의 소유자를 위하는 것이요. 자본주의와 공산주의는 공업주의의 두 가지 형식이요, 제국주의와 약소민족의 해방운동은 국민주의의 두 가지 형식이다. 자본주의는 공산주의와 제국주의는 민족자립주의와 대립하는 것인데, 제국주의나 민족자립주의는 물론 배타적 민족주의는 또한 「인터내셔널리즘」, 즉 국제주의와 서로 대립한다. 이와 같은 현하의 세계는 세력과 세력의 대립과 충돌로 말미암아 혼돈상태를 형성하였는데, 국가와 국가

*24 「低迷期에 방황하는 현하의 조선」 『시대일보』 1924년 5월 28일.

사이에서 생활군(群)과 생활군의 사이를 막론하고 자본주의와 제국주의적 배타적 민족주의가, 한편에서 공산주의와 국제주의가, 또 한편에서 서로 진영을 갈라 공공연하게 투쟁을 전개한다. 그런데 자본주의와 제국주의는 세계대전을 기점으로 해서 「노퇴(老退)」기에 다다랐다 해도 무방할 것이다. 그들은 오직 동요된 그 기초의 재건과 제국주의의 껍질 속에서 배태(胚胎)된 역사적 변화의 필연으로 발전하게 된 것이니 그들은 소유에서 강력하게 해방을 목표로 하여 반항한다.[25]

즉 역사의 현실이 출생→성장→노퇴→사멸의 순서를 밟는 것이 원칙이라고 하면 노퇴기에 이른 자본주의와 제국주의의 장래를 짐작할 수 있다는 것이다. 즉 인류는 어느 시대이든 낡은 세력의 퇴적 위에 새 세력이 착근하고 그러한 논리 위에 새로운 문명의 꽃이 피는 것이 통례라고 상정하고 있었다.

그 연장선에서 현실이 진보하기 위해서 산고(産苦)를 겪어야 하는 것은 당연한 일, 이러한 산고 관념이 지금은 「공산주의·국제주의」라고 보았다.

이와 연동하여 한편 『시대일보』는 재차 학교의 중요성[26]을 강조한다. 그것은 「우리의 교육 우리의 손으로」라는 주체적 자아의 형성과 자각을 주창한다. 식민지하에서 그들의 세력 밑에서 살아간다 해도 조선의 교육계만은 조선인의 손에 회수되기를 힘써야 한다는 것이다. 이것은 우리의 모든 문제 중의 근본문제인 동시에 가장 평화로운 수단으로 해결할 수 있는 현명한 수단이라는 것이다.

「우리의 교육 우리의 손으로」라는 이 문구는 「조선사람 조선 것」이

---

[25] 「신세력과 구세력(중)」『시대일보』 1924년 6월 6일.
[26] 「오늘일 내일일 – 살아날 길은 이것뿐」『시대일보』 1924년 5월 26일.

라는 표어보다도 한층 더 풍부한 가능성을 가진 것이다*²⁷라고 말한
다. 그렇다면 왜 자주의 교육에 대한 집착이 강요되고 있었는지 그
당시 상황의 정세를 좀 더 정치면까지 확대해서 살펴보기로 한다.

국제적 흐름과 신(新)역사 재건의 길

『시대일보』는 지금까지 보아온 것처럼 현실사회의 사회적 모순에
대해 철저하게 비판하고 있었다. 그 논리는 조선이 안고 있는 자본가
와 노동자의 문제는 조선 내부만의 모순적인 문제가 아니라 국제적
인 문제로 확대되고 피압박자는 국적과 관계없이 연계된다는 가능
성이라고 볼 수 있다. 예를 들어「약소국민의 세계적 단결」의 필요성
을 다음과 같이 주장한다.

조선인의 현실에서는 국제연맹이 있으되 우리의 눈으로 보면 그것은
결국에 부잣집 노름이요, 군비축소회의나 노동회의이되 그 역시 배부
른 사람의 포만의 비애에 지나지 않는다. 현하에 우리에게는 우리의 서
름이 있고 우리의 일은 따로 있는 것이다. 여기서 우리라는 것은 비단
조선 사람만을 가리킴이 아니라 조선 사람과 같은 처지에 있는 일류의
한 부분 심하게 말하면 가련한 일종의 특수부락을 가리킴이다. 자본
가에 대한 세계 노동자의 단결과 같이 강대한 민족에 대한 약소민족의
단결은 인류해방의 첫 문제가 아니면 아니 될 것은 더 말 할 것도 없는
일이다. 무엇보다 먼저 약소국민의 세계적 대동단결을 꾀함이 일의 첩
경이다.*²⁸

---

*27「우리의 교육 우리의 손으로」『시대일보』 1924년 6월 25일.
*28「약소국민의 세계적 단결」『시대일보』 1924년 4월 18일.

이 '약소국민의 단합'이라는 것은 크게 세계를 자본주의와 무산계급 국가로 분류한 것이다. 이러한 구조 아래 러시아를 중심으로 한 프롤레타리아의 반제국주의 운동, 그리고 중국을 중심으로 하는 전 세계 약소민족의 민족운동, 그리고 제국주의 국가 간의 대립이라는 구도를 설정한다.

경제의 모순이 계급의 모순을 형상(形像)하고 열강간의 대립, 제국과 무산계급의 대립, 식민지지배자와 피지배자의 민족적 대립이라는 인식을 규정한다. 이에 대한 인식은 실제로 국제질서를 분석하는 틀로서 『시대일보』 지면상에 등장한다. 즉 자본주의 국가와 무산계급의 상징으로는 러시아의 등장을 들 수 있으며, 그 무산계급의 대표로서 러시아가 하나의 세력 축을 형성하고 있다는 것이다. 그리고 또 하나의 커다란 축이 두 제국주의의 대립, 즉 일본과 미국의 세력화인 것이다.

이러한 인식은 점점 민족을 초월한 국제적 피압박민족의 연대성으로 그 길을 모색해 간다. 그리고 러시아에 대한 노농운동의 성격과 제2차 러일전쟁에 기대를 갖는다. 당시 『시대일보』의 사회주의적 인식의 기저(基底)에는 중국보다는 소련으로 기울고 있었다. 소련에 대한 호감표시로 러시아의 공산대회를 자주 어필한다.

우선 러시아에 대해서는 「로공산당 점차 국제공산화」라는 논설로 공상당원은 자기의 명예특권을 획득하려 함이 아니라 노동자계급의 이익을 의도함을 기본으로 삼아야 한다는 것을 강조하고 있다. 그러나 그것은 일반민중과 제휴할 것, 농민과 제휴할 것, 그리고 부인해방을 적절하게 노력할 것, 청년의 지도 등이 중요한 항목[29]으로 소개되고 있다. 이 연장선에서 왜 조선이 러시아와 연대 가능한가의 논리가 현실적으로 조선의 현실과 그 이론이 일치한다고 보았다. 즉

---

*29 「로공산당점차 국제공산화」 『시대일보』 1924년 4월 3일.

『시대일보』는 조선의 상황을 〈농촌=프롤레타리아〉 논리로서 그 일례를 든다.

조선의 전인구의 8할이 농업에 종사하고, 농촌의 7할 이상이 소작인이라 하면 오늘날의 조선이 경제적으로 어떠한 상태에 있는가 함을 가히 알 수 있는 것이 아닐까. (중략) 그리고 조선민중의 대다수는 이 소작인이다. 어찌 소작문제를 등한시하랴. 그런데 소작인의 철저한 해방은 그들 자체의 힘으로라야만 그 소기의 목적을 달성할 것이다.[30]

이 항목을 구체적으로 설명해 보면 그 슬로건만 보아도 조선사회가 극복해야 하는 「조선인 과제」를 그대로 다 포함하고 있다. 또한 실제 약소민족에 대한 러시아의 지원을[31] 첨가하기도 한다. 이러한 러시아에게서 배워 실제로 조선반도의 노농대회라는 기사를 싣고 조선노농대회 준비위원회의 활동을 보도한다. 초기에는 지적 향상과 그 각성을 촉진하기 위한 노력이 필요한 일도 적지 않았다. 그 예를 러시아의 지식계급의 노농운동에서 찾아볼 수 있다.

이는 다른 어느 나라보다 러시아로부터 이론적인 방법론을 배우기도 하고, 그 각성을 위한 노력도 중요하지만 러시아의 직접적인 경제적 원조를 받았을 뿐만 아니라, 이 사회주의적 원리에 인식하여 국제질서 변화를 기대할 수 있는 강대국이 바로 러시아였던 것이다.[32] 러시아의 노농운동에 대한 러시아 공산대회가 가지는 대회 강령의 실천을 보도하는 한편, 일본과 러시아와의 관계의 불협화음을 소개

---

[30] 「농촌의 피폐를 보라」 『시대일보』 1924년 5월 18일.
[31] 「勞農露國의 東方經略」 『시대일보』 1924년 5월 11일.
[32] 「全露西亞 공산대회」 『시대일보』 1924년 4월 13일.

한다.*33

로국의 태도 자못 强硬하여 일로교섭은 자설을 고지하기 때문에 진전을 볼 수 없이 芳澤「카라한」양씨는 드디어 갈라졌고 차회의 회견은 어느 때나 될는지 알 수 없다. 그리고 로국 정부는 근래 구금중인 일본인의 취급을 엄중히 하고 또한 재류일본인을 한층 苦境에 함케하는 정책을 취한다고 한다. 이렇게 보면 일러국교회복(日露國交恢復)은 어렵고 결국은「일로관계해결은 어쩌면 무력(武力)」*34

러시아측이 일본인 석방을 교환조건으로 정식교섭을 요구하자 상담(商談)을 일시 단절하고 경우에 따라서는 무력으로 문제를 해결할 의향이 있는 것으로 해석하고, 러시아와 일본은 제2의 러일전쟁을 일으킬 수도 있을 만큼 일본과의 관계가 줄다리기 중임을 강조한다. 러시아가 다시 극동의 커다란 세력으로 등장하고 있으며, 일본은 러시아와의 교섭을 계속 시도하려고 하지만 조선인이 보기에는 러일교섭이 어려울 것으로 보도한다.*35

한편 러시아는 그래도 희망을 가지고 기대를 할 수 있는 것은 일본 내의 공산주의자들과 손을 잡을 수 있으며 일본 노동계급과의 단결*36을 호소한다.

---

*33 「일인을 苦境에」『시대일보』1924년 4월 14일.「日露교섭의 其後」『시대일보』1924년 4월 16일.

*34 「일로관계해결은 어쩌면 武力」『시대일보』1924년 4월 17일.

*35 「로국은 극동문제에 관하여 일본의 간섭을 지적」『시대일보』1924년 4월 18일.「이상의 번민 현실의 비애 ; 일로교섭의 報를 듣고」『시대일보』1924년 5월 27일.

*36 「김규식 일파와 일공산당 악수설」『시대일보』1924년 5월 23일. 장래에는 일본공산당과 악수하는 것이 필요하다는 논설이다. "독립운동단의 창조파(創造派)수령 김규식의 일파는 지난번 海參威로부터 天津북경을 지나 상해에 도착하여 佛國租界인 具陸路에서 주류하는 중인데 그는 시국에 대하여 말하되 로농로국은 극동제국에 혁명을 이르킬

「소비에트」집회에서 「트로츠키」씨는 일미문제에 관해서 말하기를 吾等은 欧米의 자본제국주의가 여하한 것이라 함을 잘 안다. 미국정부는 일본이민금지법을 통과하였는데, 이는 아세아인 전체에 대한 것이다. 유럽인은 露국도 식민화시키려고 노력하나, 吾人은 절대로 이를 許치 아니한다. 그리고 다시 동방민족긴박의 실례로 최근 佛伊가 土耳其에, 또한 영국정부가 阿富汗斯担에 대한 태도를 지적한 후 「소비에트」연방은 현재 극동에 있어서 안태를 얻을 수 없다고 말하고 다시 일본에는 현재 두 가지 조류가 있다. 그 하나가 미국의 이민금지의 결과 是等 이민의 나갈 곳은 극동에 구하는 정책을 지지하여 「세미노프」를 使로 하여 이를 성공하려 함이며, 또 하나는 일본을 민중화하려는 운동이 강해짐이다. 우리들은 극동의 평화를 보장하기 위하여 일본의 노동계급에 기대하지 않을 수 없다. [37]

이것은 미국 내의 공산주의자도 포함하는 민족을 초월한 노동자와 피착취자의 연대를 강조한다.

「로깔 안차이 겔」지는 노농로국 공산당수령에게 伯林러시아 대사관에 온 혁명의 서안을 번역을 게재하였으나, 그 중에는 일본 및 미국에 있는 공산당원의 원조를 얻어야 함이 절대의 의의가 있다는 字句도 있다.[38]

이러한 국제사회의 피억압자의 힘을 빌리고 그럼으로써 얻어지는

계획이 있으나, 아직은 확실한 수령이 없기 때문에 뜻과 같이 잘 실행을 못하는 즉, 일본본토의 공산당원의 세력이 아직 활발하지 못한다 할지라도 그들과 악수할 필요가 있다".

[37] 「극동문제와 露國意志」 『시대일보』 1924년 5월 6일.

[38] 「세계적 혁명운동 일미의 원조로 일으켜야」 『시대일보』 1924년 5월 30일.

사회변혁은 민족의 힘을 기르는 이념과 실천을 동시에 제시하고 있었으며, 그것은 결국 조선의 독립을 열 수 있는 열쇠가 될 수 있다고 생각한 것이다. 공산주의 사조를 가진 자가 계급적 단결을 이루어야 함을 강조하는 러시아의 입장을 동조라도 하듯이 그대로 싣고 있는 것이다.

이런 의미에서 초기의 사회주의 사상은 민족주의 사상과도 연결되어 있으며, 러시아의 사회주의 사상을 받아들이는데 위화감이 적었다고 볼 수 있다. 이러한 식민지하라는 상황 아래에서 조선인이 찾아야 하는 「민족」적 자리를 섭렵하기 위해 계시(啓示)하려고 노력한 것이다.

미일관계의 관심

먼저 『시대일보』는 1924년 4월 8일자 신문에서 「일이민극력방지(日移民極力防止)」「일본인배척-미상하양원(米上下兩院)에서 가결(可決)」이라는 기사를 시작으로 해서 일본인 배척법안이 미국의회에 통과되고 있음을 보도[39]하고 상원 공화당의원 소트릿지씨는 상원에서 일본인을 포함한 아시아인 배척에 관하여 극단적인 안을 제출하고 학술 연구를 위해 도미(渡美)하는 일본인 유학생까지도 입국을 금지한다고 전했다. 이민 문제를 어떠한 문제보다도 중요하다고 역설하며 아시아인을 배척한다는 안(安)이 가결 된다고 논술하였다.[40]

이와 같은 상황으로 보아 조선인의 미국에 대한 기대는 사변적

---

*39 「極端化 하는 排日安-미국의원의 大激昻」『시대일보』 1924년 4월 12일.

*40 「일미의 금후관계여하 미하원에서 배일이민안 통과」『시대일보』 1924년 4월 15일. 「주목할 금후형세—일본도 준수치는 안는다」『시대일보』 1924년 4월 15일. 「대미문제 喧騷—日変化する米国の事態に政界は唖然緊張」『시대일보』 1924년 4월 17일. 「미국의 배일 이민안 일관적으로 7월 1일 : 하원을 통과」『시대일보』 1924년 5월 17일.

(思辨的)이기보다는 실제 현실에서도 확인되고 있음을 전달하고
있다. 일본의 「하니하라(埴原)대사는 사임」하게 되고*⁴¹ 결국 이러
한 미일의 알력(軋轢)은 전쟁으로 이어질 것으로 전망했다.

　　미국의 「뉴스」지는 현하의 일미관계에 언급하여 양국은 점차 전쟁에
　　접근되어간다. 만일 현하의 위험한 조류를 저지하기에 노력하지 않으면
　　양국은 머지않아 천벌로서 옴하게 될 것이다.*⁴²

　이 문제는 일미전쟁의 방아쇠가 될 정도로 심각한 것인데, 이에
대해 조선에 소개된 『경성일보』*⁴³에서는 일본과 미국의 이민법배척
에 대해 계속해서 다루고 있었다.
　그렇다면 이 일본과 미국의 이민법배척에 대한 조선의 입장은 어
떻게 보도되고 있었는지를 살펴보아야 할 것이다.

　　지난 26일 발 지급전보에 말하기를 미국대통령은 배일 이민법 안에
　　서명하였다한다. 미국의 배일(排日)에 관해서 이미 절망적 결말을 명언
　　하게 되었다. 고로 금일의 소식은 특별히 경악할 바 없는 예기한 사실
　　이거니와 일편의 지급전보는 또 다시 우리들의 감정을 흔드는 바이다.
　　(중략) 인종적 불화에 의해 생긴 일대 불상사인 것은 분명하다. 미국

---

*41 「埴原대사는 사임」『시대일보』 1924년 5월 22일.
*42 「日米戦争は不遠」『시대일보』 1924년 6월 7일.
*43 ① 「排日案下院を通過か,唯一縷の望みは両院協議会での緩和,埴原大使は引き続き尽力
　　中」『경성일보』 1924年 4月 8日. ② 「日本移民排斥法案通過」「米国下院は日本移民を排斥
　　する新移民法案を通過した,日米紳士協約を米国は感遺ひして居る」『경성일보』 1924年 4
　　月 14日.「排日法案上院通過：米国上院は日本紳士協約を無効とする排日法案を通過した,
　　紳士協約破棄か」日米国上院は新移民法案を修正し紳士協約を継続せんとする案を試験
　　的投票に於て二票対76票で否決した国務卿ヒューズ氏は直に大統領官邸にクーリッヂ氏
　　と会見した.『경성일보』 1924年 4月 16日.

의 배일은 단순한 배일이 아니라 유색인종의 배척적인 배일이고, 동시에 동양인 배척으로서의 배일이다. (중략) 만인평화의 시기는 언제나 올까. 강자의 정의는 언제나 그 본색을 버릴까. (중략) 더욱이 동양의 맹주임을 자랑하는 「일선융화」를 간판으로 하는 일본인에게는 더욱 그러하다.[44]

인종적 불화에 의해 생긴 두 나라의 알력문제는 이제 강자끼리의 불가피한 충돌로 이어지는 커다란 「원인」이 되고 말았다. 그러나 이것은 일본이 인종적으로 차별을 당한다는 의미에서 피압박민족의 입장을 알 수 있지만, 일본도 약소민족에게 차별적이고 강압적인 정책을 쓰고 있음을 자각해야 한다는 논조인 것이다.

즉 "일본인은 항상 외지의 동양인에 대하여 우월감을 가지는데, 이번 미국의 조치는 불합리한 일본인의 자존심을 깨뜨렸다는 것에 의미가 있다. 조선인은 인종적 견지에서 그 배척안(排斥案)을 일종의 굴욕으로 생각하였다. 그러나 일본인은 동양인 중 가장 우월한 자로 대우하던 신사조약(紳士条約)의 파기에 대해서 오히려 경의를 표한다"[45]고 싣고 있었다.

배일 법안은 미국이 자국을 위해 선택한 것이지만, 결국 일본인에게는 굴욕을 주는 결과를 초래하였다. 즉 조선인은 일본의 피억압민족으로 이중적인 억압을 받고 있었는데 미국의 이번 조치로 '동양인'이라는 점에서 조선인과 일본인이 동등한 대접을 받은 점을 들고 긍정적으로 본다는 결론을 내리고 있다.

*44 「배일법안 확정 일본인의 감정 여하」『시대일보』 1924년 5월 28일.
*45 「미국의 배일에 대하여 李承晚박사는 이렇게 말하였다」『시대일보』 1924년 6월 3일.

같은 저널리즘 다른 논설

식민지 무단통치기의『경성일보』*⁴⁶는「조선통치의 성적(朝鮮統治の成績)」이라는 타이틀로 조선의 통치에 대해 다음과 같이 적고 있다.

우리들이 동화(同化)의 공(功)을 이루었다고 말할 수 있는 이유 중의 하나는 일본인과 조선인은 같은 인종이라는 점에 있다. 과학상으로 연구해 보아도 여러 의견이 있을 수 있다. 그렇지만, 일본과 조선이 동일 인종이라는 것은 논쟁을 초월해 사실인 것이다. 역사적 사실 그리고 현재적 사실이다. 더 깊게 생각해 보면, 일본 인종 속으로 분류하는 논리가 필요하다. 그리고 조선에는 본래 독립된 국가를 가졌던 역사가 없었다. 또한 어떠한 사정이 있다하더라도 그들은 독립국으로서 존재할 능력을 가진 상황이 아니다.*⁴⁷

---

*46 초대통감 이토 히로부미(伊藤博文)는 통감부기관지의 필요성을 느끼고, 1906년『경성일보』를 창간하게 된다. 그런데 1910년 8월 29일 한일합방과 더불어『경성일보』는 조선총독부 기관지로 승격하게 되고, 제2의 창간이라고 할 수 있을 정도로 경영에 일대혁신을 단행하게 된다. 그 후『국민신문』의 사장 도쿠토미 소호(德富蘇峰)를 경성일보의 감독으로 초빙하게 되고,『경성일보』의 간부진은 거의 모두『국민신문』의 스텝들로 구성된다. 한편 도쿠토미는『경성일보』이외의 신문들을 강제로 통폐합함으로써 조선에서는『경성일보』가 결과적으로 단독지가 되었다. 사이토 마코토(斎藤実)총독이 부임하면서 1920년대에는『조선일보』,『동아일보』, 뒤이어『시대일보』가 창간되면서『경성일보』는 조선의 민족지와 치열한 판매경쟁 시대로 접어들게 되었다. 특히 1924년 사이토(斎藤実)총독이 "총독부시정방침 선전강화"라는 기관지의 선전 이용 방침에 따라 후쿠지마 미치마사(副島道正)를 새로운 사장으로 맞이하게 되었다. 그 후『경성일보』는 1945년 10월말 폐간하게 된다. 이연「총독부기관지『경성일보』의 창간과 역할」『殉国』(통권70호)96년, pp.34-43. 柴崎力栄「德富蘇峰と京城日報」『日本歷史』第425号, 古川弘文館, 1983年, pp.65-83.

*47「朝鮮統治の成績」(第十二:同化の実:蘇峯生)『경성일보』1915(大正4)년 10월 28일.

즉 동일인종이라는 논리가 동화논리의 첫 번째 요소로 이용되고 있으며, 조선인은 지금까지 조선반도의 역사를 가지지 못한 열등한 민족 집단이라고 보았다. 일본은 이러한 조선에 병합을 이루고 통치를 해 온 것인데 이 조선 통치론의 성적과 결론을 내리고 있다. 일본 내지와 조선의 직접교통로가 개설되고 토지조사사업의 업적과 하천의 개수(改修) 등으로 산업의 발달을 가져오게 한다고 보았다. 즉 조선에 대한 정책의 「정당성」*48이 주장되고, 『경성일보』는 총독부의 정책에 대해 긍정적인 논진을 편다.

그 뿐만 아니라 『경성일보』에서는 일본이 '인종차별'이라는 국제사회의 부조리를 극복하자고 제창하는 입장이라고 선전한다. 일본은 5대강국의 일원으로서 국제연맹가입국다운 입장에서 제국신민에 대한 차별대우 철폐를 주장했으며 이는 미국 대통령 윌슨씨가 인종 차별철폐에 관해 일본을 지지할 것을 촉구하는 것이라며 어필하고 있다.*49

이러한 인종차별에 대한 국제사회에의 어필과 함께 조선에서 일어난 3.1운동에 대해서는 3.1운동과 같은 소요가 발생하지 않도록 일본과 조선의 융화를 위해 「아시아 민족통합의 기조로서 내선융화를 철저하게 실행하기 위해 동 민회창립(アジア民族結合の基調として内鮮融和の徹底的実行を策一標語に同民会創立さる)」할 것을 주창하였다. 그 「규약」을 다음과 같이 선전하고 있었다.

①아세아민족결합의 기초로서 내선융화의 철저한 실행을 기대한다. ②질적인 강건 기풍을 양성하기 위한 사상을 숭상한다. ③근면역행(勤勉力行) 풍조를 위하여 방의타약(放疑惰弱)의 폐단을 경계한

---

*48 「朝鮮統治の成績; 第十四 結論」『경성일보』1915年 10月 30日.
*49 「人種差別撤廃再提議; 第一案に決す」『경성일보』1915年 3月 11日.

다.*50

즉 다시 말하면, 일선융화라는 슬로건의 실현을 위한 노력과 인종차별에 힘쓰고 국제사회에 대해 그 의의를 전달하기 위해 조선과 일본은 융화하여 함께 노력해야 한다는 것이다.

그러나 실제로 조선인들은 이러한 진정한 의도도 모르고 조선인 신문 잡지에서는 과격한 기사를 싣고 있는데, 금후부터는 행정처분 뿐만 아니라 단호하게 사법적 처분을 취해야 한다고 경고한다.

요즘 과격한 적색화(赤色化)된 사상풍조가 침윤(浸潤)되는 경향이 있다. 특히 한글(鮮字) 신문 잡지는 오래전부터 과격한 기사를 게재하고 치안방해에 책임을 물어야 하는 것들이 많은데, 경찰당국은 이에 대해서 약간 호의적으로 단순하게 행정처분만 하고, 그 간행물의 발부를 금지하는 등 정도가 심한 것 조차도 발간 정지 정도로 그치고 있었다. (중략) 경찰당국은 금후 이러한 안녕질서를 어지럽히는 일에 대해서 행정처분 뿐 만 아니라 더 나아가 사법적 사건으로 다루어 해당 기사의 출처를 찾아내어 전부 사법 처분함에 주저하지 않을 방침에 있다.*51

이 『경성일보』가 주창한 입장은 총독부의 대변적(代辯的) 역할이었으며 조선민족의 민족문화 말살정책의 선전을 싣고 있음을 알 수 있다.

---

*50 「朝鮮騷擾に関する質問書を読む」『경성일보』 1919(大正8)年 3月 12日. 「アジア民族結合の基調として内鮮融和の徹底的実行を策一標語に同民会創立する」『경성일보』1924(大正13)年 4月 16日. 「同民会規約」과 北條会長의 式辞를 싣고 있다.
*51 「鮮字新聞雑誌に過激な記事が多い」『경성일보』1924年 4月 16日.

더 자세히 『경성일보』를 살펴보면 조선개발(朝鮮開発) 5년을 평가하는 기사를 싣고 있는데, 시정의 강령(始政の綱領)과 지방행정의 정리, 반도통치의 기구로 부(府)·군(郡)·면(面)의 통제를 실시한다고 선전한다.*52

이러한 기구의 재편을 시작으로 일선융화가 이루어져야 하는데 일본제국은 "제국 본래의 천직은 무엇인가. 말하자면 동방의 평화를 확보하고 그것을 바탕으로 세계평화와 문명화에 공헌하는 임무가 바로 그것이다. 제국의 천직으로 동방의 평화 확보가 있는 이상, 현재의 전시상황(戦局)에 대한 전투 노력도 전후에 대한 준비도 전부 동방의 평화를 확보하기 위한 것임을 알아야 한다"*53고 선전하고 있었다.

동양의 평화를 위해서 일본이 일어난 것이며, 이것은 일본민족이 상고(上古)때부터 물려내려 온 일본 혼(大和魂)을 발휘하여 한반도 미개 민족을 지도하고, 황민화 시켜야 한다*54고 덧붙여서 주장한다. 즉 일본과 조선의 역사상 "동족이었던 고대사"로 복귀해야 한다고 설명한다.

우리 국사에서 신성한 조선을 지배한 사실은 스사노 오미코토(素戔之雄尊)의 조선 강림에서 시작된다. 조선 역사의 이른바 개국 선조인 단군(檀君)은 그 아버지 환웅 혹은 신웅(神雄)은 스사노 오미코토(神素戔之雄尊)이다. (중략) 우리들은 우리 국사(國史)의 한국지배에 관한 요점만 끄집어내보면 한국의 개도(開導)는 실은 우리 상고의 신성한 신위

---

*52 「三,渾然融和」 『경성일보』 1924年 9月 5日.
*53 「戦国の新年を迎へ帝国の天職を論ず(5) : 日本帝国の参戦目的と其の天職」 『경성일보』 1916(大正5)年 1月 9日.
*54 「我国史と国体」(1) : 日本魂の使命と国体」 『경성일보』 1918(大正7)年 1月 12日.

(神威), 신덕(神徳), 신무(神武)에 의한 것임이 밝혀진다. 『일본서기(日本書紀)』에 스사노 오미코토(素戔嗚尊) 신라국에 도착하여 소시모리(曾尸茂梨)에 거주했다. (중략) 그러나 이 땅에 머무르는 것을 원하지 않았다. 그래서 마침내 흙으로 배를 만들어 그것을 타고 동으로 건너가서 이즈모(出雲国)에 이르렀다. (중략) 우리 제국이 한반도에서의 종주권이 신들의 시대(神代) 이래부터 존재했던 것은 결코 의심할 여지가 없는 것이다. *55

『경성일보』에는 이러한 '내선융화론'을 강조하는 역사관을 심어주려고 노력하는 문장이 두드러지게 나타나는데 그 한편 『시대일보』가 중시하는 역사관은 과연 어떤 것인지를 동시에 보아야 할 것이다. 예를 들어 『시대일보』는 「능욕의 조선민중(侮辱せられたる朝鮮民衆)」이라는 기사가 총독부의 압수기록으로 남아 있는데 그 내용을 확인해 보면 다음과 같다.

「한일합방은 시대적 요구에 의한 두 민족이 혼연일체가 되어 안으로는 민생의 복리와 국가의 융성을 증진시키고, 밖으로는 동양의 평화를 보장함으로써 세계로 나아가는 운명에 순응하지 않으면 안 된다」라고 하는 것과 「한일합방포고(日韓倂合布告)」의 충실한 번역으로 각 파(派)의 연맹선언이다. 「일본과 조선은 한 민족이므로 고대에 한 지역이었다고 상상한다. 그 시대는 근세국가의 분리 기간보다 길었던 것임에 틀림없다. 천운순환(天運循環)으로서 내선(内鮮)은 이전으로 복귀한 것이며, 동종(同種)의 결실을 거둔 것이다」라고 운운하는 것은 조선인을 우롱(愚弄)하는 동민회(同民会)의 취지이다. (중략) 합병이래 15년간 과연 「혼

＊55 「我国史と国体」(二) ; 上古に於ける韓半島の開導と我が国体(上)」 『경성일보』 1918(大正7)年 1月 13日.

연일체(渾然一体)와 「행복(康福)」과 「번영(繁栄)」을 체험했다고 감사의 눈물을 흘릴 상황인가. 황당무계한 스사노 오미코토의 소시모리 전설을 가지고 견강부회(牽強付会)의 졸렬한 말을 만들고, 삼한정벌과 임나부(任那府)설치 등의 치졸한 꿈같은 추설을 고집하고, 세상의 귀와 눈을 현혹시키고 있다. 이는 조선인으로서 수 천년 신성한 체면을 모독하고 있다는 것을 자각하고 민족적 반감을 고동(鼓動)시키지 않으면 안 된다.[56]

지배자의 편의에 의한 역사의 개찬(改竄)에 비판적인 입장을 신고 있다. 또한 「본색을 노출하는 문화정치」라고 하며 "조선의 언론계는 비상한 압박을 받고 있음을 본지와 각종업자들을 합하여 빈번히 당하는 발매금지 및 압수의 처분은 곧 무엇을 말함이뇨, 소위 문화정치는 이미 그 가면을 벗고 그 음험한 본색을 발로함인가. 아아 문화정치, 문화정치가 행여나 분가정치를 이루고 말 것인가"[57]라고 폭로한다.

문화정치의 슬로건아래에서 신음하는 조선인의 모습을 보도함으로서 그 문화정치라는 허위성을 폭로하고 있다. 즉 조선의 소위 문화 정치란 것은 "도금(塗金)문화정치이며, 그 문화 정치 속에서 나온 차별철폐란 것도 도금차별철폐가 되었다"[58]고 비유하고 교묘한

---

[56] 「侮辱せられたる朝鮮民衆−強権に阿附する醜陋輩所謂各派連盟と同民会」『시대일보』 1924년 4월 18일. 朝鮮総督府警務局図書課『諺文新聞差押記事輯録』 1932년, p.4. 당시 신문 기사 중에는 압수된 기사 기록이 남아 있다. 『시대일보』는 (『시대일보』 1924(大正 13)년) 「49건」이라고 표시되어 있는데, 주로 총독부의 정책에 대한 비판과 공산주의, 독립운동의 소개들이 그 주류를 이루고 있다.

[57] 「본색을 노출하는 문화정치」『시대일보』 1924년 5월 14일. 「殺気에 싸인 文化政治」『시대일보』 1924년 5월 22일.

[58] 「차별 중에도 괴상한 차별」『시대일보』 1924년 6월 3일.

수단을 보면 확실히 진보한 문화정치*59라는 것이다.

　이러한 문화정치의 탈을 쓴 조선의 집권자들이 온갖 제목으로 그 본색인 무단압박으로 한걸음씩 더욱 신랄한 복수를 하는 것으로 기사화하는 논평을 게재하고 있었다. 다시 말하면 『시대일보』의 입장은 일본인들이 「안녕질서」라는 미명을 구실로 조선인이 가져야 할 자유를 억압하고 생존을 찬탈하는 것*60을 비판하였다. 일본 식민지지배의 문화정치의 모순을 강렬하게 보도하고 있으며, 결국 일본은 조선민족 지배의 선전인 내선융화가 아니라 조선을 이문화(異文化)로 보고 정치적인 차별정책을 실시하는 "자국 문화 중심론"이라는 것을 『시대일보』는 자각시킨다.

맺음글

　식민지지배체제 안에서 총독부의 조선 식민지지배 선전 담론으로 제창되었던 것이 「실력양성론」이었다. 본 논고는 지배자측이 『경성일보』라는 메디아의 동원을 통해 선전하려는 문맥과 피지배자측 언론인 『시대일보』가 담고 있었던 내용의 실(實)을 파악함으로써 「(각각의) 민족 내부의 이데올로기 형성」과의 호환성은 물론 「계급모순 탈피를 위한 사회주의 사상의 해석 실천논리를 점검」하고자 하였다.

　『시대일보』는 사회 진화론적인 인식을 중시한 시대분석을 다룬 논설, 특히 논설난의 「오늘일 내일일」을 분석한 결과, 교육을 통한 개인의 각성이 주장되었다는 것이다. 그것은 사회를 바꿀 수 있는

＊59 「소귀에 경읽기」 『시대일보』 1924년 6월 10일. 「문화정치의 신무장」 『시대일보』 1924년 6월 21일.

＊60 「금지·해산·검속 : 문화정치의 時代 上」 『시대일보』 1924년 6월 22일.

「사회 개량론」의 일종이었다. 또 하나는 계급 모순의 논리를 우선시 하였다는 것이다. 일본인=지주=자본가에 대립되는 조선인=소작농 =노동자의 논리라는 단순한 계급모순 구도가 아니라 조선인 안에 서의 모순 논리도 존재한다고 주장하였다.

그것은 조선인 사이에서도 존재하는 계급 모순이며, 그 모순을 자각하며 새로운 시대를 열어갈 새로운 「신진계층」의 창출이 무엇 보다도 중요하다고 주장하는 논진을 펴고 있다. 곧 그것은 식민지 하의 현재에 먼저 양성해야 하는 것이 〈개인〉의 〈실력의 확립〉이라 는 논리이다. 또한 세계사 흐름의 흥망성쇠를 생각해 보았을 때 자 본주의와 제국주의는 쇠퇴하고 공산주의와 국제주의가 도래한다는 국제사회 변혁에 맞추어서 조선인에게 필요한 것은 〈개인의 확립〉 이라는 것이다.

그와 연동하여 프롤레타리아인 러시아와 약소민족국가인 중국을 동료로 끌어들이고, 제국주의의 입장인 일본과 미국의 움직임에 관 심을 가진 논리를 분석하였다. 러시아와 일본의 외교문제 미국과 일본의 배일이민법의 통과로 인한 대립을 주목하는 논리를 전개하 고 있었다.

그러나 한편『경성일보』는 총독부의 조선지배정책을 옹호하고 선 전하는 논진을 주로 펴고 있었다. 주로 식민지배자의 역사관을 조 선인에게 주입시키기 위한 선전이었다. 이는, 한일합방은 일본과 조 선의 고대사로 복귀하는 논리이며, 또한 조선인을 위해 산업인프라 구축을 평가하고, 조선을 계몽하고 있다는 입장을 강조하고 있었 다. 이러한 총독부의 업적을 이해하지 못하고 총독부를 비판하는 한글 신문을 강력하게 처벌해야 한다고『경성일보』는 주장하고 있 었다.

조선의 식민지하라는 시대적 상황 속에서 나타난 메디아의 일부인 신문 논설에 나타난 『시대일보』와 『경성일보』는 서로 다른 양상을 소개하고 있었다는 점이 부각되었다. 그와 동시에 당시의 사회상을 반영하고 있었다는 점을 읽어낼 수 있었으며, 각각의 〈민족적〉 입장을 다루고 있었던 측면을 부각시킬 수 있었다.

넷째 이야기
만주에서 조선 찾기

머리글

본 장에서는 1938년에 창설된 만주 「건국대학」(이하 만주건국대학)
의 창립 이데올로기와 그 동(同)시대에 만주건국대학에서 조선인 중
유일하게 교수로 역임한 최남선의 사상 고찰을 중심축으로 설정하
여 출발한다. 특히 필자가 의식하고 있는 것은 민족주의적 저항성,
전향론, 친일이라는 편력을 중층(重層)시키는 최남선 개별 평가에 중
점을 두고 있는 것은 아니다. "식민지화"라는 현실 상황 속에서 동시
에 진행 중인 조선총독부의 〈동화정책〉과 1930년대의 보편주의를 새
로 장식하면서 등장한 〈만주건국대학 이데올로기〉를 하나의 시대적
권력 〈언설〉로 상정하였다. 이러한 상정을 바탕으로 〈만주건국대학〉
이데올로기의 자장(磁場)속에서 「조선」이라는 주체의 재생산에 관여
하는 최남선의 사상 변용을 가시화(可視化)시키려는 것을 목적으로
한다.

즉 식민지지배라는 특수한 현실적 상황, 그 현재적 상황을 검증
하고, 그 작업을 통해 조선인인 최남선이 식민지지배 이데올로기 안
에서 찾으려했던 조선신화가, 어떻게 지배자와의 상호관계성속에서
'내부 이데올로기'로 그 의미를 획득해 가는지를 규명하려한다. 다시
말하면 조선인 입장의 민족이데올로기 재발견의 변형이 어떠한 양

상으로 작동하고 있었는가를 부각시키려 한다.

오족협화, 건국정신, 만주건국대학

이 건국대학은 이시하라 간지(石原莞爾)에 의해 만주국 신설대학 설립 필요성의 제안에서 출발한 것이고, 이다가키 세이시로(板垣征四郞) 육군참모가 찬동한 것으로 잉태된 대학이다. 대학창설과 대학 구상을 구체화하며 건국대학 창설에 실질적으로 움직인 것이 가다쿠라 다다시(片倉衷), 쓰지 마사노부(辻正信)등 관동군 참모들이었다. 그 이외에 호시노 나오키(星野直樹), 협화회의 간기치 쇼이치(神吉正一), 도조 히데키(東条英機) 등도 참여했다.

이시하라가 처음에는 '아시아대학' 창립에 관한 구상을 제안했는데 그 안은 〈민족협화〉를 기본이념으로 이상국가인 만주국을 발전시키기 위해 '지도 원리'를 확고히 하려는 것이었다. 그를 위한 지도자를 양성하는 것을 만주국에서 실천하고, 만주국 건국이념을 완성하기 위한 아시아대학이 필요하다는 것을 강조한 것이었다. 쓰지는 1936년 말부터 이 안을 실질적으로 작성하고 동경대교수인 히라이즈미 노보루(平泉澄)에게 대학 창설을 의뢰했다.[1] 히라이즈미는 내지(内地)의 설립위원으로 가케이 카츠히코(筧克彦), 사쿠다 소이치(作田莊一), 니시베 이치로(西晋一朗)등 세 박사를 추천하였다. 총 네 명이 설립위원으로 위촉받아 창설 활동의 중심이 되어 그 구상을 짜내어 갔다.[2]

＊1 志々田文明「建国大学の教育と石原莞爾」『人間科学研究』第6巻第1号,早稲田大学人間科学部, 1993年, pp.113-115.

＊2 満州国史編纂刊行会『満州国史』総論,「第4編：繁栄期,第四章；新学制の制定,建国大学の創立の案」, 1970年, pp.592-593.

그러나 1937년 3월 1일 이다가키 관동군참모가 사임하고 도조 히데키가 관동군 참모장으로 만주에 부임하게 되었다. 이 시기부터는 실질적으로 도조, 가다쿠라, 쓰지, 그리고 네 명의 교수들에 의한 건국대학 창설준비위원회가 진행된다.*3 만주 현지에서는 관동군참모장 도조를 위원장으로 하고 호시노 나오키, 미나가와 토요하루(皆川豊治)등이 위원으로 위촉받아 내지와 연대하면서 개학 진행되었다.

1937년 4월 17일에 국무원 회의에 의해 개학이 정식으로 결정되었는데, 이때 대학명칭은 「아시아대학」에서 「건국대학」으로 변경·확정되었다. 1937년 7월 15일부터 3일간 신경(현 : 장춘)에서 국무총리 장경혜(張景惠)를 비롯해 동경설립위원과 현지위원들이 모여 최종 설립회의를 가졌고, 건국대학설립요강(建国大学設立要綱)과 건국대학령안(建国大学令案)을 심의하였다.*4 이시하라는 9월말, 다시 만주 육군참모부장(副長)으로 부임하게(左遷)되자, '건국대학 창설 준비 위원회' 신경사무소를 찾아가 건국대학이 변질되어가는 것을 보고 학생 모집 반대와 개학 중지를 요청했지만*5 받아들여지지 않았다고 한다.

결국 아시아대학에서 건국대학으로 변경되고, 1937년 8월 5일, 칙령 제234호인 건국대학령(建国大学令)이 공포되어 1938년 5월 2일, 만주국 황제가 임석(臨席)하고, 부총장인 사쿠다 소이치(作田荘一), 그리고 건국대학을 낳은 관동군의 장성들이 참석한 가운데 부의(溥儀)황제의 칙서*6 반포를 시작으로 만주건국대학 입학식이 거행되

---

*3 湯治万蔵編『建国大学年表』1981年, p.8.

*4 山根幸夫『建国大学の研究』汲古書院, 2003年, pp.81–82.

*5 宮沢恵理子『建国大学と民族協和』風間書房, 1997年, p.36.

*6 建国大学『建国大学要覧』1940年,〈勅書〉. 方今世界ノ形勢天運循環シ命維新ニ当リ数会応変ニ会ス我カ国順天安民ノ業盟邦ト徳ヲ一ニシ心ヲ一ニシ民族ヲ協和シ庶政ヲ平章スル此ニ六載眷命彌篤ク邦運彌興ル今茲ニ政府建国大学ヲ剏立シ国ノ為ニ将ニ槇幹棟梁ノ村ヲ造就スルアラムトス時ナル哉維レ時朕深ク之ヲ懌ブ惟フニ本大学ハ我カ国最高ノ学府タリ政教ノ深淵文化ノ精粋経天緯地ノ学修斉治平ノ道此ニ教ヘ此ニ学ヒテ始メテ以テ天下ニ

었다.

잘 알려진 것처럼, 이 건국대학은 식민지 중에서 유일하게 민정부(民政部)소속이 아니라, 국무총리 직속 문화대학으로 이례적인 것이었다. 건국대학이 가진 목적은 기존의 대학과는 다른 독자적인 측면으로써 그것이 만주국 "건국정신을 체현(建国精神の体現)"하고 신국가 건설에 이바지할 인재를 양성하는 것이었다.[7]

만주건국대학은 건국이념을 실천하는 장(場)의 하나로서 〈오족협화〉를 실현하기 위한 인재양성 목적으로 한다는 명목의 이데올로기를 가진 대학이었다.[8] 건국대학 창설당시에 발표한 건국대학령을 보면 구체적으로 "건국정신(建国精神)의 정수(神髓)를 체득하여 학문을 연마하고 몸으로 그것을 실천하고 도의세계(道義世界)건설의 선각적 지도자인 인재를 양성한다"[9]라는 슬로건을 내걸고 있었으며, 그 의도를 명확하게 제시하고 있었다. 건국대학 창설 기반인 「건국정신」에 관해서 미야자와 에리코(宮沢恵理子)는 다음과 같이 지적한다.

만주평론사 사장인 고야마 사다치(小山貞知)는 건국정신을 첫째, 의회정치(議会政治), 전제정치(専制政治), 둘째로 왕도정치(王道政治), 셋째로 황도정치(皇道政治)로 정리했다. 최종적으로는 황도주의(皇道主義)에

施シテ憾ナカルヘシ使命ノ重キ一息ノ放過ヲ容サス爾教職ノ諸員及ヒ学生等克ク我力建国ノ精神ト政教ノ本義トヲ体シ其ノ原理ヲ宣明シテ徹底セサル所ナク其ノ功化ヲ発揚シテ覃及セサル所ナク誠意正心ノ学ヲ本トシテ東西淹通ノ識ヲ広クシ體用ヲ明辨シ知行ヲ合一シ我力国学ノ為ニ新ニ一生面ヲ開キ実濟ノ材ヲ造就シ出テテ負荷ノ任ニ膺リ先進ノ休烈ヲ光紹シテ自彊息マス協和会ノ事功ヲ勁襄シテ国維ヲ振興セハ其ノ集大成スル所其ノ効固ニ至宏ナリ特ニ明勅ヲ降シテ用テ朕カ興学育才ノ至意ヲ示ス此ヲ欽メ.

[7] 建国大学『建国大学要覧』建国大学, 1940年, p.3.
[8] 岡崎精朗《資料》「民族の苦悩―創設期の建国大学をめぐって―解説」『東洋文化学科年報』第4号, 追手門学院大学文学部東洋文化学科, 1989年, pp.64-65. 그리고 학부위에 연구원(研究院)을 설치하고 교원들의 연구 활동을 독려하였다.
[9] 湯治万蔵編, 前掲書, pp.51-52.

수렴되어질 필요성을 주장했다. 이러한 협화회의 건국이데올로기에 의거한다면,「민족협화(民族協和)」라는 것은 민족이 서로 평등한 민장에서 공존공영(共存共栄)하자는 것이 아니라, 세계 민족이 일본문화를 중핵으로 하여 융합하자는 것을 의미한다. 이 건국정신 이데올로기의 전파가 황도주의가 되었고, 일본의 지배와 일본문화를 타민족에게 강요하는 것이었다.*10

1937년 이후 만주국 건설계획은 미야자와가 지적하듯 황도주의 사상 영향을 강하게 받고 있었으며, 이 경향으로 점차 일색 되어 간다고 볼 수 있다. 그러나 한 가지 중요한 논점이 발생하게 된다. 그 중요한 논점이라는 것은 황도주의가 가지는 논리이다. 이 황도주의는 이시하라가 중심이 되어 전개한 운동 즉「동아연맹운동(東亜連盟運動)」에도 보인다. 이 동아연맹운동 사상이 만주국 협화회에 채용되는 것이 1933(昭和8)년 3월이며 정식적인 성명을 내 걸고 있었다. 협화회와 동아연맹의 밀접한 관련성이 보인다는 것이다. 이 협화회와 동아연맹은 최종단계가 황도주의라는 입장을 제시하고 있는 것이다.

동아연맹의 대펴자 이시하라와 협화회의 대표적 인물인 고야마의 만주건국정신의 최종단계 이론이 팔굉일우(八紘一宇)라는 점에서는 일치한다. 그렇지만 한 가지 고야마의「건국정신」과 이시하라의「동아연맹이 강조하는 건국정신」은 약간 차이를 보이고 있다. 고야마의 경우 황도연방(皇道連邦)의 중심을 일본에 두고 있지만 이시하라의 경우는 동아연맹의 지도 원리에 두고 있었다.

즉 이시하라의 동아연맹의 지도원리라고 하는 것은「국방의 공동

---

*10 宮沢恵理子, 前掲書, p.18. 小山貞知「建国大学と協和会」『建国評論』第16巻第16号, 1939年, pp.28−31. 小山貞知『満州協和会の発達』中央公論社, 1941年.

성, 경제의 일체화, 정치의 독립과 사상의 일원화」이며 각 민족이 「정치적으로 독립」된 각각 민족 국가가 정권을 확립해 가는 것을 목표로 하는 논리였다.

"각각의 민족국가가 정치적 독립을 확립한다"[*11]라는 의미에서 크게 차이점이 보인다는 것이다. 이점이 이시하라와 고야마의 이념의 상이점이 보인다는 것이다.

그렇지만 결론적으로 「민족협화」를 내건 건국대학의 이념이, 식민지지배이데올로기의 연장선상에서 구상되어진 논리였다는 점은 간과해서는 않으면 안 될 것이다.

이렇게 식민지 국가 창출 과정에서 보인 지배 이데올로기의 차이점이 있었다면, 이러한 이데올로기의 각축 속에서, 조선인인 최남선이 어떻게 건국대학 교수로 초빙되어지는가를 검토해 볼 필요가 있을 것이다.

정책교수와 순수학자의 딜레마 용광로에

개학 준비과정에서 최남선을 교수로 초빙하려는 계획이 있었다. 이시하라가 아시아대학을 구상했던 초기에, 아시아인을 포함해 소

[*11] 여기서 이시하라와 고야마를 예를 들어 그 차이점을 살펴본 이유는, 협화회가 만주국 관동군의 정책운영에 중요한 기관 중 하나였으며, 협화회에서 간행하는 『만주평론』은 고야마가 운영하고 있었던 점에서 무시할 수 없는 영향력을 가졌기 때문이다. 그리고 건국대학을 창설하는데 있어서 초기 발안자가 이시하라였다는 점에서 이 둘의 영향력이 컸다는 점에서 비교한 것이다. 宮沢惠理子, 전게서, pp.31–34. 이시하라 간지의 동아연맹에 관한 논고 : 五百旗頭真「東亜連盟論の基本的性格」『アジア研究』21巻1号, 1975年, pp.22–58. 桂川光正「東亜連盟論の成立と展開」『史林』第63巻第5号, 史学研究会, 1980年. 松沢哲成「東亜聯盟運動論-政治運動から社会運動へ」『史海』第28集, 東京女子大学読史会, 1974年. 宮崎正義『東亜聯盟論』改造社, 1938年. 任城模「1930年代日本の満州支配政策研究-満州協和会を中心に」延世大学院史学科修士論文, 1990年.

련의 트로츠키, 인도의 간디, 아메리카의 펄벅을 초빙하려고 리스트업 했다[*12]고 한다. 그러나 1937년 7월, 일본제국주의에 의한 화북침략(華北侵略)에 의해 국제관계가 복잡한 양상을 띠게 되었고, 다른 나라에서 교수를 초빙하는 것이 곤란하게 되어 일본인을 주류로 초빙하게 된다.[*13]

이러한 상황 속에서 조선에서 불러오는 교수진에도 문제가 발생하게 된다. 최남선은 3·1운동 사건에 관계한 경력이 있었기 때문에 조선 총독부는 이시하라에게 최남선 초빙에 대해 항의를 했다고 한다. 그때 박석윤(朴錫胤)이 중간에서 조정하였던 것이다.[*14] 최남선의 건국대학 초빙에 중간역할을 하고 있었던 것은 박석윤으로 그는 최남선의 여동생인 최설경(崔雪卿)의 남편이었다.[*15] 박석윤이 당시 고문으로 관계하고 있었던 협화회 산하의 「신경협화소년단」은 이시하라가 관련하고 있었던 단체였다. 박석윤은 1937년 7월부터 만주국 국무원 직속의 외무국 조사소장에 근무하고 있었다.

건국대학 창설과정에서 박석윤이 최남선 초빙에 중추적 역할을 하였으며, 그 배경에 의해 총독부의 반대에도 불구하고 건국대에 부임할 수 있었다고 볼 수 있다. 오카자키 세로(岡崎精朗)의 「《자료》민족의 고뇌─ 창설기 건국대학을 둘러싸고」를 보면 "교수들이 초빙되

[*12] 斉藤利彦 『「満洲国」建国大学の創設と展開─「総力戦」下における高等教育の「革新」』学習院大学東洋文化研究所 『調査研究報告─総力戦下における「満州国」の教育,科学·技術政策の研究』第30号, 1990年, pp.116–117.

[*13] 楓元夫 「世にも不思議な『満洲建国大学』」『諸君』1983年, p.147.

[*14] 湯治万蔵, 前掲書, p.63.

[*15] 장세윤 「朴錫胤」『親日派九九人』②, 돌베개, 1994年, pp.51–54. 박석윤은 1932년 7월 25일에 설립된 「만주제국 협화회」 산하의 「신경협화 소년단(新京協和少年団)」고문으로 근무했다. 그리고 1934년 12월에는 만주국외교부에서 근무하고, 1937년7월에는 만주국 국무원 직속의 조사소장으로 승진. 일본 식민지하에서 일본의 정치가의 신임을 얻어 외교관으로 활동한 조선인은 박석윤과 장철수 단 두 사람이다..

어 오는 가운데 이채(異彩)적인 한 사람이 조선에서 온 최남선 교수라고 적고 있다. "지금은 조선의 참의(중추원참의)를 하면서 조용해졌지만, 이전에는 총독부를 곤란하게 만들었던 독립운동의 거두였었다. 3·1운동은 그의 지도하에 의해 일어난 일본에 대한 반대운동이었다. 이 특이한 사람을 대학에 초빙한 것도 쓰지(辻)였다. 쓰지가 조선으로 최(남선) 참의를 찾아가, 그 의도를 전했다"*16고 했다는 것이다.

최남선은 순수한 학자가 아니고 민족해방운동에 가담한 정치적 색채를 가진 사람에게 기회를 주는 것으로, 건국대학의 오족협화 이데올로기 논리를 정당화하려 했던 관동군 의도에 최남선이 적격이었던 것이다. 그것은 오히려 건국대학이 대륙의 민족들에게 어떤 매력을 발산하고 있는 알리바이가 성립되는 것이기도 했다.*17

이시하라 추천에 의해 교수가 된 나카야마 유(中山優)는 "농담 비슷하게 우리들을 정책교수로 불렀다"*18라는 부분에서도 그 의도를 읽어낼 수 있을 것이다. 나카야마는 자신들을 정책교수로 불렀으며, 그랬기 때문에 조선인과 중국인과도 마음을 터놓고 지냈다고 회고했다. 건국대학의 정책교수라는 의미에서 자신들의 위치를 인지하고 있었으며, 의도적으로 그 논리를 수용하고 있었던 것이다.*19

결과적으로 건국대학에 초빙된 오족협화 이데올로기의 편승자들은 열렬한 신도주의자(神道主義者)이기도 하고, 황국사관(皇国史観)의 고취자인 히라 이즈미(平泉)등이 추천한 교원으로는 국가주의자,

---

*16 岡崎精朗, 前揭書, p.67.

*17 湯治万蔵, 前揭書, pp.64-71.

*18 湯治万蔵, 前揭書, p.69.

*19 최준 「満鮮日報解題」韓国学文献研究所 『満鮮日報』(全5冊)亜細亜文化社, 1988年, p.2. 최남선은 건국대학에 초빙되면서, 1938년 4월에 『만선일보』의 고문으로 신경에 부임하고 있었다..

군국주의자등도 들어 있었고, 한편으로는 전혀 정치와 관계없는「순수」한 학문연구 교원도 포함되었던 것이다.*20

이렇게 보면 건국대학 창설 초기에는 적어도 오족협화를 실천하려는 시도가 있었던 것이다. 예를 들어 국정 중심 대학(연구원 포함)이기는 했지만, 여하튼 민족주의적인 분위기가 물씬 풍기는 민족주의자(조선인·일본인·중국인등 각각의 의미)의 정치대학이었고, "이민족(異民族)을 하나의 용광로에 넣고 민족협화 세기를 실험하는 장소"*21였던 것이다. 이러한 표현에서 조선과 중국에서 초빙된 교수들이 민족주의자이고, 일본인 중에도 다양한 층이 존재한다는 것은 만주국을「국제적으로 어필한다는」정책 수행을 의도하면서 인재를 끌어들였던 것이다. 또한 교수들도 그 시대적 부산물로써 정책적 존재로 이용되어지고 있었다는 것을 자각하고 있었던 것이다. 또한 권력지향을 꿈꾸고 군부와 손을 잡고 의도적으로 건국대학에 참여한 교원도 없지 않아 있었다는 것은 말 할 것도 없을 것이다.*22

오족협화의 논리 속에서 최남선도 건국대학 교수로 부임했다는 것은, 민족협화의 논리를 선택하고 있었던 것으로 볼 수 있을 것이다. 식민지지배 시스템 속에서 식민지제국의 인재를 양성하는 장소에 있었다는 것은 체제 편승으로 볼 수 있을 것이다. 그렇다면 건국대학에서 활동한 최남선의 학술활동이 무엇이었는지 그 구체적 양상을 살펴보기로 한다.

---

*20 山根幸夫, 前揭書, pp.120-127.

*21 楓元夫, 前揭書, p.141.

*22 湯治万藏, 前揭書, p.69.

국가원리의 창출과 연구원의 역할

최남선은 연구원에도 소속해 있었는데, 먼저 그의 연구원 활동에 대해 살펴보기로 한다. 연구원 설립에 관한 목적을 『건국대학 연구원 요보(建国大学研究院要報)』에서 찾아보면 "건국원리를 개명하고 국가에 필요한 학문을 연구하여 그를 바탕으로 국민사상 근본정신 확립, 국가정책의 근본원리 수립에 기여하는 것"[23]이라고 설명한다.

건국원리 실현을 위한 국가 정책에 필요한 학문을 연구 한다는 것이 기본 틀이며, 그 연장선에서 국민사상의 근본정신을 확립하여 "국가 정책에 기여한다"는 의도였다.

중요한 것은 그를 위해 "동방문화 융성을 꾀하는 것"에 사명을 두고 있었다. 이러한 연구원의 원장을 겸임한 사쿠다(作田)부총장의 사상은 특히 이 연구원의 색채를 강하게 반영하고 있었으며 『연구원 월보』를 일 년에 한 번씩 발행하여 그 사상을 선전하고 있었다. 그 사상의 주된 연구는 '건국정신' 혹은 '국가정신 진흥'과 보급에 집중적으로 쏟는 것에 있었으며, 동시에 그 정신을 주체로 하는 만주국 연구 즉 '만주국학'을 수립하는 것이야 말로 연구원의 중책이라고 보았다.[24]

미야자와는 사쿠다의 강연기록인 「현대의 학문과 만주국학의 연구법(現代の学問と満州国学の研究法)」을 정리하면서 「건국정신」의 명실화와 「건국국학(建国国学)」연구의 병행 의도를 첫째, 왕도정치 국가이어야 한다는 것. 둘째, 민족협화 국가라는 것. 즉 일본과 일덕일

＊23 建国大学研究院 『建国大学研究院要報』第1号, 1939年, p.3. 「当研究院ハ建国大学研究院令第一条ニ於テ'建国原理ヲ闡明シ国家ニ須要ナル学問ノ蘊奥ヲ究メ以テ国民思想ノ根本精神確立国家政策'ノ根本原理ノ樹立ニ寄与シ併セテ東方文化ノ興隆ヲ図ル所トス'タルノ使命ヲ与ヘラレ.

＊24 作田荘一 「刊行辞—現代の学問に就いて」 『研究院月報』第1輯 , 1941年, p.5.

심(一德一心), 일체불가분(一體不可分)의 관계이어야 한다는 것. 셋째, 도의세계(道義世界)를 건설하는 것이라고 보았다. 이 세 가지를 기본 틀로 한 국가원리를 창출해야 한다는 논리였는데, 특히 그 실천적인 사항으로 거론되는 것이 만주국과 일본은 하나(一体 : 아마테라스 오 카미를 받드는 나라)라는 논리를 만들어 내는 것이었다.

만주국은 일본과 마찬가지로 「천명신의 인도(天命神慮の導き)」에 의 해 태어난 국가라는 입장이다. 일본의 신도는, 일본국내의 신의(神意)를 나타낼 뿐만이 아니라 만주국도 천(天)의 관념에 의해 신의를 나타내는 것이기 때문에 만주의 건국정신(建国精神)은 고래신도의 길(惟神の道)[25]과 연결되는 것이라고 사쿠다는 주장하고 있었던 것 이다.

연구원은 사쿠다가 생각하는 〈건국정신〉을 강조·반영하고 있었고, 연구원의 중요한 관심도 그 범위를 벗어난 것이 아니었으며, 그를 위한 「만주국학(満州国学)」의 집대성을 목표로 하고 있었다. 연구원도 식민지 경영을 위한 연구가 주축이었으며, 식민지발전을 위한 이데올로기 창출을 위한 장치를 개발하는 기관이었던 것이다.

최남선은 「민족연구반(民族研究班)」에 소속해 있었다. 이 민족연구반의 연구 주제는 「만주에 있는 민족 연구(満州ニ於ケル民族ノ研究)」를 주된 테마로 삼고 있었다. 그것은 「만주국민(満州国民)」의 민족 문제에 관련한 것이었는데, 최남선은 「조선민족 연구」를 담당하고 있었다.[26]

또한 최남선은 「역사연구반(歷史研究班)」[27]에 소속되어, 국학, 황도(皇道) 정신의 고무(鼓舞)를 목표로 하고 있었던 이 연구원에서 활동

＊25 宮沢恵理子, 前掲書, pp.145-147.

＊26 建国大学研究院, 前掲書, pp.16-17.

＊27 建国大学研究院, 前掲書, pp.27-28.

했다. 이 연구원에서 발표한 최남선의 논고가 「동방고문화의 신성관념에 대하여(東方古民族ノ神聖観念ニツイテ)」[28]로 건국대학에 부임하자마자 집필하여 실은 논고였다.[29]

그「동방고문화의 신성관념에 대하여」를 보면 먼저 동방이라는 개념을 도입부분에 제시한다. 아시아 문화의 근원과 전통에 관한 재(再)분류에서 출발하고 있다.

아시아는 그 문화나 전통상으로 보아 우선 인도문화, 그리고 동쪽의 중국문화로 크게 둘로 나눌 수 있는데, 이 두 문화의 북부에 또다른 하나의 큰 문화권(文化圈)이 성립되어 있다고 설정했다. 이 문화권의 특징은 아세아의 여러 주변 민족과 관계를 가지면서 침윤되고 생성되어 온 것이며, 그것을 동방문화권이라고 설정한다.[30] 동방문화권에 속한 민족들의 정신생활의 특성이 「산(山)」의 명칭에 나타나고 있는데, 이 산은 단순한 자연물이 아니고, 천(天)과 관련된 의미를 함축하고 있다고 보았다. 즉 신앙의 최고 표상으로 다루어졌다고 설명한다.

이 신앙의 표상이라고 본 산악(山岳)의 옛 이름(古名)을 연구하는 것은 그 신앙 실태의 핵을 이해할 수 있는 방법이라고 제안한다. 「동방세계(東方世界)」의 지형·역사는 물론이고, 실체적 신앙 면에서도 가장 대표적인 것이 "영산(靈山)"인 만주의 「장백산(長白山)」이라고 설정했다. 그 산 이름 속에 「백(白)」이라는 언어는 조선어 「백(白)=밝은(バルグン)」이며 〈părkăn〉이라고 한다. 이 논리의 증명을 위해서 최남선은 만철(滿鉄)의 『만주역사지리(滿州歷史地理)』에 게재된 이나바 이와기치(稲葉岩吉)·야나이 와타루(箭内亘)를 인용하고 「장백산」이 「불함

*28 建国大学研究院, 前揭書, p.18. 奥村義信『滿州娘娘考』第一書房, 1982年, p.4.
*29 崔南善「東方古民族의 神聖観念에 대하여」『崔南善全集9』, 玄岩社. 1974년, p.259.
*30 崔南善「東方古民族의 神聖観念에 대하여」, 상게서, p.260.

산」*31임을 확인 강조한다.

그럼으로써 '동방의 옛 민족(古民族)의 신(神) 혹은 천(天)의 최고신(最高神)을 「붉(pǎrkǎn)」과 자연스럽게 연결키고 있었다.

동방의 古民族은 神을 부를 때 단 하나 광명의 뜻인 「붉은」이 있었을 뿐이었을 만큼, 神을 光名視하는 根據는 깊은 것이 있을 것입니다. 잘 생각해 보면 「붉은」이란 원래 일반의 神을 말하는 것이 아니라, 실은 光名界인 天上의 最高神을 가리키는 것으로서, 얼른 말하면 上帝·天主에 대한 칭호인데, 동북 계통의 文化圈내에서는 天帝의 정체는 다름 아닌 太陽이었습니다. (중략) 東北亞細亞의 문화에서는 특히 그 색채가 농후함을 인정하게 됩니다. 일본에서 皇室의 祖上이 天照大神이고 天皇에 日子; 그 지위에 天津日嗣의 칭호가 있고, 또한 남쪽으로 琉球에서는 君主를 日子를 의미하는 '데라꼬'라고 하고 뒤에는 군주를 태양과 동격으로 보고 단순히 태양을 의미하는 '데라꼬'라고도 일컫게 된 것도 물론 이 文化圈에 있어서의 공통한 범주로 보아야 할 것입니다. *32

동방문화의 중심적 역할을 하고 있는 어휘인 「붉은」에서 찾고 있다. 이 「붉은」을 신을 의미하는 논리를 세우며, 태양숭배문화로 동북아시아문화를 구성한 것이다. 그 문화권에는 만주, 몽고, 일본, 류큐(琉球)가 속하는 문화권이었다. 일본과 연관 시키며 동일문화권이라는 논리를 긍정하고 있다.

그러나 이 「동방고문화의 신성관념에 대하여」는 한반도에서 부르

---

footnote">*31 崔南善 「東方古民族의 神聖觀念에 대하여」, 상게서, p.262. 白鳥庫吉監修 『滿洲歷史地理』第壹卷, 丸善株式會社, 1913年, p.200와 p.239. 稻葉岩吉 「滿鮮史体系의 再認識(上)」 『靑丘学叢』第11号, 1933年, pp.1-25.
*32 崔南善 「東方古民族의 神聖觀念에 대하여」, 상게서, pp.263-269.

짓는 「내선일체(內鮮一體)」속에서 그 의미를 잃어가고 있었던 「조선
문화」의 검토의 필요성을 다시 소생시키고, 동방문화의 건국정신 창
출에 필요한 신화로 그 의미를 부여하기 시작하고 있었던 것이다.

「만몽」의 재편과 조선 민족 이데올로기

「만몽문화」*33는 건국대학의 강의내용인데 그 내용을 살펴보면 최
남선은 만주와 몽고지방을 둘러싼 민족분포를 하나의 문화개념으로
해석하려고 시도했다.

우선 「만주(滿洲)」라는 호칭의 정의를 새로 제시하는 것으로 시작
한다. 『만주국역사(滿洲国歷史)』에 나타난 만주 명칭에 관한 사가(史
家)의 전문서적인 이치무라(市村瓚次郎)의 「청조국호고(清朝国号考)」
와 이나바 이와기치(稻葉岩吉) 「만주국호의 유래(滿州国号の由来)」, 미
다무라 타이스케(三田村泰助) 「만주국 성립과정의 일고찰(滿州国成立
過程の一考察)」를 참조로, 만주의 뜻을 풀어갔다. 최남선은, 결과적
으로 만주라는 명칭은, 각각 그 나라에 따라 명칭의 해석이 다름*34
을 지적한다. 그렇기 때문에 그 해석의 〈재구성〉해야 한다고 주장
한다.

또 하나가 〈몽고〉의 호칭을 거론한다. 이 몽고는 몽골(Monggol)과

---

*33 崔南善 「滿蒙文化」, 『崔南善全集10』, 玄岩社, 1974년, p.316. 1.序論 : 滿洲와 蒙古의 地理
的/歷史的 그리고 民族分布的 限界를 考察하고, 나아가서 歷史에 있어서의 「文化」의
概念을 提示한다. 2.文化移動線에 있어서의 滿蒙 原始文化를 主手로하여 그 淵源과
連絡 関係를 探究한다. 3.大陸에 있어서의 古神道 民間信仰을 比較宗教学的으로 考
察한다. 4.塞外神話에 나타난 国家理念 建国事実을 表象化한 神話的 同源関係를 闡
明한다. 5.南北의 抗争과 文化의 錯綜 北方民族과 南方文化와의 接触様相을 事実로
써 考証한다. 6.滿蒙에 있어서의 文化類型의 進行 滿蒙을 中心으로 文化交流의 事実
을 観察한다..
*34 崔南善 「滿蒙文化」, 상게서, p.318.

그 복수인 "Monggols"의 사음(寫音)이지만, 몽고를 지칭하는 지역은 동일하다고 보았다.*35 특히 중요한 것은 동북지역의 인종을 해석할 경우에 생기는 달단(韃靼)의 명칭과 그 인종해석이었다. 동양에서는 몽고를 타타르(Tatar)와 별개로 해석을 한다는 것과 서양에서는 분별 없이 사용되어지고 있음을 제시하면서, 만몽의 명칭을 역사적·지역적 구분과 함께 이 지역을 만몽문화로 호칭할 수 있음을 구분하는 것에 성공한다.*36

만주의 용어와 인종에 대한 재해석을 제시하면서 최남선은 국가의 명칭이 민족의 흥망성쇠에 관계가 크다는 것과 민족의 호칭도 인종과 혼합되어진 과정을 논하면서, 만주의 인종을 해석하는 방법을 전면에 내세우고 있다. 결국 최남선이 착목한 논리는 특히 「만주·조선학」 연구자 중에서도 야노 진이치(矢野仁一)의, 「만주부족(満州部族)의 발상지(発祥地)는 봉천성(奉天省)의 동부(東部)지방으로 보았고, 달단과 몽고는 중국과 다른 지역이며, 만주와 중국과는 다르다는 것을 인정하지 않을 수 없다」*37고 주장하는 대표적인 인물의 영향을

---

*35 崔南善 「満蒙文化」, 상게서, p.320.

*36 崔南善 「満蒙文化」, 상게서, p.326. Stefan Tanaka(1993), Japan's Orient : Rendering Pasts into History, The Regents of the university of California. 박영재·함동주역 『일본동양학의 구조』 문학과지성사, 2004년, pp.142-143. 시라토리는 동양학의 창출을 위해, 서양인들이 그들의 인식으로 지정하는 동양, 즉 중국에서 일본을 꺼내기 위해서 몽고의 독자성 문화를 찾아내는데 성공한다. 그는 중국과 다른 몽고를 연구함으로써 유럽과 극동의 기원이 유럽이 아니라 아시아에 있음을 창출할 수 있었다. 우랄알타이 민족들이 사용하는 하늘을 의미하는 말을 연구하여 서구의 정신적인 배경과 동등하다고 볼 수 있는 하늘의 개념을 도출하여 그와 동등함을 찾아낸 것이다. 몽고어와 터키어의 텡그리가 그것이며, 이러한 어원학으로 문화적 유사성을 도출하여 우랄알타이어족, 중국, 서구 민족을 구분해 내는 것에 성공했던 논리와 흡사하다. (특히, pp.142-143참조). 전성곤 「일본〈비교언어학〉과 〈인류학〉의 변용양상고찰」 『일본문화연구』제17집, 동아시아일본학회, 2006년, pp.233-249.

*37 矢野仁一 『満州近代史』弘文堂書房, 1941年, pp.4-5.

받고 있었다.

「만주국」 개념은 「만몽(滿蒙)」 개념을 풀 수 있는, 즉 재구성을 가능케 한다는 것이었다. 야노(矢野)의 「만몽은 중국의 영토에 속하지 않는다는 논(論)」과 야나이 와타루의 "달단(韃靼)이 타타르라고 호칭된 것은 중국에서만의 호칭이라고 지적하는 논리에 기초한 것"[*38]이었다.

최남선은 야노와 야나이의 논점을 충분히 활용하면서 자신이 새로 「만몽문화」라고 칭하는 즉, 중국이 세운 「만몽」 개념과는 다른 「만몽문화」의 특성을 밝히는 것을 시도한다고 제시한다. 그것이 중국 사대주의의 탈피였으며, 그 임무가 일본과 조선이 공동으로 풀어가야 하는 숙제이고, 그런 의미에서 둘은 같은 입장이라는 논리에서 나온 실천이었다.

최남선은 만몽 구분의 근거로 ①지역성, ②정치성, ③역사성을 중심으로 한다. 그러나 이 세 요소는 독립된 것이 아니라 연동관계에 있다고 보았다. 역사를 구축해 온 것이 「민족의 구성원」이며, 이 역사는 지역적 특성에 의해 다시 형성되어진다는 것과, 그것은 결국 정치적 차이를 낳으며, 문화가 상위(相違)하게 형성된다는 것이다. 이러한 해석 틀을 근거로 만몽지역을 재 설정한 후, 그 지역이 역사적 주축이 되는 「민족·인종」을 다시 확인해야 한다고 본다. 이와 같은 인종분류는 시라토리 쿠라키치(白鳥庫吉)의 「몽고민족의 기원(蒙古民族の起源)」과 「동호민족고(東胡民族考)」를 참고하고 있었다. 시라토리의 인종 분류법 중에서, 최남선은 퉁그스계 종족에 깊은 관심을 보이며, 특히 예맥에 대해서 관심의 초점을 두었다.

[*38] 矢野仁一「滿蒙藏は中国本来の領土に非る論」『近代中国論』弘文堂書房, 1939年〈1923〉, pp.92–112 參照. 箭内亙「韃靼考」『蒙古史研究』刀江書院, 1930年, pp.525–566 參照. 崔南善「滿蒙文化」, 전게서, pp.320–321. pp.322–326 참조.

퉁그스系 중의 種族으로서는 濊貊이라 불리고, 邦国(朝鮮)으로서는 扶餘라 불린 一派는 후에 남쪽으로 뻗어 고구려·백제 등 半島系의 諸国을 세운 것인데, 北方民族 중에서 일찍부터 高度한 문화를 가졌고 民族性도 매우 洗練되어 一種의 독특한 風格을 나타내고 있다[39]

최남선은 시라토리의 학설을 그대로 인용한다. 시라토리의 논리에 찬반의 판단보다는 '그 역사성을 이루게 된 과정'에 대한 논점에 큰 관심을 두고 있었다. 또 하나 최남선은 문화 전파론에 심취한다. 이 문화 전파론은 니시무라 신지(西村真次)가 주창했는데, 니시무라 신지가 주장하는 세 개의 고대문화 루트를 최남선은 그대로 제시하고 있었다.

즉 ①북방이동선, ②중앙이동선, ③남방 이동선이 그것이었다.[40] 니시무라가 주장한 문화이동설중에서 특히 북방선은 시베리아 문화로 대표되는데, 그것은 최남선이 주장하려 한 북방문화계통의 본선과도 상통하고 있었다. 이 북방선 지역의 특징은 만몽문화가 가진 고유 신앙의 형태인 샤머니즘이라고 간주하였다.

물론 이 샤머니즘은 일본의 원시신도(原始神道)와도 관련이 깊으며, 특히 이 시베리아 지역을 구시베리아(旧シベリア)와 신시베리아(新シベリア)로 분류한 후 조선과 일본을 신시베리아로 더 상세히 분류하여 이른바 그 동원성(同源性)을 제창하고 있었다.

滿蒙地方에서 행해지는 固有信仰을 보통 샤아먼敎라고 한다. 샤아먼이란 滿州語의 「Saman」의 訳으로, 巫堂을 말하며 (중략) 오늘날 샤아

---

[39] 崔南善 「滿蒙文化」, 전게서, p.330.
[40] 崔南善 「滿蒙文化」, 전게서, p.342. 西村真次 「人類の起源及び移動」 『人類学汎論』東京堂, 1929年, pp.275–337.

먼教가 행해지고 있는 범위는 中央아시아·蒙古·満州·시베리아·랜프랜
드·에스키모 등에 걸쳐있고 人類学上 이른바 旧시베리아 系統의 人民
사이에 행해지고 있는 샤아먼教는 참으로 素朴·자연스런 것이나, 新시
베리아 系統의 満州·蒙古쯤되면 상당히 진보된 종교적 내용을 가지고
있어 능히 高等倫理的 宗教 안에 집어넣어도 마땅한 이유가 있다. 가령
朝鮮·日本등의 原始神道까지도 샤아먼에 집어넣는다고 하면 더욱이 그
러하다*41

　샤먼을 만몽지역의 공통 신앙형태로 보며 동원성을 주장하고 있
었다. 최남선은, 샤먼을 동북아시아의 특징으로 규정한 도리이 류조
(鳥居龍蔵)의『일본주위민족의 원시종교(日本周囲民族の原始宗教)』를
인용하고 있었다. 샤먼은 제물(供犠)·제사(祭祀)·기도(祈祷)와 같은
종교적 의식의 집행자이며, 제사(祭司)의 역할, 의무(医巫), 그리고 예
언자(預言者)의 세 가지 대표적 역할을 들었다. 특히 샤먼을 조선에
서는 무당이라 호칭하는데 주술에 사용하는 방울(鈴)·거울(鏡)을 소
유하고 있다는 것으로 지역적 분포를 증명하는 실증적인 자료로 제
시하였다.*42
　이러한 사실을 근거로 하여 원시사회가「제정일치(祭政一致)」체제
를 갖춘 사회였고 제사(祭祀)와 정치(政治)가 분리되지 않고 깊은 관
련을 가지고 있었다고 단정한다. 그러나 최남선의 의도는 제정일치
사회의 사실성 증명이 아니라 앞에서 기술한 인종 분포의 논리를
응용한, 만몽지역의 문화가 우수한 문명 민족인 부여(扶餘)민족*43의

＊41 崔南善「満蒙文化」, 전게서, p.343.
＊42 崔南善「満蒙文化」, 전게서, pp.346-347. 鳥居龍蔵『日本周囲民族の原始宗教』岡書院,
　　　1924年, pp.74-75, pp.87-88, pp.105-107. 鳥居龍蔵「人類学上より見たる我が上代の文化」
　　　『鳥居龍蔵全集』第1巻, 朝日新聞社, 1975年, pp.67-77.
＊43 白鳥庫吉「中国の北部に據った古民族の種類に就いて」『白鳥庫吉全集』第4巻, 岩波書店,

이동을 확인과 연결시키는 부분에 주목하였다. 제정일치사회의 제천행사의 성행과 천신(天神)신앙에 나타나는 대표가 되는 것이 부여 민족이라고 설정한다.

祭天이 그대로 拜日이며, 말하자면 太陽崇拜 위에 세워진 信仰生活이었다는 것이 차차 明白해지는 것이다. 그와 동시에 主権者의 系統도 天帝인 太陽으로부터 나온 것이 되고 이처럼 祖天一致의 관계는 그 信仰을 더욱 더 강화시켜 그에 대한 祭典은 사회결속의 求心力으로서 매우 重大性을 띠었으리라는 것도 쉽사리 알 수 있는 것이다. 扶餘의 「迎鼓」, 高句麗의 「東盟」은 이런 意義를 가진 것이며(후략) [*44]

제천행사가 배일(拜日)과 동일하며, 말하자면 태양숭배의 신앙생활이라고 보았다. 그와 동시에 주권자의 계통이 천제(天帝)인 태양으로부터 나온 것으로 보고, 이것이 제정일치 사회의 사상이며, 부여 인종 속에서 보였던 영고나 고구려의 동맹이 동일한 의미가 있었다고 해석하는 관(觀)을 도출하고 있다.

그 논리는 문화가 진화에 의한 사회발달과 맥을 같이한다는 것으로 보았다. 즉 문화의 성립은 그 민족의 환경과 공간적(지형학적) 영향아래에서 성립되어진다는 것과 시간적 흐름이 교차되면서 창출된다고 서술하는 관점과 모순 없이 연결되고 있었다. 특히 원시 신도를 조선과 일본의 동일범주 안에서 해석하고, 진화론적 해석을 의거하여 신시베리아의 범주 안에서 일본과 조선의 동일성을 다시 비교 언어학적 방법론을 통해 재확인한다.

1970年, p.21..
[*44] 崔南善 「滿蒙文化」, 전게서, p.353.

大陸의 神道를 日本의 神道와 對照하여 생각할 때 信条나 行事, 또는 表現의 言形등에 너무나도 異常한 一致를 발견한다는 것은 크게 注意를 要하는 점이다. 이를테면 더러움을 싫어하고 청결함을 崇尙하는 것, 말 많은 것을 싫어하고 밝은 마음을 基本으로 하는 것, 日本의 神道에 있어서 太古·注連·神籬·盤境등이 그대로 大陸 各地에서 보인다는 것, 蒙古의 「오보」, 朝鮮의 「업(崇)」, 日本의 「우부스나(産生)」가 「意味」도 語形도 一致하고, 朝鮮의 「탈」과 日本의 「다다리」, 朝鮮의 「풀이」와 日本의 「하라이」등이 내용도 말도 동일하다는 것 등 헤아릴 수 없는 정도 (후략)*45

최남선은 비교언어학적 해석을 예로 들면서 일본과의 동일성을 제시하는 논리는 건국대학의 「건국정신」과 어떻게 연동한다는 것일까. 「건국정신」에 대해 최남선은 다음과 같이 피력하고 있었다.

동북세계의 諸 민족은 한결같이 神國의 인민으로서 이른바 天業의 恢弘에 이바지할 사명을 짊어지고 있다는 것이 그들의 神話에 나타난 國家理念이었던 것이다. 이 정신을 감화하고 이 理想을 확장해 간다면, 일본의 건국정신인 이른바 「光宅天下」라든가 「八紘一宇」의 大理想에 到達할 수 있음은 당연한 이치이며 따라서 우리 만주의 건국정신도 본연의 모습을 쉽사리 體得할수 있을 것이다. 새 理想에 살기 위하여 옛 전통을 잡으라. 그 제일 捷徑으로서 신화로 돌아가라고. 지극히 소중한 20세기의 신화는 그 聰明과 眞摯性을 과거의 그것에서 배워 마땅하리라고 痛切히 느끼는 바이다. *46

---

*45 崔南善 「満蒙文化」, 전게서, p.354. 白鳥庫吉 「蒙古民族の起源」 전게서, p.30.
*46 崔南善 「満蒙文化」, 전게서, p.372.

최남선의 이 논리를 단면적으로 해석한다면, 일본의 「건국정신」을 「광택천하」와 「팔굉일우」에 두고 이를 받아들이며 어쩌면 추앙하는 것으로도 볼 수 도 있다.

그러나 중요한 것은 만주국의 새 이상을 실현하기 위한 첩경인 옛 전통을 잡아야 한다는 것과, 그를 위한 첩경이 〈신화〉를 잡아야 한다는 부분을 놓쳐서는 안 될 것이다. 이것이 바로 앞에서도 지적한 건국대학 연구원의 설립목적 논리, 즉 「연구원개설의 취지(研究院開設ノ趣旨)」를 최남선은 자신의 「만몽문화」론에 중첩시키고 있었다. 사쿠다가 주장한 「국가정책과 일체화한 연구」와 연동하고 있었다. 특히 「만몽문화」론에서 만주의 「민족국가의 성립」을 위한 상징으로 다시 불러 와야 한다는 것이 신화, 즉 「건국신화」를 의식적으로 채용해야 한다고 주장하는 부분이다.

그러나 그 건국신화 발견을 위해서는 '조선반도의 문화를 해석하고 그 문화를 봄으로써' 다시 고대의 역사가 소생되어질 수 있다는 주장한다. 그것이 곧 건국정신을 다시 창출하기 위해서는 신화이어야 한다는 주장과 다시 만나게 되는 것이다. 그것은 곧 〈조선민족〉의 존재성을 설명했던 〈단군신화〉를 다시 불러오는 작업에 연결되는 논리로 나타난다.

濊貊이란 것은 種族의 呼称으로, 이를 分離시켜 단순히 濊 또는 貊이라고도 하고, 音韻関係에 의하여 発이라고도 하는데, 뒷날의 扶餘가 그것이다. 朝鮮이란 扶餘系의 一国이며 燕의 북쪽, 匈奴의 동쪽에 해당하며 朝鮮半島의 北部에 걸쳐 나라를 이룩하고 있었는데, 그 起源은 꽤 오랜 것 같다.(중략)지금 우리들이 말하는 朝鮮이란 中国人에 의해서 撹乱되지 않았던 以前의 古朝鮮을 가리키는 것이다. 古朝鮮의 建国神話는 지금의 형편으로 보아『三国遺事』라는 高麗朝의 文獻에 실려

있는 것을 最古의 証憑으로 하며 (후략)*47

　만주국의 새로운 국가이념을 실현하기 위해 필요한 것은 동북 여러 민족이 동참하고 납득되는 「건국신화」창출에 필요한 힌트를 단군에서 찾아야 한다는 것이다. 한(漢)나라의 무제 때 평양지방이 한때는 지배를 받았던 부족이었지만, 그 중국의 한나라가 간섭하지 않았던 시대를 설정하고 있다. 「순수」한 부여족 계통을 이어온 고조선을 정통으로 보았으며, 그 고조선 종족 민족의 신화가 실려 있는 단군신화야말로 그 정통이라는 논리이다. 이것은 만주국 건국의 오족협화라는 통합 이데올기에 적합한 신화창출을 위해 필요한 커다란 제안이었으며 그것이 바로 『삼국유사』에 보인 단군신화라는 것을 가시화하고 있었다.

　다시 정리하자면 최남선은 「만몽문화」론에서 학문 이해 방식을 분명히 일본인 학자가 가진 방법론과 이론을 적극 활용하였다. 이 부분은 「식민사관」의 무비판적 수용이라는 위험성을 내포하는 일면을 가지게 되었지만, 최남선의 단군신화 제안은 밝은(părkăn) 문화로 대표되는 동아시아의 「중심문화」로 만주 건국대학에서도 주장했다. 즉 '단군'이라는 문화아이덴티티에 실질적인 〈의미〉를 부여하고 있었다.

　최남선이 민족이라고 부르는 논리, 즉 민족이라는 호칭은 그 인종(종족)의 흥망성쇠에 따라 변하는 것이며, 그 시대마다 민족의 존재성에 의해 호명되어 진다는 것이다. 어느 민족이든 그 융성기 때에는 주위 민족이 그것을 의식하게 되고, 그를 받아들이는 약소민족은 입장과 역사적 상황에 따라 그 영향력을 가변적으로 받게 되고, 민족의 호칭 자체도 유동적(流動的)이라는 것이다. 말하자면 「그 상황의 역사적 국면」이 어떤 역사를 현저하게 부각시키면서 기억화로

*47 崔南善 「滿蒙文化」, 전게서, p.369.

연결되어 역사화 된다는 논리이다.

최남선의 이러한 역사 인식을, 다시 현재(조선의 식민지 현실)에 오버 랩 시켜 일본민족이 제국으로써 그 위력을 발휘하고 있는 현재 상황을 직시하고 있었다. 「민족」은 창출되어지는 것이라는 의미에서, 위력을 과시하는 일본 민족이 역사 변화에 영향을 미치고 있는 상황에서 약자의 입장에 놓인 조선민족의 존재성을 중시하도록 제시한 것이다. 지배자의 이데올로기에 편승하며, 그 학구적 논리 속에 스며들도록 노력한 것은 그 '민족'의 창출이데올로기의 전략을 의식화하고 있었다는 것이다.

최남선은 조선에서 선전되는 일본인과 평등이라는 내선일체 언설 공간에 있기 보다는 만주 국가창출 논리인 '오족협화' 안에서 조선민족의 핵심인 단군 신화를 어떻게 영향력을 발휘시킬 수 있는가를 고뇌하고 있었던 것이다. 이것이, 두 개의 지배이데올로기의 자장 안에서 진자의 추처럼 오가고 있었던 것이다.

맺음글

이상과 같이 만주에서의 건국대학의 창설과정과 그 이데올로기에 연동한 조선인의 한 지식인이었던 최남선의 논고를 고찰해 보았다. 식민지 상황이라는 점을 감안하여, 하나의 텍스트가 주위의 여러 텍스트의 영향을 받으며, 참조와 인용에 의해 성립된다는 것, 그 텍스트의 중층성은 일본제국주의자들의 논리속의 다원성, 즉 조선인의 입장, 조선의 내부의 다원적 피지배 상황의 탈피노력이라는 상황의 존립(存立)을 충분히 참작하여 분석해야 한다는 자세를 중시하였다. 이 중층성(重層性)견지에서 보면, 일면적으로는 해석할 수 없다는 것이 최남선의 논고 발표장소인 만주건국대학에서도 나타났다는 것이다.

먼저 「동방고문화의 신성관념에 대하여」와 「만몽문화」에서 단군 신화의 중요성을 강조하였으며, 만주국 신화의 원형이라고 제시 하고 있다. 만주국이라는 새로운 이념 국가를 세우고, 각 민족의 공존을 위해서는 신화가 필요하였는데, 최남선은 그 신화의 중요한 역할을 하는 것은 만주와 일본, 시베리아, 중국을 포함하는 〈샤먼 단군〉이 그 대표라는 것을 주창한 것이다. 그러나 최남선은 일본인이 주장한 민족과 인종론 자장 안에서, 그 이데올로기에 적극적으로 편승하고 있다는 모순을 가졌다. 양극의 사상공간 안에서, 식민지적 이데올로기의 수용이라는 논리, 그리고 조선의 단군을 주창하는 민족주의적인 문화 창출 논리는, 모순의 공조(共助)였기 때문에 가능했던 것이다. 이는 일본의 식민지라는 현실 속에서 자기 아이덴티티를 구축하는 논리에 타자(일본인학자)의 「시점」을 수용한다는 점에서 그 「특수성」과 「보편성」이 무엇이었는가를 더듬어보는 작업은 금후의 과제로 남는다.

다섯째 이야기
문화권 논리의 공약성과 내러티브의 재구성

머리글

본 장에서는 최남선의 종교에 대한 인식, 특히 단군과 샤먼에 관한 연구가 어떠한 의도를 가지고 있었는가를 묻는 것으로 출발한다.[*1] 이는 스테판 다나카(Stefan Tanaka)의 지적처럼 비서구의 문화들

---

*1 선행연구 중 최남선 평가는 두 가지로 나누어져 있다 .즉, 일본의 일선동조론에 비판적인 논리를 가졌었다고 보는 논리는, 임돈희·Roger L.Janelli「崔南善의 1920년대의 민속연구」『民俗学研究』, 国立民俗博物館, 1995年. 川村湊『「大東亜民俗学」の虚実』講談社, 1996年. 金成禮「무속전통의 담론분석-해체와 전망」『한국문화인류학』22集, 한국문화인류학회, 1990年. 그리고 일선동조론을 증명하는 논리를 가졌다는 논자는 朴成寿「六堂崔南善研究-「自列書」분석」『国史館論叢』28集, 国史編纂委員会, 1991年. 박태순「역사를 위한 변명과 해명-최남선의 반민족사학」『역사비평』10, 역사문제연구소,1990年. 이 구분은 崔錫榮『日帝下巫俗論과 植民地権力』書景文化社, 1999年에 의한 것이며, 필자가 방문하여 조언을 들었다. 이 자리를 빌어 감사드린다. 그 이후에 발표된 논고에도 이러한 대립된 평가는 계속된다. 호사카 유지(保坂祐二)『日本帝国主義の民族同化政策分析—朝鮮과 満州, 台湾을 中心으로』高麗大学大学院博士論文, 1999년. 姜海守「植民地朝鮮における「東方」という<境界>とナショナルな知の形成」『日本研究』第21号, 韓国外国語大学外国学総合研究センター日本研究所, 2003年, pp.165−188. 金賢珠「문화문화과학·문화공동체로서의 "민족"-최남선의 "단군학"을 중심으로」『대동문화연구』제47집, 성균관대학동아시아학술원대동문화연구소, 2004년, pp.221−247. 졸고「1930年代植民地支配と崔南善—崔南善の「不咸文化論」から「満蒙文化」にみられる「檀君」再編論理」川村邦光編『語りと実践の文化, そして批評』大阪大学文学部日本学研究室, 2003年pp.203−346.최남선의 「불함문화론」에 대한 평가 중에서, 최근 발표된 연구 중 가장 주목할 만한 것으로 강해수와 가와무라, 김현수의 논고가 흥미롭다. 강해수는 최남선이 「불함문화론」에서 샤먼을 다루고

이 서구와의 만남이라는 사상적 구도 속에서 비서구문화들이 그에 대한 대항이나 적응을 시도하지만 미완성과 비극의 결말을 논하는 것들이 많았던 것 같다. 그러나 이러한 논점들의 인식론적인 토대는 결국 그 시점(視点)을 기준으로 하여 논을 시도하기 때문에 내리게 되는 평가라고 생각한다. 특히 이러한 논점이 가지는 맹점은 그 변화에 내재하는 한계와 모순을 보지 못하게 만드는 결과를 낳는 것이라고 본다. 필자는 이러한 "변화에 내재하는 적응 자체"의 문제성과 그 "변화성"을 검토[*2]하기로 하려는 것이다.

당시 한국은 식민지하라는 상황으로 접어갔으며, 그 한편으로는 근대적(서구) 학문의 지(知)의 전파논리가 교차되는 시기이기도 했던 것이다. 그러한 상황 속에서 전통적 아이덴티티의 '위엄성'을 재 부활하려는 「신화」재구성을 시도한다. 그러나 그 노력과정에는 역으로 그 자체를 변화시키는 요소 중에 「근대」의 변용이 발생했었다는 점에 주목한다. 특히 당시의 인류학뿐만이 아니라 언어학의 도입, 비교문화론의 생성 등이 어떠한 변화를 일으키고 있었는가를 중점적으로 다루려는 것이다.

있다는 것을 주목하고 조선문화 독창론을 내세우는 최남선의 논리적 구조를 제시하고 있다. 또한, 가와무라 미나토(川村湊)는 「조선 민속학-그 형성과 야나기다학의 관여」(朝鮮民俗学-その形成と柳田学の関与)에서, 최남선의 살만교차기(薩満教箚記)가 조선 민속학의 초기 저작으로 간주해야 하는 이유와 그 의의에 대하여 논하고 있다. 특히 「최남선은 소중화로서 중국문화 우산아래에 (조선이 : 필자) 들어가는 것이 아니라, 오히려 동북아시아의 삼림이나 초목 등 원시종교에 "조선의 고교(古教)"인 무속신앙(살만교(薩満教=シャーマニズム) : 원문)의 고향을 찾으려 하였다. 즉 최남선은 동아고대(東亜古代)의 일대 문명으로써 「불함문화계통」이라는 샤머니즘계통 문화권을 구상하고, 그 중심을 단군신화 및 조선민족 정신문화로 기초 지었다」라고 설명한다. 그리고 최근의 김현수의 논고는 최남선이 문화공동체 구상으로서의 단군을 창출하고 해석한 것에 대해 문화 공동체 구상론 입장에서 다루고 있다.

*2 Stefan Tanaka, Japan's Orient : Rendering Pasts into History, The Regents of the university of California,1993. 박영재・함동주역 『일본동양학의 구조』문학과 지성사, 2004년, p.15.

첫 번째는 일본인이 받아들인 서구의 학문적 성격, 그중에서도 시라토리의 언어학적 연구의 의의와 인류학자 도리이의 관계를 이 「근대의 번역·수용」이라는 관점에서 고찰·검토한다. 그 검토는 '그 당시의 지(지식)의 보편주의'라는 상황(phase)에 안에서 만들어내는 자신들의 입맛에 맞는 논리로 민족주의로 개작해가는 가를 재조명하려는 것이다. 즉 다시 말하면, 일본의 민족주의의 형성의 재편성과정에서 나타나는 제국 이데올로기와 그에 자기인식의 담화로 자리매김해가는 동양학의 논리와 그와 학술적으로 연동해가는 과정 속에서 전근대화적인 기기(記紀)신화가 위치가 어떻게 연동되어지는지 그 과정 추적을 시도한다. 또한 시라토리와 도리이 뿐만이 아니라 그 시기 영향관계를 주고받았던 가나자와 쇼자부로(金澤庄三郞) 그리고 문화전파론의자인 니시무라 신지(西村眞次), 신화학의 중요한 역할을 담당했던 가토 겐지(加藤玄智)*3의 대표 논문 등을 들어 그 사상적 궤적 역학을 면밀히 분석하였다.

두 번째가, 일본의 식민지하라는 상황 속에서 피식민자의 입자에서는 어떤 변용을 가져오게 되는가를 최남선을 통해서 재검토하려고 한다. 최남선이 제시하는 특히 시라토리의 〈p〉음의 변화 과정을

---

*3 李萬烈 「일제관학자들의 식민사관」 『韓國史講座』 一潮閣, 1982년, pp.501–504. 金容燮 「일본·한국에 있어서의 한국사 서술」 『歷史學報』 第31輯, 역사학회, 1966년, pp.128–147. 일본의 국학자의 식민사관 형성에도 영향을 에도시대까지 소급하면서 다루고 있다. 특히 1885년 동경제국대학에 사학과(史學科)가 생기고 2年後에 국사학과가 발족하면서 중심인물이 요시다 토고(吉田東伍 : 1864–1918), 하야시 타이스케(林泰輔 : 1854–1922), 나카미치요(那珂通世 : 1851–1908), 시라토리 쿠라키치(白鳥庫吉 : 1865–1943)등이라고 지적한다. 그리고 「만선사(滿鮮史)」성립과 관련하여 시라토리(白鳥) 주최하의 동양학에 종사한 인물들로써 이나바 이와키치(稻葉岩吉)·야나이 와타리(箭內亘)·이케우치 히로시(池內宏 : 1878–1952)·쓰다 소우키치(津田左右吉 : 1873–1961)등의 참여를 들고 있다. 필자는 이러한 전체적인 인물들의 상호연관관계를 더 구체적으로 다루는 것은 금후의 과제이기도 하다.

제시하는 이론을 어떻게 받아들이고 있었으며, 최남선이 그 텍스트를 어떻게 자신의 텍스트로 변환시키고 있었는가를 분석하였다. 이를 계승하는 방식으로 도리이가 동북아시아의 「살만교」, 즉 샤머니즘이 동아시아의 고대종교 기반과 연결된다는 것을 참고하면서, 한국의 신화의 특이성을 규명했다는 것을 텍스트 분석을 통해 밝혀내려 한다.

결국 서구의 동양학 출현은 동양인 자신이 동양학을 창출하기 위해 인류학, 비교문화론, 신화학이 동원되어졌고, 동아시아 문화권을 재창출하는 과정이었다. 일본은 일본의 특수성을 살리는 의미에서의 일본문화 독창론을 구성하고 있었으며, 일본의 대동아공영원의 논리의 기초적 배경이 되었다는 것임이 밝혀졌다. 그러나 최남선이 구상하는 동아시아 동원론은 일본의 동양인식이라는 체제의 만남 아래, 한국 문화 창출이라는 「굴절 속에서 짜내어낸 논리」였던 것이며, 한국문화의 문화적 세계를 유지하려고 했음이 드러날 것이다. 이와 같은 문제의식을 지니면서 본 발표에서는 일본에서 근대적 '지(知)'를 구성하는 요소 ('인류학' '언어학' '문화전파론' '신화학')의 개념이 어떻게 유효한 「의미」가 부여되어 갔는지 그 과정을 구체적으로 검토하기로 한다.

동양학의 발생과 언어학의 내용—시라토리 구라키치(白鳥庫吉)를 중심으로

서구 동양학자는 동양인식에 있어서 두 가지의 특징을 가지고 있었다. 첫 번째가 지리적 구분으로서의 동양, 두 번째가 문화적 후진성으로서의 동양이었다.

일본은 후자를 인정하지 않으려는 방식으로 동양사 창출에 고심하게 된다. 이 동양학의 창출 시기에 있어서의 〈동양학〉 내용에 대해서 하타다 다카시(旗田巍)는 세 개로 그 개념을 제시하고 있다.*⁴ 그 개념론에 나타난 방법론의 하나가 비교언어학이었다. 그 언어학이 동원되는 이유는 서구 학자들의 동양인식과 깊은 관련이 있었다.

서구의 동양학 연구자 율리우스 하인리히 클라프로트(Julius Heinrich Klaproth)는 전형적인 비교 언어학적 방법을 활용한 동양학 연구자였다.*⁵ 그러나 그 범위는 대개 키르키즈어, 희랍어, 달단(韃靼)어, 야쿠트어, 핀란드어, 사모예드어 등을 예로 들고 있었다.*⁶ 또한 프리드리히 히르트(F.Hirth)는 중앙아시아의 언어와 인종을 연결시키는 해석을 시도하고 있었다.*⁷ 비교언어학적 방법을 기초로 하

---

*4 ①역사학의 일부로써의 고대사연구가 그 발단이 되고 있다는 것, ②문헌학적 고증을 통한 비판적 견해를 낳았다는 것이다. 즉 중국의 문헌 혹은 비문이라는 소재를 사용하면서 발전하고 있었다는 것, ③언어연구가 역사연구에 도입되고 있었다는 것을 들고 있다. 하타다 다카시(旗田巍)・이원호역 『日本人의 韓国観』探求新書, 1990년, pp.107-110. 교토대학 국사연구실의 명함을 가지고 있었던 이와하시 고야타(岩橋小彌太)는 「조선어 연구의 연혁(朝鮮語研究の沿革)」이라는 논고에서 일본인에 의한 조선어의 학술적 연구에 대해 언급하고 있다. 조선어 연구의 학술적 연구시기를 1891(明治24)년으로 잡고, 그 부분에서 활약한 조선어 연구가를 열거한다. 특히 시라토리가 조선어 연구에 공헌했고, 또한 사학연구에도 공헌했다고 지적한다. 또한 문학박사 가나자와(金沢)의 〈한일비교론〉과 법학사인 미야자키 미치자부로(宮崎道三郎)・다나카 카오루(田中薫)의 업적을 언급하고 있다. 여기서 주목할 것은 하타다씨가 지적한 동양학의 발생 개념 규정 ①②③을 모두 만족시키고 있다는 것이다. 그러나 필자는 단순히 이러한 개념규정을 만족시켜주는 것을 지적하는 것이 아니라, 이러한 지적을 인정한다면 과연 그 사상 내용이 구체적으로 무엇이었는가를 더 언급하지 않으면 안 된다고 본다. 岩橋小弥太 「朝鮮語研究の沿革」『民族と歴史』第6巻第1号, 1921年, pp.132-136. 時枝誠記 「金沢庄三郎博士の国語学上の業績について」『国語学』第70集, 国語学会, 1967年, p.101. 新村出 「国語系統の問題」『太陽』17巻1号, 博文館, 1911年, pp.84-91.

*5 高田時雄 『東洋学の系譜(欧米篇)』大修館書店1996年, pp.24-35.

*6 白鳥庫吉 「朝鮮古代地名考」『白鳥庫吉全集』第3巻, 岩波書店, 1970年, p.61. 白鳥庫吉 「朝鮮古代王号考」白鳥庫吉全集』第3巻, p.73. 白鳥庫吉 「『日本書記』に見えたる韓語の解釈」『白鳥庫吉全集』第3巻, p.120. 白鳥庫吉 「再び朝鮮の古語に就いて」『白鳥庫吉全集』第3巻, p.191.

*7 白鳥庫吉 「漢の朝鮮四郡疆域考」『白鳥庫吉全集』第3巻, p.333. 白鳥庫吉 「支那の北部に據っ

여 인종과 연결하는 식의 담론이 암묵적인 자명성을 확보하고 있었던 것이다.

시라토리 쿠라키치는 서양의 동양학자가 제시하는 이 비교언어학을 객관적인 것이며 언어가 선사시대(protohistory : 원사시대)를 재현해주는 열쇠로 믿고*8 새로운 동양학창출에 고심하게 된다. 즉 동양학은 일본이 아시아의 최선진국으로(진보적 의미) 유럽과 대등한 나라이며, 지리학적 동양속의 중국과는 다를 뿐만 아니라, 문화적구조로도 우수하다는 점을 확립하려 했다.*9 그것을 가능하게 하기 위한 〈담론〉의 중요한 역할을 하고 있었던 것이 시라토리 구라키치였다.

시라토리는 동양인에 의한 동양학의 창출의 필요성을 다음과 같이 각성하고 있었다.

동양의 역사는 최근 서양학자들의 열성적인 연구에 의해 점점 명료해지고 있는 것은, 실로 학계(学界)의 기쁜 일이 아닐 수 없고, 우리 동양인들은 이 공적에 대해 깊은 감사를 드리지 않을 수 없다. 그러나 사실성에 대해서는 아직 분명하지 않은 것들이 많아서 더 많은 연구를 기다려야 하는 사항도 많다. 그중에서도 지나(支那) 북부에 할거(割據)한 고민족(古民族)이 여러 종류의 명칭으로 한사(漢史)에 적은 것을 보고 이것을 현재 민족에게 적용하는 것은 매우 곤란한 문제라고 생각한다. 현재 이 문제에 대해 서양 학자들 사이에 이루어지고 있는 학설들은, 지금부터 8.9년 전의 클라프로트(Klaproth)나 레뮈자(Rémusat)가 분

　　た古民族の種類に就いて」『白鳥庫吉全集』第4卷, p.11.

*8 시라토리가 초기에 비교언어학적 방법론을 설정하는데 영향을 받은 것이 서구의 동양학자 율리우스 하이리히 클라프로트(Julius Heinrich Klaproth)와 프리드리히 히르트(Friedrich Hirth)라고 지적한다. Stefan Tanaka・박영재・함동주역, 전게서, p.124.

*9 Stefan Tanaka・박영재・함동주역, 전게서, pp.30−31.

류한 것에 수정을 가하는 정도에 지나지 않는다.*10

　서양인의 손에 의해 동양의 역사 연구가 발전하고 있는 것은 학계의 기쁜 일이기는 하지만, 민족 구분의 사실성에는 문제성이 남았음을 지적하고 있었다. 이 지적을 통해 시라토리는 서구인 동양학자를 따라잡으려 했다.*11 시라토리는 동양 연구를 위해서 클라프로트나 레뮈자의 두 서양학자가 제시한 고민족의 해석이 하나의 〈원류〉가 되어 후대의 학자들이 이를 수정하는 정도에 그치는 것에 대해 비판적이었다.

　그러나 시라토리는 비교언어학이라는 서양 동양학자의 방법론을 비판한 것은 아니었으며, 오히려 시라토리는 클라프로트씨가 제시하는 동북아시아의 언어학적 실례의 증거가 불충분함을 발견하고 그 틈을 파고들었던 것이다.

　　클라프로트(Julius Heinrich Klaproth)씨의 『아시아 다민어서(多民語書 : アジア・ポリグロッタ : Asia Polyglotta)』에 의하면, 몽고어는 경계를 'sacha'라 하며, 키르기스(Kyrgyz)어는 'cik', 일본어로는 '사카히(サカヒ)'라고 한다. 색리(索離)의 색(索)은 'sacha'의 경계의 의미에서 유래했고, 리(離)는 땅(地)과 장소(所)라는 의미를 갖고 있다.*12

＊10　白鳥庫吉「蒙古民族の起源」『白鳥庫吉全集』第4卷, 岩波書店, 1970年, pp.26-28.
＊11　吉川幸次郎『東洋学の創始者たち』講談社, 1976年, p.23.
＊12　白鳥庫吉「朝鮮古代地名考」『白鳥庫吉全集』第3卷, p.61(pp.37-68). 또한 "클라프로트씨의 언어표(言語表)에 의하면 에니세이스크어(Eniseysk)로 대(大)를 'hökding-a'라고 하며 차표길어(チャポギール語)로는 'chogdyba', 만가세야어(マンガセヤ語)로는 'hokding-a', 오호츠쿠어(オコーツク語)로는 'egjan', 네르찬스크어(ネルチャンスク語)로 'hadyng-a', 바르구진어(バルグヂン語)로 'okdi(j)', 앙가라어(angara : アンガラ語)로는 'choydi', 라무텐어(ラムテン語)로는 'ögjon', 야쿠츠쿠어(ヤクーツク語)로는 'hakding-a'이다. 따라서 '고(ゴ)'음을 가지고 있는 것을 알 수 있다. 국어(일본어 : 필자)에서 대(大)를 '오호(オホ)'라고 훈독하

중앙아시아의 언어비교와 통합하는 논리로 한국과 일본의 유사성을 제시하고 클라프로트를 비롯한 서양의 동양학자가 인지하지 못한 한국어와 일본어 자료를 보충하는 방법을 활용했다. 시라토리는 기본적으로 한국어가 우랄알타이어 계통이라는 것을 상정하고 있었으며 일본어와 그 관련성이 깊다는 것을 설정했다.[13]

클라프로트 씨에 의하면, 사오예드(Samoyedic : サモエード)에 속하는 타이미르어로 어머니(母)를 'amma', 핀란드어(フィンランド語)로 'ema'라고 부르며, 예네츠어로 'omma'라 부른다. 조선, 일본의 오모(オモ)는 이들과 친연관계가 있음이 분명하다.[14]

조선어와의 관계를 기술한 내용을 표로 보면 아래와 같다.

는 것은 '오고(オコ)'의 변형임을 알 수 있다"고 논술한다. 白鳥庫吉「朝鮮古代王号考」『白鳥庫吉全集』3巻, p.73. 클라프로트씨는 『회골언어문자고(回鶻言語文字考)』에서 회골어(回鶻語)에서 다리 족(足)을 'adachi', 달단어(韃靼語)는 'ayak', 야쿠트어(ヤクート語)는 'atach'라 표시하고 있다. 클라프로트씨는 『아시아 다민어서(多民語書 : アジア・ポリグロッタ)』에서 토이기어(土耳其語)의 표에서는 다리 족(足)을 'asak', 'attac'로 표시한다. 생각해 보건데 『일본서기(日本書記)』의 아도(阿度 : アト)는 다리 족(足)으로 고대에는 아도(アト)라 호칭했을 것이다. 후대에 이것을 아시(アシ)라고 부른 것도 아도(アト)의 도(ト)를 완화시켜 시(シ)로 부른 것이다. 조선에서는 다리(足)를 발(パル)이라 부르고, 만주(満洲)에서는 베도헤(ベトヘ)라고 부른다. 또한 몽고(蒙古)에서는 규르(ギュル) 혹은 구르(クル)라 부른다. 이들은 모두 아도(アト), 아시(アシ)와 다르지만, 토이기어(土耳其語)의 아다쿠(アダク), 아타쿠(アタク), 아사쿠(アサク)등은 가장 일본어에 가깝다고 볼 수 있다. 白鳥庫吉「『日本書紀』に見えたる韓語の解釈」『白鳥庫吉全集』第3巻, p.120(pp.115-154.
[13] 손진기저임동석역『동북민족원류』동문선, 1992년, p.70. 물론 시라토리 쿠라키치의 사서(史書) 문헌 중에 남아있는 각 민족의 어휘를 모아 각 민족 언어와 비교하여 원류관계를 탐색한 것은 높이 평가를 받을 만하다. 그러나 시라토리등이 파악한 어휘가 너무 적고 어휘의 음가(音價), 음치(音値)가 충분히 정확하지 못했으며 얻어낸 결론 자체도 과학성이 결핍되어 있다고 비판을 받는다.
[14] 白鳥庫吉「再び朝鮮の古語に就いて」『白鳥庫吉全集』第3巻, p.191.

単語・語彙	朝鮮語	日本語	시라토리의 로마자 표기법	페이지
火	불	ヒ	Pi, PO	p.257
光	빛	ヒカリ	PI-KARI	p.258
明るい	밝다	メイ	PALK-TA	p.258
星	별	ホシ	PYÖL	p.258
風	바람	フウ	PU	p.272
吹	불다	フク	PUKU	p.272
春	봄	ハル	PARU	p.280
夫里	부리	フリ	PUL	p.297
伐	벌	ハツ	PÖL	p.298
弗	불	フツ	PUL	p.298
腹	배	ハラ	PARA	p.316
臍	배꼽	ヘソ	PESO	p.317
骨	뼈	ホネ	PONE	p.318

특히 시라토리는 언어학 중에서도 음운론 전개를 주안점으로 삼았다. 그중에서 중요한 것은 한국어의 어휘 중에 「p」음 단어와 「b」음 단어의 관련성이었다. 시라토리는 자신의 논고 「조선고대제국명칭고(朝鮮古代諸国名称考)」에서 「p음과 b음의 상통(二音相通じる)」*16이라고 주장했다.

이와 같은 논법은 그 당시에 시라토리만이 주장한 것이 아니고 일반론적인 하나의 틀로 규정되어 있었던 것을 추론하기에 어렵지 않

---

*15 白鳥庫吉「國語と外國語との比較研究」『史學雜誌』第16編第2,3,5,6,8,9,12号(1905年)『白鳥庫吉全集』第2卷, 岩波書店, 1970年, pp.257-348를 참조하여 필자 작성.

*16 白鳥庫吉「朝鮮古代諸国名称考察」『白鳥庫吉全集』第3卷, 岩波書店, 1970年, p.31. 白鳥庫吉「朝鮮古代地名考」『白鳥庫吉全集』第3卷, p.31-38)에 의하면「百済の「夫里」, 任那の「牟羅」, 高句麗の忽, 新羅の伐・火・弗は何れもプルと訓むべき由を述べたりしが, 朝鮮にては「p・b・m」の三音は往々相通じるが故に, プルは時にブルとなり, 又ムルとなること決して怪むべきにあらず」라고 적고 있다. 특히 시라토리는 이러한 관계성의 신빙성을 높이기 위해 한국어의 "벌(伐)"이라는 지명(地名)을 예로 제시한다. 白鳥庫吉「朝鮮古代諸国名称考察」, 상게서, pp.28-29.

은 것이 「p음」과 하행(ハ行)에 관한 논고들이었다. 이 변화에 대해서 우에다 가즈토시(上田万年)는 「어학창견(語學創見)」에서 다음과 같이 지적하고 있다.

청음과 탁음의 음운적 관계: b음을 내는 청음은 결코 하행(ハ行)(h) 음에 해당하지 않고, 화행(ファ行)(f)에도 해당하지 않는다. 즉 순수한 순음청음 파행(パ行)(p)음에 해당한다고 보아야한다. 오늘날의 h음은 결코 순음(唇音)이 아니라 순수한 후음(喉音)이 된다. (중략)상고의 파피푸페포(パピプペポ)는 나라(奈良朝)시대 전후에 보였던 것이며, 점차로 하히후헤호(ハヒフヘホ)로 변했다. 결국 p보다 h에 다다른 경위가 보이며, ph 혹은 f음의 발달은 「후(ふ)」자 발음상 및 오쿠바(奥羽)·중국·사츠마(薩摩)·류큐(琉球) 등의 방언상의 특징으로 보아야 할 것이다.[17]

위의 우에다의 논고는 1898년이고, 시라토리도 이러한 논점을 명확히 제시한 것이 동시기의 「일본의 고어와 조선어의 비교(日本の古語と朝鮮語との比較)」[18]라는 점에서, 당시의 '객관적인 이해' 즉 '인식의 공유성'이 퍼지는 시기로 볼 수 있을 것이다.[19]

이러한 논리는 당시 언어학자인 가나자와(金沢庄三朗)의 논고에서도 보인다. 구체적으로 예를 들어보면, 그의 논고 「군촌 어원에 대하

* 17 上田万年 「語学創見」 『帝国文学』 第4巻第1号, 帝国文学会, 1898年, pp.41-43. 時枝誠記 「金沢庄三郎博士の国語学上の業績について」 『国語学』 第70集, 国語学会, 1967年, pp.102-103.伊波普猷 「p音考」 『伊波普猷全集』 第1巻, 平凡社, 1974年, pp.287-295.
* 18 上田萬年 「語學創見」 『帝國文學』 第4卷第1号, 1898年. 白鳥庫吉 「日本の古語と朝鮮語との比較」 『白鳥庫吉全集』 第2巻, 岩波書店, 1970年, pp.149-252.
* 19 白鳥庫吉 「國語と外國語との比較研究」, (『史學雜誌』 第16編第2,3,5,6,8,9,12号(1905年) 『白鳥庫吉全集』 第2, .岩波書店, 1970年. pp.257-348.

여(郡村の語源に就きて)」에서 이하레(磐余 : イハレ)와 고오리(郡 : コホ
リ)를 그 대표적인 예로 제시하고 있고, 「p」음이 하라(原 : hara)·하레
(晴 : haru)가 되어지는 과정을 설명하고 있다.[20] 이러한 견해를 보면,
가나자와도 p→h음의 변환으로 상정하고 있었다. 특히 한국어와 일
본어가 우랄알타이어 계통이라는 논점을 입증하는 것이 모음조화
현상이었다.

　우랄알타이어의 특징 중의 하나로는 모음조화(母音の整調)가 있
는데 (중략) 예를 들면 토루코어에서 이러한 현상을 본다면 "a·o·u·i"
는 경음(硬音)이기 때문에 그 말의 어두에 철자 "a"가 있으면 그 다
음에 오는 모음은 "a·o·u·i" 중에 하나가 아니면 안 된다. 이에 반해
서 첫 어두 철자가 "ä"라고 울리면 그 다음에 계속해서 오는 모음
은 "ä·ö·ü·i" 중에 하나이어야만 한다. (중략) 우랄 알타이어족(族) 중
에서도 가장 이러한 음법(音法)이 가장 엄격하게 행해지고 있는 것은
토루코어이고, 사모에드(サモエード)어 등에서도 다소 모음조화가 규
칙적이지(不揃)않은 것이 있다. 이런 점에서 볼 때, 과연 조선은 어떠
한가 하면 (중략) 이 나라말의 모음 "o. ö. u. eu. a. ă. i"처럼 경난 2종
(硬軟二種)의 음(音)이 병존하고 있는 것을 생각해보면, 옛날 이 언어
에도 모음조화가 나타나고 있었던 것이 아닌가 싶다. 오늘날의 조선
어에도 그 흔적이 남아 있다. 이조(李朝) 초에 완성된 『용비어천가(竜
飛御天歌)』등의 고어(古語)를 보면, 이 모음조화가 있었던 것이 더

---

*20 金沢庄三朗「郡村の語源に就きて」『史学雑誌』第13編第11号, 1902年, pp.3-7. 宮崎道三郎
　　「日本法制史の研究上に於ける朝鮮語の価値」『史学雑誌』第15編7号, 1904年. pp.30-31.
　　宮崎道三郎「日韓両国語の比較研究」『史学雑誌』第17編7号, 1906年, pp.12-36. 宮崎道三
　　郎「日韓両国語の比較研究」『史学雑誌』第17編9号, 1906年, pp.48-68. 宮崎道三郎「日韓
　　両国語の比較研究」『史学雑誌』第17編10号, 1906年, pp.22-41. 宮崎道三郎「日韓両国語
　　の比較研究」『史学雑誌』第17編12号, 1906年, pp.1-15.

한층 명백해진다.*21

이와 같이 우랄알타이어 계통에 모음조화현상을 정리함으로써, 시라토리는 일본어와 한국어의 동계통론을 전개했던 것이다. 결국 시라토리는 비교언어학적 논리에 의한 종족사 재구성에 주목을 받게 되고 서구 학자들과 대등한 위치에 오르게 되었다.

필자는(시라토리 : 필자) 지나 북주의 고민족(古民族)에 관한 서양인의 분류에는 복종할 수 없어 반드시 그 사실을 연구하고 싶다는 생각이 들어 다년간 이 문제에 대해 고심해온 결과 대체적인 어림을 잡아서 지금부터 6. 7년전에 「흉노 및 동호제족언어고(匈奴及び東胡諸族言語考 : Ueber die Sprache des Hiung-nu-Stammes und der Tung-hu-Stämme)」라는 제목으로 논문을 집필하여 이것을 1899년 이탈리아의 로마에서 개최된 만국동양학회(萬国東洋学会)에 제출하여 세계 학자들의 조언을 받았었다. 이 논문은 히르트(Hirth), 라들로프(Radloff)의 호의에 의해 러시아의 학사회원잡지에 게재하게 되었으며, 그 후 헝가리의 언어학자 문카크시(Munkácsi)는 이것을 자국어로 번역하여 그가 주재하는 『Ethnographia』에 게재하고, 더 나아가서 이 논고를 독일어로 번역하여 독일의 학사회원의 『Keleti Szemle(Revue orientale)』 잡지에 게재했다. 필자는(시라토리 : 필자) 그 후 「오손고(烏孫考 : Ueber den Wu-sun Stamm in Centralasiens)」라는 제목의 논고를 작성하여 1902년에 독일 함브르크시에서 열린 '만국동양학회'에서 내 자신이 낭독하였고, 이 논고는 같은 해 발간된 『Keleti Szemle』에 게재하였다.

---

*21 白鳥庫吉 「高句麗の名称に就きての考」(1896年) 『白鳥庫吉全集』 第3巻, p.103.

한편 시라토리는 이러한 언어학적 분석을 통한 우랄알타이 동계 통론을 내세우면서 또 하나 중시하고 있었던 것으로 영산(靈山)의 의미를 제시한다.

불함산(不咸山)이 장백산(長白山)의 옛 명칭이라는 것을 추측할 수 있다. 청조(淸朝)가 영산으로 이를 존숭(尊崇)하고 있었던 것은 사람들에게 널리 알려진 것이며, 이러한 풍습은 결코 후세에 시작된 것이 아니라, 오랜 상대에 원천을 가지고 있다고 본다.(중략) 이 산악이 남북조시기에 신산영악(神山靈岳)으로 사인(士人)의 존경을 받았던 장소였던 것은 이상의 문면(文面)에서 보는 바와 같이 추찰함에 어려움이 없을 것이다.*22

산의 의미를 영산에 비유하면서 이러한 영산에 대한 감각의 분포 범위를 또한 관계성 파악의 중요한 항목으로 담고 있었다.*23 그 연장의 하나로 일본에서도 그러한 산악의 신성성을 볼 수 있다고 연결한다. 시라토리의 「몽고민족의 기원(蒙古民族の起源)」에서는 불함산(장백산)과 천(撑犁〈天〉)*24을 연결시키며, 몽고어의 천(天)을 나타내는 텡가리(tangri, tegri, tengeri) 등을 사용하여 그 우랄알타이어 계통의 동원성을 제시하고 있다.*25

─────────────

＊22 白鳥庫吉「肅慎考」(『歷史地理』第17卷第1号, 1911年) 『白鳥庫吉全集』第4卷, pp.324-325.

＊23 白鳥庫吉「朝鮮古代諸国名称考察」(1895年) 7·8月 『史学雑誌』第6編第7·8号) 『白鳥庫吉全集』第3卷, p.30.

＊24 白鳥庫吉「蒙古民族の起源」『白鳥庫吉全集』第4卷, p.30.

＊25 Stefan Tanaka, 박영재·함동주역, 전게서, (pp.142-143)에 의하면, 시라토리는 동양학의 창출을 위해 서양인들이 그들의 인식으로 지정한 중국과 하나로서의 일본이 포함된 동양, 즉 중국과는 다른 동양으로 일본을 분리하기 위해서 몽고의 독자성 문화를 찾아내는 것을 시도한다. 그리고 그것에 성공한 그는 중국과 다른 몽고를 연구함으로써 동북아시아 문화권을 창출할 수 있었다. 우랄알타이 민족들이 사용하는 천(天) 의미

시라토리는 결국, 동양학의 새로운 방향으로써 서구적 오리엔트라는 논법을 이해하면서 새로운 〈동양의 동양〉을 창출하기 위해서 중국과 분리된 몽고의 역사를 확대시키고 부각시킴으로써 그것을 증명할 수가 있었다. 그에 필요한 논리 속에 조선어를 우랄알타이어 계통에 포함해서 조선어와 일본어의 동계통론을 주장하고 있었다.

시라토리는 적어도 1904년까지의 논고에는 이러한 방법론이 관통하고 있었다. 그러나 시라토리는 1901년부터 1903년까지 유럽 유학을 경험하게 된다. 그리고 그는 귀국 후, 러일전쟁을 계기로 조선어와 일본어의 동계통론에서 거리를 두게 된다. 1909년 「일한아이누삼국어의 수사에 대하여(日韓アイヌ三国語の数詞に就いて)」에서 그 관계 소원론을 드러내고 있고, 1913년의 「동양사상에서 보는 일본국(東洋史上より観たる日本国)」에 이르러서는 일본어가 일본 고유의 언어라고 주장한다. 그는 여기서 조선어와 일본어의 동계통론을 부정하며, 일본어의 특수론이라는 입장으로 바뀌게 된다. 결정적으로 1914년의 「조선어와 우랄알타이어와의 비교연구(朝鮮語とUral-Altai語との比較研究)」에서 동계통론을 주장하는 가나자와를 비판한다.

1908년(明治41年) 가나자와 박사는 『일한양국어계통론(日韓兩國語同系統論)』을 저술해 문법 및 어근상으로 보아 양어(兩語)의 유사(類似)를 증명하려고 시도하였지만, 논지가 억단(憶斷)에 흐른 곳이 많이 보이기 때문에 독자를 수긍시키기에는 부족함이 많다. 본인은 선

를 연구하여 서구의 정신적인 배경과 동등하다고 볼 수 있는 천 개념을 도출한다. 서구와 동격(同格)적 신앙 형태로 동북아시아의 신앙 공통성을 찾아낸 것이다. 몽고어와 터어키어의 텡그리가 그것이며, 이러한 어원학으로 문화적 유사성을 도출하여 우랄알타이어족, 중국, 서구민족을 구분해 내는 것에 성공한다. 白鳥庫吉 『日本書紀』に見えたる韓語の解釈」(『史学雑誌』第8編第4·6·7号,1897年4月·6月·7月)『白鳥庫吉全集』第3巻, pp.119-122.

행연구자 인 두 사람(아스톤(Aston)과 가나자와(金澤庄三郎)가 주장하는 바와 같이 국어(일본어 : 필자)와 조선어 사이에는 밀접하게 유사하다고 생각지 않는다.[26]

즉, 시라토리가 일본어와 조선어의 친밀성을 강조했던 초기와는 달리 1914년을 시점으로 해서 동계통부정론자의 입장을 취하게 된다. 그럼으로써 동계통론을 주장하는 가나자와와도 논쟁을 벌이게 된다. 가나자와는 동계통론 입장을 고수하면서 일선동조론을 제창[27]했던 학자이다. 필자는 우랄 알타이어 계통을 둘러싼 논쟁이 어느 쪽이 맞고 그르다는 논법을 따지는 것은 아니지만, 시라토리가 주장하는 동계통부정론과 가나자와의 일본어로 동화를 위한 논법 속의 동계통론 중 어느 것이 민족주의적 논법인가는 생각해 볼 여지가 남는다는 것이다.

그러나 지금까지 시라토리의 입장변화에 대한 과정은 적어도 동양학을 재창출해 가는 과정과 연동하고 있었다는 것이다. 즉 시라토리는 서구 학자가 정해놓은 방법론의 틀 안에 있었지만, 동아시아를 중국과 분리해 내기위해 몽고를 내세우면서 동아시아에서의 일본을 새로 규정해가려고 했다는 것이 밝혀졌다. 이는 다시 표현을 바꾸면, 시라토리는 서구의 동양학자가 사용한 언어비교 방법론을 수용하면서, 일본어 특수론 주장을 가능케 했다는 의미에서 "외적 측면

---

[26] 白鳥庫吉「朝鮮語とUral-Altai語との比較研究」(1914年)『白鳥庫吉全集』第3巻, pp.1–3. 白鳥庫吉와 金沢庄三郎의 논쟁에 관해서는 石川遼子「『地と民と語』の相剋－金沢庄三郎と東京外国語学校朝鮮語学科」『朝鮮史研究会論文集』第35集, 朝鮮史研究会, 1997年, pp.79–116.

[27] 金沢庄三郎「朝鮮教育根本問題」(上)(下)『読売新聞』1910年 8月 26日, 1910年 8月 27日. 金沢庄三郎「朝鮮に於ける国語問題」『読売新聞』1910年 11月 8日. 渡辺三男「金沢庄三郎博士の人と学問」『鶴見女子大学紀要』第5号, 鶴見女子大学, 1968年, pp.3–12. 中村完「金沢庄三郎の朝鮮学」『朝鮮学報』第54輯, 朝鮮学会, 1967年, pp.133–136.

에서 정의되는 독백을 만들어내는데 성공"했던 것이다. 그러나 그 독백의 틀은 유사했지만 결국 시라토리도 〈일본적 총체성〉 안에서 머문 독백의 동양학을 창출한 것이었다.[28]

인류학 속의 민족주의—도리이 류조(鳥居竜蔵)

비교언어학에 관한 접근법에 관해서는 도리이 류조에게도 엿 볼수 있다. 도리이는 언어에 남겨진 형적을 밝혀내는 것이 문화권해석에 중요한 항목이라는 것을 강조하고 있다. 도리이는 언어화석학(言語化石学)이라는 표현을 빌리고 있었으며, 그에 의거하는 학문적 방법론이 「비교언어론」이라고 보았다.[29]

도리이는 이 비교 언어학적 방법론을 통한 문화권해석과 함께 고고학적 발굴품에 관한 관심을 가지고 있었다. 그 고고학적 발굴품 해석은 역사의 재구성이라는 새로운 근거를 설정하는 자료로 활용되어져 갔다. 다시 말하면 도리이는 일본국내에서 1917년·18년경에 도쿠가와시대(德川時代)나 에도시대(江戸時代)로 한정되어 있었던 역사연구 대상이, 고고학 조사의 발표와 함께 고대(원사)에 관한 해석방향으로 확대되는 시기와 연동하고 있었다.

도리이는 그 고고학적 조사 성과물 중에서 돌멘을 중시하였다. 도리이는 고든 문로(Gordon Munro) 박사가 게이오 대학(慶応大学)에서의 강연을 듣고 「일본인의 기원(日本人の起源)」에서 다음과 같이 두가지를 인용한다.

＊28 Stefan Tanaka, 박영재·함동주역, 전게서, p.159.
＊29 鳥居竜蔵「人種の研究は如何なる方法によるべきや」『鳥居竜蔵全集』第1卷, 朝日新聞社, 1975年, p.474.

①일본에는 돌멘(ドルメン)이 많다. 그 구조는 유럽, 아프리카, 인도의 그것과 동일하다. 또한 아프리카, 인도, 일본, 게다가 유럽의 그것은 그 원시적 기념유물 출토품은 전부 같은 것이다. ②인종은 유럽인과 그 기원이며, 일본의 선사시대 문화는 유럽에서 인도, 중앙아시아, 몽고, 조선을 경유해 들어온 것이다. [30]

도리이는 ①에 관해서 비판을 한다. 구체적으로 만로씨가 사용하는 돌멘과 일본에서 보이는 고분의 석실(古墳の石室)을 동일한 것으로 취급하고 있는 부분이다.

도리이는 엄밀한 의미에서 '케르트어의 돌멘은 돌 테이블의 의미"로 "두 개 혹은 세 개를 수직적으로 세운 돌 위에 하나의 편평(扁平)한 거대한 돌을 얹어서 짠 것'이라고 정의한다. 그 정의를 보면 명칭적으로도 결코 실(部屋)이 설명되지도 않고 지적도 없다는 것이다. 이처럼 도리이는 돌멘과 고분을 분리하고, 고분을 일본의 독특한 모양을 설명한다. 그러나 한편 도리이는 만로 박사의 ②의 부분 즉 유럽에서 이동했다는 논점은 그대로 수용하고 있으며, 일본과 유럽이 동일한 인종이라는 것에 동의한다. 또한 만로 박사가 말한 「일본인은 대개 유럽인과 다른 민족이라고 볼 수가 없다」[31]는 부분을 인용하였고, 그 점에 대해서는 동의하는 자세를 보인다.

돌멘을 둘러싼 해석 논쟁이 극히 중요한 의미를 불러오기 시작한 당시의 상황 속에서 도리이가 주장하는 인종론 해석은 큰 의미를 가지고 있었다.

시라토리가 역사학에 비교언어학을 하나의 실증적 자료로서 사용

---

*30 鳥居竜蔵 「日本人の起源」(『人類学雑誌』32巻5号, 1917年), 『鳥居竜蔵全集』第5巻, 朝日新聞社, 1976年, pp.639−645.

*31 鳥居竜蔵 「日本人の起源」, 상게서, p.641.

했지만, 도리이는 언어학뿐만이 아니라 고고학적 발굴품인 돌멘을 설명함으로써 역사해석에 메스를 가하고 있었다. 도리이의 경우 돌멘을 해석하면서 시라토리와 마찬가지로 「인종」개념을 새로이 재구성한다. 여기서 중요한 것은 '인종의 이동'이라는 부분이다. 그렇지만 도리이가 인정하는 것은 유럽의 거석문화가 일본으로 이동했다는 '그 이동론'은 인정하지만, 일본에는 거석문화의 이형(異形)인 고분형태로 변형되어 형성되었다고 주장하는 것이다. 그렇다면 도리이가 거석문화를 어떻게 개념화하고 분류하고 있는지를 살펴보기로 한다.

도리이는 거석문화(Megalithic Culture)를 토속학적 용어라 하며, 고대 사람들이 커다란 돌을 여러 가지 형태로 만들었던 것이 기원이며, 그것을 문화적 유적으로 명명한 것이라고 보았다. 그 명칭을 거석기념물(巨石記念物) 혹은 거석건조물(巨石建造物)이라는 표현을 빌리고 있었다. 그리고 이런 기념물들이 운영되던 시대를 거석문화시대라고 명명하면서, 그 종류로써 멘힐(입석), 크레믈린(석문), 돌멘(장석 : 撐石), 트물루스(석장 : 石葬)로 구분한다.*32

여기서 중요한 것은 도리이는 거석기념물비에 대해 단순히 그 명칭에 관한 설명에 그치지 않고, 그 의미를 "상대인의 힘을 나타내는 유적·유물"*33이라고 보았다.

거석기념물은 그러한 의미에서 하나의 문화로 해석할 수 있다하여 거석문화라고 명명(命名)한다고 한다. 중요한 것은 도리이가 이 거석문화가 상대인의 「위대성」의 표상이라는 것에 주목한 점이다. 도리이가 주장하는 「암석이 가진 의미」는 암석의 숭배에 대해 당시 종교학자의 한 견해로서 가토 겐지(加藤玄智)의 『신도(神道)의 종교학적

*32 鳥居竜蔵『人類学上より見たる我が上代の文化』(1), (叢文閣, 1925年)『鳥居竜蔵全集』第1巻, pp.88-110.
*33 鳥居竜蔵『人類学上より見たる我が上代の文化(1)』, 전게서, p.94.

신연구』를 살펴보면 다음과 같은 서술이 보인다.

　암석숭배 시기에 이르러서는 그 숫자가 적지 않다.『고사기(古事記)』의 미치사카 오오카미(道反大神)에서는 이미 암석의 신격화를 볼 수 있다. 『일본서기(日本書紀)』에 의하면, 이 우리모토가이 신사(売許会神社)의 제신은 백석(白石)이라 했고, (중략) 우리나라(일본 : 필자)에서 옛날부터 암석숭배가 현존하고 있었던 것을 알 수 있다. 또한 암석숭배의 가장 현저한 것은 그 중에서도 우물숭배·우상숭배를 겸하고 있었던 것으로 보아야 할 것이다.[*34]

가토는 신도(神道)발달의 역사를 되돌아보면서 그 흐름을 두 가지로 정리한다. 그 하나가 자연종교기(自然宗敎期)이며, 또 다른 하나가 문명기(文明期)라는 것이다. 즉 자연종교기를 원시신도시기라고도 불렀으며, 그것은 불교·유교의 도래 이전시기의 신도를 가리키는 것이며, 후자는 도래이후를 가리킨다고 분류했다. 이렇게 구분한 후 가토는 원시신도의 구체적 특징을 논한다.

신도 발달사에서 중요한 것은 일본의 고서『연기식(延喜式)』에도 보이는 불(火)숭배를 시작으로 태양·태음, 산천초목 등의 숭배에서 보이는 현상이며, 그것이 점차 진화하여 자연현상이외에도 다른 신들을 숭배하는 형태를 갖추게 되었다는 것이다. 이는 서서히 동물숭배로 이어지고, 암석숭배까지 이르게 되었다고 그 과정을 밝히고 있다.

암석을 「위대함의 상징」이라고 보는 관점이 통용되고 있었다고 볼 수 있다. 그 거석문화를 둘러싼 배경적 근거를 "힘의 위대성"표시로 근거를 제시하고 있는 것에 도리이와 맥락을 같이하고 있음을 알 수 있다. 또한 그 연장선에서 도리이는 현세를 떠나 사자(死者)에 대한

---

*34 加藤玄智『神道の宗教学的新研究』国文館, 1935年[大鐙閣,1922年], p.161.

존경심, 사자(死者)가 저세상으로 간다는 생각 등 다양한 "종교적 관계성"에서 온 것이라는 입장을 밝혔다.

　우리들 조상은 하나의 커다란 일대(一大)문화를 가졌고, 그 위대성을 가지고 있었으며, 이 위대한 거석문화상으로 상대(上代)의 고분을 관찰하지 않으면 안 된다. 이것을 심리적으로 말하면, 다시 말하면 정신문화(Mental Culture)상에서 보이는 Megalithic Culture인 증거가 된다.*35

도리이는 거석문화가 점차로 정신문화의 발현으로 보았으며, 이것을 뒷받침 해주는 논리를 다음과 같이 서술한다.

　거석유적이라는 것은 상대인(上代人)이 거대한 돌을 가지고 여러가지 사적을 만들었던 것이며, 그것이 지금 남아 있는 것을 가리킨다. 이것에는 종교상의 의미가 많이 포함되어있다고 필자는 생각한다. (중략)일본 고대인의 신앙 중에서 그 신비적 힘을 빼면 아무것도 남아 있지 않을 것이다. 모든 것이 힘(力)을 중심으로 하고 있으며, 그에 매직과 터부가 부가된 것이다. 거석존배(巨石尊拜)는 다시 말해 하나의 그 적절한 예가 된다. 우리나라에서 옛날 힘을 표현할 경우는 그 신비력을 표현하는 것과 마찬가지로 문학적 종교적 형용에 반드시 암석(岩)이 나타난다.*36

거석유적에 대한 숭배는 종교적 형용이 구체화된 것이라고 간주한다. 그에 대해 확실한 언급을 고서(古書)에서 그 근거성을 제시한다. 즉 『고사기(古事記)』, 『만엽집(万葉集)』, 『일본서기(日本書紀)』등을 예

＊35 鳥居竜蔵『人類学上より見たる我が上代の文化(1)』, 전게서, p.89.
＊36 鳥居竜蔵 「日本の巨石遺跡」(『神道学雑誌』, 1927年) 『鳥居竜蔵全集』第1巻, p.526.

로 들어가면서 일본의 고유성과 특징성을 기술한다.[37]

인류학의 한 분파적 입장에 선 도리이의 거석문화해석과 신도학 분야의 종교학자 가토와의 논점은 그 해석영역이 유사함을 띠고 있었다. 거석문화가 가지는 신성한「영위(靈威)」를 가진 것으로 보는 것에 의해 거석문화(거석기념물)가 신령사상[38]과 연결되고 그 해석이론이 퍼지면서 규정화되어지고 있었다.

이와 병렬적으로 또 하나 중요한 개념이「이동」을 둘러싼 주장이라는 점이다. 암석이 고대인의 정신문화[39]를 엿보는 논리로 그 이동증거의 공통성을 찾았으며, 그것이 동북아시아의 문화적 동일권을 주장할 수 있었다. 이것은 앞에서도 지적했다시피 시라토리가 제시한 천(天)사상과도 연결되고 있으며, 천(天)을 숭배한「정신」의 표출인 태양숭배를 가진「심령사상」이 한 지역적 특성의「증거」로 설명가능하다는 확신을 가지게 되는 것이다.

이러한 판단 자료로 중요한 것은 앞에서 지적한 가토의『신도의 종교학적 신연구』, 칼 마티의『구약성서의 종교』론에서 나타나며, 도리이는 그의 논고「일본의 거석유적」에서 확신하게 된다. 도리이와 학설적 연관성에서 중요한 인물은 니시무라 신지(西村眞次)인데, 니시무라는『문화인류학』에서 원시종교의 비밀을 해명하기 위해서 토속학적 재료를 참고로 해서 고고학적 유물 증명을 통한 해석을 시도한다.

또한 니시무라도 원시문화와 연결되는 또 하나의 중요한 것이 사자(死者)에 대한 고대인의 의식과 연결시켜「의식적 매장(儀式的埋

*37 鳥居竜蔵『人類学上より見たる我が上代の文化』(1), 전게서, pp.90-93. 鳥居竜蔵「日本の巨石遺跡」, 전게서, pp.526-534.

*38 カアル・マティ『旧約聖書の宗教：近東諸州の宗教間に占むる其の位置』前島潔訳, 前川文栄閣, 1914年, p.67.

*39 C.H.トーイ『宗教史概論』宇野圓空・赤松智城共訳, 博文館, 1922年, pp.176-183.

藏)」이라는 항목을 제시한다. 즉「구석기시대의 인류가 사후(死後)생활을 믿고 있었던 것은 의심의 여지가 없다」[40]고 유추하고, 그 사후세계를 믿고 있음에 주목하면서 그 증거로 돌멘을 예로 드는 방법을 활용한다.

일본인은 그 건국이전에 이미 일종의 문화를 가지고 있었다. 그 요소는 퉁그스의 대부분을 점유하는 퉁그스 민족 뿐만 아니라, 그 외에도 다른 종족도 포함하고 있었다. 그들이 이주 전과 이주 후에 계속적으로 융합·조화하여 일종의 복합문화(複合文化)를 만들고 있었다. 그것을 나는 일본인의 고유문화라고 부르며, 그 문화에 대해서 이번에 새로운「태양복합문화(太陽複合文化(Sun-culture Culture-complex)」라고 새로운 호칭을 부여한다. (중략) 돌멘은 기원전 8백년 경, 이집트를 출발해 동으로 동으로 이주한 페니키안인이 지중해, 홍해, 인도 등에서 표류하고 있는 동안에 이집트에서 발명한 거석과 그를 동반한 많은 문화를 받아들이는 한편, 동아프리카와 서아프리카를 지났고, 한편으로는 인도에서 중국, 일본, 태평양의 여러 섬으로 이동하여, 동으로 동으로 전진하여 아메리카대륙으로까지 이동했다. 일본과 조선의 고분형식을 같이하고 있으며, 그것은 자바이칼주(州)지방과 관련이 있다.[41]

니시무라는 거석문화를 의식적 매장이라는 사후세계의 관념과 연결시키면서 태양숭배의 복합문화의 한 형태임을 제시한다. 니시무라는 유럽에서 전파된 이동론을 긍정적으로 받아들이면서, 사후세계를 강조하는 측면을 부각시키고 있는 것이다.

---

[40] 西村真次『文化人類学』早稲田大学出版部, 1924年, p.252.
[41] 西村真次『国民の日本史：大和時代』早稲田大学出版部, 1925年[1922], pp.439-443.

도리이와 니시무라는 〈이동론 해석〉*42을 의식하고 있었다. 도리이는 그 이동론과의 관계성을 동북아의 「샤먼」에 나타난 양상 재해석을 시도한다.

「샤먼」 해석을 통한 문화권 창출

도리이는 아시아의 동북부(시베리아를 가리킴 : 도리이)와 아이누·류큐(琉球)·조선·만주(滿州)·몽고(蒙古) 그리고 중앙아시아의 동부까지를 우랄알타이민족으로 분류했다. 도리이는 이 우랄알타이 제 종족에는 정령숭배에 의거한 주술사(呪師) 혹은 무의(巫医)가 중요한 역할을 했으며, 그들이 행하는 일종의 원시적 종교, 자연 종교, 종교적 주술·고신앙(古信仰)에서 나타난다고 보았다. 그 주술사를 도리이는 샤먼(Shaman)*43이라는 어휘와 의미를 가지고, 동북아시아의 공통적 현상을 설명했다. 그러나 도리이는 다시 샤먼이 우랄알타이계통 민족에서 보이기는 하지만, 더 나아가 그 지역을 또다시 신(新)시베리아와 구(旧)시베리아라로 분류를 한다. 신시베리아종족은 본래 중앙아시아(혹은 동부유럽) 지점에 거주하는 사람들이었는데, 그 후 동방으로 진출하여 새로운 부족을 이루었다는 것이다.

샤먼은 구시베리아와 신시베리아에서 공통으로 나타나는 것으로 그 계통적인 동일성이 해석되어지는 것 위에 샤먼이 원시상태에서 분화되어가는 과정이라고 서술한다. 시베리아지역의 모든 종족사이에는 정령숭배와 자연숭배를 행하고 있었는데, 병이나 재난에 대해서는 악령의 원한(祟り)이라고 믿었던 것으로 보인다. 이러한 신앙은

---

*42 鳥居竜蔵 「朝鮮のドルメン」(『東洋文庫欧文紀要』第1巻,1926年) 『鳥居竜蔵全集』第5巻, pp.645-655.
*43 鳥居竜蔵 『人類学上より見たる我が上代の文化』(1), 전게서, p.82.

필연적으로 무인(巫人)을 필요로 했는데, 이 무인이 바로 샤먼이었다.

샤먼은 많은 종족에서 보이듯이, 신들에게 제사를 지내거나 혹은 악령을 쫓아내고 병을 고치는 역할을 하는 것은 공통이라고 보았다.[44] 그리고 샤먼과 함께 동북아시아에 보이는 우주관을 다음과 같이 제시한다.

천상(天上)에 신들이 살고 있다는 것은 동북아시아 민족 사이에 보이는 일반적인 종교관(宗敎觀)이고, 이에 대해서는 후술하지만 베링 해협 부근에 거주하는 코리야크(Koryak)인은 우주를 세단계로 나눈다. 또한 야쿠트(Yakut)인이 세상을 세단계로 설정하는 것과 같은 사상이다. 우리 조상들의 종교관도 이러한 동북아시아 민족의 그것과 동일하다. 코리야크인이 어떤 경위로 그것을 믿게 되었느냐 하면, 그들은 샤머니즘(Shamanism)을 열심히 믿고 있었으며 샤먼(Shaman) 철학에 의하면, 그 우주는 삼단으로 조직되어 있다는 것이다.[45]

도리이는 우랄알타이민족에게 나타나는 우주에 대한 견해를 "우주삼단론(宇宙三段論)"으로 정리했다. 신시베리아 부류인 코리야크(Koryak)인과 야쿠트(Yakut)인을 내세우면서 설명하고 있다. 시베리아 민족을 보면, 지금이나 옛날이나 고유종교인 샤먼을 믿고 있는 현상이 보이며, "그들의 신념에 의하면, 우주를 세 개로 나누어 위에는 천상계가 있고, 중간에는 사람들이 사는 곳이며, 아래에는 재난과 악신이 살고 있다. 천상에 사는 신들이 있는 곳은 밝은 나라이며, 지하는 어둠의 나라이다"[46]라는 것이다.

*44 鳥居竜蔵『人類学上より見たる我が上代の文化』(1), 전게서, pp.77–78.
*45 鳥居竜蔵『人類学上より見たる我が上代の文化』(1), 전게서, p.8.
*46 鳥居竜蔵『人類学上より見たる我が上代の文化』(1), 전게서, p.9.

야쿠트인은 「자비로운 신」을 울루우토욘(Urun−Aïy−Toyon)이라고 칭하며, 중요한 것은 그것을 인류의 창시자라고 믿고 있다는 것에 주목한다. 도리이는 그것을 백(白)의 신(神)으로 간주하고 다음과 같이 지적한다.

　이 신을 일명 "백신(白い主)"이라고 한다. 전체 토루코(トルコ)·몽고(蒙古)에서는 흰 것을(白い) 좋은 것, 존중받을 만한 것, 행복한 것, 빛(광명)이라고 보며, 검은 것은 이러한 견해의 반대성격인 악 또는 암흑을 나타낸다. 울루우토욘(Urun−Aïy−Toyon) 은 광명의 신이기 때문에 토루코인은 이 신을 태양과 동렬에 놓아 최고로 받들며, 해의 신(日の神)이라고도 부른다. 그래서 일반적인 축제에는 한 씨족만 모이는데, 이 축제 때는 모두 모여서 그것을 행한다. 이것을 보더라도 얼마나 해의 신(日の神)을 존중하고 있었는가를 알 수 있다.*47

무엇보다도 동북아시아에서는 천을 광명의 세계로 보면서, 동시에 옛 신앙의 형태에 관심을 집중시키고 있다. 도리이는 이렇게 천에 대한 의식을 우랄알타이민족에 널리 보이는 현상이라고 수용하면서 문화 전파론적 해석을 견지하고 있었다. 중국과는 다른 민족으로 몽고와 야쿠트의 언어학에 관계성을 맺으려 하였으며, 인종적으로도 이동론 근거로 한 인식을 가지고 있었다.

여기까지의 논리는 결국 서구학자가 만들어 놓고 개념규정을 해 놓은 것이었지만, 도리이는 동북아시아의 천에 대한 광명 사상을 최고신인 울루우토욘(Urun−Aïy−Toyon)으로 그 공통성을 도출하였으며, 그것은 결국 광명의 신(照被の神)이라고 보았다. 이것이 일본의

---

*47 鳥居竜蔵『人類学上より見たる我が上代の文化』(1), 전게서. p.10.

아마테라스(アマテラス)[48]로 일본 『기기(記紀)』신화에 나타나게 된 것이라고 결론지었다.

우랄알타이의 천 관념의 구조 속에서 도리이는 「해의 신」을 아마테라스 오카미(天照大神)라고 관철시킬 수 있는 근거를 도출하여, 백(白)관념과 아마테라스 연결에 성공했던 것이다. 천상을 지배하는 신과 지하의 악신을 『기기』신화와 연결시키며, 스사노 오노미코토(素戔嗚尊)가 야미쿠니(夜見國)에 쫓겨가는 논리와도 모순 없이 처리시킬 수 있었다.

그 도달점이 시라토리의 내러티브와 유사하면서도 도리이가 동원한 고고학/전파론 이라는 〈근대적 방법론〉이 첨가되면서 일본적 내러티브를 형성한 하나의 양상이었던 것이다.

최남선의 〈조선 내러티브〉의 창출

도리이가 시라토리의 동양학 이론중 하나인 비교언어와 천에 대한 관념 해석을 동북아시아적 특성에서 제시하고 있었던 것과 마찬가지로 최남선도 시라토리의 방법론과 무관하지 않았다. 원시신앙의 한 형태로 분포한 밝(白)은 원시문화를 이해하는 핵심어로, 조선에 밝(părk)을 의미하는 백(白)관련 산이 많이 보이는 것을 예로 제시한다. 특히 동북아시아의 문화권중에 보이는 밝의 성질과 용어를 들고, 그 의미를 싣고 있다.[49] 최남선은 그중에서 조선어의 백(白 : păik)이

---

*48 鳥居竜蔵『人類学上より見たる我が上代の文化』(1), 전게서, pp.10-13.

*49 최남선「朝鮮과 世界의 共通語」『怪奇』(第1号, 1925년)『崔南善全集2』,pp.315-317.조선 : 「밝」혹「밝은」(번역 글자로 백/박/부루/풍류/弗), 琉球 :「피」(太陽),아이누 :「베게레」光,「비리가」(善한),「베가」(頭),支那 伏羲(광명신으로 人王의 시조),「魁(昴 곧 日照의 神),滿洲 : 白 혹 不咸(天山/神山의 義로 古부터 白山/不咸山의 名), 蒙古 : 不兒罕(天神내지 神佛 通稱),鄂倫春 : 八拉罕(天神·祖神), 索倫 :「보로한」(최상신),길야아크「파알」(山神),西藏「뽄」(神),

라는 어휘를 제시하는데, 그 조선어의 백(白)에 대해 그 언어가 가지고 있는 의미를 다음과 같이 설명한다.

朝鮮에는 白(păik)字 또는 그와 유사한 音(또는訓)을 그 명칭에 가지고 있는 산이 매우 많다. 현재 반도내에 관해서만 보더라도 가장 북쪽에 있으며 가장 유명한 白頭山을 위시하여 長白, 祖白, 白, 小白, 鼻白, 旗白, 浮白, 혹은 白雲, 白月, 白岩, 白馬, 白鷄, 白華등과 같은 명칭의 山을 도처에서 볼수있으며 더욱이 白의 音(또는訓)의 転注仮借라고 인정할수있는 것까지를 합하면 域內 山岳의 十分의 몇으로써 헤아릴 정도로 多數를 보여주고 있다.(중략)시방의 조선의 산명에 있어서의 백자의 어형은 실로 그 시대의 문화의 중심 사실을 示現하는 귀중한 證憑인것이다. (중략) 그 古義에는 神·天 등이 있고, 神이나 天은 그대로 太陽을 의미하는 것이었다.*50

이 백「白」이라는 문자가 「părk」과 관련이 있는 명산을 나타낸다고 설정한다. 그리고 한국어의 로마자 표기법에 백(「白」)은 「백」이므로 「b」음에 더 가깝지만, 「p」음 해석에 맞추고 있다. 이는 시라토리가 앞에서 제시한 「p」음을 적용하고 있었던 것이다. 당시 언어학의 일반론적인 해석으로 시라토리가 제시한 조선어의 「p」음 단어와 「b」음의 관계를 응용하고 있었다. 초기 시라토리의 음운론은, 최남선이 조선의 고대문화를 「불함문화」를 중심으로 설정할 수 있는 자료로 사용

西域 : 「白」(천산을 日山と呼称), 土耳其 : 「삘칸」(神山), 波斯 : 「파르」(조상)「빠하」(광명), 인도 : 「쁘라마」(천주신)/婆樓那(광명신), 셈민족 : 「빠알」(태양내지 諸神), 巴比崙 : 「삘」(상동), 猶太 : 「바알」(상동), 埃及 : 「피」(太陽), 希臘 : 「아폴로」太陽神「빠코스」耕作神·生殖神, 羅馬 : 「불칸」(天主의 子로 火神), 北歐 : 「프리까」(太陽神/至上神의 子로 智識及生殖の神), 中米 : 「후라가」(光과 土地의 創造主.

*50 崔南善「不咸文化論」『崔南善全集2』, pp.44–45.

되어진 것이다. 조선 고대에 태양을 숭배하는 신앙이 "밝다"라는 말로 나타나듯이 백(白)이라는 문자로 나타나고, 그 종교적 의미가 함축되어져 있다는 것을 시사한다.

백(白)은 조선어의 「밝다(明るい)」를 의미하고 「불함(不咸)(pǎrk)」이라는 이름으로 변형되었다고 설명한다.

시방의 朝鮮語에서는 pǎrk은 단순히 光明을 의미하는 것이나, 우리의 調査한 바에 依하면, 그 古義에는 神/天등이 있고, 神이나 天은 그대로 태양을 의미하는 것이었다. 朝鮮에서는 시방 天帝를 稱하는 hanǎr-nim이란 말도, 古代에는 太陽 그것의 人格的呼稱에 不外하였던 것으로, 太陽이야말로 世界의 主로 삼았었음을 窺知할 수 있다. 그런데 古代에는 특히 宗教的으로는 Hanǎr 혹은 그 人格形인 Hanǎr-nim 보다도 pǎrk 또는 그 活動形인 pǎr-Kǎn-ai이 太陽을 呼稱하는 聖語로서 오히려 많이 使用된 듯하다. 白(pǎik)이란 곧 이 pǎrk의 対字였던 것이다. (중략)일본의 많은 산악 중에서 역사적으로나 신앙적으로나 가장 현저한 것이 무엇인가하고 질문한다면 무엇보다도 먼저 소위 天孫降臨의 곳이라고 呼稱되는 高千穂의 仙山峰이라 할 것이다. 이 高千穂에는 『古事記』의 久志布流(クシブル)의 異稱이 있으며 古來로 이것은 다같이 靈異의 義로 해석되고 있음은 世人이 널리 知悉하고 있는 바이다. 朝鮮語의 p音이 일본어로 轉音할 경우 ハ行의 音을 取 함은 이미 하나의 法則으로 인정되고 있다.(중략) 일본어의 日=ヒ도, 琉球語와 마찬가지로 古音은 pi로서 pǎrk과 類縁의 語임이 틀림없을 것이다. (중략)나는 假定으로 일대 文化系統에 不咸文化의 이름을 붙여서 種々의 考察을 試圖하고 있는데, 이 文化의 中心임과 동시에 그 거의 全部面을 이루는 것이 pǎrk(pǎrkǎn)이요. 不咸은 그 가장 오랜 字形에서 取한 것이다. 이 文化의 全內容을 이루는 宗教가 朝鮮에서 pǎrkǎn(pǎrk ; pur)의 이름으로 呼稱되었음이 명

백함으로써 이것은 이 문화권의 명칭으로 오히려 구체적인 것이라 생각된다.[*51]

최남선이 제시하는 이 밝은, 조선의 단군신화와 연결된다. 이 불함(不咸)이 곧 단군신화에 등장하는 환웅이 천부인을 가지고 강림한 불함(不咸)산으로써 그 신성성의 시발점이과 동일함을 제시할 수 있게 된다. 조선어의 불함「不咸(pǎrk)」에 대해서는 그 근거를 시라토리에게서 찾았다.

태백산(太白山) : 태백(太白)은 장백산(長白山)의 옛 이름으로(古名), 한나라의 서적(漢籍)을 보면, 『위서(魏書)』(卷100)물금전(勿吉傳)에, 「나라남쪽에 태산이 하나 있는데, 위서에 태백이라고 말한다」라고 시작하는 부분이 있다. 『후한서(後漢書)』의 朗顗事의 주석에 「태백천지(太皓天地)」라 적고 있다. 백(皓)은, 백(白)인데 태백(太皓)은, 태백(太白)이라고도 쓸수 있을 것이다. 『통전(通典)』에 모든 부루국(皆挹婁国)을 불함산(不咸山)의 북쪽에 놓으면 장백산(長白山)이 된다는 논리가 된다. 아르키만도리드/바라쥬스(アルキマンドリード・パラジュス)씨가 그의 『만주기행(満洲紀行)』에, 「장백산 처음으로 불함이라고 칭한다. (白山始め不咸と称せられる). 불함(不咸)은, 한국의 명칭에는 나타나지 않고, 몽고의 겐카이(ケンタイ)산의 옛 이름으로 불감(ブルカン)과 관계가 있다고 생각되어지는 명칭이다」라고 말하고 있을 뿐이다. 클라프로트(グラプロー : 원문)씨의 『아시아 포리그롯다(アジア・ポリグロッタ)』(『아시아 다민어서』 : 필자)의 178페이지에 Chalcha-Mongol 어, Buryat어, Ölöt어에 신(神(혹은 천(天))을 burchan라고 말하는 것을 보면, 겐타이산(ケンタイ山)의 불감은 신산(神山)혹은 천산(天山)의 의미일 것이다. 만주의 불함(不咸)도 이와 동의어(同意義)

* 51 崔南善「不咸文化論」, 전게서, p.44. p.48. p.61.

의 명칭이라고 볼 수 있을 것이다.*52

태백산과 불함산이 동명이라는 근거를 확보함과 동시에 그 산이
가지는 영성에 대해서는 다시 시라토리의 〈영산 의미〉론에 의거한
다. 즉 지금의 장백산(長白山) 즉, 고대의 불함산(不咸山)이 되는데,
이 산악이 남북조(南北朝) 시대의 신산영악(神山靈岳)으로 그 지방
사람의 경외(敬畏)를 받는 장소라는 것은 알 수 있을 것이다*53 로
보았다. 이 연장선상에서 영산 분포범위에 중요한 상관관계를 가지
는 것이 일본이라고 보았다. 특히 일본 산중 천손강림 지역으로 알
려진 다카치호(高千穗)를 제시한다. 이 다카치호에 대한 기사 소개
로, 기기(記紀)에 보이는 음운변화를 지적한다. 조선어의 p음이 일본
어로 전음(轉音)할 경우 하행(ハ行)의 음(音)으로 변화한 것이 이미
하나의 법칙으로 인정되고 있다. 일본어의 히(日=ヒ)도, 류큐어(琉球
語)와 마찬가지로 고음(古音)은 pi로서 părk과 동류어임을 앞에서 시
라토리가 제시한 바와 같이 p음이 일본어로 전와할 때 하행(ハ行)
으로 변화한다는 논리를 그대로 답습하고 있는 것이다. 그 연장에서
최남선이 밝(părk)에 대한 음운변화의 실증을 설정한다.

白(părk)의 朝鮮語形은 「붉」인데 그 母音을 이루는 「ǎ」는 分化의 程度
가 얕은, 극히 不鮮明한 母音의 母音이라고도 할 것으로서, 現代語에
있어서는 거의 그 독립성을 상실하고 있는 것이다. 얼른 말하면 發音器
官의 些少한 移變에 따라 「a：ö：u：eɯ」어느 것으로도 자유로이 轉換되는
것이기 때문에, 고대에 「·」로 표현되었던 언어는 시방은 대개 古音중 一
혹은 二 三의 音形을 取하고 있다. 또 하나 朝鮮語에는 rp/rm/rk(//)과

*52 白鳥庫吉 「朝鮮古代地名考」 『白鳥庫吉全集』 第3卷, pp.67-68.
*53 白鳥庫吉 「肅慎考」 『白鳥庫吉全集』 第4卷, pp.324-325.

같은 二重終聲의 語가 특히 名詞로서 단독적으로 稱謂될경우에는 音便上 그 중의 一音이 생략되는 것이 通例이며, 더욱이 地域과 時代와 境遇에 따라 한 語가 r로 발음되기도 하고 p(m/k)로 발음되기도 하여 그 定形이 없다. 시방 「붉」을 이 법칙에 依하여 설명한다면 「a」란 母音은 「aːuːeːo」로, 終聲 rk은 分離되어 r혹 k 어느 것으로도 轉變할 素性을 지니고 있으므로, 後代의 語形이 ヒコ이거나 フク이거나 또는 ハラ이거나 フル이거나 다 같이 그 근원을 pǎrk에 歸着시킴에 조금의 齟齬도 느끼지 않는다. *54

시라토리가 제시했던 모음의 음운변화 즉 우랄알타이어가 가진 특성의 하나인 모음조화와 연결시킨 것이다. 이 언어학적 설명이 현재 언어계통론에 있어서 우랄알타이계통론으로 규정하기에는 아직 논쟁의 여지가 남아 있지만, 일본어와 한국어의 동계통론을 추종하는 이유가 있었다. 특히 일본과의 관련성에 이러한 맥락을 이어가는 데는 이유가 있었다. 그 이유를 살피기 위해 최남선의 다음과 같은 지적을 확인해보자.

朝鮮人이건 日本人이건 자기들의 문화 及 歷史의 動機/本質을 고찰할 경우에 무턱대고 中國本位로 模索함을 止揚하고 自己本来의 面目을 自主的으로 관찰해야 할 것이며 一步를 내켜서 中國文化의 成立에 대한 자기들의 共同動作의 자취를 찾아서 東方文化의 올바른 由来를 究明하는 것이 今後 노력해야 할 방향이어야 할 것이다. *55

---

*54 崔南善「不咸文化論」, 前揭書, pp.48-49. 고음(古音)인 「·」는 야스타 빈로(安田敏朗)도 『「言語」의 構築』(三元社, 1997年, p.247)가 지적하듯이 1912년 4월에 제정된 『보통학교언문철자법(普通学校諺文綴字法)』때 삭제된 것이다. 최남선은 고어 「·」를 예로 들고 있었다.
*55 崔南善「不咸文化論」, 前揭書, p.61.

지금까지의 역사 발달 과정을 뒤돌아보면서, 조선인이 중국에 너무 의존해 왔던 것은 아닌가를 내비추고 있다. 그러면서 일본과 함께 중국문화와 다른 동방문화를 세워야 하는 〈자기주체〉성을 주장하고 있다.

그 자기 주체를 창출하는 중요한 개념으로 등장한 것이 백(白)이라는 언어이며, 그것을 통해 일본과 조선의 관계성의 깊음이 증명된다는 것을 예시한 것이다. 또한 일본과 조선이 공동의 숙제로 안고있는, 중국문화로부터의 거리는, 조선과 일본이 동계통이라는 근거를 가지고 그 숙명을 풀어 가야함을 어필한 것이다.

이를 위해 또 하나의 중요한 개념이 몽고어와 연관한 텡그리(Taigar)라는 언어였다. 이 텡그리는 머리를 나타내는데, 이 텡그리는 몽고어에서 천 의미가 포함되어있다는 것이다. 머리 의미를 가진 이 텡그리는 종교적 의미로써 사용되어졌으며, 제정일치 사회의 한 면을 나타내고 있다고 해석한다.[56] 또한 이 텡그리는 태양을 의미하기도 하는데 몽고이의 일본어형(和語形)이 텐구(天狗)라는 것이다. 수험도의 산신과 텐구의 관계를 소개한다.[57]

동양의 지정학적 위치에서 일본과 중국의 관계를 떼어놓기 위해 시라토리가 몽고를 가지고 오면서 설명한 천의 의미를 그대로 원용하고 있었다. 시라토리는 「몽고민족의 기원(蒙古民族の起源)」에서 천을 다음과 같이 설명하고 있었다.

> 장이(천)(撑犁(天)):장이(撑犁)의 장(撑)자의 지금 음은, 청(cheng)으로, 한국어음은(韓字音) 탱(taing)으로, 안남(安南)어의 음은 단(danh)이다. 이로보아 장이의 현재음이 청리(cheng-li)로 볼 수 있는데, 한국어음과 안

---

[56] 崔南善 「不咸文化論」, 前揭書, pp.54−56.
[57] 崔南善 「不咸文化論」, 前揭書, p.55.

남어음에 의거하여 이것을 텡리(taing-li)혹은 단리(danh-li)라고도 발음하는 것이 원음에 가깝다. (중략) 몽고(Mongol)어 에서는 천(天)을 탕그리(tangri), 테그리(tegri), 텡게리(tengeri)라고 호칭하고 토르코(Turk)어에서는 이것을 탄그리(tangri), 텡그리(tengri), 테그리(tegri), 텐게리(tengeri), 텐가라(tangara), 탄그리(tangri)라고 말하는 것으로 보아, 장리(撐犁)당리(撐犁)는, 이 탄그리(tangri), 텡그리(tengri), 탄가라(tangara)등의 이역(異訳)에 지나지 않음을 알 수 있다. *58

몽고의 천(天)을 나타내는 어휘를 사용하여, 동북아시아의 동원성을 설정하고 있었다. 최남선이 불함문화권을 상정할 수 있는 이유가 여기에 존재하고 있었다.

최남선이 백(白)자의 산 이름과 천을 의미하는 텡그리를 가지고 중국과 거리를 둔 불함문화권의 상정이 가능했던 것이다. 이전에 시라토리는 "나는 이전에 조선의 산 이름을 연구(討究)했었을 때, 그것이 불교적 색체의 어휘를 많이 사용하고 있었음을 도출하였다. 개국의 선조를 숭상하고 있는 것과, 산악의 명칭이 동행되고 있었던 것이다. 신(神)들의 시대의 많은 이름을 이어오는 산이야말로 그들(조선 : 필자)의 땅에서 찾아야 할 것이다"*59 라는 암시를 남긴 적이 있었다.

최남선은 일본인이 보지 못하는 조선의 그것을 찾으려 시라토리가 필요했던 것이다. 즉 다시 말하면 시라토리가 서구의 동양학자의

---

*58 白鳥庫吉「蒙古民族の起源」『白鳥庫吉全集』第4卷, p.30. (白鳥庫吉「朝鮮古代地名考」『史学雑誌』第6編第10・11号, 第7編第1号, 1895年10月・1896年1月)『白鳥庫吉全集』第3卷, p.50. 동맹(東盟)을 동맹(東盟 : Tangmei)이라고 명명, 설정한 것은 시라토리 쿠라키치(白鳥庫吉)였다.「朝鮮古代王号考」(『史学雑誌』第7編第2号, 1896年2月)『白鳥庫吉全集』第3卷, pp.79-80. 시라토리(白鳥)는 몽고어(蒙古語)와 조선어(朝鮮語)의 친근성을 증명함.
*59 白鳥庫吉「朝鮮古代諸国名称考察」『白鳥庫吉全集』第3卷, p.30.

언어학적 고찰에 시사를 받으면서도, 그 서구인 동양학자가 제시하지 못한 빈틈을 찾았던 것과 마찬가지로, 최남선도 동일한 방법론을 구사하고 있었던 것이다.

그러나 여기서 최남선에게는 또 하나의 맹점을 낳게 되었다. 일본과 동계통이라는 논리를 강조하면서, 불함문화가 몽고 만주를 지나아시아에 그 확대되고 발칸반도 까지 영향력이 미친다고 하는 논리이다. 이 논리를 다시 한 번 구체적으로 짚어보아야 할 것이다.

「단군」의 보편적 종교 문화 공동체론

최남선이 또 하나 강조했던 것이, 특히 베링해협 주변의 몽고 브리야트인들의 일광(日光)에 흥미를 가지고 그것을 제시한다.

> 몽고인은 일광(日光)이 빛나는 천공(天空)을 텡게리라고 부르고, 밤의 천공(天空)을 옥토고(Oktorgo)라고 부른다. 그들 천상에 있는 신은, 텡그리(Tengeri) 혹은 텡거리니(Tengeriny)이고, 천상에는 각각 이름을 가진 99개의 신들이 살고 있다.[60]

천상을 지배하는 신들의 세계를 더 세분화해서 설명하고 있는 부르야트인인데, 그 중심이 되는 것이 텡게리(Tengeri)이며, 이는 해의 신(日光の神)이라는 것이다. 천상을 신들의 세계로 간주하고, 그중에서도 해(日)의 신을 텡게리(Tengeri)라 호칭하고 있다는 것은 결론적으로 조선의 단군(壇君 : Tangul)을 설명하게 해주는 최적의 논증이 되어준 것이다.

특히 도리이가 우랄알타이 민족의 특성이 제정일치사회[61]로 제시

---

*60 鳥居龍蔵『人類学上より見たる我が上代の文化(1)』전게서, p.16.
*61 鳥居龍蔵『人類学上より見たる我が上代の文化(1)』, 전게서, p.19.

한 것과 그 맥을 같이하면서 무(巫)를 중요시한다. 특히 고대 조선이 제정일치사회였으며, 무의 역할과 지위성에 신뢰도를 높일 수 있는 비중을 둔다.

壇君은 古朝鮮, 그 神政(Theocracy)時代의 王號로써, 본디 天또는 神을 意味하는 말에서 漸次 神人·天子 내지 神政的主權者의 稱呼로 된것이다. 壇君이라는 字面은 原語 「단굴」(Tan-kul)혹은 「당굴」(Tan-gul)을 吏道적을 寫音한 것으로서, 漢文의 字義에 直接的인 関係가 없으며, 뒤에 「壇」이 「檀」으로 換用되고, 中国의 古書에는 天君·登高등으로도 寫音되어 있음은 어느것이나 다 壇君이 단순한 한 記音이었기 때문이다. (중략) 古語 Tangul의 原語는 그 宗教的 系統을 受承하여 오는 意味에있어서, 神職者 곧 「巫堂」의 別称으로서 시방도 行해지고 있으며, 比較言語学的으로는 突厥과 및 蒙古語의 Tengeri 또는 Tangri와 日本語의 タケル와, 내지 漢文의 天과 및 帝(古音에 Tak가 있다고 하는)가 各其 壇君과 語原을 한가지로 하는 것이다.*62

고조선이 제정일치의 시대로 천을 의미하는 말과 그것의 신성성이 연결되어진 것을 논한다. 그 원어가 〈단굴〉이며 〈신직자 무당〉의 별칭이라고 보았다. 비교언어학적으로 이미 증명된 몽고어의 텡게리도 연결되고 있으며, 그 신성성은 증명되어진 것이었다.

마침내 최남선은 시라토리가 단군부정에서 들고 나왔던 단(檀)과 단(壇)을 둘러싼 논쟁*63에 종지부를 찍었으며, 한편으로 도리이

*62 崔南善 「壇君小考」『崔南善全集2』pp.344-345. 崔南善 「民俗学上으로 보는 壇君王儉」, 전게서, p.336.

*63 白鳥庫吉 「檀君考」『白鳥庫吉全集』第3卷, pp.1-14.崔南善 「壇君論」『崔南善全集2』, pp.99-100.

가 제시하고 있는 시베리아의 샤먼개념과 시라토리의 비교언어학적 방법을 상호 중첩시키면서, 단군의 재확인을 가능하게 끌어내고 있으며, 그 위엄성에 의미를 다시 불어넣는 것에 성공하고 있었다. 즉 최남선은 이러한 구조적 틀 안에서 단군을 다시 가시화시키기 위한 논리, 그리고 그 항목들을 기초적인 토대들을 끌어당기면서 기존의 단군=조선의 고유명사에서 단군=샤먼·제사장이라는 단군으로 창출하고 있었던 것이다.

특히 도리이의 신 시베리아종족의 샤먼론을 학습하고 그 번역서를 완성하면서 이론적 맥락을 도입하게 되었던 것이다.

최남선의 인식속에 강하게 살아남은 단군신화의 해석방법에는 ①심리적 발현으로서의 원시문화현상론, ②민속학통칭으로서의 논점보다 오히려 언어·문화계통을 증명하는 고찰 방법이 중핵을 이루고 있었던 것이다. 특히『삼국유사(三国遺事)』에 보이는「고기(古記)」는 최남선의 논리구조를 만족시키고 있었다.

『삼국유사』로 하여 알게 된 壇君古記는 미상불 宗教的의 것이요, (중략) ①壇君古記는 呪術宗教的(Magicco-religious) 社會 規範의 모든 특징— 이를테면 祭政 총람적 君長이 인사는 莫論이요, 風雲雷雨 같은 자연현상까지도 자유로 治理한 權能者로 存在함 같은. ②壇君古記는 그 구성 재료가 符印(Fetish)·祈祷(Prayer)·呪力(Magic)·忌(Taboo)와 神市(Sanctuary)· 神壇(Alter)·神壇樹(Sacred tree)와 穀과 病과 刑과 善惡 등에서 보는 것처럼 모두 宗教·原始信仰的 事나 與物임. ③壇君古記는 原始信仰의 諸天相인 天空·太陽·大地·山岳·動物·植物·祖先·巫君 등의 崇拜 事実을 包有하였음.[64]

---

*64 崔南善「壇君及其研究」(『別乾坤』(1928年 5月号))『崔南善全集2』, p.244.

최남선은 지금까지 지녀왔던 문제의식 전부를 『삼국유사』의 「고기」에 수렴시켰다. 아니 「고기」에 서술된 단군을 재확인하기에 모순이 없는 구조를 입증할 수가 있었던 것이다.

언어학적 분석의 핵심어인 「밝」을 태양숭배와 결부시키고, 그것이 토속학적 신앙인 고인돌(장석, 지석, 광석(広石))과 돌멘(Dolmen), 그 연장선상의 거석문화 해석을 전문적으로 전개했던 것, 즉 암석숭배(Litholatry, Stone Worship)와 종합적인 모색을 피로한 것이다. 그 결과로써 환웅천손강림에 보인 신단(神壇)해석이 가능하게 되었다. 이 신단이 사람과 하늘이 교섭되는 무대(人天交渉的·伝説舞台)는 논리가 모순 없이 처리되었다.

그러나 한 가지 풀지 않으면 안 되는 숙제가 있었다. 시라토리는 단군을 불교적 설화의 가공적 설화라고 주장[65]하였으며 단군왕검의 왕검(王儉)이 왕검(王險)으로 표시되어야 하며, 이것은 평양의 고대 지명이라고 주장[66]하는 것에 대한 반론이었다. 최남선은 "단군 혹은 단군왕검이라는 호칭이 있는데, 왕검(王儉: Wangon)은 고어(古語)에서 주권자를 의미하는 「엉검(Omgom)」「알감(Algam)」 내지 「임검(Imgom)」의 음자(音字)다"[67]라고 제시한다. 이는 도리이가 밝힌 다음과 같은 언어학적 해석에 바탕을 둔 것이었다.

몽고·브리야트·알타이언·토르코·거란(契丹)·키르기스(キルギース)등에는 여자 샤먼을 부르는 일반호칭이 있다. 그 말을 각각의 민족에 따라 약간 다르다. 즉, Utagan, Udagan, Udaghan, Ubakhan, Utygan, Utiugan, Iduan(Duana)등의 호칭이 있다. 이에 반해서 남자 샤먼은, 각각의 민족

＊65 白鳥庫吉「檀君考」『白鳥庫吉全集』第3巻, pp.1-14.
＊66 白鳥庫吉「朝鮮の古伝説考」『史学雑誌』第5編第12号, 1894(明治27)년, pp33-34.
＊67 崔南善「壇君小考」『朝鮮』186号, 朝鮮総督府, 1930年, pp.104-105.

에 따라 크게 다르다. 브리야트에서는 이운(iun)이라 부르고, 몽골에서는 부에(Buye), 퉁그스에서는 샤만(Samman) 혹은 한만(Hamman), 타타르에서는 감(Kam), 알타이언에서는 감(Kam) 혹은 감(Gam), 키르기스에서는 박사(Baksa(Basky)), 사모에드에서는 타디베이(Tadibey)라고 부른다. 특히 샤먼이 분화를 설명한 베리비키(Wierbicki)씨는 알카이언중에서는 샤먼을 감(Kham) 혹은 가마(Kama)라고 부른다고 피력한다. *68

도리이는 샤먼과 감(Kam) 혹은 감(Gam))에 대한 언어학적 연관을 설명한 것이다. 이 근거는 도리이가 제시하기는 했지만, 이는 또한 시라토리의 가한(可汗 : khakan, kaan)이라는 증명을 한 것이었다. 시라토리는 가한(可汗(khakan, kaan))이라는 어휘를 설명했다. 이 가한(可汗)이란 군주의 의미를 가진 호칭인데, 남북조시기에 이 호칭이 각지에 퍼져나간 것이라고 보았다. 즉 "몽고의 군주가 가함(khakan) 혹은 가안(kaan)이라고 칭해지고, 만주의 황제가 한(han)이라 불리워진 것은, 분명히 여진황제의 존칭을 답습한 것이다. 야쿠드(Yakut)어에 군주를 간(Khan)이라 하고, 황제가 재상(宰相)이나 귀족, 지방 관리 등 최고의 작위로서 간(Khan)의 호칭을 수여했다"*69라고 논하고, 이러한 말들이 고구려에 전해졌고, 마찬가지로 군주를 의미하는 호칭이었다고 제시한다. 최남선은 이 설을 인정하고 간·가안(Kan, Khan)의 호칭과 연관하여 자신의 논고인 「고조선의 정치규범(古朝鮮における 政治規範)」에 다음과 같이 덧붙인다.

壇君의 이름인 왕검의 語義인데, 이것도 내 생각으로서는 역시 어

---

*68 崔南善「薩滿教箚記」前揭書, p.500. 鳥居龍藏『人類学上より見たる我が上代の文化(1)』, 전게서, p.85.

*69 白鳥庫吉「東胡民族考」『白鳥庫吉全集』第4巻, 岩波書店, 1970年, p.12.

떤 一個의 人格에 관한 명칭은 아니고, 実은 古朝鮮에 있어서의 主権関係의 原始心理的 一表現이라고 보는 것입니다. 壇君의 古伝에도 최초에 나라를 세운 者가 号를 「壇君王儉」이라 하였다고 있는데, 원래는 「壇君王儉」이라고 連稱と連称하고, 壇君이라는 것은 実은 그 略語같습니다. 이 王儉의 朝鮮音 왕검(Wangön)의 왕(Wang)도 実은 朝鮮音韻에 흔히 볼 수 있는 ㄹ·ㅁ·ㅇ(l·m·ng) 共通에 의하여 올(âr)이 약간 변한 写音 아니면 올의 類語인 엄·음(öm·àm)의 対字요, 儉(göm·köm)은 東方民族에 흔히 볼 수 있는 尊者의 美稱인 加·干·今·錦·監(kam·keam·kam), 日本에서는 カミ·キミ의 轉寫에 불과한 것입니다.*70

시라토리가 제시한 단군 비판논리였던 왕검에 대한 해석을, 단군왕검=천을 의미하는 신성적 의미의 존칭어라고 확정을 짓게 되는 것이다. 이 존칭이 연결되면서 자연스럽게 러시아의 반자로프가 주장했던 무인의 직능 세 가지(제사(Priest), 무의(Medicine man), 예언자(Prophet))의 논리가 단군과 부합시킴에 모순이 없었던 것이다.

단군이 원래는 '무군(巫君)'이었음을 제할 수 있었으며 원시적 사령자로서의 조선의 무당호칭이 결부되고, 그것이 단굴(Tangul)이라는 언어와 관계하고 있으며 최종적으로는 단군(壇君)으로 수렴하는 것에 도달한 것이다.*71 동북아시아의 제(諸) 민족에게 보인 고신앙(古信仰)에 우주를 삼단으로 나눈 논리를 보충함으로써 단군신화의 천

---

*70 崔南善 「古朝鮮에 있어서의 政治規範」 『최남선전집2』, p.362. 金仁会는 『韓国巫俗思想研究』(집문당, 1987年, p.20)에서, 서구 학자들의 종교발생 진화론적 해석 설명은, 어떤 부분은 한국의 원시 종교 및 무속에도 적응 가능한 부분은 있다고 보지만, 그들의 대표적인 원시종교 해석 이론 즉 ①진화론적 설명 ②심리학적 설명 및 그 영향에 기준하여 한국의 고대종교를 전부 설명하려고 한 것에는 한계가 있다고 지적하며, 최남선 이론을 비판한다.
*71 崔南善 「民俗学上으로 보는 壇君王儉」, 전게서, pp.335-336. 崔南善 「壇君小考」, 전게서, p.345.

손강림이 원시철학의 표출로 재현되어졌다.

　　東北亞細亞 諸주민의 古信仰에 세계를 삼단으로 구분하여 천상을
善神이 살고 있는 光明界라 하는 원시철학이 있고, 이 신앙의 한 발전
으로서 그들의 国家創造는 光明界인 天神들이 人間을 困厄에서 救済
하고자 그의 一子를 보낸다는 데 그 동기를 두는 神話가 널리 分布되
어 있다. 그리고 「桓」(Hoan)(환)이 朝鮮語로 光明을 意味하여 「桓国」 곧
光明天国을 詮表하는 것임을 생각하고, 특히 『三国遺事』 所引의 「古記」
에, 앞뒤에 아무런 連絡이 없이 「桓国庶子」라 하여 불쑥 庶子라 한 庶
가 蒙古에 있어서의 類語에 建国者(ゲシルボグド)를 天神의 十三子라
하는 것과 符合함 등을 商量해 보면 桓雄및 壇君의 古伝을 文句의 穿
鑿만으로 速断할 수 없다는 것을 알 것이다.*72

　　말하자면 단군신화가 가진 환웅=천계(天界)를 규정할 수 있었다.
최남선은 식민지하라는 상황 속에서 조선인인 단군을, 일본인학자
가 제시하는 논리적 구조를 흡수하면서 다시 단군 재창출이 가능
했던 것이다.*73

---

*72 崔南善 「壇君小考」, 『崔南善全集2』, p.348.
*73 즉 최남선이 「백색(白色)」(1925년8월10일), 「되무덤이」에서·낙랑고분 출토품」(1925년12월6
　　日-12月31日), 「단군론(壇論君)」 1926년3月3日-7月25日, 『아시조선(児時朝鮮)』(1926년4月),
　　「백두산근참기(白頭山覲参記)」(1926년5月), 「고적보존의 요체(古跡保存の要諦)」(1926년12月
　　2日-12月4日), 「암석숭배에서 거석문화까지」(1927년1月)를 집필해 가는 과정 속에서 니
　　시무라신지(西村真次) 『문화인류학(文化人類学)』, 『국민의 일본사 : 야마토시대(国民の日
　　本史:大和時代)』, 칼마티(カアル·マティ) 『구약성서의 종교(旧約聖書の宗教:近東諸州の宗
　　教間に占むる其の位置)』, C·H토이(C.H.トーイ)의 『종교사개론(宗教史概論)』, 가토겐지의
　　(加藤玄智) 『신도의 종교학적 신연구(神道の宗教学的新研究)』, 가토(加藤咄堂) 『민간신앙
　　사(民間信仰史)』, 단버스 『원인구화(原人究話 : 考古)』 그리고 도리이의 『인류학상으로 본
　　우리 상대의 문화(人類学上より見たる我が上代の文化)』, 도리이 「타이완 고대 석조물에
　　대해(台湾の古代石造物に就て)」, 도리이 「일본의 고대 거석유적에 대해(日本の古い巨石遺

그리고 최남선은 이를 한발 더 진전시킨다. 최남선이 마지막으로 단군을 모순 없이 재창출하고 난후 그 고민은 다음과 같은 논리를 제시하기에 다다른다. 「朝鮮文化의 東亞 及 人類文化史上의 地位」를 보면,

문화적으로 동원관계에 있는 東方 여러 민족과의 넓은 비교를 가지고 예를 들면 을(ar)의 一語에 대해서도 가까이는 일본어의 아라미가미(アラミカミ)·아라라기(アララギ)·아라다까(アラタカ) 등의 아라(アラ) (중략) 비롯하여 우랄알타이 諸語에 있어서 많은 例를 보는 主君·家長·貴人 등을 의미하는 아루(ar), 우루(ur) 語幹의 諸語에 변증을 試驗하는 방법을 가지고 古朝鮮의 原始規範을 통해서 朝鮮 固有文化의 東亜文化에 대한 地位를 論하고, 더 나아가서는 西로 溯及하여 역시 (ar)의 語 같으면 그것이 바빌로니아·아오에니끼아의 至高神을 표현하는 엘(el), 헤부라이語의 강자·유력자의 義連를 가지고 神絡의 稱関이 된 엘·에로후와 그 複數인 엘로힘(el.eloh.elohim), (중략) 이집트의 레·라(re·ra)까지의 연락관계를 검토하여 人類文化의 一元的 観察에 의한 朝鮮 対 世界의 文化的 交渉의 一端 揣摩하고 싶습니다*[74]

跡に就て)」, 도리이 「조선의 돌멘(朝鮮のドルメン)」의 영향을 받으면서 가능했던 것이다. 그러나 한 가지 확인해야 하는 부분이 문화발달의 원리를 자생주의적 문화발달론(自生主義的 文化発生論)으로 보느냐 외부유입론(外部輸入説)에 의한 것이라고 보느냐를 생각하게 하는 논쟁에 커다란 시사점을 안겨주고 있다고 볼 수 있다.

*74 崔南善 「古朝鮮에 있어서의 政治規範」, 前掲書, p.365. 특히 「神ながら古を憶ふ」에서 다음과 같은 지적이 보인다. 「특이한 일대문화권은, 적어도 동유럽에서, 키르기스 광원을 거쳐 시베리아, 만주에 이르고, 조선반도를 중국, 일본, 류큐(琉球)를 포괄해 세계 어느 곳 국민들과 어깨를 나란히 할 수 있는 유구한 역사와 복잡성을 쌓아왔습니다. 더 나아가서 북쪽 혹은 동아시아 전부를 하나의 범주로 넣었을 때, 가장 적확하고 투철한 미래를 가진다는 의의가 간과되고 이 있는 것은, 기이한 사태라고 보지 않을 수 없습니다. 崔南善 「神ながら古を憶ふ」 『東亜民族文化協会パンフレット』 第3編, 1934年, pp.36−37.

최남선이 문화전파론과 종교적 성격을 중시하는 고대 해석, 그리고 진화론적 입장에서 창출한 논리가, 일본인 학자나 서구적 인식에 기준했다는 비판과 그와 거리를 두지 못하고 등식처럼 대입시킨 것에 대한 한계는 안고 있었다.

그러나 그것을 돌파하기 위한 노력으로 최남선은, 문화전파론·진화론·종교성을 한 묶음의 방법론적 응용을 전개한다. 그것이, 비교언어학적 해석과 고대인이 사용한 종교적 신성의 상징인 거석문화, 그것이 전파되어온 논리 그리고 사회의 진화에 의해 변용되어진 문화적 특성을 단군을 통해 조선반도 특성론 내러티브를 창출했고, 이제는 그 이론들을 다시 역으로 이용하기에 이른다.

즉 최남선은 문화이동론적 시점을 이용, 그것이 서구에서 이동해 온 것이 아니라 조선반도가 중심이 되어 발칸반도까지 문화가 이동했으며. 그것이 종교성을 가진 특성이 살아남아 사회가 진화하면서 개별적 문화를 서로 이루어왔다는 대담함을 제시한 것이다. 이것이 문화상대주의적 접근법이었다는 것과 상통할 것이다.[75]

이것은 중국사대주의에서 자유로울 수 있는 논점 제시였으며, 일본의 신도를 다시 재검토하게 만드는 학술적 문화권의 재창출이었다.

맺음글

이상으로 시라토리와 도리이를 논의의 기본 전제로 그들의 동양

---

[75] 金成禮「한국무교의 정체성과 종교성 : 쟁점분석」『샤머니즘연구』第4輯, 한국샤머니즘 학회, 2002년, p.373. 尹以欽『韓国宗教研究』(卷Ⅱ)(집문당, 1988년, pp.22~23)에서 논하는 것처럼, 〈국지적 자민족중심주의〉의 동기와 〈서구학문의 방법론〉 도입이라는 양면성이 복합된 것으로 보아야 한다고 논한다.

학과 인류학의 형성 자체에 대한 과정 담론을 분석하였다. 결론적으로 필자는 이러한 동양학과 인류학의 연관관계속에서 보인 하나의 사상 틀로 규정되어온 민족주의라는 색채의 다양성을 드러내려 하였다. 민족주의적 자존의 창출에 이르는 동질적 원리만을 빼어내면 말 그대로 동질적인 색채로 보이지만, 민족형성논리의 구조 속에서의 차이성의 상호성이 서로 존재하면서 근대민족담론을 선택해 가고 있었다는 것이 드러났다고 본다.

시라토리가 초기에는, 동양의 규정에 우랄알타이어 계통론을 주장하면서 주변민족을 끌어들이는 인터내셔널리즘적 방법론을 사용하고 있었다. 그것은 서구 동양학자가 규정한 동양을 새로 건설하기 위한, 동양인이 만드는 동양론을 규정하려는 의도였다. 그것에 동원되어진 것이 비교언어학이었으며, 한국어와 일본어의 음운변화를 설명하고 증명함으로써 그 연원을 찾으려 했었다. 그러나 시라토리는, 한국어와 일본어의 동일 통론을 계속 주장하는 가나자와 입장과는 다르게, 일본어 특수론을 주장하기에 다다른 것이다.

그러한 일본어 특수론을 창출해가는 과정 속에서 중국과 분리된 일본을 만들어내는 논리가 천에 대한 의식이었다. 이것은, 전혀 관련이 증명되지 않았던 도리이와 연결시키는 것에서 그 논리의 흐름을 다시 파악이 가능하며 그 영향력을 밝힐 수 있다고 보았다. 도리이도 서구학자가 규정한 거석문화의 논리를 원용하거나 의지는 하지만, 결국 일본기기신화를 바탕으로 하는 일본적 문화의 변용의 특수론을 창출하고 있었다는 것이 보인다는 것이다.

이러한 동양학과 인류학이라는 근대방법론적 이론이 형성·전파된 식민지하에서, 최남선은 시라토리가 제시하는 비교언어학의 응용과 도리이가 제시한 이동론, 거석문화의 종교성, 동북아시아의 샤먼론을 흡수하면서, 조선의 단군을 재부활시키는 내러티브를 창출하게 된 것이다. 고유문화로서의 단군을 희석시킨 것이 아니라 최남선이 만들어낸 단군은 시라토리와 도리이를 더 총체화시킨, 보편개념으로 끌어가려는 시도를 문화전파론적·종교적·인류학적 해석을 동원함으로서, 문화권 재창출 근거성을 제시했고, 동북아시아를 재구성하기에 필수적인 단군을 가시화시킨 것이다.

　그것은 일본인 학자가 만든 내러티브의 의미를 추월하여 '보편성'에 도달하려고 노력한 굴절이 아니었을까.

여섯째 이야기
아이덴티티의 재편을 위하여

머리글

이제 식민지지배라는 시대적 배경을 고려하면서도 당시의 '샤먼'에 관한 연구가 어떻게 의미화되어 가는지에 초점을 맞춘다. 다시 말하면 샤먼연구 그 자체를 분석하는 것이 아니라 그러한 연구가 형성되기 시작하는 조건이 무엇이었으며, 그것이 적합한 '전통'으로 재형성되는지 그 과정을 검토하려는 것이다.

이를 위해 먼저 일본 인류학의 리더였던 도리이 류조(鳥居龍蔵)를 살펴본다. 도리이는 서구에서 생성된 '인종' 해석을 수용하여 '일본인종'의 기원을 찾아내어 일본인종의 경계를 설정한 인물이다.*1 선행연구에서 지적하듯이 일본인종의 경계는 식민지배의 확장과 더불어 새롭게 일본제국의 영역으로 편입되는 외부를 동심원적으로 확장하면서 이중개념을 적용하게 된다.*2 이중개념이란 일본인종과 타 인종 간의 차이성을 부각시키면서 일본인종 안에서의 열등성을 배제하는 논리의 활용이었다.

이때 도리이가 중심적으로 활용한 것은 일본 주변 민족들과의 '샤먼' 비교였다. 이를 통해 도리이는 '일본인종'에서 '일본민족'의 정체

---

*1 小熊英二『〈日本人〉の境界』新曜社, 2005年, pp.3-5.
*2 子安宜邦『日本ナショナリズムの解読』白沢社, 2007年, p.147.

성을 재발견하였다.*³ 구체적으로 도리이는 조선반도, 오키나와(沖繩) 조사를 통해 '동아시아' 개념 속의 '문화적 동원성'을 발견해 냈다. 그 중심축에는 '샤먼'이 존재했고, '샤먼'을 통해 일본인종의 우월성을 증명하기 위해 열등성을 시간적 추이에 따라 소거해 가는 방식을 제시한다.

특히 도리이 류조는 조선반도 조사를 실시하며, '인류학'이라는 학문적 지(知)를 유입시켰다. 식민지로 전락한 조선은 일본제국의 영토였고 일본인이 제시하는 학문적 상황과 연동하지 않을 수 없는 현실에 놓이게 된 것이다. 바로 이 점은 도리이 류조에 의해 조선의 토착 종교로 샤먼이 규정되었을 때 조선인의 입장에서는 어떻게 그것을 받아들이고 있었는지를 살펴보아야 할 것이다. 이를 위해 조선인 최남선*⁴의 '샤먼' 수용방식을 살펴본다. 이것은 일본과 조선이라는 둘만의 관계에서뿐만 아니라 당시의 식민지지배를 받았던 오키나와도*⁵ 함께 구도 안에 넣어서 살펴본다. 다시 말하면 도리이 류조의 학지(學知)의 자장 아래에서 조선인 최남선, 오키나와의 이하 후유(伊波普猷)가*⁶ 토착인 샤먼을 재증명해 내는 방식의 공통점과 차

---

*3 김현철 「20세기 초기 무속조사의 의의와 한계 연구—鮎貝房之進, 鳥居龍蔵, 李能和를 중심으로」, 『한국민속학』 제42집, 한국민속학회, pp.149-194.

*4 任敦姬·Roger L. Janelli 「한국민속학사의 재조명 : 최남선의 초기 민속연구를 중심으로」, 『비교민속학』 제2호, 비교민속학회, 1989년, pp.3-42. 丁暻淑 「〈稽古箚存〉을 통해 본 崔南善의 古代史論」, 『奎章閣』 6, 서울대학교도서관, 1982년, pp.161-203. 崔錫栄 『일제의 동화이데올로기의 창출』 書景文化社, 1997年. 川村湊 『「大東亜民俗学」の虚実』 講談社, 1996年. 南根祐 「朝鮮民俗学」と植民地主義—今村鞆と村山智順の場合」, 『心意と信仰の民俗』 吉川弘文館, 2001年, pp.32-54. 青野正明 『朝鮮農村の民族宗教』 社会評論社, 2001年. 崔吉城 『「親日」と「反日」の文化人類学』 明石書店, 2002年, pp.182-192.

*5 근대의 오키나와현(沖縄県)을 가령 '원식민지(元植民地)'라고 부르며 내국식민지(内国植民地)라고는 부르지 않는다는 무라이 오사무(村井紀)의 논리를 활용한다. 村井紀 『南島イデオロギーの発生』, 岩波書店, 2004年, p.271.

*6 小熊英二 『〈日本人〉の境界』 新曜社, 2005年, pp.280-319. 이하 후유를 오키나와 내셔널

이점도 동시에 살펴보려는 것이다. 이러한 작업은 결론적으로 도리이 류조, 최남선, 이하 후유가 학문적 지식의 공유 속에서 어떻게 자신의 '내적 문화로서의 전통'을 창출해 내는지 그 방식이 드러날 것이다.

달리 표현하자면 도리이 류조의 이론을 모방한다는 의미에서 '혼성의 영역*7인 각각의 샤먼 담론이 무엇을 의미하고 있으며, 그것이 역사관과 어떻게 연동되고, 하나의 관념으로 어떻게 구성되어 가는지 과정을 밝혀내려는 것이다. 동아시아라는 하나의 보편 담론 속에서 각각의 특수한 '내부'를 형성하는 담론 경쟁의 내실을 통해 보편과 특수의 교차를 읽어 내는 작업으로 연결될 것이다.

도리이 류조의 등장과 제국주의 담론의 형성

일본은 식민지를 획득하면서 만나는 '이국(異國)'을 통해 '자국(自國)'을 새롭게 재규정하는 움직임을 보였는데, 이국과 자국을 구분 짓는 하나의 방법론에 '인류학'이라는 학문이 있었다. 후쿠마 요시아키(福間良明)는 일본 인류학 담론의 창시자인 쓰보이 쇼고로(坪井正五郎)와 도리이 류조(鳥居龍藏)를 다루면서 일본이 식민지라는 타자와의 경계설정이 어떻게 변용되는지를 검토한 바 있다.

그러나 그것은 아쉽게도 서구의 인류학 이론, 즉 인류학이라는 학문을 과학으로 인지해 가는 학문의 방법을 검토하는 데 그쳤

<hr />

리즘의 창출자로 간주하는 평가를 내린다.
＊7 Bhaba, Homi, 나병철 역 『문화의 위치』 소명, 2005년, pp.178–179. 식민지적 모방은 거의 동일하지만 아주 똑같지는 않은 차이의 주체로서 개명된(reformed) 인식 가능한 타자를 지향하는 열망이다. 모방(Mimicry)이라고 부르는 식민지적 담론 양식의 전거는 불확정성에 의해 발견된다. 모방은 한편으로 개명과 규칙, 규율의 복합적 전략의 기호이며, 이때의 전략은 권력을 가시적으로 드러내면서 타자를 전유한다는 의미로 정리했다.

다.[8]

　다시 말하면 그것은 인류학이라는 학문적 거대담론의 분석으로, 구체적인 예를 들고 있지 않다. 또한 사카노 도루(坂野徹)는 일본의 '국민국가'형성에 일본의 인류학이 가담한 역할을 일본 인류학의 탄생에서 대동아공영권에 이르기까지 총망라하여 다루었다.[9] 필자는 이러한 선행연구에 시사를 받으면서도 좀 더 구체적인 예로서 '거석문화'로 칭하는 돌멘, 멘힐, 스톤헨지, 고분의 해석담론 분석을 통해 일본인종론의 생성과정을 검토하고, 그것이 어떻게 일본인종과 연결되었는지를 살펴보려고 한다. 이러한 작업은 제국주의의 판도 확대와 연동하여 '이국'의 실지답사를[10] 통해 형성되는 '일본 내러티브'창출 과정이 드러날 것이다.[11]

　도리이는 요동반도에서 처음으로 '돌멘'이라는 석기유물을 발견했다.[12] 도리이는 거석유물의 실체를 '의식'하고 인종 해석과 연결되는 상징적인 담론을 형성해 간다. 이 조사를 바탕으로 도리이는 거석유물이 동아시아에 널리 분포되어 있다고 주장했는데 '돌멘이라면 도리이 선생'이라는 말이 일세를 풍미하게 된다.[13] 도리이는 다이쇼(大正)기에 들어와서 조선반도와 중국 동북부의 돌멘과 멘힐에 주목한다.[14] 단편이기는 하지만 연속적으로 논문이 발표되고 돌멘이나 멘힐에 대한 관심이 점차 높아졌다. 특히 도리이의 이러한 작업은 거석

＊8　福間良明『辺境に映る日本』柏書房, 2003年, pp.133−160.

＊9　坂野徹『帝国日本と人類学者−1884−1952』勁草書房, 2005年, 1−14.

＊10　坂野徹, 상게서, pp.77−103.

＊11　佐々木高明「鳥居龍蔵のアジア研究」,『鳥居龍蔵の見たアジア』徳島博物館, 1993年, p.27.

＊12　中薗英助『鳥居龍庫伝』岩波書店, 1995年, pp.18−27. 乙益重隆「日本における支石墓研究の歴史」田村晃一・八幡一郎編『アジアの巨石文化』高麗書林, 1990年, p.183.

＊13　金貞嬉「韓半島における支石墓研究の最近動向とその成果」田村晃一・八幡一郎編『アジアの巨石文化』高麗書林, 1990年, p.184.

＊14　乙益重隆「日本における支石墓研究の歴史」, 전게서, p.184.

문화를 하나의 '문화해석'개념으로 사용한 것이 단순한 발굴품의 명칭부여라는 차원을 넘어 일본인종의 해석과 연결시켰다.

그러나 이것은 서양의 '거석문화'해석이라는 인류학 개념을 그대로 답습한 것이었다. 이 시기의 특징인 서양인에 의해 인종분류가 이루어지고 일본을 방문한 구미연구자들에 의해 일본 인류학이 시작되고 있었다는 것은 이미 잘 알려진 바이다. 그러나 도리이는 인종의 분류기준이, 특히 일본인종이 서구인의 자의성에 의해 구분되는 것을 비판하며 일본인종의 '혼합성'을 재구성한다. 이처럼 도리이는 인류학이라는 '과학'을 타자인 서구로부터 배워 그 논리를 이용하여 또다시 타자인 아시아를 분류하는 데 활용했다. 그리고 그러한 타자들을 동원하여 일본이라는 내부를 재발견해 내는 논리를 제시했던 것이다.

일본인종의 루트에 대한 관심

메이지기는 일본이 서구문화에 심취했던 시대로 서구인에 의한 일본인종의 기원은 일본인을 자극시키기에 충분했다. 서구의 강렬한 영향으로 인해 일본인들은 일본인종이 외부에서 유입되었다는 외부도래설이 옳다고 믿어 내면화했다.*15 물론 도리이도 처음에는 이러한 논리로부터 자유로울 수는 없었고, 이를 바탕으로 일본의 인증적 아이덴티티를 찾아내려고 시도했다. 특히 도리이는 해외 지역을 조사하면서 기존의 일본문화권 해석을 둘러싼 논리들을 극복하려는 시도를 한다.

도리이는 동경인류학회의 파견형식으로 요동반도에서 조사를 실시하게 되는데*16 그 덕분에 도리이는 자신의 학문적 근간을 지탱시

---

*15 清野謙次『日本人種論変遷史』小山書店, 1944年, p.57.
*16 中薗英助, 전게서, p.15. 臼杵勲「鳥居龍蔵と東北アジア考古学」,『鳥居龍蔵の見たアジア』

켜 준 역사, 인종, 토속, 언어, 고물(古物), 유적 등에 중점을 두어 요동반도를 탐구한다.[17] 특히 도리이는 요동반도의 '인종'에 관심을 가지고 유사시대(有史時代) 아니 유사이전(有史以前)은 어떠했는지에 관심을 가진다.[18] 이를 통해 일본인종의 루트를 해석하며 요동반도를 새로운 연구대상의 텍스트로 삼게 된다. 특히 도리이는 남방계통의 인종론에도 관심을 가졌지만, 요동반도의 조사를 통해 북방계통에도 관심을 갖는 계기가 되었다. 물론 북방계통이라 하더라도 예를 들면 아세아인종을 두 가지로 분류한 지나(支那), 즉 ① 지나인(한인), ② 인도지나인(캄보디아, 안남, 서장인, 필리핀), 시베리아부로서는 ① 퉁구스(순(純)퉁구스와 만주인), ② 몽고인, ③ 달단인, ④ 북극 지방 주민(아이누도 편의상 이쪽으로 분류), ⑤ 일본 및 조선인 등으로 분류하고 있었다.[19] 물론 이러한 분류방식이 당시 일반적인 인식이었는지는 미지수이지만, 도리이 역시 중국을 하나의 '중국인'으로 인식하려고는 하지 않았다.[20]

특히 도리이는 인종분류학상 요동반도에는 퉁구스인종(tungus)의 명칭으로 부를 수 있는 인종이 존재했는데, 그들을 "숙진(肅眞)이라고 부르고, 읍루(挹婁)라 부르고, 물금이라고 부르고, 말갈(靺鞨)이라 부르고, 여진(女眞)이라고 부른 것"[21]처럼 다양한 인종의 경합이 있었음을 확신하고 있었다. 물론 그 인종들이 고대에는 매우 미개했다고 논하지만, 여기서 미개성이란 유사이전에 존재했다는 의미에서의

德島博物館, 1993年, p.28. 谷野典之「鳥居龍蔵の満州調査」, 『鳥居龍蔵の見たアジア』德島博物館, 1993年, p.118.

[17] 鳥居龍蔵「遼東半島」, 『鳥居龍蔵全集』 第8巻, 朝日新聞社, 1975年, p.573.
[18] 鳥居龍蔵「遼東半島」, 상게서, p.576.
[19] 大鳥居弃三 『世界諸人種』 隆文館, 1906年, p.37.
[20] 鳥居龍蔵「遼東半島」, 전게서, pp.575-576.
[21] 鳥居龍蔵「遼東半島」, 전게서, p.579.

미개성이며 그들에게 원시문화가 잔존한다는 의미에서의 미개성이었다.

그러한 미개시대의 잔존 유적 중 도리이가 요동반도에서 발견한 것은 분묘였다. 도리이는 요동에서 발견한 고수석(姑嫂石)의 석실(石室)문제를 거론한다. 서구학자인 조이(Joy)의 『금속기 이전의 인류(Man before metals)』에 근거하여 '돌멘'을 두 종류로 분류했는데, 그 하나가 흙으로 덮인 석총, 다른 하나가 흙으로 덮지 않은 석총이다.

여기서 도리이가 얻은 결론은 위 지붕이 크고 흙을 덮지 않은 점에서 고수석이 흙으로 덮지 않은 돌멘에 속함을 발견하게 된다. 도리이는 흙으로 덮여 있는지 그렇지 않은지를 통해 돌멘을 구분하고 있었다.*22 그런 다음 도리이는 돌멘이 어디에 사용된 것인지를 생각하게 된다. 그 후 "서구 학자의 대부분은 이를 고대인의 주거 흔적이라고 말하는 사람도 있는데, 그 구조로 보아 아마 분묘로 사용된 것으로 여겨진다. 그렇다면 만주 고수석의 석실은 과연 분묘인가 아닌가. 나는 아직 단언할 수 있는 자료를 확보하지 못하고 있다"*23고 말하듯이 돌멘을 분묘의 형식으로 보았다. 당시 도리이는 요동반도에서 조이의 저서에 바탕을 두고 돌멘(흙으로 덮은 것과 흙으로 덮이지 않은 것)의 형식을 확인했고, 분묘에서 기와가 발견된 것은 죽은 자의 기와 곽(磚槨)이나 관곽(棺槨)의 흔적이라고 판단했다.

그리고 여기서 유추해 낸 것은 고구려인에게 사자(死者)를 매장하는 분묘의 풍습이 있었고, 관곽에 사용했던 돌은 문양이 있으며 사자와 함께 토기도 매장했다고 해석한다. 그리하여 고구려인의 풍습에서 발견된 문양의 모습이 일본과 유사함을 의식하게 된다.*24 도리

---

*22 西村眞次 『文化移動論』 エルノス, 1926年, p.157.
*23 鳥居龍藏 「遼東半島」, 전게서, p.597.
*24 鳥居龍藏 「遼東半島ニ於ケル高麗ノ考古学上ノ事実」, 전게서, p.601.

이는 일본의 고분과 석곽의 문양들이 유사함을 발견하고 이전 일본에 거주한 인종에 대한 실마리를 찾으려 한다. 이처럼 도리이는 일본인과 북방에서 이주한 자들과의 연관성을 상정하고 있었다.

도리이 류조와 인종·민족의 문제

그렇다면 도리이 류조는 어떤 인물인가. 도리이 류조*25는 1870년(明治3) 4월 4일 일본의 도쿠시마시(德島市) 센바마치(船場町)에서 비교적 유복한 집안에서 태어났다.*26 1876년(明治9) 소학교에 입학했지만 심상소학교에 다니면서 두 번이나 낙제를 했다고 한다. 결국 학교를 싫어하게 되고 집에서 독학을 하다가 결국 소학교 5학년 때 퇴학하고 독학의 길을 걷게 되었다.*27

그 후 16세 때 도리이는 잡지『분(文)』에서 '동경인류학회'*28라는 학회가 결성되었음을 알고 회원으로 가입했다. 학회에서 보내오는『동경인류학회보고(東京人類学会報告)』를 읽으면서 쓰보이 쇼고로(坪井正五郎)를 알게 되었다. 쓰보이 쇼고로는 일본에 '인류학'이라는 학문을 처음으로 도입한 동경대학의 교수였다. 유럽에서 처음으로 대두된 '인류자연사 연구'라는 학문 분야를 '인류학'분야로 해독하여 일본에 여명을 열었다.*29 물론 일본 인류학은 1877년(明治10) 에드워드 모스(Edward S. Morse)가 오모리(大森)의 패총을 발굴하면서 시작

*25 본명은 도리이 료조(鳥居龍藏)인데 동경제국대학시절에 영문표기로 류조(Ryuzo)로 되어 있었기 때문에 도리이 류조라 한다. 天羽利夫「鳥居龍藏の生い立ちと国内調査」『鳥居龍藏の見たアジア』德島県立博物館, 1993年, p.16.
*26 八幡一郎「鳥居龍藏」『日本民俗文化大系9』講談社, 1978年, p.286.
*27 天羽利夫「鳥居龍藏の生い立ちと国内調査」『鳥居龍藏の見たアジア』德島県立博物館, 1993年, p.17.
*28 이 동경인류학회의 창립에 대해서는 도리이 류조 저, 최석영 역『인류학자와 일본의 식민지통치』서경문화사, 2007년, p.451 참조.
*29 八幡一郎「鳥居龍藏」『日本民俗文化大系9』講談社, 1978年, p.264.

되었고, 1884년(明治17)에 쓰보이가 시작한 '인류학의 벗(人類学の友)'이 조직적인 출발이라고 본다.[30]

여하튼 쓰보이가 일본 인류학분야에서 일본인 중에는 선도적 역할을 담당했음을 알 수 있는데 무시할 수 없는데, 이러한 쓰보이가 1888년(明治21) 2월에 도쿠시마를 방문했다. 규슈에 출장을 마치고 돌아가는 길에 들렀는데, 이때 농학학사(農學學士) 후케 우메타로(福家梅太郎)와 동행했다. 3일간의 체재였지만 고분 등을 둘러보기도 하고 강연회를 열기도 하였다.[31] 이것은 아모우 도시오(天羽利夫)가 지적하듯이 도리이 류조의 인생을 바꿔놓은 계기가 되었다. 하나는 쓰보이가 도리이에게 동경대학에 진학할 것을 권유한 점과, 또 하나는 쓰보이가 타일러의『인류학』과 조이(Joy)의『금속 이전의 인간(Man before the Metal)』을 빌려 준 점이 그것이다. 그리고 도리이는『분(文)』에 게재된 미야케 요네키치(三宅米吉)[32]의 연구를 읽고 학문적인 의욕을 느꼈다[33]고 한다.

1890년(明治23) 9월 도리이는 상경하여 쓰보이를 찾아갔다. 하지만 쓰보이는 당시 유학 중(영국, 프랑스)이어서 만나지 못했기 때문에

＊30 寺田和夫『日本の人類学』思索社, 1975年, p.5.
＊31 天羽利夫「鳥居龍蔵の生い立ちと国内調査」『鳥居龍蔵の見たアジア』徳島県立博物館, 1993年, p.17.
＊32 미야케 요네키치(三宅米吉)는 메이지기(明治期)에서 쇼화기(昭和期)의 역사학자이다. 1860년 5월 13일, 와카야마(和歌山)의 번사(藩士) 미야케 히데미쓰(三宅栄光)의 장남으로 태어났다. 1872년 상경하여 게이오기주쿠대학(慶応義塾)에 입학하였다가 75년에 퇴학한다. 80년 치바(千葉)사범학교, 치바중학교에 부임하여 나카 미치요(那珂通世)를 알게 된다. 81년에 동경사범학교로 전근하였다가 86년에 사직한다. 같은 해『일본사학제요(日本史学提要)』제1편을 간행했다. 88년에는 교육학술잡지『문(文)』을 주재하고, 교육개혁을 논했다. 1929년에는 동경문리과대학(東京文理科大学) 초대학장 겸 동경고등사범학교의 교장에 취임했으나 11월 11일 사망한다.
＊33 八幡一郎「鳥居龍蔵」『日本民俗文化大系9』講談社, 1978年, p.286.

도쿠시마 출신의 고스기 스기무라(木杉楣邨)*³⁴를 방문하여 신세를 지었다고 한다. 그리고 동경에서는 미야케 요네키치, 간다 다카히라(神田孝平)*³⁵를 방문하여 지도를 받다가 1892년(明治25)에 쓰보이가 귀국하자, 이듬해 도리이는 동경제국대학 이과대학 인류학교실 표본정리계(標本整理係)에 입학하여 공식적으로 인류학교실의 멤버가 되었다. 도리이가 학자로서 첫발을 내딛게 된 것은 23세 때의 일이었다.*³⁶

도리어가 쓰보이의 강의를 들은 이 시기는 쓰보이가 영국식 형질인류학과 문화인류학이라는 구분이 없이 폭넓게 수용한다는 측면이 강했다. 그 내용을 보면 종족사, 종족계통론 등을 밝혀내기 위해 인종의 특징 검출을 위한 관찰, 측량 작업이 주류를 이루었다. 동시에 언어, 습관 등의 측면에도 접근하며 '현지의 민족집단'내부'에 들어가서 신체측정, 언어채집, 습관관찰을 실시했다.*³⁷ 쓰보이의 강의

*34 도쿠시마(德島) 출신이다. 한학과 역사를 배우고 고전연구에 전념하였다. 1869년부터 번(藩)에서 지리지를 편집하고, 강의를 했다. 1874년에 교부성(教部省)에 근무했고, 1877년에 문부성(文部省)에서 수사관장기(修史館掌記)로서 「고사류원(古事類苑)」의 편집에 종사했다. 1882년 동경대학 고전강습과(古典講習科)에서 국문을 강의했고, 문과대학에 강사를 지냈다. 1899년에 미술학교(美術学校)교수를 지냈다. 1901년에 문학박사학위를 받았고 저서에 「징고잡초(徵古雜抄)」가 있다.

*35 간다 다카히라(神田孝平)는 메이지기의 계몽주의자이며 정치가이다. 1830년 9월 15일 기후현(岐阜県) 후와군(不破郡) 이와테무라(岩手村)에서 태어났다. 에도에서 유학을 배웠고, 막부말기 외국선박의 내항을 계기로 난학(蘭学)을 배웠다. 1862년 막부가 설립한 번서조소(蕃書調所)의 교수로 취임했다가 메이지유신 이후 신정부의 관료로 등극했다. 나중에 효고현 현령(兵庫県令)이 되고, 원로원의관(元老院議官), 문부소보(文部少輔), 귀족원의원을 역임하고 남작에 올랐다. (明治7)년에 메이로쿠사(明六社)에 관여하면서 『메이로쿠잡지(明六雜誌)』에 많은 논고를 발표하는 등 계몽가로서 활동했다. 그렇지만 그 입장은 메이지정부의 계몽주의의 틀 안에 머물렀다. 1898년 (메이지31) 7월 5일에 사망했다.

*36 八幡一郎 「鳥居龍藏」 『日本民俗文化大系9』 講談社, 1978年, p.287.

*37 八幡一郎 「鳥居龍藏」 『日本民俗文化大系9』 講談社, 1978年, p.266.

를 들으면서 동경 근방의 패총조사를 적극적으로 실시한다. 석기시대의 유적, 특히 곡옥(曲玉), 하니와(埴輪), 토우(土偶) 등 폭넓은 조사를 실시했다.*38

그리고 도리이는 골학(骨學), 관절, 근육, 내장 등의 해부학각론을 수강하고 혈관, 신경 등의 과목을 들었다. 그리고 고가네이 요시키요(小金井良精)*39의 5관기(官器) 중 눈(眼)에 대한 해부학 강의를 들었다. 또한 '발생학(發生學)', '동물학'등을 듣고, '고생물학(古生物學)'등을 청강하기도 했다.*40 여기서 멈추지 않고 정열적으로 중국을 중심으로 한 문헌과 서양인의 저서를 탐독하며 동양사학자 핫토리 우노키치(服部宇之吉)*41, 시라토리 구라키치(白鳥庫吉)*42의 지도를 받

---

*38 天羽利夫「鳥居龍蔵の生い立ちと国内調査」『鳥居龍蔵の見たアジア』德島県立博物館, 1993年, p.18.

*39 고가네이 요시키요(小金井良精)는 해부학자이며 인류학자이다. 니이가타현(新潟県)의 나가오카번(長岡藩)에서 출생했다. 대학남교(大学南校)를 거쳐 1880년에 동경대학 의학부를 졸업했다. 그로부터 4년 반 독일에서 유학하여 해부학, 조직학을 배우고 귀국했다. 귀국 후 일본인으로서는 처음으로 동경대학 해부학 교수가 되고 93년에는 일본해부학회를 설립하고, 해부학의 발전에 진력한다. 인류학 분야에서는 주로 조몽시대(繩文時代) 및 아이누의 연구에 몰두했다. 조몽인(繩文人)은 일본의 선주민족으로서 아이누는 그 자손이라고 하는 아이누 선주민설(先住民説)을 제창했으며, 조몽인과 아이누인은 다른 어떤 인종과도 다른 인종이라는 인종고도설(人種孤島説)에 도달했다. 일본인류학회의 창설자 쓰보이 쇼고로(坪井正五郎)는 당시 조몽인이 아이누의 전설에 등장하는 코로보쿨이라고 주장했는데, 고가네이는 인골의 실증적 연구를 통해 쓰보이설이 틀렸음을 증명하기도 했다.

*40 中園英助『鳥居龍蔵伝』岩波書店, 2005年, pp.66-67.

*41 중국 철학자, 문교행정가(文教行政家)이다. 호는 즈이켄(随軒)이다. 동경제국대학 철학과를 졸업하고, 청나라에 유학하였다가 의화단 봉기를 보았다. 독일에 유학하였다가 1908년 귀국한다. 귀국 후 동경대학 문과 교수로서 중국철학을 강의했고, 서양철학, 사회사상을 포함하여 예학(礼学)에 이론적 체계를 만들었다. 그 사이에 경성제국대학(京城帝国大学)이 창설되어 총장을 겸임했다. 후에 국학원대학 학장을 지내고 동방문화학원소장을 지냈다. 저서에『청국통고(清国通考)』,『지나연구(支那研究)』,『동양논리강요(東洋倫理綱要)』등이 있다.

*42 동양사학자로서 치바현(千葉県) 출신이다. 동경대학 문과대학 사학과를 졸업하고, 학

게 된다.

또한 동경대학에 재학하면서 도리이는 1895년(明治28) 8월에서 12월까지 동경인류학회 파견의 기회를 얻어 요동반도를 조사하게 된다. 그 후 1896년(메이지29) 8월부터 12월까지는 대만의 동부 지역을 조사하고, 돌아오는 길에 오키나와에 들러 오키나와의 풍속 등을 조사할 기회를 얻는다. 1898년(明治31)에 동경대학 이과대 조수로 임명되어 대만조사를 비롯하여 북치도리(北千鳥)의 조사, 서남중국의 묘족조사를 실시하며 1905년(明治38) 이과대학 강사로 위촉된다.[43]

도리이는 특히 요동반도, 중국 서남 지방, 조선 등 해외 조사활동을 통해 도리이 자신만의 '동아시아'를 재구성할 수 있었으며 재발견할 수 있었다. 또한 도리이가 해외조사를 실시하던 시기에 일본 내에서는 '일본인종'의 기원문제에 학자들의 관심이 한창 고조되었다.[44]

이러한 시대적 흐름과 연동해 가는 도리이 류조였는데, 도리이의 연구생활을 크게 6시기로 구분해서 나누기도 한다. ① 소년시절에

습원대학 교수, 문과대학 교수 및 동궁어용계(東宮御用掛) 등을 역임했다. 처음에는 조선고대사(朝鮮古代史) 연구에 전념했다가 점차로 동북아시아역사, 중앙아시아역사로 그 대상을 확대해 갔다. 중국과 일본의 고대사에도 관심을 가졌다. 그의 학문은 대학 재학 중에 독일인인 리스에게 배운 실증주의적 수법을 특기로 했으며 역사, 언어, 민족, 신화, 종교, 및 고고학 등 다양한 방면의 문제를 다루었다. 특히 근대이전의 한학자가 사실(史實)로 다루어 온 요(堯), 순(舜), 우(禹)의 실재성을 부정하면서 야마대국(邪馬台国)의 장소가 규슈라고 주장했다. 이 외에 동양협회학술조사부(東洋協会学術調査部), 만철역사조사부(満鉄歴史調査部), 동양문고(東洋文庫) 등의 동양사 연구를 위한 조직과 기관을 설립하고, 운영에 진력했다. 저서로는 『서역사연구(西域史研究)』, 『신대사의 신연구(神代史の新研究)』, 『히미코 문제의 해결(卑弥呼問題の解決)』 등이 있다.

[43] 東京大学総合研究資料館特別展示実行委員会編 『乾板に刻まれた世界』 東京大学総合研究資料館, 1991年, p.242.

[44] 오구마 에이지(小熊英二) 저, 조현설 역 『일본 단일민족신화의 기원』 소명출판, 1995년, p.47.

국한문에 관심을 갖고 독학으로 공부하다가 동경으로 상경하는 시기, ② 인류학에 입문하여 어학과 자연과학을 학습하고 요동반도에서 서남중국을 조사하던 시기,*45 ③ 동경대의 이학부 강사로 근무하면서 동양사에 관심을 갖고 만몽, 조선을 조사하던 시기,*46 ④ 국내를 대상으로 조사하며 왕성한 집필활동을 하다가 동경대를 사직하고 동방문화원(東方文化院) 연구원을 지내던 시기,*47 ⑤ 다시 만주 지역을 조사하던 시기, ⑥ 북경 연경대학(燕京大學, 현 북경대학)에 체재하며 귀국하기까지의 12년간으로 나누기도 한다.*48 이러한 시기구분이 정확하다고 규정지을 수는 없지만, 이러한 도리이의 행적 내부에 관통하고 있는 것은 '일본의 인종'을 찾아내고 규명하는 '일본인의 종족사'를 확립하는 것이었다.

그렇다면 여기서 도리이 류조가 확립해 가는 '인류학적 논리'의 구체적인 흐름을 파악하기 위해 도리이의 스승인 쓰보이 쇼고로의 행적과 연계하여 살펴볼 필요가 있다. 앞에서 언급한 바와 같이 일본에서의 인류학의 출발은 1877년 모스(Morse)에 의한 오모리 패총의

---

*45 「支那の苗族」, 「清國西南部人類学上取調報告」, 「清国四川省の蛮子」, 「苗族は現今如何なる状態にて存在する乎」, 「苗族調査報告」, 「貴州雲南の苗族」 『日本周囲民族の原始宗教』 『人類学上より見たる西南支那』 「高麗種族の紋様」 『遼東半島ニ於ケル高麗ノ考古学上ノ事実』 등이 있다.

*46 「洞溝に於ける高句麗の遺跡と遼東に於ける漢族の遺跡」, 「鴨緑江畔洞溝に於ける高句麗の遺跡」, 「咸鏡南北道及び東間嶋旅行談」, 「満州より北朝鮮の旅行」, 「朝鮮総督府大正5年度古跡調査報告, 平安南道, 黄海道古跡調査報告書」, 「日鮮人は『同源』なり」, 「有史以前の日韓関係」, 「朝鮮咸鏡道と沿海州の先史時代に就いて」, 「朝鮮全羅南順天立石里に於けるドルメンに就いて」, 「有史以前に於ける朝鮮と其の周囲との関係」, 「朝鮮咸鏡道雄基湾内貝塚」, 「朝鮮の土器作り」, 「朝鮮のドルメン」, 「朝鮮・満州の磨製石器に就いて」 등이 있다.

*47 『有史以前の日本』, 『武蔵野及其周囲』, 『諏訪史』, 『下伊那の先史及原史時代』, 『有史以前の跡を尋ねて』, 『武蔵野及其有史以前』, 『人類学より見たる我が上代の文化』, 『先史及原史時代の上伊那』, 『第二回・第三回延岡附近古跡調査』, 『上代の東京と其周囲』 등이 있다.

*48 末成道男 「鳥居龍蔵の足跡」, 『乾板に刻まれた世界』 東京大学総合研究資料館, 1991年, p.6. 八幡一郎 「鳥居龍蔵」, 『日本民俗文化大系9』 講談社, 1978年, pp.286–325.

발굴이 그 효시라 하겠다. 이에 대해 쓰보이가 "나는 모스 군(君)이 1877년에 오모리에서 패총을 발견한 것을 시작으로 대학에서 채집하는 고물을 보고 (중략) 인류학에 관한 서적과 강연을 듣고 사실적인 것을 모을 필요성을 깨달았다"[*49]라고 밝히고 있듯이 쓰보이는 이를 의식하고 있었던 것이다. 이것이 전부는 아니지만 이에 자극을 받아 쓰보이 쇼고로를 중심으로 '인류학 학회'가 만들어졌음을 부정할 수는 없다.[*50]

후케 우메타로(福家梅太郎)는 『인류학회보고』 제2호에서 쓰보이의 일본인종론의 루트를 찾아야만 한다고 주장한 내용을 적고 있다. 즉 '우리나라 사람은 무슨 인종에 속하는가(我邦人は何人種に属す可きものなるや)'라며 일본인종의 소속을 찾아낼 것을 주장했다는 것이다. 동시에 쓰보이는 에르빈 폰 바엘츠(Erwin Baelz)의 '일본인종론'을 기술했다.[*51]

이처럼 처음에는 일본인종의 기원을 찾아내는 작업에 관심을 가지고 출발했지만, 그것은 일본민족의 뿌리 탐구로 이어졌다. 이는 에르빈 폰 바엘츠와 모스 등의 일본인종 기술에 대해 쓰보이가 반발하면서 시작되었던 것이다.

다시 표현을 달리하면 일본의 근대는 서구의 학문을 모방하는 한편 서구에 대항하는 논리로서 독자적인 일본의 학지(學知)의 창출을 위해 노력했던 것이다. 그렇지만 여기서 간과해서는 안 되는 중요한 점은 쓰보이나 도리이는 인류학이라는 학문적 성향을 '불변의 절대적 객체적 진실'로 인식한다는 것이다. 다시 말하면 일본민족을 논하기 위해 사용되는 인류학의 구체적 디스플린의 내용이 '설정'되

---

*49 坪井正五郎「本会略史」, 『人類学会報告』 第1号, 人類学会, 1886年, p.1.
*50 坂野徹 『帝国日本と人類学者』 勁草書房, 2005年, p.15.
*51 坪井正五郎「抜粋」, 『人類学会報告』 第1号, 人類学会, 1886年, p.35.

고 있었다는 것이다.

이처럼 도리이에게 인류학의 길을 열어 준 쓰보이의 학문적 출발점과 위상은 대단히 중요하다. 쓰보이는 1889년(明治22)부터 3년간 영국과 프랑스에서 유학을 마치고 동경제국대학 인류학교실의 책임자가 되어 『동경인류학잡지(東京人類学雑誌)』를 창간하는 등 일본인류학의 기초*52를 열었다. 그렇다면 쓰보이가 인식한 인류학이란 과연 어떠한 것이었을까. 쓰보이는 "동서고금을 막론하고 전 인류에 관한 자연의 이치를 밝혀내는 것"이라며 넓은 의미에서의 인류에 관한 자연사, 인류의 과학이라며 인류학의 정의를 기술했다. 그 후 『동경인류학잡지』(제2호)에 상세한 연구항목을 내세우고 있는데 그 항목을 보면 다음과 같은 것 이었다.

인류의 해부, 생리, 발육, 유전, 변천, 인류와 근사동물과의 비교, 인류와 멸종동물 간의 관계, 인류라고 칭할 수 있는 것의 출현시기와 지역, 인류거주의 변천, 패총, 토기총, 토기, 석기, 청동기, 횡혈, 총혈, 원시분묘, 문자의 역사, 언어의 혈통, 국어의 성질, 방언, 동요, 가족조직, 부락조직, 원시미술, 종교, 공예, 운유법(運輸法), 어로, 상업, 농업, 의식주의 연혁, 장식, 풍속습관, 기구연혁, 인류의 구별, 이주, 그 이외에도 이에 관한 사건들. 광의의 인류학, 즉 자연인류학, 문화인류학, 선사고고학 등을 망라하는 내용을 배열하고 있다.*53

쓰보이가 강조하고 있었던 것은 말 그대로 인간의 해부에서부터

---

*52 福間良明, 전게서, p.135.

*53 坪井正五郎 「研究項目」, 『人類学会報告』 第2号, 人類学会, 1886年, p.37. "본회에서 연구하는 것은 인류학 일반으로서 구역을 넓게 잡고 그 항목을 게재하는 것은 어렵지만 그 대략을 적어 둔다(本会ニテ研究スル所ハ人類学一般ニシテ区域甚タ広クㅡ々項目ヲ載スル能はザレド通信寄書ヲ為ス人ノ為其大畧ヲ左ニ記ス)"라며 항목을 나열하고 있다.

패총, 언어, 혈통, 의식주 등을 총망라한 총체적인 것이었다. 특히 "자연계 인류의 지위, 인류의 모든 성질의 같음과 차이, 인류의 기원 등이 있다. 이러한 것을 연구하는 학문은 인류학"*54이라고 상정하던 개념은 변하지 않았고 이것은 후학에게 하나의 '틀'로 자리매김되었다. 도리이는 쓰보이에게서 인류학을 전수받았지만 '인류학적'인식은 진화했다. 도리이는 '인종이나 민족'을 연구하기 위해 '비교언어학'이라는 지식과 고고학 지식, 그리고 역사의 지식*55이 있어야만 한다고 보았다.

도리이는 쓰보이의 논리처럼 구체적인 항목을 소개하기보다는 그러한 항목들을 조사하고 연구하기 위한 인류학의 '방법론'적인 특성을 정리했다. 따라서 인종을 논하기 위해 필요한 개념으로서 "비교언어학, 인종해부학, 인종심리학, 사회학, 언어학, 사학, 고고학, 비교종교학, 신화, 전설 등과 친밀한 것"*56이라고 확신하고 있었다. 따라서 도리이는 마침내 이를 종합하여 원사시대를 해석하기 위한 '논리'가 인류학이라고 인식했다.*57

그런데 중요한 것으로 도리이는 스승인 쓰보이가 제시한 일본인종혼합론을 그대로 추종하고 있었다는 점이다. 쓰보이가 제시한 인류학의 개념을 방법론적인 측면에서 '진전'시키기는 했지만, 결국 일본인종에 대해 "옛날부터 토착하고 있던 아이누와 조선 지방에서 이주해 온 자나 말레이 지방에서 이주해 온 자들의 혼합결과일 것"*58이

---

*54 坪井正五郎『人類談』開成館, 1902年, p.2.
*55 鳥居龍蔵「人種の研究は如何なる方法によるべきや」, 전게서, pp.474-476.
*56 鳥居龍蔵「人類学と人種学(或は民族学)を分類すべし」,『鳥居龍蔵全集』第1巻, 朝日新聞社, 1975年, p.481.
*57 鳥居龍蔵「有史以前の日本」,『鳥居龍蔵全集』第1巻, 朝日新聞社, 1975年, p.170.
*58 坪井正五郎「抜粋」,『人類学会報告』第1号, 人類学会, 1886年, pp.35-36. 첫째, 아이누(이 당시는 아이노〈アイノ〉라 적음)가 일본의 서북부 지역에 거주했지만, 현재 일본인과의 관계는 거의 없다. 둘째, 지나 및 조선의 상위그룹인 자들과 유사한 몽고인종이 조선을 경

라는 쓰보이의 학설을 그대로 답습하고 있었다.

일본의 인류학은 서구학자들의 '혼합민족설'의 압도적인 영향 아래에서 출발했는데,[59] 도리이 류조 또한 예외가 아니었다. 이렇게 전개된 일본인종의 혼합론은 점점 일본 '민족'론으로 변형되어 간다. 그 과정의 첫 단추가 일본인종론의 두 가지 루트설이었는데 도리이 또한 이러한 인종루트론에서 결코 자유로울 수 없었다.[60]

그것은 인류학 개념의 확대와 궤를 같이하면서 일본인종의 기원은 남쪽에 두는 남방론과 북쪽에 기원을 두는 북방론이 경합을 벌이고 있었다.[61]

'돌멘'에 대한 인식

도리이는 일본인종의 해석에 관심을 집중시켜 일본인종의 혼합성을 인식하는 데 있어서 "일본인은 그 체질상 각각 두 종류(갑과 을)로 구별할 수 있다. 갑은 우수한 종족으로 주로 상류사회에서 많이 볼 수 있다"[62]는 전제를 깔고 있었다. 한편 도리이는 일본인종이 우수한 갑의 인종인지 열등한 을의 인종인지에 대한 고찰을 심화시키고자 노력한다. 이를 위해 실질적으로 증명을 보증해 줄 수 있는 '고찰 대상'이 절실히 요구되었는데, 이때 착안하게 된 것이 분묘였다.

유하여 일본으로 건너와 본토의 서남부를 점차적으로 이동하며 번식했다. 셋째, 황색인종인 말레이인종이 큐슈의 남부에 이주하여 점차 사방을 정복하였는데 사쓰마(薩摩)는 지금도 그 유풍이 남아 있다는 구분이었다. 坪井正五郎『人類談』開成館, 1902年, p.56(古くから土着して居たアイヌや朝鮮地方から移って来た者や,マレイ地方から移って来た者の混入した結果でありませう).

*59 오구마 에이지(小熊英二) 저, 조현설 역, 전게서, p.47.

*60 中薗英助, 전게서, p.4.

*61 二木謙三『日本人種の起原新論』大日本養成会, 1930年, pp.22−45.

*62 鳥居龍蔵 撰著『人種学』大日本図書, 1904年, p.65.

그런데 도리이는 이제까지 자신이 분묘를 잘못 해석하고 있었음을 자각하게 된다. 그것은 돌멘이라는 기념물을 발견하면서부터이다.

도리이가 돌멘을 처음 본 것은 요동반도 조사 때였지만 그것에 대한 확신을 갖지는 못했다. 그러나 조선반도를 조사하면서 돌멘이라는 기념물에 대한 확신을 갖기 시작한다. 도리이의 조선반도 조사는 돌멘에 대한 새로운 해설을 조선에 전파하게 된 것이다.

김정배는 "물론 돌멘이라는 말의 '본래'의미를 도리이가 사용했음을 알 수 있다. 당시 도리이 자신은 그것을 선사시대의 유산이라고 생각하지 않고 고구려의 묘(墓)와 관련하여 해석하고 있었다. 그러나 그 후 조선반도의 돌멘을 실제로 조사하고부터 지석묘를 석기시대의 유적으로 인정하여 1917년 '근대 영어'로 이것을 스톤테이블(Stone Table)이라 칭한다"*63고 지적했다. 또한 다바다 히사오(田畑久夫)는 "제3회 조사, 즉 1913년에 제3회 조사를 실시한다. 그해는 조선총독부의 저명한 세키노 다다시(関野貞)의 고건축 및 고분조사가 실시된 때이다. 이 3회 조사에서 특이할 만한 것은 돌멘을 발견한 점"*64이라고 지적했다.

그러나 김정배가 근거로 삼고 있는 「평안남도황해도고적조사보고(平安南道黃海道古跡調査報告)」, 즉『총독부다이쇼5년도고적조사보고(総督府大正5年度古跡調査報告)』라는 논고가 작성된 시기는 1917년(大正6)과 다바다가 근거로 삼은 제3회 조사 시기, 즉 1913년(大正2)은 시기적으로 거리가 있으며 필자의 조사에 따르면 둘은 작성 연도가 맞지 않는다. 즉 도리이는 제1회 보고서를 작성한 1912년 시점

---

*63 金貞嬉「韓半島における支石墓研究の最近動向とその成果」田村晃一·八幡一郎 編『アジアの巨石文化』高麗書林, 1990年, pp.258–259. 鳥居龍蔵「平安南道黃海道古跡調査報告」,『総督府大正5年度古跡調査報告』(1917年)이라고 기술한다.

*64 田畑久夫『鳥居龍蔵のみた日本』古今書院, 2007年, pp.240–241.

에서 이미 '스톤테이블'혹은 '돌멘'이라는 용어를 사용하기 시작했으며*65 이후 계속해서 사용했다. 도리이는 1896년(明治29) 요동반도를 조사하면서 돌멘이라는 용어를 이론상으로 이미 인지하고 있었고 1912년에 이르러 조선반도의 조사를 마치면서 더욱더 확신을 갖게 된 것이다.

그러나 그것은 서구학자 퍼거슨(Fergusson)의 『거석문화(Rude stone monuments)』라는 저서에 근거를 두고 있었다.*66 도리이는 요동반도에서 발견한 고수석을 분묘로 해석하면서도 돌멘과 연결시켰고 새로운 개념으로 제안하게 된 것이다.

그리고 도리이는 조선반도의 조사 횟수를 거듭해 가면서 "평안남도 고방산(高坊山) 부근의 적석(積石)은 석총(石塚), 즉 케른의 일종으로 케른이란 케르트어로 퇴석(堆石)이라는 말로 분묘에 속하며 분묘가 있다는 것은 사실이다. 분묘를 파서 시험적으로 발굴을 해 보았는데 (중략) 이 분묘는 내가 타지의 유적에서도 본 석기시대의 매장 장소로 이곳에서 발견된 화살촉을 보면 그것이 증명된다. 이곳에는 유사이전의 분묘가 존재했음을 추출할 수 있다. 이런 종류의 분묘는 돌멘에 속한다"*67고 해석한다.

결론적으로 도리이는 "평안남도 및 황해도에 돌멘이 존재하는 것은 (중략) 돌멘에 대해 기술한 바와 같다. 돌멘은 조선에서 말하는 장석(撑石), 지석(支石)이며 천정에 한 장의 커다란 돌을 놓고 그 아래에 여러 개의 돌로 지탱시킨 것으로 그 형상은 마치 책상 모양이어서 케르트어로 이를 테이블이라 칭하고 영어로는 이것을 '스톤 테

＊65 鳥居龍蔵『第一回史料調査報告(咸鏡南北道,東間島)』조선총독부, 1912년, p.39.
＊66 鳥居龍蔵「遼東半島」, 『鳥居龍蔵全集』第8巻, 朝日新聞社, 1975年, p.596.
＊67 鳥居龍蔵「朝鮮総督府大正五年度古跡調査報告: 平安南道,黄海道古跡調査報告書」, 『鳥居龍蔵全集』第8巻, 朝日新聞社, 1975年, pp.339-347.

이블'이라 부른다. 조선인의 장석, 지석이라는 것은 이것을 가리킨다"*68고 단정한다. 결국 도리이에 의해 처음으로 조선에서 발견된 '돌멘'이 '돌멘'으로 의미를 부여받게 된 것이다.

돌멘에 대한 해석과 인종론

당시 도리이는 인류학연구 분야에서 가장 높은 평가를 받고 있다고 생각한 프랑스의 『인류학사전(人類学辞典)』을 참조하여 '돌멘'을 지석 혹은 지탱하는 돌 위에 판판한 돌을 얹어 놓은 것을 돌멘이라고 보았다. 그 위쪽에 천정처럼 덮어 놓은 돌을 테이블이라 부르며 이 기념물 자체를 프랑스어로 '돌=테이블'과 '멘=돌'이라는 두 개의 언어에서 돌멘*69이라는 호칭이 유래되었다고 설명한다. 도리이는 조선에 돌멘이 많이 존재하는 것에서 확답을 내릴 수가 있었다. 조선에 장석 다시 말해서 돌멘에 주목하며 그것이 갖고 있는 특징을 밝혀낸다.

조선의 돌멘에는 (중략) 이러한 종류의 기념물은 테이블, 즉 천정 부분이 두터우며 묵직한 한 장의 돌이다. 3개 혹은 4개로 이루어진 다리, 즉 지석은 긴 것과 짧은 것이 있다. 그리고 비교적 얇은 것이라 하더라도 천정 부분은 무겁기 때문에 건조물이 땅속에 들어가 버린 것도 많다. 이러한 종류의 고인돌은 정교하지 않고 조잡하며 조선의 남부 지역, 즉 전라도, 경상도, 진도, 완도에서 발견되며 다른 지역에는 나타나지 않는다. 이들 남부 지역의 돌멘은 모두 역석(礫石)이나 흙으로 뒤덮여 있었다. 그 외견은 프랑스 브리타뉴(Bretagne)의 고분 혹은 케른과 유

---

*68 鳥居龍蔵「朝鮮総督府大正五年度古跡調査報告 : 平安南道, 黄海道古跡調査報告書」, 상게서, pp.386−387.
*69 鳥居龍蔵「朝鮮のドルメン」, 『鳥居龍蔵全集』第5巻, 朝日新聞社, 1975年, pp.645−654.

사하다.[*70]

그리고 도리이는 돌멘 이외에도 고분(Tumuli)이 존재하는 것에 착목했는데 이 또한 분묘의 일종이라고 보았다. 도리이는 특히 "조선에는 돌멘 이외에 다수의 고분이 있다. 이 고분은 묘 혹은 공동매장묘(共同埋葬墓)로 생각된다. 그러나 돌멘, 즉 고인돌에 대해 지금까지는 묘로 생각하지 않았다. 이 고분은 원사시대에 축조되었고, 고분보다 오래된 돌멘은 선사시대로 볼 수 있다"[*71]고 추론한다. 도리이는 돌멘 이외의 고분을 묘의 일종으로 보고 조선에서 돌멘, 즉 고인돌을 묘로 생각하지 않는 것은 잘못된 것으로 해석한다. 도리이 거석문화의 일종인 튜물루스가 북방 지역과 밀접한 관련이 있음을 증명한 니시무라의 논리를 그대로 답습했던 것이다.[*72] 그리고 이것이 만들어진 시기가 원사시대임을 피력했다.

현재 조선인은 결코 돌멘이 묘가 아니라고 단언하고 있다. 그러나 이것은 잘못된 생각이다. 이들 돌멘은 유럽의 돌멘과 마찬가지로, 선사시대 주로 신석기시대의 통구스족인 예(濊) 혹은 맥(貊)의 조상들이 조영한 매장용의 건조물인 것이다. 주로 고구려와 백제, 신라 지역의 많은 곳에서 보이는 고분은 역시 돌멘과 같은 묘이다. 그 연대는 원사시대의 것이다.[*73]

오다 쇼고(小田省吾)가 "도리이 박사는 돌멘이 유사이전의 석기시

[*70] 鳥居龍藏「朝鮮のドルメン」, 상게서, pp.645–646.
[*71] 鳥居龍藏「朝鮮のドルメン」, 전게서, p.654.
[*72] 西村慎次, 전게서, p.170.
[*73] 鳥居龍藏「朝鮮のドルメン」, 전게서, pp.645–654.

대의 분묘라는 것은 의심할 여지가 없다고 밝혔는데, 이것이 원조이다"*74라고 지적했듯이 조선에서의 돌멘은 원사시대의 건조물로 퉁구스의 예와 맥종에서 유래한 것으로 보았다. 또 하나 중요한 것은 도리이가 이 기념물들이 조선반도와 일본 해안가에서 발견된 것이 인종적으로 어떤 연관성이 있는 것으로 추론*75하게 된다. 이처럼 북방에 대한 인증적를 확인하고 있었다.

그렇지만 도리이는 일본인 이주자에 대해 종족의 혼합을 인지하고 있었지만 그것이 남방의 어느 계통인지에 관한 확증은 부족했다. 그런데 마침 돌멘의 정의를 둘러싸고 만로(Neil Gordon Munro) 박사가 일본에서 강연하게 되는데, 그 강연을 듣고 도리이는 만로 박사와 논쟁한다.*76

돌멘 해석의 이중성

골든 만로는 게이오대학(慶応大学)에서 강연했는데*77 이때 도리이는 만로 박사의 추론을 독창적이라고 여기면서도 확실성이 결여되어 있음을 지적한다. 특히 도리이는 만로 박사가 확실성이 결여되어 있다는 측면에서 '정확한 의미'로서의 돌멘과 고분의 석실을 구분해 내지 못하고 있고, 동일한 것으로 취급하는 것이 문제라고 여겼다. 이처럼 당시 만로 박사가 제시한 돌멘에 대한 정의에도 문제가 존재했음을 알 수 있다.

만로 박사는 석실분(石室墳)도 모두 돌멘이라고 칭했다. 오토마스 시게타카(乙益重隆)가 지적하듯이 "만로가 말하는 돌멘은 횡혈식석

*74 小田省吾 「平安龍岡郡石泉山のドルメンに就いて」, 『朝鮮』 1924年 10月, p.47.

*75 鳥居龍蔵 「朝鮮のドルメン」, 전게서, pp.645–654.

*76 西村慎次, 전게서, p.148. '돌멘'의 정의를 어떻게 내릴 것인가의 문제는 도리이와 만로 박사의 논쟁을 그 출발점으로 본다.

*77 鳥居龍蔵 「日本人の起源」, 『鳥居龍蔵全集』 第5巻, 朝日新聞社, 1975年, p.639.

실(橫穴式石室)을 가리키는 것이었다. 당시는 유럽에서조차 돌멘에 대한 개념규정이 명확하지 않았기 때문"*78이라며 도리이는 만로 박사가 제시한 돌멘의 구분에 대해서 반론을 제기했는데, 이때 도리이는 조선반도에서 조사한 돌멘을 활용한다.*79 도리이는 만로 박사가 제시한 석실은 돌멘이 아니라 고분으로 원사시대의 것으로 아이누인의 것이 아니라고 설명한다. 일본의 고분은 "원형(円塚), 편평방형(扁平方形 : 角塚), 널길(羨道 : 연도) 혹은 입구를 가진 것(柄鏡塚), 평판한 단장(段狀)을 보이는 것(段塚), 두 개의 분묘로 연결되어 있는 효즈카(瓢塚) 등이 있다. 마지막의 효즈카는 천황이나 천황의 아들 무덤이다"*80라며 일본의 고분 종류를 나열하고, 고분이 천황이나 천황의 아들 무덤이라고 덧붙여 설명한다.

이 무덤에서 발견되는 출토품인 거울과 칼 등의 유물은 타 지역과 다름을 어필했다. 여기서 주목해야 할 것은 도리이는 만로 박사가 제시한 돌멘의 해석에 대한 오류를 지적하면서 서구의 이론을 활용하여 일본의 돌멘과 고분을 재해석했다는 점이다.

특히 도리이는 두 가지를 새롭게 제시했는데 그 하나가 조선의 돌멘과 고분에 대한 해석 속에 일본과 조선의 연결시킨 점이다. 조선과 일본의 돌멘이 동일계통이라는 표현을 쓰고 있지는 않지만 연관성이 깊음을 연결시키고 있었다. 특히 조선의 돌멘이 신의 가호를 위한 신앙으로 숭배하고 있었음에 착목했다.*81 그리고 또 하나는 일본의 고분이 천황의 무덤이라고 제시한 점이다. 이처럼 도리이는 돌멘과 고분을 구분하면서도 그것이 분묘라는 것을 새로운 해석하고

---

*78 乙益重隆 「日本における支石墓研究の歷史」, 전게서, p.184.
*79 鳥居龍藏 「日本人の起源」, 전게서, p.639.
*80 鳥居龍藏 「日本人の起源」, 전게서, p.640.
*81 鳥居龍藏 「朝鮮のドルメン」, 전게서, pp.645−654.

있었다.

백인인종 해석의 동질성

그리고 또 다른 하나는 이러한 선사시대의 문화를 가지고 해석하는 인종론이다. 즉 "인종적으로 보면 모두 동일한 기원을 가지는데 일본의 선사시대 문화는 유럽에서 인도, 중앙아시아, 몽고, 조선을 경유하여 일본으로 이동해 왔다. 선사시대의 일본 본토에 거주하고 있던 아이누족은 유럽인종으로, 규슈의 야마토(大和)계통 종족은 아마 유럽에 기원을 둔 민족"[82]이라고 제시한 만로 박사의 논리와 나는 인종에 대해 견해가 같다[83]고 인정했다. 즉 일본인종에 대해 도리이는, 만로 박사가 제시한 일본인이 유럽인과 같은 민족이라는 논리는 수긍하고 있었던 것이다.[84]

도리이는 아이누인이 페르시아 남방에서 유래한 인종이라고 보는 만로 박사와 같은 의견이었다. 도리이도 아시리아인의 '사자사냥'그림의 해석을 통해 남방계통이 흘러왔다[85]는 논리와 만로 박사가 제시한 페르시아계통이 이주해 왔다는 논리와 연결되었다.

그리하여 남방인종과 연결되는 부분에는 무리가 없이 해결되었다. 그러나 북방의 퉁구스의 분묘형식과의 연결에서 확인된 북방계통론과의 혼합인종론이 '아이누인'과 어떻게 구분이 가능한가라는 점은 숙제로 남았다. 분명히 도리이는 인종이 우수한 종족인 갑과 열등한 을이 존재한다는 것을 의식하고 있었는데, 이것과 연관해서 해석해야 했기 때문이다. 특히 고분해석은 '진정 일본인의 것으로서 결

---

[82] 鳥居龍蔵「日本人の起源」, 전게서, p.639.
[83] 鳥居龍蔵「日本人の起源」, 전게서, p.640.
[84] 鳥居龍蔵「日本人の起源」, 전게서, p.641.
[85] 鳥居龍蔵「遼東半島」, 전게서, p.594.

코 아이누인의 것이 아니며 신시대의 것'이라는 설명에 아이누의 문제가 존재한다는 점이다. 도리이는 이 문제를 해결하지 않으면 안 되었다.

거석문화에 대한 해석과 제국의식

도리이는 인종문제를 해결하기 위해 돌멘이나 고분해석을 전개한다. 일본인종의 루트를 찾을 수 있는 것은 이 거석문화에 대한 해석이라고 보았다.

거석이라는 말은 고고학상 인류학상 최근에 자주 사용되는 말로서 이 말은 거대한 암석이라는 의미로 이 거석을 자유로이 사용한 문화를 거석문화라고 한다. 메가(Mega=Megas)는 위대하다는 의미이고 리스(Lith=Lithos)는 돌을 의미한다. 지금부터는 거석문화 혹은 기념물이라고 적고 싶다. (중략) 거석을 축조한 것은 언제부터인가 하면 그것은 신석기시대(Neolithic Age) 중반부터로 이보다 앞선 구석기시대(Paleolithic Age)는 거석기념물의 유적은 만들지 않았다.[86]

니시무라 신지는 일본에서 거석기념물이 만들어진 시기가 신석기시대임을 중점적으로 제시했다.[87] 이를 바탕으로 도리이도 거석기념물이 만들어진 시기를 신석기시대임을 증명하고 원사시대라고

---

[86] 鳥居龍蔵 『人類学上より見たる我が上代の文化』(1), 叢文閣, 1925年, p.94.
[87] 西村真次, 전게서, p.163. 물론 니시무라는 도리이의 이러한 단정에 대해서 반론을 제기했다. 신석기시대 그 자체에 대한 의문이었다. 일본의 신석기시대와 유럽의 신석시대가 동일한가라는 문제이다. 즉 단면적으로 돌멘이 신석기시대라는 것은 윌리암가울랜드(william gowland)이며 그것을 추종하는 것이라고 보았다. 이집트가 기원전 4000년경까지 거슬러 올라가고 페르시아는 더 거슬러 올라가기 때문에 시대상정이 다르다고 보았다.

확정한다. 신석기시대에 나타난 문화로서 멘힐, 돌멘, 스톤서클을 거석기념물이라 총칭*88하며 그것을 하나의 시대적 '문화'로 해석했다.

그러나 도리이는 거석기념물의 물질적 해석의 명명에 그치지 않고 상징적 의미, 즉 정신세계의 발현이라는 해석을 추가한다. 이러한 거석문화는 고대인의 위대함을 표상한 것이라고 주장했다. 즉 "거석문화의 기념물을 일본에 비춰 해석해 보면 신성(神聖), 위대함의 의미를 나타내고 있다고 볼 수 있다"*89고 의미를 부여한다.

이를 달리 표현하면 거석기념물은 정신문화의 발현이라는 것이다.*90 도리이는 일본에서는 거석을 위대함, 절대성, 힘, 신령의 의미로 숭앙되었다고 보았다. 그리하여 거석에 대한 숭상의식은 종교적 현상이며, 그것은 정신*91문화적 의미로 체현되었다고 여겼다.

도리이는 거석문화 중, 특히 고분이 대표적인 것으로 여기고 그것에서 종교적인 정신문화의 사상문제를 추출해 낼 수 있다고 믿었다. 고분은 커다란 돌을 가지고 조영되는 것으로 이것은 고고학적 고찰대상으로 나타났으며 그것을 기록한 것이 바로 『기기(記紀)』라고 보았다.*92 따라서 도리이는 거석문화를 통해 『기기』를 재해석해야 한다고 주장하게 된다. 그래서 도리이는 『기기』에 기록된 상대인의 힘을 나타내는 유적, 유물에 대한 내용을 보면 다음과 같이 제시하며 부각시켰다.

＊88 鳥居龍蔵 『人類学上より見たる我が上代の文化』(1), p.89.
＊89 鳥居龍蔵 『人類学上より見たる我が上代の文化』(1), pp.99−100.
＊90 鳥居龍蔵 『人類学上より見たる我が上代の文化』(1), p.90.
＊91 鳥居龍蔵 『人類学上より見たる我が上代の文化』(1), p.94.
＊92 鳥居龍蔵 『人類学上より見たる我が上代の文化』(1), p.103.

도리이 류조가 제시한 일본 고전에 기록된 거석문화에 대한 기록[*93]

저서	내용
『고사기』	이자나기(伊邪那岐)가 검을 빼어 그의 아들 가구 쓰치노카미(迦具土神)를 벨 때 그 칼 앞에 묻은 피가 유쓰이와무라(湯津石村)에 퍼지면서 만들어진 신의 이름은 이화사쿠노카미(石拆神), 그 다음으로 네사쿠노카미(根拆神), 다음은 이하쓰쓰노카미(右筒之男神)이다. 이들은 모두 용맹한 신들이다. 이들에 의해 조상의 심리를 고찰해 보면 커다란 힘을 가진 암석에서 나온 신들이 남성적이고 힘이 세며 무용의 신(武勇の神)이 된 것이다.
『만엽집』	가와카미노(河上乃) 유쓰이와무라(湯津磐村)라고 적혀 있다.
『일본서기』	암석에 대해 강한 것, 무한한 세력과 절대성 등을 표현하고 있었다고 생각된다.
『고사기』	오쿠니 누시노카미(大国主命)의 구니유즈리(国讓り)의 부분과 (중략) 모토오리 노리나가(本居宣長)의 『고사기전(古事記傳)』에서도 알 수 있듯이 바위동굴에 살고 있었던 것이 아니라 바위는 신비적 위대함의 힘을 나타내고 있었다고 보았다.
『만엽집』 『노리토』	'바위에 숨었다(石隠れ給ひて)'라는 부분이 있는데, 이것이 바로 거석문화에 대한 심리상태를 표현하고 있다. 그것은 심리학적인 동시에 고고학적으로 보아야 할 것이다.

말하자면 도리이는 인류학이라는 과학을 동원해 새로운 고전해석을 시도한 것이다. 분명히 『기기』에 거석문화에 대한 '심리학적 표현'이 나타나 있으며 거석에 대한 일본 조상들의 존경심과 동경이 표출되고 있음을 제시했다. 이것을 토속학적 사상의 정신문화라고 보고

[*93] 鳥居龍藏 『人類学上より見たる我が上代の文化』(1), p.91.

도리이는 '상대인과 힘의 신념'과 '상대인의 힘을 발현시킨 유적, 유물'을 선택했던 것이다. 이는 곧 일본의 고분을 설명하기 위한 가장 유익한 '논리'였던 것이다.

　상대인이 그 힘을 발휘한 것으로서 그들의 오쿠쓰키(奧津城 : 상대인의 묘 : 필자)인 다카쓰카(高塚) 고분이 남아 있다. 오진텐노(応神天皇)의 묘, 닌토쿠텐노(仁徳天皇)의 묘는 그 대표적인 고분으로 유명한데, 이에 버금가는 규모의 다카쓰카는 기내(畿內)에도 많으며 전국에 산재해 있다. 상대인은 또한 신에게 제사 지내는 신성영역을 이와사카로 정해 암석을 세워 놓았다. 고우고이시(神護石)라 불리는 것도 이에 포함된다.[94]

　도리이는 고분을 천황의 왕릉과 연결시키는 논리를 합리화시켰고, 그것이 일본에서는 신성 지역에 나타났다는 일본 국민의 정신적 세계를 도출해 냈다. 도리이가 새로운 바람을 불러일으킨 거석문화에 대한 해석은 결국 『고사기(古事記)』, 『일본서기(日本書紀)』의 새로운 해석을 가져다주었다. 그것은 근대적 방법론으로서의 학문인 인류학을 받아들여 거석문화에 대한 해석을 통한 새로운 제창이었던 것이다.

　그것은 또한 새로운 인종을 해석하기 위한 방법론으로도 활용되는 중요한 지식이었다. 도리이는 동양의 인종연구를 위해 『고사기』, 『일본서기』의 중요성을 다음과 같이 신봉하고 있었다.

　동양의 인종 연구는 태평양이나 아프리카와 동일하게 이루어져서는 안 된다는 것을 알 수 있다. 지금까지 구미의 인종학자가 유익한 문헌

---

[94] 八幡一郎『鳥居龍蔵全集』第1卷, 朝日新聞社, 1975年, pp.635-636.

사(文獻史)를 채용하고 있지 않은 것은 그들이 이 좋은 자료를 알지 못하기 때문이다. (중략) 우리 일본에서도 마찬가지로『고사기』,『일본서기』,『만엽집』등은 중국의 문헌사와 동일한 가치를 지니는 것으로, 우리들이 가장 자랑스러워할 동양 고대의 사실인 것이다.[95]

도리이는『고사기』와『일본서기』에 기록된 거석문화에 대한 정신적 의미를 해석하여 그 중요성을 중국의 문헌과 동등함을 제시하고 있었다. 도리이에게 이제 남은 과제는 일본인종의 해석을 이끌어 내는 것이었다.

일본인종의 확정과 내러티브

특히 도리이는 거석문화를 바탕으로 그 해석의 결과로서『고사기』와『일본서기』의 우월성을 창출해 냈고 그러한 거석문화가 만들어진 시기를 신석기시대로 상정했다. 그러면서 결정적으로『고사기』와『일본서기』에 대한 새로운 가치전환을 만들어 냈고 일본 안에서의 공동체적 문화표상으로 외연화해 간다.

도리이는 거석문화의 정신적인 측면을 강조하면서 그 가치를 '원시문화의 표출'이라고 보고, 위대성이나 종교적 신앙의 문제로 확대하여 야마토민족의 독자적인 종교로서 신도(神道), 즉 순수한 애니미즘으로서 샤머니즘과 연결했다.[96] 즉 도리이는 일본의 순수한 애니미즘을 '신도'로 보았으며 야마토민족의 독자성이라고 보았다. 이처럼 도리이가 애니미즘을 종교의 기원으로 상정한 것은 타일러가『원시문화』에서 주장한 정령관념과 신관념을 그대로 답습하고

---

*95 鳥居龍蔵「人種の研究は如何なる方法によるべきや」,『鳥居龍蔵全集』第1巻, 1975年, p.477.
*96 鳥居龍蔵「日本人の起源」, 전게서, p.641.

있었다.[97]

　도리이는 일본민족의 '민족성'을 원시신도로 설정했고 오히려 신에 대한 관념의 표상으로 나타냄으로써 일본인의 '민족성'을 도출해 냈다.[98] 그리고 마지막 남은 과제는 도리이가 이러한 민족성을 가진 일본인의 기원이라고 상정했던 아이누인의 정체를 밝혀내는 일이었다. 기요노 겐지(清野謙次)가 회고하듯이 다이쇼시대는 아이누 논쟁의 전성시대였다. 물론 아이누 논쟁이란 일본인과 아이누인이 석기시대인이라고 선전했고, 그것이 아이누라고 칭하는 인종으로 범아이누[99]론으로 칭하며 아이누인의 다층성이 설명되었다. 학자든 아니든 백인들은 유색인종(일본인도 포함)이 열등하다고 보거나 하등이라고 말하는 것에[100] 대한 반론으로 아이누인을 설명해야만 했다. 도리이는 아이누인의 문제를 해결하기 위해 다음과 같은 해석을 제시한다.

　아이누란 '사람'을 의미하는 호칭은 아니다. 인간은 모두 아이누인 것이다. 이들이 석기시대 때 일본에 정착했다. 이 아이누 도래 이후에는 몽골 인종을 비롯한 몇 개의 종족이 집단으로 조선이나 만주로부터 차차 도래해 왔다고 생각된다. 이것은 신석기시대 단계이다. 일본에는 두 개의 석기시대문화 혹은 두 개의 신석기시대가 공존하고 있었다. 일본의 이 두 개의 신석기시대에는 돌멘, 멘힐 그리고 그 외의 거석기념물

---

*97 大林太郎, 兒玉仁夫『神話学入門』새문사, 2003년, p.27.

*98 鳥居龍蔵「人類学上より見たる日本人の民族性の一つ」,『解放』第3巻 第4号, 大鐙閣, 1925年, p.65.

*99 松本彦七郎「日本先史人類論」,『歴史と地理』第3巻 第2号, 大鐙閣, 1919년, p.28. 범아이누(Pan-Ainu)로 표기하며, 범아이누는 ① 현대아이누—가라후토(樺太)아이누, 북해도아이누, ② 내지고인류(内地古人類)—미야토 인종(宮戸人種), 쓰쿠모 인종(津雲人種)으로 나누었다. 그리고 아이누에 구라파인종군(欧州人種群)이 섞여 있다고까지 보았다.

*100 清野謙次『日本人種論変遷史』小山書店, 1944年, p.66.

이나 고분의 형적이 나타나지 않는다.*101

아이누란 사람, 즉 인간을 가리키는 말로서 아이누인은 몇 개의 종족을 통칭하는 말이라고 도리이는 해석했다. 그리고 일본에서 돌멘, 멘힐 그 이외의 거석기념물이 조영되고 '천황'에 대한 숭배정신에 의해 천황의 묘를 세우기 시작한 고분시대*102였다고 주창한다. 그러므로 "일본 최초 아이누가 살았던 곳에 우리 조상이 이주해 왔고 이를 통일해 마침내 일본이라는 나라를 세웠다"*103는 결론에 도달한다.

도리이는 일본인 조상이 아이누인과는 달리 이주해 온 자들이라고 설명한다. 즉 조선과 일본의 유적·유물이 유사하다는 결론에서 그것을 추출해 낸다.*104 도리이가 상정한 것은 조선과 관련이 깊음을 설명하고 동일계통이라는 논리를 설정하고 있었다. 더 나아가 그것은 곧 동아시아의 퉁구스 민족까지도 거론하기에 이르게 되고 일본인종의 북방 루트를 확인하게 된다.

도리이는 주변 지역과의 비교방법론을 통해 일본인종의 정체성을 찾아냈던 것이다. 즉 일본의 석기시대에는 선주민족이 살고 있었는데 그것은 아이누만이 아니었고 새로이 도래한 인종으로, 일본의 고분시대야말로 일본인이 새롭게 생성된 조상의 시대라고 보았다. 결과적으로 도리이는 석기시대인이나 고분시대 일본인의 기원이 된 인종이 같은 시대에 살았던 다른 민족이라고 설명한다.

또한 아이누라 불리는 열등한 인종은 거석문화를 창조한 우수

*101 鳥居龍蔵「日本人の起源」, 전게서, p.643.
*102 鳥居龍蔵「日本人の起源」, 전게서, p.644.
*103 鳥居龍蔵「歴史教科書と国津神」, 『鳥居龍蔵全集』 第1巻, 朝日新聞社, 1975年, pp.549–550.
*104 鳥居龍蔵「原始時代の人種問題」, 『鳥居龍蔵全集』 第1巻, 朝日新聞社, 1975年, p.559.

한 '고분시대인=야마토민족'에 의해 정벌되었고, 이것이 일본국가의 국가의 시발점으로 보아야 한다는 입장을 밝혔다. 도리이는 구미문화 이론에 자극을 받아 이를 수용하면서 일본인종 도래설이 맞다는 가정하에서[105] 그 도래 인종의 구체적인 '중핵'을 표상했던 것이다.

다시 말해서 도리이는 고유일본인을 중심으로 주변의 열등민족이 동화했다는 논리보다는 아이누인을 배제시키는 논리로 귀결했다. 결국 도리이는 아시아 각국의 복수 인종이 혼효(混淆)하며 일본인이 형성되었다고 생각했고, 그 요소에 아이누인은 포함되지 않는 방식으로 일본인종의 기원을 주장했던 것이다.[106]

도리이 류조의 조선 조사와 '샤먼'론

도리이는 1910년 여름 조선반도에 예비조사를 마친 후 1911년부터 1916년까지 총 6회, 그리고 1932년에 다시 재조사하는 방식으로 조사를 마쳤다. 첫 번째 조사에서는 1911년 8월 29일에 동경(東京)을 출발하여 함경남도에서 함경북도로 북상하면서 조사하고, 북쪽으로 올라가 두만강 유역을 조사한 후 1912년 3월 6일 서울로 돌아온 일정이었다.[107]

그러니까 도리이는 예비조사까지 포함하여 총 7번(8번째는 1932년임)의 조선반도 조사였으며, 특히 조선인의 생체측정,[108] 석기시대의

＊105 清野謙次, 전게서, p.57.
＊106 坂野徹, 전게서, p.211.
＊107 朝倉敏夫「鳥居龍蔵の朝鮮半島調査」,『鳥居龍蔵の見たアジア』徳島県立博物館, 1993年, pp.68-72.
＊108 박순영「일제식민주의와 조선인의 몸에 대한 "인류학적"시선 : 조선인 신체에 대한 일제체질인류학자들의 작업을 중심으로」,『비교문화연구』제12집2호, 서울대학교사회과학연구원비교문화연구소, 2006년, pp.57-92.

유적, 샤먼에 초점을 맞추고 있었다.*[109] 샤먼은 제1회 함경도 조사에서부터 관심을 갖고 조사를 실시했다.*[110] 도리이는 조선에서의 무녀(巫女)에 대한 풍습을 『일본주의 민족의 원시종교(日本周囲民族の原始宗教)』*[111]로 정리했고 다시 『인류학상으로 본 우리나라 상대의 문화(1)(人類学上より見たる上代の文化(1))』*[112]를 집필한다.

그런데 문제는 도리이가 일본과 조선이 고대에는 '공통적 특성'을 가지고 있었다*[113]는 '선험적' 시점을 갖고 있었다. 도리이는 "필자는 이 무(巫)를 통해 조선의 옛 풍속 및 습관을 보고 싶다. 오늘날에는 조선이라든가 일본이라고 말하지만 원래는 모두 동일한 민족이었으며, 이것이 서로 나누어졌지만 일본과 조선은 동일한 조상에서 나왔다"*[114]라는 시선이었다.

도리이는 조선과 일본은 동일한 조상이라는 '일선동조론'에 빠져 있었다. 동시에 조선 무속이 가지고 있던 역사성과 그 형식을 조사하는 이유도 "동북아시아에서 행해지는 샤먼은 우리나라 원시신도에 직접적으로 깊은 관계를 가지고 있으며, 실로 우리나라의 고대에는 원시종교상 샤먼 분포권 내에 속하는 것 이었다"*[115]로 보고 '인류

---

*109 末成道男「鳥居龍蔵の朝鮮調査」, 『乾板に刻まれた世界―鳥居龍蔵の見たアジア』 東京大学総合研究資料館, 1991年, p.179.

*110 朝倉敏夫「鳥居龍蔵の朝鮮半島調査」, 『鳥居龍蔵の見たアジア』 徳島県立博物館, 1993年, p.72.

*111 鳥居龍蔵 『日本周囲民族の原始宗教』 岡書院, 1924年, pp.1–308. 최석영, 앞의 책, pp.163–167. 도리이의 논고에 앞서 조선 무속에 관한 논고로 아유카이 후사노신(鮎貝房之進)의 「한국에 있어서의 살만교풍속(韓国に於ける薩満教習俗)」도 다루고 있다. 또한 김현철, 앞의 책, pp.167–176도 있다.

*112 鳥居龍蔵 『人類学上より見たる我が上代の文化』(1), 叢文閣, 1925年, pp.1–423(도리이 류조 전집 제1권 pp.13–166에도 게재되어 있으나, 단행본을 참조하였다).

*113 鳥居龍蔵「朝鮮の巫に就いて」, 『朝鮮文化の研究』 仏教朝鮮協会, 1922年, p.70.

*114 鳥居龍蔵, 위의 책, p.56.

*115 鳥居龍蔵 『人類学上より見たる我が上代の文化』(1), 叢文閣, 1925年, p.3.

학' 개념과 주위 민족의 '잔존' 형태와 연결시켜야 한다고 주장한다.

도리이에게 중요한 것은 일본의 주위 민족에게서 발견되는 옛 잔존물[116]의 비교방법론을 통해 '일본인'의 상대·고대를 심리학적 의미에서 '민족'을 이해할 수 있다고 보았다. 잔존 개념을 중시하면서도 주위 민족과 비교를 통해서 일본의 '원형'을 발견할 수 있는 것이라고 보고, 그 주위 민족을 조사한 것이다. 도리이는 주위 민족이란 결국 조선을 비롯한 주위 지방을 '동북아시아'로 상정했으며, 그 조사를 통해 동북아시아를 재해석한다는 의미에서 동북아시아 재구성의 시도였던 것이다. 그것은 당시의 문화전파론의 거장인 니시무라 신지(西村真二)의 동북아시아 논리와 맥을[117] 같이하고 있었으며, 도리이가 제시하는 동북아시아 속의 일본의 '원형'을 그려 내는 작업이었던 것이다.

우주관과 일본신화의 재구성

도리이는 일본 주위 민족에 대한 조사를 실시하면서 '민족'에 대해서 구시베리아민족과 신시베리아민족이라는 두 민족으로 크게 구분했다.[118] 그것은 도리이가 사회진화론에 바탕을 두어 '발달 정도'라는 척도로 구분한 것인데, 도리이는 조선을 신시베리아민족 범주에 넣었다. 즉 조선을 우수한 민족, 진화된 민족이라고 인정한 것이다. 물론 구시베리아민족과 신시베리아민족이 하나의 커다란 북방민족으로 묶어지고, 공통 문화로서 샤먼이 존재했다고 설정하였고, 그것이 발달 정도에 따라 구분된다는 논리였다.

그중에서도 도리이는 특별히 조선의 샤먼에 집중적으로 조사한다.

---

*116 鳥居龍蔵, 위의 책, p.4.

*117 西村真次 『日本の神話と宗教思想』 春秋社, 1924年, p.1.

*118 鳥居龍蔵, 위의 책, p.2.

도리이는 길흉(吉凶)을 점치고, 신에게 기도하여 인간의 병을 치유하고, 바람과 비를 조절하여 곡식의 풍요에 관여하며, 특히 신과 인간 사이에 존재하는 것이 샤먼이며, 조선에서는 이를 무인(巫人)이라고 호칭한다*[119]고 제시했다. 이 무인, 즉 샤먼에 대해 "조선인의 고유 종교는 샤먼이며, 이것이야말로 그들의 고대시대부터의 종교라고 말할 수 있다"*[120]고 주장하고 조선의 샤먼을 '고유 종교'로 확정해 갔다.*[121]

이처럼 샤먼이 조선의 고유 토착 '종교'로 확정하면서 다시 진화론적 시선을 통해 샤먼을 가족적 샤먼과 직업적 샤먼으로 구분하고,*[122] 시간의 추이에 의해 결과적으로 직업적 샤먼의 '형태가 완성되었다'고 논한다.

이것은 당시의 샤머니즘을 해석하는 하나의 이론으로서 샤먼을 두 종류로 나누게 되었고, 특히 구시베리아민족에게는 가족적 샤먼이 많고 신시베리아민족에게는 직업적 샤먼이 많다는 것이 의심의 여지가 없는 '정설'로 등장했다.*[123] 그리고 도리이는 신시베리아로 분류했던 민족들의 '샤먼'과 신시베리아민족에게 나타나는 우주관을 설명한다.

즉 신시베리아민족들은 우주를 구분하기를 삼단으로 나눈다는 '우주삼단론'이었다. 특히 신시베리아민족인 코리야크, 야쿠트인을 그 분석대상으로 제시하고 있었다. 야쿠트 지역에 살고 있는 야쿠트인은 토루코 종족으로, 지금도 옛날처럼 고유종교인 샤먼을 믿고 있다는 것이다. 도리이는 '코리야크인'에 초점을 맞추어 "코리야크인들

---

*119 鳥居龍蔵『日本周囲民族の原始宗教神話』岡書院, 1924年, p.6.
*120 鳥居龍蔵, 위의 책, p.24.
*121 鳥居龍蔵, 위의 책, p.26.
*122 鳥居龍蔵, 위의 책, p.97.
*123 西村真次, 앞의 책, p.45.

에 의하면 우주를 삼단으로 나누는데, 지하에 있는 나라가 요미노 쿠니에 해당하고 천상은 최고의 신이 있는 장소이다. 이곳에 사는 신은 천신이다"[124]라고 기술한다. 이러한 코리야크인의 '우주삼단구분'을 원용하여 다시 일본신화에 대하여 다음과 같이 언급한다.

> 다카마가하라(高天原)에 신들이 살고 그 아래는 나카쓰쿠니(中津国), 즉 인간과 일체 모든 것이 살고 있는 나라이다. (중략) 그리고 나카쓰쿠니 아래에는 또 하나의 세계가 존재한다. 인간이 죽으면 가는 곳으로 (중략) 이곳은 일본의 네노쿠니(根の国), 소코쓰쿠니(底津国), 요미노쿠니(夜見国)에 해당한다. 또 우주를 상중하의 삼단으로 나누는 것은 일본의 고대 사상 중에서 다카마가하라, 나카쓰쿠니, 요미노쿠니와 매우 흡사하다. (중략) 다카마가하라의 신은 나카쓰쿠니의 신과 다른 것인데 고대 일본인의 생각과 비슷하다.[125]

도리이는 신시베리아민족이 우주를 세 개의 세계로 구분하는 논리가 일본신화에 등장하는 다카마가하라, 나카쓰쿠니, 요미노쿠니와 매우 흡사하다고 본 것이다. 특히 야쿠트인의 샤머니즘을 이론을 통해 신시베리아민족의 우주관과 일본의 우주관을 해석한 것이다. 동시에 야쿠트인들이 믿고 있는 주신인 '백(白)의 신'에 초점을 맞춘다.[126] 당시 이러한 도리이 류조와 동일선상에서 니시무라도 야쿠트인이 아이(Aiy)라 부르는 신과 "태양 여신의 호칭인 (일본의) 아마테라스는 백의 신"[127]이라고 주장했다. 니시무라의 주장에 힘입어 도

---

*124 鳥居龍蔵, 앞의 책, pp.9–10.
*125 鳥居龍蔵, 앞의 책, p.11.
*126 鳥居龍蔵『人類学上より見たる我が上代の文化(1)』, 앞의 책, p.10.
*127 西村眞次, 앞의 책, p.52.

리이는 야쿠트인들이 믿고 있는 주신인 '백(白)의 신'이 곧 해의 신임을 밝히면서 이 해의 신이 일본의 아마테라스 오미카미와 연관이 깊다는 것을 제시한다.

특히 천상계를 광명의 세계로 인식한 것은 동북아시아의 고신앙에서 찾아볼 수 있었던 것처럼 일본에서도 나타난다는 것이다. 야쿠트인이 최고의 신을 광명의 신(태양을 비추는 신)과 일본의 아마테라스 오미카미는 관념상으로 동일한 것이라고 여겼다.

이러한 도리이의 북방민족 연결논리에 대해 호리오카 분키치(堀岡文吉)는 "근래 도리이 박사는 열심히 우리나라에도 샤먼교의 분포구역이라고 역설하고 신도와 연결하여 고찰하고 있는데 내가 보면 그것은 단순한 문화의 접촉으로 (중략) 적어도 북쪽은 아니다"[*128]는 반발에도 불구하고, 당시의 문화전파론의 리더였던 니시무라 신지가 일본민족이 북방적 요소를 받아들였다는 것을 부정할 수 없다는 이론적 지원을 받았다.

결론적으로 신과의 매개자역할을 담당하는 샤먼의 존재를 조선반도에서 확인하고, 신시베리아인의 우주관을 확인하면서 천 관념을 증명할 수 있게 된 것이다. 이를 통해 동북아시아에 존재하는 '샤먼, 우주관, 백의 신'이 종합적 내러티브로서 일본의 '아마테라스 오미카미'가 재구성되고 실증적 '개념'으로 권위를 재구성하게 된 것이다.

최남선의 '샤먼' 인식

최남선은 「살만교차기」라는 샤먼에 대한 논고를 1927년 『계명(啓明)』 잡지에 게재한다. 최남선은 서문에 조선 종교를 '인류학적' 방법을 통해 토속학적으로 할 것인데 그것이 '주위(민족)의 영향관계'를

---

*128 堀岡文吉 『日本及汎太平洋民族の研究』 冨山書房, 1927年, p.441.

고려할 것이라고 주장했다.*129 이것은 도리이가 "자신의 조상이 외부의 다른 것과 섞이기 전의 순수한 원시신도 연구는 (중략) 일본주의의 아시아대륙 및 남방의 섬들에 있어서의 고유한 원시종교와의 비교를 통해서 이루어져야 한다"*130고 주장하는 논리와 동일선상에 있었다. 이처럼 도리이 류조와 최남선은 동일한 방법, 즉 주위 민족과 비교를 실시한다는 인식으로 원시종교를 논하고 인류학적인 견지에서 원시문화를 해석하려고 시도했다. 다시 말하면 방법론과 그 방법론의 활용이라는 인식에 유사성을 띠고 있었다.

최남선은 일본, 류큐(琉球), 조선, 만주, 몽고를 '우랄 알타이' 종족으로 보았으며, 이들 인종 사이에 무(巫)가 중요한 원시적 종교, 고신앙(古信仰)이었다고 상정했다. 이것이 바로 샤먼인데 이 샤먼은 "성자(聖者) 혹은 제사와 같은 것이며 조선어의 '무당'에 해당한다"*131고 주장했다.

최남선 또한 도리이와 마찬가지로 동북아시아 인종을 구시베리아와 신시베리아로 나누어 구분했다.*132 물론 진화 관계에 의해 구시베리아민족과 신시베리아민족을 구분하여 나누지만 공통적인 종교로서는 샤먼이 존재했다고 보았다.*133 일본과 함께 신시베리아아 범주조선을 설정한 후 샤먼을 두 종류로 나눈 도리이와 마찬가지로 최남선도 가족 샤먼과 전문직 샤먼, 즉 직업적 샤먼을 확실히 구분했다.*134 전자는 때로는 무인과 같이 신에게 종사하는 전문적인 것이

---

*129 崔南善 「薩滿教箚記」, 『啓明』啓明俱樂部, 1927년, p.1(전집에 실린 「薩滿教箚記」에는 서문이 없어 『啓明』 잡지를 참조하였다. 이하 전집).

*130 鳥居龍藏 『日本周圍民族の原始宗教神話』, 岡書院, 1924年, p.1.

*131 崔南善 「薩滿教箚記」, 『육당최남선전집2』 현암사, 1973년, p.490.

*132 崔南善 「薩滿教箚記」, 위의 책, pp.492–493.

*133 崔南善 「滿蒙文化」, 앞의 책, p.343.

*134 崔南善 「薩滿教箚記」, 앞의 책, p.494.

아니고 각자의 집 안에서 기도를 하기도 하며, 병을 치유하기도 하는 것으로 이를 가족적 샤먼이라고 정의했다. 그리고 후자의 직업적 샤먼은 이 가족적 샤먼보다 한발 더 나아간 것으로 전문적 무인으로 신과 관계하는 일을 담당한 것이라고[135] 주장했다.

'샤먼'의 특징과 '단군'

이처럼 최남선도 도리이의 '샤먼' 논리를 모방하면서, 일본문화를 남방기원으로 주장하는 호리오카 분키치는 인정하지 않았다.[136] 또한 최남선은 샤먼이 대륙의 만몽 지방의 신앙 중 하나임을 인정하고 샤머니즘을 대륙 신도와 연관됨을 인정하고 있었다.[137] 그리고 샤머니즘의 특징 중 중요한 개념이 우주를 삼단으로 구분한다는 점에 두었다.

여기에 샤먼교의 내용을 개설하면 이 세계는 상중하의 三界로 나뉘어 거기에 신과 인간과 만물이 住居하고 있다. 즉 천상세계는 光明의 나라 선과 미의 나라이매 최고신을 비롯하여 여러 선신이 여기에 거주하고 (중략) 신의 세계와 교통하여 (중략) 신과 인간과의 仲介역할을 하는 것이 샤먼, 즉 巫堂이다.[138]

최남선은 샤먼이 인간세계와 신들의 세계를 연결하는 매개역할을 하고 있음을 강조했다. 이렇게 샤먼을 분류하는 것은 도리이의 논리를 그대로 활용하거나 원용하고 있었다. 그러면서 최남선은 샤먼의

---

*135 鳥居龍蔵『日本周囲民族の原始宗教神話・宗教の人種学的研究』, 앞의 책, p.6.
*136 崔南善「満蒙文化」, 앞의 책, p.343.
*137 崔南善「満蒙文化」, 앞의 책, p.348.
*138 崔南善「満蒙文化」, 앞의 책, pp.343−344.

구분을 통해 제정일치사회의 고유 신앙의 편린임을 각성시키고 있었다. 무엇보다도 중요한 것은, 조선반도에 나타난 샤먼이 몽고 지방의 샤먼과 닮았다고 상정하고, 동아시아의 공통적 종교현상인 하나의 공통 '문화'로 해석하면서 인종 해석과 연결해 간 점이다.

최남선은 『삼국지위지』의 「동이전(東夷伝)」을 인용하며 부여족에는 '제천'이라고 부르는 제사 행사가 있었고, 이 제사는 매우 성대하게 이루어졌었다고 설명했다. 바로 이 제천 행사가 커다란 정치적 의미를 가지고 있었고, 이것이 바로 천신 신앙이었다는 것이다.*139 최남선은 동북아시아에서 배천 사상의 특징을 부여인의 백색(白色) 사상과 연결하여 만몽의 종족들에게 나타났던 것으로 설명한다. 제천 행사가 "태양숭배 위에 세워진 신앙생활이었다는 것이 차차 명백해지는 것이다. 그와 동시에 주권자의 계통도 천제(天帝)인 태양으로부터 나온 것이 되고, 이처럼 조천일치(祖天一致)의 관계는 그 신앙을 더욱더 강화시켜 그에 대한 제전은 사회결속의 구심력으로서 매우 중대성을 띠었으리라는 것"*140이라고 단정한다.

최남선은 도리이의 이론적 틀을 원용하면서 자신의 입장을 새로이 정리하고 있었다. 다시 말하면 도리이가 제시한 백의 신과 태양숭배와 천 관념의 '동일성 및 일치성'을 내세우면서, 샤먼의 역할과 조선의 신화를 연결했다. 이것은 언어학을 통해서 탄탄하게 증명할 수 있게 되는데, 이 방법론은 호리 요시모치(堀喜望)도 강조하듯이, 당시의 트렌드로서 가치를 존중받은 방법론이었던 것이다.*141

물론 이러한 방법론은 또 하나 흉노를 토루코인으로 상정했던 종래의 서구인의 논리를 배척하고, 흉노를 몽골 종족으로 재구성한 시

---

*139 崔南善 「滿蒙文化」, 앞의 책, p.352.
*140 崔南善 「滿蒙文化」, 앞의 책, p.353.
*141 堀喜望 『文化人類学─人間と文化の理論』 法律出版社, 1954年, p.43.

라토리 구라키치(白鳥庫吉)의 논리를 활용하고 있었다.[142] 시라토리는 흉노의 언어 속에서 천을 나타내는 언어를 찾아내고 그를 설명하며 몽고어와의 관련성을 제시했다. 몽고어의 천(天)은 탱리(撑犁)인데 이 탱리가 천을 의미하며 '탱그리(Tangri)'라고 보았다. 그것을 최남선은 다시 조선어와 비교하고 있었다.

　흉노의 왕호로 천의 아들을 의미하는 원어를 『한서(漢書)』에 '撑犁', 『史記』의 索隱에 '撑黎', 『後漢書』의 주석에 '撑犁'로 된 것으로 보아 분명하다. '撑'의 음은 지금 'cheng'으로 변하고 있으나 고음은 朝鮮音 'taing' 安南音 'donh'에 그 모습을 남겨놓고 있듯이 아마도 t'ang이었다고 생각된다. Tangri의 변형(変形)인 tegeri 또는 tagri의 表音으로서 바로 上天을 가리킨다.[143]

최남선은 탱리(탱그리)가 천을 의미한다는 것에 관심을 집중시켰다. 탱리(탱그리)가 천상을 가리키고, 그것이 부여와 연결되었었다는 것도 역사화의 한 과정으로 설명했다. 최남선은 탱그리라는 언어를 시라토리가 제시하는 흉노어와의 관련을 통해 그 증거를 확보하기에 이른다. 특히 "몽골어, 토루코어의 Tegri·Tenggeri·Tangri는 (중략) 한어의 천(Ten·Tien)과 동일하다. (중략) 우랄 알타이 민족의 천(Ten)도 탱그리(Tangri)와 관계가 깊다"[144]고 주장한다.

최남선은 천이라는 어휘가 탱그리와 연관되어 있다는 시라토리의 설명을 충분히 활용했다. 그것은 곧 우랄 알타이민족이라는 동일한

＊142 白鳥庫吉「東胡民族考」, 『白鳥庫吉全集』 第4卷, 岩波書店, 1970年, p.63.
＊143 崔南善「滿蒙文化」, 앞의 책, p.357.
＊144 白鳥庫吉「蒙古民族の起原」, 『白鳥庫吉全集』 第4卷, 岩波書店, 1970年, pp.32-33. 白鳥庫吉「東胡民族考」, 앞의 책, pp.130-131.

동아시아의 범주 안에서 공통된 의미를 가진 '잔존물'이었다. 특히 이 '탱그리'라는 언어의 언어학적해석을 통해 결국 고조선의 건국신화인 '단군'을 재해석하게 된 것이다.

단군왕검이란 무엇을 뜻하는가를 간단히 결론만을 말하여 두고자 한다. 단군이란 조선 고어의 Tankul의 寫音이며, (중략) Tankul은 匈奴語의 '撐犁', 現代몽고 및 土耳其語의 Tangri와 어원을 같이하는 고대 동방에 있어서의 신성표현의 하나로서, 구체적으로는 '천'그 인격화한 '신' 또는 '신을 섬기는 사람'을 뜻한다. 현대 조선어에 무당의 애칭을 Tankul이라 하고 현대 몽고어에 Tengri가 天, 神과 巫를 뜻함은 모두 오랜 淵源에서 흘러 내려온 것이다. 왕검은 위대한 尊長이라는 정도의 뜻이며 현대 조선어의 尊長者 또는 老人을 뜻하는 영감은 이에 連絡이 있는 것으로 인정된다. Kom 또는 Kam이 동북 여러 민족 사이에서 널리 '수령', '尊長' 또는 '神靈'을 일컫는 表象임을 잘 알려져 있는 바와 같다. 이로써 생각하건대, 단군왕검이란 '天으로부터 내려오신 귀한 분' 말하자면 '天出大君'이라고도 역하여야 할 말이며 神政社會에서 祭司長으로서의 君主의 地位에 알맞은 称号임이 認定되는 바이다.

이처럼 단군을 호명하는 논리로서 최남선은 도리이와 시라토리의 논법을 활용했으며 새로운 '문화' 내셔널리즘의 생성에 관여하게 된 것이다. 근대적 학문에 내재되었다고 상정한 '근대적 학지=실증론'을 도입하면서 단군을 재구성, 새로이 호명하고 있었던 것이다. 다시 말하면 도리이의 초기 '인류학'이라는 성과가 남긴 '실증'으로서의 '자료'를 근거로 하여 그와 단군을 연결시킨 것은 의심할 여지가 없이 근대적 단군의 재구성이었던 것이다. 그 배양원으로 토대를 만들었던 도리이 류조의 '이론'을 감안하면, 피식민자가 지배자 측 입장으로 보이는 도리이의 논고를 참조하여 복합적인 방법으로 피식민자의 주체를 재구성한 것으로 볼 수 있다.

동아시아의 개념을 문화론으로 묶어 동아시아의 정체성을 찾아낸 도리이의 샤먼이라는 '형식'을 최남선은 그것을 활용했고 조선적인 것으로 치환시켰던 것이다.

이하 후유의 '샤먼' 인식

이하 후유의 '인종론'과 오키나와

오기나와학의 아버지라 불리는 이하 후유는 동경제국대학에서 챔버린의 제자 우에다 가즈토시(上田万)에게서 언어학을 배웠다.*145 다시 말하면 이하 후유의 오키나와학과 비교언어학의 연구방법은 밀접하게 관련되어 있다. 먼저 이하 후유는 '오키나와'와 '류큐'라는 호칭을 연관시켜 오키나와인의 '주체성' 문제에 관심을 두었다. 다시 말해서 이하 후유는 오키나와라는 호칭과 류큐의 호칭 어느 쪽도 긍정할 수 없다는 입장이었다.

오키나와라는 지명이 바다에 떠 있는 모습을 상징한다는 설은 틀림이 없는가. 오키나와 및 류큐의 호칭, 그 어느 쪽이 먼저인가. 지금은 도저히 확정할 수가 없다. 문헌에 그것이 나왔다고 그것을 가지고 바로 그 지명의 기원이라고 단정할 수는 없기 때문이다. 적어도 류큐라는 말은 지나인들에 의해서 사용되었고, 오키나와는 일본인

---

*145 村井紀, 전게서, p.275. 동시에 조교수로서 신무라 이즈루(新村出)가 있었고, 동기생으로 하시모토 신키치(橋本進吉), 오구라 신페(小倉進平), 그리고 2기생으로 긴다이치 교스케(金田一京助)가 있었다. 다카라 구라요시(高良倉吉) 저, 원정식 역 『류큐왕국』 소화, 2008년, p.28.

들에 의해 사용되었던 것을 보면, 이 언어의 성질이 무엇인지를 처음 보이는 문헌에서 알 수 있다.*146

류큐라는 호칭은 중국인들의 입장에서 자의적으로 부른 호칭이고 오키나와 역시 일본인들의 입장에서 명명된 것이라고 보았다. 이호칭 뒤에 숨겨진 오키나와인의 주체성 결여를 지적하고 있었던 것이다. 그렇기 때문에 '오키나와인'인 이하 후유는 오키나와인에 의한 '자신의 시점에서 보는 호칭을 만들어 내야 한다'는 의미에서의 주체성을 확립하고자 고군분투했다.

그것을 위해 합리적 방법론을 동원할 필요성이 존재했던 것이다. 아니 개인적 '지력'의 근거인 '언어학'을 기초에 두고 인종과 연결시키는 방법을 활용했다. 이는 앞에서도 언급한 것처럼 도리이가 모리야마 도쿠스케를 비판한 논리를 구조적으로 '역이용'하는 방식이었다. 즉 도리이 류조는 모리야마가 챔버린의 언어학을 선행연구로 언급하지 않은 것과 신화비교방식에 구조적 특징을 설명하지 못했음을 비판한 논리를 이하후유는 활용하는 방식으로 파고들었다.

한편 이하 후유는 이러한 도리이 류조의 '학지'를 구체적으로 심화시켜 나간다. 류큐인의 조상을 기술한 논고 「류큐인의 선조에 대하여(琉球人の祖先に就て)」을 1906년 『류큐신보(琉球新報)』에 발표했는데, 이 논고는 챔버린과 도리이 류조의 인종연구에 의거한 것이다.*147 이하 후유의 인식에 커다란 영향을 준 '과학적 방법'은 챔버린과 도리이 류조가 제시하는 언어학과 인종론이었고, 이를 현실에 적용·응용히는 방식을 취했다. 이하 후유는 '오키나와의 주체성'을 찾아내기 위해 '오키나와학'의 방법론에 '비교언어학'과 '인종론'을 결합시켰다.

---

*146 伊波普猷 『沖縄考』 創元社, 1942年, p.5.
*147 伊波普猷 「琉球人の祖先に就て」, 『古琉球』 岩波書店, 2000年, p.43.

언어학자 챔버린은 1894년에 류큐에 와서 여러 연구를 하여 다음 해 1895년에 영국의 잡지인 『지학잡지(地學雜誌)』 4호, 5호, 6호에 류큐 제도 및 그 주민이라는 60페이지 분량의 논문을 게재했다. 그리고 얼마 후 류큐어의 문법 및 사전에 관한 논문을 세상에 내놓았다. 씨는 후자 쪽 논문에서 류큐인은 그 체질상 일본인과 매우 흡사하고 몽골인 타입으로 보았다. 그들의 조상은 이전에 공동의 근거지에서 살았는데, 기원전 3세기경 이주를 꾀하여 쓰시마(対馬)를 경유하여 규슈(九州)에 상륙하여 그 대부분은 동북으로 향했고, 마침내 선주인민을 정복하여 야마토(大和) 지방에 정주하기에 이르렀다. 그 사이 남방으로 이주했던 소부족(小部族)은 (중략) 마침내 류큐 제도에 정주하기에 이르렀을 것이다. 이것은 지리상의 위치에서도 전설의 유사성에서도 언어의 비교에서도 쉽게 설명된다.[*148]

이하후유는 챔버린이 제시한 것처럼 류큐어의 문법 설명에 이어 류큐인의 체질이 일본인과 유사하다는 논리에 감화를 받아 이를 '하나의 경험적 지식'으로 승계했다. 챔버린의 계보를 이어 가는 사상운동이 밑바탕에 자리 잡고 있었던 것이다. 이하 후유의 챔버린의 선례를 통해 몽골계 인종이 이주하여 일본에 상륙했고, 일본에 상륙한 인종들은 또다시 동북으로 이동하여 선주민들을 정복하고 야마토를 세웠다는 것이다. 여기서 중요한 것은 그 일파가 남방으로 이동하여 류큐에 정주했다고 주장한 점이다. 이러한 '이해'는 도리이 류조의 오키나와 조사에 의해 '활력'을 얻게 된다.

1906년 여름, 도리이 류조의 오키나와 탐험결과는 모든 문제를 해결해 주었다. (중략) 지금까지 오키나와 섬에 석기시대의 유물이 존재하고

---

* 148 伊波普猷 『古琉球の政治』 郷土研究社, 1927年, p.113.

있다는 것을 보고한 사람은 몇 명 있었지만, 그것이 어떤 인종에 의해 남겨진 것인가를 아직 말한 사람은 없었다. 여하튼 지금까지 발견된 석기, 토기에는 인종적 특징을 나타내지 않았다. 따라서 도리이 씨가 나카가미군(中頭郡) 나카구스쿠손(中城村) 우기도(字荻堂)의 긴이와(銀岩)의 패총에서 발견된 토기, 돌도끼, 이빨 장식품, 윤곽의 모양 등은 그 인종적 표출을 나타내고, 일본 석기시대의 그것과 동일계통에 속하는 것이라는 점이 밝혀졌다.[149]

이처럼 이하 후유는 도리이 류조의 오키나와 조사결과인 '석기시대의 유물'을 근거로 하여 '인종' 해석을 합리화시킨다. 이것이 챔버린의 논리와 조화를 이루면서 이하 후유의 인식에는 하나의 '규정논리'가 형성되었다. 이하 후유의 이러한 사고방식에는 '일본'과의 관련성을 정면으로 '고찰'하려는 의도가 작동되고 있었다.

하지만 도리이 류조가 제시한 오키나와 조사결과에는 생각지도 못한 '인종론'이 포함되어 있었는데 그것은 석기시대의 유물유적을 통해 15·16세기에 이시가키지마(石垣島)의 시시(獅子) 산악의 중턱에 말레이인이 존재했다는 논리였다. 물론 도리이 류조는 말레이인종의 분파를 구체적으로 나누어 피부색 조사를 바탕으로 오키나와와는 별개의 존재임을[150] 논했는데, 이것은 이하 후유에게 있어 해결하지 않으면 안 되는 절실한 과제였다. 이하 후유는 도리이 류조가 제시한 야에야마(八重山)에 말레이인이 존재했다는 설을 다음과 같이 해석한다.

야에야마에 말레이인이 있었다는 설에는 찬성할 수는 없지만, 상고

*149 伊波普猷「琉球人の祖先に就て」, 전게서, p.60.
*150 鳥居龍蔵「沖縄人の皮膚の色に就て」, 전게서, pp.624–625.

(上古)에는 분명히 존재했을 것이다. 그것은 요나시마(与那島)에 식인풍속의 전설이 있는 것을 보면 알 수 있다. 이 인육풍속은 말레이인종과 파푸아(Papuan)인종으로 몽골리안인종에게는 없기 때문에 야에야마의 영웅이 요나국(与那国)으로 건너와 식인인종을 정벌했다는 전설은 남도에서 류큐인의 조상과 말레이인족과의 접촉을 상상하게 만든다. 그것은 또한 류큐 제도(諸島)의 주민 중에서도 말레이인종을 포함하는 것을 알 수 있다.[151]

도리이가 제시한 것처럼 이하 후유는 류큐 섬의 하나인 야에야마에 말레이인이 '존재한다'는 설에는 수긍할 수 없지만 상고시대에는 분명히 존재했다고 보았다. 그것은 요나시마에 식인풍속을 보면 알 수 있는데 그것이 '몽골'인종에게는 없는 풍습이기 때문이다.

그런데 그 후 류큐인의 조상이 된 '인종'은 식인풍습을 가진 인종을 정벌하는 과정에서 이들과의 '접촉'이 있었고, 류큐 섬에 말레이인종을 흡수하게 된 것으로 보았다. 물론 이것은 남방의 말레이인종을 배제하고 흡수하는 논리로 해결하려 했다가 다시 오키나와 섬에 아이누가 있었던 것이 새로운 문제로 부상되었다.

뱰츠(Erwin von Bälz) 박사도 고쿠라(小倉)의 사단(師団)에서 오시마의 병사 510명의 체격을 측정하고 동일한 이야기를 했다. 도리이 씨도 또한 류큐인 중에 체모가 많은 것이 적지 않음을 보고 역시 아이누의 피가 섞여 있다고 말했다.[152]

이하 후유의 입장에서 보면 말레이인종이나 아이누 인종이 오키

---

*151 伊波普猷「琉球人の祖先に就て」, 전게서, p.62.
*152 伊波普猷「琉球人の祖先に就て」, 전게서, p.60.

나와에 포함되어있다는 것은 '열등성'을 인정해 버리는 것이기 때문에 이하 후유의 인종구분 논리 속에는 '열등'한 타자와의 대화를 어떻게 전개해야 할지 정형화할 필요성이 대두되었던 것이다. 이하 후유가 이러한 미분화된 '설'을 정설화하기 위해 동원한 것은 시라토리 구라키치(白鳥庫吉)였다. 이하 후유는 시라토리의 논설을 자세히 원용하면서 자신의 입장과 복합시키는 방법으로 '정당화'한다.

여기서 주목해야 할 것은 우랄산맥 방면의 언어를 어떻게 하여 가라후토(樺太), 북해도(北海道)에 현재 거주하는 아이누가 사용하고 있는가라는 점이다. 아이누가 상고시대 원주거지는 적어도 우랄 산과 에니세이(Enisei) 강 사이에 거주했던 것으로 여겨지며 사모예드는 그 남방에 있었다. 에니세이 강변의 토어(土語)와 유사함이 있는 것으로 보아 이근처에 거주했던 것임에 틀림없다. 그리고 토이기족과 퉁구스족이 북진하자 아이누는 동방으로 이동하여 핀족은 서방으로, 사모예드는 북방으로 도망했다. 퉁구스는 아이누를 동방으로 쫓아냈고 그리하여 아이누는 퉁구스와 토로코가 다가오기 이전에 가라후토와 북해도에 거주하게 되었다.*153

즉 언어학상의 유사성을 통해 시라토리는 아이누가 우랄산맥 지방에서 거주하다가 동쪽으로 이주했다는 논리를 내세우고 있었다. 이렇게 시라토리는 가라후토와 북해도 그리고 남쪽으로 쫓겨 갔던 아이누가 퍼져 살았다고 논한다. 이러한 시라토리의 논리를 통해 이하 후유는 다시 오키나와와 인종을 명료화시킨다. 구체적으로 시라

---

*153 白鳥庫吉「アイヌの原住域」, 『白鳥庫吉全集』 第2卷, 1970年, p.144. 이와 동일한 논리가 기노시타 기미오(木下君雄)의 논고로도 이어진다. 木下君雄 『人類学物語』 那須書房, 1936年, p.151.

토리는 아이누 인종의 고향이 아시아의 고원인 우랄산맥이라고 상정하였고, 이들이 점차 동쪽으로 향해 조선반도 및 흑룡강 일대 지역으로 내려와 일부는 캄차카(Kamchatka)를 지나 북해도로 들어갔고, 일부는 조선 해협을 경유하여 규슈로 들어갔다고 보았다. 그리고 그 후 퉁구스인종에 들어오면서 아이누를 재차 동북으로 밀어낸 것으로 해석했다.

생각건대 기원전 3세기경에는 천손인종의 대이주는 말 그대로 규슈에서 아이누의 중심부를 공격했던 것이다. 그리하여 아이누의 일부는 동북으로 향해 중부로 도망쳤을 것이다. 진무천황(神武天皇)의 일행이 마지막으로 선주민족을 정벌하여 야마토에 들어간 것은 신화에서 말하는 그대로이다. 챔버린의 설을 믿는다면 류큐인의 조상은 잠시 후 바다에 떠 있는 오키나와 섬으로 이주하여 아이누를 제압한 것이다.[154]

이하 후유의 문제의식을 명료하게 뒷받침하는 '설명'이 아닐 수 없다. 이하 후유 자신이 "시라토리 설은 꽤 흥미롭다"[155]고 했지만, 사실은 시라토리의 논리를 흥미롭게만 본 것이 아니라 이하 후유 자신의 논리를 보강하기 위해 활용했다. 그렇지만 이러한 논리는 아이누를 설명하고 퉁구스인종이 이주해 왔다고 주장하기에는 부자연스러웠다. 다시 말하면 일본민족도 북에서 남으로만 이동했다고 확정할 수 없었고, 그렇다고 반대로 남에서 북으로 이동했다고 보기에도 한계가 있었기 때문이다.[156]
이러한 문제를 해결하기 위해 이하 후유는 북방의 일본인종의 이

* 154 伊波普猷 「琉球人の祖先に就て」, 전게서, p.62.
* 155 伊波普猷 『琉球古今記』 刀江書院, 1926年, pp.570−571.
* 156 福間良明 『辺境に映る日本』 柏書房, 2003年, pp.187−188.

주에 대한 견해를 피력한다. 즉 일본민족이 아시아대륙에서 혹은 남양의 어딘가에서 흘러왔고 아이누를 정복하여 나라를 세운 것이며 최근 체질인류학, 고고학, 언어학 방면에서의 연구가 진행되면서 그것들이 증명되었다고 보았다. 이를 종합하면서 이하 후유는 '일본민족'에 대한 새로운 주장을 제시한다. 즉 그것은 일본열도에 아이누보다 먼저 일본민족이 존재했다는 설이었다. 이것은 바로 도리이 류조가 『유사이전의 일본(有史以前の日本)』에서 「현재에 있어서 우리들의 조상에 대한 유사이전의 연구에 대해(現今に於ける吾人祖先有史以前の研究に就いて)」라는 소제목을 제시하며 유사이전부터 이미 일본열도에 사람이 살았다고 주장한 바 있다. 즉 아이누가 살기 이전에 일본에 조상이었던 사람들이 살고 있었다는 설이었다. 이로써 기존의 고대관념을 일신(一新)하게 되고 도리이는 자신의 학설에 대해 반대하는 사람이 없다고 주장한 것이다.*[157]

이하 후유는 마치 이러한 도리이 류조의 학설을 수용하듯 유사이전에 우수한 문화를 가진 자들이 이미 이주해 왔다는 것에 초점을 둔다. 일본인이 아이누보다도 이전에 일본에 이주했다는 것이 고고학적으로 증명이 가능할 뿐만 아니라, 국어의 자매어인 류큐어가 일본민족이 정주한 초기에 '분기(分岐)'한 것이 아니고 원시 일본어가 형성된 후에 분기했다고 주장한다. 이하 후유는 시간의 흐름에 따라

---

*[157] 鳥居龍蔵『有史以前の日本』『鳥居龍蔵全集』第1卷, 朝日新聞社, 1975年, p.212. 오구마 에이지(小熊英二)는 『역사이전의 일본(有史以前の日本)』이라는 저서에서 도리이가 논한 "이제 누구도 나의 학설을 의심하는 사람은 없다"라고 호언할 정도로 영향력을 과시했는데 기본적으로 아이누계, 남방계, 대륙계의 혼합설을 계승하고 있다고 논한다. 그렇지만 필자가 확인한 바로는 도리이가 이 부분에서 주장하는 것은 '일본열도에 아이누인 이전에 이주한 사람이 있었다'는 학설을 의심하는 사람이 없다는 논리였지, 아이누계, 남방계, 대륙계를 논한 것은 아니라고 본다. 결론적으로 도리이가 주장하는 혼합론에는 오류가 없지만, 문맥상 약간 차이를 보이는 것으로 생각된다. 오구마 에이지(小熊英二), 조현설 역, 전게서, p.211.

일본민족과 류큐 민족 사이의 관련성을 아이누 인종이 거주하기 이전으로 소급해 올라갔다. 이것은 챔버린이나 도리이 류조가 제시했던 '일본민족과 류큐인종의 동일성' 맥락을 총체화하면서도 주체적인 논리로 승화시키고 있었다.

비교언어학을 통해 본 류큐

이하 후유는 「류큐인의 조상에 대하여(琉球人の祖先に就て)」에서 이미 챔버린이 제시한 '일류동조론'을 하나의 인식론적 틀로서 대상화하고, '인종의 확증'을 뒷받침하려는 것을 전제하고 있었다. 다시 말해서 이하 후유는 언어학을 전공하면서 류큐어와 일본어의 관련성에 초점을 두었다. 이는 류큐인의 선조를 일본인의 분파로서 증명하기 위한 방법론의 하나였는데, 그것은 도리이 류조가 '인류학적 논거'의 하나로서 중시하고 있었던 '과거의 잔존'이라는 개념을 의식한 것이기도 했다. 다시 말하면 도리이는 '문명'과 접촉하지 않은 오지의 지역을 조사하면 아직 옛날의 형태가 '잔존'하고 있는 '순수한 것'을 발견할 수 있다고 보고 그것과의 비교를 통해 자신의[158] 과거를 찾아낼 수 있다는 입장이었다.

이러한 맥락을 이하 후유도 중시하면서 류큐가 고대의 원형을 잔류(殘留)시키는 곳, 즉 '원형'이 잔류한 장소로서 '류큐'의 중요성[159]을 어필했다. 즉 류큐를, 과거를 재현해 줄 수 있는 공간으로 탈바꿈시키고 있었다. 물론 이것은 이미 진행되고 있는 일본의 '류큐'지배라는 현실 속에서 피지배민족이라는 '경계'가 설정된 상황에서 '류큐'가 가진 '과거'를 유형화하려고 한 것이다. 이때 이하 후유에게 '과학

---

[158] 鳥居龍藏 「人種の研究は如何なる方法によるべきや」, 『鳥居龍藏全集』 第1卷, 朝日新聞社, 1975年, p.475.
[159] 伊波普猷 「琉球人の祖先に就て」, 전게서, p.38.

적' 근거로서 힘을 받쳐 준 것이 '언어학'이었다. 이 언어학적 방법론을 통해 이하 후유는 류큐어와 일본어의 관련성에 관심을 가지게 된다. 이하 후유는 "류큐의 단어는 십중팔구 일본어와 같은 어근이라고 해도 지장이 없다. 단지 음운의 변화나 어미(語尾)의 변화에 의해 언뜻 들으면 외국어처럼 들리지만, 잘 들어 보면 일본어의 자매어"[160]라는 논리를 도출해 내고 있었다.

특히 이하 후유의 정신적 기반이 된 챔버린이 설정해 놓은 일본과 류큐가 동일 조상으로부터 분리되었다는 주장을 1926년의 『류큐고금기(琉球古今記)』[161]와 1927년의 『고류큐의 정치(古琉球の政治)』[162]라는 논고에까지 반복해 가며 활용하고 있었다. 챔버린이 제시한 일본과 류큐의 '동일계통'이라는 논법을 확대해 가며 언어학적 방법론을 첨가해 간 것이다. 이하 후유가 언어학을 학습할 당시는 'p음'에 관한 학설이 새로운 인식론적 틀로 등장했다.

이하 후유의 스승인 우에다 가즈토시는[163] 'p음'이 'b음'과 'f음'의 변천임을 주장했는데, 이는 가나자와 쇼자부로(金沢庄三郎)도 마찬가지였다. 가나자와는 'p음'이 'h음'으로 변화되는 과정을 설명했는데,[164] 이러한 견해는 이하 후유에게도 나타났다. 아니 당시 언어학계에서는 하나의 통설로 받아들여졌고 언어학의 기저에 흐르는 일반적인 인식이었다. 이를 바탕으로 이하 후유는 'p음'에 대해 다음과 같이 설명한다.

＊160 伊波普猷「琉球人の祖先に就て」, 전게서, p.36.
＊161 伊波普猷『琉球古今記』刀江書院, 1926年, p.260.
＊162 伊波普猷『古琉球の政治』郷土研究社, 1927年, p.113.
＊163 上田万年「p音考」,『国語のため』富山房, 1903年, p.35. 우에다는 1898년에 이미 'p음'의 변화에 대해 제시했다. 上田万年「語学創見」,『帝国文学』第4巻 第1号, 帝国文学会, 1898年, pp.41-43.
＊164 金沢庄三朗「郡村の語源に就きて」,『史学雑誌』第13編 第11号, 1902年, pp.3-7.

일본어에는 오늘날 문자에서 스후(吸ふ)라고 적고 스(ス一)라고 발음하는데, 이 스후는 고대에는 문자 그대로 스후(Sufu)라고 발음했음에 틀림없다. 류큐어에서 스후(吸う)라는 것을 스푸루(Supuru)라고 말하는 것을 보면, 7세기 이후 일본어에서 스후(吸う)는 문자 그대로 스푸(Supu)라고 발음하고 있었음에 틀림없다. (중략) 일본문화의 영향을 별로 받지 않았던 미야코, 야에야마, 구니가미에서는 지금도 '파피푸페포'의 P음이 많이 사용되고 있다. 예를 들면 일본의 대(大)라는 것은 류큐 표준어로는 우후(ufu)인데 미야코, 야에야마, 구니가미의 방언은 우푸(upu)이다.*165

이하 후유는 슈리(首里), 미야코, 야에야마, 구니가미, 아마미오시마의 5개의 방언을 비교하면서 음운변화의 단계를 일목요연하게 제시했다. 'p음'과 'f음'의 변화를 설명하고, 'f음'이 결국은 'h음'으로 변화되었다는 것을 확립하기에 이른다.

상고(上古)의 'p음'은 7세기 스이코시대(推古時代) 이전에 점차로 'f음'으로 변하고, 'f음'은 15·16세기 무로마치시대(室町時代)에 이르러 'h음'으로 바뀌었으며, 16·17세기 에도시대 초기에 이르러 'f음'은 'h음'으로 변한 것은 오늘날의 학자들 사이에서는 정론으로 되어 있다. 긴키(近畿)를 중심으로 일어난 음운변화는 점차 전파되어 전국에 이르렀고, 그 여파는 남방의 류큐에까지도 다다른 것이다.*166

---

*165 伊波普猷「琉球人の祖先に就て」, 전게서, p.39.
*166 伊波普猷「p音考」, 『古琉球』 岩波書店, 2000年, p.381. 伊波普猷「南島方言史攷」, 『伊波普猷全集』 第4卷, 平凡社, 1974年, pp.10-11. 이하 후유는 계속해서 'p음'의 'f음'변천 및 'p음', 'f음'의 분포에 대해 서술했다.

이하 후유는 'p음'이 'h음'으로 변화되는 과정을 설명하면서 이러한 'p음'과 'h음'에 관한 인식이 일본에서 널리 통용되는 정설이라고 보았다. 이러한 서술은 이하 후유가 이해한 언어학적 견지에서 집대성한 '이론'이었고, 오키나와인인 이하 후유에 의해 처음으로 체계화된 것이다. 특히 우에다의 논리뿐만 아니라 이하 후유는 가나자와의 연설내용을 인용하여 오키나와와 일본인의 동일계통성을 보충한다.

> 류큐어에서는 성(城)을 구스쿠라고 하는데 야에야마에서는 이시카키(石垣)를 둘러싼 것을 구스쿠라 부른다. (중략) 구스쿠라는 말은 오키나와인이 야마토민족이라는 것을 증명하는 좋은 재료가 된다는 것이다. 조선의 고어에서 유래한 마을이라는 말이 일본에도 들어와 일본의 지위를 나타내는 말이 되었다. 그것과 동의어가 일본어에서는 성이라고 적고 시키(シキ)라고 읽는다. 야마토의 지명에 시키라는 장소가 있고 또한 시키시마(敷島)라는 일본국가의 이름으로 변했다. (중략) 오키나와인의 조상은 일본인의 그것과 마찬가지로 시키 안에서 살았던 것이 증명된다.*167

가나자와가 주장하듯이 성을 호칭하는 구스쿠라는 말을 통해 일본인과 오키나와인의 공통성을 찾아낸 것이다. 오키나와 교육회에서 실시한 가나자와의 연설을 인용하여 자신의 논리를 확인한 것이다. 이하 후유는 일본어와 류큐어가 자매어인 것을 주장하면서 "만약 언어를 가지고 인종을 분별할 수 있는 완전한 척도라면 류큐인은 일본인과 같은 인종"*168이라고 정설화했다.

---

*167 伊波普猷「琉球人の祖先に就て」, 전게서, p.59. 구스쿠는 다시 '종자를 나누어 주던 성역(聖域)'이라고도 한다. 外間守善『沖縄学への道』岩波書店, 2002年, p.313.
*168 伊波普猷「琉球人の祖先に就て」, 전게서, p.42.

그것은 언어와 인종 해석을 조립시킨 '인종 재현'이었다. 언어학이 하부구조로서 기틀을 잡아 주고 인종 해석은 상부구조에 놓고 입체적 '인종 개념'을 체계화해 낸 것이다. 이하 후유는 오키나와인의 조상에 대한 해석을 주체적으로 확증해 가고 있었던 것이다.

즉 오키나와의 조상이 규슈에서 이주해 왔다는 증거를 총체화시켜간다. 그것은 가나자와 쇼자부로가 「일선고대지명연구(日鮮古代地名の研究)」에서 제시한 "서기(書記)에 남가라(南加羅)를 훈으로 '아리히시노카라'라고 한다. 아리히(アリヒ)는 오늘날 조선어의 'Ap'의 고(古)형태인 'Arp'으로서 '앞(前)'이라는 의미이다. 또한 조선어에 전라도와 경상도, 충청도를 'Ap-to'(앞도)라고 부른다. 그리고 용비어천가에는 '북(北)'을 훈으로 Tui(뒤)라고 했다. 이들의 사실로서 보면 조선 인종의 남하설의 증거로서 충분하다"[169]는 부분을 독자화시켜 '확증적' 자료로 응집시킨다. 이러한 가나자와의 논리를 바탕으로 이하 후유는 다음과 같은 논진을 편다.

오키나와인은 어디에서 왔는가에 대해서는 역사에도 나타나지 않고 또한 어떠한 기록도 없지만, 언어학상으로 오키나와인의 조상이 규슈에서 왔다는 것을 증명하는 2·3개의 사실이 있다. 첫째, 방향의 명칭을 보면 규슈에서 온 것을 알 수 있다. 조선어에서는 '남한(南韓)'이라는 것을 옛날에는 아리히시가라(アリヒシカラ)라 했는데, 이 아리히(Arihi)는 오늘날 조선어의 앞(Arp), 즉 마에(前)이며 남(南)과 동일한 말이다. 이렇게 본다면 아리히카라는 앞쪽의 한국이라는 의미로 조선인이 북에서 남쪽을 향해 이동한 것을 증명하는 언어이다.[170]

＊169 金沢庄三郎 「日鮮古代地名の研究」, 『日韓古地名の研究』 草風館, 1997年, p.21.
＊170 伊波普猷 「琉球人の祖先に就て」, 전게서, p.63.

가나자와와 마찬가지로 일본어와 조선어의 앞이라는 언어를 통해 조선인이 북쪽에서 남쪽으로 이동한 것이라며 인종과 연결시켰다. 이하 후유는 여기서 멈추지 않고 일본 내지와 오키나와와의 언어적 차이를 통해 오키나와의 선조가 이동한 시기를 상정하고 우수성을 제시한다.

고어(古語) 및 방언에 7세기 이전의 일본어의 흔적이 남아 있는 것은 일본 본토에서 7세기경 지나 문화의 수입이 있어서 국어에 커다란 변화가 일어났던 것에 반해, 류큐에는 그러한 것이 없었기 때문에 자연스럽게 국어와 달리 크게 변하는 일이 없었다. 이렇게 생각해 보면 오키나와인의 조상이 남도에 이주한 연대는 지나 문화가 일본에 들어오지 않았던 훨씬 이전, 즉 고유의 수사(數詞)가 꽤 발달한 시대라고 보지 않으면 안 된다. 계산능력의 발생이 문명이 진보한 후에 생기는 것은 분명한 사실이므로 규슈의 일각을 벗어나 남도에 이주할 때 오키나와의 조상은 매우 발달한 문화를 가지고 있었음을 추측함에 무리가 없다.*171

이하 후유는 중국문화와의 접촉에 의해 일본어가 변용을 겪었지만, 류큐에는 그러한 접촉을 겪지 않아 언어의 변용이 일어나지 않았다고 보았다. 하지만 언어의 변용이 일어나지 않은 상태의 수사 발달을 보면 오키나와에 이주한 민족은 우수한 문화를 가지고 있었다고 주장한다. 이는 이하 후유의 기본적 인식이기도 했던 '일류동조론'을 보강하면서도 오키나와에 이주한 인종의 우수성을 '의미화'하는 작업이기도 하다. 이하 후유는 이러한 자신의 인식을 진화시키면서 '의도적'으로는 일본어와 류큐어의 차이성을 명확히 드러낸다.

*171 伊波普猷 『琉球古今記』 刀江書院, 1926年, p.567.

도리이 류조, 마쓰무라 아키라(松村瞭), 야나기다 구니오 등의 인종학적, 고고학적, 토속학적 연구 결과인 천손인종과 남도인의 관계가 깊다는 것은 증명되었는데, 류큐인의 조상은 천손강림 후 얼마 후 남도에 이주했음에 틀림이 없다. 챔버린도 '만약 이 양국어의 조상어가 있었다면 일본어는 그 조상어의 일부분을 충실히 보존하고 있고, 류큐어는 그 조상어의 또 다른 부분을 충실히 보존하고 있다. 근대 일본어가 상대 일본어를 대표한다기보다는 류큐어가 그것을 대표하는 것이 충실함을 알 수 있다'라고 말하고 있는데, 이와 같은 것이 언어 이외의 풍습에서도 말할 수 있다고 생각한다.[*172]

이하 후유는 결국 일본의 천손민족이라는 주장을 수용하면서 오키나와인이 천손민족의 한 부류임을 주장하게 된다. 그것은 언어 비교를 통해 증명되었지만, 이제는 일본어보다도 더 충실한 언어를 보존하고 있는 곳이 오키나와이며 일본어를 대표할 수 있는 것이 류큐어라고 주장하면서 다시 일본어와의 차이성을 제시한다. 그것은 달리 표현하면 일본어의 과거를 설명하기 위한 '과거의 잔존'이라는 미개성을 역으로 특화하기에 이른 것이다. 오히려 일본과 다른 오키나와의 언어적 특성이 일본과는 다른 독자적 성격으로 오키나와를 일본과 대비시키면서 차이성을 강조하고 있었던 것이다.

신화비교를 통한 일류동조론의 창출

「오모로사우시(おもろさうし)」의 해석과 신화론

오키나와의 독자성을 설명하기 위해 이하 후유가 분석한 것은 『오모로사우시』였다. 『오모로사우시』는 총 22권으로 노래 1552수가 게

---

*172 伊波普猷, 상게서, pp.260−261.

재되어 있는 시가집이었다. 13세기 초엽부터 17세기 중엽까지 400년간의 오모로(オモロ)를 정리한 것으로, 류큐의 『만엽집(万葉集)』*173이며 오모로는 류큐가 남긴 최고의 문학작품으로 평가되었다.*174

이하 후유는 오모로 이외에 류큐 고유의 사상과 류큐 고대의 논설을 연구할 만한 자료가 없다고 보았다.*175 이하 후유는 오키나와인에 의해 자생적으로 만들어 낸 오모로를 대상으로 삼아 적극적으로 오모리의 내용을 구체적으로 제시했다. 먼저 1603년경에 다이츄(袋中)가 출간한 『류큐신도기(琉球神道記)』를 통해 오모리를 해석한다.

이하 후유는 오모로와 오모리는 동일 언어로서 '신전(神前)'에서 읊는 노래라고 해석했다.*176 그리하여 신가라고도 부르며 '구와이냐'도 동일한 의미를 가진 것이라고 설명했다. 그런데 이러한 오모리의 특징은 근본형식이 단순하며 평면적인 것에 있다고 보았다. 여기서 평면적이라는 것은 앞뒤의 노래 서술방식이 말의 어미가 약간 다른 방식일 뿐이며 동일한 어구와 사상을 단순하게 반복한다는 의미에서였다. 바로 이 점이 류큐 민족의 특질을 엿볼 수 있는 것*177이라고 내놓았다. 그러면서 오모로가 가진 종교적 성분*178을 설명했다.

이하 후유는 오모로의 중요성과 특성을 제시하면서 오모로에 담겨 있는 '사상' 읽기를 시도했다. 이하 후유는 어느 나라든 상관없이

---

*173 伊波普猷 「琉球人の祖先に就て」, 전게서, p.50.

*174 嘉手苅千鶴子 「『おもろさうし』神女考」, 『沖縄文化研究』第14号, 法政大学沖縄文化研究紀要, 1998年, p.268. 오모로에는 류큐의 창세기를 비롯하여, 임금을 노래한 것, 영웅을 노래한 것, 항해를 노래한 것, 전쟁을 노래한 것, 자연을 노래한 것 그리고 사랑을 노래한 것으로 분류된다.

*175 外間守善 「日本民俗文化大系」 講談社, 1978年, p.23.

*176 伊波普猷 「琉球の口承文芸－クワイニャー」, 『古琉球』岩波書店, 2000年, p.237.

*177 伊波普猷 「オモロ七種」, 『古琉球』岩波書店, 2000年, p.223.

*178 伊波普猷 「オモロ七種」, 상게서, p.224.

그 나라의 서막은 신화에 의해 설명되는데 류큐도 마찬가지라고 여겼다. 물론 신화는 사실이 아니기 때문에 역사가 입장에서 보면 별로 중요한 가치를 지닌 자료가 아닐 수도 있지만, '인종' 혹은 '민족' 연구에 관여하는 사람에게는 귀중하고 필요한 자료라고 목소리를 높였다.

이하 후유는 자신이 '신화'의 중요성을 설명하듯이 전자적 입장, 즉 역사가의 입장에서 보면 신화가 허구적이어서 가치가 없다고 보았지만, 인종이나 민족연구자에게는 귀중하다고 보는 것은 자신이 인종이나 민족에 높은 관심을 가진 자임을 자인하는 것이었다. 이하 후유는 류큐의 창세기라 할 수 있는 오모로를 논하며*[179] 류큐의 개벽신화를 소개한다.

『중산세감(中山世鑑)』에 의하면 옛날에 천제(天帝)가 아마미쿠(阿摩美久)(아마미키요, 시네리키요)라는 신을 불러 '하계에 신들이 살 만한 곳이 있는데 아직 섬이 만들어지지 않았다. 너희가 이를 만들어라.'라고 명령했기 때문에 아마미쿠는 이 칙서를 받아 강림하여 이를 시찰했다. 동해의 파도가 서해로 치고 서해의 파도는 동해로 치고 있어 아직 섬이 만들어지지 않았다. 그래서 일단 천상으로 올라가 토석초목(土石草木)을 가지고 내려와 무수한 섬들을 만들었다. (중략) 아마미쿠는 천상으로 올라가 인종을 원하자 천제는 '네가 알다시피 천상에는 신이 많지만 내려갈 신은 없다. 그렇다고 묵과할 수는 없어서'라며 남녀 한 쌍을 내려 보내 주었다. (중략) 여신이 임신을 하여 3남 2녀를 낳았다.*[180]

이처럼 오모로 중에서 류큐의 개벽을 노래한 부분에 주목했다. 천

---

*179 伊波普猷『琉球古今記』刀江書院, 1926年, p.299.
*180 伊波普猷「琉球の神話」, 『古琉球』岩波書店, 2000年, p.389.

제가 하계를 내려다보니 신들이 살 만한 장소가 없어 아마미키요, 시네리키요에게 칙서를 내려 이를 만들라고 했다. 두 신은 칙서를 받들어 강림하여 여러 섬을 만들었는데, 너무 시간이 지연되어 다시 칙서를 내려 신들의 세계를 만들지 말고 인간들의 세상을 만들라고 했다는 것이다.

이것은 약간씩 이하 후유의 개벽신화에는 다르게 설명되기도 했다. 그렇지만 기본적으로 "최초에 해의 신(日神)이 있어 아름답게 비추고, 해신은 하계를 조감해 보니 국가가 있었으면 하여 인간세상을 만들었는데, 이것은 류큐 종족의 정신적 산물인 신화 속에 해양적 요소를 포함하고 있다. 그런데 이 부분은 『고사기(古事記)』의 개벽 부분에 나오는 아메노누보코(天沼矛)의 이야기와 현저하게 닮았다"*181라는 주장에는 일관성이 있었다. 류큐의 개벽신화와 일본의 『고사기』와 비교하면 매우 유사함을 발견할 수 있다는 것이 바로 이하 후유가 집중적으로 주장하는 담론이었다. 그리고 이러한 특징들을 살려 이하 후유는 신화에 등장하는 아마미키요를 통해 류큐인의 조상 해석을 전개해 나간다.

류큐 개벽신인 아마미키요라는 이름은 류큐인의 조상이 규슈에서 아마미오시마(奄美大島)를 거쳐 류큐에 왔다는 것을 입증하는 증거라고 생각한다. 아마미오시마의 주민은 자신들을 아마미키요의 후예라고 말하고 있다. 그들의 구비(口碑)에 의하면 아마미키요는 처음에 아마미산악(海見嶽)에 강림하여 오시마를 경영했는데, 잠시 후에 남쪽으로 이동했다는 것이다. 여기서 아마미키요는 아마미나 아마미와 내용상의 관계가 있다고 한다. (중략) 생각해 보면 아마미산악 및 아마미오시마라는 명칭도 이전에 규슈의 동남부 기슭에 있었던 류큐인의 조상이 오

＊181 伊波普猷「琉球の神話」, 상게서, p.391.

키나와에 오기 전에 잠시 동안 오시마에 있었던 것을 이야기해 주는 가장 간단한 역사인 것이다. 류큐인의 조상이 규슈에 있었다는 것을 증명해 주는 언어가 있다.[182]

이처럼 이하 후유는 류큐의 개벽신화에 등장하는 아마미키요를 통해 자신의 전공인 비교언어학적 방법론을 결합시켜 또다시 류큐 민족이 규슈에서 이주해 왔다는 것을 사실로 증명해 내고 있었다. 그리고 이러한 류큐의 개벽신화와 일본 내지의 『고사기』의 개벽신화 부분이 현저하게 유사하다고 언급한다. 즉 "최초에 해의 신이 있었고 팔굉(八紘)을 비추었다. 해의 신이 하계를 조감해 보니 섬 같은 것이 있었는데, 말하자면 아마미키요와 시네리키요에게 이를 다스리게 했다. 아마미키요의 명령으로 강림하여 많은 섬들을 만들었다. 해의 신이 너무 늦어지자 칙서를 내려 아마쓰쿠니(天つ国)처럼 사람을 만들고 구니쓰 백성을 낳았다"[183]는 부분을 반복하여 강조했다.

즉 아마미야는 류큐인이 보는 다카마가하라이며 아마미야에서 이루어지는 신들의 정치가 인간세계로 내려온 것이라고 보았다. 이하 후유는 「류큐인의 조상에 대하여」, 「류큐의 신화(琉球の神話)」, 「남도문화의 기조(南島文化の基調)」에 신화에 대한 '설명'을 거듭하면서 "류큐 개벽신화가 『기기』에 나오는 신화와 공통점이 보이며 아마미키요가 천인(天人)이라는 것"[184]을 부단히 주창한다. 물론 일본신화와 중첩시키면서 류큐의 신화를 해석하는 방식을 통해 결국 아마미키요는 류큐 섬을 창조한 여신(女神)의 이름으로 아마미(アマミ)인[185]

*182 伊波普猷「琉球人の祖先に就て」, 전게서, p.57.

*183 伊波普猷「オモロ七種」, 전게서, pp.221-222. 伊波普猷『琉球古今記』刀江書院, 1926年, p.301. 島袋原七『山原の土俗』郷土研究社, 1929年, p.17.

*184 伊波普猷『日本文化の南漸』楽浪書院, 1939年, p.857.

*185 伊波普猷『沖縄考』創元社, 1942年, p.176, p.201.

이라고 해석하게 된다.

이하 후유는 『오모로사우시』의 10권에 기록된 오모로 즉 '아리키에토노오로오사우시(ありきゑとのおおろおさうし)'에 등장하는 '데다코'와 '세노미'라는 말이 모두 해의 신의 의미로 '신의 존칭'[186]이라는 견해를 제시한다. 아마테라스 오미카미가 해의 신임을 의미하듯이[187] 해의 신을 호칭하는 언어를 바탕으로 이하 후유는 해의 신에 대한 부분을 자각시킴으로써 류큐신화를 부각시킨다. 즉 "'데다이치로쿠', '데다하치로쿠'는 해의 신의 다른 호칭이다. '아마미야', '시네리야'는 류큐 민족의 고향, 즉 다카마가하라와 같은 장소"[188]라고 규정한다. 이하 후유는 개벽신화에 등장하는 해의 신의 호칭을 오모로에서 찾아내어 다카마가하라와 연결시키면서 일본 기기신화에 나타나는 신화와 유사성을 띠고 있음을 증명해 낸 것이다. 그와 동시에 인간세계를 설명했고 또한 네노쿠니(根の国)에 대해서도 증명한다. 오모로에 등장하는 니라이(ニライ)와 네노쿠니(根の国)에 대한 해석을 아래와 같이 제시했다.

오키나와에서는 바다의 저편이 있다고 믿고 있으며 조상신의 원고향을 니라이(ニライ)라 부르고 있다. 섬마다 네리야, 니르야, 니이라, 니라, 니루라 부른다. 모두 니(ニ)는 네(根)를 어원으로 하고 있으며, 지리공간을 나타내는 접미어 라 또는 라가 변화한 루(ル), 그리고 방향을 나타내는 야, 이 등이 접미어로 붙어 완성된 복합어로서 '근본이 되는 장소', '네노쿠니'라는 의미이다. 니라이에는 먼 조상신들의 고향이라는 의미가 함의되어 있다. 『고사기』에서 말하는 바다의 저편에 있는 네노쿠니

＊186 伊波普猷「オモロ七種」, 전게서, p.220.
＊187 大石隆基『日本主義の基調』日本電報通信社, 1942年, pp.41-44.
＊188 伊波普猷「オモロ七種」, 전게서, p.221.

와 중첩해서 생각해 볼 수 있다.[189]

다시 말하면 류큐어의 '니라이'가 '소코노쿠니'라는 의미로 바다의 저편에 존재하는 곳[190]을 가리킨다는 것이다. 이처럼 니라이와 니라이소코가 지하를 의미하기도 하며[191] 나라이의 '니'에 땅의 의미가 있다[192]는 것이다. 복합어로 이루어진 것으로 '니라이 소코'는 『기기』에 나오는 네노쿠니·소코쓰쿠니와 관련이 깊다고[193] 피력한다.

이하 후유는 "오리구치 시노부(折口信夫)가 말하듯이 요미노쿠니(夜見国)가 지하의 어둠의 나라라는 의미로 사용되는 '니라이 소코'는 '니라이'만이 남아 바다의 저편이라는 제3의 의미로 전용"[194]된 것이라고 결론짓는다. 반복되지만 이하 후유는 처음부터 일본과 류큐가 동일한 조상에서 떨어져 나왔기 때문에 신화도 동일한 구조를 지녔으며, 내지의 기기신화와 별반 차이성이 존재하지 않는다고 보았다.

『고사기』에서 말하는 네노쿠니, 소코쓰쿠니라는 코스모스를 지하의 나라, 해저의 나라라고 풀 수 있다. 『고사기』에 기록된 네노카타스쿠니(根の堅州国)는 이자나미 신이 간 황천국으로 땅의 지하에 있는 암흑의 죽은 자들의 세계라고 번역할 수 있다. 네노쿠니와 황천국이 바다의 저

---

*189 外間守善『沖縄学への道』岩波書店, 2002年, p.313.
*190 伊波普猷『日本文化の南漸』楽浪書院, 1939年, p.456. 아마니(奄美), 오키나와에서는 바다 저편에서 찾아오는 신을 '아마미코', '아마미쿠'라 부른다. 아마미쿠신은 바다 저편 니라이에서 온 조상신의 의미이므로 다케토미시마(竹富島)의 니이란신과 동일하다. 다시 말하면 아마미, 오키나와에서 조상신이라고 호칭되는 아마미쿠신이 남하하여 다케토미시마에 도착한 것을 '니이라'에서 왔다는 것에서 '니이란신'이라 부르게 되었다고 한다. 外間守善『沖縄学への道』岩波書店, 2002年, p.314.
*191 伊波普猷『日本文化の南漸』楽浪書院, 1939年, p.812.
*192 伊波普猷, 상게서, p.817.
*193 伊波普猷, 상게서, pp.818-819.
*194 伊波普猷, 상게서, p.820.

편에 있는 것으로 우주관이 중첩되었음은 이론의 여지가 없다.[195]

　이하 후유는 『고사기』의 네노쿠니와 소코쓰쿠니가 지하를 의미하고 네노쿠니가 황천국을 의미하는 것과 류큐의 니라이가 동일함을 밝혀냈다. 이를 통해 류큐 신화의 구조와 일본신화의 구조적 일치성을 증명할 수 있었다. 즉 '우주관'의 공유를 비교언어학이라는 학문을 통해 입증해 낸 것이다. 비교신화학을 언어학의 일부라고 제창했던 우에다 가즈토시와 가나자와 쇼자부로의 논리를[196] 그대로 합성시킨 학자가 바로 이하 후유였다. 언어학 방법론과 신화 해석, 인종 해석이라는 각각의 분야를 종횡무진하며 통합적 논리를 만들어 내고 모색했던 것이다. 그뿐만 아니라 『연희식(延喜式)』과 『여관이쌍지(女官御双紙)』[197]의 노리토의 가사가 비슷함까지 증명해 냈다.[198] 또한 일반적인 류큐의 생활사 중 류큐에서 조선술(造船術)이 발달한 것도 신대(神代)에 아마미키요가 야마토, 아마미야에서 류큐로 이주할 때, 대장장이(鍛冶屋)를 데리고 왔기 때문에 조선술이 발달한 이유라고 설파했다.[199]

　결론적으로 류큐인의 조상은 바다를 건너왔는데 『고사기』 『일

---

[195] 外間守善, 전게서, p.318.

[196] 上田万年·金沢庄三郎 『言語学』 金港堂, 1898年, p.214.

[197] 류큐왕국의 왕비와 여관(女官), 신녀(神女) 등에 대해 기록한 것을 가리킨다. 『류큐왕국유래기(琉球国由来記)』의 기초자료가 되었고, 1706~1713년에 성립된 것으로 추정된다. 내용을 구체적으로 보면 왕비, 남편, 여관, 고급 신녀의 명칭이나 여신관(女神官)의 유래와 직장(職掌), 제사(祭祀) 신직의 계승 등을 다루고 있으며, 중앙과 지방의 신녀조직이 체계적으로 정리되어 있다. 왕조에서 제사에 신녀가 어떻게 관여했는지를 알 수 있으며, 국왕을 정점으로 하는 정치지배기구에 대응하는 신녀의 종교적 지배기구를 알 수 있다.

[198] 伊波普猷 『日本文化の南漸』 楽浪書院, 1939年, p.552.

[199] 伊波普猷, 상게서, p.722.

본서기』및 『속일본기』를 참조해 보면, 시기적으로 스이코 천황시기*200로 'p음' 변화가 일기 시작하던 시기와 맞물리게 된다. 일본 내지와의 신화의 구조적 일치성 및 의미, 그리고 언어학상의 'p음'의 변천과의 접합점을 찾아내어 역사적 사실을 재확인한 것이다. 이처럼 이하 후유는 음운학적 논리와 어휘를 비교하는 두 가지의 언어학적 방법론을 활용했던 것이다.

그리고 점차 일본 내지와의 신화 구조 동일성을 강조하면서 확신하기에 이른다. 류큐 신화가 '신들의 세계, 인간세계, 지하의 세계'라는 세 가지의 우주관을 갖게 되었던 것에 비해, 일본의 『기기』 신화에 등장하는 우주관을 대비시켰다. 이하 후유는 그 이유를 중국과의 접촉의 차이로 설명한다. 즉 "시라토리가 지적한 것처럼 『기기』의 개벽신화는 야마토민족이 만든 것인데, 천에 대한 사상이 현저하게 발달하여 그 우주관이 입체적으로 된 것은 지나 사상의 영향"*201인 것으로 보았다.

다시 말해서 이하 후유는 류큐가 대륙사상의 영향, 즉 중국의 영향을 덜 받은 것 때문에 류큐인에게는 천(天) 사상은 그다지 발달하지 못했고 우주관도 평면적이었다고 설명한다. 이것은 이하 후유가 주장하듯이 우주관이 평면적인 것은 미개하기 때문이 아니라, 그것이 바로 중국의 영향을 받지 않은 증거로서 고류큐 민족의 특질이고, 그것은 곧 류큐가 인종적으로 일본인종과 나누어질 때 수사(數詞)를 구사했듯이 우수한 인종임을 설명하는 논리와 자연스럽게 연결시켜 증명한 것이다.

이는 야나기다 구니오의 『해남소기(海南小記)』에 일본민족의 핵심에 류큐인이 자리 잡고 있다고 주장하는 논리에 대한 긍정과 부정

---

*200 伊波普猷, 상게서, p.757.
*201 伊波普猷, 상게서, p.858.

의 논리로 전개된다.[*202]

　이것은 이하 후유의 북쪽에서 남방으로 이동한 남방이동과는 상반되는 논리였다. 이하 후유의 남하론과 야나기다 구니오의 북상론은 대립했지만, 결과적으로 "현지인의 증언이라는 측면에서 적어도 '일류동조'라는 점에서는 공통된 인식을 가지고"[*203] 있었다. 물론 이하 후유는 당시 오키나와에 대해 관심이 없었던 시기에 오키나와를 단순히 식민지지배지로서의 위치가 아니라, 일본인과 동일한 조상임을 강조하면서 새로운 관심을 끌 수 있는 기회로 활용 하였다.[*204]

　당시 관심의 대상이었던 일본민족의 과거를 설명하고 해명이 복잡하게 얽혀 있던 시기에 일본민족의 루트에 대한 실마리를 풀어 줄 수 있는 신뢰의 장소였기 때문이다. 그런데 야나기다의 주장에 의해 이하 후유는 자신이 지금까지 주장해 온 오키나와의 오모로에 대한 해석과 신화 해석을 통한 일류동조론에 '남진'과 '북진'을 둘러싸고 커다란 딜레마에 빠진다.

　이하 후유는 지금까지 자신이 근거를 두었던 챔버린의 학설, 즉 "언어학상의 견지에서 조선을 경유하여 규슈에 들어온 천손민족의 일파가 기원전 3세기에 남도로 이주한 것"[*205]이 가설이라고 자인하

＊202 伊波普猷『孤島苦の琉球史』春陽堂, 1926年, pp.9-10. 柳田国男『海南小記』『定本柳田国男集』第1卷, 筑摩書房, 1963年, p.301. 柳田国男「海上の道」,『定本柳田国男集』第1卷, 筑摩書房, 1963年, p.31.

＊203 村井紀, 전게서, p.272.

＊204 이하 후유와 야나기다 구니오의 대립에 대해서는 福間良明, 전게서, pp.187-228. 특히 후쿠마(福間)는 이요리 쓰토무(伊從勉)의 입장, 즉 이하 후유가 일본과의 대등함이 좌절되자 '원고향'성을 유지하는 오키나와 연구와 야나기다의 '원일본'에 대한 이미지 추구를 위한 오키나와연구라는 입장이 르상티망(ressentiment)이라고 보았다. 그리고 이토 간지(伊藤幹治)는 야나기다의 일국민속학 논리의 밑바탕에는 내셔널리즘이 존재했고, 이를 이하 후유는 상대화하여 트랜스내셔널리즘을 형성했다는 논리로 정리했다.

＊205 伊波普猷『琉球古今記』刀江書院, 1926年, p.285.

며 한발 뒤로 물러섰다. 지금까지 이하 후유는 챔버린이 제출한 「류큐제도 및 그 주민(琉球諸島及びその住民)」을 기초로 하여 챔버린의 '일류동조론' 입장을 보강하고 부연하여 『고류코(古琉球)』까지 정리해 올 수 있었다. 그런데 야나기다 구니오가 오키나와를 조사한 후 기록한 『해남소기』에 남양에서 이주한 인종들이 류큐(남도)를 경유하여 규슈에 상륙했다고 주장한다. 이에 대해 이하 후유는 자신이 "남진설을 유지하는 것이 곤란해지는데 한번 주창한 설을 버리는 것은 아쉬운 감이 있다. 나 자신은 이 두 입장을 왕복 운동하고 있는 듯하다"[206]며 자신의 주장에 애매모호함을 드러낸다.

이하 후유는 이러한 이동의 문제에 자신이 세운 가설이 부정되었지만, 분명히 오키나와가 일본과 동류라는 논리는 부정된 것이 아니었다. 따라서 이하 후유는 야나기다의 논리 중 긍정과 부정의 논리를 진척시켜 나간다. 전자의 긍정적인 측면은 바로 일류동조라는 담론을 확대시키는 것이었고, 부정적인 논리인 남진설을 다시 강조해가는 논법으로 '차이화'를 구상한다. 그것에 다시 활용되는 것이 오모로에 등장하는 '아마미키요'라는 어휘였다.

그렇다면 일본민족의 북진 중에 떨어져 나온 것이라고도 볼 수 있다. 그렇지만 규슈에 상륙한 후에 조선에서 이주해 온 여러 종류의 민족과 합류하여 혼합문화를 형성한 민족의 일부가 남쪽으로 이주했고 그것이 류큐 민족의 핵심이 되었다고 생각할 수도 있다. 류큐국의 초기 신의 이름이 아마미키요·시네리키요인데 그들의 고향이 아마미야·시네리야인 것이다. 국왕을 노래한 오모로를 보면 아마미키요·시네리키요로라며 최초에 아마미 산악에 내려온 후 오키나와에 온 것이다.[207]

＊206 伊波普猷, 상게서, p.286.
＊207 伊波普猷, 상게서, p.287. 伊波普猷『孤島苦の琉球史』春陽堂, 1926年, p.9.

이하 후유는 '아마미야'라는 언어가 북방을 의미한다고 설명한다. 아마미키요가 아마미에 강림하여 남쪽으로 이주했다고 해석한 것이다. 아마미키요의 아마미와 아마미오시마 및 아마미 산악과 아마미 사이에는 단순한 음운상의 유사성뿐만이 아니라 내용상으로도 관련이 깊다고 설명한다. 이하 후유 자신이 이러한 아마미를 논한 「아마미야고(あまみや考)」는 야마토 문화의 남진의 흔적을 검토한 것으로, 이것이 결론에 해당된다고[208] 결론짓는다. 이것은 야나기다 구니오의 일본민족 북상설(北上説)에 대해 이하 후유가 평생 지켜 낸 남진론이었다.

다시 말하면 이하 후유는 중국과 조선을 일본 국내의 아이누와는 차원이 다른 민족으로 설정하고 있었다. 이하 후유가 민족을 보는 시선에는 대만의 생번과 같은 인종과 오키나와를 명확히 구별하고 생번을 야만적이며 모멸적 존재로 보는 일반통념을 가지고 있었던 것이다.[209] 이하 후유는 미개인들은 '피플'일 뿐이고 '왕국'을 건설하지 못했기 때문에[210] 오키나와와는 다르다고 주장했고, 일본에서 분기하여 남진해 온 우수한 인종이 오키나와의 선조임을 주장했던 것이다.

오키나와의 노로의 역할과 위상
이하 후유는 오키나와의 특징을 설명하기 위한 단서로 노로에 주

---

*208 伊波普猷『をなり神の島』楽浪書院, 1938年, p.1.

*209 伊佐真一『伊波普猷批判序説』影書房, 2007年, p.24.

*210 伊佐真一, 상게서, p.22. 일본국내의 소수민족에 대해 대만의 생번과 북해도의 아이누는 야마토민족과의 혈연관계의 측면에서 오키나와 민족과는 근본적으로 다른 위상을 가졌으며, 「그때그때(その折り折り)」, 『류큐신보(琉球新報)』 1905년 5월 11일부터 시작하여 「생번인의 정벌(生蕃人の膺懲)」이라고 표현한 『오키나와 역사이야기(沖縄歴史物語)』(1947년)에 이르기까지, 즉 그의 제국대학시절부터 만년까지 생번관은 변하지 않았다고 한다.

목한다. "노로는 축여(祝女), 기도하는 사람 또는 주술하는 사람의 의미"[211]로 해석하고, 노로는 한자로 "축여라고 쓰며 기도하는 사람"[212]이라고 제시했다. 고대사회에서는 정치가 곧 제사였고 제사는 곧 정치였던 제정일치의 사회였는데[213] 이러한 제정일치시대의 산물로서 대부분이 신에 관한 일을[214] 담당하는 것이 노로였다고 주장한다. 노로는 신에게 제사를 지내는 사람으로서 신인(神人)이며, 오키나와에서는 도키와 유타를 가리키는 것으로 신내림의 역할을 담당했던 것에 주목한다.

옛날에는 신인 (중략) 이를 도키 혹은 유타라고 부르는 것으로 나중에는 생령(生靈)·사령(死靈)의 구치요세(口寄)(죽은 자의 혼을 불러 자신의 입으로 그 의도를 이야기하는 것으로 오키나와에서는 이를 가카이몬〈カカイモン〉)이라 한다. 일본 상고시대의 신내림과 같은 것을 겸하게 되었다.[215]

이하 후유는 류큐의 고대사회에서 노로가 담당하는 역할과 샤머니즘을 주목하게 되는데, 이 샤먼교는 류큐에만 존재했던 것이 아니라 조선, 지나, 구라파의 고대에서 존재했다고 여겼다. 특히 '여성'이 제사에 관여했던 것과 무현이 정치적으로 세력을 가졌던 시대는 오키나와만이 아니라 고래 샤먼교가 성행했던 우랄 알타이족들 사이에서 존재했다[216]고 보며, 샤먼을 표현하는 명사는 민족에 따라 각

---

* 211 伊波普猷『沖縄女性史』小澤書店, 1919年, p.26.
* 212 伊波普猷『琉球古今記』刀江書院, 1926年, p.271.
* 213 伊波普猷『沖縄女性史』小澤書店, 1919年, p.4.
* 214 伊波普猷『琉球古今記』刀江書院, 1926年, p.294.
* 215 伊波普猷『沖縄女性史』小澤書店, 1919年, p.60.
* 216 伊波普猷, 상게서, p.64.

각 서로 다르지만, 그 내용은 거의 동일한 것[217]이라고 주장한다. 이하 후유는 특히 도리이 류조가 류큐의 석기시대 유물연구에서 석기시대의 고대 일본에 여신 신앙이 있었던 것을 주장했다고 인용하며, 여성이 정치에 관여한 귀중한 자료[218]로서 활용했다. 이러한 여인정치는 고류큐(古琉球)에만 존재한 것이 아니라 고대 일본사회에도 존재했다고 보아 그 동일성을 주장했다.

특히 노로가 읊은 오모로를 통해 미야코지마(宮古島)의 제정일치시대에 제식 무용이 성행했다는 것[219]을 인용하여 노로가 제식 때 입는 복장에 대해 기술했다. 노로가 "백의의 옷을 입고 곡옥을 달고 머리에 늘어뜨린 천이 있으며, 그 위에 독수리의 깃을 달고 손뼉과 북소리를 합쳐 신가(오모리)를 부르면서 춤을 추는 것이 남도 고대의 제식무용의 특징"[220]이라고 표상하고, 이러한 노로가 춤을 추는 행위나 곡옥을 장식했다는 것을 북방과 연결시킨다.

이하 후유는 "에쓰젠(越前)과 조선의 평안도 용강군의 석곽벽화, 즉 『조선고적도보(朝鮮古跡図譜)』에 구체적으로 나타나 있다. 우리나라의 고속(古俗)과 비슷한 것은 우연이 아님이 고고학적으로도 증명되었다"[221]며 일본 내지와 조선반도를 연결한다. 이하 후유는 이러한 여인들이 신직을 맡았고 여성이 노로의 역할을 담당했는데, 그 노로의 종류에 대해서 구체적으로 제시한다.

류큐어로 '아무(あむ)'는 '여자'를 가리키며 '시라레'는 일본어의 '알리다'를 의미한다. '아무 시라레'란 여성이며 다스리는 자라는 의미이다.

---

*217 西村真次 『日本の神話と宗教思想』 春秋社, 1924年, p.46.

*218 佐喜真興英 『女人政治考』 岡書院, 1926年, p.71.

*219 伊波普猷 『をなり神の島』 楽浪書院, 1938年, p.275.

*220 伊波普猷, 상게서, p.199.

*221 伊波普猷, 상게서, pp.147-148.

아무 시라레는 또한 속어로 안기야나시=여성이라고도 부른다. 고류큐
에는 3명의 대아무시라레가 있어 일정 구역의 정치와 제사를 담당했다.
그 직업은 전부 여군(女君)의 감독하에 노로를 다스렸다.[222]

즉 대아무시라레는 그 밑에 노로들을 관리하고 감독했음을 암시
한다. 류큐어의 아무와 시라레를 해석하여 얻어 낸 노로의 지위에
대한 해석이었다. 결과적으로 노로가 신직이지만, 그 계급적 차이
를 설명하면서 기코에오기미(聞得大君)를 최고의 자리로 자리매김시
켰다.

제정일치시대의 류큐 최고의 신직인 기코에오호기미에 국왕의 자매
가 임명된다. 그녀는, 즉 국왕을 수호하는 「오나리카미(をなり神)」(자매의
이키미타마(姉妹の生御魂, 살아서 영혼이 된 자를 의미)였다. 오모로에는
그녀를 노래한 노래가 많은데, (중략) 신의 마음이 머무르는 특이한 사
람이라는 의미가 있다. 이것은 이전에 기코에오호기미의 신탁을 듣고
국왕에게 전달했던 시대가 존재했음을 말해주는 것이다.[223]

이하 후유는 노로의 구체적인 종류를 설명하면서 결국은 오키나
와의 '기코에오호기미'가 최고의 신관이자 신직자였음을 증명했다.[224]
이는 다시 말하면 여자 정치 문제를 다루는 것은 일본의 '국학'[225]

[222] 佐喜真興英, 전게서, pp.57-58.
[223] 伊波普猷 「琉球の口承文芸－クワイニャー」, 전게서, p.238.
[224] 嘉手苅千鶴子 『『おもろさうし』にみる神女群像』, 『歷史評論』 No.529, 校倉書房, 1994年,
    pp.15-18. 기코에오호기미(聞得大君)의 아래에는 기미키미(君君), 노로노로(ノロノロ)라
    는 신녀들이 있었고, 초대 기코에오호기미는 두 번째 상(尚)씨 왕가의 딸이며, 상진왕
    (尚眞王)의 여동생이라고 보았다.
[225] 佐喜真興英 『女人政治考』 岡書院, 1926年, p.44.

을 세우는 문제와 맞물렸고, 언어학을 전공하면서도 이하 후유는 오키나와의 역사, 문화상을 창출하고*[226]있었던 것이다.

오키나와의 '샤먼'의 위상과 신화

이하 후유가 언어학을 전공한 이유도 있었지만, '언어 비교' 방법을 통해 신화의 형식과 논리를 해석하는 데 활용했다. 특히 오키나와의 '오모로(オモロ)'*[227]를 연구하면서 고대를 해석해 내는 방식이었다. 오모로는 보통 신가(神歌)라고 쓰고, 신의 노래라고 해석한다. 오늘날로 말하면 샤먼에 해당하는 신직(神職)인 노로(祝女)가 신전(神殿)에서 부르는 노래를 오모로라고 칭하는 것이다. 그리고 언어학상으로 오모로는 오모리(オモリ)라고도 불렀다.

옛날에는 제식(祭式)을 행할 때 신사(社)에서 부르는 노래를 「오모리구와이냐(オモリクワイニャ)」(신사의 노래라는 의미)라고 말하고 있었기 때문에 오모리는 그것을 축양한 형태인지도 모른다. 그 어원은 자세하게 규명하기 어렵지만 제정일치시대의 산물로서 대부분이 신에 관한 일을*[228] 가리키며 신 혹은 신이라고 호칭되는 남성이나 노로, 그 외의 신직에 사용되었던 것을 보면 어원은 제쳐 두고라도 신가라고 번역해도 지장이 없을 것 같다. (중략) 제정일치시대의 국민 최고의 신관인 기코에오호키미오돈(聞得大君御殿)은 국왕의 자매가 임명되었는데 이것은 국왕을 수호하는 살아 있는 영혼으로서 오나리카미

＊226 豊見山和行「琉球·沖縄史の世界」, 『琉球·沖縄史の世界』 吉川弘文館, 2003年, p.8.

＊227 伊波普猷「琉球人の祖先に就て」, 『古琉球』 岩波書店, 2000年, p.50. 이하 후유는 『오모로 사우시(おもろさうし)』가 22권, 노래 수는 총 1,552수이다. 서기 13세기 초엽부터 17세기 중엽까지 거의 400년간의 오모로를 정리한 것으로 류큐의 『만엽집(万葉集)』이라고 보았다.

＊228 伊波普猷 『琉球古今記』 刀江書院, 1926年, p.294.

라고도 했다.[*229]

물론 이하 후유가 주장하는 류큐의 국왕과 기코에오호키미(聞得
大君, 최고위의 신녀직)의 관계에 있어서 여군(女君)은 제1차 주권자
이고, 국왕이 제2차 주권자라고 하는 논리는 사키 마코에(佐喜真興
英)에게 비판을 받았다.[*230] 그렇지만 이하 후유는 국왕과 신직자의
'위치'를 둘러싼 문제보다는 신직자의 역할에서 나타나는 특징이 일
본신도와 관련이 깊다는 쪽에 무게중심을 두었다.[*231]

이하 후유는 일본신도와 관련성을 논하면서 노로의 역할을 국가
적 차원의 행사로서 '종교'를 설명한다. 고대사회의 특징인 제정일치
성을 강조하고[*232] 이러한 제정일치의 사회는 오키나와에만 존재하
는 것이 아니라 조선, 중국, 구라파의 고대에서 존재했다고 보았다.
이하 후유는 제정일치 사회에서 특히 우랄 알타이족들 사이에 공통
적으로 성행했던 것이 샤먼이 있었다는 것을[*233] 주장하고[*234] 여자
가 제사에 관여했던 것[*235]을 중요한 특징으로 보았다.

옛날에는 신지(神祇)에 봉사하고 제사에 종사하는 자는 미혼의
왕녀였다. 이 신관이 기코에오호키미(聞得大君)인 것이다. 『여관오사
우시(女官御双紙)』에 '오호키미는 33군(君)의 최상위이며, 옛날에는
여성의 최고자리에 있었고'라고 적고 있는 것에서 그녀는 국민최고
의 신관이었으며 신 앞에서 그 국민을 대표하는 자이었음을 알 수

[*229] 伊波普猷, 위의 책, p.295.
[*230] 坪井清足 『古代の日本③(九州・沖縄)』 角川書店, 1991年, p.438.
[*231] 伊波普猷 「琉球人の祖先に就て」, 『古琉球』, 岩波書店, 2000年, p.48.
[*232] 伊波普猷 『沖縄女性史』 小澤書店, 1919年, p.4.
[*233] 伊波普猷 『古琉球の政治』 郷土研究社, 1927年, p.93.
[*234] 伊波普猷 『沖縄女性史』 小澤書店, 1919年, p.64.
[*235] 伊波普猷, 위의 책, pp.21-22.

있다.*236

현재의 신도에서 제사는 남성이지만 고대에는 여성이 그 역할을 수행했다고 주장한 것이다. 특히 샤먼은 오늘날 남자도 있지만 원래는 여성이었다고*237 규정한다. 이를 근거로 하여 고대에 여성이 신관으로서 혹은 무녀로서 사회를 지배하는 논리인 여치(女治)를 소개하여 원시사회의 여성의 위상을*238 제시하고, 중요한 역할자로서 '노로'를 전면에 내세우게 된다.

즉 노로는 "축(祝)이라는 한자를 쓰는데 이것에는 이노루 히토(祈る人), 즉 신에게 제사 지내는 사람"*239이라고 단정한다. 이러한 노로는 제정일치 시대에 신관으로서 정치에 관여했으며, 당시의 행사 관리를 좌우했는데 그것을 증명해 주는 근거로 오키나와의 '오모로*240를 들었다.

이하 후유는 오키나와의 노로를 도리이가 주장한 것처럼 구시베리아, 신시베리아 중 신시베리아의 몽고의 샤먼과 연결시켜 해석한다. 몽고의 무녀, 샤먼의 역할이 오키나와의 노로, 즉 유타(ゆた)와 동일함을 주장한다.

무녀(유타)는 때로는 길흉을 점치기도 하고, 사람의 운명을 점치기도 하여 일명 박식한 사람이라고도 말한다. (중략) 유타라는 말은 국어의

---

*236 伊波普猷『古琉球の政治』郷土研究社, 1927年, p.32.

*237 西村真次『日本の神話と宗教思想』春秋社, 1924年, p.48.

*238 石門寺博『上代日本と女性』文松堂, 1944年, p.9.

*239 伊波普猷『沖縄女性史』小澤書店, 1919年, p.26.

*240 池宮正治「祭祀(神歌・儀礼・のろ制度)と文学のなかの女性」, 『琉球・沖縄史の世界』吉川弘文館, 2003年, p.198. 신녀(神女)는 제사 때의 사제(司祭), 기미(君), 오호키미(大君), 기코에 오호키미(聞得大君)라고 불리던 신녀도 근본은 '노로'라는 신녀이다. 신의 자격을 의미하는 말로 사용하던 고어의 '노루(ノル)'와 어근이 동일하다.

미코(ミコ) 또는 간나기에 해당하므로 무(巫)라는 한자를 써도 괜찮을 것이다. 이 유타라는 말은 『오모로사우시』에서도 볼 수가 있는데 오모로 중에는 무현이라고 표현하고 있다.[241]

제정일치 시대의 류큐 정부는 새로운 신녀를 임명할 때 사령(辭令)을 교부하면서 동시에 신직의 증거로서 곡옥(曲玉)을 주었는데 이러한 점으로 미루어 보아 제정일치시대에는 노로가 '국가 제식'에 크게 관여했음을 알 수 있다고 하였다.[242] 이하 후유는 노로의 역할의 중대성을 설명하고 나아가서 『오모로사우시』를 근거로 오키나와의 신화의 특징을 설명한다.

옛날에 천제(天帝)가 아마미쿠(阿摩美久)라는 신을 불러 '하계에 신들이 살 만한 곳이 있는데 아직 섬이 만들어지지 않았다. 너희가 이를 만들어라.'라고 명령했기 때문에 아마미쿠는 이 칙서를 받아 강림하여 이를 시찰하였다. (중략) 남자는 구니노키미(国君)의 시초, 차남은 아지(按司)의 시초, 삼남은 백성(百姓)의 시초, 장녀는 기미기미(君々)의 시초, 차녀는 로로(祝々)의 시초가 되었다. 그 후에 신들이 차례차례 나타났다.[243]

오키나와의 신화를 보면 천제가 명령하여 하계에 인간세상을 만들었다고 주장했다. 신화 속에 나타난 노로의 시조들을 제시하며, 그를 통해 일본신화와 오키나와신화의 구조적 일치성을 발견하고 동일성을 주장한다.

＊241 伊波普猷 『古琉球の政治』 郷土研究社, 1927年, p.88.
＊242 伊波普猷 『をなり神の島』 楽浪書院, 1938年, p.185, p.275.
＊243 伊波普猷 「琉球の神話」, 『古琉球』 岩波書店, 2000年, p.389.

첫째, 이하 후유는 "'다이치로쿠(てだいちろく)', '데다하치로쿠(てだはちろく)'는 해의 신의 다른 호칭이다. '아마미야', '시네리야'는 류큐 민족의 고향, 즉 다카마가하라와 같은 장소"[244]라고 주장하게 된다. 물론 이것이 류큐의 신화를 해석하는 결론이기도 했다. 다시 말하면 신들이 사는 천상계에서 하계에 신들과 마찬가지의 백성들의 세계를 만들었다는 것이다. 이것은 "'니라이 소코'는 『기기』에 나오는 네노쿠니·소코쓰쿠니와 관련된다"[245]고 보았다. 류큐어의 "'니라이'는 '소코노쿠니'라는 의미로 바다의 저편에 존재한 낙토의 의미를 가진다고 보고"[246] 결과적으로 이하 후유는 오리구치 시노부(折口信夫)의 주장을 빌려, 요미노쿠니가[247] 지하의 어둠의 나라라는 의미인데, '니라이 소코'가 '니라이'만 남아 '바다의 저편'이라는 제3의 의미로 전용되었을 뿐[248]이라고 주장했다.

이하 후유는 동시에 오키나와 신화에 등장하는 해의 신을 언어학적으로 증명해 낸다. 『오모로사우시』의 10권인 「아리키에토노오로오사우시(ありきゑとのおおろおさうし)」의 두 번째에 있는 류큐 개벽의 오모로에 등장하는 '데다코', '세노미'는 모두 해신(日神)의 의미로 '오누시'는 신의 존칭[249]이라고 주장한다.

고대 류큐어에 '데다코'라는 말이 있는데 이는 신 또는 왕을 가리킨다. 데다코란 해의 아들(日子), 즉 태양의 아들이라는 의미로 고대 일본어의 히코(彦 혹은 日子)에 해당하는 말이다. 류큐의 개벽을 노

---

*244 伊波普猷 「オモロ七種」, 『古琉球』岩波書店, 2000年, p.221.
*245 伊波普猷 『日本文化の南漸』樂浪書院, 1939年, pp.818-819.
*246 伊波普猷, 위의 책, p.456.
*247 伊波普猷, 위의 책, p.820.
*248 伊波普猷, 위의 책, p.820.
*249 伊波普猷 「オモロ七種」, 앞의 책, p.220.

래한 오모로에 있는 '데다코우라키레데(てだこうらきれて)'의 데다코는 신의 의미로 오모로에 있는데 (중략) 데다코는 왕의 의미였다. (중략) 이를 보면 태양의 자식인 왕은 언젠가 아버지신 태양과 동격이 되었다.[250]

이하 후유는 특히 1904년 여름 도리이 류조와 함께 오키나와를 일주하면서 논도노치(祝女御殿)를 방문했는데, 이때 노로들의 이야기를 채집하여 제신으로 '불의 신'을 모신다는 것[251]을 알아냈다. 이 불의 신을 중시하는 논리에서 이하 후유는 오키나와와 일본과의 동일성에 확신을 갖게 된다. 이하 후유는 "해와 불이 동일한 히(ひ)라는 점과 아마테라스 오미카미가 해의 신(日神)에 해당한다는 생각을 본다면 우리 고대 일본에서도 불과 태양 숭배가 결합했다"[252]는 논리를 제시하게 되는 것이다.

이하 후유는 류큐의 역사가 일본 역사의 축소판이라고 제창한다. 이하 후유는 일본과 조상이 동일하다는 '일류동조론'을 제창하게 되는데, 그것은 '오키나와 신화와 일본신화'의 동일성을 증명했던 것이다. 그것은 다시 일본과 오키나와의 '동화'의 길을 제시한 것이었다. 그러나 이 주장에는 일면적으로 해석할 수 없는 딜레마가 있었다.

이하 후유는 오키나와인의 '적응 능력'을 믿었고, 오키나와의 재생의 길을 주창하려는 의도가 감추어져 있었기 때문이다.[253] 그러나 결과적으로 이하 후유는 일본과의 동일성과 차이성이라는 이중

＊250 伊波普猷『古琉球の政治』郷土研究社, 1927年, p.57.
＊251 伊波普猷『日本文化の南漸』楽浪書院, 1939年, p.454.
＊252 佐喜眞興英『女人政治考』, 岡書院, 1926年, p.81.
＊253 伊波普猷「進化論より見たる沖縄の廃藩置県」, 岩波書店, 2000年, pp.93−95.

적인 자세를 견지하면서 오키나와의 신화와 노로의 해석, 해의 신 사상을 제창하는 '오키나와의 과거'를 재생산했던 것이다.

일류동조론의 주창과 타자화

이하 후유는 류큐의 과거를 재현하면서 노로라는 샤먼의 최고 지위의 기코에오호기미를 설명했고 사실상 류큐 민족의 위상을 체현해 주는 기코에오호기미를 어필했다. 즉 '언어학'상의 동일성을 근거로 현실의 '제국일본'의 지배를 용인하고 긍정해 버렸다는 비판에서 벗어날 수가 없는 부분이 있다.[254] 즉 이하 후유의 '고류큐'에 대한 해석은 고대를 상상의 동일성에 근거를 두고 '제국일본'을 수용하고 있었던 것이다.

그런데 이러한 비판의 논리는 쉽사리 이하 후유를 해명하는 작업으로 연결되지 않는 모순을 내포하고 있다. 이하 후유는 류큐인의 특징을 "일본과 지나 두 나라의 문화를 잘 소화하여 독자적인 문화를 발휘"[255]했다고 평가했다. 특히 이하 후유가 평생을 두고 연구한 오모로를 예로 들며 "오키나와인이 일본이나 지나의 문명을 소화하여 자신의 개성을 잘 발휘했던 시대"[256]였음을 알 수 있다고 말했다. 다시 말하면 이하 후유에게는 일본인의 위치와 오키나와인의 동질성을 강조하면서도 발전 가능성을 확인하는 계기가 되었다.

일본인은 인류학상 여러 종류의 잡다한 두골 형상을 갖게 되었는데

*254 村井紀『南島イデオロギーの発生』岩波書店, 2004年, p.285.
*255 伊波普猷『琉球古今記』刀江書院, 1926年, p.19.
*256 伊波普猷『沖縄女性史』小澤書店, 1919年, p.11.

영국도 마찬가지이다. 그것은 지리상으로 보아 영국은 대서양에 직면한 섬나라로 대륙으로부터 이주한 민족이 모두 영국에 정착했기 때문이다. 태평양의 섬나라인 일본도 마찬가지이다. 그리고 과거의 역사는 잡종의 국민이 좋다는 것을 증명해 주는 것이다. 이것은 일본에도 응용된다. 영국에서 일어난 것은 일본에서도 일어난다고 예언할 수가 있다. 이미 잡종국민인 이상 이곳에 정복자와 피정복자의 관계가 생기는 것은 틀림이 없다. 이러한 관계에서 신화·전설·습관·제도 등이 발생해 왔음에 틀림없다. 그리고 그사이 일본 국민성은 키워져 온 것이다. 그 후 한민족(漢民族)의 문화와 접하고 마침내 인도의 사상에 접하여, 그 국민성은 건강한 발달을 이루게 된 것이다. 그리고 류큐인의 조상은 그들이 아직 지나와 인도의 문화를 접하기 이전에 떨어져 나와 남도에 이주한 것이다.*257

인류학상으로 보면 잡종국민이 함께 사는 이상 지배자와 피지배자의 관계는 어쩔 수 없이 생겨나는 문제인데, 그를 통해 일본이 성장했다고 보았다. 그것은 류큐인의 조상이 지나와 인도의 문명과 만나기 전에 떨어져 나와 오키나와에 정주하게 되었다고 보는 논리를 지속시킬 수 있는 논리가 연결된다. 즉 오키나와는 "인종학상 오키나와인은 (중략) 폐번치현은 퇴화의 길을 걷는 오키나와인을 다시 진화의 길로 향하게 해 주었다. 미약해진 오키나와인을 개조할 좋은 시기"*258라고 해석했다. 이것은 폐번치현의 결과 류큐 왕국은 없어졌지만 오키나와인은 일본제국이라는 신제도 속으로 들어가 소생한 것*259이라고 주장했다. 오키나와가 일본의 신민으로 편입되는 것

＊257 伊波普猷 『古琉球の政治』 郷土研究社, 1927年, pp.111-112.
＊258 伊波普猷 「進化論より見たる沖繩の廃藩置県」, 『古琉球』 岩波書店, 2000年, pp.92-93.
＊259 伊波普猷 『沖繩女性史』 小澤書店, 1919年, p.77.

이 소생이라고 파악한 것이다. 그것은 오키나와인의 민족성을 재해석하는 논리의 발현이었다.

현재의 오키나와인이 오키나와 군도에 15만 정도 생활하게 된 것은 바로 그 생활에 적응했다는 증거이다. 풍파가 심할 때는 누가 뭐라 해도 말없이 참고 견딘다. 가령 오키나와에 부채 대신에 일본도(日本刀)를 주고 주자학 대신에 양명학을 가르쳐 주었다면 어떠했을까. 몇 명의 오시오 추사이(大塩中齊)가 배출되어 류큐정부는 깜짝 놀랐을 것이다. 그리고 폐번치현도 다른 양상이었을 것이다. 세상에는 통상적으로 우수한 자가 살아남고 열등한 자가 패한다고 말하지만, 우승열패라고 해도 우등한 자라고 믿는 자가 반드시 승리하고, 열등자라고 간주하는 자가 패한다고만은 볼 수 없다. 경우에 따라 생존하는 자가 생존한다.[*260]

오키나와인의 생활적응 능력을 믿었고, 칼을 쥐어 주고 양명학을 가르쳐 주었다면 오키나와인에게서 아주 훌륭한 인재가 등장했을 것이라고 주장한다. 또한 이하 후유는 일반적으로 세상 사람들이 우수한 자가 살아남고, 열등한 자가 패할 것이라고 보았지만, 열등한 자가 반드시 패한다고는 볼 수 없으며 생존하는 자가 우수한 자라는 논리를 세웠다.

그렇기 때문에 이하 후유에게는 일반적 통념과는 달리 오키나와인의 능력을 믿기 때문에 일본제국의 힘을 빌려 일본인과 동화하는 방법을 통해 오키나와인이 다시 제2의 길을 걷게 되어 새로운 민족으로 재소생할 것이라고 본 것이다. 이하 후유는 그렇기 때문에 "반사(半死)의 류큐 왕국은 멸망했지만, 류큐 민족은 소생하여 2천 년 전 이별한 동포와 해후하여 동일한 정치 아래에서 행복한 생

---

*260 伊波普猷「進化論より見たる沖縄の廃藩置県」, 전게서, pp.93~95.

활을 보내게 되었다"*261라는 말로 자신의 논지를 귀착시켰다. 이하 후유는 류큐의 재소생을 위한 류큐인의 주체성을 일본인이라는 제국의 힘을 빌려 가능하다고 주장하기 위한 '초대된 제국'을 상상하면서 형성해 낸 류큐의 '상상의 공동체'였던 것이다.

맺음글

일본의 인류학자 도리이 류조는 '인류학'이라는 '서구'의 학지를 받아들이면서 일본인종·민족의 루트 발견에 활용한다. 이것은 당시 일본제국주의의 피억압민족으로 전락된 조선에도 전파된 하나의 이론이었다. 조선도 일본인 도리이가 가지고 들어오는 '근대적 학지'의 자장에서 자유로울 수 없었다.

특히 도리이는 직접적으로 인류학적 조사라는 입장에서 조선의 샤먼을 조사하면서, 동북아시아에서의 샤먼이 가진 의미를 찾아내었다. 동아시아 문화 공동체에서 공통적인 잔존물로서 신과 소통하는 '샤먼'이 존재함을 제시하면서, 천의 신 상징에 나타나는 '백'의 관념이 일본의 아마테라스 오미카미와 연결된다는 것을 증명했다. 이러한 담론에서 자유로울 수 없었던 최남선은 '샤먼'을 하나의 '전통'으로 수용한다.

즉 도리이가 활용한 '서구'이론＝근대적 지(知)'의 시점을 모방하고 있다는 점이다. 도리이와 마찬가지로 '일본국가' 체제 안에서의 '국민'이라는 위치에서 최남선은 샤먼이라는 전통을 하나의 아이콘으로 활용한다. 실증적인 '사실'로서 눈앞에 존재하는 것을 증명함과 동시에, 하나의 지적 담론으로 나타난 '아이콘'으로 '샤먼'을 본 것이다. 이를 통해 최남선은 도리이 류조가 제시하는 동북아시아

＊261 伊波普猷「琉球人の祖先に就て」, 전게서, p.67.

의 샤먼 및 천 관념을 수용하여 조선의 단군을 증명해 내는 '도구'
로 활용했다. 일본인이 주장하는 아마테라스와 마찬가지로 단군
의 위상이 전면적으로 부상되었고, 동아시아 공동체 속에서의 단
군을 가시화시키고 있었다. 그것은 타자인 도리이가 발견한 내부
의 샤먼을 통해 내부의 내부를 체현하면서 새로이 창출해 낸 담론
이었다.

이러한 논리는 동시대적으로 식민지지배체제에 편입된 오키나와
의 지식인인 이하 후유에게도 나타났다.

이하 후유는 '비교언어학'을 축으로 하는 학문적 장르를 통해
'일류종조론'을 주조해 냈다. 동시에 도리이 류조와 시라토리 구라
키치의 인종론과 가나자와 쇼자부로의 비교언어학 논리를 활용하
여 오키나와와 일본의 '동일성'에 근거를 마련했다. 도리이 류조는
일본인종의 '기원'을 찾기 위한 하나의 방법으로서 남방계통에도
관심을 둔 '인류학'자였다.

당시 도리이는 오키나와와 말레이 종족의 차이를 설명하고 오키
나와와 일본 내지와의 인종적 동질성을 논했다. 그 방법론에는 신
화의 비교와 언어학상의 비교연구를 새로운 방법론으로서 제시했
다. 그것은 영국의 일본학자인 챔버린의 논고를 참조하고 있었고
도리이의 인식 속에 내재하고 있었다. 이하 후유는 이러한 도리이
류조의 인종론과 챔버린의 언어학적 논리를 계승하여 오키나와학
의 창출에 노력했다.

특히 오키나와인종에 말레이인종이 섞여 있다는 논리를 해석하
기 위해 도리이와 시라토리 구라키치의 논리를 동시에 활용했다.
즉 말레이인종의 분파적 특징을 통해 오키나와의 상고에는 존재했
을지도 모르지만 이주자들에 의해 정벌되었다고 보았다. 또한 아
이누의 문제가 부상되었을 때, 이하 후유는 시라토리의 지적을 활

용하여 퉁구스인종의 정벌에 의해 아이누가 쫓겨난 루트를 확인하며 퉁구스인들이 동쪽으로 이주해 왔음을 주장했다.

이것은 시라토리가 언어의 유사성이라는 방법론을 통해 서술했는데 이하 후유 또한 이를 수용하고 있었다. 그리고 이하 후유 자신의 스승인 우에다 가즈토시가 제시하는 'p음'의 변용을 통해 류큐어와 일본어가 자매어임을 증명했다. 나라시대에 사용되었던 'p음'이 시대의 흐름에 따라 'f음', 'h음'으로 중앙에서 변방으로 동심원을 그리며 퍼져 나갔고, 그것이 오키나와, 오우(奧羽) 등의 변경으로 확대되었음을 구체적인 단어를 통해 제시했다. 동시에 가나자와가 설명한 방향을 가리키는 단어의 설명을 원용하여 인종의 이주가 북에서 남으로 이동했음을 증명했다.

이처럼 오키나와인종이 북에서 남으로 이동했다는 논점을 중시하면서 이하 후유는 이를 확인시켜 주는 열쇠를 '오모로'에서 찾았다. 오모로는 신전에서 읊는 노래 모음집인데, 이 오모로에 적힌 신가(神歌) 개벽신화를 재해석했다. 특히 일본 내지와의 신화 구조적 일치성을 전개하며 오키나와인의 우주관을 제시했다. 『고사기』에서 말하는 다카마가하라와 오키나와의 아마미키요의 관계, 그리고 아마테라스 오미카미가 해의 신임을 의미하듯이 데다코와 세노미라는 해의 신이 존재한다는 것 등을 증명했다. 또한 오키나와의 니라이라는 말이 네노쿠니라는 것을 명확하게 제시했다.

이러한 신화의 구조적 일치 현상을 통해 일본인종이 남쪽으로 이동했다는 '남진론'에 대한 담론의 재편성을 가능케 했다. 특히 제정일치사회의 오키나와의 노로가 동북아시아의 샤먼과 그 역할이 일치함을 설명하면서 북방과의 연결성을 지속적으로 주장했다. 제식 때 춤을 추는 복장이나 장신구의 특징은 조선의 석곽벽화와 비교하여 설명하는 등 북방과 연결시켜 해석했다.

특히 기코에오호키미는 최고의 신직자로서 정치에도 관여했음을 증명함으로써 그 위상을 설명했고, 오키나와의 국학을 창출하기에 이르렀다. 이처럼 이하 후유가 일류동조론을 지속적으로 주장한 것에는 '일본제국주의 논리'를 수용했다는 의미로서 비판의 대상이 되기도 하지만, 일면적으로만 해석할 수 없는 측면이 존재했다. 이하 후유의 오키나와인에 대한 인식을 보면 결국 오키나와인이 현실적응이 빠르며 개성을 잘 발휘하는 민족적 특징이 있음을 주창했다.

이하 후유는 일본의 신민이 되는 것이 오키나와의 개조와 연결되며 더 나은 민족으로 개조될 것이라고 보고 있었다. 특히 우승열패 논리가 열등한 자가 우수한 자에게 흡수되는 것이 아니라 살아남는 자가 우수한 자라는 논리를 활용하면서 오키나와가 일본제국으로 편입된 것은 오키나와의 재생과도 연결된다고 보았다. 이것은 이하 후유의 일류동조론을 정교히 만들어 가는 과정이었으며 야나기다 구니오의 북진론과 길항관계에 있으면서 오키나와의 주체성을 확립한다는 의미에서 상상의 고대를 재현해 냈던 것이다.

이처럼 도리이 류조와 최남선, 이하 후유는 '국가의 신화 담론'을 창출해 내는 '공식화된 공간'에 관여했다는 점에서는 동일했다. 그것은 일본인=제국주의자, 조선인, 오키나와인=피지배자라는 구분법이 아니다. 이들이 전도하려는 것은 '국민' 신화 만들기 작업에서 '국민의 정체성 확립'의 창출자였던 것이다. 바로 이 점이 근대국민국가가 만들어 내려는 인식의 '폭력'에 가담했다는 점에서 비판적이다. 그러나 중요한 것은 도리이 류조가 만들어 내는 내러티브와 이를 모방한 최남선과 이하 후유에게는 '인류학'이라는 학문적 지식을 수용한다는 점에서 공통적이지만 그들이 다시 재현해 낸 결과는 달랐다. 최남선은 조선의 단군을 재창출했고, 이하 후유는 일본인과의 동조론을 강조했다는 점이다. 이 문제는 역사 속에서 민족의 신화를 둘러싼 '특수'와 '보편'의 헤게모니 경쟁 속에서 서로가 보편적 근대민족의 아이덴티티를 창출하기 위한 모색의 일환으로 나타난 중층(重層)적 양상이 존재했음이 드러난 것이다.

최남선

불함문화론*

전성곤 풀어옮김

* 이 글은 1927년 8월 『조선 및 조선 민족(朝鮮及 朝鮮民族)』(제1집)에 발표되었다.

불함문화론

1. 동방 문화의 연원

나는 최근 수년 동안 조선 역사의 출발점에 대해 고찰을 시도해 왔다. 이러한 인문(人文) 기원에 대한 탐구는 자연스럽게 동방 문화의 연원을 생각하게 하는데, 어느 새인가 연구 대상도 그 후자로 바뀌게 되었다. 그리하여 동방 문화의 원시 상태는 조선을 통하여 비교적 뚜렷하게 조망할 수 있으리라고 생각하게 되었고, 한편으로 전인미답(前人未踏)의 경지인 만큼 대단한 흥미에 이끌리는 바였다. 여하튼 동양학의 진정한 건립은 조선을 중심으로 하여, 조선의 오랜 비밀스러운 문이 열리는 것을 기다려 비로소 시작되리라고 생각한다.

오랜 전승에 의하면 조선의 인문은 단군(壇君)이라는 건국자에 의해 시작된 것이라고 되어 있는데, 이것이 조선 역사 시작의 첫 번째 수수께끼로서 학자의 의견이 분분하여 옳고 그름을 따지는 표적이 되어 있다. 게다가 까다로운 것을 혐오하는 성급한 학자들에 의해 말살과 다름없는 운명에 조우하여, 훨씬 후대의 민족 감정적인 산물인 것처럼 논해지고 있는 것도 어제 오늘의 일이 아니다.

이제는 벌써 단군을 문제 삼는 것조차 한가한 사람의 일처럼 취급되는 식으로 극도에 달한 것 같은 생각도 든다. 그러나 그를 실재계에서 매장한다손 치더라도, 지금까지 이를 다루는 방법은 너무나 소홀하고 경솔하여 학문적 신중함이 결여된 커다란 문제가 있었다.

단군을 고려 중엽의 일개 승려의 날조에 돌려서 그것을 깨우쳤다고 하는 횡포는 매우 극심한 태도라 아니할 수 없다. 훨씬 후대의 문헌적 증빙을 놓고서만 그 옳고 그름을 다투고, 원시 문화의 산물을 고찰함에 있어서 가장 중점을 두어야 할 인문 과학적 방법이 전연 도외시되고 있음은 오히려 기괴한 일이라 하겠다.

내가 보기에 단군은 조선 고대사의 수수께끼를 해결할 수 있는 유일한 열쇠이다. 따라서 이를 통해서만 극동 문화의 옛 모습을 조망할 수 있을 것 같은 지극히 중요한 동양학의 초석이라고 생각한다. 단군에 관한 상세한 고증은 다음 기회로 미뤄 두고, 그 중에서 동방 문화의 연원 문제의 기초가 될 한 가지를 열어 보여 단군 신화(혹은 전설)의 중요성을 들추어 보고자 한다.

단군 신화는 태백산을 그 무대를 삼고 있는데, 이 태백산이 실은 용이치 않은 고문화(故文化)가 분명하게 드러나는 보고(寶庫)인 것이다. 단군을 실재적 인물로 생각할 경우에 이 태백산은 지금의 백두산 혹은 묘향산이 이에 견주어 비교되어 아직도 정설을 보지 못하고 있는 상태이다. 그러나 단군의 민속학적 연구 결과는 구태여 태백산에 그 객관적 대비를 요구하지 않으며, 또한 반드시 정착적인 결정을 필요로 하지도 않을 것이라 생각된다.

단군의 강림지가 묘향산인지 백두산인지는 오랜 논란거리였다. 최남선은 일본 학자들의 묘향산 단군 강림설을 반박하고 檀君이 아닌 壇君을 주장하였다. 백두산과 단군은 불함 문화의 핵심개념이다.

아직 아무도 유의하지 못하고 있는 일이지만, 조선에는 백(白 ; Paik) 또는 그와 유사한 음과 뜻을 명칭으로 가지고 있는 산이 매우 많다. 현재 반도 내에서만 보더라도 가장 북쪽에 있으며 가장 유명한 백두산을 비롯해, 장백(長白)·조백(祖白)·태백(太白)·소백(小白)·비백(鼻白)·기백(旗白)·부백(浮白)·백운(白雲)·백월(白月)·백암(白巖)·백마(白馬)·백학(白鶴)·백화(白華) 등과 같은 명칭의 산을 도처에서 볼 수 있다.

더욱이 백(白) 음(또는 훈)의 전주(轉注)차용까지 합치면, 지역 내부 산악의 십분의 몇으로써 헤아릴 정도로 많은 숫자를 보여주고 있다. 특히 장대한 산들의 무리나 준엄하고 높은 산봉우리에 이 명칭이 따라다니는 것이 우리들의 주의를 끈다. 이는 언뜻 글자 형태로 보면 지형을 표현한 것, 또는 한어(漢語)의 아의(雅意)을 취한 것이라고도 생각할 수도 있다. 그러나 좀 더 깊이 연구하여 밝혀 보면 그런 것이 아니라, 조선의 옛 어형(語形)이 만엽(萬葉)류 즉 이두식으로 사음(寫音)화하였다가 점점 약간의 아화(雅化)를 거친 것에 지나지 않음을 인정할 수 있다.

일체의 자질구레함과 성가신 고증을 생략하고 바로 결론만을 말한다면, 조선에 그와 같이 백(白)자의 명칭을 가진 산이 많음은 실로 민속적으로 깊은 연유가 있는 것이다. 다른 모든 증적의 자취가 다 인멸된 오늘날 다행히도 절금유주(截金遺珠)와도 같이 이러한 산의 명칭이 남아 있어 고문화의 중요한 내면을 들여다보고 알 수 있음은 실로 의외의 선물이라고 할 수 있다.

여러 방면으로 깊이 생각하고 연구해 본 결과 현재까지 역사적 사실로 전해진 국가 초기의 사업 자취 대부분이 일정한 시대까지의 종교적 시상(事象)을 기본으로 성립한 민족적 성전의 편린임을 알 수 있다. 그와 같은 고전이 경솔한 문헌적 학자들의 손에 의해 말살되지 않는 고전의 강인성도 실은 이러한 지지가 있어서이다.

현재 조선의 산 이름에서 백(白)자의 어형은 실로 그 시대 문화의 중심 사실을 시현(示現)하는 귀중한 증빙인 것이다. 나는 오랫동안

고생한 끝에 이 일점을 파악하여 비로소 조선의 원시 문화에 대한 확실한 광명을 얻게 되었고, 그 윤곽을 어느 정도까지 묘사할 수 있게 되었다.

실상 조선에는 상당히 오랜 옛날부터 태양을 대신(大神)으로 하는 일종의 종교가 성행하였다. 더욱이 그것은 어느 시대에 이르러서는 약간의 고등 요소를 포함한 윤리적 종교로 발전하려는 단계까지 이르렀다. 그 시대의 문화란 것은 요컨대 이 종교적 충동에 의한 민족 생활 자체였다. 그러나 이것이 후세에 전승되어 기록으로 실리기까지 된 역사적 사실은 결국 이 사상 혹은 의의의 설화적 표현, 그리고 또 그 전승으로써 중대했던 것이다. 그리하여 백(白)자에 함축되어 있는 것은 그 종교 사상(事象) 또는 전(全) 문화 과정의 핵심을 이루었던 것이다.

2. 백산과 천자

현재의 조선어에서 붉(Părk)은 단순히 광명을 의미하는 것이나, 내가 조사한 바에 의하면 그 옛 뜻에는 신(神)과 하늘의 의미가 포함되어 있다. 그리고 신이나 하늘은 그대로 태양을 의미하는 것이었다.

조선에서 천제(天帝)를 호칭하는 하날님(Hanăr-nim)이란 말도, 고대에는 태양 그것의 인격적 칭호였던 것으로, 태양이야말로 세계의 주인으로 삼았음을 짐작하여 알 수 있다. 그런데 고대에는 종교적으로는 하날(Hanăr) 혹은 그 인격형인 하날님(Hanăr-nim)보다도 특히 붉(Părk)이나 그 활용형인 붉은(Părkăn) 혹은 붉은애(Părkăn-ai)가 태양을 호칭하는 성스러운 언어로서 오히려 많이 사용되었던 듯하다. 백(白 ; Părk)이란 곧 이 붉(Părk)의 대응 글자였던 것이다.

원래 하늘을 추상화하지 않고 태양이라는 구체적 존재로서 본 것도 그렇지만, 이 구체적 형상 요구가 더욱 친근미를 필요로 할 때 하늘 곧 태양신의 측근에서 진호(鎭護)를 생각하게 되었다. 이러한 욕구에 호응하여 신산(神山)이란 신앙 현상이 생활 속에 종교적으로 나타나게 되었다.

아무튼 옛날에는 산악 그 자체를 숭배하는 것도 행해졌을 것이나, 현재 우리가 소급할 수 있는 시간상의 끝에서 보아도, 조선에서의 신산(神山)이란 결코 다른 곳과 같은 상적인 산악 숭배가 아니라, 천계(天界)의 인간적 존재 또는 태양의 권현(權現) 혹은 그 신성한 것임을 알 수 있다. 이와 같은 의미에서의 신체(神體)로서 산이 붉(Părk)·붉은(Părkăin), 붉은애(Părkăin-ai)로서 호칭되었던 것이다. 신의 산, 신인(神人)의 산이란 의미이다. 이 경우에 사용된 Părk은 단순히 신을 의미하는 것으로서, 현재 이해하는 광명의 의미와는 직접 관계가 없음은 물론이다.

이와 같은 신산(神山) 곧 붉(Părk)산은 그들의 생활 장소인 어느 곳에나 어느 부족에게나 반드시 마련되었으며, 그리하여 이 신산을 중심으로 하여 그들의 공적·사적 생활이 이어졌던 것이다. 작은 부락에는 작은 것이 있었고 큰 부락에는 큰 그것이 있었으며, 어느 한 지역을 경계로 그 안에서 표식적인 산 또는 그 최고봉이 이것으로 충당되었다. 지금 군읍마다 존재하는 진산(鎭山)이란 것도 지나(支那)의 그것을 모방하였다기보다 오히려 그 민족적 옛날 풍속을 계승하여 온 것이다.

여하간 고대에 그들의 부족 내지 국가 성립의 첫째 조건은 이 신산(神山)의 존재였다. 그것이 시대적 형세의 진전과 함께 부족의 통합이 이루어져 더 큰 국가가 성립되는 경우에 많은 신산이 경합하니, 거기에 크고 작음이나 귀하고 천함 등의 히에라르키(Hierarchie) 등급이 붙여져, 지금 보는 바와 같은 태백(太白)·소백(小白) 기타의 기이(岐異)가 생긴 것이었다.

더욱이 붉은(Părkăn), 붉은애(Părkăn—ai)의 전이 형태로 백운(白雲)·백암(白巖) 등의 자형(字形)이 생기고, 조선어의 음운 법칙에 의한 많은 다른 이름들이 돌고 돌아 더 생겨나게 되었다. 이것이 조선에 백산 종류가 많은 연유이며, 그 껍질을 벗기고 더듬어 들어가면 의외의 역사적 원천에 도달할 수 있는 단서가 되기도 하는 것이다.

이 붉(Părk)·붉은(Părkăn), 붉은애(Părkăn—ai)란 것은 실은 조선에만 국한된 것이 아니라 조선을 중심으로하여 상당히 광범위하게 그 증거가 역력히 잔존하는 것을 보면 꽤 광범위하게 분포되어 있었음은 의심할여지가 없는 바이다.

우선 일본의 지명에 매우 현저한 몇 가지 예를 들어보기로 한다. 일본의 많은 산악 중에서 역사적으로나 신앙적으로 가장 저명한 것이 무엇인가라고 질문한다면, 무엇보다도 먼저 소위 천손 강림의 장소라고 호칭되는 다카치호(高千穗)의 산봉우리라 할 것이다.

이 다카치호에는 『고사기(古事記)』의 구시후르(久志布流), 『일본서기(日本書紀)의 구시히(穗日) 등의 관사 내지 다른 호칭이 있다. 예부터 이것은 다같이 영이(靈異)의 의미로 해석하고 있음은 세상 사람들이 널리 다 알고 있는 바이다. 이 해석만으로는 구시(クシ)는 차치하고서라도 후루(フル) 또는 히(ヒ)의 의의가 밝혀졌다고는 생각되지 않는다. 모토오리 노리나가(本居宣長)의 『고사기전(古事記傳)』에도 "후루(布流)와 히(備)는 동일의 활용이다."라 하여 일종의 용언과 같이 취급하려 하고 있으나, 이 후루(フル)와 히(ヒ)야말로 다카치호 산봉우리의 신위(神威)를 나타낸 중요한 언어로서, 그렇게 아무렇게나 취급될 성질의 것이 아니다.

다카치호인 기리시마 산(霧島山)에는 호코노미네(矛之峰)라는 다른 명칭이 있다. 지금은 두 개의 봉우리 중 서쪽 봉우리인 가라쿠니

다케(韓國嶽)에 대한 동쪽 봉우리의 명칭이라고 하는 모양이나, 양자가 모두 산 전체의 다른 이름이었던 것이 후세에 분기되어 양 쪽 봉우리가 전용 명칭이 된 듯하다. 그 호코(矛)란 명칭도 후에 여러 가지 해석을 붙이고 있지만, 실제는 후루(フル)와 동어이형(同語異形)에 지나지 않는 것이다.

그 이유는 다카치호만의 설명으로는 해명될 수 없는 것이나, 간단히 말하면 후루(フル)나 호코(ホコ)도 다 붉(Părk)의 일본어 어형으로서 후루(フル)에는 r음이 생략되었고, 호코(ホコ)에는 k음이 생략된 것이다. 또한 히(ヒ)는 그 약식 변용일 뿐이다. 이런 유례는 조선·일본에 모두 많이 잔존하고 있으며, 현재 조선어에는 그와 같은 음례(音例)가 하나의 법칙으로 존재하는 만큼 어미의 분기는 이상하게 생각할 것이 없다.

다카치호의 일본사적인 지위는 조선사의 태백산과 동일한 것으로 그 천손 강림의 사실에서 붉(Părk)이란 명칭에 이르기까지 일치하는 것을 보면 상당히 주의할 만한 가치가 있다. 두 나라 역사의 민족학적 비교 연구에 일대 새로운 계기를 보여주는 것이다. 그런데 이와 같은 증빙은 특히 일본 역사의 첫 무대인 쓰쿠시(筑紫) 지방에 허다하게 있으며, 그 위에 다카치호 보다는 극히 선명하게 그 고어 형태를 유지하고 있음을 본다(조선어의 p음이 일본어로 轉音할 경우, ハ行 음을 취함은 이미 하나의 법칙으로 인정되고 있다).

3. 일본의 붉산

다카치호에 이어서 규슈(九州) 지방의 명악(名嶽)은, 덴구(天狗)의 종가(宗家)이며 수험도(修驗道)의 대본산(大本山)으로, 역사상 또는 민속학상 오히려 다카치호 이상으로 중요한 부젠(豐前)의 히코 산(彦

山)이다. 히코(彦)는 히코(日子)로도 적고 영이(靈異)의 의미를 포함한 명의(名義)임은 옛사람들도 이미 주의를 꾀한 바가 있다. 그런데 이 히코(ヒコ)란 것은 사실은 붉(Părk)의 일본어 어형의 하나로서, 히코 산 곧 신(神)의 산, 신인(神人)의 산이란 의미이다.

『부젠국지(豊前國志)』가 전하는 바에 의하면, 천지가 개벽할 때에 이 산에 강림한 영신(靈神)은 팔각(八角) 팔장(八丈)의 광채 찬란한 사다마후스이시(如眞玉石)였다고 한다. 스진 천황(崇神天皇) 시기에 는 이 산이 금빛을 발하여 제궐(帝闕)을 비추었다 하며, 또한 행자 (行者)의 유서에 의하여 매년 지내는 제사에는 영조(靈鳥)가 강림하 여 신찬(神饌)을 받는다는 등 모두가 붉(Părk)의 성덕을 표현하는 뜻 이 아닌 것이 없다.

특히 그 행자에게 그 모습을 보였다는 "부젠굴(豊前窟)에 있는 부 젠보(豊前坊) 대행야차(大行夜叉) 비행야차(飛行夜叉)의 존체(尊體)" 운운의 히쿄(飛行)가 히코(ヒコ)의 이형(異形)임은 물론이다. 또한 그 대행(大行)이란 것이 조선에서의 붉(Părk)산에 흔히 동체이명(同體異 名)으로 따라다니는 대갈(Taigăr)과 일치하는 것은 필연적이지만 너 무도 기이한 부합이다.

히코 산(英彦山) 이외에도 규슈에서 히코(彦)로 호칭되는 산은 분 고(豊後)의 해안 지역이나 히젠(肥前)의 소노기(彼杵)에도 있다. 더욱 이 히코(彦)와 연관이 있는 것으로 볼 수 있는 것에 하쿠잔다케(白山 嶽)·호라가다케(洞ヶ嶽 ; 肥後)·호케다케(法華嶽)·호코노모토미네(鉾ノ 元嶺)·반기 산(盤木山 ; 日向)·세후리 산(脊振山)·이와라 산(井原山)·후 카에 산(深江山 ; 筑前)·소보다케(祖母嶽)·호코토 산(鉾塔山 ; 豊後)·히 오케 산(樋桶山)·히바루 산(檜原山 ; 豊前) 등이 있다.

특히 히젠(肥前) 온천의 산악들 기운데 중심 혹은 최고점을 이루 는 하나의 봉우리를 보현(普賢)이라고 부르는 것은 조선에서의 붉

(Pǎrk)산을 가리키는 전형적 명칭과 합치함을 나타내는 흥미로운 하나의 예이다. 이들은 모두 대소의 차이 속에서 각각 한 구역 내에서 그 옛날 신체(神體)로 존숭되던 잔영으로서 명실상부한 것이다.

제2차·제3차적으로 변형되고 전와된 것까지 포함하면 명산·영악으로서 붉(Pǎrk)·붉은(Pǎrkǎn)·붉은애(Pǎrkǎn–ai)와 인연이 없는 것은 거의 없다 할 정도이나, 번잡함을 피하기 위하여 여기서는 생략하기로 한다. 단지 규슈에서만은 명산·영악이라 일컬어지는 것에는 어떤 형식으로든 반드시 히코(ヒコ)류의 음 명칭을 가지고 있음과, 그것을 뒤집어 말해서 히코 또는 그 유사음을 가지고 있는 산악은 거의 예외없이 예로부터 민중의 신앙적 대상이 되어 있다는 것만을 말해 두기로 한다.

다시 눈을 돌려 일본 신대사(神代史)의 요람지이며, 특히 조선과 인연이 깊다고 하는 산인(山陰) 지방을 한번 살펴보기로 하자. 상고(上古)에 이즈모(出雲)의 속지(屬地)였으리라고 생각되는 호키(伯耆)는 나라 이름 그 자체부터가 붉(Pǎrk)의 옛 형태를 남기고 있어 그 옛날 신역(神域)이었음을 나타내고 있다. 또한 호키 신(伯耆神 ; 波波伎神)은 예부터 그 이름이 역사에 나타나 있다.

산인(山陰)에 있는 커다란 산의 무리 중 그 최고봉인 다이센(大山) 봉우리 또한 신령이 머무는 장소라 하여 수험행자(修驗行者)의 수행도장이 된 곳으로서, 지금은 산 전체로는 다이센(大山)이라 불리고 있으나 아직도 그 동쪽 기슭인 세마모리(山守)의 남쪽 봉우리는 히루 산(蛭山)이란 이름이 남아 있다. 또한 가쿠반(角盤)이란 하나의 명칭을 가지고 있어 그 옛 위용을 말하고 있다(다이센은 『出雲風土記』에 大神ヶ嶽라고 기록되어있으니, 大山 또는 단지 大가 앞에 나온 대갈(Taigǎr)의 약칭으로 이것 또한 붉(Pǎrk)의 변형임은 후술할 기회가 있을 것이다. 또한 角盤이 붉(Pǎrk)을 의미함도 뒤에 밝혀질 것이다).

신사(神社) 중의 신사라고 불리는 이즈모 대사(出雲大社) 소재지는 지금의 이즈모 산(出雲山) 또는 우카 산(御埼山)으로 알려져 있으나, 『조염초(藻鹽草)』에는 오이세누 산(不老山)이란 이름으로 기록되어 있으니, 그것이 선비(鮮卑)의 적산(赤山)을 아카야마(アカヤマ)로 읽음에 비유하여 오이세누(不老)를 음독으로 후라우(フラウ)라고 읽은 것이라면 그 붉(Părk)산의 형적을 여기서도 볼 수 있는 것이다.

『조염초(藻鹽草)』가 후세의 가집(歌集)이라고는 하지만, 그 땅에 잔존한 옛 명칭을 수록한 것이 그 가치가 삭감될 이유가 되지 않음은 물론이다. 그 명칭인 하나다카 산(鼻高山)의 하나(鼻)음과 히스미노궁(日栖宮)이란 대사(大社)의 내전(內殿)이 서쪽 방향이어서, 사람은 동쪽을 향하여 예배케 되어 있는 옛날 풍습에 비추어 그 붉(Părk)과의 인연을 추찰할 수 있음도 물론이다.

호키(伯耆)·이즈모(出雲) 등 『연희식(延喜式)』에 소위 중부(中部) 지방에만도 이 외에 히코나(彦名)·하로(葉侶)·히야마(檜山)·히카와(駒川)·히오카(日置)·히구라(日倉)·히노미사키(日御前)·히노미사키(日岬)·호노카(未明)·하루에(春殖)·후카노(深野)·시로타(白太)·부쿄잔(佛經山) 등 붉(Părk) 관련의 이름 문구가 지명상에 잔존하고, 오키(隱岐) 이와미(石見)에서 단고(丹後)·단바(丹波)까지 이루 헤아릴 수 없을 만큼 유사어를 열거할 수 있음은 이것이 결코 우연한 사실이 아니다. 이렇듯 가장 많이 상대(上代)의 전설이 잔존하고, 기기(記紀)의 신대권(神代卷)과 관련이 깊은 지방에 이러한 유증(遺證)이 있음은 당연한 일이라고도 할 수 있다.

다음으로 야마토(大和) 지방의 히카(日置)·후루(布留)·하구리(平群), 이세(伊勢)의 후케(布氣)·히루카와(晝川)·히루(蛭)·후코사(深長)·도기(戶木)와 같이, 산성의 히라키(平木), 오하리(尾張)의 히카(日置 ; 八幡宮), 미노(美濃)의 후쿠베가다케(福部ヶ嶽) 또는 에쓰젠(越前)의 헤코

산(部子山) 등과 같이 나아갈수록 그 분포가 확대된다.

오미(近江) 지방 같은 곳은 특히 많은 증거가 잔존하여, 비밀행(秘密行) 시치고 산(七高山)의 가장 빼어난 그 꼭대기에 봉래(蓬萊)의 이름과 그 북쪽에 부나가다케(武奈峰)란 하나의 봉우리에 있는 히라산(比良山)을 위시하여, 고진 산(荒神山)의 별칭이 있는 헤이루 산(平流山), 아마쓰히코네노미코토(天津彦根命)의 천강(天降) 지역이라 호칭되는 히코네 산(彦根山), 가미테루무라(神照村)의 명칭이 있는 후쿠나가쇼(福永庄)는 다 붉(Părk)의 전와 형태로 볼 것이며, 유명한 히에 산(比叡山)·비와 호(琵琶湖)도 그 파생 언어일지도 모른다.

더 나아가 시나노(信濃) 지방에서는 히카나(氷鉋), 무사시(武藏)에서는 히카와(氷川 ; 이즈모 대사를 옮겨 모신 곳), 히타치(常陸)에서는 백제 인민들의 옛 거주지이던 히라오카(平岡), 무쓰(陸奧)에서는 호리코시(堀越)의 별칭이 있는 히라가(平賀) 등도 모두 붉(Părk)의 변형이 아닌가 싶다. 그 직접적 파생어 중에서 주요한 것을 약간 열거해도 이런 정도이니, Părk이 얼마나 광범하게 퍼지고 깊이 침투되었는지 참으로 놀라운 일이 아닐 수 없다(일본어의 '히(日)=히(ヒ)'도 류큐어와 마찬가지로 古音은 비(Pi)로서 붉(Părk)과 유사한 연관성이 있는 언어임이 틀림없을 것이다).

4. 백산의 음운적 변전

또 하나 일본에서 붉(Părk)·붉은(Părkăn)·붉은애(Părkăn-ai) 산의 좋은 예로 하코네(箱根)를 조금 언급해 두기로 한다. 혼슈(本州)를 횡단하여 광의의 간토(關東)·간사이(關西)를 분할하는 커다란 산으로 준험합답(峻險合沓)하고 유명한 호수와 많은 온천을 가지고 있는, 이 빼어나고 수려한 지역이 일찍부터 산악 종교의 신령스런 장 소가 되어 쇼젠(聖占)·도시유키(利行)·겐리(玄利) 등의 선인(仙人), 만간(滿願)·다이초(泰澄) 등의 수행자들에 의하여 성산(聖山)으로 서의 긴 역사를 지니게 된 것은 당연하다 하겠다.

그런데 그 주봉(主峰)에 '신산(神山 ; 일본어는 가미야마)'이란 칭호가 있고, 개산(開山)의 삼선(三仙)을 존승하여 삼신 권현(三神權現)이라 하며, 호수에 아홉 마리의 용을 굴복시킨 설화가 결부되어 그 신사(神社)에 구(駒)의 명칭이 붙게 되었다. 더욱이 산악 종교의 태두인 다이초(泰澄)에 의하여 주봉을 천령(天嶺)이라 칭하고, 이자나키노미코토(伊장諾尊) 시대의 도성(都城)이라는(『元亨釋書』 등에 보임) 가가(加賀)의 백산(白山)의 회신이 권청(勸請)되었다고 하는 것처럼 붉(Pǎrk)산으로서의 설화적 제요소가 갖추어져 있음은 이 산의 옛 형태를 추찰하기 쉽게 해준다.

이 명칭 즉 하코네(箱根)가 다름 아닌 붉은애(Pǎrkǎn-ai)의 어형일 것임도 자명할 따름이다. 따라서 산 명칭을 하코네라 하였음은 산의 형태가 상자와 비슷함에 근거한다는 옛 사람들의 설 또한 취할 바 못되는 역설임을 알 수 있을 것이다(봉산의 설화적 요소에 대하여서는 상세한 서술이 필요하지만 여기서는 지금 그럴 여유가 없다).

이상 간략하게 기술한 것처럼 일본 지명 상에 잔존한 붉(Pǎrk)의 증거는 어느 정도 인정할 수 있다. 다만 그 음운 변화의 다양함으로 인하여 독자의 이해를 방해하는 바 적지 아니함을 부정할 수 없을 것이다. 그러나 이 점은 조선어에서 그 원형을 조사하여 밝혀냄으로써 무난하게 풀어낼 수 있다.

백(白)의 조선어 어형은 '붉'인데 그 모음을 이루는 'ɑ'는 분화 정도가 얕은, 극히 선명하지 못한 모음의 모음이라고도 할 수 있는데 현대어에서는 거의 그 독립성을 상실하고 있다. 얼른 말하면, 발음 기관의 사소한 이변(移變)에 따라 'a·o·u·eu' 중 어느 것으로도 자유로

이 전환되기 때문에, 고대에 'ㆍ'로 표현되었던 언어는 현재는 대개 옛 발음 중 하나 혹은 둘 셋의 음형을 취하고 있다.

또 하나 조선어에는 'rp·rm·rk(ㄼ·ㄻ·ㄺ)'과 같은 이중 종성(終聲)을 가진 말이 특히 명사로서 단독적으로 호칭될 경우에는 음편상 그중의 한 음이 생략되는 것이 통례이다. 더욱이 지역과 시대, 경우에 따라 하나의 말이 'r'로 발음되기도 하고, 'p(m·k)'로 발음 되기도하여 그 정형이 없다.

현재 '붉'을 이 법칙에 따라 설명한다면 'a'란 모음은 a·u·e·o로, 종성 'rk'는 분리되어 'r' 혹은 'k' 어느 것으로도 전변할 소질을 지니고 있으므로, 후대의 어형이 히코(ヒコ)이거나 후쿠(フク)이거나 또는 하라(ハラ)이거나 후루(フル)이거나 다 같이 그 근원을 Pǎrk에 귀착시킴에 조금의 어긋남을 느끼지 않는다. 아니 오히려 그와 같은 기이(崎異)를 포함하고 있는 점이야말로 그 본원이 '붉'이 아니면 안 될 확증이 되는 것이다. 또한 조선에서의 실제 용례가 그와 같이 정해지지 않는 양상을 보이고 있다.

시간과 공간을 통하여 붉(Pǎrk)산의 총수격인 백두산(장백산·태백산)의 옛 이름이 불함(不咸)임은 그 음운 변화의 좋은 예증인데, 태백·소백의 백(白)은 'ak'의 운각(韻脚)을 취한 형식이며, 묘향·금강 두 산의 최고봉인 비로(毘盧), 오대산의 풍로(風爐), 지리산의 반야(般若) 등은 'ur'의 운각을 취한 형식이다.

한강 유역의 신악(神嶽)인 북한(Peukan)에서 'euk', 그 다른 이름인 삼각(Saippur, 세 뿔)에서 'ur', 또 다른 이름 부아(負兒)에서 조선어 어음의 법칙중 하나인 'r'음 'y'화(化)의 예를 보이고 있다. 이들 중 묘향산은 고조선 또는 고구려의 신악(神嶽)이었고, 금강산(혹은 오대산)은 임둔(臨屯) 및 예(濊)의 신악이었고, 북한산은 백제, 태백산은 신라, 지리산은 가야·임나(任那) 등 각각의 신악(神嶽)이었다.

이중에서 금강산은 후술하는 바와 같이 반도만을 국한할 경우에 신산의 자격을 가지고 있는 만큼, 비로(毘盧) 이외에 법기(Popki-opk의 예)·백운(Pakan-akan의 예)·망군의 예) 등 여러 가지 예증을 겸하고 있음도 흥미로운 일이다. 또 이외에 소(小) 구획에서도 작은 신악이 붉(Pǎrk) 또는 그 전변(轉變)인 명칭을 가지고 있으며, 그 위에 종종 잡다한 음운 변화를 이루고 있음은 번잡함을 피하기 위해 생략한다.

지금까지의 예로 대략 추찰되는 바와 같이, 모든 붉(Pǎrk)·붉은애(Pǎrkǎn-ai)의 명칭을 가지고 있는 산의 특징은, 첫째 그것이 그 지방에서의 인간과 민물 창생(民物創成) 신화의 무대인 것, 둘째 그것이 어떤한 지역에서 가장 고대(高大 혹은 숭엄)한 형체인 것, 산휘(山彙)인 경우에는 그것이 그중에서 가장 주상(主上)의 위치를 점하고 있는 준봉인 것, 따라서 그 지방에서 대동맥을 이루고 있는 강하(江河)의 발원점인 것, 셋째 대개의 경우 적을 막는 국경선을 따라 병장관액(屛障關阨)의 역할을 갖추고 있는 것, 넷째 여러 가지 이유에 의한 주민 신앙의 최고 대상인 신체(神體)의 봉사지(奉祀地)이며, 더욱이 그것이 흔히 천신(天神) 즉 그 씨족의 조상으로 삼는 태양신인 것 등이 그 주요한 점이다.

그리하여 그와 같은 지역 내의 높은 산은 인간과 하늘의 접촉점으로 생각하여, 고조선의 태백산·웅심산(熊心山)과 같이 일본의 다카치호(高千穗)·다이센(大山)과 같이, 산 그 자체가 하늘의 분신을 의미하고 국가의 기본으로 의식했기 때문에, 그들의 생활 및 문화는 관념상으로 뿐만 아니라 실제로도 이를 출발점 및 종합점으로 하여 전개해 온 것이다. 붉(Pǎrk) 관념(또는 사실)이 행해진 지방의 고대 생활은 오로지 이것 중심의 모습으로 융섭되었다. 그리하여 특수한 하나의 문화 계통을 형성하는 까닭도 여기에 있는 것이다.

5. 금강산은 작가라산

대저 붉(Părk)산이 그 토지의 주민에게 절대적인 숭상과 존경을 받음에는 또 하나 고대인의 신앙과 관련되는 충분한 현실적 이유가 있었다. 그것은 붉(Părk)산이 생명의 사신(司神)으로서 그들의 수요화복(壽夭禍福)을 좌우하는 권위자로 여겼기 때문이다.

여하간 소규모 공동 마을을 이루었던 초기에는 각기 작은 신산(神山)에 그 권능을 의식하였을 것이나 국토 통합 후에는 최고 총괄자로서 하나의 붉(Părk)산에 그 대권을 부여했던 것이다. 가령 조선에서의(혹은 한민족의) 백두산·금강산 같은 산은 그 적절한 예라 하겠다.

이제 편의상 금강산에 대한 숭상과 존경의 증거들을 찾아보기로 하자. 금강산이 예로부터 조선인 사이에 특별한 존숭을 받고, 평생에 한 번은 꼭 보아 두어야 할 명산으로 여겨진 것은 단순히 그 풍경이 특별하게 이름답다는 이유만은 아니었다.

현재는 거의 고의(古義)가 망각되어 있으나, 자세히 고찰하여 보면 금강산은 고대에 신앙상의 일대 대상으로서 민중의 외경을 받았고, 신라 시대에는 화랑(花郞)이란 당시의 최고 종교 단체에서 국가적 순례가 행하여지는 상태였다. 그 이유는 사람의 생명이나 국가의 운세도 오로지 금강산 산신의 의사 여하에 달렸다고 하여, 마치 그리스의 올림푸스(Olympus)에서처럼 신탁과 예언이 이 산에 의해 계시되는 것으로 알았기 때문이다.

그 후 금강산이 점차 불교신자들에 의해 다스려지게 되는 정도가 깊어짐에 따라, 옛 풍속이 차차 사라지고 극히 근소한 면모만이 불교적 명칭과 형상에 남아 있는 정도에 불과하게 되었다.

그러나 오히려 근대까지도 금강산이 선술(仙術) 수행자(수험자) 혹은 통령(通靈) 수련자의 최고 전당으로 여겨져 왔고, 사람이 죽으면 혼령이 금강산으로 돌아간다고 전해졌으며, 금강산에서 가장 길고 그윽한 계곡인 영원동(靈源洞)은 죽은 자가 가는 귀서지(歸棲地)로 보았다. 불교적으로 말하면 지옥의 입구라고 함과 같은 옛 풍의 편모가 흩어져 잔존하는 바이다. 아무튼 고대에 금강산과 인생의 관계는 저 지나에서의 동악(東嶽)과 흡사한 것이었으리라고 생각된다.

고대의 통례(通例)로서 한 사물에 대하여 여러 방면의 관념을 그 명칭에 포함시키려고 애쓴 관계로, 우리는 그 명칭을 더듬음으로써 고대 문화의 내용을 들여다보기에 편리한 경우가 많다. 금강산을 예로 들어 보아도 그것이 붉(Pǎrk), 붉은애(Pǎrkǎn-ai)로서의 면모가 봉래(Pong-rai)나 풍악(Pung-ak)과 같은 전체 이름과 망군(望軍 ; Pǎrkun)·법기(法起 ; Papki)나 백운(白雲 ; Pakan)과 같은 부분 명칭에 그 흔적이 남아 있음은 물론이거니와, 금강이란 이름의 유서(由緖)를 해석함으로써 금강산의 본지(本地)가 더욱 명백해짐을 알 수 있다.

내가 조사한 바에 의하면 금강이란 명칭이 『화엄경』의 「보살주처품(菩薩住處品)」 등과 같은 데서 나왔음에, 특히 허다한 산에 관한 명구(名句) 중에서 금강이 선출됨에는 그 필연적 이유가 있다고 본다. 금강은 보통 범어(梵語)인 바즈라(Vajra ; 嚩日羅)의 번역어 때로는 차크라(Cakra), 작가라(斫迦羅)·삭갈라(爍羯羅)의 번역어 이기도 함은 『능엄경(楞嚴經)』(3)에 보인다. 삭가라심(爍羯羅心)을 금강이라 번역할 경우가 있음으로도 추찰할 수 있다.

현재 금강산의 금강은 바즈라(Vajra)에 의하여 붉(Pǎrk)을 표현하려 함이라기보다는 그 원래 이름의 하나인 '대가리(Taigǎr(i))'에서 유도되었다고 봄이 타당할 것이다. 왜냐하면 금강산이 신산(神山)으로서의 모든 조건이 다른 산에 대한 대갈(Taigǎr)산으로서의 실질성을 갖추고 있을 뿐만 아니라, 금강이 작가라(斫迦羅)의 번역어이며 그 별칭인 기달(怳怛)·개골(皆骨) 등이 표현하는 의미가 '대갈(Taigăr)'에 근사한 점은 이 추정을 지지함에 충분하기 때문이다(자세한 설명은 생략한다).

그러면 '대갈(Taigăr)'이란 대체 무엇을 의미하는 어구인가 하면, 조선의 현대어에서는 그것은 단순히 '머리'를 의미함에 불과하지만 같은 조선어일지라도 다른 용례나 동일한 어족 내의 타국어와 비교하면, 그것이 고대에는 하늘을 표현하는 어구였음은 의심할 여지가 없는 바이다.

즉 터키·몽고 등에서 사용되는 탕그리(Tangri)·텡그리(Tengri)의 유어(類語)인데, 현재 금강산의 어구인 장경봉(長慶峯)의 장경(長慶 ; Tiangiung), 장안사(長安寺)의 장안(長安 ; Tang—an)도 실은 그 옛 어형을 유지히여 온 것이다. 따라서 금강산이 대가리(Taigani) 또는 텡그리(Tengri)산이었던 증거라고 볼 수 있을 것이다. 대갈(Taigăr) 을 인격화한 명칭에 후대의 '대감(Taiam)'을 갖고 장경(長慶)의 경(慶 ; kiung), 장안의 안(安 ; ngan)은 설명된다.

나의 이 견해가 망언이 아닌 방증으로서 다시 강한 하나의 예를 들 수 있다. 원시 신라에서의 대갈(Taigăr)산이라고 생각되는 토함산의 토암(吐舍)이 실은 대감(Taigam)의 전성(轉成)인 것이며, 그리하여 토함산 불국사의 불국(佛國)도 근원을 따지면 이 또한 붉(Părk)의 불교적 유어(類語)라고 추측할 수 있다.

그것은 토함산이 나라 동쪽 바다 쪽에 위치하였음이 금강산과 일치하고 있는 점과 아울러, 고대의 대갈(Taigăr)·대감(Taigam)산의 면목을 연상케 하는 것이라 할 수 있다. 그리하여 붉(Părk)산, 즉 신산(神山)이라 함이나 '대갈(Taigăr)산', 즉 천산(天山)이라 함도 결국 지상 최고의 존재로 인정한 점에서는 다름이 없다. 그러므로 일본에서 붉

(Pärk)산 무리들이 다카치호(高千穗)의 고(高), 다이센(大山)의 대(大) 등의 별칭을 가지고 있는 이유나, 소위 다카마가하라(高天原)의 다카마(タカマ)의 의의도 이로써 비로소 적절하게 풀이할 수 있는 감이 있다.

6. 태산부군과 대인

여기까지 기술해 왔으면 좀 더 논의의 범위를 확대시키지 않으면 아니 되겠다. 그것은 지나에서도 그 증거를 탐구할 필요가 절실하기 때문이다. 원래 명백한 듯하면서도 비교적 모호한 것이 지나의 고대 사요, 잘 알려져 있는 듯하면서도 의외로 알 수 없는 것이 지나 문화의 성립 경로인데, 특히 그 동이(東夷)와의 교섭은 더욱 그러함을 본다.

소위 지나 문화란 것이 그렇게 독창적인 것이 아니라 많은 자료를 그 주위의 민족에게 힘입었음은 이미 알려진 바인데, 우리들이 보는 바로는 가장 많았을 동이와의 그것은 이상하게도 현재까지 지나치게 등한시 했다. 나는 이제 그 전반에 걸친 고찰은 피하겠지만 잠시 '붉(Pärk)'을 통하여 그 일단을 엿보려고 한다.

지나에서 국가적으로 가장 중요한 의식은 천자(天子)의 제천(祭天)이요, 민간 신앙 중에서 가장 융성한 것은 오악 숭배(五嶽崇拜)라고 할 수 있다. 이 둘은 본래 태산(泰山)신앙이 존귀함과 천함으로 양분되어 발전된 것이다. 사실 제천은 봉선(封禪)으로, 오악 숭배는 동악(東嶽)으로 그 극치를 이룬 관념이 있었다. 즉 제왕이거나 서민이거나 고금을 통하여 지나인의 신앙적 최고 대상은 태산(泰山) 그것이었다.

그런데 이 태산 숭배 즉 봉선(封禪)이나 동악 대제(東嶽大帝)가 지나 고유의 것이 아니라, 태산을 중심으로 하여 예로부터 그 주위에 분포되어 있던 동이의 유풍을 승계 또는 수입한 것이요, 그것이 곧 붉(Pǎrk) 제사의 한 형식에 지나지 않음은 여러 징빙(徵憑)에 의해 명백한 바이다.

우선 태산의 '태(泰)'의 어원을 고찰하여 보자. 태(泰)란 글자는 후에 오악 관념이 성립하여 항(恒)이니, 화(華)니, 형(衡)이니, 숭(嵩)이라고 하는 지나류의 미명(美名)으로 대체할 필요에 의해 선택된 옛 글자이다. 고대에는 대(岱)라는 글자로 표현되었으며, 소위 오악과는 독립된 기원을 가진 꽤 오래된 것으로서 오히려 오악 관념이 대(岱) 또는 대종(岱宗)이란 옛 풍습에 유도되어 성립된 것이라고 인정할 만한 점도 있다.

이와 같이 태(泰)라고도 대(岱)라고도 쓰는데, 그 명칭이 뜻을 가지는 것이 아니라 그 시대의 어형을 기사(記寫)한 음표(音表)임을 알겠으니, 대종(岱宗)의 근방인 제(齊)나라·노(魯)나라 땅은 훨씬 후대까지도 동이의 부족 사회가 산재해 있었기 때문에 지나인이 동쪽으로 진출하기 이전부터 이인(夷人)의 원주거지 비슷한 것이었음을 추찰할 수 있다. 그들의 배천(拜天) 고속(古俗)은 여기서도 그 증거를 남겼음을 생각하면, 태산과 같은 산에 그들의 신앙이 모이지 않았다고 말할 수 없을 것이다. 따라서 그 명칭의 뜻을 동이의 어휘 중에서 찾는 것은 지극히 타당한 것이라고 생각된다.

동이의 타지방 용례에서 예증하건대, 종교적 영산으로서 붉(Pǎrk)·대갈(Taigǎr) 중의 하나이거나 또는 그 둘을 다 겸한 것인 듯하다. 이렇게 본다면 대(岱), 이후에 태(泰)가 대갈(Taigǎr)이란 동이어의 한문식 축약형이라 함이 가공설이라 할 수도 없을 듯하다. 이것을 사실적 방면에 예증하건대, 태산은 예로부터 일명 천손(天孫)이라 하여, 인간의 생명을 담당한 신으로 인정되어 만물이 시작하는 곳이요 영적 기운이 깃든 곳이라 하였다. 또 왕자(王者)가 새로 천명을 받으면 공(功)을 알리고 성(成)을 고하는 것을, 반드시 군악(群嶽)의 장(長)인 대종(岱宗)에서 행했던 것도 그것이 하늘과 특수한 관계를 인정하였기 때문이다.

태산의 내원(內院)이라고 할 지역의 어구를 예로부터 천문(天門)이라 칭하고, 그 산 정상에 선인석려(仙人石閭)라든가 개구(介丘)라든가 일관(日觀)이라든가의 붉(Părk)산 특유의 어휘에 의한 명칭이 붙여졌다.

또한 그 절정을 옥황정(玉皇頂)이라 하여 도교의 신사(神祠)인 옥황묘(玉皇廟)가 지금도 그대로 있으며, 흔히 붉(Părk)의 신체로 쓰이는 입석(Menhir)이 글씨 없는 묘비로서 예로부터 정상에 존재하며, 산의 정령을 금계(金鷄)라 하고 종종의 선녀 전설이 있으며, 후세의 일이기는 하지만 개원(開元) 시대에는 천제왕(天齊王)이라 봉한 것은 참으로 천산(天山) 즉 대갈(Taigăr)산으로서 부족함이 없는 조건을 보여주는 것이다. 더욱이 옥황정의 큰 바위에 지금도 대관봉(大觀峯 ; 일명 彌高巖)이란 명칭이 남아 있어서 대감(Taigam)의 옛 모습을 보유하고 있음은 기이함 속의 기이함이라고 말할 수 있을 것이다.

게다가 태산에 한하여 그 주신(主神)을 부군(府君 ; Pukun)이라 칭하여 그 명칭이 진(晋)나라 시대의 고전에도 기재되어 있는데, 부군으로써 산의 신체를 호칭함은 지나에서는 다른 유례가 없는 일이므로, 이 역시 동이의 원어를 계승한 것이며 다름 아닌 붉은(Părkăn)의 번역 글자일 것은 너무도 명백하다.

도가에서 태산을 봉원태공지천(蓬元太空之天)이라 칭하며, 태산녀(泰山女)를 벽하원군(碧霞元君)이라 칭하며, 태산 정상의 중심 사원을 벽하궁(碧霞宮)이라고 한 것 등은 모두 Părk과 일맥상통하는 것이다. 도가에서 하늘을 벽락(碧落)·벽한(碧漢)·벽허(碧虛)·벽성(碧城), 동해(東海)를 벽해(碧海), 선도(仙桃)를 벽도(碧桃)라고 한 것처럼 '벽'이라는 글자를 즐겨 쓰는 것도 실은 우연한 일이 아닐 것이다.

이상 기술한 내용으로 본다면, 태산에는 대갈(Taigăr)과 아울러 붉(Părk)의 어형도 전해졌고 완전히 그 동이의 옛 것임을 표시하고 있는 것을 알 수 있다. 그리하여 장중한 봉선 의식이나 경건한 동악 대제 숭배 제사 풍속이 다 동이의 붉(Părk)산의 옛 뜻을 계승한 것에 지나지 않음이 거의 명백하니, 그 지나의 문화 및 역사에 끼친 영향이 얼마나 컸는지도 추찰할 수 있다고 생각한다. 얼른 말하면 지나에서의 역(易) 사상이며 삼재론(三才論)과 특히 하늘 및 천자 관념과 같은 그 문자의 형태·소리·의미부터가 동이의 옛 철학에 의거한 것인 듯하며, 그 종교적 정서와 같은 것은 모두 동이에서 받아들인 것 같기도 하다(이중 일부는 후술하고자 한다).

7. 신선도의 태반

이 기회에 잠깐 언급하고자 하는 것은 지나인의 동방 민족에 대한 호칭과 태산과의 관계이다. 이(夷)라는 글자가 원래 이적(夷狄)·만이(蠻夷) 등과 같이 모멸적인 것이 아니라 동방에 있는 이민족을 그렇게 호칭하였던 것뿐임은 새삼스럽게 거론할 필요도 없는 일이나, 어느 설명문을 읽어 보아도 그 진의(가장 오래된 뜻)는 아직 밝혀지지 않은 듯하다. 그 음(音)에 대해서는 지나의 고전에 이(夷)와 지(遲)를 혼용한 사례도 있어서 고금이 같지 않음이 인정되나, 형태와 의미에 대해서는 아직 확실한 설이 없는 형편이다.

그런데 우리들이 고찰한 바로는, 이(夷)의 자형(字形)은 거의 대호(大號)에서 온 것이요, 대호는 즉 대인(大人)으로, 지나의 고전에 동방에서 대인국(大人國)이 있다고 함도 실은 동이 그것을 가리킨 것이다. 그리하여 대인이란 원래 태산 일대의 대갈(Taigăr)인을 가리키는 뜻이었던 듯하다. 태산을 중심으로 하여 생활하는 민족이란 뜻으로, 대인으로도 일컬어지고 '대인' 존신(尊信)의 산이기 때문에 태산으로도 일컬어졌으리라고 생각된다. 그것은 여하간 이(夷)와 태(泰 ; 岱仿·太)가 어원이 같다는 것만은 용이하게 상정할 수 있는 바이다.

이(夷)자의 옛 음이 '티(ti)' 또는 '태(tai)'에 가까운 듯함이 우리의 이 학설을 지지함에 유력한 것임은 물론이다. 이것은 단순히 이(夷)자의 문자학적 문제일 뿐만 아니라, 동방에 인(仁), 평화와 생명의 원초를 이루는 지나의 고대 사상에 관련을 가진 극히 긴요한 사항이라고 본다. 『이아(爾雅)』에 동방의 해가 나오는 곳을 태평(太平)이라 한다 하였고 또 태평의 인(人)은 '인(仁)하다' 하였는데, 이는 태산의 절정인 옥황정에 태평정(太平頂)이란 옛 명칭이 있음과 함께 고찰할 것이다.

대갈(Taigăr)산, 붉(Părk)산의 주위는 신역(神域)일 것이요, 이에 상응하는 유증(遺證)이 있어야 할 것이다. 우선 주목되는 것은 예로부터 태산을 둘러싸고 박(博 ; Pak)이라 일컫는 도읍이 설치되어 있었다는 것이다. 지방의 태안부(泰安府)는 한나라 시대에는 박(博)·영(嬴)·봉고(奉高)의 세 현이었던 곳이다. 박(博 ; Pak)과 봉고(奉高 : Pongko)가 붉(Părk)에서 유래된 명칭임은 물론이며, 봉고(奉高)는 동시에 태산을 위한 재읍(齋邑)이란 뜻도 포함시킨 명칭이다. 그리하여 현(縣)으로서의 박(博)은 하(夏)나라 시대부터 시작되었는지는 알 수 없으나, 그 일대 지역이 박(博)으로 일컬어졌음은 원래 태고로 부터의 일일 것이다. 현(縣) 명칭이 이에 기인하였음은 상상하기 어렵지 않은 바이다.

이외에 산둥 반도의 박산(博山)·백산(白山)·복산(福山) 등의 산악,

박평(博平)·박흥(博興)·박현(博縣) 등의 현읍(縣邑) 중에는 아무래도 붉(Părk)과 인연이 많은 것이려니와, 그것은 차치하고라도 태산 동쪽 지역 일대에 예로부터 봉래(蓬萊)란 신비경(神秘境)을 연상케 하여 그 앞 바다에 지금까지도 발해(渤海)란 명칭이 있음은 우연함이 아닐 것이다.

발해는 원래 발해(渤海; Părkăi)라 씌었고, 예로부터 신선 사상과 결부되어 여러 가지 설화 무대로 되었음은 실로 깊은 인연이 있는 것이다. 얼른 말하면 신선이란 것의 연원은 원래 동방의 붉(Părk)에서 시작되었고, 그리고 동이에 의해 붉(Părk)시(視)되어 발해(渤海)라 불리던 먼 바다 동해의 끝에 이상경(理想境)을 상정하였기 때문에, 발해·봉래 등의 명칭이 생긴 것이었다.

다시 한번 종합적으로 고찰한다면, 현재의 직예(直隸) 동안변(東安邊)에서부터 산둥의 해풍(海風)에 이르기까지를 옛날 발해의 땅이라 함도, 그 앞 바다를 발해(渤海)라 칭한 것도, 그 이상화의 끝을 봉래라 부른 것도, 근원은 모두 붉(Părk)에서 유래한 것이다.

신선가(神山家)나 도교 그 자체의 남상(濫觴)도 이를 통해 엿볼 수 있다. 고대로부터 황제(黃帝)라든가 광성자(廣成子)라든가 하는 신선도의 성자(聖者)들이 텡그리(Tengri)의 변형으로 생각되는 청구(淸丘)·자부(紫府) 등 동이의 땅에서 가르침을 받았다는 전설의 의미도 또한 연(燕)·제(齊)가 방사(方士)의 본고장인 이유도, 도교의 가장 높은 신의 존재가 태산 위에 존숭되고 제사 지내고 태산신(泰山神)이 도교에서 아주 특수한 지위를 차지하게 된 이유 등도 모두 용이하게 설명할 수 있는 것이다. 저 봉래설은 등래(鄧萊) 해상에서의 신기루로부터 유도된 것이라는 설 같음은 필경 상식적인 하나의 상상일 따름이다. 이것만으로도 지나 문화에 대한 동이의 관여가 그 얼마나 지대했던가를 추찰하기에 충분할 것이다.

※ 더욱이 지나에서 붉(Pǎrk)의 유증(遺證)에도 역시 음운적 그것이 있음은 매우 흥미 있는 일이다. 우선 진시황의 명을 받아 동남동녀(童男童女)를 인솔하고 바다에 들어 선인(仙人)을 찾아다녔다고 하는 제나라 사람 서불(徐市)의 불(市)은 불(巿)과 같은 글자로서 분물절(分物切) 음불(音弗)의 글자인데, 서불(徐市)은 일명 서복(徐福)으로도 쓰인다. 서불은 물론 방사(方士)의 한 사람인데, 그 불(市)과 복(福)이 상통함은 조금 이상히 생각될 것이나, 돌이켜서 그것이 지나어 이외의 어음(아마 동이어)을 베껴 쓴 것으로, 어미에 ‘r’(또는 ‘t’)와 ‘k’ 이중 종성을 가졌던 것이 음편에 따라 그 하나가 생략되고 하나만이 나타나는 것이라 하면 그것은 조금도 기이할 것이 없다.

원래 방사(方士)의 원천이라고 생각되는 동이의 옛 교속(敎俗)으로는 지나식으로 말하여 방사라고 할 것을 붉(Pǎrk)과 그 변형되어 증식된 형태인 ‘붉(Pak)’·‘붉(Par)·북(Puk)·불(Pur)’ 등으로 호칭하고 있으나, 이 명칭은 아마도 지나의 동일 계통인 교속에도 행하여졌을 것이다. 서불의 불도 단순한 인명이 아니라 방사 계급의 일반적 칭호이거나, 그렇지 아니하면 조선의 신인(神人)에 불(弗)·발(勃), 일본의 그것에 히코(ヒコ)의 미칭이 붙는 것과 같은 것으로 짐작된다(아마도 방사 그것이 이미 시방 조선어의 男巫를 의미하는 박수(Paksu), 키르기즈 어의 역시 남무를 의미하는 박사(Baksa) 등 옛 원어의 지나식의 번역 형태일 것이다).

그리고 이들의 공통 원형은 붉(Pǎrk)이므로, ‘k’음이 생략될 때에는 불(市) 자가 채택되고, ‘r’음이 생략될 때에는 복(福) 자가 대비된 것임에 불과함을 알 수 있다. 이와 같이 서불의 이름은 제나라·노나라의 땅과 Pǎrk과의 관계, 음운을 통하여 의외의 비밀스런 열쇠를 푼 느낌이 있다(또 市자에 博蓋切 음이 있어서 東자와 통용되고, 市자에는 普活·北末·甫昧·博蓋의 4절음이 있는데, 市과 東과의 통용이 비슷한 이유로서가 아니라 음운적 관계에 의한 것이라 한다면, 더욱 흥미있는 붉과의 음운 유사를 인정할 수 있을 것이다. 또한 拔과 福이 소리와 뜻이 다 상통함을 참조할 것이다).

이와 같이 태산의 본질까지를 설명해 보면 붉(Pǎrk) 사상 및 그 사실을 설명하는 데 매우 편리함을 느낀다. 그것은 또한 한층 광범위한 비교 고찰이 가능하게 된다.

우선 금강산과 태산을 대비하여 보건대, 두 산이 다 대갈(Taigǎr)과 붉(Pǎrk)의 이름을 가지고 있으며, 인간의 혼백을 담당하는 신으로 존숭되고, 태산의 개구(介丘) 내지 고리(高里), 금강산의 개골(皆骨) 내지 개재(開哉), 곧 구점(狗岾)처럼 대(大)를 의미하는 다른 이름을 가지고 있으며, 주위에 있는 거류민의 최고 신앙의 대상으로서 순례의 성지이고, 그 정상 주변이 천계(天界)로 생각되어 그 표상인 입석이 세워졌으며, 둘 다 만물의 생기점(生起點)으로 여기는 국토의 동쪽에 위치하고, 그 다리 아래에 망망대해가 있어 태산에는 발해, 금강산에는 벽해라고 하는 붉(Pǎrk)에서 유래된 성호(聖號)를 가지고 있으며, 겸하여 태산의 발해와 금강산의 벽해가 다 창해(滄海)의 별칭을 가지고 있어서 한편 텡그리(Tengri)란 의미까지도 함께 가지고 있음 등 벌써 두 산이 인문적 의미의 동원(同源) 관계임은 부인할 수 없게 되었다. 태산·금강산·하코네 산(箱根山)에 공통된 지옥 전설을 통하여 그 종교적 연쇄의 한 측면을 조망함도 흥미있는 일이나 번잡을 피하기 위해 생략한다(나는 하코네의 지옥 계곡이 화산 관계만으로 설명될 수 없을 것으로 생각한다).

8. 딕 ᄀ 리와 텡그리와 덴구

조선과 지나에서 붉(Pǎrk)산은 동시에 대갈(Taigǎr)·텡그리(tengri)의 실제 이름을 갖추고 있음은 앞에서 기술한 바와 같다. 그러면 일본은 어떠한가? 일본어의 다케(タケ; 嶽)가 다카(タカ)에서 유도되었다 함은 이미 학자들의 주의를 끈 바요, 다카마가하라(高天原)의 다카(高)가 단지 '높다'는 뜻으로 일컬어졌음과는 달리 하늘을 의미 한다 함은 모토오리 노리나가(本居宣長)도 이미 추론한 바이나, 이 삼자의 필연적 관계는 아직 밝혀지지 않았다.

그러나 조선이나 지나에서 그 유례가 표시하는 바에 의하건대, 고대 신화에서의 고산(高山)과 하늘이 거의 동일한 의미였음은 앞에서 기술한 바와 같으므로, 동일한 모티프에 속하는 신화를 말하는 일본의 그것도 당초에는 산으로써 하늘을 상징하였음은 다른 여러 나라와 동일하였을 것이니, 자세히 음미하면 그에 관한 증거도 상당히 남아 있을 것이다.

호키(伯耆)의 다이센(大山)에 대해서는 앞에서 약간 언급하였거니와, 그 근방에서 예를 찾는다면 이즈모(出雲)의 다케 산(嵩山) 등은 『연희식(延喜式)』에도 보인 후지키미(布自积美) 신사(神社)의 진좌지(鎭座地)인데, 이 다케(タケ)가 대갈(Taigǎr)에서 유래했음은 이 후지키미가 '붉은(Pǎrkǎn)'에서 유래했음과 동일한 것이다.

그보다 훨씬 완전한 옛 형태를 보유하고 있는 것으로서 이즈모(出震)의 두 대사(大社) 중 하나인 구마노(熊野) 신사의 주산(主山) 덴구 산(天狗山)을 들 수 있다. 구마노 산(熊野山)으로서 혹은 구마나시 노다케(熊成峰)로서 상고(上古) 이래로 저명한 신산(神山)으로 다케(タケ)로써 호칭되는 이 산에 덴구(天狗)의 이름이 있음은 물론 우연한 일이 아닐 것이다.

일본에서 덴구라고 칭하는 것이 텡그리(Tengri)의 일본어 어형인 다카(タカ)·다카마(タカマ)의 유어(類語)일 것임은 여러 가지 이유로 우리들이 진작부터 믿은 바이며, 예로부터 고산(高山)·심산(深山) 또는 신산(神山)의 대부분이 덴구란 명칭을 가졌음으로 해서 덴구를 산의 괴물로 상상하게 되었을 것이다.

그리하여 일본에서 수험도((修驗道)란 것은 원래 텡그리(Tengri) 산 중심의 산악교였음으로 인하여, 수험도에 있어서는 산신과 덴구는 거의 동일한 관념을 가지게 되었을 것이다. 하야시 라잔(林羅山 ; 1583~1657)의 『본조신사고(本朝神社考)』에 열거한 덴구는 특별한 것이 많은데, 히코 산(彦山)의 후젠보(豐前坊), 다이센(大山)의 호키보(伯耆坊)를 비롯하여, 후지 산(富士山)·히라 산(比良山)·가쓰라기 산(葛城山)·히에 산(比叡山)·다카오 산(高雄山)·쓰쿠바 산(筑波山)·이히쓰나 산(飯綱山) 등 대개가 붉(Părk)·대갈(Taigăr)의 증거가 되는 신산임은 이러한 견지에서 보아 극히 타당하다 할 것이다.

덴구의 명칭을 가진 산들의 그 상태를 보기로 하자. 시나노(信濃)의 이히즈나 산(飯綱山)에는 이지나(飯綱) 신사를 중심으로 하여 덴구를 여우에 연결하여 그럴 듯한 전설이 부수되어 있는 것도, 마귀의 장소라는 덴구다케(天狗嶽)도, 이즈나(飯綱) 법(法)이라는 다키니(陀祇尼) 법도 모두가 다 대갈(Taigăr)에서 유래함일 것이다.

또한 그 산 전체를 밝은 신(神)으로 존숭함도 물론 대갈(Taigăr)산이었던 증거일 것이며, 이와시로(岩代)의 덴구 산(天狗山) 같음은 그 옆의 산을 중군산(中軍山)이라 호칭하는데, 두 산이 다 대갈(Taigăr)의 전형일 것임은 조선에서의 그것이 흔히 '장군(將軍)'으로 전화한 것과 대비하여 대략 추찰할 수가 있다.

이 맥락을 더듬음으로써 덴구의 진상과 함께 일본에서의 대갈(Taigăr)·텡그리(Tengri)산의 잔영도 알아 봄직하다. 저 산중에서는 덴구를 부르는데 다카사마(高樣)란 은어를 쓴다고 하지만, 그것은 은어가 아니고 고어(古語)임을 알아야 할 것이다.

다시 그 변형된 방면을 보건대, 『연희식(延喜式)』에 보이는 산성의 다카(高) 신사 혹은 다카(多河) 신사는 뒤에 불교로 들어가서 천왕(天王)으로 되고, 다카마히코(高天彦) 신사의 진좌지(鎭座地)인 야마토(大和)의 다카마 산(高天山)은 후에 『화엄경』의 보살 거처소와 연결되어 가쓰라기(葛城), 금강(金剛)의 이름을 얻었다(앞의 글, '조선 금강산의 명칭 기원론' 참조).

이세(伊勢)의 외궁(外宮)인 도요우케 궁(豊受宮)의 제신을 모신 신사인 다카노 궁(高宮)도 높은 곳에 있기 때문에 다카(タカ)라고 일컬었다 함은 밝혀지지 않은 설이요, 히타치(常陸)의 디카마가하라(高天原)도 그 귀성(鬼城)의 명칭과 함께 확실한 유서가 있어서일 것이다. 이 밖에 『국조본기(國造本紀)』의 고국(高國)을 위시하여 다가(多賀)·다카(多珂)·다카노(高野)·다카미(高見)·다카라(寶)·다카라베(財部)·데카리(手刈)·닷코(田子)·덴진(天神)·덴구(天狗) 등 다카(タカ)의 접두어를 가진 지명·인명에 대갈(Taigăr)에서 유래한 것이 많은 것은 의심할 여지가 없는 바이다.

이렇게 보아 오면 일본 역사의 출발점인 다카마가하라(高天原)에 대한 해석도 금강산·태산 등과 같은 레벨에 놓아서 그 고찰 범주를 바꿀 필요가 있음을 알 수 있다. 따라서 고설(古說)의 취사나 새로운 견해의 창립에도 대갈(Taigăr)이란 논점을 무시할 수 없을 것이다. 일본의 마쿠라코토바(枕詞)에 다카미(高光)라 함도, 보좌(寶座)를 다카미쿠라(高御座)라 함도, 아마모타케치(天之高市)·아마쓰히타카미(天上高日國)란 의미도 이 견지에서 보면 한층 더 명백하게 이해 될 것이다.

9. 히코와 다카

산명(山名)에 붉(Părk)을 붙임은 산을 신성시한 것이요 그것을 인격화한 호칭인데, 본래로 말하면 신(神) 또는 신으로서의 인간을 가리키는 칭호였다. 조선이나 일본에서 모두 마찬가지로 후세에는 단순한 미칭으로 인명에도 붉(Părk)을 붙이게 되었지만, 고대에는 물론 신과 신격자에 한해서 사용한 호칭이었다.

부여의 왕이라는 해부루(解夫婁)라는 호칭의 부루(夫婁)나, 일본의 신화에 나오는 히루코(蛭兒)·히코(日子·彦) 또는 호코(矛)·히카미(日神)·히코나(彦名) 등이 모두 그것으로, 고대는 이와 같이 붉(Părk)들의 세계였다. 신라사의 소위 불구내(弗矩內; Părknui, 혁거세), 일본에서 말하는 신대(神代)란 것이 그것이다(신라의 시조라는 혁거세는 본래 개인의 이름이 아니라, 단군 설화에서 말하는 '光明理世', 일본 신화에서의 '光華明彩류 사방에 환하게 두루 비친다'와 같은 것이다).

신대(神代)란 신이 다스리는 시대란 의미일 뿐만 아니라 신에 관한 사항을 중심으로 하는 시대란 의미이기도 하였다. 이와 같이 국가·문물 등 모든 인문적 출발을 신에다 의거하였고, 그 신이 곧 추상적으로는 하늘, 구체적으로는 태양으로서 다카마가하라 (高天原)를 그 본국으로 삼는다는 뜻을 전하려 한 것이다. 이는 조선·일본 그리고 동일한 문화권 내에 속하는 여러 나라에 상통하는 건국 신화들의 일치된 모습이다. 그리하여 씨족의 기원, 산업의 분화에 관한 약간의 특수한 면을 제외하면, 이 문화권 내에 속하는 여러 민족과 나라들의 고대사란 것은 그 바탕에 있어 상이한 다른 물건이라고 말할 수 없을 것 같다.

여기서 언급해 두고자 하는 것은 일본어의 히코(ヒコ)에 대한 현재까지의 견해들이다. 일본의 고전에 보이는 신격(神格)에 남성에게는 흔히 히코가 붙고, 이에 대비적으로 여성에게는 히메(ヒメ)가 붙는다고 해서 히코와 히메는 대응하는 언어로 보는 것이 보통이나, 우리들이 보는 바로는 두 언어는 그 성립 경로가 다른 것이라고 본다. 하나의 말에서 둘로 갈라진 것이 아닌 것이다.

첫째로 일본어에서 고(그)와 메(メ)를 대립시켜서 남녀의 성을 구분하는 것같이 보이는 무스코(ムスコ)·무스메(ムスメ)가 있는데, 이 경우의 고(그)에도 남성의 의미를 포함시킨 것이 아님은 물론이다. 아스튼 씨와 같은 이는 그의 저서 『일본신도론(日本神道論)』에서 오토코(カトコ)·오토메(カトメ)를 예로 들고 있으나, 이것은 오토코가 널리 남성을 표현함에 대하여, 오토메는 단순히 젊은 여성을 의미 함을 잊어버린 예로써 오토코는 오히려 오나고(カナゴ)와 쌍을 이루는 말일 것이다. 메스(メス)·오스(カス), 메노코(メノコ)·오노코(カノコ) 또는 메오토(メカト) 등의 말을 통해 증명하더라도 메(メ)의 쌍을 이루는 것은 오(カ)이지, 고(그)라고는 말할 수 없을 것이다.

또한 고(그)에는 모두에게 사용하는 어린아이를 의미하는 것이 있고, 접미어로서의 그것에는 사람을 표현하는 경우와 함께 도리어 부인의 이름임을 표시하는 역할을 하는 정도이다. 우리 생각으로는 히루코(ヒルコ)·히코(ヒコ)가 볽(Părk)의 일본어형임은 위에서 고찰을 시도한 바와 같거니와, 히루메(ヒルメ)·히메(ヒメ)는 단독으로 어떤 이유에선가 여신(女神)을 표현하게 된 것으로 생각한다.

대개 히루메·히메는 시방의 조선어 'harmi'·'hamöi'와 어원을 한가지로 하는 것 같다. 조선에서 정견모주(正見母主)·동신성모(東神聖母)·선도성모(仙桃聖母)·지리성모(智異聖母)·송악왕대부인(松岳王大夫人) 등 국가의 산신(産神)으로 기록물에 실려 있는 대여신(大女神)을 현재 그 지방에서는 보통 'harmoi'로 부르고, 무술(巫祝)도 흔히 대신(大神)을 일컫는데 이 말(내지 그 유어 'manura')로 시용함은 모두

대일령(大日靈)의 옛 뜻을 전승한 것임에 틀림이 없을 것이다.

모토오리 노리나가 씨도 『고사기전(古事記傳)』에서 히코(ヒコ)와 히메(ヒメ)를서로 대응시켜 보고 히(ヒ)란 만물의 영이(靈異)한 것을 말한다 하였는데 히(ヒ)를 영이(靈異)의 의미로 취함은 그렇다 하더라도 고(コ)와 메(メ)를 남녀로 본 것은 동감할 수 없다. 만약 굳이 양자의 관계를 찾아본다면 히루메(ヒルメ), 히메(ヒメ)가 원래 히루코메(ヒルコメ), 히코메(ヒコメ)에서 고(コ)음이 탈락된 것이라는 정도는 말할 수 있으나, 역시 harmöi의 유어로 봄이 진실에 보다 가까울 것이다.

붉(Părk)과 마찬가지인 대갈(Taigăr)도 역시 일본에서 신격(神格)의 호칭으로 쓰인 듯하다. 우선 조화 삼신(造化三神)의 유일(唯一)이요, 다카마가하라(高天原)에서의 팔백만신(八百萬神)의 지휘 역할자 다카미무스비노카미(高御産巣日神) 별칭으로는 다카마히코노카미(高天彦神)을 위시하여, 이자나기(伊장諾)의 별칭인 다가다이노카미(多賀大神), 오아나무치노카미(大己貴神)의 왕비였던 디카쓰노히메노미코토(高津姬命)와 그의 아들 디카데루히메노오호카미(高照光暖大神), 오쿠니누시노카미(大國主神)의 아들 아지스키타카히코노카미(阿遲鉏高日子根神) 및 그의 여동생 다카히메노카미(高比賣神), 진무동정(神武東征) 때의 다케미가즈치노카미(武甕雷神)를 대신하여 사악한 기운을 없앴다는 다키무라지노미코토(高倉下命), 그리고 한편 아마테라스오미카미(天照大神)의 동포인 다케하야스사노오노미코토(建迷須佐之男命) 즉 스사노노미코토(素盖鳴尊)를 위시하여, 그의 아들이며 한국과의 인연을 가진 이타케루노미코토(五十猛命), 낙뢰신(雷神)이라는 다케미가즈치오노카미(建御雷之男神), 도요우케노오호미카미(豊受大神)의 강림 때 다른 10여 명의 신과 함께 시종(侍從)의 임무를 다하였다는 다케미쿠라노미코토(建御倉命), 오쿠니누시노

카미(大國主神)의 아들이요 다케미가즈치노미코토(建御雷神)와 국가 양위를 둘러싸고 씨름을 하였다는 다케미나카타노카미(建御名方神), 분고(豊後)의 다케오시모코리히노카미(建男霜凝日子神), 이즈(伊豆)의 다케이시즈키노미코토(多祁伊志豆伎命) 등, 그 밖에 오토시가미(大年神) 의 아들인 니하타카쓰히노카미(庭高津日神), 하야마토노카미(羽山戶神)의 아들 나쓰타카쓰히노카미(夏高津日神) 등 모두가 다카(タカ)·다키(タキ)· 다케(タケ) 등의 관사가 있음은 저 아마쓰(アマッ)·아메노(アメノ) 등과 마찬가지로 천손족(天孫族)임을 표시한 것임에 틀림 없을 것이며, 이들을 용맹의 의미로 해석하려고 한 옛 사람의 설은 타당치 않을 것이다.

수험자의 도량으로서 그 영이(靈異)가 후지(富士)·아사마(淺間)에 비견되는 가이(甲斐)의 우타키(御嶽)를 위시하여, 각지에 있는 우타키와 그것을 중심으로 하는 수행은 다 대갈(Taigăr) 고신앙의 전화(轉化)로 볼 수 있을 것이다. 또 다케 산(嶽山)의 명칭과 함께 다카무쿠(高向)의 묘란 것이 있는 가와치(河內)의 그것을 위시하여, 외궁(外宮)에 속하는 이세(伊勢)의 다코(高向 ; 宇須乃) 신사, 무왕(武王) 묘진(明神)을 제사 지냈다는 이나바(因幡)의 다카무쿠(多加牟久) 신사, 그 밖의 각지에 있는 다카무쿠(코)신이란 것도 그 권속일 것이다. 그리하여 조선의 민간 신앙에서 최고의 대신(大神)인 대갈(Taigam)이 이들과 동근(同根)임도 이론(異論)이 없을 것이다.

10. 조선 신도의 대계

히늘을 나타내는 대갈(Taigăr), 그 인격형인 대감(Taigam)과 주로 신을 나타내는 붉(Părk), 그 인격형 붉은애(Părkăn−ai)히는 원래 다 종교적인 것이었다. 시실 그에 의거하여 예로부터 매우 선명한 종지(宗

旨)가 성립되어 제정일치 세상이 출현하고, 그것이 광범위하게 하나의 문화권을 형성하고 있었다. 신선도(神仙道)는 지나적인 발달이요 수신도(隨神道)는 일본적인 분기였으나, 그 분포의 중심을 이루고 비교적 순수한 진면목을 유지하여 온 것은 조선의 그것이었던 듯하다.

조선에서는 붉(Părk)을 근원으로 하여 붉은(Părkăn)으로도 되고, 전(轉)하여 부군(Pukun)으로도, 또 단순히 불(Pur)로도 불렀다. 이것은 오랫동안 매몰되어서 세인(世人)의 주의로부터 동떨어져 있었으나, 자세히 조사해 보면 그 가르침의 모습이며 법파(法脈)가 비교적 명료하고, 어떤 때는 장강(長江)과 같이 어떤 때는 땅속의 샘물과 같이 조선의 역사에 관통하여 사회에 침윤된 양상을 문헌과 사실 양면으로 명확하게 볼 수 있다.

문헌상에서 그 직접적 표현의 징빙으로서 존재하는 것은 『삼국사기』(권 제4, 진흥왕 37년)에 수록된 최치원(崔致遠)의 난랑비(鸞郞碑) 서문의 일절이니,

나라에 현묘한 도(道)가 있으니, 이를 풍류라 한다. 가르침을 베푼 근원은 선사(仙史)에 상세히 갖추어져 있으니, 실로 삼교(三敎)를 포함하고, 뭇 생명들을 접촉하여 교화함이라. 또한 들어가서는 집안에 효도하고 나가서는 나라에 충성하니 이는 공자의 가르침 가운데 본 뜻과 같고, 또한 아무것도 하지 않음의 일로서 처세하며 아무 말도 하지 않음의 가르침을 행하니 이는 노자의 으뜸가는 근본 종지와 같으며, 또한 모든 악행을 짓지 않고 모든 선행은 높이 받들고 행하나니 이는 석가모니의 교화와 같음이라.

하여 그 가름침의 양상을 전하고 있다. 그런데 이 한 문장 이외에 그 종교적 상태를 전하는 서적이 달리 없고, 이것 역시 그것에 인도

되어 이루어진 '원화(源花)'란 사실과 함께 기록된 당나라 사람 영호
징(令狐澄)의 『신라국기(新羅國記)』의 문장 의미가 얼른 보아 보통의
일개 사회적 교화 기관 같으며, 더욱이 그 이름이 '풍류(風流)'로 되
어 있는 것으로 보아 그것이 종교 단체요 또한 국가 최고의 종문(宗
門)이었으리라는 점은 자칫 소홀해지기 쉬움도 무리가 아니었다.

여하간 당초는 민족적 보편과 국가적 존숭으로써 장엄한 큰 의식
이었을 것이나, 후대에 와서는 여러 이유에 의해 고의(古義)는 전면
상실되고 전통적으로 그 형체를 계승함에 그쳤기 때문에, 나중에는
일종의 연중 행사처럼 되고 신성한 진의는 흐려지기만 하였다.

그러나 여기에 나오는 '원화'란 것도 사회적 응용 또는 제례의 한
상태이지 그 전체가 아니다. 또 '풍류'란 명구도 그 문장 뜻에 아무
런 관련이 없는 단순한 사음적(寫音的)인 것이었다. 나는 훨씬 이후
에야 이에 생각이 미쳤고, 또한 이로 인하여 비로소 이 연구에서의
전후 맥락이 통하게 되었다.

너무 번잡하게 되므로 간단히 조사한 결과만을 말하기로 한다. 반
도에는 예로부터 붉도(Pǎrk道)가 행해져 점차 국가적 색채를 띠게 되
었는데, 신라에서는 개국 당초부터 '박(朴)'(Pak)이란 제사 계급에 의
하여 그것이 전승되고, 그 제사를 붉은(Pǎrkǎn), 또한 제사(祭司)를
박수(Paksu)를 주로 하는 거서간(居西干)·차차웅(次次雄)·이사금(尼師
今)·마립간(麻立干), 그 교단을 원화(화랑, Pǎrkǎne), 그 시대를 붉구내
(Pǎrknui)라고 칭했다.

제사(祭事) 중심의 사회이므로 처음에는 제사(祭司)가 곧 군장(君
長)이었는데, 사회의 발전과 함께 정교의 분리를 보게 되어 종교로
독립한 것이 곧 풍류(pur)이나, '나을(奈乙 ; 신앙을 중심으로 하는 그
발전은 점차 괄목할 만한 것이 되었다. 마침내 교리상으로는 『신지(神
誌)』·『선사(仙史)』·『비사(秘詞)』·『정감(鄭鑑)의 서(書)』등 성전(聖典)도

차례로 나왔다. 수행상으로는 음악을 일면으로 하는 산중 칩거 수행과 그 일시적 행사인 산악 순례가 행해졌다. 신라의 국가 정세에 힘입어 원화(따로 國仙, 니중에 화랑의 호칭이 있다)의 사회적 활약을 보게 되었다.

후에 불교의 유입과 함께 융섭되고 습합되어 붉은(Părkăn)의 성의(聖儀)도 자음(字音)의 유사에서 팔관회(조선음 Părkwanhoi)의 명목 하에 집행되게 되었고, 불교가 융성함에 따라 점차 압도되어서 붉(Părk)의 영장(靈場)이던 명산 승지는 모조리 가람(伽藍)과 난야(蘭若)의 땅이 되고, 국신(國神)과 그 사사(社祠)는 불(佛)이라는 글자의 그늘에 간신히 그 남은 목숨을 유지하게 되어 버렸다.

그러나 국권적으로 지켜진 이유와 민속적으로 침투된 풍습은 외래의 시상에 의해 전체가 소멸되지 않는 법이어서, 신라를 계승한 태봉(泰封)과 태봉을 승계한 고려 조정의 '팔관(八關)' 제례는 시종 일관 성대하게 치러졌고, 이러한 불교 때문에 신사(神事)가 차차 소홀하게 되자 국가는 여러 차례 임금의 칙명을 내어 이것을 타이르고 훈계할 정도였다.

고려 말에 이르러 유교가 대두하고 이조의 혁명이 성공하자 그 정치적 안정을 도모하기 위해 신(神)·불(佛)을 다 억압하는 정책을 취했다. 그 결과 불(佛)은 차치하고 신도(神道)는 강노(強弩)의 마지막 형세, 보기에도 쓸쓸한 양상을 드러내게 되었다. 더욱이 태조 시기에 신서(神書)를 불태운 재액을 겪는데 이 시기 이 방면 문헌들의 절멸을 초래하였고, 가장 세력이 있던『정감(鄭鑑)의 서(書)』같은 이조의 운명을 예언한 일부분이 후세의 찬입(撰入)을 가한 채로 비밀리에 전해지는 것이 고작이었다.

그러나 고려조에서 팔관이란 불교어로 전화한 것을 그대로 이조에서는 부군(Pukun)이란 유학어로 얼굴 모습을 바꾸어서, 그 신사

(神社)는 관부(官府)·역원(驛院) 어디에서나 옛 모습을 보존하고 있었다. '부군—할머이(Pukun-harmöi)'란 것은 깊은 면파(面怕)에 엄폐된 채로 용케 공적(公的) 신앙을 이어갔으며, 국가적 팔관회는 호기(呼旗; Purki) 혹은 부군(府君) 굿(Pukun-kut)이란 형식 하에 민중적 존승을 지금까지 유지해오고 있다. 그리하여 국가적 불안과 사회적 불평을 조연(助緣)으로 하여 신앙 현상(종교적 행위)이 『정감의 서』 등에 결부되어 일어났고, '남조선(南朝鮮)'이란 이상 세계를 그 가운데 그려서 크고 작은 각양각색의 파문을 역사상에 전달하게 되었다. 이런 의미에서 사실적으로는 망실된 붉도(Părk道)가 근대에 이를수록 점점 정신적으로 부흥하여 전에 없던 세력으로 그 민족 생활의 중추를 이루었다고 볼 수 있다.

예를 들면 동학(東學; 후의 천도교·시천교)·흠치교(吽哆敎; 이후의 太乙敎)·보천교(普天敎) 그 밖에 여러 가지 명목으로 나타난 유사 종교단체들은 어느 하나도 이에 근거를 두지 않은 것이 없다. 이와 같은 것이 용이하게 성립되고 어느 것이나 상당한 발전을 하게 된 까닭은 교조(敎祖)의 인격이나 교지(敎旨)의 오묘함에 의한 것이 아니라, 단지 한 가지 예로부터 전해진 민중의 마음속에 침잠한 조선 민족의 전통적 정신에 반응을 일으킨 데 있다. 실로 '붉도(Părk道)'는 조선에서 사멸한 것이 아니라, 현재 살아 있으며 또한 활동 중인 일대 현실인 것이다. 민중 그들 자신에게는 그렇게 의식되지 않은 채로 말이다.

11. 건국 설화상의 하늘과 단군

신라로부터 현재까지의 계통은 전술한 바와 같거니와, 그러면 그 이전이나 그 이외의 것에서는 어떠하였던가? 백제는 국가의 이름부터가 '붉(Părk)의 도시'를 의미하고 있으며, 고구려와 부여는 모두 부루(夫婁)의 계통을 계승한 것으로 되어 있다.

또한 삼한(三韓)은 다 천강(天降)과 일생(日生)의 건국 설화를 가지고 있으며, 한(韓)에는 천신(天神)을 봉재하는 별도의 마을을 설치하였고, 예(濊)에는 특별한 산악 숭배가 행해졌으며, 고조선에는 태백산을 무대로 하는 단군이라는 건국 신화가 지금까지 전승되어 오는 것 등 모두가 붉(Părk)이나 대갈(Taigăr)·텡그리(Tengri)로써 국조(國祖) 또는 인문의 남상(濫觴)으로 삼지 않은 것이 없다. 그리하여 그 국조 신화에는 모두 태양과 추상화된 하늘과 인격화한 붉은—할머이(Părkăn—harmoi)가 가려지거나 드러나면서 그 근간을 이루고 있음을 본다.

비교적 작은 부족이라도 그 부족의 기원은 붉은(Părkăn)에 관련시켜서 말한다. 예를 들면 석탈해(昔脫解)의 본국인 정명(正明 ; Părkăn)이 그것이다. 훨씬 후대에 와서도 건국 설화에는 붉은(Părkăn)을 결부시킨다. 예를 들면 고려의 왕씨의 조상을 호경(虎景 ; 이두로 읽음)이라 함이 그것이다. 이들 중 단(壇) 또는 하늘이라고 나오는 것은 텡그리(Tengri), 백(白) 그리고 일(日)은 붉(Park)에 해당되는 사음 혹은 번역어이다.

지금까지 전승된 조선의 고대사란 것은 요컨대 이와 같은 종교적 신화·신화적 성전(聖典)이 역사의 형식으로 전해진 것으로, 부족과 시대에 따라 그 명칭 형태가 어떻게 변할지라도, 그 본체는 어느 한 근본 화형(話型)에 요약될 성질의 것이다. 그리하여 그 근본 정신·근거 원리가 되는 것은 태양을 시실로 하는 텡그리(Tengri) 또는 붉(Părk)이다.

전자를 대표하는 것이 고조선의 고조(高祖)라 일컫는 단군이요, 후자의 원형을 이루는 것이 단군의 아들로서 부여의 개국 왕이라 일컫는 부루(夫婁)이다. 동명 설화의 계자(鷄子)나 주몽 설화의 천제 (天帝)나, 혁거세 설화의 백마(白馬)와 자란(紫卵)이나, 알지 설화의 금성(金城) 백계(白鷄)나, 가락 설화의 주일(朱日) 청예(靑裔), 수로 설화의 자수(紫綬) 금란(金卵)이나(내지 고려 국조 설화의 호경이나) 모두가 단군 또는 부투의 변형일 따름이다.

이제는 단군의 정체를 명백하게 드러내도 좋으리라 생각하는데, 우리들이 보는 바로는, 단군이란 텡그리(Tengri) 또는 그 유어(類語) 의 사음으로서, 원래 하늘을 의미하는 말에서 변전하여 하늘을 대표한다는 군사(君師)의 호칭이 된 말이다(君은 정치적, 師는 종교적 인 우두머리를 말하는 것인데, 원시 의미에서는 양자가 하나임은 물론 이다).

언어학적으로 동일한 문화권에 속한다고 생각되는 몽고어의 텡그 리(Tengri)가 하늘과 한 가지 무(巫 ; 拜天者)를 의미함은, 인류학적으 로 군주(君主)와 무축(巫祝)이 대체로 동일한 근원이며 일체임과, 조 선의 고전승에 군주와 무축이 역시 같은 말로 호칭되었다고 하는 것을 함께 생각하면, 설사 전설이라 하더라도 단군이란 것이 얼마나 확고한 근거 위에 입각하였는가를 알 수 있을 것이다.

하물며 지나의 저서에도 삼한의 고속(古俗)을 기록하여 "국가에 각기 한 사람을 세워 천신의 제사를 주재하게 했는데, 이를 천군(天 君)이라고 불렀다."라 하였고, 조선의 현대어에도 아직 무(巫)를 텡굴 (Tengur)·당굴(Tangur-ai)이라 호칭하는 지방이 있으며, 전술한 바와 같이 그 변형인 대감(Taigam)이 오늘날까지도 조선의 민간 신앙에서 는 최상 신격을 이루고 있다.

또 종교적인 이유에서 유래한 것이라고 여겨지는데, 군장(君長)의 호칭에 하늘을 씌워 부른 것은 이 문화권 내 특색의 하나이다. 『한서 (漢書)』에 보이는 흉노의 '탱려고도(撐犁孤屠 ; 天子)'로부터, 동명 설화의 '탁리(橐離)', 주몽 설화의 '천제(天帝)', 북연(北燕)의 '천왕(天王)', 일본의 '아마쓰히쓰기(天津日繼)' 등의 관념 및 사실에 비추어 보아도 단군 신화에 역사적 반영이 있음은 움직일 수 없는 사실이다.

이들 증거를 무시하고 단군을 후세의 날조에 돌리거나 또는 수목 숭배의 한 전설이라 하고, 말살의 이유를 지나의 문헌에 그 전함이 없음에 두려고 하는 것 등은 실로 학문적 불성실함이라 하지 않을 수 없다. 비록 단군이 역사적으로 하나의 몽롱한 존재라고 하더라 도, 종교적 방면에 있어서의 오랜 근거는 도저히 움직일 수 없을 것 이다.

이 붉(Părk)을 법적 표식으로 하는 텡그리(Tengri)의 관념은 꽤 오 랜 옛날부터 종교적 형체를 갖추고 널리 분포하여, 마침내 이 교리 를 중심으로 하는 특수한 일대 문화권이 생겼다. 이 문화에는 단순 하게 명상적 산물, 기록과 조형 미술이 존중되지 아니하고 또 그 길 도 열리지 않았기 때문에, 진작부터 그것들을 가진 타문화의 그늘 에 숨게 되고 더욱이 현혹적 기록을 가진 지나의 그것에 엄폐되어 그 빛이 짓밟히지 않을 수 없었다 하더라도, 그 연원의 오래됨과 영 향의 큼, 특색의 선명함, 파지(把持)의 굳음, 범위의 넓음, 세력의 융성 함은 당연히 동방 문화의 중요한 측면이 아닐 수 없다.

이 잊혀진 일대 문화의 계통·성질 등을 명백히 함으로써 동양사 또는 인류의 문화사는 중대한 개정이 촉구될 것으로 생각한다. 그리 하여 그 연구의 현관과 연마의 핵심이 될 조선사는 그에 준하여 그 의의와 가치를 증가시켜 가지 않으면 안 될 것이다.

12. 불함 문화 계통

나는 임시적으로 이 일대 문화 계통에 '불함(不咸) 문화'의 이름을 붙여 여러 고찰을 시도하고 있는데, 이 문화의 중심임과 동시에 그 전체를 이루는 것이 붉(Părk)과 붉은(Părkăn)이요, 불함은 그 가장 오랜 자형(字形)이라는 것에서 이 표현을 취한 것이다. 이 문화의 전체 내용을 이루는 종교가 조선에서 붉은(Părkăn)·붉(Părk)·불(Pur)로 호칭되었음이 명백한데, 이것은 이 문화권의 명칭으로 오히려 본래부터 갖추어진 것이라고 생각된다.

불함 문화는 첫째는 그 성질에 의해, 둘째는 그 향용자(享用者)인 많은 민족이 역사적 피해자요 흥하거나 망함이 많아 이동이 많았기 때문에, 지금까지 그 계통적 면목이 거의 매몰되어 있었다. 산산이 흩어져 전해 오는 그 단편은 소위 샤머니즘이라는 이름 아래 원시 신앙의 한 재료로서 학자의 고증을 얻는 데 불과했다.

그러나 샤먼이건 붉(Părk)이건 그것은 인도·지나 두 계통의 타 여러 민족의 문화적 공통 원천이다. 예로부터 동방 역사 전개의 근본 동기를 이루고 있는 방면으로서나, 또는 동방 문화의 정점으로 삼는 지나의 그것이 실은 불함 문화로써 대부분의 내용을 이루고 있는 점에서나, 불함 문화에 대한 학자의 태도·관념은 앞으로 많이 개정되어야 할 줄로 안다.

얼른 말해서, 조선인이건 일본인이건 자기들의 문화 및 역사의 동기·본질을 고찰할 경우, 무턱대고 지나 본위로 모색함을 지양하고 자기 본래의 면목을 자주적으로 관찰해야할 것이다. 한 발 더 내켜서 지나 문화의 성립에 대한 자기들의 공동 행동의 자취를 찾아서, 동방 문화의 올바른 유래를 구명하는 것이 금후 노력해야 할 방향일 것이다.

새롭고도 오랜 불함 문화는 그 특질로서 신산(神山)·신읍(神邑)을 가지고 있고, 거기에는 대개 붉은(Părkăn)·텡그리(Tengri)의 명칭을 붙였다. 또한 이 명칭은 민족적 흥망을 초월하여 그 명칭을 계승했기 때문에, 이들의 형적(形跡)을 더듬음으로써 그 분포 상태 및 범위를 명백히 할 수 있음은 우리들이 커다란 다행으로 여기는 바이다.

불함 신앙의 전형적 전통 지역인 조선과 그 자매 관계에 있는 일본 및 동부 지나는 물론이요, 면악(冕嶽)을 위시하여 구바(クバ)·고보우(コボウ)·구보우(クボウ) 등의 신악(神嶽)이 있는 류큐(琉球)를 남쪽 끝으로 하여, 호로군다케(幌郡嶽)·벤케나 산(辨花片山)·가무이 산(神威嶽)이 있는 에미시(蝦夷), 장백산(長白山)의 만주, 부르칸 산(不兒罕山)의 몽고, 등격리산(騰格哩山)·푸류해(蒲類海)의 중앙아시아 등 서쪽으로 서쪽으로 그 연결선을 분명하게 찾을 수 있어서, 적어도 발칸 산의 발칸 반도까지는 그 분포 범위로 상정할 수 있다.

그리하여 이 지역에서의 대행(大行)·발칸·비르글 등의 산과 패이가이(貝爾加爾)·발하슈·바르글·부르글·등격리(騰格哩) 등의 호수, 페르가나(ferghana)·부르고(布魯克)·바르그·부칸·박트리아·부하라(捕噶 ; buchara) 등의 도읍은 모두 옛 붉(Părk)의 잔형으로써, 이 형적은 흑해를 중심으로 동쪽은 카스피 해, 서쪽은 다도해(에게 해), 남쪽은 페르시아 만에 이르는 동안에 급격히 농도를 더하고 있다.

카스피 해의 주변에서는 크고 작은 두 개의 발칸 산·볼가 강·다케스탄(dagestan)·바쿠(baku) 항·발하슈 시 등, 메소포타미아 지방에서는 바그다드·비루, 시리아 지방에서는 부카, 소아시아에서는 바리케스리, 발칸 반도에서는 흑해 연안의 발틱·봐르나·불가스를 위시하여 발칸·불가리아·부카레스트·베오그라드, 북쪽은 프라하에서 님쪽은 피레우스를 거쳐 트리폴리의 봐르카에 이르기까지 이루 헤아릴 수 없는 증거를 찾아 볼 수 있다. 흑해 주변은 또 다른 많은 이유와 더불어 붉(Părk) 문화의 기원 지역으로 추측되는 곳인데, 그 기원이 이들 지방에 있는 듯한 점이 붉(Părk)문화 대 인류 문화의 여러 문제를 상상케 하는 이유이기도 하다.

이상은 직접 표현적인 주요한 것만을 열거한 것인데 우리들이 이 천고의 신비를 드러내기 위해서는 이들의 지명에 부수되어 있는 후대적인 명칭의 의미 설명에 현혹되지 말아야 할 것이다. 그 한 두 가지의 적당한 예를 들어 보기로 하자.

예컨대 '파미르'의 이름과 뜻에 관하여 지금까지 고찰된 바로는 키르키즈어로 '적요(寂寥)'의 뜻이라 하나, 이것은 옛날 의미를 잊어버린 이후 어음(語音)이 근사한 데서 부합된 것뿐이다. 그 옛 형태가 붉몰(Părkmor)·몰(mor)은 불함 문화권 내에서 산을 일컫는 옛 말일 것이다. 동방에는 페르가나(Fergana), 서방에는 보카라(Bokhara) 의 이름이 있고, 그 커다란 분기인 아라이·곤륜(崑崙)·천산(天山) 등 모두 하늘의 뜻이 있으며 또한 그 내부에 성산(聖山)을 의미한다고 생각되는 사리콜 산맥이 있음 등으로 추찰할 수 있는 바이다.

그 하나의 지맥인 천산(天山)에는 백산(白山)의 옛 명칭과 함께 그 최고봉에 한등격리(汗騰格里, Khantengeri), 투르키스탄의 동방에 박격달산(博格達山 ; Bogdo-ola, 哈密)의 남쪽 끝에 백산(白山), 동쪽 끝에 파리곤(巴里坤 ; 옛날의 포류 Bar·Kul) 등의 부분적 명칭이 있으며, 또 그 하나의 권속을 이루는 것에 옛날부터 총령(葱嶺)으로 일컬어지는 볼로르-타그(Bolor-tagh, Belur-tagh)가 있고, 산맥의 최고점에 Tagharma(Mustagh-Ata)의 명칭이 있으며 그 부근은 예로부터 볼로르(鉢露羅 ; bolor)·발률(渤律 ; Bolor·Malaur)이라 호칭하듯이, 이 산에 불함 계통 신산(神山)의 표준적 예증이 갖추어져 있는 것처럼, 모두 파미르 본래의 상태를 상상케 하는 것으로 보이므로 파미르 적요(寂寥) 설 등은 후대적인 것임이 분명하다.

또 '발칸'의 어원에 관해서 보면, 터키어의 산맥으로 그리스에 전해져 하에모스(haemos)가 된 말이라는 것은 잘 알려져 있으나 터키어의 발칸이 실은 신산을 의미하는 고어(古語) 붉은(Părkăn)에서 유래하였음은 알려져 있지 않다. 로마 신화에 나오는 화산의 신인 불카노(Vuicano)에서 나왔다고 하나, 이것은 오히려 그 반대로 동방 사상에서의 붉은(Pǎrkǎn)이 로마에 들어가서 화산의 신으로 변화한 것으로 보아야 할 것이다. 그리하여 발칸(Balkan)도 불카노(Vulcano)도 모두 하나가 될 수 없다고 생각되는 것이 붉은(Pǎrkǎn)에 의하여 융합 일치하는 곳에 붉(Pǎrk)의 오묘함이 있는 것이다.

여기에 부기해 두고자 하는 것은 『사기(史記)』「흉노전」의 '색은(索隱)'의 "기련(祁連)은 일명 천산(天山)이라고 하고 또한 백산(白山)이라고 한다." 라는 부분에 대해 종종 시끄러운 논쟁이 있는데, 기련 천산(祁連天山)의 존재론은 차치하고, 육조(六朝)의 옛서적 『서하구사(西河舊事)』이래 일반에게 인정되는 듯한

백산(白山)은 겨울이나 여름에도 항상 눈이 덮혀 있어 이를 백산이라고 한다. 흉노족은 백산을 부르기를 천산(天山)이라 했다. 이 백산을 지날 때에는 모두 말에서 내려 산을 향해 경배를 드렸다. 포류(蒲類) 바다로 가는 길 백리 안쪽에 있다(『후한서』 권2, 「明帝紀」인용).

라고 적고 있음은 역시 원래 뜻을 잊은 후에 남아 있는 글을 보고 대강의 뜻을 추정해 적은 것일 따름이다.

실은 천산(天山)이 텡그리(Tengri)의 번역 글자인 것처럼, 백산(白山)은 붉(Pǎrk)산의 대비 글자로 해석함으로써 비로소 석연해질 것이다. 마치 동방에서의 천산인 백두산(장백산)의 백(白)이 옛날 뜻은 잊혀지고 만년설을 이고 있기 때문이라고 해석되었던 것과 좋은 대비를 이루는 것이다. 텡그리(Tengri)와 붉(Pǎrk)이 필연적으로 따라 다니는 실례를 여기서도 인정할 것이다.

13. 세계적 투영

불함 문화는 그 이름의 양상과 설명적 양상이 다 인류의 영아기의 모습을 보유하여 그 아득하고 먼 기원을 짐작케 한다. 원시 인류가 아직 극히 협소한 지역 내에 거주하고, 습속·호칭 등의 분화가 왕성하지 않았을 때의 중요한 유물인 듯한 것을 불함 문화 속에서 찾아볼 수 있다.

단지 습속뿐이라면 심리적 공통에 의한 우연의 일치로 볼 수도 있겠으나, 사실과 호칭(그 음운 변화의 현상), 거기에 얽힌 설명이 모두 부합될 때는 그 원천의 필연적 이유를 찾아봄이 당연하다.

붉(Părk) 사상이 처음 나온 지역(혹은 원시 중심지)은 전술한 바와 같이 카스피 해·흑해 부근으로 추측된다. 서아시아 남부가 전인류의 기원지인지 아닌지는 차치하고, 고대에 적어도 유럽과 아시아를 연결하는 인문적 호수가 이 부근에 괴어 있었던 것은 붉(Părk) 계통 명칭과 그 양상의 분포를 통하여 헤아려볼 수 있다. 그리하여 불함 문화의 핵심인 붉(Părk), 그 옛날 형태인 박(Par) 또는 불(Pur)은 북부 및 동부 아시아 이외에도 널리 연결된 가지와 잎들을 찾아볼 수 있다.

인도에서의 주재신 브라흐마(Brahma), 셈 민족의 대신(大神)의 범칭으로서 주인을 의미하고 일신(日神)을 본체로 하며 입석(Massebah)을 신체로 하고 아셰라(Ashera) 여신을 수반으로 한 바알(Baal), 바빌로니아에서의 바알(Baal)인 벨(Bel); 단순히 벨(Bel)은 에아(Ea)·아누(Anu)와 한가지로 바빌로니아 最古 삼신의 하나인 대지의 주재신 벨-메로다치(Bel-Merodach) 즉 미리-둑가(Miri-Dugga)는 이집트의 오시리스와 동일시 된 태양신으로서 그 목의 피를 흙에 섞어서 인간을 만들었다고 한다), 그 리스에서의 하늘의 광명을 표시하는 태양신으로서 수호신·징벌신·심신 의료의 신·액막이 신·목축(수렵)의 신·도 조신(道祖神) 내지 음악의 신·예언의 신·사회적 건설의 신인 아폴로 (Apollo ; 다른 이름으로 포이보스(Phoebus), 'Pha=빛나다'에서 유래), 로마의 주재신 주피터(Jupiter)의 이들이요 불과 대장장이의 신인 불 칸(Vulcan)·부카누스(Vucanus)·불카니(Vulcani), 북유럽의 주재신 워단 (Wodan)을 남편으로 하고 화신(火神)·태양신으로 선신(善神)이며 상 신(上神)인 발두르(Baldur)를 아들로 하는 지식과 생식의 사신(司神) 인 프리그(Prigga) 등은 그 신화적 의의 및 신격적 명칭에서 전인류 적 공통 원천이 우리의 붉(Pǎrk)·불(Pur)과 깊은 인연이 있는 것으로 보인다. 게르만의 천선(天仙)이란 페어리(Fairy)도 대개 그러할 것이나, 훨씬 멀리 떨어진 중앙아메리카 과테말라의 신화에서 빛과 토지의 창조주인 후라칸(Hurakan), 대지의 신 부쿱-카킥스(Vukub-Cakix) 따 위도 그 여분의 흐름이 아닌가 생각한다.

　이상과 같은 각각의 대표적 신격(神格) 외에도 그 주상적(主上的) 신격 중에 허다하게 이름과 내용이 겹치고 통하는 것을 발견할 수 있다. 예를 들면 인도에서 우주 생성의 본체라고 하는—그 머리가 천공(天空)이 되고, 배꼽이 공기가 되고, 두 다리가 대지가 되고, 마 음에서 달, 눈에서 태양, 입에서 뇌신(雷神)·화신(火神)을 낳고, 호흡 에서 바람이 생기고, 또한 인도의 사종성(四種姓)을 그 체내에서 발 생시켰다는 머리 천 개와 천 개의 눈, 천 개의 다리를 가진 거인 푸 루샤(Purusha), 비와 천둥의 인격화로서 천주(天主)라 하여 공중의 최 고신으로 가장 존숭을 받게 된 인타라(因陀羅! ; 帝釋天)의 일명인 파르자냐(Parjanya), 최고의 천신 광명신으로서 천지를 만들고 이것 을 지지하고 태양과 별을 그 눈으로 하고 우주의 지배자로서 베다 교(veda ; 吠陀敎) 중에 거의 일신교의 형태를 취하게까지 된 바루나 (Varma ; 그리스에 있어서의 Uranus)·사비트르(Savitr)·푸산(Pushan)·비슈뉴(Vishnu) 등과 한가지로 일신(日神)의 수리야(Surya)의 일명인 바가(Bhaga) 등은 주의할 가치가 있다.

또 북유럽 신화에서 폭풍우를 인격화하여 북유럽 최고신으로, 신인(神人)의 아버지로 숭앙되고 만물의 지배자라 하는 워단(Wodan), 즉 오딘(Odin)은 태양을 그 눈으로 한다고 하는 것을 보면 그것이 천공신(天空神)임을 알 수 있다.

그 뷔레(Băre)의 아들인 보르(Bore)가 아버지라는 인물을 만들어낼 때에 한 몸에 세 얼굴 모습을 이룬 것이 빌리(Vili)와 베(Ve)의 두 신이었다고 하며, 악의 거인 이밀(Ymir)을 죽였더니 그 살이 대지가 되고, 피가 눈물이 되고 뼈는 산, 이는 암석, 두발은 수목이 되고, 뇌수는 천공에 던져져서 구름이 되고, 꼬리털은 아름다운 인간 세계(Midgard, 중간국)를 이루었다고 한다. 아내인 프리가(Frigga), 아들의 이름은 발데르(Baldur), 그를 따른 여성 전사는 발키르(Valkyr), 그의 궁전인 천상의 낙원은 바할라(Valhalla, Valhöll), 그의 옥좌는 흘리디스크잘프(Hidskjalf), 그 우주 나무 이그드라실(Yggdrasil)을 윤택하게 하는 신령의 샘이 흐베르겔머(Hvergelmer), 그 우주 마지막의 대전쟁터를 비그리드(Vigrid)라 하여, 그 관계의 이름이 대개 발(Par) 종류의 음을 표시함도 저 동북아시아적 우주 삼계관(三界觀)과 대장장이 신을 볼란드(voland)라 일컬음과 한가지로 붉(Părk)적으로 고찰할 것이라고 생각한다.

그리스 신들은 점토와 물로 인간을 만들고 태양에서 빛을 취해 토우(土偶)에 숨을 불어 넣어서 생명을 주었다든지, 제우스(Zeus)에게 반항하여 천상에서 신의 불을 훔쳐다가 인류에 주어 인간에게 화식(火食)을 가르쳐 주었다든지, 그 딸 피라(Pyrha)의 남편인 인류의 시조 데우칼리온(Deucalion)에게 대홍수가 있을 것을 예고하여 그로 하여금 식량과 배를 마련해서 9일간 표류한 끝에 포키스(fokis)의 파르나소스(Parnasos)산에 이르게 하여 인종을 번식시켰다든지, 설혹 제우스 신이 하사한 물건이라 하더라도 재해나 흉악한 일로 가득찬 판도라(Pandola)의 상자를 받지 말라고 하였다 함과 같은 인문 현상의 개발에 위대한 공적이 있다는 신인(神人) 프로메테우스(Prometheus)를 위시하여, 경작의 신, 포도와 술의 보호신, 극장의 신으로서 생식신(生殖神)의 뜻을 띠고 가장 화려한 제전(祭典)을 실행하는 바커스(Bacchos ; Bacchus), 바다의 신이요 예언신(豫言神)인 프로테우스(Prateus), 태양신 헬리오스(Helios), 무역신·사절신·음악 웅변신이요, 그리스의 국경에 건립한 돌 표식인 헤르메스(Hermes, 로마 명칭으로는 Mercurius)·머큐리(Mercury), 제우스 신의 서자로 최대의 용사, 12공적의 주인공, 올림피아 경기의 시조, 여행·목축·농업의 보호신 헤라클레스(Heracles ; Hercules), 제우스 대신(大神)과 지혜신, 그의 아들인 지식의 신, 평화와 전쟁을 관장하는 국가의 신, 학문·미술·기예·농경 등의 신, 아테네 수호의 대여신 (大女神)이요 순결과 광명의 표현인 팔라스 아테나(Pallas−Athena), 예언의 신 헤카테(Hecate), 수명 및 운명의 신 파르카에(Parcae) 등을 들 수 있다. 이상에서 특히 주의할 것은 '발(Par)'적 명칭을 가진 것이 대개 창조신·지상신·천신·광명신·태양신·화신(火神)·인문적, 예언적, 종교적인 신격이라는 점이다.

눈을 돌려 옛 지명을 살펴 보건대, 서아시아에서는 파르스(Pars, Fars) 지금의 페르시아(Persia)·포에니키아(Phoenicia, 페니키아)·파르티아(Parthia)·베르세바(Beerseba), 지금의 비레세바(Bir−es−Seba)·필리스티아(Philistia)·페르가몬(Pergamon, Pergamus)·페르가뭄(Pergamum)·프리기아(Phrygia)·바알베크(Baalbek) 등은 역시 '발(Par)' 고찰의 범위에 들어 간다.

또한 그리스로 건너가서는 아폴로 사당의 소재지, 델포이(delphone) 신탁이 베어나온 곳이며, '지구의 배꼽'이라 일컫는 포키스

(phokis)지방의 파르나소스(Parnassos, Parnassus) 성산(聖山), 아폴로와 무사(mousa)의 제사 장소인 보이오티아(Boeotia)의 헬리콘(Helicon) 산 등을 헤아릴 수 있다.

그리고 기독교에서 대양(大洋)의 극동 고산에 있는 에녹(enock)·엘리야(elijah) 등 성자(聖者)의 거주지라는 지상의 선경(仙境) 즉 파라다이스(Paradise ; 페르시아어로 園囿의 뜻이라 함), 페르시아에서 낙토(樂土)를 의미하게 된 바투나(Varuna), 인도의 범세(梵世 ; Brahmaloks) 등 고대의 사상적 국민들에 의하여 생각되었던 낙원이 생각지도 않던 '발(par)적' 명칭을 취한 것도 우연 아닌 계기에 의한 것인지도 모른다(이집트의 헬리오폴리스(Heliopolis) 즉 그리스어로 태양의 도시인 피라(Pira)가 이집트어로 '태양의 집'이란 뜻임은 예부터 전해오는 통설인데, 피라(Pira) 그대로가 원래 성스러운 도시를 의미한 것인지도 알 수 없는 일이다).

원래 원시 시대의 문화적 교통은 일반적으로 상상하는 것보다 활발하고 왕성하였다. 인종 상호의 동근(同根) 관계도 의외로 확실하고 그들의 긴밀함은 여러 가지 증거를 통해 보아도 명백하다. 이상과 같이 우리들의 모색은 극히 허술하고 또 생소하기는 하되, 그 중에 다소나마 문제로서 새롭게 제시한 것으로 인정할 수 있는 것이 있다면, 저 아리안(Aryan ; Arya)의 언어 분포 및 변화에 의하여 인도 게르만 민족 및 문화적 연쇄를 증명할 수 있음과 같이, '발(Par)' 유어(類緣)의 언어적·민속적 연구가 한쪽 측면에서는 인류사적인 의미로 '붉은(Pǎrkǎn)' 문화의, 그 얼마나 오래된 유산임을 명확히 하고, 또 한편으로는 '붉은(Pǎrkǎn)'을 통하여 동서 문화의 교감이 인류 생활의 원시적 세계성에 도달케 하는 일조의 연줄이 될 것이다. 이렇게 보아 온다면 '발(Par)' 고찰은 이미 동아시아 문화의 문제 뿐만도 아닌 것이다.

14. 지나 문화의 동이소와 불함소

지나란 나라는 민족적으로나 문화적으로 하나의 커다란 침전지요 합금의 용광로이다. 지나 문화가 소위 주변의 네 오랑캐와 여덟 야만추들[四夷八蠻]의 문명 요소들을 섭취하고 있음은 그 민족 내에 모든 관계 민족의 혈액을 혼합하고 있음과 마찬가지다.

일반적으로 사람들이 일컫는 동이(東夷)란 가장 일찍부터 여기저기에 잡거했으며 또는 이웃하여 거주하고 있었다. 어떤 지역에서는 선주민의 관계를 가지고 있으며 또 가장 오래 계속적으로 밀접한 교섭을 가지고 있는 만큼, 지나 문화에서 동이의 유물은 헤아릴 수 없이 많으며 또한 그 중요 부분을 점유하고 있음을 본다.

지나의 문물에서 가장 일찍 정형을 보인 것은 국가 윤리이며, 그 중심을 이루는 것은 천명(天命)을 받았다는 주권자의 상징이었다. 후세 지나의 문화재는 모두 이것을 초점으로 하는 인상을 주게 되어 버렸는데, 소위 그 천명이란 것의 원시적 형태는 하늘의 아들로서 인간을 다스리도록 했다는 것이다. 천자(天子) 또는 천왕(天王)이란 이것을 말하는 것이다.

그런데 이 천자나 천왕은 일반적으로 "임(林), 증(烝), 천(天), 제(帝), 황(皇), 왕(王), 후(后), 벽(辟), 공(公), 후(侯)는 모두 임금(君)을 의미한다."(『爾雅』釋詁, 제1)라는 것과는 달라서, 다분히 설화적 배경 아래 생기고 동시에 행하여졌음은 『설문(說文)』(제12, 하) 성씨(姓字)의 주석에, "예부터 신성한 사람은 어머니가 하늘에 감응하여 아들을 낳았는데, 그래서 천자(天子) 즉 하늘의 아들이라고 부르는 것이다."고 하였음을 추찰할 수 있는 것이다. 저 『서경(書經)』에는,

•황천(皇天)이 돌보아 명을 내려 온 세상을 지배하고 하고, 천하의 임

금(君)으로 삼았다(「大禹謨」).

· 하늘의 순환하는 운세가 그대의 몸속에 있으니, 그대는 내 원후(元后), 즉 천자에 오르리라(「大禹謨」).

· 하늘이 백성을 만들고자 하나 다스리는 주인이 없으면 곧 어지러워질 것이라 하여 하늘은 총명한 이를 내세워 이들을 다스리는 것이다. 하(夏)나라 임금은 덕에 눈이 어두워 백성을 도탄에 빠트렸으니 하늘이 곧 임금에게 지혜와 용기를 내려 온 나라의 바른 표본이 되어 다스리게 하였다(「仲虺之誥」).

· 천자(天子)가 온 나라의 임금이 되었으므로 모든 관리들이 법을 만들어 임금의 말을 법령으로 받들었다(「說命」상).

· 사리에 밝은 임금이 하늘의 도를 받들어 순하게 하여 나라를 세워 도읍을 건설하고 후왕(后王)·군공(君公)을 세우셨다(「說命」중).

· 하늘과 땅은 만물의 부모요 사람은 만물의 신령이니 진실로 성실한 총명함이 천자가 되고 천자는 백성의 부모가 된다(「泰誓」상).

· 하늘이 백성을 은혜롭게 하고 임금이 하늘을 받들었다(「泰誓」 상).

· 임금의 법칙을 펴는 말은 당당하며 교훈이 되고, 천제(天帝)도 교훈하는 것이니 무릇 백성이 법도를 듣고 교훈삼아 행동한다면 천자의 광명에 근접하여 "천자는 백성의 부모가 되어 천하를 다스리는 임금이 되었다."고 말하게 될 것이다(「洪範」).

이라고 했다. 또한 『백호통(白虎通)』(제1) 작편(爵篇)에는,

천자(天子)란 말은 벼슬의 칭호이다. 천자란 무슨 뜻인가. 천자란 왕이 하늘을 아버지로, 땅을 어머니로 하며, 하늘의 자식이 되는 것을 뜻하는 것이다. 『독단(獨斷)』에는 천자(天子)란 이적(夷狄)들이 부르는 호칭인데, 하늘을 아버지 땅을 어머니로 삼고 천자, 즉 하늘의 아들이라 부

른다.

라고 했다는 것 등 후대의 상식적인 설명보다도 설화적으로 해석하여 좀 더 진의를 파악해야 할 것이 있다.

그러나 지나만큼 오랜 문자의 나라이면서도 지나만큼 원시 설화의 기록물이 빈곤한 곳은 없어서, 천자(天子)의 옛 뜻 같은 것도 지나의 고전에서는 명백히 파악할 수 없다. 도리어 불함 문화권의 고대 신화에 의거할 때에 비로소 끊어짐과 변천을 초월하여 옛 뜻의 전체상이 모두 밝힐 수 있으며 또한 겉으로 드러난다.

현재의 부리아트 종교에서도 천상계에 존재하는 최상 선신(善神)인 아타-울란-탱게리(Ata-Ulan-tengeri)는 부단히 중간국 즉 인간계의 상태를 시찰하여, 재액으로 고통을 받을 경우에는 신의 아들들을 하강시켜서 구제하신다는 신앙이 있다. 이것은 실은 불함 문화권의 오랜 전통적 신념으로서, 그 최고 증거는 조선의 신전(神典)에 보인다. 『삼국유사』에 인용된 아마 '단군기(壇君記)'라고 생각되는 고기(古記)에,

환인(桓因)의 서자(庶子) 환웅(桓雄)이 있어 항상 천하에 뜻을 두고 인간 세계를 탐내거늘, 아버지가 아들의 뜻을 알고 삼위태백(三危太伯)을 내려다보니 인간을 널리 이롭게 즉 홍익인간(弘益人間)할 만한지라. 이에 천부인(天符印) 3개를 주어 세상 사람을 다스리게 했다. 환웅이 무리 삼천을 이끌고 태백산 꼭대기 신단수(神檀樹) 밑에 내려와 여기를 신시(神市)라 이르니 이가 환웅 천왕(桓雄天王)이다. 그는 풍백(風伯), 운사(雲師), 우사(雨師)를 거느리고 곡(穀), 명(命), 병(病), 형(刑), 선악(善惡) 등 무릇 인간의 360여 가지 일을 맡아서 인간 세상에 살며 다스리고 교화하였다.

는 것이 그것이다. 이것도 많이 요약된 것이지만 여기에 「동명왕편(東明王篇)」과 「혁거세전(赫居世傳)」을 합해서 보면, 하늘이 그 아들을 이 세상에 보낸 이유—뒤집어 말하면 천자(天子)가 하늘에서 내려와 탄생한다는 탄생의 동기 경로가 엿보인다.

또한 이 모체 설화의 갈래인 부리야트에서 전해지는 어버이 에세게(Esege) 말라안(Malaan)의 명을 받은 아홉 형제 중의 가운데 아들 게실 보그도(Gesil Bogdo)가 혼란과 재액의 만가타이(Mangatai)에 강림하는 설화와, 일본에서 전해지는 어버이 아마쓰쿠니타마노카미(天津國玉神)의 명을 받은 아메와카히코(天若日子)가,

낮에는 파리 떼처럼 들끓고 밤에는 불항아리처럼 빛나는 신이 있는 데, 돌뿌리·나무들·물거품까지도 말 물어 소란한 나라니라(出雲國造).의 神賀詞)

라고 한 아시하라(葦原)의 중간 나라에 강림하는 설화와 대조하면, 한층 명료하게 그 이야기의 의미 소재가 간취될 것이다.

천명(天命)·천명(天明)·천도(天道)·천위(天威) 등이라 하여 수천 년간 학자들의 분분한 토론의 대상이 된 지나에 왕권 원론(原論)도 불함계 고전설의 한 편린으로 보여 흥미롭다.

학술·정치·종교 전체에 걸쳐서 일관된 핵심을 이루는 하늘이 지나 사상 및 지나인의 생활에서 얼마나 중요한 것인가는 새삼스럽게 말할 필요가 없으나, 이 하늘이란 것의 의식 및 호칭은 대개 불함 계통으로부터 물려받은 것으로 생각된다.

하늘은 전(顚)·정(頂)·등(登)·단(壇)과 상통하여 고(高)의 의미에서 유래된 형태이며 의미인데, '티엔(Tʼien)' 또는 '탄(Tan)'이란 음은 흉노

어의 탱려(撑犁), 몽고어 및 터키어의 '탕그리(Tangri, Tengeri)'와도 관련이 있을 것이다. 아마도 배천자(拜天者 ; Heaven–Worshipper)인 불함계 원주민(혹은 잡거민)에게서 계승하여, 외국어가 지나화한 경우에 흔히 보는 예와 같이 두음(頭音)만으로 단일 철자화한 어형일 것이며, 하늘과 뜻이 상통하는 대(大)·태(泰)·대(台) 또는 제(帝) 등은 그것의 또 다른 줄기인 것이다. 지나에서 하늘을 신격적으로 호칭할 경우에,

•태일(太一)

태미(太微)는 태일(太一), 즉 하나님의 뜰이요 거처하는 곳이다(『淮南子』天文訓).

•천극(天極)

중궁(中宮)의 북극성 그 하나의 밝은 곳이 태일(泰一), 즉 하느님이 거처하는 곳이다(『漢書』天文志).

•태일(泰一)

박인(亳人)은 잘못됨을 꺼려 태일(泰一)쪽에 제사를 지내며, 천신(天神)의 존귀함은 태일(泰一)이요 태일을 보좌하는 것은 오제(五帝)라 하였다(『漢書』郊祀志).

•천황(天皇)

옥으로 장식한 아름다운 궁전에서 천황(天皇)을 뵈었다(『張衡』思玄賦).

등이 있고, 그 천신의 화신이라는 천자에 대군(大君 : 『역경』에 나옴), 대가(大家)·천가(天家 ; 『獨斷』에 나옴)의 별칭이 있으며, 후세 도가(道家)에서 하늘을 설정하여 일컬을 때 대라(大羅)·단구(丹丘)·청구(靑丘)·혁현(赫縣)이라 호칭했다. 지나의 민간 신앙에서 하늘을 대표함에 북두(北斗)라 하는 것이 통례인데, 두(斗)에 태일(太一)·태을

(太乙)·천극(天極)·천황(天皇)과 동일한 천강(天罡) 두군(斗君)의 명칭이 있는 것으로 보아 하늘의 본성 즉 원형으로 탕그리(Tangri)·텡그리(Tengri) 또는 그 유사어를 상상함이 그다지 무리가 아님을 알 수 있다.

그리고 태산을 하늘처럼 여겨 하늘에 볏짚을 태워 제사를 지내거나 시조 배향의 제사 등 성대한 의식으로, 태산을 통해 하늘에 고사의 성의를 베푸는 것이 동이(東夷) 배천의 유풍일 것임을 생각하면, 지나인의 하늘에 관한 이론 및 실제가 많이 불함계 문화에 영향을 받은 것임을 알 수 있다(천제를 禘라 하고, 그 제단을 泰라 일컫는 것을 함께 생각해야 할 것이다).

15. 복희씨와 제(帝) 요순

하늘과 탕그리(Tangri)와의 원류 관계를 가장 구체적으로 표상해 주는 것으로 복희(伏羲)·포희(庖犧)·복희(宓犧)·포희(炮犧) 신화를 들 수 있다. 복희는 천상신(天上神)인 삼황(三皇) 다음으로 인간계 신의 시조가 되어(『한서』 律歷志 하. 太昊帝易에 말하기를 "포희씨가 천하의 왕 노릇을 하였으니 포희는 하늘을 계승한 왕이며 모든 왕들의 선조가 되었다."고 하였다) 모든 인문의 창시자가 되었다고 하여 맨 처음에 나오는 제(帝 ; 天子, 하늘의 대표자)로서 단군(壇君)·게실(Besil Bogdo)적 지위의 존재이다.

그 설화적 요소를 보면 진(震) 동방에서 유래하였다고 하며, 거처가 동방에 있다고 했다. 계절의 봄을 관장하여 태양의 광명을 형상한 것이라 했다고 하며, 또한 희생의 시조, 복무(卜筮)의 시초라 하여 어느 것이나 붉(Părk)적 연원을 연상케 하는 것뿐인데, 더욱이 그 제호(帝號)는 태호(太皞)라 하여 탕그리(Tangri)·대갈(Taigăr)과 일치함을 보이고 있다.

그뿐만 아니라 그 성(姓)을 풍(風)이라 하고 씨족 호칭은 복희라 하여 명백히 붉(Pǎrk) 계통의 명칭도 지니고 있다. 그리고 신령의 어머니가 광명에 감응하여 아이를 잉태해서 낳았다는 붉(Pǎrk) 계통 감응 탄생 이야기도 전하고 있다(일설에 신의 어머니 대인의 자취를 느꼈다는 대인이 역시 동이에서 유래함을 암시하는 것으로도 보인다).

이와 같이 대갈(Taigǎr)과 붉(Pǎrk)의 전형적 두 칭호와 그 부수적 사실을 아울러 갖춘 태호 복희씨(太昊伏羲氏 ; Taigǎr–Pǎrk)은 배천— 더욱이 태양을 천주(天主)로 한 배천자였던 동이에 의해 전래한 오랜 설화 형태이니, 단군의 지나적 변형으로 보아도 무방할 것이다.

※ 지나 상대(上代)의 인문적 일대 영웅으로 동이인(東夷人)이라고 여겨온 순(舜) 전설에 전하여진 유명한 구절 중, "이름은 중화(重華)이고, 자는 도군(都君)이며 처음 부하(負夏)에서 이사하기 시작하여 돈구(頓丘)에서 장사했으며, 부허(傅虛)에서 빚을 졌고, …명조(鳴條)에서 돌아가셨으며 창오(蒼梧)에서 장례를 치렀다(『帝王世紀』)."라고 한 것처럼 오로지 탕그리(Tangri)적인 것뿐으로서 그 덕(德)은 "맹렬한 바람이요, 재빠른 천둥과 같이 혼미하지 않았다."고 하였다.

순(舜)이란 그 글자도 전서의 형태로 '舜'이고, 고문(古文)으로는 屋·�·屋로 다시 불을 밝힌다는 글자로서 우리들이 보는 바로는 자형(字形)이 광명의 뜻에서 유도되었음이 명백하며, 음의 서(舒)와 윤(閏)의 절음으로 '슌' 또한 서(曙)·성(晟)·선(鮮)·신(新) 등과 유사한 인연으로서 일광(日光) 관계의 것인 듯하다.

시법(諡法 ;『독단』 및『사가』「오제본기」注騆按)에도 어질고, 성스러우며 융성하고, 밝은 것을 '순'이라 한다고 하였던 것 등을 보면 대저 텡그리(Tengri) 또는 붉(Pǎrk)적 증거를 가지며, 아울러 이에 의하여 지나에 전한 동이계 고어의 변화 유동 형태를 고찰할 수 있을 것이다.

더욱 나아가서 우리들은 지나 신화의 원 첫머리에 소급하여 명백한 붉(Părk) 전승의 증거를 지적할 수 있다. 지나의 개벽 설화가 이미 그것인 것이다.『오운역년기(五運曆年記)』에 의하면,

태초에 원기가 널리 퍼지고 혼돈 속에 있을 때 생명의 씨앗은 이미 그곳에서 자라기 시작했다. 이에 하늘과 땅이 나뉘고, 비로소 처음으로 생겨났다. 음과 양을 열고 이를 원기를 나누어 주니 곧 중화적(中華的) 기인을 잉태하고 사람이 생겨났다. 처음에 반고(盤古)가 태어났고 죽은 뒤에 몸이 변하여 숨소리는 천지의 바람과 구름이 되었고, 목소리는 격렬한 천둥소리로 바뀌었다. 왼쪽 눈은 해가, 오른쪽 눈은 달이 되었고, 다섯 몸은 동서남북의 네 극과 다섯 악(嶽)이 되었고, 피는 강과 하천으로 바뀌었다. 힘줄과 혈맥은 땅위의 작은 동네들로 변하고 살가죽과 살은 밭의 흙으로 변했다. 머리카락과 수염은 별로, 정액과 골수는 빛나는 옥으로 변하고, 흐르던 땀은 비와 연못으로 바뀌었다. 몸속의 모든 벌레들은 각기 온갖 백성들로 변했다.

라 하여, 지나에서도 소위 거인(巨人) 화생(化生) 설화로써 우주의 창생을 설명한다. 반고(盤古) 신화는 그 모티프가 이미 그러하거니와 명칭 역시 인도의 푸르샤, 북유럽의 보단(뷔리·뻬를 합하여)과 유사함을 보여주고 있다. 그리하여 우리들의 견해로는 이들을 통틀어서 그 총기원을 '발(Par)' 또는 '붉은(Părkăn)'에서 찾아야 할 것이다.

반고가 한민족(漢民族) 전유물이 아님은『후한서(後漢書)』의 남만(南蠻),「서남이열전(西南夷列傳)」소재의 반호(槃瓠) 전설과『술이기(述異記)』소재의 남해중(南海中) 반고국(盤古國) 전설에 의해 알 수

있다. 반고 다음에 천황(天皇)·지황(地皇)·인황(人皇) 등 삼황이 잇달아 설명되고, 인황에 이르러 인문적 활동을 볼 수 있는데, 곧 하늘(天)에서 내려와 인간 세상을 다스린다고 되어 있다.

황(皇)은 『독단(獨斷)』의 문장을 빌리면, "임금 황자(皇者)란 빛날 황(煌)의 뜻이다. 성대한 덕이 빛나서 비추지 않는 곳이 없다는 뜻이기도 하다."라 하였다.

한편, "임금 제(帝)란 진리 체(諦)란 의미이다. 즉 능히 하늘의 도(道)를 행하고 하늘을 섬기며 우주의 진리를 살핀다는 의미이다."라 한 데 비추어 보아 제(帝)가 텡그리(Tengri) 계통을 이룸과 같이 황(皇)은 붉(Părk) 계통의 존칭을 표현하고 있음을 인정할 수 있다(『淮南子』本經訓 帝者體太一 참조).

　※ 황(皇)은 『설문(說文)』(1의 상, 段注本에 의함)에 의하면, "황(皇)이란 위대하다는 뜻이다. '처음으로 왕위에 오르다.'라는 글자의 뜻에서 나왔는데, 비(自)란 맨 처음이란 시(始)의 의미로, 처음 왕이 된 것은 삼황(三皇)이며 대군(大君)이다. 비(自)는 비(鼻)처럼 소리 내어 읽는데 오늘날 세속에서 처음 얻은 아들을 비자(鼻子)라 함이 이것이다.'라 하여, 비왕(自王)에 출처를 두고 대(大)와 시(始)의 의미를 표현한 것이라 하나, 이것은 진(秦)나라 시대 이후의 소전(小篆)의 와전된 형태에 의한 그릇된 견해이다.

　제사에 쓰이는 도구에 보인 옛날 형태로서는 흔히 '皇'으로 되어 있어 비(自)에도 왕(王)에도 관계가 없고, 글자 윗부분의 '⬬'은 가운데 속을 빼어버리고 '⬭'으로도 만들며(貌叔編鍾), 머리 위의 세로 획을 증가하여 '⬮, ⬯'으로 만들어서(豊兮卽敦 ; 고대 지나에서 청동 그릇에 새긴 명문으로 옛 문자의 출처를 의미 한다) 점점 더 비(自)와는 전혀 관계가 없는 것임을 보이고 있으므로, 비왕(自王)에 종(從)한 것으로 하여 이루어진 종래의 해석은 개정되어야 한다. 우리가 보는 바로는 '☼☼☼'의 머리 획은 태양의 광선을 표현한 것으로서 다 빛나는 태양의 표상이며, 토(土) 또는 ''는 그것을 존귀케 하는 기반을 표시한 것(태양 그것이면 대지, 표상물이면 제단 같은 것)을 말한다. 모든 것이 광명체 즉 태양, 특히 종교적 대상으로서의 태양을 표현한 것인 듯하다. 황(皇)이 원래 '⊖' 즉 '일(日)'자를 중심으로 하여 생긴 상형(象形) 겸 회의(會意)의 문자임은 의심 할 여지가 없다고 생각한다(단,『說文』또는 그 이전부터의 전통적 해석이었을 大也라든가 大君也라든가도 반드시 근거 있는 것으로서 따로 고찰할 필요가 있는 점으로 생각한다).

또『독단(獨斷)』에 의하면, "상고 시대의 천자인 포희씨(庖犧氏)와 신농씨(神農氏)는 황(皇)이라고 일컬었다. 요(堯)와 순(舜) 임금은 제(帝)라 칭했다."라 하여, 황(皇)은 특히 포희(庖犧)·신농(神農)의 칭호요 제(帝)는 특히 요순(堯舜)의 칭호로 되어 있다.

지나 상대의 황제라 함이 이들을 신화적으로 해석하여 그러하다 한다면, 황(皇)인 포희씨(庖犧氏)는 그 이름에서, 신농씨(神農氏)는 염제(炎帝), 즉 태양신으로써 농업신을 겸한 의미에서 분명히 붉(Părk)의 증거를 남기고 있다. 또한 제(帝)인 요(堯)는 그 자형이 고원(高遠)을 의미하고(『說文』에 나옴), 그 이름인 방훈(放勳)이 붉은(Părkăn)과 유연(類緣)한 것이며『대대례(大戴禮)』·『사기(史記)』에 보인다. 그 성덕(性德)이, "그 인자함은 하늘과 같았고 그 얇은 신(神)과 같았다. 사람들은 마치 태양처럼 그에게 나아갔고 구름을 보듯이 그를 우러러 보았다. 그는 부유하되 교만하지 아니하고 귀한 몸이 되었어도 나대지 않았다. 누런 모자와 비단옷을 입고 백마가 끄는 붉은 수레를 탔다. 그는 덕을 밝혀서 구족(九族)을 친하게 하였고, 구족이 화목해지자 백성의 직분을 분명히 하였고, 백성의 직분이 환히 밝혀지니 온 나라가 화합했다(『사기』)."라든가, 광명이 사방으로 퍼져나갔으며 하늘과 땅에 닿았다."(『書經』「堯典」)라든가, 그 업적이 "넓은 하늘을 삼가 따르게 하시고 해와 달과 별들을 관찰하여 삼가 사람들에게 씨 뿌리고 거둬들일 때를 알려주도록 하셨다." (『서경』요전)라든가 하는 것에서 순(舜)은 그 자형·자음 및 앞에서 기술한 여러 가지 유명 구절에서 각기 태양신 또는 그 권속 또는 그것에서 벗어난 존재물인 것으로 볼 수 있다. 그것이 태양신 즉 천제(天帝)요, 붉(Părk)·탕그리(Tangri) 계통의 이름을 가지고 있는 것으로 보아 그것이 동이계, 즉 불함 계통의 고전설·고신앙과 관련 있음을 생각할 수 있다.

　※ 제(帝)라는 글자의 하늘 더욱이 동이어(東夷語)의 하늘을 의미하는 말, 즉 탕그리(Tangri) 또는 대갈(Taigăr)과 계속된 인연임은 그 형태·소리·의미 어느 방면으로도 헤아릴 수 있다. 그 전형(篆形) '帝'는 윗 부분이 '二'(고대 문자의 上이라는 글자)로서 지극히 높아 위가 없음을 표현하고, 아래의 朱으로 '테(te)' 또는 '텍(tek)'의 음이 나오는 것이니, 제(帝) 음부의 글자는 자(刺)·칙(敕)·책(責)·적(適)의 예로 알 수 있음과 같이 입성(入聲) 'K'를 수반하는 것이 본의(本義)인 듯하다. 또한 지나에서의 형성적(形聲的) 글자 뜻에 따라 탁(卓)·탁(逴)·작(綽)·탁(倬)·탁(晫)·작(焯)·작(⦿)·탁(濯)·탁(擢)·척(倜)·덕(德)·적(嫡)·적(逖)·독(督)·독(纛)·작(灼)·적(的)·소(炤)·작(皭)·적(積)·적(躇)의 예로서 알 수 있음과 같이, 탁(tak)·적(tiok)과 같은 종류의 음에는 고대(高大)·초원(超遠)·광명(光明)을 의미하는 일이 많음으로써 유추하여, 동일한 고대(高大)나 광명의 의미를 가진 제(帝)라는 글자에 탁(tak)과 같은 종류의 발음이 있었다고 함은 무리가 아니다. 그리고 만약 제(帝)라는 글자에 탁(tak)의 옛 음이 있음이 사실이라 하면, 그것이 동이어(東夷語)에 교섭이 없었음을 알 수 있고, 조선의 고어(古語)에 하늘을 대갈(Taigăr)이라 하여(지금은 '머리'·'위'를 의미한다) 지금도 높은 것, 뛰어난 모양을 탁 (tak)·툭(tuk)이라 함으로써도 그 옛 형태와 옛 의미의 출자를 추측할 수 있다.

복희(伏羲)가 이미 그렇거니와 소위 하늘에 감응하여 탄생한 제왕의 창업, 제왕 신적(神迹) 설화는 그 천자(天子) 관념에 부수하는 필연적 설화상의 모티프로서, 난생(卵生) 모티프와 마찬가지로 동이계의 사상으로 인정해야 할 것이다. 고대에는 신비한 새의 알에서 태어나는 상서로움을 말하는 은(殷)나라의 대모신(大母神)이요, 요(堯)의 서모(庶母)라고 하는 간적(簡狄) 설화(『사기』)에서부터, 내려 와서는 난생 유기의 수난을 말하는 동이국(東夷國)이란 서(徐)의 언왕(偃王) 설화(『박물지』)에 이르기까지 지나 고전에서의 동이형(東夷型) 문화재는 생각보다 많은 숫자를 보여 준다. 이것만으로도 지나 고전과 불함 사상과의 교섭이 얼마나 본질적이요 심원한 것인가를 추찰할 수 있을 것이다.

이것을 따로 언어상으로 증명하건대, 지나에서 하나의 사물에 이름이 많은 이유는 확실히 같은 사물에 대한 이족어를 포함하고 있었음도 그 하나로 볼 수 있는데, 그중에는 동이계인 불함문화계의 것도 꽤 많이 있을 것으로 생각된다.

우선 제왕의 칭호에 대하여 생각해 보건대, 천(天)·제(帝) 등이 텡그리(Tengri ; 단군, 壇君), 황(皇)이 환(桓)·환웅(桓雄)과 관련이 있고, 왕(王)이 어른(om), 군(君)이 칸(kan)·쿤(kun)과 상통함은 차치하더라도, 천자 제후의 통칭인 벽(辟)과 즉, "오직 하느님만이 백성에게 은혜를 베풀어주시고, 오로지 임금님[辟] 만이 하느님을 받드신다네." (『書經』「泰誓」 중편), "넓고 크신 하느님은 백성들의 임금[辟]이라."(『詩經』 大雅 蕩 詩)의 벽(辟)과, "나라의 우두머리인 제후[邦伯]들과 관청의 우두머리들과 여러 일을 맡은 사람들은 바라건대 모두가 걱정하여 주시오."(『書經』「盤庚」 하), "종백(宗伯)은 나라의 예절을 관장하고 신령과 사람들을 다스리어 위아래를 화목하게 해야 하오."(『書經』「周官」)의 백(伯)은 바로 붉(Pärk) 그것이요, "나로 하여금 온 세상을 바르게[正] 다스리도록 하셨다.”(『書經』「設命」 상편)의 정(正)과 “문왕은 훌륭하시도다[烝哉].”(『詩經』大雅 文王)의 증(烝)과, “예부터 백성의 우두머리[長] 되는 사람”(『周語』)의 장(長)은 대개 탕그리(Tangri)에서 유래한 것일 것이다(伯에 風伯·河伯 등의 용어처럼 우두머리와 함께 神明의 뜻이 있음은 한층 명백히 붉(Părk)과 동의어임을 말하는 것 같다).

국(國)에 대비적으로 방(邦)이 있어서 『서경(書經)』「요전(堯典)」에 협화만방(協和萬邦)이란 내용이 있는 것을 보면 국(國)보다도 오히려 더 오랜 말로도 보인다. 방(邦)은 아마 불함계 언어의 발(Par)·불(Pur ; 삼한에서 伐·弗)과 동근어일 것으로서 군현(郡縣)에 대한 부(付)의 뜻도 그것일 것이다. 또한 봉(封)·방(方)·번(藩)·복(服)·부(府)·비(鄙)·부(郛)·보(保) 등도 이에 준하여 해석해야 할 것이다(조선에서의 진번, 대방의 번역 예는 당연히 참조되어야 할 것이다).

그것이 종교적 방면에서는 신(神)·성(聖)·선(仙)·종(倧) 등의 신격(神格), 체(禘)·제(祭)·선(禪)·사(祀)·주(呪)·축(祝)·서(誓)·서(筮)·복(卜)·발(拔)·배(拜) 등의 신에 관한 일들, 복(福)·수(壽)·화(禍)·해(害) 등의 신의 효험에 관한 일들, 시(是)·선(善)·당(當)·정(正) 등의 신의 덕(德)에 관한 일들 등의 모두가 ‘P’ ‘T’의 두 종류 이외에 ‘S’의 유사어를 추가하여 불함계 신앙 어휘로 해석 될 고어(古語)이지만 여기서는 생략하기로 한다.

다만 한 가지 예부터 지나에서 태양을 신격화한 것을 동군(東君)이라 하고(屈原『九歌』, 『사기』「封禪書」 등), 이것이 도교에 들어가서는 동왕공(東王公)이라 하여 중요한 위치를 차지하게 되었는데, 글자 의미는 글자 의미로서 차치하고서라도, 이것이 다름아닌 탕그리(Tangri)의 대비 번역어로서 단군의 한 별칭일 것임을 부기해 둔다.

또한 복희(伏羲)·신농(神農)이나 당요(唐堯)·우순(虞舜)과 같은 황(皇) 또는 제(帝), 천신(天神)이 태양의 덕을 갖추어서 농업의 임무를 맡아 온 점에서 붉(Părk)의 대신격(大神格) — 단군 등과 본질적으로 일치함을 고찰하여 이름과 형상의 부합이 우연이 아님을 물론 딴 방면으로 증명됨도 흥미있는 일이다. 여기서는 다만 지나 고전에 투영된 불함(Părkăn)적 요소가 적지 않음을 말해 둠으로써 충분하다.

16. 몽고의 오보와 만주의 신간

불함문화에서 지나는 하나의 방계(傍系)라기보다는, 차라리 오랜 세월 이전에 흘러들어 왔던 하나의 다른 흐름인 것이다. 지금은 이미 옹색하게 되고 물이 말라버린 여흔(餘痕)일 따름인데, 고금을 통하여 붉은(Părkăn)의 맥락이 이어져 있는 것은 실로 동북아시아 및 그 이웃 지역이다.

가까이는 만주·몽고가 그러하고, 일본과 류큐(琉球)가 그러한데, 만주·몽고와 일본·류큐를 비교하여 본지(本支)의 증거를 밝히기 어려운 것이라도 이것을 조선이란 거울에 비추어 보면 삼세(三世)의 실상이 역력히 나타나는 것에서 조선이 가진 이 문화권에서의 지위를 알 수 있다. 이 문화권 내에서 가장 장구한 기간, 한 토지 안에서 하나의 민족이 일관되게 통일된 역사를 가지고 있고, 한편 그 전후 좌우에 문화적 방사점이 된 것이 조선이었기 때문이다.

몽고인은 천지 산천의 모든 것을 신으로 보고, 그 표식으로 오보 (鄂博)란 것을 만들었다. 오보란 몽고어의 '흙무더기'로서, 돌 또는 흙을 뾰족한 꼭대기에 원형으로 쌓고 거기에 대단한 존숭의 정성을 바친다.

길을 가던 도중에 오보를 보면 여행자는 말에서 내려 배례(拜禮) 를 할 정도이며, 오월의 오보제에는 왕이 제주(祭主) 역할을 한다. 다른 지방에서는 이 오보와 유사한 습속을 찾아보기 어려우나 조선에는 확실히 그것이 있다. 동리마다 공동의 대제사 장소인 당산(Tangsan), 그리고 대개의 경우 두 지역의 경계를 의미하는 산꼭대기나 산야 사당 앞에 설치하는데 여행자들이 공물을 헌상하는 조탑(Chothap)이 또한 그것이다.

당산(Tangsan)은 당산(堂山)이라 쓰고, 조탑(Chothap)은 조탑(造塔)을 의미하는 것으로 아무래도 후대적인 호칭일 것으로 생각된다. 한편 일반 민가의 대지 안에 깨끗한 곳을 선택해서 흙을 모으고 짚으로 덮어서 집안의 수호신 내지 재물신으로 엄숙히 제사하는 것을 업(Op)이라 일컬음은, 아마 몽고의 오보(Obo)와 동근어(同根語)임이 틀림없을 것으로, 당산(Tangsan)의 집안적 축약형(勸請物)이 업(Op)이었다는 것을 추찰하기 어렵지 아니하다.

지금의 민속에 당산(Tangsan)이 동리의 어구에 있을 때는 대개 돌무더기요, 동네 안에 있을 때는 주로 황토를 높이 쌓고 그 위에 한 장의 돌(끝이 뾰족한 것이 많다)을 올려 놓는데, 이것은 실제적 오보(Obo)를 나타내며, 이것과 상대해서 집안의 당산(Tangsan)인 업(Op)은 그 명칭에서 오보를 나타내고 있다. 이와 같이 조선을 통하여 오보가 몽고에 한하는 것이 아니라 오랜 기원을 가진 보편적인 습속이었음을 알 수 있는데, 오보와 업을 연결하여 고찰할 때 일본의 우부(ウブ)가 상기된다.

우부(ウブ)라고만 해서는 모를 것이나 일본에서 토지 개척의 시조신 또는 토지 경영의 공로신을 그 토지의 수호신으로 여겨 지극히 친밀하고 융성한 숭배를 하고, 이것을 우부스나노카미(産土神)라 호칭함이 그것이다. 이것을 씨신(氏神)으로 동일한 종족의 조상 내지 주민의 생명이 유래한 바라 하여 전 씨족 혹은 전 부락의 공동 숭상을 받음은 바로 오보와 궤를 같이 하고 있음을 알 수 있다.

이 우부스나(ウブスナ)를 산사(産砂)의 뜻이 있다 하고, 또 우부스미바(産住場)라고도, 우부스네(爲産根)라고도 하나, 우리들이 보는 바로는 이것은 모두 억지로 끌어낸 천착으로, 실은 그 어근 우부(ウブ)가 몽고의 오보(Obo), 조선의 업(Op)과 확실하게 일치함을 보이는 것이요, 삼자를 합해 고찰함으로써 비로소 그 본뜻의 진실을 증명할수 있을 것으로 생각된다. 그 중심축이 조선인 것이다.

　　※ 만약 조선의 당산(Tangsan)과 만주의 대제단(大祭壇)인 당자(堂子 ; 탕스) 사이에 언어적 관계가 있다고 한다면, 만주의 이 습속도 조선을 통하여 그 옛 뜻을 찾을 수 있을 것이다.『소정잡록(嘯亭雜錄)』에 의하면 "나라가 요동(遼東)의 심양(瀋陽)에서 일어났으므로 이곳에서 솟대를 만들어 하느님께 제사드리는 예식을 행했고 또한 모든 사직(토지신)과 농사신의 여러 신들을 고요한 방, 즉 당자(堂子)라 부르는 곳에서 함께 제사지냈다." 했으니, 당자는 사직신(社稷神) 즉 토지신을 제사함으로써 그 본의로 함이 오보(Obo)·업(Öp)·우부(ウブ)와 같다고 생각된다(아래 글을 참조할 것).

만주의 옛 풍속인 이른바「설간제천지례(設竿祭天之禮)」도 그 독특한 풍습으로 볼 것인데, 청나라의 국가적 제사의 의의는『천지우문(天咫偶聞)』에,

　　당자(堂子)란 토지신과 곡식의 신을 제사 드리고 여러 신들을 한곳에 함께 모셔 제사 드리는 곳이었다. 당자의 내부 가운데에는 신간(솟대)을 세워 제사의 주축으로 했으며 여러 왕들 또한 모두 제사에 모시는 자리가 있었다.

라 하였고 그 설비의 상세함은『대청회전(大淸會典)』에,

당자(堂子)에는 소나무 한 그루를 사용하는데 나무의 몸체와 가지 잎들 13층을 남기고 나머지는 모두 가지와 잎을 베어 없애 나무 몸통만 두 길(약 6미터 길이) 되게 깎아 만든다. 나무 울타리처럼 만든 기의 꼭대기에는 황색 명주 비단 깃발 하나를 걸고 다섯 색깔(하양, 빨강, 검정, 파랑, 노랑)의 능라 비단 각기 아홉 자(약 2.7미터)씩을 잘라 가닥실처럼 만들어 역시 신간(神杆) 나무 꼭대기에 매단다. 또한 세 가지 색깔의 조선 종이(공물로 들어옴) 80장을 종이돈으로 만드는 데 황색 면실이 세 근 여덟 량 쓰인다.

라 하였다. 또한 크고 작은 쇠방울 일곱 개를 화목(樺木) 간초(杆梢)에 단 것을 신간(神杆)이라 하는데 그것을 다루는 방법은 『만주제천전례(滿洲祭天全禮)』에 '색막간(索莫杆)'이라 하여 제사 때마다 요청하여 가져온다 하였다. 또한 만주의 옛 모습과 옛 뜻에 대해서는 방공건(方拱乾)의 『영고탑지(寧古塔志)』에,

　　일반 가정에는 반드시 한 개의 솟대가 있는데 솟대 꼭대기에 매단 천 조각들은 선조의 영이 깃들여 있는 곳이라 하며 그것을 움직이는 것은 곧 그 성조들의 묘소(무덤)를 파는 것과 같다고 한다.

라고 한 것으로써 헤아릴 수 있다. 그런데 이 신간의 습속이 반드시 만주의 전유물이 아니었음은 고대 『위지(魏志)』 「동이전(東夷傳)」 마한조(馬韓條)에,

　　나라의 고을마다 각기 한 사람을 세워서 천신(天神)을 제사하는 것을 임무로 맡겼는데 이름하여 천군(天君)이라 했다. 또한 모든 나라들에는 각기 별도의 고을이 있어 '소도(蘇塗)'라 했는데 그곳에는 쇠방울

과 북을 매달고 귀신을 섬겼으며 여러 도망자들이 그 속으로 들어가면
모두 다시 돌아오지 않았다.

라 한 것을 보면 알 수 있다. 이는 최근에 이르기까지 옛날의 그 풍
속의 흐름이라고 할 수 있는 것이 솟대(Sot-tai)·횻대(Hyot-tai)·수구
막이대(Sukumaki-tai) 등의 명칭으로써 전래하여, 지금도 오히려 향
촌에는 재액을 막아주는 신으로 조각한 신조(神鳥)를 끝에 얹은 신
간을 항상 뜰 안에 세워 두는 풍습이 있음 등으로써 알 수 있는 바
이다.

　신간(神杆)은 고대에 불함 문화계 지역의 공통적으로 신령스러움
을 나타내는 표식이었던 것인데, 다른 곳에서는 쇠하기도 하고 변전
(變轉)했는데 만주에서는 색막간(索莫杆)으로, 조선에서는 솟대(Sot-
tai)나 그 밖의 이름으로 그 모습이 전해오고 있는 것으로 생각된다.
일본에서 신사(神社) 앞에 세우는 도리이(鳥居)도 종종 그 기원과 의
의가 설명되고 있으나, 우리들이 보는 바로는 역시 불함 계통의 옛
습속인 신간이 변형된 것으로, 2개의 신간을 연결시킨 것이 지금의
문(門) 모양인 도리이(鳥居)의 기원으로 생각된다.
　『황조(청)문헌통고(皇朝(淸)文獻通考)』(권99,「郊祀考」9장)에 보이는
만주의 신간에 작위의 존비(尊卑)에 따라 입간(立杆)의 숫자에 많고
적음이 있음은 일본에서 미와도리이(三輪鳥居)가 조선의 '삼문(三門)'
의 의미를 가지고 있음과 아울러, 신간이 본디 홀로 하나뿐인 것이
아니라 둘 이상의 것을 연결할 수 있음을 상상해 볼 수 있을 것이다.
　또한 일본에서 신위(神位)를 한 기둥 혹은 두 기둥이라 일컬음도
이 색막간(索莫杆)·소도간(蘇塗杆)에 의해 설명되어야 할 것인데, 이
들은 조선의 교량적 역할을 통해 능히 그 변이의 형태를 증명할 수

있다. 또 일본에서 신사(神社) 배양소나 기타 신전(神前)에서 신(神)의 이념을 촉구하기 위함인 듯 흔들어 울리는 방울을 걸어 놓음도 만주·조선과 아울러 공통적으로 설명할 것임은 물론이다.

17. 조선과 일본과의 제사상 일치

일본은 조선 다음으로 한 국토와 한 민족을 계승하는 오래된 나라인 만큼, 종교 문화·불함 문화를 통해 특히 두 나라의 유사 인연 관계는 깊고 많음을 본다. 지금 하나하나 나열할 여유가 없으나 제례의 일면을 예로 들어 그 전모를 더듬어 보기로 하자.

조선의 고어(古語)에 제례를 마지(Mazi)라 함은 일본의 마쓰리(マツリ)와 동원 관계에 있음을 상상케 한다. 일본의 제례에 미코시(神輿)·다시(山車)·고추(講中)의 습속은, 신라의 용화향도(龍華香徒)(『삼국사기』 권41,「김유신열전」에 보임), 고려의 만불향도(萬佛香徒 ;『동국통감』 권18 숙종 6년과 권22 인종 9년 참조) 등의 '향도(香徒)'의 풍습과 부합하는 것이다.

또한 일본의 제례가 조선의 대제전(大祭典)인 팔관의(八關儀 ; Prakan)와 의례 종목이나 제사의 흥성함이 같으며(『고려사』 권69, 仲冬八關儀 참조), 일본의 미코시(神輿)가 고대에 신에 관한 행사에 연원한 것으로 생각되는데, 이것은 현재 조선의 '상두(Sangtu)'와 장식과 형상이 같은 것 등은 두 지역의 제사적 동원을 증빙하는 데 제외해서는 안 될 사실이다.

※ 조선에서의 고신도(古神道)는 특히 이조 이래로 그 종교적 통일을 상실하였으나, 그 고대 행사는 원래의 뜻을 망각한 대로 또 변전과 타락을 거듭하면서 민속적으로 별종의 생명을 유지하게 되었다. 신라에

서의 '원화(源花)', 고려에서의 '선가(仙家)'인 교단이 해체되어서, 그 권속인 '선관(仙官)'은 광대가 되고 '화랑(花郎)'은 '화랑이'가 되고 '솟대장이'는 곡예사가 되고 '사당'은 여사당패(歌比丘尼)가 되는 등 모두 사회적 천민이나 열악한 직업으로 타락하고 말았다. 그리하여 그 봉사 단체인 향도(香徒)가 경제적 일면으로 '계(契)' 즉 '강(講)'이 되어 일종의 상호 조합 또는 영세민 금융 기관으로 되었음은 마땅하다 하겠고, 그 봉사적 일면이 명칭과 함께 상여군에게 계승되어, '상두꾼(香徒軍 ; 오늘날의 '상두'는 향도의 轉化이다)'이라 하면 거의 사람이면서 사람이 아닌 무리로 보게 이르렀음은 실로 의외라 할 수도 있는 일이다. 지금은 계의 기원도, '상두'의 이름과 뜻도 다 잃어버렸으나, 계는 본디 종교적 행사를 중심으로 하는 일종의 부락 의회였다(『삼국유사』 권 제1 신라 시조, 권 제2 가야국기 참조). 이것이 이후에 국교(國敎)의 성립과 함께 교단의 중심이 되고, 나아가서 국민 모두가 이 교도가 되었다는 옛 고의(古義)로부터 종교 중심인 일종의 자치 단체 형태를 이루어 동리마다 또는 직업마다 하나의 계를 가지고 있어서 공동 생활상의 모든 알선을 담당하게 되었으니, 이것이 이른바 계의 시작과 끝으로 계원(契員) 동지를 향도(香徒)라 호칭하는 것이었다. 말하자면 향등(香燈)·향화(香火)를 함께하는 무리라는 것이다. 그 안에는 성지(聖地) 참배 단체도 있고, 신에 봉사하는 측면도 있었다. 따라서 그 비용의 적립과 이익의 증식 방법도 생겨, 오늘날 보는 것과 같은 계(契 ; 無盡講·賴母子講)의 시원도 되고 또 단순하게 조합의 의미로도 쓰이게 되었다. 지금의 '향도군(香徒軍)'은 상여꾼으로 신라와 고려 시대의 신여(神輿)꾼에서 유래하였다. 그리고 '향도도가(香徒都家)'는 상여집으로 조선 중엽까지도 마을 자치 단체의 공청(公廳) 같은 것이었다.

『지봉유설(芝峰類說)』(권2) 제국부(諸國部) 풍속에,

우리나라 풍속에 중앙과 지방의 고을이나 동네마다 모두 계를 만들어 서로 잘못을 살피고 사실을 밝히며 단속하는데 이를 일러 '향도(香徒)'라 한다. 『여승지람(輿地勝覽)』을 고찰해 보니 김유신이 15살 때 화랑이 되매 당시 사람들이 복종했으며 '용화향도(龍華香徒)'라 불렀다고 한다. 지금의 향도라는 호칭은 아마 여기서 나온 것이리라.

라 하였고, 『오주연문장전산고』(권52) 향도변증설(香徒辨證說)에,

내가 삼사십 년간을 지켜보았는데 서울의 민간에서 쌀로 이자를 불리는 것을 이름하여 향도미(香徒米)라 하며, 또 다른 이름으로 향도계(香徒契)라 부르기도 한다. 이는 상도계(喪徒契 : 상여꾼계)로서 장례에 필요한 온갖 물건들을 빌려주거나 상여를 들어주는 일꾼들을 도맡아 처리해 주는 가게를 이름하여 향도계라 부른다.

계(契)란 옛날 중국 진나라의 서성(書聖) 왕희지(王羲之)의 난정수계(蘭亭修契)가 아니라 인간의 죽음 같은 상서롭지 못한 재액을 떨어버리는 일을 가리킨다. 옛 동리의 마을 자치 단체처럼 한 동네 사람들이 서로 모여 재물을 불리고 이익을 늘리는 것은 계(契)라 하여 어부계(漁夫契), 사칠계(四七契), 사촌계(四寸契) 등 계의 성격에 따라 이름을 달리한다.

라 하여, 모두 근세에서의 향도의 의미를 증명하는 것이다. 또한 『삼국사기』(권4) 진흥왕조에,

37년(서기 576년) 봄에 처음으로 원화(源花)를 받들었다. 이보다 먼저 군신들이 인재를 알지 못하여 근심한 끝에 많은 사람들을 무리지어 놀게 하여 그들의 행실을 보아서 그 의로움으로 조정에 천거하여 등용하

게 했다. 이에 아름다운 두 여자를 뽑았는데 한 명은 남모(南毛)라 했고 또 한 명은 준정(俊貞)이라 했다.

그들은 그 무리를 300여 명이나 모았는데, 두 여자는 차츰 그 아름다움을 다투어 서로 질투하게 되고 준정은 남모를 자신의 집으로 유인하여 독한 술을 권하여 취하게 한 다음, 그를 강물에 던져 죽여 버렸다. 그러나 사건이 발각되어 준정은 사형되고 그 무리들은 실망하여 모두 흩어졌다.

그 후 다시 아름다운 남자들을 뽑아서 곱게 단장하고 화랑(花郎)이라 이름하여 이를 받들게 했는데, 그 무리들이 구름같이 모여 들었다. 그들은 서로 도의를 연마하고 혹은 노랫가락을 즐기고 산수를 찾아다니며 유람했는데 다니지 않는 곳이 없었다. 이로 인해 그 사람의 옳고 그름을 알게 되고 그 중에서 좋은 사람을 택해 조정에 추천했다.

라 적고 있다. 『삼국유사』에 풍월(風月 ; 불, Pur) 교단, 즉 국선 화랑(國仙花郎)의 권속을 기록하는 데도 미륵선화(彌勒仙花 ; 권 3)·도화여비형랑(桃花女鼻荊郎 ; 권1) 등의 '기도(其徒)', 죽지랑(竹旨郎 ; 권2)·백률사(栢栗寺 ; 권3)·경문대왕(景文大王 ; 권2) 등의 '낭도(郎徒)', 월명사 도솔가(月明師兜率歌 : 권5)의 '국선의 무리', 융천사 혜성가(融天師慧星歌 ; 권5)의 '세 선인의 무리', 백률사(권3)의 '주리천도(珠履千徒), 빈녀양모(貧女養母 ; 권5)의 낭지천도(郎之千徒)와 같이 도(徒)라는 글자가 상용되고 있음으로써 향도(香徒 ; 혹은 낭도의 와전)의 호칭이 오래되었음을 추찰 할 수 있을 것이다.

그러나 여기서는 세세한 천착은 그만두고 제례에서의 가장 중요한 필수 행사라 하는 하라이(祓)·미소기(禊)에 대해 고찰해 보기로 하자.

하라이(祓)는 고대 신도(神道)에서 죄나 더러움을 동일한 것으로

보는 관념에서 사전(死前)에는 예비적으로, 사후(死後)에는 속죄하여 심신을 깨끗이 함으로써 신에게 가까이할 수 있게(또 멀어지지 않게) 하는 종교적인 행사이다. 하라이(ハライ)라 일컫는 말뜻을 밝혀냄으로써 그 원시적 의의를 찾아볼 것이다. 일본에서 옛날부터 전해져 내려오는 이 말의 해석에 의하면, 하라이(에)는 아라이(アライ) 와 같은 뜻으로서 '씻어서 깨끗하게 한다'는 뜻이 있다고 하나, 이것은 행사의 형상에서 유래한 것으로서 그릇된 천착이라고까지는 말할 수 없다 하더라도, 우리들이 보는 바로는 진실을 꿰뚫은 해석이라고는 생각되지 않는다.

조선에서의 신(神)에 관한 행사는 대략 '굿(Kut)'·'놀이(Nori)'·'풀이(Puri)'로 나눌 수 있는데, 그중에서도 풀이(Puri)는 삼자(三者)를 통틀어 지칭하는 데 쓰이는 것으로 생각된다. '풀이(Puri)'는 살(煞)을 쫓아낸다는 의미로 '살풀이', 악한 기운을 내쫓는다는 것을 '뜬것풀이'라고 하며, 통상적으로 쓰는 말에도 번잡한 마음을 제거한다는 의미의 '화풀이', 원한을 푼다는 '분풀이'라 함 등에 비추어 보아서 '쫓아낸다', '떨어버린다' 라는 뜻임을 알 수 있다.

또 한편으로는 사악한 귀신이나 악귀에 공물을 바치는 것을 '풀어먹이(purömöki)', 즉 풀이(Puri)하여 먹인다는 일도 있음으로 풀이(Puri)에 공양의 뜻, 제사의 뜻이 있음도 추찰된다. 그 가장 본래의 뜻은 도쿠(トク)·호도쿠(ホドク)·치라스(チラス)·노쿠(ノク)의 의미로, '맺힌 것을 융해한다' '분노를 누그러뜨린다' '증오를 푼다' 등 즉 종교적으로 부정함을 버리고 청정을 취하며, 죄를 소멸하고 선으로 돌아가며 화액(禍厄)을 돌려서 길상(吉祥)에 가까이 가며, 악령을 피하고 선령(善靈)으로 돌아간다는 것 등이 '풀다'라는 하나의 원뜻에서 파생된 것이다.

일본 신도에서 하라이란 것도 원래 이와 같은 성질의 것으로서,

스스로의 힘으로 씻어 버리는 것도 아니요 또 깨끗이 될 까닭도 없으며, 미소기(禊) 등의 방법으로 몸을 깨끗이 함은 신(神)에게 하라이의 전제로서 조선의 풀이(Puri)로 증명되며, 하라이란 호칭 그것이 이미 풀이(Puri)의 일본어형에 지나지 않음은 음운상 명백한 일이다.

풀이(Puri)와 하라이의 동원 관계를 보여주는 하나의 증거로서 하레에구시(ハラヘグシ)를 들 수 있는데, 두 나라의 동일 형태를 예로 들 수 있다. 『고려사』(권40), 공민왕 13년 여름 4월에,

신축일(辛丑日)에 연등을 베풀다. 왕은 대궐 앞뜰에서 호기회(呼旗戲)를 관람하고 포복(옷감)을 하사했다. 나라 풍속에 4월 8일은 곧 석가모니의 탄생일이라 해서 집집마다 등을 밝혔다. 이를 앞두고 며칠 동안 아이들은 무리를 지어 종이를 잘라 나무대에 붙여 깃대를 만들어 가지고 성내의 거리로 돌아다니며 소리를 질러 쌀과 포목을 구해 그 비용으로 삼았는바, 이를 호기(呼旗)라 이름하였다.

라 적고 있음과 『용재총화(慵齋叢話)』(권2)의 일년 중 설날과 명절 때의 행사에,

4월 8일은 연등(燃燈)을 단다. 세상에서 말하기를 이날이 석가여래가 탄생한 날이라고 한다. 봄철에 아이들이 종이를 잘라서 기(旗)를 만들고 물고기의 껍질을 벗겨서 북을 만들어 무리를 지어 마을과 거리를 돌면서 연등감을 달라고 조른다. 이것을 이름하여 호기(呼旗)라 한다. 이날이 되면 집집마다 장대를 세우고 등을 단다.

라고 한 호기(呼旗)는 이두로 '불긔(Purki)'라 읽을 것으로서, 신라의 불거내(弗矩內)가 고려에서 팔관회란 이름을 쓰게 된 것과 같이 고신

도(古神道) 하레에구시가 불교 행사에 흡수되어 전화된 것임은 의심할 여지가 없다.

여기에 소위 "종이를 잘라서 기(旗)를 만든다."는 것은 구시(祓串)의 "가는 나무에 종이를 가늘게 오려서 붙인 것"(『言海』)이요, 앞에서 언급한 『청회전(淸會典)』의 "오색 능라 비단 각 9척을 잘라 가닥실 처럼 만들어 조선 종이 80장을 종이돈으로 만든다."란 것이며, 『영고탑지(寧古塔志)』에 기록된 "솟대 꼭대기에 천 조각을 매달았다."와 상통하는 것이다. 이와 같이 하라이(祓)를 통해 개인적·소극적·원시적 신과 관련된 행사에 조선과 일본이 명실공히 아주 밀접한 일치를 보이며, 만주 또한 그 유사한 인연이 있는 지역임을 방불케 함도 그 계기는 조선의 '풀이'에 있는 것이다(계에 관하여는 생략한다).

더욱이 흥미로운 것은 부정(不淨)·촉예(觸穢)·죄장(罪障)을 씻어냄을 의미하는 말이 아주 먼 옛날부터 동아시아가 그 형태를 동일하게 가졌다는 것이다. 한자의 불(祓 ; 弗·茀)이 발(拔)의 의미에서 인도되었음은 그렇다 하고, 불정(拂淨, purification·pure)의 어원을 이루는 영어의 'pure', 프랑스어의 'pur', 라틴어의 'purus(putus)', 산 스크리트어의 'pur' 등 모든 '깨끗이 한다'는 뜻의 말이 '풀이'와 유사한 인연을 보임은 진실로 우연이 아니다. 이로써 '풀이'의 사실과 호칭의 오래됨을 증명할 수 있다. 이 점에도 조선을 통하여 볼 수 있는 불함 문화의 지류라는 것과 불함 문화를 통하여 조망할 수 있는 전인류의 심오한 비밀이 매력 있는 그 눈을 깜박이는 것을 본다.

18. 불함 문화권과 그 설자(楔子)

이상의 부족한 고찰이지만 붉(Părk) 중심의 문화가 얼마나 광범위한 지역에 걸쳐 깊은 뿌리를 가지고 존재하였던가를 대략 살펴 볼 수 있었다.

　그리하여 진나라대 이후로 전해져 내려오지 않았으리라고 생각되는 『산해경(山海經)』에는 이미 불함(Părkăn)의 호칭이 대인(大人)·백민(白民)의 이름과 동일하게 기록되어 있고, 『한서(漢書)』에 지금 조선에서 백산(白山)이라고 하는 것을 분려산(分黎山 ; Păr)으로 기재하였음이 문헌적으로도 '붉(Părk), 붉은(Părkăn)'의 오래됨을 볼 수 있다.

　『위서(魏書)』에는 오환인(烏丸人)의 신앙을 기록하기를, 인간이 죽으면 그 혼백이 적산(赤山)이란 영지(靈地)로 돌아간다고 하여 죽은 자에게 개나 소 등을 붙여서 적산으로 호송한다 하였다. 이 적산 또한 대갈(Taigăr)의 한 간략형으로서 명실공히 태산·금강산 등과 부합하는 것으로 '대갈(Taigăr)' 신앙의 보편성을 알 수 있다.

　몽고의 건국 신화는 천명(天命)을 받은 창랑(蒼狼)과 그의 아내 백빈록(白牝鹿)이 불아한산(不兒罕山)에 거주하여 국조(國祖)를 탄생시켰음을 전하고, 만주의 창업담 또한 장백산의 동쪽 포고리산(布庫哩山) 아래 포륵호리지(布勒瑚哩地)의 붉은 과일의 기이한 행적을 말하는 것 등 모두 불함 문화 계통의 전통적 사상이 가진 보편성에 놀라지 않을 수 없다.

　또한 몽고어에서 신불(神佛)을 통틀어서 '부리칸·부르한(burkhan)'이라 하며, 악륜춘인(鄂倫春人)·오로첸(oroqen)은 집집마다 부르한의 신단(神壇)을 설치하고, 솔론인(率倫人) 집에는 반드시 '보로한'을 모셔 놓았으며, 길랴크(gilyak)에서는 산신(山神)에 '바드' 란 이름이 있고, 조선의 부군(俯君 ; Pukun 내지 Taigam) 존숭, 일본의 신도 종류의 여러 종파들, 류큐의 태양의 앞(류큐어로 태양을 Fi·Pi라 한다) 신앙과 함께 동방의 여러 민족과 국가들이 현재까지도 은연 중 공통 문화 속에 자라고 있음을 추찰할 수 있다. 붉(Părk) 사상의 학구적 흥미를 자아냄이 어찌 단지 역사적 일면에 그칠 것인가? 막연히 아시아주의를 설파하는 자 또한 그 정신적 지주로서 이를 돌아볼 필요가 있을 것이다.

요컨대 흑해에서 카스피 해를 거쳐 파미르의 북동 갈래인 천산 산맥으로 하여 알타이 산맥·사얀 산맥·야블로노이 산맥을 따라 다시 남쪽에 흥안 산맥·대행 산맥 동쪽 이역, 조선·일본·류큐를 포괄하는 하나의 선에는 붉(Părk) 중심 신앙과 사회 조직을 가진 민족이 분포하여 그 종족적 관계는 차치하고 문화적으로는 확실히 연쇄를 이루고 있었다.

그 본원지로부터 옮긴 연대의 전후와 정착지의 환경적 제약으로 문명과 야만이라는 약간의 파별이 생기기는 하였으나, 원래 동일한 근본에서 분기된 설화를 그 건국 역사로 하여 분할적으로 전승하고, 그것의 또 근본을 이루는 보편적이고도 강인한 하나의 신앙에 의해 잘 일치된 문화적 현상을 보유해 왔다. 그것이 원래 움직일 수 없는 신념적인 것, 즉 생활의 최상 규범으로 한 것이었기 때문에, 부단히 보다 강한 문화에 압박되면서 또한 동서고금을 통해 그 계통적 생명을 잘 유지하고 있었다.

지나·인도의 두 남쪽 계통에 대비된 동방 문화의 북방계통을 이루는 불함(Părkăn) 문화 계통으로, 이 계통에 속하는 민족과 국가는 어떤 시기까지 특수한 역사만 없음이 그 일대 특색을 이룰 만큼 공통적이고 일치된 감정이 흐르고 있었다. '붉(Părk)'에 일치되고 또 대갈(Taigăr)에 보호되어, 그들의 현실적·이념적 모든 생활은 편안함과 만족을 얻는다는 것이 그것이다. 그리하여 그 명백한 증빙과 매우 긴요한 계기를 이루는 자가 조선 역사상의 단군과 부루(夫婁), 그 가르침인 '풍류도'인 것이다.

오늘날 동아시아, 특히 그 북부 지방의 민족 분파의 원천, 문화 구성 내용은 아직도 학계의 처녀지에 속하여 갑자기 그 진실과 상세함을 알기 어렵다하나, 우리들은 이 붉(Părk) 사상의 탐구를 통해 그 연원의 대간(大幹)을 담 사이로 들여다본 듯한 감이 있다. 이것을 더 듦고 이것에 기초하여 동아시아 고대 문화의 진정한 설명은 이루어지는 것이 아닌가 함을 근래에 생각하고 있다.

종교상·언어상 또 인류학적으로 민속학적으로 비교 연구하여 동아시아 문화의 비밀 열쇠라고 생각되는 단군이 일지반해(一知半解)의 상식적 학자에 의하여 알지도 못하는 자들에게 비방당하는 것을 볼 때마다 아슬아슬하여 몹시 답답함을 느끼며, 또한 동아시아 문화라 하면 모두가 지나 본위 내지 인도 본위로 보고 이를 가치 지을 것인 것처럼 이야기됨을 볼 때마다 동양학의 진전 없음이 이 기존 인식과 선입관에 기인한다는 것을 개탄하지 않을 수 없다.

요즘에 이르러 차츰 인문 과학적, 민속학적 연구 학풍이 성행하여 학계에 신국면이 열리려 함은 진실로 매몰되어 있는 동방 문화의 본지(本地) 진상을 위하여 기뻐해 마지않는 바이다. 따라서 금후의 기대는 오로지 이 방면에 있다고 하겠다. 우리들이 동방 또는 전인류 문화의 드러나지 않은 일면이요, 그 종합적 시찰의 초점이라고 보는 이 붉(Părk) 사상이 금후에 많은 총명한 학자들에 의해 더욱더 그 비밀이 개발되어 그 체계와 성질이 명백히 드러난다면 인류 문화를 밝힐 수 있는 커다란 새로운 광명을 도래하게 할 것이다.

※ 원래는 신문 연재물로 기초(起草)하였기 때문에, 통속(通俗)적이고 간명함을 중심으로 하고 근거의 인용 등을 생략했다. 단, 14~17은 나중에 보충하였다. 서술 체제가 같지 않음은 그 때문이다.

육당 최남선 조선정신의 길

1890년(高宗 27년, 庚寅) 4月 26日(陰 3月 8日) 漢城 中部 上犁洞 21번지 (現 中區 乙支路 2街 22번지)에서 崔獻圭의 次男으로 出生. 母親 은 姜氏, 本貫은 東州(鐵原), 兒名 昌興, 字 公六, 號는 六堂·六堂 學人·한샘·南嶽主人·曲橋人·逐閑生·大夢·白雲香徒. 父親 崔獻圭 는 官이 觀象監·學部 學務局長에 이르고, 후에 唐 草材 貿易으 로 致富했고, 六男妹로서 兄은 昌善, 弟는 대한민국 國務總理· 大韓赤十字社 總裁·東亞日報 社長을 歷任한 斗善이요, 姉二人 妹一人이다.

1894년(高宗 31년, 甲午, 5세) 國文을 깨쳤다.

이해 2月에 東學亂이, 7月에 淸日戰爭이 일어나다.

1895년(高宗 32년, 乙未, 6세) 글방에 다니기 시작, 兄 昌善과 함께 長橋 同·貫鐵洞 일대의 글방을 옮겨 다녔는데, 渼洞 洪忠鉉의 집 글 방에 가장 오래 다녔다.

아우 斗善 出生.

1899년(高宗 光武 3年, 己亥, 10세) 〈春香傳〉 등 이야기책을 耽讀, 觀水 洞 中國書店에서 中國小說을 耽讀, 濟衆院에서 〈聖經〉과 〈天路 歷程〉을 入手, 옆집에서 〈時事新論〉〈泰西新史〉 등을 빌려 보 고, 「皇城新聞」「독립신문」을 읽고, 時事 論文을 짓기 시작. 妹 雪 卿 出生.

1901년(高宗 光武 5年, 辛丑, 12세) 「皇城新聞」 등에 論說을 投稿하기 시

작, 〈大韓興國策〉을 投稿했으나 沒書.

4月 玄晶運의 6女(十五歲)와 結婚.

1902년(高宗 光武 6年 壬寅, 13세) 글방 공부를 그만두고, 渡瀨尙吉이 經營하는 京城學堂에 入學, 日語를 배워 석달에 畢業하고, 「大阪朝日報聞」을 購讀하여 日語를 익히다. 이때에 아버지 최헌규와 교류하는 白岩 朴殷植을 스승으로 애국 가르침을 받다.

1904년(高宗 光武 8年 甲辰, 15세) 10月(陰 8月) 皇室留學生으로 뽑혀 少年班長으로 渡日, 東京府立第一中學校에 入學하니 崔麟 등이 同級이었다.

2月에 露日戰爭이 일어나다.

1905년(高宗 光武 9年, 乙巳, 16세) 留學 석달 만에 退學, 1月 歸國.

「皇城新聞」 投稿로 筆禍를 입어, 閔丙燾와 함께 1달 拘留.

11月 韓日協商條約으로 保護政治가 실시되자 數日間 杜門不出.

1906년(高宗 光武 10年, 丙午, 17세) 3月 第2次 渡日, 早稻田大學 高師部 地理歷史科 入學.

大學留學生會報를 編輯.

6月 模擬國會 事件으로 早稻田大學 朝鮮人學生 總 退學. 李光洙·洪命熹 등과 東京에서 交遊.

9月 2日 大韓留學生 總會에서 編纂員에 選任되다.

「太極學報」에 〈北窓囈語〉〈獻身的 精神〉〈奮起하라 靑年諸子〉를 쓰다.

이해 겨울에 嚴親에게 懇請하여 亡國의 恨을 免키 위하여는 有爲 靑年子弟의 啓蒙과 國民精神의 振作을 위하여 出版事業을 일으킬 결심을 말하여 快諾과 동시에 累萬金을 얻어 가지고 東京 秀英社에서 印刷 機具 및 組版·植字 印刷技術者 5명과 함께 歸國하여 出版社 創立을 서두르다.

1907년(純宗 隆熙 元年, 丁未, 18세) 3月 大韓留學生會에서 다시 編纂員
에 選任되다.

同會 學報에 〈現時代의 要求하는 人物〉〈慧星說〉을, 洛東親睦
會學報에 〈壬辰倭亂에 關한 古文書 3度〉를 발표.

여름에 上犁洞 自宅을 改修하여, 出版社와 印刷所를 설치하고,
新文館을 創立.

1908년(純宗 隆熙 2년, 戊申, 19세) 2月 大韓留學生會 月報에 詩 〈모르네
나는〉을 발표.

3月 20日 〈京釜鐵道歌〉를 지어 單行本으로 발행(新文館).

4月 20日 〈京釜鐵道歌〉再版 발행.

11月 月刊雜誌 「少年」을 創刊. 〈少年刊行趣旨文〉을 발표, 詩 〈海
에게서 少年에게〉 및 〈가을 뜻〉을 발표 하고 〈大韓海上史〉〈페
터 大帝〉를 連載하기 시작.

12月「少年」에 詩 〈大韓少年〉을 발표, 〈옛 사람은 이런 詩를 끼쳤
소〉를 쓰고, 〈나폴레옹 大帝〉를 連載.

이해 徽文·徽新 등 각 中學校에서 韓國歷史를 講義.

大韓留學生學會 任員會에서 編纂員으로 選任.

1909년(純宗 隆熙 3年, 己酉, 20세) 2月「少年」에 〈大國民의 氣魄〉〈나는
病들었오, 그러나 쉬지 못하여〉를 쓰다.

건강을 몹시 해쳐 少年 第2年 第2卷부터 紙面을 줄여서 발행.

1月「少年」에 〈新大韓少年〉을,

4月「少年」에 〈舊作 3篇〉을,

5月「少年」에 詩 〈꽃두고〉를 발표.

長女 漢玉 出生.

學部에서 制定한 運動歌에 대하여 論難코자 했으나 뜻을 이루
지 못하다.

8月 慶尙南道 地方을 여행, 東萊에서 休養하면서 〈嶠南鴻爪〉를 執筆.

「少年」에 〈牛巡城記〉 連載.

9月 「少年」에 詩 〈觀海詩〉 〈三面環海國〉 발표, 〈嶠南鴻爪〉 連載

10月 「少年」에 詩 〈大韓少年行〉을 발표.

平壤에 여행.

다시 日本에 건너가다(10月인지 11月인지 不明).

11月 「少年」에 詩 〈태백범(太白虎)〉 〈가는 배〉 〈바다 위의 勇少年〉을 발표하고, 〈壇君節〉 〈第壹碁 紀念辭〉와 〈平壤行〉을 쓰다.

7月 「少年」에 〈톨스토이 先生의 敎示〉를,

8月 「少年」에 詩 〈우리 임〉 〈아느냐 네가〉를 발표. 이해 安昌浩와 靑年學友會 設立委員이 되어, 各地를 巡廻講演, 少年名士의 이름을 떨치다.

雜誌 「少年」이 자주 押收당하다.

1910년(純宗 隆熙 4年, 庚戌, 21세) 2月 1日 日本 東京으로부터 歸國.

「少年」에 〈링컨의 人物과 및 그 事業〉을 번역 揭載.

27日 圓覺社에서 第1次 少年 講話會를 열었으나 當局의 禁止로 해산당하다. 〈太白山詩集〉 발표(少年). 살림집을 三角洞 굽은다리(曲橋)로 옮기고, 독립운동을 위해 상해로 떠나는 스승 박은식의 유지를 받들어 朝鮮光文會를 創立, 이 나라 최초 〈말모이 朝鮮語辭典〉을 編纂하기 위해 周時經에게 (語彙蒐集)을 委囑. 편찬위원으로 주시경·權悳奎·李奎榮·李克魯 등을 선정. 新文館을 이곳으로 移轉. 3月 靑年學友會 總務員 安泰國 有故로 代辦에 任命

12日 靑年學友會 總會에서 議事員으로 뽑히고, 議事會에서 辯論課長으로 選任되었다. 이 때의 課員은 玉觀彬·尹琦燮.

4月 10日 青年學友會 平壤聯會를 視察하고, 安州·義州聯會도 視察. 역로(歷路)에 定州·郭山·宣川·龍川·三和 等處 聯會設立 發起 상황을 돌아보고 5月 3日 歸京.

「少年」에 〈봄맞이〉 발표, 〈青年學友會의 主旨〉를 連載.

5月 7日 青年學友會 漢城聯會 總會에서 總務로 選任.

「少年」에 詩 〈太白에〉를 발표.

6月 「少年」에 〈꺾인 소나무〉를 쓰다.

7月 青年學友會 解散당하고, 安昌浩는 美國으로 亡命.

「少年」에 〈여름 구름〉〈鴨綠江〉을 발표.

8月 「少年」에 〈去年此時의 執筆人의 風流〉를 쓰다.

26日 「少年」 第3年 第8卷이 押收되고, 發行停止 處分을 당하다. 韓日 合併.

9月 13日 〈歷史地理研究〉 發行을 신청했으나, 29日字로 不許可 通告를 받다.

12月 7日 「少年」 發行停止處分이 解除.

「少年」에 〈톨스토이 先生을 哭함〉〈톨스토이 小傳〉〈闔門潭〉〈大朝鮮精神〉을 쓰다.

이해 20餘種의 「六錢小說」 시리즈 文庫를 발행(新文館).

1911년(辛亥, 22세) 1月 25日 「少年」이 押收되고, 發行停止處分을 당하다.

4月 10日 「少年」 發行禁止 解除.

5月 「少年」 第4年 第2卷을 발행하고 廢刊. 4년 동안 23號를 발행. 〈王學 提唱에 對하여〉를 쓰다.

7月 20日 〈東國歲時記〉〈洌陽歲時記〉〈京都雜誌〉를 刊行(光文會).

12月 〈熱河日記〉를 刊行(光文會).

1912년(壬子, 23세) 6月 3日 〈불쌍한 동무 : 라미이 원작, 번역〉 刊行(新文館).

7月 金興濟 名義로 「붉은 저고리」를 創刊.

11月 15日 〈黨議通略〉을 刊行(光文會).

1913년(癸丑, 24세) 4月 〈朝鮮俚諺, 崔瑗植編〉을 刊行(新文館).

6月 總督府 命令으로「붉은 저고리」廢刊당하다.

9月「아이들 보이」를 創刊.

10月「아이들 보이」에 〈흥부 놀부〉를 쓰다.

11月 25日 〈訓蒙字會, 崔南善編 上中下合本〉를 刊行(新文館).

12月 〈古本春香傳〉을 刊行하니 六堂이 고쳐 쓴 것이다(新文館).

이 해 普成高等普通學校 學生들에게 〈알루의 물〉을 지어 주어 부르게 하다.

東京에 건너가서 東洋文庫를 尋訪.

1914년(甲寅, 25세) 4月 13日 周時經 著 〈말의 소리〉를 刊行(新文館).

7月 20日 〈三國史記〉를 刊行(光文會).「아이들 보이」에 〈나뭇꾼으로 신선〉을 쓰다.

8月「아이들 보이」에 〈남 잡이가 제 잡이〉를 쓰다.

아이들 보이 廢刊.

9月 春園에게 위촉(委囑)하여「샛별」을 創刊.

金剛山을 探勝.

10月 綜合敎養雜誌「靑春」을 創刊.

「靑春」에 〈世界一週歌〉를 발표하고, 〈萬里長城〉〈至誠〉〈周時經先生 歷史〉를 쓰다.

11月 3日 徽文義塾 同窓會를 위해 〈古朝鮮人의 海外活動〉이란 題目으로 學術講演을 하다.

5日 明月館에서 甲辰年 日本留學生 入學宣誓 十周年 紀年式에 참석.

10日 保晩齋叢書 原本을 入手, 몹시 기뻐하다.

22日부터 每週 日曜日 어느 모임 위해 〈史學의 槪念〉을 講義.

「靑春」에 〈물레방아〉를 발표했다.

12月「靑春」에 〈入學宣誓 十周年〉을 쓰다.

24日 普成高等普通學校 講堂에서 한글 472回 紀念會 主催로 〈한글과 周時經先生〉이란 題目으로 50분간 講演.

1915년(乙卯, 26세) 1月「샛별」에 〈굽은다리 곁으로서〉를,「靑春」에 〈飛行機의 創作者는 朝鮮人이다〉〈偏見과 陋習을 버리다〉를 쓰다.

2月 25日「中京誌」를 刊行(光文會).

3月「靑春」發行停止處分을 당하다.

「靑春」에 〈古朝鮮人의 支那沿海 植民地〉〈鵬〉을 쓰다.

6月 長男 漢因 出生.

12月 5日 〈新字典〉을 編著 刊行(新文館).

1916년(丙辰, 27세) 1月 15日 〈時文讀本〉을 編著 刊行(新文館).

4月 金科奉著 〈조선말본〉을 刊行(新文館).

5月「靑春」을 續刊.

1917년(丁巳, 28세) 5月「靑春」에 〈봄의 仙女〉를 발표하고, 〈我等은 世界의 甲富〉를 쓰다.

6月「靑春」에 〈나〉를 발표하고 〈財物論〉을 쓰다.

7月「靑春」에 〈努力論〉을 쓰다.

8月 22日 權相老 著 〈朝鮮佛敎略史〉를 刊行(新文館).

9月「靑春」에 〈내〉를 발표.

次男 漢雄 出生.

11月「靑春」에 〈내 속〉〈여름 길〉〈보배〉〈扶餘 가는 길에〉를 발표하고, 〈勇氣論〉〈藝術과 勤勉〉〈東京 가는 길〉을 쓰다.

1918년(戊午, 29세) 3月「靑春」에 〈貴賤論〉〈四象醫術의 發明者 李東武〉를 쓰다.

「女子界」에 〈靑春에서 女子界에게〉를 쓰다.

4月 15日 〈時文讀本〉 訂正版을 刊行(新文館).

28日 〈自助論〉을 번역하여 刊行(新文館).

「靑春」에 〈봄의 앞잡이〉를 발표, 〈病友 생각〉을 쓰다.

6月 「靑春」에 〈稽古箚存(계고차존)〉 〈其人備官〉 〈十年〉 〈風氣革新論〉을 쓰고,

9月 「唯心」에 〈同情받을 必要 있는 者 되지 말라〉를 쓰다.

11月 5日 〈時文讀本〉 第3版을 刊行(新文館).

7日 〈京城記略〉(李重華 著)을 刊行(新文館).

12月 5日 何夢 著 〈무궁화〉(上)을 刊行(新文館).

이해 가을부터 光文會 사랑에서 巴里講和會議를 계기로 民族運動을 일으켜야 한다는 議論이 일기 시작하여 이듬해 正月까지 비밀히 계획이 진행되다.

1919년(己未, 30세) 1月 1日 「每日申報」에 〈吾徒의 新歲〉를 쓰다.

본격적으로 獨立運動 劃策, 崔麟·宋鎭禹·玄相允 등과 자주 會合.

2月 下旬 〈獨立宣言書〉와 〈日本 政府에 對한 通告〉 〈윌슨 米大統領에게 보내는 意見書〉 〈파리講和會義에 보내는 메시지〉를 쓰다.

3月 1日 獨立宣言, 3日 逮捕되어 四七인의 한 사람으로 西大門監獄에 收監되다.

1920년(庚申, 31세) 4月 豫審 終結.

6月 獄中에서 〈自助論〉 後篇 번역 脫稿.

7月 47인 公判이 開廷되다.

25日 東亞日報에 〈아름다운 가정〉을 쓰다.

〈時文讀本〉 第四版 刊行(新文館).

8月 公訴不受理를 言渡받다.

9月 控訴 公判에서 懲役 2年 6個月을 言渡받고, 京城監獄으로

移監되다.

1921년(辛酉, 32세) 3月「東亞日報」에 〈獄中에서 家族에게 보낸 편지〉를 揭載.

7月「靑年」에 〈꿈〉을 발표.

10月 19日에 假出獄되다.

11月 天道敎會堂에서 崔南善 出監紀念講演會를 가지다.

「開闢」에 〈기쁜 보람〉을 발표.

1922년(壬戌, 33세) 3月 三角洞에서 分家하여 養士洞(지금의 鍾路六街 11番地)로 移徙.

「開闢」에 〈세 돌〉을 쓰다.

7月 新文館을 解散. 16년 동안 활동한 것이다.

9月 東明社를 創立, 週刊紙「東明」을 發刊, 〈刊行辭〉를 쓰다. 崔南善 監輯, 秦學文 主幹, 創刊號 2萬部가 2, 3日에 賣盡되다. 第1號부터 〈朝鮮民族論〉을 11回에 걸쳐 連載, 제3號부터 〈朝鮮歷史通俗講話〉를 20回에 걸쳐 開題만 連載.

11月 3男 漢儉 出生.

1923년(癸亥, 34세) 6月 23日 밤 天道敎堂에서 〈가로 보는 朝鮮歷史〉 강연회를 가졌으나 當局의 사주를 받은 無賴漢에게 中斷당하다.

6月「東明」第23號로 廢刊.

7月「時代日報」發行許可를 얻다.

1924년(甲子, 35세) 3月 31日「時代日報」創刊, 社屋은 明洞(同順泰) 빌딩, 社長 崔南善, 編輯局長 秦學文, 創刊號에 社說 〈처음 드리는 말씀〉을 쓰다.

「開闢」에 〈얼른 精力의 濫費로부터 벗어납시다〉를 쓰다.

7月「時代日報」經營難(資金)으로 普天敎와 提携 하려다가 紛糾를 일으켜 10日에 休刊.

9月 1日 「時代日報」社長職을 辭任, 編輯局長 秦學文도 辭任하고
普天敎에서 引受하여 續刊.

10月 4日 서울을 떠나 金剛山을 遊覽하고, 그 紀行文 〈楓嶽記
遊〉를 12日부터 「時代日報」에 連載(12月 15日까지 「52回」).

11月 次女 漢己 出生.

이 해 養士洞 自宅에서 每月 詩會를 개최.

1925년(乙丑, 36세) 3月 下旬 智異山을 중심한 巡禮길에 올라, 그 紀行
文 〈尋春巡禮〉를 「時代日報」에 連載. 6月 28日까지 77回.

8月 12日 「東亞日報」에 社說 〈童話와 文化〉를,

14日에 〈四庫全書〉를 쓰다.

15日 母親 姜氏 別世. 享年 66歲.

15日에 社說로 〈秘謎의 一幻滅〉을, 26日에 社說로 〈비스맑을 懷
함〉을 쓰다.

29日부터 「東亞日報」에 〈白色〉을 連載(22回).

9月 7日 「東亞日報」에 社說 〈가을이 왔다〉를,

8日 〈自己忘却症〉을,

26日 〈火中蓮〉을,

10月 8~9日 「東亞日報」에 社說 〈古山子를 懷함〉을,

21~22日 〈我史人修의 哀〉를,

25~31日 〈참지 못할 一呵〉를,

2日부터 「東亞日報」에 〈秋夕〉을,

17~18日 〈遊山의 철〉을,

27日 〈重陽〉을 쓰다.

16日 獨逸 유학중이던 아우 崔斗善 歸國, 「朝鮮文壇」에 〈여윈 어
머니〉를 발표.

11月 5日 「東亞日報」에 社說 〈哭白庵 朴夫子〉를,

16日 〈開天節〉을,

21~24日 「東亞日報」에 〈상달〉을 쓰다.

12月 6~30日 「東亞日報」에 〈되무덤이에서〉를 쓰다.

〈不咸文化論〉을 脫稿.

이해 東亞日報社 客員이 되어 계속 執筆하게 되다.

鄭寅普를 東亞日報社 客員에 추천.

朴勝彬과 함께 仁寺洞에 啓明俱樂部를 設立하고 朝鮮語辭典 편찬을 추진시키다.

1926년(丙寅, 37세) 1月 1日부터 「東亞日報」에 〈朝鮮歷史 及 民俗史上의 虎〉를 2月 11日까지 7回 連載.

1日부터 3日까지

「東亞日報」 社說에 〈久遠한 明星〉을,

〈佛敎〉에 〈覺心으로 돌아갑시다〉를,

2月 6日 「東亞日報」 社說 〈朝鮮心 朝鮮語〉를,

11~12日 〈壇君 否認의 妄〉을 쓰다.

3月 3日부터 7月 25日까지 77回에 걸쳐 〈壇君論〉을 발표. 「朝鮮文壇」에 〈樂浪의 꿈자취〉(時調)를 발표.

5月 10日 〈尋春巡禮〉 刊行.

「朝鮮文壇」에 〈朝鮮國民文學으로의 時調〉를 쓰다.

6月 9日 6·10 萬歲事件 관련 협의로 鍾路署에 連行되었다가 곧 돌아오다.

10日 「東亞日報」에 〈純宗孝皇帝輓〉을,

22~24日 「東亞日報」에 〈白頭山의 神秘〉를, 「朝鮮文壇」에 〈時調胎盤으로의 朝鮮民性과 民俗〉을 발표.

7月 24日 白頭山 巡禮의 길에 오르다(朴漢永 同途).

28日부터 「東亞日報」에 〈白頭山覲參記〉를 連載.

8月 白頭山 巡禮에서 돌아오다.

20~21日 大邱에서 朝鮮史講話를 講演하다.

「東光」에 時調 〈壇君窟에서〉를 발표.

9月 1日 〈尋春巡禮〉再版 刊行.

10月 8日 〈時調類聚〉 編纂을 완료.

「啓明」에 〈白頭山 意識을 淬勵합시다〉를,

「東光」에 〈江西 三墓〉를 발표.

11月 7日 「東亞日報」 社說에 〈開天節〉을,

「啓明」에 〈白頭山志〉(2回)를,

「東光」에 〈상달과 開天節의 宗敎的 意義〉를,

「文藝時代」에 〈一覽閣卽事〉를 쓰다.

12月 1日 「百八煩惱」 刊行(東光社).

2~4日 東亞日報 社說 「古蹟保存의 要」를,

9~12日 「東亞日報」에 〈壇君께의 表誠〉을 쓰다.

이해 中央高等普通學校 校歌를 作詞.

1927년(丁卯, 38세) 1月 1日부터 「東亞日報」에 〈토끼타령〉을(2月 4日까지) 連載.

「眞人」에 〈朝鮮民謠의 槪觀〉(日文)을 쓰다(朝鮮民謠의 硏究에도 揭載되었다).

「朝鮮文壇」에 〈九月山 가는 길에서〉, (時調)를 발표.

「東光」에 〈岩石崇拜로서 巨石文化에까지〉 〈六堂自警〉을,

2月 11日 「東亞日報」에 〈처음 보는 純朝鮮童話集〉(書評)을,

3月 24日~25日 「東亞日報 社說」에 〈朝鮮의 原始相〉을,

29日 「東亞日報」에 〈朝鮮史學의 出發點〉을,

「啓明」에 〈三國遺事 解題〉를 발표.

4月 「別乾坤」에 〈十年後의 朝鮮如何〉를,

5月 「啓明」에 〈薩滿教箚記〉〈金鰲新話解題〉를,

6月 「東亞日報」에 〈한번 새로와야 할 조선의 오늘의 새역사〉를 쓰다.

7月 15日 〈白頭山覲參記〉 刊行(漢城圖書).

30日 〈 兒時朝鮮〉 刊行(東洋書院). 「佛教」에 〈大東禪教考解題〉와 〈海東高僧傳解題〉를,

「東光」에 〈未知의 國으로〉를,

8月 「朝鮮 及 朝鮮民族」에 〈不咸文化論〉(日文)을 발표.

10月 29~30日 「東亞日報」에 〈開天節〉을,

11月 11~12日 「東亞日報」에 〈朝鮮의 久遠相〉을 쓰다.

12月 8日 青年會館에서 修養講座 〈돌멘 이야기〉演說.

이해 〈朝鮮歷史〉가 刊行된 듯.

1928년(戊辰, 39세) 1月 1日부터 「東亞日報」에 〈壇君神典의 古義〉를 連載(2月 28日까지 39回).

「中外日報」에 〈壇君神典에 들어 있는 歷史素〉를 連載.

「한빛」에 〈백두산〉을 발표.

「한빛」에 〈朝鮮歷史講話〉를 連載.

「新民」에 〈意味 깊고 變遷 많은 少年〉을,

「新人間」에 〈좀더 教義를 表明하시오〉를,

2月 「한빛」에 〈개아지朝鮮〉을,

4月 9日 〈每日申報〉에 〈當局 今次의 計劃 어떤 程度까지 期待〉를 쓰고,

30日 〈時調類聚〉 初版 刊行(漢城圖書).

「別乾坤」에 〈壇君及其研究〉와 〈古山子의 大東輿地圖〉를 쓰고, 〈朝鮮我가 잘 發揚된 페이지〉는 全文 削除당하다.

「한빛」에 〈寧邊의 妙香山〉을 쓰고,

6月 1日 「東亞日報」에 〈朝鮮遊覽歌〉를 連載發表(10日까지 10回).

18日 〈朝鮮遊覽歌 別典〉을 지었고, 「如是」에 〈民族的 試練期의 朝鮮〉을 쓰다.

7月 〈金剛禮讚〉 刊行(漢城圖書).

8月 1日부터 「東亞日報」에 〈檀君과 三皇五帝〉를 連載, 12月 16日까지 72回를 계속.

「別乾坤」에 小說 〈아침〉을 발표. 「靑年」에 〈朝鮮史講話〉를 쓰다.

9月 27日 中央基督敎靑年會館에서 〈朝鮮의 文藝復興期〉란 題目으로 講演.

「佛敎」에 〈妙音觀世音〉을 쓰다.

10月 朝鮮史編修會 委員이 되다.

11月 5日 〈新字典〉 五版 刊行. 「新生」에 〈開天節〉을.

12月 17~19日 「東亞日報」에 書評 〈吳世昌氏 槿域 書畫徵〉을 쓰다.

11月 次女 漢奇 慘慽.

12月 朝鮮史編修會 委員件으로 識者들 사이에 物議가 있었다.

이해 〈朝鮮遊覽歌〉를 刊行. 本歌는 金永煥이 作曲하고 別曲은 白禹鏞이 作曲.

1929년(己巳, 40세) 1月 「別乾坤」에 〈朝鮮心을 支持한 金大問〉을 쓰다.

5月 15日 〈時調類聚〉 再版.

雜誌 「怪奇」를 創刊.

「怪奇」에 〈一千百年前의 東方海王 新羅 淸海鎭 大使 張保皐〉 〈高句麗인이 만든 西洋式 建築〉 〈兒童과 未開人〉 〈奇怪한 嗜好〉 〈煙草의 由來〉 〈古代의 大植民家 新羅王子 天日槍〉 〈生殖器 崇拜의 俗〉 〈人及朝鮮人에게 소리친다〉 〈姓과 氏와 族에는 무슨 區別이 있나〉 〈西洋音樂이 언제부터 어떻게 朝鮮인에게 알려졌나〉 〈世界에 다시 없는 朝鮮 古來의 測候記錄〉 〈世界에

行하는 紀元法은 무엇무엇인가〉〈心靈現象의 不可思議〉〈新羅
의 景文王과 希臘의 미다스王〉〈宗教文化 의 本源은 이리로부
터〉〈貨幣 形式에 나타난 朝鮮人의 獨創性〉〈하느님의 身元調
査〉 등을,

「佛敎」에 〈影印臺山御牒敍〉를 쓰다.

9月 20日 利原郡 東面 福興寺 뒤 雲霧峯(俗稱 우물峯)에서 眞興
王 磨雲嶺碑를 발견, 學界에 큰 센세이션을 일으키다.

10月 23日 「朝鮮日報」에 〈吳世昌氏 槿域書畫徵〉(書評)을 寄稿.

11月 漢奇 小忌, 時調를 발표.

12月 「怪奇」에 〈朝鮮史의 箕子는 支那의 箕子가 아니다〉〈朝鮮
의 콩쥐팥쥐는 西洋의 신데렐라〉〈南蠻商船의 奇遇〉〈男女 生
殖器의 象形字〉〈賣淫의 宗敎的 起源〉〈米洲의 發見者는 佛敎
僧侶〉〈萬物을 有生有靈視하는 原始人〉〈變態性慾의 種種目〉
〈日本神典 中의 性愛的 文學〉〈朝鮮語 男女根 名稱 語源考〉를
쓰다.

1930년(庚午, 41세) 1月 12日부터 3月 15日까지 「東亞日報」에 〈朝鮮歷史
講話〉를 51回에 걸쳐 連載.

4月 平安北道 寧邊郡守 金禮顯의 초청으로 寧邊 陳龍窟을 探訪.
所感으로 〈天怪地秘〉 四字를 芳名錄에 留記. 또 寧邊郡과 球場
에서 두 차례 朝鮮史上의 寧邊에 대하여 講演.

8月 「朝鮮日報」에 〈古朝鮮에 있어서의 政治規範(日文)〉을 발표하
니, 앞서 京城帝國大學 敎授들에게 講演한 草稿이다.

「佛敎」에 〈朝鮮佛敎〉를 揭載하니 하와이에서 개최되는 汎太平
洋佛敎大會에 金鎭縞上人이 出席하여 關係 各國代表들에게 韓
國 佛敎의 業績을 宣揚하기 위하여 執筆한 것이다.

11月 「靑丘學叢」에 〈新羅 眞興王의 在來三碑와 新出現의 磨雲嶺

碑〉를 발표하다.

1931년(辛未, 42세) 3月 「東光」에 〈三國文學略年表〉〈三國時代 著名 著作家〉〈三國文學 主要參考書〉〈中央佛敎專門學校 校歌〉 등을 쓰다.

6月 中等朝鮮語講座에 〈朝鮮文學 槪說〉을 이듬해 6月까지 連載하다가 廢刊으로 중단. 〈朝鮮歷史〉出刊.

7月 5日 〈壬辰亂〉 刊行(東明社). 〈總督府檢閱에 걸려 壬辰倭亂의 倭를 削除하고 賊을 敵으로 改稱〉.

1932년(壬申, 43세) 9月 中央佛敎專門學校 講師가 되었다.

이해 巴里留學을 計劃하다 중단.

1933년(癸酉, 44세) 4月 父親喪. 享年 75歲.

10月 何夢 李相協의 勸誘로 「每日申報」에 長期執筆을 하기로 하다.

11月 1~3日 〈朝鮮의 故蹟〉을 講演(博物館週間).

1934년(甲戌, 45세) 1月 3日부터 2月 18日까지 「每日申報」에 〈甲戌史眞〉을(20回),

4月 16日 「每日申報」에 〈三月名日〉, 時調 〈3月 3日〉, 16~17日 「每日申報」에 〈朝鮮에 있는 上已의 俗尙〉을,

16日부터 이듬해 4月 15日까지 滿 1년 동안 「每日申報」에 〈每日申譜〉를 連載(365回)

18日 〈每日申報〉에 〈土旺이란 무슨 節인가〉를,

19日에는 〈未開의 人民은 日食을 救護하려 한다〉를,

21日부터 5月 1日까지 8회 걸쳐 「每日申報」에 〈李舜臣과 넬슨〉을,

5月 3~5日 每日申報에 〈龜船은 李朝初부터〉를,

9日에 〈개구리 입을 트는 立夏節〉을,

12日에 〈大火의 記錄〉을,

13~16日 〈禁火에 關한 制度〉를,

17日 〈改火의 俗〉을,

20日 〈觀燈〉〈공치의 살 오르는 穀雨節〉을 쓰다.

19日부터 6月 15日까지 8回에 걸쳐 「每日申報」에 〈興福寺, 圓覺寺 로부터 파고다 公園에까지〉를 連載.

20日부터 6月 2日 까지 8回에 걸쳐 「每日申報」에 〈우러러 뵙는 大 圓光〉을 連載.

6月 16~21日 「每日申報」에 〈5月 5日 天中節〉을,

16日 「每日申報」에 〈수뢰〉를 쓰다.

이해 養士洞에서 孝悌洞으로 移徙.

京城 放送局에서 朝鮮의 文化·山水·故蹟 등에 관해 라디오 講演 을 계속.

1935년(乙亥, 46세) 2月 大田監獄에서 假出獄한 安昌浩를 三角洞 中央 호텔로 찾아 스승에 대한 禮로 대하다.

6月 29日부터 이듬해 12月 31日까지 「每日申報」에 〈故事千字〉를 連載. 365回 「霜」자로 끝내다.

7月 28日 「每日申報」에 〈人生과 信仰〉을,

12月 「朝光」에 〈보람있게 죽자〉를 쓰다.

1936년(丙子, 47세) 1月 1~3日 「每日申報」에 〈赤鼠五百年〉을,

1~26日 〈日日是好日〉을 쓰다.

29~31日 〈朝鮮의 神話〉를 講演.

2月 京城大學에서 〈朝鮮의 固有信仰〉을 講演.

1937년(丁丑, 48세) 1月 3~4日 「每日申報」에 〈元日을 意義있게 하자〉,

5~6日 〈丁丑의 偉人〉을 쓰고,

9日~29日 〈每日申報〉에 〈神話傳說上의 牛〉를 15回에 걸쳐 連載.

30日부터 9月 22日까지 160回에 걸쳐 「每日申報」에 〈朝鮮常識〉을

連載.

2月 9~11日 「每日申報」에 〈朝鮮文化 當面의 問題〉를,

25日 書評 〈朝鮮詩歌史綱〉을(每日申報),

5月 25~29日 「每日申報」에 〈三重苦의 聖女 헬렌 켈러〉를,

8月 15日 「每日申報」에 〈來日의 新光明 約束〉을,

10月 3~10日 「每日申報」에 〈北支那의 特殊性〉(7回)을,

13~22日 「每日申報」에 〈怪談〉을,

28日부터 이듬해 4月 1日까지 84回에 걸쳐 「每日申報」에 〈松漠燕
雲錄〉을 連載.

이해 「學海」에 〈上古文化의 基調〉를 쓰다.

1938년(戊寅, 49세) 1月 3~4日 「每日申報」에 〈報恩感謝의 生活〉 쓰고

4月 滿蒙日報社 顧問에 就任하여, 興亞胡同(新京)에 寓居.

5~13日 〈動物怪談〉을,

14日부터 5月 2日 〈變化怪談〉을 「每日申報」에 쓰다.

5月 3~26日 〈人妖談〉을,

20~30日 〈動物故鄕說話〉를,

27日부터 6月 16日까지 〈異物世界說話〉를,

7月 1~21日 〈朝鮮의 民譚童話〉(15回)를,

22日부터 8月 2日까지 〈朝鮮의 家庭文學〉(10回)을 「每日申報」에,

9月 1~5日 「每日申報」에 〈三都故蹟巡禮〉를,

9~12日 〈古蹟愛護에 對하여〉를,

16日부터 10月 3日까지 〈濟州島의 文化史觀〉14回를,

10月 4~8日 〈滿洲風景〉을,

11~26日 〈奇談小說〉을,

27日부터 11月 2日까지 〈露西亞의 東方侵略〉을,

11月 3~6日 〈寶盆說話〉를,

17~29日 〈因鬼致富說話〉를,

30日부터 12月 15日까지 〈仙境說話〉를,

12月 16~28日 「如意珠說話」를 〈每日申報〉에 쓰다.

1939년(己卯, 50세) 「每日申報」에 〈昔年今日〉을 連載(224回).

1月 1~19日 〈露國東侵年代記〉를,

23日부터 2月 3日까지 「每日申報」에 〈異人說話〉를,

2月 4~15日 〈隱君子說話〉를,

16日부터 3月 13日까지 〈朝鮮의 神話〉(20回)를 쓰고,

19日부터 10月 1日까지 「每日申報」에 〈昔年今日〉을 連載(224回),

3月 6日 「滿鮮日報」에 〈滿洲의 名稱〉을 쓰다.

4月 滿洲國 建國大學 敎授 就任, 豫科에서 滿蒙文化史 講義.

이해 「滿鮮日報」에 〈南宋院書〉, 〈蒙古天子〉를 쓰고,

〈東方古民族의 神聖權念에 對하여〉(日文)를 발표(建國大學 研究報告).

이동안 北京에 자주 往來하여 淸朝實錄·圖書集成·四部叢刊 등 많은 책을 購入하다.

12月 漢赫 출생.

1940년(庚辰, 51세) 5月 4 日 〈三國遺事〉 新增版 出版許可

6月 「新民」에 〈大行哀辭〉를 발표.

1941년(辛巳, 52세) 4月 「春秋」에 〈帖學과 碑學〉을,

5月 25日 〈檖神〉(日文)을 建國大學 研究院 月報에 발표하다.

8月 5~6日 〈裏朝鮮의 名山〉이란 題目으로,

19~20日 〈朝鮮의 江河〉란 題目으로 講演.

12月 8日 太平洋戰爭이 일어나자 韓國인 學生들에게 日本의 敗亡과 韓國獨立을 豫言하다.

11月 牛耳洞에 移徙하여 藏書를 疎開하고 이름하여 素園이라 하

고, 이곳에서 朝鮮歷史辭典 編纂에만 전념하다.

1942년(壬午, 53세) 3月 26日「每日申報」에 〈鄕藥集成方과 醫方類聚의 重刊〉을 쓰고,

7月 14~28日 〈朝鮮의 三海〉란 題目으로 講演.

8月 4~6日 〈表朝鮮의 名山〉이란 題目으로 講演.

11月 病을 얻어 建國大學 教授職을 辭任.

〈學步集〉을 執筆.

1943년(癸未, 54세) 3月「新時代」에 〈滿洲建國의 歷史的 由來〉를 쓰다.

10月 〈故事通〉을 刊行하니(三中堂), 三萬部가 금시에 賣盡.

12月 朝鮮總督府 當局의 强迫으로 李光洙 등과 함께 朝鮮인 大學生의 學兵勸誘次 東京에 건너가서 明治大學 講堂에서, 이 世界的 大變局에 處하여 우리도 같이 피를 흘려야 臨迫해 오는 新運命에 對備할 수 있다는 趣旨로 演說.

이해「半島史話와 樂土滿洲」에 〈箕子는 支邦의 箕子가 아니다〉〈間島와 朝鮮인〉〈蒙古의 名義〉〈滿洲의 名稱〉〈滿洲略史〉〈朝鮮과 世界의 共通語〉를 쓰다.

倉洞에 있는 碧初 洪命熹·爲堂 鄭寅普와 서로 자주 來往하다.

1944년(甲申, 55세) 4月 〈故事通〉계속 刊行.

1945년(乙酉, 56세) 8月 15日 解放.

10月 1日에 東明社를 再建하고 次男 漢雄에게 實務를 맡기다.

1946년(丙戌, 57세) 2月 20日 〈朝鮮獨立運動史〉 刊行(東明社).

20日 〈新板朝鮮歷史〉 刊行(東明社).

6月 20日 〈朝鮮常識問答〉 刊行(東明社).

11月 1日 〈쉽고 빠른 조선역사〉 刊行(東明社).

이해 重慶에서 귀국한 柳東說이 자주 牛耳洞으로 來訪.

牛耳洞 鳳凰閣에서 열린 興士團 年次大會에 참석, 〈眞實精神〉

題目으로 講演.

1947년(丁亥, 58세) 1月 10日 〈國民朝鮮歷史〉初版 刊行(東明社).

4月 20日 〈歷史日鑑〉(上) 刊行(東明社). 1939年 2月부터 「每日申報」에 〈昔年今日〉이란 題로 連載되었던 것임.

8월 20日 〈朝鮮遊覽歌〉 再版(東明社). 本歌는 金永煥 作曲, 別曲은 白禹鏞 作曲.

9月 6日 「自由新聞」에 〈自由新聞 二週年〉을 발표.

10月 1日 〈朝鮮의 山水〉 刊行(東明社).

11월 30日 〈성인교육 국사독본〉을 刊行(東明社).

12月 10日 〈朝鮮常識問答 續篇〉을 刊行(東明社).

15日 〈朝鮮歷史地圖〉 刊行(東明社).

1948년(戊子, 59세) 2月 10日 〈朝鮮의 故績〉 刊行(東明社).

4月 15日 〈朝鮮常識 地理篇〉 刊行(東明社).

20日 〈朝鮮의 文化〉 刊行(東明社).

7月 20日 〈歷史日鑑〉(下) 刊行(東明社).

20日 〈朝鮮常識 制度篇〉 刊行(東明社).

25日 〈中等國史〉 수정판 刊行(東明社).

8월 10日 〈中等東洋史〉 수정판 刊行(東明社).

15日 大韓民國이 獨立을 宣布.

9月 20日 〈中等西洋史〉 刊行(東明社).

10月 31日 〈朝鮮常識 風俗篇〉 刊行(東明社).

1949년(己丑, 60세) 2月 反民族行爲處斷法에 걸려 李光洙와 함께 西大門刑務所에 收監.

3月 〈自列書〉를 特別裁判所에 제출, 한 달만에 保釋.

9~10日 「自由新聞」에 〈自列書〉발표.

12月 25日 〈國民朝鮮歷史〉 四版 刊行(東明社).

1950년(庚寅, 61세) 4月 26日(陰 3月 8日) 回甲.

　　6月 25日 事變이 일어나다.

　　27日 牛耳洞 素園이 人民軍에게 被占.

　　9月 28日 牛耳洞 後山에 隱身하여 被拉을 면하였으나, 長女 漢玉은 北傀軍에 被殺되고 婿 姜乾夏는 被拉되고 3男은 行方不明으로 된 슬픔을 안은 채 牛耳洞에서 廟洞 漢雄의 집으로 옮겨가다. 12月 率家하여 大邱로 피난.

1951년(辛卯, 62세) 1月 長男 漢因과 釜山에 滯在.

　　4月 釜山에서 海軍戰史編纂委員會 일을 委囑받아, 大邱와 釜山을 往來하다.

　　이달 南海 李舜臣 戰跡을 巡歷하고 많은 時調를 짓다.

　　5月 海軍戰史 編纂의 參考文獻을 蒐集하기 위해, 서울 牛耳洞 素園에 돌아와서 비로소 書齋와 함께 藏書 17萬卷이 잿더미로 되었음을 알다. 이해 時調 〈南海遊草〉를 짓다.

1952년(壬辰, 63세) 3月 夫人 玄氏가 홀로 지키는 廟洞으로 돌아오다.

　　7月 長男 漢因 慘慽.

　　8月 「自由世界」에 〈國難克服論〉을,

　　10月 「소년신보」에 〈유리명왕 이야기〉를 쓰다.

　　이해 時調 〈亂中有感〉을 지었고, 〈國難克服의 歷史〉를 脫稿. 國軍 各 部隊의 招請으로 國史講話를 巡講하다.

　　灰塵된 藏書와 文默 카드 原稿 및 諸般資料를 대신하여 亂中에 用紙原料로 팔려가는 舊文獻과 新洋書類 중에서 〈朝鮮歷史辭典〉 執筆에 필요한 文獻 기타를 蒐集 購入하여 廟洞宅에 整理하고 亂前에 「가」 字 줄만 끝난 〈朝鮮歷史辭典〉의 繼續 執筆일에 전념.

1953年(癸巳, 64세) 3月 「地方行政」에 〈海洋과 國民生活〉을,

4月「新天地」에 〈韓日關係의 歷史的 考察〉을 連載.

5月「地方行政」에 〈三·一精神〉을,

7月 26~28日「東亞日報」에 〈訓民正音과 醫方類聚〉를 쓰고

8月「地方行政」에 〈希望〉을 발표

16日「서울신문」에 解放八年의 韓國의 將來를 쓰고

10月〈希望〉에 〈國難克服의 歷史〉를 連載.

9日「東亞日報」에 〈訓民正音 初刊本은 어디 있나〉를 쓰고,

이해「서울신문」에 〈鬱陵島와 獨島〉를 連載.

1954년(甲午, 65세) 1月「地方行政」에 〈紀古散稿〉를 쓰고,

2月「思想界」에 〈壇君古記 箋釋〉을, 「地方行政」에 〈새해〉를 발표.

3月「現代公論」에 〈三·一運動의 史的 考察〉을,

4月「웅변 다이제스트」에 〈韓國과 世界〉를,

5月「地方行政」에 〈살 재미〉를,

9月「새벽」에 〈眞實精神〉을 쓰고, 「새벽」에 時調 〈秋色外〉를 발표.

12月「서울신문」에 〈獨島問題와 나〉를, 「새벽」에 〈書齋閑談〉을, 29 日「東亞日報」에 〈哀卞山康榮晩〉을 쓰다.

1955년(乙未, 66세) 1月 1日「自由新聞」에 〈史上의 乙未年〉을,

8日「東亞日報」에 〈乙未新年頌〉을 발표.

「現代文學」에 〈韓國文壇의 初創期〉를,

2月「漢陽工大學報」에 〈山嶽의 나라〉를,

3月「카톨릭 靑年」에 〈카톨릭 靑年에게 줌〉을,

「새벽」에 〈내가 쓴 獨立宣言書〉를 쓰다.

〈國旗徽章說〉을 쓰다(未發表).

4月 陸軍大學에서 國史를 講義.

서울市史 編纂委員會 顧問으로 推戴되다.

陸軍大學에서 講義를 마치고 돌아오다 腦溢血을 일으켜 臥席

한 채 口述로 時調 및 論說의 발표를 계속.

7月 「靑史」에 〈韓國과 世界〉를,

「새벽」에 〈實學輕視에서 온 韓民族의 後進性〉을 쓰다.

「新生公論」에 〈哀金仁村(性洙)〉을 발표. 「淑明女大學報」에 〈學問의 根本精神〉을,

30日 「한국일보」에 〈鼠害〉를 쓰고,

8月 19日 〈東亞日報紙齡一萬〉을 발표하다.

9月 3日부터 「東亞日報」에 〈枳橘異香集〉을 連載. 11月 19日까지 57回.

「希望」에 〈佛敎界의 淨化는 어떻게 할 것인가〉를 쓰다.

11月 尹亨重 神父에 의해 天主敎의 領洗를 받고, 이에 대한 解明을 발표.

12月 「考試와 銓衡」에 〈高麗時代의 文物制度〉를 쓰다.

「養正」에 〈養正學校五十年頌〉을 발표.

16~17日 「한국일보」에 〈人生과 宗敎〉를 쓰다.

1956년(丙申, 67세) 1月 「東亞日報」에 〈丙申新年頌〉을,

2月 29日 「東亞日報」에 〈봄은 어디서〉를 발표.

3月 「新世界」에 〈三·一運動의 現代史的 考察〉을,

1日 「東亞日報」에 〈三·一節〉을 발표.

「京幾道誌」 第二卷의 序文을, 「希望」에 〈새 생명〉을, 「새벽」에 〈政黨無用之辯〉을 쓰다.

10月 「한국일보」에 〈謝許毅齋畵伯〉(時調)을,

「自由世界」에 〈藝聰散藁〉를,

11月 20日 「한국일보」에 〈菊花〉를,

12月 31日 「中央日報」에 〈아까운 친구가 갔구료〉를 쓰다. 이해 「新世界」에 〈語文小攷〉를 쓰다.

1957년(丁酉, 68세) 1月 1日 「東亞日報」에 〈새 봄〉을,
　　「새벽」에 〈天國이 내집〉을,
　　2月 19日 〈東亞日報〉에 〈仁村追念詩〉를,
　　「鹿苑」에 〈時調〉를 발표.
　　金鍾健 著 〈國難史 槪觀〉의 序文을,
　　4月 26日 「東亞日報」에 〈六堂의 辯〉을 쓰다.
　　10月에 들어서며 가벼운 感氣 중, 10日 下午 5時 廟洞 自宅에서
　　세상을 떠나다.
　　14日 家族葬으로 楊州 溫水里의 先塋에 安葬.
1958년(戊戌) 10月 10日 2週朞에 六堂先生紀念事業會에서 牛耳洞 素園
　　에 紀念碑를 세우고 追悼式을 擧行. 碑文은 斗溪 李丙燾 撰, 一中
　　金忠顯 書.

참고문헌

1. 한국어

Bhaba, Homi, 나병철 역『문화의 위치』소명, 2005년

姜東鎭『日本の朝鮮支配政策史研究』東京大学出版会, 1979年

권정화「崔南善의 初期 著述에서 나타나는 地理的 關心 : 開化期六堂의 文化
運動과 明治 地文學의 影響」『應用地理』第13號, 誠信女子大學校 韓國地理硏究所,
1990년

錦頰山人「国史私論」,『少年』第3年第8卷, 신문관, 1908년 11월 1일

金南美「시대일보·中外日報·中央日報·朝鮮中央日報에 관한 고찰」이화여대석사
논문, 1982년

金度亨「韓末啓蒙運動의 政治論硏究」『韓国史研究』54, 1986년

김삼웅『친일정치100년사』동풍신서, 1995년

金成禮「한국무교의 정체성과 종교성 : 쟁점분석」『샤머니즘연구』第4輯, 한국샤
머니즘학회, 2002년

金容稷「巨人의 誕生과 그 墮落」『現代韓国作家研究』民音社, 1974년

金仁会『韓国巫俗思想研究』집문당, 1987년

김현철「20세기 초기 무속조사의 의의와 한계 연구―鮎貝房之進, 鳥居龍藏,
李能和를 중심으로」,『한국민속학』제42집, 한국민속학회, 2005년

도리이 류조 저, 최석영 역『인류학자와 일본의 식민지통치』서경문화사, 2007
년 오구마 에이지(小熊英二) 저, 조현설 역『일본 단일민족신화의 기원』소명출판,
1995년

李光麟「旧韓末進化論의 受容과 그 影響」『韓国開化思想研究』一潮閣, 1979년

李松熙「韓末愛国啓蒙思想과 社会進化論」『釜山女大史学』2, 1984년

박순영 「일제식민주의와 조선인의 몸에 대한 "인류학적" 시선 : 조선인 신체에 대한 일제체질인류학자들의 작업을 중심으로」, 『비교문화연구』 제12집2호, 서울대학교사회과학연구원비교문화연구소, 2006년

박영재·함동주역『일본동양학의 구조』문학과 지성사, 2004년

박찬승「韓末·日帝時期社会進化論의 影響」『歷史批評』季刊32号, 1996년

세키네 히데유키「한일합방 전에 제창된 일본인종의 한반도 도래설」『일본문화연구』제19집, 동아시아일본학회, 2006년

孫相翼「1920년대 民間紙에 나타난 신문 침해의 역할 연구－朝鮮·東亜·시대일보를 중심으로」중앙대신문방송대학원, 1997년

손진기저임동석역『동북민족원류』동문선, 1992년

연민수『고대한일관계사』혜안, 1998년

大林太郎, 兒玉仁夫『神話学入門』새문사, 2003년

오구마 에지(小熊英二)저, 조현설역『일본 단일민족신화의 기원』소명출판, 1995년

요네야마 리사「기억의 미래화에 대해서」『국가주의를 넘어서』, 삼인, 1999

尹以欽『韓国宗教研究』(卷Ⅱ)집문당, 1988년

이만열「日帝官學者들의 植民史觀」『韓國史講座』一潮閣, 1982년

이연「동화정책기관-총독부기관지『경성일보』의 창간과 역할」『殉国』96년11월

이연「일제하조선총독부기관지『경성일보』의 창간 배경과 그 역할」『한국언론학회춘계연구발표집』1983년.

이연「총독부기관지『경성일보』의 창간과 역할」『殉国』(통권70호)96년

李永植「일본서기의 연구사와 연구방법론」『한국고대사연구』27, 서경문화사, 2002년

이지원「최남선, 민족의 이름으로 황민화를 강요한 문화주의자」(『역사』8, 서해문집, 2002년

이해조『한국신문사연구』성문각, 1971년

任敦姬·Roger L. Janelli「한국민속학사의 재조명 : 최남선의 초기 민속연구를

중심으로」, 『비교민속학』 제2호, 비교민속학회, 1989년

任城模 「1930年代 日本의 滿洲支配政策 연구 : 「滿洲國協和會」를 중심으로」延世大學校 大學院, 1990年

張相玉 「한국 근대신문 칙서의 계몽적 역활─大韓民報·東亞日報·朝鮮日報·시대일보를 중심으로」연세대행정대학원, 1992년

장세윤 「朴錫胤」『親日派九九人』②, 돌베게, 1994년

全京秀 『한국인류학 백년』, 一志社, 2001년

丁暻淑 「〈稽古箚存〉을 통해 본 崔南善의 古代史論」, 『奎章閣』 6, 서울대학교도서관, 1982년

정보석 『한국언론사』도서출판나남, 1990년

趙寬子 「「親日ナショナリズム」の形成と破綻」 『現代思想』vol.29─16. 青土社, 2001年

趙容萬 「우리나라 新文學의 草創期에 있어서 日本 및 西歐文學의 影響」『亞細亞研究』第15卷第2號. 고려대학교아세아문제연구소, 1972년

崔南善 「薩滿教箚記」, 『六堂崔南善全集2』현암사, 1973년

崔南善 「稽古箚存」『六堂崔南善全集2』, 현암사, 1973

崔南善 「古朝鮮에 있어서의 政治規範」『六堂崔南善全集2』현암사, 1973년

崔南善 「壇君及其研究」(『別乾坤』(1928年 5月号))『六堂崔南善全集2』현암사, 1973년

崔南善 「壇君論」『六堂崔南善全集2』, 현암사, 1973년

崔南善 「檀君否認の妄」『六堂崔南善全集2』, 현암사, 1973년

崔南善 「壇君小考」, 『六堂崔南善全集2』현암사, 1973년

崔南善 「白色」『六堂崔南善全集2』, 현암사, 1973년

崔南善 「児時朝鮮」『六堂崔南善全集2』, 현암사, 1973

崔南善 「朝鮮과 世界의 共通語」『怪奇』(第1号, 1925년)『六堂崔南善全集2』현암사, 1973년

崔南善 「朝鮮歷史通俗講話開題」『六堂崔南善全集2』, 현암사, 1973년

崔南善 「「되무덤이」에서─楽浪古墳의 出土品」, 『六堂崔南善全集9』현암사, 1973년

崔南善 「東方古民族의 神聖観念에 대하여」『六堂崔南善全集9』, 玄岩社, 1974년

崔南善「滿蒙文化」,『六堂崔南善全集10』, 현암사, 1974년

崔南善「不咸文化論」,『朝鮮及び朝鮮民族』第1集, 1927년

崔南善「薩滿教箚記」,『啓明』第19号, 1927년

崔南善「神ながら古を憶ふ」『東亜民族文化協会パンフレット』第3編, 1934年

崔南善「岩石崇拜로서 巨石文化에까지」,『東光』제9호, 동광사, 1927(1)

崔錫栄『일제의 동화이데올로기의 창출』書景文化社, 1997年

崔錫榮『일제하무속론과 식민지권력』, 書景文化社, 1999

최재목「최남선의『少年』誌의 '新大韓의 소년' 기획에 대하여」『日本文化研究』第18輯, 동아시아일본학회, 2006년

최준「滿鮮日報解題」韓国学文献研究所『滿鮮日報』(全5冊)亜細亜文化社, 1988年

페터 지마저・허창운,김태환역『이데올로기와 이론』문학과 지성사. 1996년

하타다 다카시(旗田巍)・이원호역『日本人의 韓国観』探求新書, 1990년

2.한국어 잡지 및 신문

「編輯室通寄」『少年』제1년제1권, 1908년

「創刊辞」『少年』제1년제1권, 1908년

「少年漢文教室」『少年』제2년제4권, 1909년

「『少年』의 旣往과 밋 將來」『少年』제3년제6권, 1910년

「甲童伊와 乙男伊의 相從」『少年』제1년제1권, 1908년

「国家의 競争力」『少年』제2년제10권, 1909년

「地理学研究의目的」『少年』제2년제10권, 1909년

公六「海上大韓史」(4)『少年』제2년제2권, 1909년

公六「海上大韓史」(3)『少年』제2년제1권, 1909년

「海上大韓史」(6)『少年』제2년제6권, 1909년

「海上大韓史」(10)『少年』제2년제10권, 1909년

「海上大韓史」(9)『少年』제2년제9권, 1909년

「新時代青年의 深呼吸」『少年』제2년제9권, 1909년

『少年』제1년제10권, 1909년

「少年史伝」『少年』제2년제6권, 1909년

「少年史伝」『少年』제2년제7권, 1909년

「薩水戰記」『少年』제1년제1권, 1908년

「靑年學友會報」『소년』제3년제6권

「에머어쏜을 닐금」『少年』제3년제2권, 1910년

「殺気에 싸인 文化政治」『시대일보』1924년 5월 22일

「過渡期女子의 서러움」『시대일보』1924년 4월 9일

「過渡期와 相互不信任 ; 理解와 信賴가 缺如한 現下의 朝鮮社會」『시대일보』1924년 5월 8일

「교육을 민중화하자」『시대일보』1924년 4월 4일

「極端化 하는 排日安-미국의원의 大激昻」『시대일보』1924년 4월 12일

「극동문제와 露國意志」『시대일보』1924년 5월 6일

「금지·해산·검속 : 문화정치의 時代上」『시대일보』1924년 6월 22일

「김규식 일파와 일공산당 악수설」『시대일보』1924년 5월 23일

「나의 주의와 사업-배우고서야 해방과 동등있다」『시대일보』1924년 4월 1일

「勞農露國의 東方經略」『시대일보』1924년 5월 11일

「노동대회의 두 가지 인상」『시대일보』1924년 4월 17일

「농촌의 피폐를 보라」『시대일보』1924년 5월 18일

「대미문제 喧騷―日変化する米国の事態に政界は唖然緊張」『시대일보』1924년 4월 17日

「로국은 극동문제에 관하여 일본의 간섭을 지적」『시대일보』1924년 4월 18일

「무산계급의 윤리」『시대일보』1924년 4월 4일

「미국의 배일 이민안 일관적으로 7월 1일 : 하원을 통과」『시대일보』1924년 5월 17일

「배일법안 확정 일본인의 감정 여하」『시대일보』1924년 5월 28일

「본색을 노출하는 문화정치」『시대일보』1924년 5월 14일

「사회의 진화와 지식계급」『시대일보』1924년 4월 4일

「세계적 혁명운동 일미의 원조로 일으켜야」『시대일보』1924년 5월 30일

「소귀에 경읽기」『시대일보』1924년 6월 10일. 「문화정치의 신무장」『시대일보』1924년 6월 21일

「소작권의 확립을 圖하라」『시대일보』1924년 4월 17일

「埴原대사는 사임」『시대일보』1924년 5월 22일

「신세력과 구세력(중)」『시대일보』1924년 6월 6일

「약소민국의 세계적 단결」『시대일보』1924년 4월 18일

「여자대학 신설계획을 듯고」『시대일보』1924년 6월 12일

「오늘일 내일일 – 살아날 길은 이것뿐」『시대일보』1924년 5월 26일

「憂慮할 学界의 現狀」『시대일보』1924년 6월 17일

「우리의 교육 우리의 손으로」『시대일보』1924년 6월 25일

「우리의 대학을 만들자」『시대일보』1924년 4월 1일

「이상의 번민 현실의 비애 ; 일로교섭의 報를 듣고」『시대일보』1924년 5월 27일

「일로관계해결은 어쩌면 武力」『시대일보』1924년 4월 17일

「일미의 금후관계여하 미하원에서 배일이민안 통과」『시대일보』1924년 4월 15일

「日米戦争は不遠」『시대일보』1924년 6월 7일

「일인을 苦境에」『시대일보』1924년 4월 14일. 「日露교섭의 其後」『시대일보』1924년 4월 16일

「低迷期에 방황하는 현하의 조선」『시대일보』1924년 5월 28일

「全露西亞 공산대회」『시대일보』1924년 4월 13일

「주목할 금후형세—일본도 준수치는 안는다」『시대일보』1924년 4월 15일

「차별 중에도 괴상한 차별」『시대일보』1924년 6월 3일

「처음들이는 말」『시대일보』1924(大正13)년 3월 31일

서대숙저, 현대사연구회역『한국공산주의운동사연구』화다, 1985년

「侮辱せられたる朝鮮民衆–強権に阿附する醜陋輩所謂各派連盟と同民会」『시대일보』1924년 4월 18일.

3. 일본어

伊波普猷『琉球古今記』刀江書院, 1926年

徳富蘇峰『徳富蘇峰集』改造社, 1930年

C.H.トーイ『宗教史概論』宇野圓空・赤松智城共訳, 博文館, 1922年

カアル・マティ『旧約聖書の宗教：近東諸州の宗教間に占むる其の位置』前島潔訳, 前川文栄閣, 1914年

加藤玄智『神道の宗教学的新研究』国文館, 1935年[大鐙閣.1922年]

岡崎精朗《資料》「民族の苦悩―創設期の建国大学をめぐって―解説」『東洋文化学科年報』第4号, 追手門学院大学文学部東洋文化学科, 1989年

岡義武「日清戦争と当時における対外意識(2)」『国家学会雑誌』第68巻第5・6号, 1954年

建国大学研究院『建国大学研究院要報』第1号, 1939年

建国大学『建国大学要覧』, 1940年

京都大学文学部地理学教室編『地理の思想』地人書房, 1982年

桂川光正「東亜連盟論の成立と展開」『史林』第63巻第5号, 史学研究会, 1980年

高田時雄『東洋学の系譜(欧米篇)』大修館書店, 1996年

谷野典之「鳥居龍蔵の満州調査」,『乾板に刻まれた世界』東京大学総合研究資料館, 1991年

谷野典之「鳥居龍蔵の満州調査」,『鳥居龍蔵の見たアジア』徳島博物館, 1993年

工藤雅樹『日本人種論』古川弘文館, 1979年

関野貞「伽倻時代の遺跡」,『考古学雑誌』第1巻 第7号, 1911年

橋川文三他『近代日本思想史の基礎知識』有斐閣, 1971年

久米邦武「神道は祭天の古俗」『史学雑誌』第23号, 1891年

臼杵勲「鳥居龍蔵と東北アジア考古学」『鳥居龍蔵の見たアジア』徳島博物館, 1993年

堀岡文吉『日本及汎太平洋民族の研究』冨山書房, 1927年

堀喜望『文化人類学―人間と文化の理論』法律出版社, 1954年

宮崎道三郎「日本法制史の研究上に於ける朝鮮語の価値」『史学雑誌』第15編7号, 1904年

宮崎道三郎「日韓両国語の比較研究」『史学雑誌』第17編7号, 1906年

宮崎道三郎「日韓両国語の比較研究」『史学雑誌』第17編9号, 1906年

宮崎道三郎「日韓両国語の比較研究」『史学雑誌』第17編10号, 1906年

宮崎道三郎「日韓両国語の比較研究」『史学雑誌』第17編12号, 1906年

宮崎正義『東亜聯盟論』改造社, 1938年.

宮沢恵理子『建国大学と民族協和』風間書房, 1997年

吉田東伍『日韓古史断』冨田房, 1911年

吉川幸次郎『東洋学の創始者たち』講談社, 1976年

金関丈夫「日本民族論」,『日本文化史大系』第1巻, 誠文堂新光社, 1938年

金貞嬉「韓半島における支石墓研究の最近動向とその成果」田村晃一・八幡一郎編『アジアの巨石文化』高麗書林, 1990年

金沢庄三朗「郡村の語源に就きて」『史学雑誌』第13編第11号, 1902年

那珂通世「朝鮮古史考」,『史学雑誌』第5編第4号, 1894年

那珂通世「朝鮮古史考」『史学雑誌』第5編第4号, 1894年

那珂通世「朝鮮古史考」『史学雑誌』第5編第5号, 1894年

那珂通世「朝鮮古史考」『史学雑誌』第5編第6号, 1894年

南根祐「朝鮮民俗学」と植民地主義──今村鞆と村山智順の場合」『心意と信仰の民俗』吉川弘文館, 2001年

内村鑑三『地人論』岩波書店, 1942年

徳富蘇峰記念塩崎財団編『民友社関係資料集』別巻, 三一書房, 1985年.

渡辺三男「金沢庄三郎博士の人と学問」『鶴見女子大学紀要』第5号, 鶴見女子大学, 1968年

稲葉君山『朝鮮文化史研究』雄山閣, 1925年

稲葉君山『中国社会史研究』大鐙閣蔵版, 1922年

稲葉岩吉「満鮮史体系の再認識(上)」『青丘学叢』第11号, 1933年

東京大学総合研究資料館特別展示実行委員会編『乾板に刻まれた世界』東京大学総合研究資料館, 1991年

末成道男「鳥居龍蔵の足跡」,『乾板に刻まれた世界』東京大学総合研究資料館, 1991年

藤田亮策『朝鮮考古学研究』高桐書院, 1948年

藤村生「京城日報由来記,歴代社長の能不能と其退社理由」『朝鮮乃満州』1924年

林鐘国『親日派』お茶の水書房, 1992年

立命館大学人文科学研究所明治大正史研究会編『國民之友』第1巻－第23巻, 明治文献, 1966年－1968年

満州国史編纂刊行会『満州国史』総論,「第4編：繁栄期,第四章；新学制の制定,建国大学の創立の案」, 1970年

末成道男「鳥居龍蔵の朝鮮調査」,『乾板に刻まれた世界―鳥居龍蔵の見たアジア』東京大学総合研究資料館, 1991年

木村直恵『〈青年〉の誕生』新曜社, 2001年

米原兼『徳富蘇峰』中公新書, 2003年

白鳥庫吉「東胡民族考」,『白鳥庫吉全集』第4巻, 岩波書店, 1970年

白鳥庫吉「蒙古民族の起原」,『白鳥庫吉全集』第4巻, 岩波書店, 1970年

白鳥庫吉「國語と外國語との比較研究」『白鳥庫吉全集』第2巻, 岩波書店, 1970年

白鳥庫吉「檀君考」,『白鳥庫吉全集』第3巻, 岩波書店, 1970年

白鳥庫吉「檀君考」『白鳥庫吉全集』第3巻, 岩波書店, 1970年

白鳥庫吉「粛慎考」『白鳥庫吉全集』第4巻, 岩波書店, 1970年

白鳥庫吉「日本の古語と朝鮮語との比較」『白鳥庫吉全集』第2巻, 岩波書店, 1970年

白鳥庫吉「再び朝鮮の古語に就いて」『白鳥庫吉全集』第3巻, 岩波書店, 1970年

白鳥庫吉「再び朝鮮の古語に就いて」『白鳥庫吉全集』第3巻, 岩波書店, 1970年

白鳥庫吉「朝鮮の古伝説考」,『史学雑誌』第5編第12号, 1894年

白鳥庫吉「朝鮮の古伝説考」『史学雑誌』第5編第12号, 1894年

白鳥庫吉「朝鮮古代王号考」白鳥庫吉全集』第3巻, 岩波書店, 1970年

白鳥庫吉「朝鮮古代地名考」『白鳥庫吉全集』第3巻, 岩波書店, 1970年

白鳥庫吉「朝鮮語とUral-Altai語との比較研究」『白鳥庫吉全集』第3巻

白鳥庫吉「中国の北部に據った古民族の種類に就いて」『白鳥庫吉全集』第4巻, 岩波書店, 1970年

白鳥庫吉「支那の北部に據った古民族の種類に就いて」『白鳥庫吉全集』第4巻, 岩波書店, 1970年

白鳥庫吉「漢の朝鮮四郡疆域考」『白鳥庫吉全集』第3巻, 岩波書店, 1970年

白鳥庫吉『日本書記』に見えたる韓語の解釈」『白鳥庫吉全集』第3巻, 岩波書店, 1970年

白鳥庫吉監修『満洲歴史地理』第壱巻, 丸善株式会社, 1913年

柄谷行人『<戦前>の思考』講談社, 2001年

柄谷行人『帝国の構造』青土社, 2014年

柄谷行人『言葉と悲劇』, 講談社, 1997年

並木真人「植民地期民族運動の近代観―その方法論的考察」『朝鮮史研究会論文集』No.26, 1989年.

並木真一「植民地期朝鮮政治・社会史研究に関する試論」(『朝鮮文化研究』6号, 1999年 岡義武「日清戦争と当時における対外意識(2)」『国家学会雑誌』第68巻第5・6号,1954年 家永三郎『国民之友』『文学』vol.23, 岩波書店, 1955年

濱田耕作「朝鮮の古跡調査」,『民族と歴史』第6巻 第1号, 1921年

寺田和夫『日本の人類学』思索社, 1975年

山根幸夫『建国大学の研究』汲古書院, 2003年

山路愛山「日本現代の史学及び史家」『太陽』9月, 日本名書出版, 1909年

山木雅和「『韓国建築調査報告』を読む」,『考古学史研究』第8号, 京都木曜クラブ, 1998年

山室信一『思想課題としてのアジア』, 岩波書店, 2001年

山田昭次「自由民権期における興亜論と脱亜論」『朝鮮史研究会論文集』第六集, 朝鮮史研究会, 1969年

森山茂徳「現地新聞と総督統治−『京城日報』について」『近代日本と植民地：文化のなかの植民地』岩波書店, 1993年

森清人『日本紀年の研究』詔勅講究所, 1956年

三浦周行「朝鮮の開国伝説」『歴史と地理』第1巻第5号, 大鐙閣, 1918年

上田万年「語学創見」『帝国文学』第4巻第1号, 帝国文学会, 1898年

西村真次『日本の神話と宗教思想』春秋社, 1924年

西村真次「人類の起源及び移動」『人類学汎論』東京堂, 1929年

西村真次『国民の日本史：大和時代』早稲田大学出版部, 1925年[1922]

西村真次『文化人類学』早稲田大学出版部, 1924年

石門寺博『上代日本と女性』文松堂, 1944年

石田竜次郎『日本における近代地理学の成立』大明堂, 1984年,

石川遼子「「地と民と語」の相剋−金沢庄三郎と東京外国語学校朝鮮語学科」『朝鮮史研究会論文集』第35集, 朝鮮史研究会, 1997年

星野恆「本邦ノ人種言語ニ付鄙考ヲ逑テ世ノ真心愛国者ニ質ス」『史学会雑誌』第11号, 史学会, 1890年

小山貞知「建国大学と協和会」『建国評論』第16巻第16号, 1939年

小山貞知『満州協和会の発達』中央公論社, 1941年

小熊英二《日本人》の境界』新曜社, 2005年

小田省吾「平安龍岡郡石泉山のドルメンに就いて」,『朝鮮』1924年 10月

小田清治「内村鑑三の『地人論』について」『季刊日本思想史』No.3,ペリカン社, 1977年

松本彦七郎 「日本先史人類論」,『歴史と地理』第3巻 第2号, 大鐙閣, 1919年

松沢哲成「東亜聯盟運動論-政治運動から社会運動へ」『史海』第28集, 東京女子大学読史会, 1974年

柴崎力栄「徳富蘇峰と京城日報」『日本歴史』第425号, 古川弘文館, 1983年

矢野仁一「満蒙蔵は中国本来の領土に非る論」『近代中国論』弘文堂書房,1939年〈1923〉

矢野仁一『満州近代史』弘文堂書房, 1941年

時枝誠記「金沢庄三郎博士の国語学上の業績について」『国語学』第70集, 国語学会, 1967年

時枝誠記「金沢庄三郎博士の国語学上の業績について」『国語学』第70集, 国語学会, 1967年

植手通有『国民之友』『日本人』『思想』No.453. 岩波書店, 1962年

植手通有編『徳富蘇峰集』(明治文學全集34), 筑摩書房, 1977年

新村出「国語系統の問題」『太陽』17巻1号, 博文館, 1911年

岩橋小弥太「朝鮮語研究の沿革」『民族と歴史』第6巻第1号, 1921年

永原慶二『20世紀日本の歴史学』吉川弘文館, 2003年

五百旗頭真「東亜連盟論の基本的性格」『アジア研究』21巻1号, 1975年

奥村義信『満州娘娘考』第一書房, 1982年

窪寺宏一『東洋学事始』, 平凡社, 2009年

熊谷次郎「蘇峰とマンチェスター・スクール」『経済経営論集』第21巻第1号, 桃山学院大学総合研究所, 1979年

月脚達彦「愛国啓蒙運動の文明観・日本観」『朝鮮史研究会論文集』No.26, 1989年

有山輝雄「民友社と明治二十年代ジャーナリズム」『日本思想史』no.30, ぺりかん社, 1988年

二木謙三『日本人種の起原新論』大日本養成会, 1930年

伊波普猷「オモロ七種」,『古琉球』岩波書店, 2000年

伊波普猷「琉球の神話」,『古琉球』岩波書店, 2000年

伊波普猷「琉球人の祖先に就て」,『古琉球』岩波書店, 2000年

伊波普猷「進化論より見たる沖縄の廃藩置県」, 岩波書店, 2000年

伊波普猷『をなり神の島』楽浪書院, 1938年

伊波普猷『古琉球の政治』郷土研究社, 1927年

伊波普猷『日本文化の南漸』楽浪書院, 1939年

伊波普猷『沖縄女性史』小澤書店, 1919年

伊波普猷「p音考」『伊波普猷全集』第1巻, 平凡社, 1974年

子安宜邦『日本ナショナリズムの解読』白沢社, 2007年

作田荘一「刊行辞—現代の学問に就いて」『研究院月報』第1輯 , 1941年

田口容三「愛国啓蒙運動期の時代認識」『朝鮮史研究会論文集』No.15, 1978年

箭内亙「韃靼考」『蒙古史研究』刀江書院, 1930年

田畑久夫『鳥居龍蔵のみた日本』古今書院, 2007年

田中彰『近代日本思想大系13：歴史認識』岩波書店, 1991年

田中聡「「上古」の確定—紀年論争をめぐって」『江戸の思想』8, ペリカン社, 1998年

斉藤利彦『「満洲国」建国大学の創設と展開—「総力戦」下における高等教育の「革新」」学習院大学東洋文化研究所『調査研究報告—総力戦下における「満州国」の教育,科学・技術政策の研究』第30号, 1990年

鳥居龍蔵「洞溝に於ける高句麗の遺跡と遼東に於ける漢族の遺跡」『鳥居龍蔵全集』第8巻, 朝日新聞社, 1975年

鳥居龍蔵「歴史教科書と国津神」『鳥居龍蔵全集』第1巻, 朝日新聞社, 1975年

鳥居龍蔵「遼東半島」『鳥居龍蔵全集』第8巻, 朝日新聞社, 1975年

鳥居龍蔵「原始時代の人種問題」『鳥居龍蔵全集』第1巻, 朝日新聞社, 1975年

鳥居龍蔵「有史以前の日本」『鳥居龍蔵全集』第1巻, 朝日新聞社, 1975年

鳥居龍蔵「人類学と人種学(或は民族学)を分類すべし」『鳥居龍蔵全集』第1巻, 朝日新聞社, 1975年

鳥居龍蔵「人類学上より見たる日本人の民族性の一つ」『解放』第3巻 第4号, 大鐙閣, 1925年

鳥居龍蔵「人種の研究は如何なる方法によるべきや」『鳥居龍蔵全集』第1巻, 1975年

鳥居龍蔵「日本人の起源」『鳥居龍蔵全集』第5巻, 朝日新聞社, 1975年

鳥居龍蔵「朝鮮のドルメン」『鳥居龍蔵全集』第5巻, 朝日新聞社, 1975年

鳥居龍蔵「朝鮮の巫に就いて」『朝鮮文化の研究』仏教朝鮮協会, 1922年

鳥居龍蔵「朝鮮総督府大正五年度古跡調査報告：平安南道,黄海道古跡調査報告書」,『鳥居龍蔵全集』第8巻, 朝日新聞社, 1975年

鳥居龍蔵「平安南道黄海道古跡調査報告」,『総督府大正5年度古跡調査報告」

(1917年)

鳥居龍蔵撰著『人種学』大日本図書, 1904年

鳥居龍蔵『人類学上より見たる我が上代の文化』(1), 叢文閣, 1925年

鳥居龍蔵『日本周囲民族の原始宗教神話』岡書院, 1924年

鳥居龍蔵『日本周囲民族の原始宗教』岡書院, 1924年

鳥居龍蔵『第一回史料調査報告(咸鏡南北道,東間島)』조선총독부, 1912년

鳥居龍蔵,『人類学上より見たる我が上代の文化』(1), 叢文閣, 1925

鳥居龍蔵「人類学と人種学(或いは民族学)を分離すべし」,『鳥居竜蔵全集』第1巻, 朝日新聞社, 1975

鳥居竜蔵「日本の巨石遺跡」(『神道学雑誌』,1927年)『鳥居竜蔵全集』第1巻

鳥居竜蔵「朝鮮のドルメン」(『東洋文庫欧文紀要』第1巻,1926年)『鳥居竜蔵全集』第5巻

鳥居龍蔵『日本周囲民族の原始宗教神話』, 岡書院, 1924

趙景達「朝鮮における日本帝国主義批判の論理の形成」『史潮』新25号,歴史学会,1989年,

朝鮮総督府警務局図書課『諺文新聞差押記事輯録』1932년

朝倉敏夫「鳥居龍蔵の朝鮮半島調査」『鳥居龍蔵の見たアジア』徳島県立博物館, 1993年

佐喜眞興英『女人政治考』岡書院, 1926年

重野安繹「日本式尊ノ事ニ付史家ノ心得」『史学会雑誌』第拾壹号, 1890年

中薗英助『鳥居龍蔵伝』岩波書店, 2005年, pp.66−67.

中村完「金沢庄三郎の朝鮮学」『朝鮮学報』第54輯, 朝鮮学会, 1967年

池宮正治「祭祀(神歌・儀礼・のろ制度)と文学のなかの女性」『琉球・沖縄史の世界』吉川弘文館, 2003年

志々田文明「建国大学の教育と石原莞爾」『人間科学研究』第6巻第1号,早稲田大学人間科学部, 1993年

倉西裕子『日本書紀の真実―紀年論を解く』講談社, 2003年

天羽利夫「鳥居龍蔵の生い立ちと国内調査」『鳥居龍蔵の見たアジア』徳島県立博

物館, 1993年

川村湊『「大東亜民俗学」の虚実』講談社, 1996年

川村湊他『近代日本と植民地(7)：文化のなかの植民地』, 岩波書店, 1993年

清野謙次『日本人種論変遷史』小山書店, 1944年

青野正明『朝鮮農村の民族宗教』社会評論社, 2001年

村井紀『南島イデオロギーの発生』, 岩波書店, 2004年

崔吉城『「親日」と「反日」の文化人類学』明石書店, 2002年

湯治万蔵編『建国大学年表』1981年

坂野徹『帝国日本と人類学者』勁草書房, 2005年

八幡一郎「鳥居龍蔵」『日本民俗文化大系9』講談社, 1978年

八幡一郎『鳥居龍蔵全集』第1巻, 朝日新聞社, 1975年

坪井正五郎「抜粋」『人類学会報告』第1号, 人類学会, 1886年

坪井正五郎「本会略史」『人類学会報告』第1号, 人類学会, 1886年

坪井正五郎「研究項目」『人類学会報告』第2号, 人類学会, 1886年

坪井正五郎『人類談』開成館, 1902年

坪井正五郎「通俗講話人類学大意」『東京人類学会雑誌』第8巻第82号, 1893,

坪井清足『古代の日本③(九州・沖縄)』角川書店, 1991年

浦生正男「社会人類学—日本におけるその成立と展開」『日本民族学の回顧と展望』, 民族学振興会, 1966

楓元夫「世にも不思議な『満洲建国大学』」『諸君』1983年

鶴園裕「近代朝鮮における國學の形成—「朝鮮學」を中心に」『朝鮮史研究會論文集』No.35, 綠蔭書房, 1997年

和田守「若き蘇峰の思想形成と平民主義の特質」『思想』no.585, 岩波書店, 1973年,

喜田貞吉「神篭石とは何ぞや」『日本考古学選集8 喜田貞吉集』, 築地書館, 1986

喜田貞吉「日鮮両民族同源論」『民族と歴史』第6巻第1号, 1921年

喜田貞吉『韓国の併合と国史』三省堂, 1910年

4. 일본어 신문 및 잡지

「排日案下院を通過か,唯一縷の望みは両院協議会での緩和,埴原大使は引き続き尽力中」『경성일보』1924年 4月 8日

「日本移民排斥法案通過」「米国下院は日本移民を排斥する新移民法案を通過した,日米紳士協約を米国は感遺ひして居る」『경성일보』1924年 4月 14日

「排日法案上院通過：米国上院は日本紳士協約を無効とする排日法案を通過した,紳士協約破棄か」『경성일보』1924年 4月 16日

『国民之友』第1號, 1887(명치20)年, 2月

『國民之友』20号, 1888(明治21)년 4月

『國民之友』8号, 1887(明治20)年, 9月

『國民之友』15号, 1888(明治21)年 2月

『國民之友』29号, 1888(明治21)年 9月

「日本國民の膨脹性」『國民之友』第228号, 1894年 6月

「日本国民の膨張性」『国民之友』第228号, 1894年 6月

「吾人の志を明かにす」『国民之友』第233巻, 1894年

「国民の存在」『国民之友』第237号, 1894年

「朝鮮統治の成績」(第十二：同化の実：蘇峯生)『경성일보』1915년 10월 28일

「朝鮮統治の成績；第十四 結論」『경성일보』1915年 10月 30日

「人種差別撤廃再提議：第一案に決す」『경성일보』1915年 3月 11日

「朝鮮騒擾に関する質問書を読む」『경성일보』1919(大正8)年 3月 12日

「アジア民族結合の基調として内鮮融和の徹底的実行を策一標語に同民会創立さる」『경성일보』1924(大正13)年 4月 16日

「鮮字新聞雑誌に過激な記事が多い」『경성일보』1924年 4月 16日

「三,渾然融和」『경성일보』1924年 9月 5日

「戦国の新年を迎へ帝国の天職を論ず(5)：日本帝国の参戦目的と其の天職」『경성일보』1916(大正5)年 1月 9日

「我国史と国体」(1)：日本魂の使命と国体)『경성일보』1918(大正7)年 1月 12日

「我国史と国体」(二)；上古に於ける韓半島の開導と我が国体(上)『경성일보』1918(大正7)年 1月 13日

金沢庄三郎「朝鮮教育根本問題」(上)『読売新聞』1910年 8月 26日
金沢庄三郎「朝鮮教育根本問題」(下)『読売新聞』1910年 8月 27日
金沢庄三郎「朝鮮に於ける国語問題」『読売新聞』1910年 11月 8日

전성곤(全成坤, Jun Sung-Kon)

일본 오사카(大阪)대학 문학연구과 문화형태론(일본학) 전공, 문학박사. 오사카대학 외국인 초빙연구원. 긴키(近畿)대학 외래강사. 고려대학교 일본연구센터 HK연구교수. 북경외국어대학 일본학연구센터 객원교수. 현재 중국 북화(北華)대학 외국인 교수. 일본학연구소 소장. 주요 저서『내적오리엔탈리즘과 그 비판적 검토 : 근대 일본의 식민 담론들』『근대 조선의 아이덴티티와 최남선』『문학 민족국가 재일문학과 제국 사이』『근대 동아시아 담론의 역설과 굴절』『이미지로서의 동아시아와 문화공동체』『일본인류학과 동아시아』등이 있고, 옮긴책에는 육당 최남선의『단군론』『불함문화론』『살만교차기』『만몽문화』『재일한국인』등이 있다.

第1回六堂學術賞全成坤受賞紀念出版

육당 한국학을 찾아서
전성곤 지음
1판 1쇄 발행/2016. 12. 12
발행인 고정일
발행처 동서문화사
창업 1956. 12. 12. 등록 16-3799
서울 중구 다산로 12길 6(신당동 4층)
☎ 546-0331~6 Fax. 545-0331
www.dongsuhbook.com
*

사업자등록번호 211-87-75330
ISBN 978-89-497-1625-1 03810

정오표(正誤表)

1. p.9 15째줄 도리이 류조를 이해하기 위해서는, 일본 내부의 문제에서 발생한 동양학을 창출한 → **도리이 류조를 이해해야 한다. 특히 일본 내부에서 전개된**
2. p.10 4째줄 주변화 했다.→**주변화 하는데 사용했다.**
3. p.21 20째줄 라며 '만든것'이라는 인식으로 단군신화를 비판했다.→**이라며 '만든 것' 즉 단군신화가 만들어진 것이라고 비판했다.**
4. p.22 5째줄 나카 추요의 학설을→ **나카 미치요의 학설을** (이하 나카 추요는 나카 미치요)
5. p.25 20째줄 후지사타(藤貞退幹)→**도 데이칸(藤貞幹)**(이하 후지사타는 도 데이칸)
6. p.28 24째줄 요시다 사타키치(吉田貞吉)→**기타 사다키치(喜田貞吉)**
7. p.31 6째줄 동일한 방상이라고 느꼈으며,→**동일한 것이라고 여겼으며,**
8. p.37 12째줄 남부여족이 라는→**남부여족이라는**(띄어쓰기 없음)
9. p.41 14째줄 기다사타 키치(喜田貞吉)의→**기타 사다키치의**
10. p.41 16째줄 여기서 기다는→**여기서 기타는**
11. p.44 17째줄 덴치천황(天智天皇)→**덴지천황(天智天皇)**
12. p.64 10째줄 본 논고에서→**본 장에서**
13. p.70 4째줄 구메 쿠니타케(久米邦武)→**구메 구니타케(久米邦武)**